本书出版受到北京大学中文系、北京人文在线、韩国高丽大学BK事业团的资助

时胜勋◎著

现代中国文论话语

MODERN CHINESE LITERARY THEORY DISCOURSES

光明日报出版社

图书在版编目（CIP）数据

现代中国文论话语／时胜勋著．—北京：光明日报出版社，2018.8
ISBN 978 - 7 - 5194 - 4443 - 3

Ⅰ．①现… Ⅱ．①时… Ⅲ．①中国文学—文学理论—研究 Ⅳ．①I206

中国版本图书馆 CIP 数据核字（2018）第 168056 号

现代中国文论话语
XIANDAI ZHONGGUO WENLUN HUAYU

著　　者：时胜勋

责任编辑：李壬杰　　　　　　　　封面设计：人文在线
责任校对：范继义　　　　　　　　责任印制：曹　净

出版发行：光明日报出版社
地　　址：北京市西城区永安路 106 号，100050
电　　话：010 - 67017249（咨询），010 - 63131930（邮购）
传　　真：010 - 67078227，67078255
网　　址：http：//book. gmw. cn
E - mail：gmcbs@ gmw. cn　Lirenjie111@ 126. com
法律顾问：北京德恒律师事务所龚柳方律师

印　　刷：北京虎彩文化传播有限公司
装　　订：北京虎彩文化传播有限公司
本书如有破损、缺页、装订错误，请与本社联系调换，电话：67019571

开　　本：170 × 240
字　　数：400 千字　　　　　　　印　　张：22.75
版　　次：2018 年 8 月第 1 版　　印　　次：2018 年 8 月第 1 次印刷
书　　号：ISBN 978 - 7 - 5194 - 4443 - 3

定　　价：78.00 元

自　序

　　历史从未离我们远去，远去的只是我们。一百年前的新文化运动，正是现代文论轰轰烈烈开展之时，而今再次重温现代文论，抚今追昔，不胜感慨。

　　这是一本关于现代中国文论的书，而非止于中国现代文论。因此，在本书中很难找到中国现代文论当中那些众多的、耳熟能详的线索、脉络和叙事。其实，关于中国现代文论史的描述虽非汗牛充栋，坊间亦流传甚多。我认为，一方面需要不断地重写历史，另一方面需要返回历史得以产生的文化现场，而返回这一文化现场也是重写历史的一部分。因此，本书的定位也就不再是知识史、概念史、学说史，而毋宁更类似于文化史、思想史。

　　然而吊诡的是，无论是相对于现代文学而言，还是相对于文学理论而言，抑或是相对于西方文论而言，现代文论的作用与价值无疑被认为是要低一个层次的。虽然从 20 世纪 80 年代以来，现代文论研究已经步入正轨，但很难成为当代学术研究的重要领域，也很难获得类似于其他文论研究，比如古典文论、西方文论研究那样优越的学术地位。这难道是现代文论研究的宿命吗？在我看来，学术研究或许从来不缺乏对象，也不缺乏方法，缺乏的只是用崭新的方法来关注具体的对象，而非抽象的方法和静止对象之间的分立。这种研究权且可以称为意向性的研究，简单来说，就是注重方法与对象之间的直接对话与相互激活。

　　从研究对象而言，选择现代中国文论研究是我学术研究内在思路所决定的。从博士论文《中国文论身份研究》开始，我就一直思考中国文论究竟有着何种身份，又呈现何种状态，有何意义和价值，是什么导致中国文论最终出了问题，是从根子上，还是从策略上，或是从态度上？因此，我的研究也就不得不延伸至历史的深处，而我首先要面对的最为切近的一段历史就是现代中国文论。

　　那么，如何进入和敞开现代中国文论的文化空间呢？在这本书里，我将多元文化话语放置在一个中心的位置上。多元化正是本书的方法论，它是让我们有进入现代中国文论历史现场的可能。因此，本书并没有梳理一条线性的发展主线，比如古代—近代—现代，或20、30、40年代，或马克思主义文论发展史等。我认为，还原历史比书写历史更重要。多元化就是我们的还原之学。多元文化话语是当代学术研究中的前沿问题之一。不过，目前对多元文化话语的理解多局限在国家政策层面上的文化多元主义，对思想与学术层面上的多元文化话语关注不够，其内在的多重维度亦未有充分开显。我认为，多元文化话语既有多元文化主义所不能包括的内涵，又有其独立的价值。概言之，所谓多元文化话语表征的是一种多元的、互动的、相互交织的文化话语状态，而并非意味着存在某一种超级的多元文化话语，或者土豆式的相对主义，老死不相往来。

本书所要解决的问题就是在现代中国这一场景，中国文论究竟有着怎样的存在状态，它是目的性的，还是非目的性的？是线性的，还是非线性的？是一体性的，还是非一体性的？是集中性的，还是非集中性的？它和现代中国有着怎样的复杂联系？

在本书中，围绕多元，现代、西学、维新、传统是我所选取的最为重要的文化话语，它们构成了现代中国文论的多元文化话语谱系。选择现代、西学、维新、传统并非随意为之。在我看来，它们并不专属于现代文论，还与当前的古代文论、西方文论、文学理论研究有着密切的联系，甚至成为现代中国学术思想的基本语境、结构、机制，也是当代文论不断触及的理论难题。就今天而言，中国文论的发展与研究可以离开多元、现代吗？可以离开西学、西方、全球、世界吗？可以离开维新、创新吗？可以离开过去、传统、古代吗？不能。可以说，它们在现代中国文论的生成、发展过程中始终占据着中心位置。现代中国文论的目的性与非目的性、线性与非线性、一体性与非一体性、集中性与非集中性的交错并生，因而它是多样性、复杂性的。在此意义上，现代文论和当代文论（二者可以称为广义上的现代文论）的话语结构并没有发生根本性的转型，因而有着更多的相似性、互通性，尽管不否认有历史的变异性，比如多样性、丰富性的弱化。

正是基于这种思考，本书并没有将现代中国文论局限于一般意义上的中国现代文论，而是使用并审理"现代中国文论"这一术语。现代中国文论不仅意味着扩大了中国现代文论的内涵，而且意味着一种新的现代文论观的提出，进而从更为根本的意义上考察现代以来包括古代文论、文学理论、文学批评以及域外文论（西方文论）等在内的诸种文论的内在关系。它们虽属于不同专业的领域，但共属于一种文化史和思想史语境，这就是由现代、西学、维新、传统等所构成的现代中国文论的多元文化语境。这已不再是原来单一的现代性处境，而是大现代性、泛现代性的处境。对这一多元文化语境、处境的不断呈现，不仅将打破中国现代文论过于封闭化、线性化的局面，还将有效地推动其与当代文论研究之间的对话与融合。

历史和知识从来都不是静止的。故此，本书的立场不再是单纯的知识立场，而是文化生态学与思想史的立场，注重现代中国文论独特的生成与存在语境、结构、机制，通过对其生成与存在的社会思想文化语境、结构、机制的揭示，还原现代中国文论的动态场景，敞开现代中国文论的丰富话语空间。在此，历史不再成为静止的对象或者叙事的配角，而成为我们身临其境的思想舞台。

是为序。

时胜勋
2017 年 12 月于韩国高丽大学

目 录

第一章　如何讨论现代中国文论

现代中国文论话语这一概念有两个关键词：一是现代中国文论，二是话语。本文所言的现代中国文论是指现代中国的文论（Literature theory in modern China），并非指中国现代文论（Chinese modern literature theory）。在中国语境中，不加限定语的现代文论即中国现代文论，不加限定语的中国文论即古代文论，二者长期处于某种断裂状态。中国文论分为现代中国文论和古代中国文论，二者的连续性要大于其断裂性，尽管其断裂性更加明显。为了强调这一点，本书使用的是现代中国文论。关于现代中国文论更为细致的内涵，我们将在第二章中做出讨论，此处首先讨论多元话语。多元话语是本书讨论现代中国文论的基本方法与工具。

第一节　当代话语理论对文论研究的启示

话语已经是当代学术研究中炙手可热的词语了，本书也未能免俗。不过，话语的铺天盖地之势倒证明了它特殊的重要性。尽管如此，对话语的理解却莫衷一是，这似乎也预示着话语本身的巨大理论空间。大体而言，话语主要指的是某种相对集中的语言表达方式（话语方式）和结果（理论学说）。前者可以称为话语实践，而后者则可以称为话语对象。我们都在话语实践中，同时又面对大量的话语对象。话语在语言学研究领域有广泛的应用，后来在文化学、社会学领域也成为重要的关键词，用以分析某一话语的内在机制及其与其他话语之间的关系。

一、话语实践系统

话语首先是一种语言符号活动或者实践，诸如修辞、话语策略、话语功能、言说方式、传播方式以及被使用、改编的方式等。因此，话语总是一种动态的、活的、互动的过程，在话语场景中，个人、集体、社会、历史、文化等因素都参与其中，各种力量都在发生着作用。

话语是以文本、文献为载体的，主要是印刷文本如著作、文集、发表的论文等，也包括一些内部的材料如教育系统的讲义、公告等，以及现在流行的电子体系和非正式资料如广告、账本等。文本、文献基本是以文字为内容的，但不局限于文字，还包括声音、影像。不过，对某一知识领域而言，文字的文本和文献是最根本的。

各类的文本、文献构成了话语系统。而话语系统又分为个人的话语系统、流派的话语系统和历史的话语系统。个人的话语系统指的是由某个人的所有文献所组成的话语系统，流派的话语系统指的是由流派中的各个人物的话语所构成的话语系统，而历史的话语系统则指的是某一历史阶段中所存在的各个话语系统的相互关系与基本态势。这些话语系统都包含着显在和潜在两个方面。由文本、文献构成的话语系统是显在的，它们主要显现在目录、索引体系中；由符号、概念、术语、主题、学说、流派等构成的话语系统是潜在的，它们是文本和文献活的脉络。也就是说，甲文本和乙文本虽然是相对独立的，但却共处于某个话语系统中，乃是因为它们之间有着内在的关联。显在的话语系统是有限的，原则上说，所有成型的文本、文献都是可以搜罗完毕的，尽管会有新的文本、文献、逸文不断被发掘。而潜在的话语系统却是变动的潜在的，因为在这一话语系统之中，既有内聚作用，也有离散作用，使潜在的话语系统自身不断更新、臻于完善或者衰竭、终结。同时，潜在的话语系统是无限的，这是因为有后续的阐释活动的存在。比如，古代文论显在的话语系统——文献系统在不断地完善齐备，并接近它的极限，但是古代文论内部的潜在的话语系统还未比较全面地得到展现，并且对它们的阐释始终也不会终结。现代的阐释研究正是力图复现古代文论的原生态场景，并加以现代的提炼和吸收。显在的话语系统是可见形态，或者说实物形态，而潜在的话语系统是不可见形态，或者说知识形态，其实二者并无高下之分，并且还是紧密结合在一起的。显在话语系统的研究也非常重要，诸如版本研究、目录研究、探佚研究等，而且任何潜在话语系统的研究都必须以显在话语系统的研究为基础和前提，否则就容易陷入以偏概全的困境之中。通过显在话语系统进入潜在话语系统，是文论话语研究的基本理论。

二、话语主体与语境

话语总是与主体密不可分的。话语是主体的话语，主体的表现（主要是言谈）必然包含着话语。话语的产生有着主体的特殊性，某种话语的产生必然同某些特殊的主体是有关系的，比如现代文论与王国维、鲁迅等的关系。话语的施为行动或者说表意实践（诸如宣传、鼓动、批判、质疑、论争）又包含着权力的因素，而权力的实现则必须落实在主体身上，限制、引导、推动主体的话语行为。话语的力量不是仅仅局限于话语系统本身，而是透过话语系统及其与其他话语系统之间的争夺，并以主体为实践环节，达到对现实的施加影响。所以说，对现实的施加影响不是直接的，而是通过主体意识的自觉行为而实现的。话语—权力关系已经被福柯等人着意讨论过，[①] 但由于他们的非主体性立场，使他们回避将主体纳入讨论的范围。其实，在权力和话语的联结关系中，主体是不可或缺的。主体何尝不是一种权力的载体呢？有着政治、经济、军事背景的主体同样通过自己的命令在传达一种话语的权力。相比话语与现实的关系，话语与主体的关系更为迫切、实际和直接。于是，由意识、观念、精神等所构成的主体意识，就成为权力渗透、收编的对象了，主体意识对权力话语俯首帖耳。当然，这样的行为也未必都是一帆风顺的，很多时候，某些话语的确是现实所需要的，但是如果缺乏承载这种话语的主体，那么其与现实的结合也是不牢靠的，否则引起了主体意识的强烈反弹，就会成为一种反主体意识和反话语。

　　话语虽然有着超乎寻常的重要作用，但是话语自身都存在于特定的历史语境当中，没有脱离时代的抽象的话语。这就是话语的历史性、针对性，或者说意向性。任何话语都是关于某物、某事的话语，比如科学话语是关于自然的话语，人文话语是关于人类历史、文化的话语等。这种历史性、针对性、意向性的话语又分为理性意识和感性意识两类。当然，理性意识和感性意识并非截然相分，总是相互纠结在一起。有着理性意识的话语表现出鲜明的时代感和历史感，而那些感性意识的话语，则包含着个人的情感和处境。无论是理性意识还是感性意识，都是在这个特定历史语境中出场的，都是对这个特定历史语境的展现。这种处身性就是话语的历史性。任何崭新话语的出现往往都意味着一个崭新时代的出现，或者说一个崭新时代的出现必然有着它主导的话语表现形态。当然，任何一个旧时代的终结也必然伴随着它的主导话语形态的终结。无

---

　　① 福柯意义上的话语主要在于通过话语的分析来揭示事物或曰意义的呈现方式与机制，换言之，事物之所以有不同的呈现，乃是不同话语运作的结果。参见福柯著：《词与物：人文科学考古学》，莫伟民译，上海：上海三联出版社，2001 年版，以及《话语的秩序》(1971)，中译文收入许宝强、袁伟选编：《语言与翻译的政治》，北京：中央编译出版社，2001 年版。

论是出现和终结，都是特定时代的出现和终结。这是就整体而言，若就具体个体而言，情况则更为复杂。当某些个体性的、特殊性的话语在主体身上发生与时代不合拍的情况时，我们不能简单认为这种情况是非历史性的，而应考察特定时代本身的不同意识问题。也就是说，特定时代未必产生同类的、齐一化的时代意识。在现代文论中，中西古今的争论就是一个再明显不过的例子了。我们既要看到历史统一性的一面，即构成了不同主体的意向对象，又要看到主体多样性的一面，即意向主体的多样性。特定历史背景只是我们需要把握的一个方面，所以我们不能生硬地要求主体意识的一致性，甚至是绝对性。

三、自话语与他话语

话语不是自足体，总是处于多话语、话语丛之中，可以说，话语的数量是种类繁多、层出不穷的。其中有两类值得说明：一是自话语，二是他话语。

自话语指的是主体自己（自主体）所运用的话语，话语和主体是紧密结合在一起的，话语也是主体身份的象征。而他话语则指的是非自我（他主体）的话语，话语和主体并不等同，甚至是矛盾、对立的，他话语也有自己的主体，相比自主体，就是他主体。自主体、他主体与自话语、他话语是一而二二而一的问题。

自话语和他话语有两种存在形态：一是共时的，双方处于同一时空当中，二者的斗争关系比较激烈；二是历时的，自话语在经过历史的汰变之后，成为他话语，同时在新的历史条件下又出现了新的自话语。话语间的关系也是主体间的关系。这一点在任何时代都是存在的。只是，所有的话语都很难脱离自我中心主义，很难对对方做出客观全面的分析，也很难达到那种互为自主体或者进入他主体内部的理想状态。但是，从学术研究的角度而言，倡导这种去中心、互主体的话语研究显然是非常必要的。

就现代中国文论话语而言，作为一个整体的现代中国文论话语显然是当下本书的自话语，也就是所谓的主题话语。但是，这一自话语系统离不开历史上具体存在的各类他话语系统，并且各类他话语系统在历史现场里也是自话语系统。在历史深处，话语的活灵活现才是最真实的。因此，探究这些话语是如何浮现的，就成为首要的问题了。

第二节　当代多元文化话语的理论构成与思想价值

今天所进行的现代文论话语研究不是与时代隔绝的，而是和时代有着更为密切的联系。话语就是一个体现，另一个体现就是研究视角，即多元文化。多元文化时代的来临对现代文论话语研究提供了新的研究思路。本书对那种将中国现代文论话语归结为单一叙事的策略加以悬隔，强调话语本身的复杂性。而话语的复杂性并非意味着一盘散沙，而是有着更为内在的联系，这种复杂性、多元性、多样性的状态，就是多元话语的状态。近几十年来兴起的多元文化思潮也促使人们重视这一状态的方法论意义。

一、多元文化思潮的兴起

20世纪下半叶，特别是殖民地独立浪潮和东欧剧变之后，文化间的西强东弱的局面在不断地发生变化，意识形态冲突逐渐走向幕后，世界体系面临重大的结构性调整，整个世界秩序发生了重大转变，主要表现在以下三个方面：一是从殖民时代转向了后殖民时代；二是从冷战时代转向了后冷战时代；三是从以政治为中心的时代转向了以文化为中心的时代，也即从以竞争、战争、斗争为导向的秩序转向了以和谐、生态、和平为导向的秩序。在全球政治、经济、军事等重大问题上，文化的重要性越来越凸显。从根本上来说，任何政治、经济、军事等问题的背后都有着千丝万缕的文化因素，这种因素在某些时候是不可替代的。如何回应并解决由文化因素催生的各类问题呢？显然，用政治、军事等的方法是不合时宜的。基于此，在文化界、思想界、学术界，兴起了后现代、后殖民等思潮，以边缘、反叛、反思的立场对现代性和西方加以思考，力图呈现资本主义与西方文化的普遍性与优越感的虚妄，从而将西方文化还原为人类文化的普通一员，恰如其分确定其地位，进而与全球多元文化达成文化的谅解，并形成新的更高层次的文化共识，最终推进思想深度对话。正是在此意义上，多元文化或者文化的多元化在当代思想史研究谱系中日益成为中心议题之一。①

多元思潮的倡导者艾森斯塔特指出，在后殖民和后冷战时代，对西方和世界文化的未来走向，西方出现两种截然相反的理论：一是福山的历史终结论，② 人类文明被统一到西方自由民主的轨道上，西方的文明取得了绝对支配的地位；二是亨廷顿的文明冲突论，③ 认为意识形态的冲突虽然暂时落幕，但文化的冲突则越演越烈。④ 在艾森斯塔特看来，两种理论都不足以准确概括这个时代的文化状况，他旗帜鲜明地提出了"多元现代性"的概念。⑤ 与此同时，关于中国和东方多元现代性的反思和研究也日益增多。⑥ 多元即差异，但差异并不意味着势同水火，而是"和而不同"，意味着相互的尊重、对话、融合。可以设想，如果世界同质化、一元化、绝对化，那么人类将不再具有丰富性，个体的文化选择也将单一化。文化天然是多样性的。可以说，由于多元文化的兴起，差异、对话、融合将成为这个时代的主题词。

问题是，为什么在后殖民和后冷战时代，多元文化却成为一个异常特殊而重要的话题呢？对广大非西方而言，又是什么导致了对多元文化的价值诉求？其思想与社会文化机制是什么呢？这里有必要做一下简要的历史回溯。

在过去、现在甚至未来的很长的一段时期内，西方都是作为一种强势文化力量存在的。近代西方发生了深刻的社会文化变革与转型，一跃成为世界经济的中心。这种强势文化力量得力于其政治、军事、科技在全世界范围内得到扩展，这就是西方化，或者说是现代化，但同时也是帝国主义化、殖民化。无论

---

① 多元文化的思潮有两个方面，一是多文化国家（地区）中的多元文化主义，参见陈致远著《多元文化的现代美国》（四川人民出版社，2003），沃特森著《多元文化主义》（吉林人民出版社，2005，英文版2001.），*Multi-culturalism: examining the politics of recognition* (Princeton, N. J.: Princeton University Press, c1994.), *Multi-culturalism in Latin America* (Houndmills, Basingstoke, Hampshire; New York: Palgrave Macmillan, 2002.), *Multi-culturalism in the new Japan* (New York: Berghahn Books, 2008.), 王俊芳著《多元文化研究：以加拿大为例》（中国书籍出版社，2013），王俊芳著《加拿大多元文化主义政策》（中国社会科学出版社，2013）；二是世界范围内的文化多样性与文化生态性思潮，参见联合国教科文《世界文化多样性宣言》（2001）、《联合国世界报告：着力文化多样性与文化间对话》（2009），详细分析见下文。

② ［美］福山著：《历史的终结》，呼和浩特：远方出版社，1998年版。

③ ［美］亨廷顿：《文明的冲突与世界秩序的重建》，北京：新华出版社，2002年版。

④ 亨廷顿在主观上认为东西方文化将引起冲突，但客观上指出了文化在当今世界的重要性这一事实，因而具有开创性的意义，这一点是不容忽视的。

⑤ ［美］艾森斯塔特著：《反思现代性》，旷新年、王爱松译，北京：三联书店，2006年版。

⑥ ［美］杜维明主编：《东亚价值与多元现代性》，北京：中国社会科学出版社，2001年版；吴冠军著《多元现代性从"9·11"灾难到汪晖"中国的现代性"论说》，上海：上海三联书店，2002年版；许纪霖主编：《现代性的多元反思》，南京：江苏人民出版社，2008年版。

是西方化、现代化还是帝国主义化、殖民化，其根本的方向就是同质化，是以牺牲本土文化特色为代价的。这种本土文化的牺牲一方面在于西方文化对本土故有文化的贬抑与清除；另一方面在于本土文化成为具有异国情调的他者文化、不真实的文化，其补充方式甚至是主导方式是通过本国知识分子而进行的西方化（现代化）实践。从前者而言，这是自我文化的断裂、裂解；从后者而言，这是自我文化的对象化、观赏化、元素化、虚拟化。这两个方面均导致自我意识的分裂。本土文化在西方强势文化面前毫无招架之力，从而节节败退，留给东方的是无尽的自卑、苦闷、焦虑、彷徨等。①

在中国古代，中原文化（农耕文明）远高于周边各地域的文化（主要是游牧文明），因此形成了以中国（中原）为中心的东亚世界观。古代世界注重的是等级分明的文化秩序，逾越这种文化秩序都被认为是不可接受的。其间若干国家虽企图取代中国，但其思维模式不是多元化的，而是中心化的，如日本、朝鲜都曾以"小中华"自居。这种等级分明的文化秩序（无论是现实的还是理想的）在 17 世纪（明末）之后，发生了变化。首先，女真族（满族）在东北的崛起并在 1644 年取代明朝，成为中国的中央王朝，汉人承受了近 300 年被满族统治的历史，这也成为晚清革命的主要动因，其实质在于中原文化秩序的当然主体是汉人。其二，在 18 世纪以后，西方（西欧、北美、日本等）自由竞争的文化秩序打破了一切先在的秩序模式，以资本的流动性为特征的西方文化秩序冲击、动摇并最终打破了东亚世界的文化秩序。② 由于其强大的科技、军事、经济实力，整个世界被纳入了西方文化秩序之中，非西方国家沦为西方的殖民地、半殖民地或者势力范围。在文化上，东方文化则沦为附庸、边缘、次级、劣等、野蛮、丑陋的文化。这里要说明的是，东方文化秩序的衰落并不意味着西方文化秩序本身是多元的，西方文化秩序并不具有这种意识，尽管西方文化秩序内部有欧洲、北美等差异，但是面对东方，无一例外的是都不具有多元性意识。西方殖民主体并非多元文化的主体，而是西方中心式的主体。就世界历史而言，殖民时代的主体只有一个，那就是现代性的西方，其他

---

① 东方国家在面对西方强势文化的时候，有的积极模仿学习，比如日本，但仍然保留了传统文化；有的固守传统，比如印度，至今仍保留相当部分的传统因素。

② 东亚世界文化秩序以中国为中心，以农业、儒家、家庭、伦理道德、集体性、等级性为特征。从历史上中国对周边区域的影响与参与世界的程度而言，相继出现的是中国之中国（先秦至秦汉）、亚洲之中国（隋唐至清）、世界之中国（近代以后）。东亚世界文化秩序主要指"亚洲之中国"时期。参见梁启超：《中国史序论》，载《饮冰室文集》卷34，上海：商务印书馆，1925 年版，第 25 页。

西方都是非主体或者准主体，是不能和西方平起平坐的。西方就是"人类的主人"。① 用东方主义话语来概括就是，文化的主体性只存在于西方，东方没有文化的主体性，是前现代的，东方是被西方建构的，是被纳入西方建构的文化体系之中的。所谓多元并不是简单指多个，而是指诸多因素本身在整体上的复杂而多变的权力关系。因此，数量多未必就是多元，只有表现出很强的异质性和反作用，才构成多元性的力量。

经历了"第二次世界大战"，到 20 世纪 60 年代以后，东方国家的独立化浪潮风起云涌，原来由西方主导的殖民世界土崩瓦解，世界进入后冷战时代（以美国和苏联为代表的资本主义和社会主义阵营）和后殖民时代（部分国家可以追溯到"二战"以后）。20 世纪 90 年代以后，冷战体系逐渐解体，东方问题的重要性（伊斯兰、东亚）日益突出。纵观近半个多世纪的历史，我们可以看到，随着全球殖民体系的瓦解、第三世界的独立浪潮的出现、全球交往的日益频繁、亚洲新兴国家的崛起以及冷战体系的结束，一个更为多元的时代逐渐浮出历史表面。原先处于弱势的、非自主性的国家和民族不仅获得了相对独立的政治地位，而且文化独立性诉求日益强烈，那种众多文化束缚于某一巨大文化的局面被打破了。与曾经具有强势文化地位的美苏相比，拉美、欧洲、非洲、东亚、南亚、中东等区域文化更是风起云涌，不仅文化主体性的诉求日益明显，而且对民族文化和参与世界文化的价值诉求日益强烈。

后殖民地（具有殖民地、半殖民地经验的独立国家）既面对着当下西方文化的扩张，同时也面对着殖民地时期西方文化在本国所留下的印记。在这两重问题上，西方化（现代化）和本土化之间的冲突与张力愈加明显了。② 在全球化时代，文化不再用政治意识形态来划分，而更多地立足于本国的立场。后殖民时代的世界各国都开始重视自己的历史和文化。一个难题就是，究竟将自己的文化定位在哪里？后殖民国家（地区）不再是一个纯而又纯的国家（地

---

① ［英］维克托·基尔南著：《人类的主人》，陈正国译，北京：商务印书馆，2006 年版。

② 有一类情况则很特殊，就是意识形态因素的掺入。印度独立后在政治意识形态上与西方接近，其所要处理的更多的是与宗主国文化的关系，而如中国则在政治意识形态上确立了共产主义、社会主义，其所要面临的问题是资产阶级文化的问题，而不仅仅是西方问题。但在文化上也经历了对共产主义宗主国文化的一边倒的经验教训，在后期逐渐确立了独立自主的文化方针。社会主义阵营对西方文化的肃清是比较彻底的，但进入后冷战时代，政治意识形态逐渐弱化，同样需要面对西方文化的问题，但较之印度这样的西方阵营的国家，中国更具有自己的社会主义思想传统，其中最主要的是马克思主义。

区)，经过西方文化洗礼的国家也不再是传统意义上的自足的国家（地区）。①那么，在此意义上讨论多元文化的意义又是什么呢？谁的文化是纯而又纯的呢？后殖民地的文化已经被西方文化所熏陶、浸染、同化，而宗主国的文化也无形中打上了后殖民地的文化烙印。比如英语，在后殖民地就有很多变种，比如印式英语、菲律宾式英语等，相比英式英语、美式英语，前者已经将英语的纯粹性程度降低了。

对此，霍米·巴巴用"杂交"（hybridization）的概念来表述这种状况。②事实上，文化的混杂交融是不可抗拒的，而全球化的关键在于价值观上面。价值观是文化的内核，就是民族意识、民族精神。西方兜售文化的目的并非文化，而是价值观。因此，文化全球化的实质正在于价值观上的争夺。关键不在于你是否拥有多种文化，而在于你如何看待这类文化，或者用什么态度、观点、立场、方式看待这类文化。这种潜在的文化价值观才是文化的核心。例如，麦当劳快餐文化无非是一种饮食文化，所体现的正是快捷高效的现代生活方式，与所谓的养生文化不同。经常吃麦当劳也就意味着你的生活方式（饮食习惯）被同化了。③ 就像非洲原始地区，可口可乐随处可见，就是一个体现。多元文化所争取的不是大家接受某种文化，这只是文化民主化诉求，而是强调文化价值观的多元化，不是一部分人接受这样的文化，另一部分人接受那样的文化，而这两部分人却相互不接受，你过你的，我过我的。恰恰相反，多元文化指的是人们（分为个体、族群、国家等层面）既接受这种文化，也接受那种文化，对其他文化表现出文化的自由、开放、宽容和自信。这种多元文化观是一种更为成熟理性的文化观。多元文化观是超越于单一文化体之上的文化观。

多元文化的价值诉求构成了多元文化语境（氛围、趋势）。在这一语境中，文化主体意识不是单一的，而是双向的、互动的，即包括明确的自我（内）和明确的他者（外）。一个封闭的世界或者一个自足的世界是不会出现

---

① 比较典型的后殖民国家指印度、非洲、拉丁美洲等完全被殖民的国家。有些国家的部分地区是后殖民地区，但不宜称为后殖民国家，比如中国台湾地区、香港特区、澳门特区，它们为后殖民地区。像韩国则是后殖民国家。受西方（及日本）殖民的东北地区以及各租借地（如青岛、上海等）在中华人民共和国成立后其主导文化（殖民地文化）被定性为帝国主义而被彻底清除，取而代之的则是新民主主义文化、社会主义文化，并不存在殖民问题。这是中国比较独特的地方。但是，中国的隐性殖民并未根除，比较典型的体现就是崇洋媚外的文化心理。

② Homi K. Bhabha. *The location of culture*, London; New York: Routledge, 2004.

③ 但这并非意味着本土文化没有反向作用，比如麦当劳中售卖油条、豆浆等，这是本土饮食文化对西方快餐文化的反向影响。

强烈的多元文化倾向的，因为在这样的境况中文化主体性只是文化的优越性和自闭性。就像古代中国，根本没有一种文化能够挑战中华文化，因为多数都被同化。同样地，就像近代西方，没有一种文化能够挑战其地位。这两种情况都无法生成多元文化语境。而只要一个日益兴起的他者文化敢于挑战中心文化，多元文化的趋势就形成了。因此，在日益开放的世界里，走出文化的封闭圈，争取更大的开放性就势所必然了。① 质疑、挑战中心文化、一元文化的霸权地位，向其表达独立自主的文化诉求，是形成多元文化的关键。中国既不可能再闭关锁国，也不可能因西方文化的强大而自甘于西方文化体系中的边缘地位。

上述这一过程可以视为文化主体性逐步成型的过程。② 文化主体性是指具有对文化进行反思的主体意识（自觉）和自信。文化主体性是典型的后殖民概念，它同殖民的关系殊为密切。在殖民时期，西方文化大举入侵，当地社会由于在政治、经济上的被动地位，很难适应这一巨变，文化间的平等对话很难实施，主要表现为崇洋媚外（全盘西化）、抱残守缺（守旧主义、复古主义），或者毕其功于一役的急功近利（激进主义、功利主义等），彰显固有文化的合法地位和应有价值很难得到认可，或者遭遇曲解和误解，以致本土文化由于欠缺经济、政治的完全独立而呈现无根、失序的状态。然而，在文化的焦虑中，文化主体意识已经在孕育了，这种局部文化实践是不应忽略的。

多元文化话语首先意识到文化本身的重要性。在当代文化争论中，人们可以放弃很多，但对文化则情有独钟。文化是一个"自负的、有口皆碑的词汇，无论它有何不足，都直指一个个体的认同感和归属感。确切地说，是因为个体认识到他自己的这种独特的感觉表达的是一种情感诉求，他也愿意承认文化的观念对其他人的生活的意义和价值"。③ 文化总是一种身份，一种和人的生命、生活息息相关的一种东西。"文化是生活方式的总和"。④ 所谓生活方式也就是维持自身生存和促进发展的一切方式。在此意义上，文化包括了语言、劳动方式、文艺、信仰、思想等，就是指某一社会或民族的价值观。如果文化堕落为商品后即便是被更多的人购买和消费，那也仅仅是制造了更多的文化垃圾而

① ［美］张隆溪著：《走出文化的封闭圈》，北京：三联书店，2004年版。
② 主体性不是人类中心主义的主体性，后现代对人的解构导致了文本性凸显而主体性退隐，这客观上避免了某种力量对主体的侵蚀，但也回避了文化建设的可能性，主体不能流失在文本的碎片之中。所以我坚持认为，主体性是不可或缺的，后现代主义的唯文本化、唯知识化亦有自己的限度。
③ ［英］C. W. 沃特森著：《多元文化主义》，叶兴艺译，长春：吉林人民出版社，2005年版，导言第3页。
④ ［英］弗雷德·英格利斯著：《文化》，韩启群、张鲁宁、樊淑英译，南京：南京大学出版社，2008年版，第14页。

已，对人类和个体的精神发展仍然是了无助益的。文化既属于个人，因为它是个人知识、精神修养的重要内容，又不完全属于个人，因为它还是群体的认同方式，包括归属感、自豪感、认同感。文化的载体是人，文化是人的身份。选择做什么样的人就在于选择一种文化，尽管这种文化有程度上的差别。与其说文化成为时代的语境，不如说多元文化才是时代的语境。今日多元文化的讨论如此热闹的一个重要的起因在于，文化是与国家的政治、经济利益紧密相关的。文化在今日的重要影响，根本上同文化竞争、文化权利密切相关。

但是，多元文化又不是仅仅讨论文化本身，更多的是将讨论多种文化（价值观）之间的关系。多元文化所涉及的认同、差异、竞争、通话、汰变等问题对任何文化共同体而言都是不可忽视的。文化成为自我识别（认同）、定位的重要因素。文化并不是固定不变的，而是生生不息的；文化不仅在于保留，更在于创新和发展；文化也不是为了纯粹而纯粹，因多元而千姿百态。

因此，今日全球化不再是西方主导下的全球化，而是世界各国间的全球化，这一点尤为重要。全球化不是单向的，而是双向的。无论西方还是非西方，全球化都并不是一个十全十美的东西，都需要做出积极的应对和调整。在全球化时代，文化从两极化（即资本主义文化与社会主义文化）走向了多元化。在后殖民、后冷战的时代背景下，清理本国的文化经验，确立本国在世界文化新格局中的地位，就成为迫在眉睫的事情了。

二、多元文化的层次与结构

在后殖民、后冷战、全球化的时代语境下，多元文化大致可分为以下四个层次。

第一个层次是多元文化的发源地——西方，特别是美国，是内部多元化。在西方和美国，多元文化是一种文化体或国家的内部问题，即一个拥有强势文化的文化共同体如何面对外来文化的问题。美国作为一个移民国家，从创始之初就面临着外来文化影响的重大问题。美国文化分为土著、早期移民者和美国建国后的移民者的文化。所谓的外来文化主要是针对早期移民者和后来的各类移民者而言的。这一层次的多元文化是就某一国而言的。多元文化首先是一种文化共同体的内部问题。但问题在于，超出这个统一性之外是否还有多元？或者说这个统一性之外的差异究竟是何种状态？可以说，多元文化不仅仅局限于西方内部，它的一个潜在的危险在于将所有非西方的文化都纳入以西方文化为主导的全球化文化之中。从文化上说，西方文化的全球化直接导致了非西方的边缘化，也即成为西方所构造的世界的边缘，非西方成为西方的内部问题。①这一点是应该警惕的，因为西方倡导多元文化很可能就是西方中心主义的某种表现。

第二个层次是多元文化的扩展层，受到西方和美国的多元文化思潮的影响，或者说是它们在世界范围的扩展，在其他国家产生的多元文化观念。由于在多元文化的发源地的西方和美国，对多元文化的理解有着某种先天的不足，主要是西方中心主义及其内部视野，如果不加反思很可能将其缺陷也照单吸收了。问题还不仅如此，可能会出现另一种变体，即民族主义的多元文化观。在性质上和第一层没有本质上的区别，只有程度上的区别而已。有时候这种民族主义的多元文化观并没有多少学理的内涵，而只是作为倡导本民族文化的一个前提而已。当然，非西方的中心主义并不强烈，非西方的多元文化观只是强调立足本国立场，以多元文化观为前提，发展本国文化，以保障本国文化在世界文化格局中的地位。

第三个层次是着眼于世界文化整体，探索全球不同文化间的多元共处、发展的模式和方向。这一层有两种存在方式：一是文化政治层面的，其主要是以联合国教科文组织为代表的话语。联合国教科文组织成为世界多元文化的讨论平台，比如联合国教科文组织的文化报告等。由于对多元文化的提倡，使第一世界大为不满，美国和英国就退出了这一组织，表明了西方中心主义话语的强大和傲慢。二是理论层面的，其基本的立场多着眼于世界文化整体。

第四个层次是知识领域的多元文化问题。具体而言就是，某一知识是在不同话语的影响下构成的，呈现某一知识的多面性、复杂性和丰富性，通过多元的视角展示某一知识的发展历程和可能方向。知识领域的多元文化似乎同文化关系稍远，但知识本身就是文化的一种，它同政治、宗教、文化传统有着密不可分的联系，所以知识领域的多元性很多时候就体现为文化的多元性。

由此可见，第一个层次的多元文化主要成为文化政策的内容，可以概括为多元文化政策，其主体主要是西方发达国家。第二个层次的多元文化则主要成为一种背景、前提、方向，可以概括为多元文化语境，其主体是民族文化。第三个层次的多元文化则主要是一种整体性的理论探讨和展望，可以概括为多元文化理论或者多元文化话语，其主体是人类文化，它在逻辑上包括了第一、二个层次的多元文化，将它们视为自己的研究考察对象。前三个层次都是围绕文

---

① ［美］张旭东著：《全球化时代的文化认同 西方普遍主义话语的历史批判》，北京：北京大学出版社，2006 年第 2 版，第 379— 412 页。

化本身来讨论的，文化是主体，而第四个层次的知识领域的多元文化则是考察某一知识同多元文化的关系，是多元文化话语的一种应用研究。

多元文化分为外部的多元和内部的多元，或者外部的多样性和内部的多样性。这涉及民族文化是否重要，民族文化身份是否必要等问题。外部的多元性指以民族文化为单位的世界文化格局，各个民族文化之间有根本性的差异，即身份的差异，在本民族内部则体现同质化的特点。与此相反的一种情况是外部的同质化，各个民族文化通过交流而变得越来越相似了。外部的同质化带来了内部的多样化，也就是某一民族内部的个体可以选择的文化越来越多样了。内部的多样性所站的立场是个人主义，而外部的多样性所站的立场则是集体主义。对后者而言，世界的多样性对个体并没有太大的意义，因为民族内部呈现的是同质性特征。今日文化多样性的宗旨在于为人类提供更多的可选择性方案，因此不能以外部多样性否定内部多样性，这个世界既需要多元化的民族，也需要多样化的个人。①

根据这种观点，我们再来看全球化与本土化的关系。西方文化的全球化，表面看是西方文化在全球的同质化，其实西方文化已经遭遇本土文化的改造和过滤，而不是原汁原味的西方文化。但本土化不能仅仅成为固守自我身份的理由，或者进行自我文化建设的唯一方向。在此意义上，本土化和全球化并不是一个对等的概念，毋宁说"交互全球化"（inter - globalization）才是真正的全球化。② 无疑，西方文化既然可以全球化，那么东方文化也可以。其结果必然是东西方都享受着比原来要多的文化，在此意义上东西方也就走向了同质化。当然，这个同质化并不是单一的同质化，而是双向的同质化。同质化不是坏事，因为所谓的世界大同也就是将所有人包容在其中。目前的世界尚不完全具有这种包容性，真正的包容性乃是超越东西文化差异性之上的包容。

文化多样性的诉求并不是排斥同质性，而是将同质性作为文化选择的必要条件，甚至同质性应该为多样性服务。文化多样性也并不是一味拥抱差异性，尤其是外在的差异性，而是将差异性落实在个人的文化选择上。

三、多元的概念及多元文化实践

多元是当代社会中的关键词之一，尤其在文化领域非常流行。本书讨论的

---

① ［美］泰勒·考恩著：《创造性破坏　全球化与文化多样性》，王志毅译，上海：上海人民出版社，2007年版。

② inter - globalization 一词是生造的，其实全球化本身就预示着这种交互性，只是由于西方文化的强势而被遮盖了，今日的跨文化交流、跨文化对话就是全球化的必然内容。

多元也限定在文化领域，即多元文化或文化多元。多元文化已经构成当代社会的重要思潮之一。要了解多元文化（包括多元文化话语），首先有必要了解"多元"这一概念。[①]

多元文化是全球化时代的一个热点词，甚至可能也是一个核心词。这一点不仅有事实的依据，也有价值论的依据。从事实上来说，在许多国家和地区，多元文化都是无可置疑的存在，无论是正视它还是忽视它。而从实际上来说，正视与忽视都涉及对多元文化的态度，这就是文化价值论问题，即某一文化的价值是否具有普遍性，是否可以普遍化，不同文化间的价值关系如何等。一般而言，多元文化的提倡者倾向于承认：每一种文化都是平等的，都是有价值的，因而不能被忽视和消灭。

今天所讨论的多元并不是原发于中文语境中的多元，多元是产生于英语单词的翻译。不过，在这一翻译过程中，词义的转变却是非常微妙的。在英语世界中，表示多元文化中的多元之意的单词（或词根）大致有三个：一是 multi－，二是 diversity，三是 plural。

Multi－仅仅指多样的、多种的、多个的意思，与文化组合侧重于指文化在数量上的多和杂，但是，并没有包含中文"元"这个概念（如起始、根本、首位等）。因为，Multi－的原词 multiple 的意思就是"多个、多重"，而各项之间的关系并不很明确。于是问题就出来了，为什么将 multi－culture 翻译成中文时，多数不是直接翻译成"多文化"，而是要多出一个"元"呢？[②] 显然这是一个增加的内容。比如政治领域中的"多极"使用的是 Multi－polar，polar 表示的是极，此处的 multi 并没有翻译成"多元"，而仅仅表达的是数量上的多。现在在文化多元主义这一主题下讨论的问题多数是文化差异、文化多样，就知道文化多元一词的翻译是不确切的。

相比之下另一个英文单词则更切合这一含义，它就是 diversity。diversity 就是其必要内容，意思是多样化、多样性，虽然也指数量多，但包含了各个种类的差异性。当然，multiple 也包含一定的差异性的内容，但主要强调的是数量上的独立性。而 diversity 所指涉的差异性要强于 multiple。后者反对的是数量的单一化（即只有一个），前者反对的是性质的同质化（即数量很多，但都

一样）。多样性的概念在生态学领域的应用较为频繁，如生物多样性等。文化研究也借鉴了生态学的方法，强调文化的多样性。文化多样性指的是"文化在不同的时代和不同的地方具有各种不同的表现形式，这种多样性的具体表现是构成人类各群体和各社会之特性所具有的独特性和多样化"。① 文化的多样性强调的重点就是每一种文化都有其生存的权利和理由，不容粗暴干涉。捍卫文化多样性，"必须尊重人权和基本自由，特别是尊重少数人群和土著人民的各种权利。"② 尽管文化影响有大小，文化的载体人口有多寡，但都是人类文化自然不可分割的一部分。生态学的立场使任何中心不再合法。因为从生态学着眼，物种的多样性是受自然环境的制约的，某一个物种并非凌驾于自然之上。这种去中心化的态度对于审视当代文化是有一定启发意义的，但这仅仅是一个理想，或者仅仅是生态学的一个借鉴，它并不能完全适应人类文化。当然，提倡文化多样性对于保存那些濒临灭绝的文化而言是非常重要的，这一点毋庸讳言，也是文化多样性思潮的重大贡献。

英文中还有一个单词用以指多元，它就是 plural。在三个单词（词根）中的使用频率最低，这个首先指的是名词的复数，是对同一种类的数量的说明，差异性并不明显，甚至比 multi－更不注重差异。但是就是这个最不注重差异性的单词，却最能反映中文多元的意思。因为只有将差异性减少到最少，其本质相同的地方才能凸显出来，所以不能用一个去否定另一个，这些要素之间共同归属于某一本质，它们在本质上是相一致的。plural 的最重要的变形是 pluralism，意思是多元性、多元主义，还指在哲学上的多元论，它涉及世界本源问题。哲学多元论与一元论（Monism）、二元论（Dualism）不同。尽管一元、二元、多元都可以应用到文化领域中，但起初它们并不指文化，它们首先是哲学概念。哲学上的一元论认为世界的本源只有一个，认为是物质的是唯物主义，精神的是唯心主义。哲学上的二元论认为物质和精神都是世界的本源，或者认为世界由相互独立（不一定是相互对立）的两种事物构成，如心物、经验超验、善恶、阴阳（太极）等。哲学上的多元论虽然认为世界的本源有多个，但实际上它是哲学一元论的具体表现。多元论中的多元不是指在物质、精神之外的多个，而是指在物质或者精神领域中的多元，如中国的"五行"

① 《世界文化多样性宣言》，参见《联合国教科文组织关于保护语言与文化多样性文件汇编》，北京：民族出版社，2006 年版，第 99—100 页。
② 《世界文化多样性宣言》，参见《联合国教科文组织关于保护语言与文化多样性文件汇编》，北京：民族出版社，2006 年版，第 100 页。

（金、木、水、火、土）说等。在科学领域，元的问题也存在，主要指起始、先在、根本。有元科学 meta - science，以科学为研究对象，研究科学的性质、特征、形成和发展规律的学科，也就是指涉科学自身的科学。

从这些多元论的讨论可知，差异性并不是最终目的，关键在于在千变万化、纷繁复杂的表面现象下看到本质的相同。西方思想的一个基本原则就是同一律（A＝A）。两个 A 当然不像现在这样看得分明，而且也不仅仅是两个事物的比较，而是两个事物对某种在它们之上的事物的作用、意义上的本质一致性。多元文化的讨论如果仅仅关注表面的差异性，而没有意识到东西方文化对人类贡献的本质一致性的话，就会有很大问题。

从具体的词义来说，在英语世界里，pluralism 有两层意思：一是指多元性，"一社会中有不同民族或有不同政治或宗教信仰的群体共同生活的状态"；二是指 "一社会中多民族或有不同政治、宗教信仰的人和平共处的原则"。前者侧重的是对事实的描述，而后者则侧重的是一种政治文化主张。二者的共同特征是和平共处，也就是说无论有多少不同的文化，他们都能相互很好地生活在一起，而不是相互冲突。当下人们提倡的文化对话、沟通大概指的就是这个意思，不过有时对话难免激烈。

从语言表达而言，multiple 指的是存在着许多种的文化，但对文化间关系却语焉不详；diversity 则指的是存在着许多迥然不同的文化，但对差异性的追求过多；而 plural 指的是不同文化的人能够和谐生活在一起，比较符合当代多元文化的实际。这三种意义都是有合理的因素的，并且也是紧密相连的。如果细微加以区分的话，multiple 侧重事实，diversity 侧重差异性，plural 侧重价值。一个社会是 multiple 的，但并不必然意味着是 diversity 和 plural 的。反过来说，diversity 和 plural 的社会又必须是基于 multiple 的。最理想的是 plural，因为文化冲突、对立在今天很严重。最重要的是 diversity，即保持自我文化的独特性越来越困难。最常见的是 multiple，文化如商品一样出现在我们的周围，对我们挑战也是最为严峻的。

在此，pluralism 一词较之 multiple 更具有哲学的内涵，因此元的因素正体现在 plural 上，而不是 multiple 上。从哲学上说，元的概念指的是发挥着同等重要的作用，而不仅仅是指数量上的多个。元本身就包含着平等性、独立性等概念。故此，本书使用的多元文化是 plural culture，区别于 multi - cultural 和 cultural pluralism。多元与文化的结合有两种方式：一是文化多元，其实二是多元文化，其实二者本质上并无太大的区分，都表示一种非单一性的文化状态，较之文化多元，多元文化更为常用，本书在此使用多元文化则包含了多元文化和文化多元两种提法。此处不使用 pluralism 是避免对多元文化话语作单一化理解，即将多元文化话语（plural cultural discourse）等同于文化的多元主义（cultural pluralism）。① 不过，多元文化话语将更多地集中在讨论文化方面，哲学只是作为背景，同时也认为文化的多元主义（cultural pluralism）并不仅仅止于"多文化的和谐相处"，这只是消极意义上的，从积极意义上来讲应该产生一种新质的文化。

由于现今学术界使用的多元文化（multi - cultural）一词实际上并不准确，但已约定俗成，本书认为，多元文化讨论的主要内容不是文化起源问题，而是文化的存在方式问题，即多种文化如何并存、竞争、融合和发展。尽管多元文化并不在于回答文化的根本性问题，但它仍然具有相当的优越性，即倡导一种平等化的模式。这个平等化不是平面化的。一部分多元文化研究往往将多元化作了简单性的理解，以为存在着多种、多样就是多，而本书认为，多元必须具有自己的独特性力量，这些多元是对某一事物产生了重要而特殊的影响，而不是一般性的影响。多元不是仅仅呈现一种状态，而是呈现一种趋势，发现多元本身所具有的潜力和价值。本书中的多元文化注重的既是文化动力学的，也是生态文化学的。文化动力学就是发现某一文化因素对整体文化的影响，而生态文化学则是发现多元文化之间的相互关系。② 因此，多元并不只存在在文化实体之间，比如亚洲文化、美国文化、欧洲文化、非洲文化等，而是成为分析某一文化（知识、思想）体内部要素机理的一种方法，强调某一文化体内部的多样性、丰富性。在这个意义上说，多元研究并不意味着一定是比较研究，毋宁说是一种深层的文化生态研究。

在讨论多元文化话语之前，有两个概念需要厘清，这就是文化多元主义和多元文化主义。多元文化主义目前最常用的是 Multi - culturalism（也有译为多文化主义、杂多文化主义的），还有一个词汇与此相关，即 Cultural pluralism，译为文化多元主义。

从学术思想史而言，两种思想发生的年代并不一致。最早以 cultural pluralism 为主题加以论述的是美国犹太人霍勒斯·凯伦、诺曼哈·普古德等人，

---

① 只是在强调某一社会具有多元文化并存之一事实时，才使用 cultural pluralism，并将其译为"文化的多元性"。一般情况下，plural 多用以修饰文化。

② 文化生态学研究的是文化和自然环境（生态）的关系问题，而生态文化学则将生态学引入文化研究中，将文化视为一个生态系统，考察文化自身多种因素之间的生态性关系。

时间是 20 世纪初。此时兴起的文化多元主义思潮并非没有原因。从人口结构上来说，非英裔（盎格鲁—撒克逊）移民数量大量增加，主要是日耳曼人。从国家政策上来说，由于当时正处"一战"前后，当时政府使用的强制同化，灌输美国的爱国主义，由于方法极端而导致了民族关系紧张的局面。文化多元主义触及的问题有：文化多样性的事实存在、文化多样性的价值和意义等，但弊端是只针对白人社会内部，也缺乏必要的论证，主要局限在民主政治领域。①

多元文化主义再度兴起是在 20 世纪 60 年代以后，当时的用词不再是 cultural pluralism，而变为 multi - culturalism 了。在宽泛意义上，二者可以互用。但有些学者则严格区分了多元文化主义和文化多元主义的差别，这是就历史发展而言的。二者的区分是微妙的。文化多元主义可以视为多元主义在文化上的表现。而多元文化主义则包含了多元的文化主义（culturalism）和多元文化（multi - cultural）—主义两个意思。multi - cultural 比 cultural pluralism 更集中地指涉文化方面，因而也广泛为人所使用，甚至成为多元文化主义的通行词汇。

Multi - cultural 与 multi - culturalism 不同，前者指的是对某种社会性质、状态的描述和说明，而后者指的是一种态度、立场。在此意义上，二者不是完全对等的。多元文化主义指的是在一个社会中存在着不同的文化，这些不同的文化具有同等的权利，没有任何一个是被忽略的或者是不重要的。某种社会是 multicultural，这是基于事实的分析，但如果认为各种文化应该如何，这些就属于 multiculturalism，当然，对待多元文化的态度也不仅仅只有 multiculturalism 一种。

多元文化主义中最重要的表现是"多元文化政策"，在国内政治问题、民族问题上影响深远。作为政策的多元文化主义，倡导在社会中实行多（双）语言、多宗教（信仰）、多文化（生活方式、传统、习俗）等政策。

多元文化政策最先兴起在加拿大、澳大利亚两国。1971 年，加拿大制定了多元文化政策，1972 年成立了多元文化部，处理日益突出的国内民族问题（英裔、法裔、少数族裔等）。1988 年，加拿大通过了《加拿大多元文化法》，这也是世界上第一部《多元文化法》。② 1973 年，澳大利亚也实行了多元文化

---

① 高鉴国：《试论美国民族多样性和文化多元主义》，载《世界历史》，1994 年第 4 期。
② 王兴均：《加拿大多元文化形成的背景》，载《贵州大学学报（社会科学版）》，1990 年第 1
期。

政策。1989 年，澳大利亚制定了《国家议程》文件，将多元文化政策视为基本国策。① 同样作为移民国家的美国，虽然没有广泛实行多元文化政策，但在教育领域、经济领域也实行了多元文化性质的政策，提高少数族裔在教育、经济、社会等领域的地位。作为一种政策，多元文化主义多有实际考虑，其适用性也不是普遍的。

多元文化主义还"被看成是向传统西方文明知识霸权进行挑战的一种话语"，促进了非西方文明对自身的认识，如近年兴起的"非洲中心论"。在哈佛大学非裔美国人研究系主任亨利·路易斯·盖茨（Henry Louis Gates，Jr.）看来，多元文化主义理论的核心是承认文化的多元性，承认文化之间的平等和相互影响，打破西方文明在思维方式和话语方面的垄断地位。有的学者在这个问题上表现了更为激进的态度，认为仅仅打破西方文明的话语垄断还不够，还必须建立新的以非西方文明为背景的新的话语。天普大学非裔美国人研究系的Molefi Kete Asante 力主的"非洲中心论"便是基于这一思考提出来的。② 但似乎又呈现一种颠倒的中心论。有的不满于多元文化主义过分注重承认、形式、程序，而将多元文化主义进一步扩展至"少数话语"，可以视为这是一种更为后现代式、激进式的多元文化主义。③

多元文化主义也不是万能法宝，有其特殊的局限，必须对此加以克服。多元主义往往有着政策性和现实性的考虑，但随着多元主义所处理的对象的不断扩大，其白人中心主义、欧洲中心主义等弊端日益明显，多元文化成为象征、装饰、博物馆化、异国情调化、后殖民化等。一些获得民主地位的多元文化可能成为主流文化的共谋者，而忽视了多元文化更复杂的价值诉求。多元主义面临着集团多元主义与个人多元主义的矛盾。多元文化主义与普遍价值的矛盾日益突出，彻底化的多元主义是承认任何文化都具有价值，相互平等，但这种彻底化的多元主义很可能消解了普遍价值，尤其为西方中心论所不认可。当然，人类性、普世性的普遍价值也随之消解了。可以说，倡导多元文化主义而放弃普遍价值，这既是困难的，也是错误的。因此，限定多元文化主义适用的范围，才是最重要的。④ 多元文化主义的最大的困境在于，它仅仅就国内文化而

---

① 阮西湖：《澳大利亚的多元文化主义政策》，载《云南社会科学》，1991 年第 5 期。

② 王希：《多元文化主义的起源、实践与局限性》，载《美国研究》，2000 年第 2 期。

③ 刘小新：《多元文化主义与"少数话语"》，载《福建论坛（人文社会科学版）》，2014 年第 3 期。

④ ［日］梶田孝道：《"多元文化主义"的困境》，原载日本《世界》，1992 年第 9 期，转载于《国外社会科学》，1993 年第 2 期。

言，还不适于国际文化关系上。因为国际关系是民族国家关系，任何国家都强调自己的单一文化价值至高无上。尽管国际文化无可争议的是多元文化的，是不同民族国家的文化，但处理不同国家之间的文化关系、处理整体世界文化与各国文化之间的关系，多元文化主义仍然捉襟见肘。似乎文化共同体比多元文化主义要更有操作性。

多元文化主义不是普遍性的，而是历史性的，它是对特定的人类时代的文化反思。这个特定的人类时代就是包括西方中心主义、白人中心主义、男性中心主义等在内的一切中心主义。多元主义并不是目的，它仅仅是为了促进人类文化的交流、互动和发展的必要手段和武器。一种彻底化的多元主义必然导致共识的破裂。多元主义反对霸权，但不是放逐共识；反对同质化，但不是将差异性进行到底。

四、多元文化话语的空间与形态

在目前学术界中较之文化多元主义（Cultural pluralism）或多元文化主义（Multi – culturalism）的广泛应用，多元文化话语还尚未居主流。就文化多元主义而言，学术界对概念存在争议，主要因为它具有消极和积极两个方面的意义。学术界对它没有最终的定论。

在当代中国学术界，多元文化主义的使用有三种情况：第一种是比较规范的多元文化主义，除多元文化主义、文化多元主义两个概念外，还有多元文化研究[1]、多边文化研究[2]，以及教育领域的多元文化研究[3]，等等。

第二种是宽泛的多元文化主义，如跨文化（跨文明）研究[4]。

第三种是将多元文化视为一种处境，如"多元文化语境""多元文化思

---

[1] 如浙江大学"话语与多元文化研究所"。该所于2004—2017年召开了六届"话语与多元文化国际研讨会"，其英文用法即 Multi – cultural Discourses。该所以话语研究为重心，是将多元文化与话语加以相结合，而未能将多元文化话语作为一个紧密结合的概念。设有多元文化研究中心的还有2009年成立的四川师范大学的多元文化研究中心，主要研究四川的多民族文化的历史和现状，尤其是藏族和羌族文化研究，更多的属于民族学和人类学的领域。还有南开大学的国际多元文化综合研究所，"致力于探讨世界多元文明的前景，以提升人类和谐、存异、求同的理想"。

[2] 如北京大学比较文学与比较文化研究所主编的《多边文化研究》，其英文译名便是 Studies of multi – culture。

[3] 如上海交通大学国际教育学院的多元文化研究所。

[4] 如中国社会科学院外国文学研究所周启超主编的《跨文化的文学理论研究》。除此之外，跨文化研究中心之类的研究机构在部分大学有设立，如北京大学的跨文化研究中心，其宗旨是，"通过互动认知的过程，推进多元文化的发展，特别是总结百年来中国文化发展的经验，努力对中国传统文化的优秀部分进行现代诠释，以针对当前世界问题，参与全球新秩序和新文化的重建"。其他设有类似的机构的有北京外国语大学的跨文化研究中心、上海外国语大学跨文化研究中心等。

潮""多元文化氛围""多元文化背景"等。这种用法是将其作为前提、语境、平台等接受下来，而未及深入反思和研究，或者将多元文化和话语结合起来研究。

有学者认为，多元文化话语则是从话语的角度对多元文化加以研究。作为一项立足本国的研究，不可缺少中国立场，因此中国多元文化话语，其目的就是考察中国对多元文化话语的理解、接受、修正和超越，突出的正是中国的主体性。①

这里首先要区别的是，多元文化话语并不对应于多元文化主义，尽管多元文化主义可以作为多元文化话语的一种。多元文化主义在内涵上具有历史的一致性，而多元文化话语指的是关于多元文化的话语，大凡指涉多元文化的各种文化理论都可以归入多元文化话语，因此多元文化话语比多元文化主义更开放。

有论者认为，政治学领域中的多元文化论最早可追溯至 18 世纪意大利哲学家维科（Giovanni Battista Vico，1668—1744 年）那里，然后由以赛亚·柏林加以扩展，② 其基本主张是，"坚信人类的合理理性，同时又认识到文化的多样性，并在保护文化多样性的同时，尊重人类共通的合理性"。③ 这种多元文化论在反思文化相对主义的局限的基础上，倡导一种文化的多样性，注重相互之间的差异和沟通。④

不过，多元论的另一方向却是隔离，即孤立的多元并存。富尼法尔写有《殖民政策与殖民实践》一书，在该书中他提到"多元社会"的概念，认为"在同一政治单位内社会的不同部分并排但又隔离地生活着"。"多元社会"只具有并存性，不具有共同性，它们之间是并存的，但整个社会是破碎的，这与"单一社会"完全不同。富尼法尔是在消极意义上使用"多元社会"的。在他看来，多元即是价值共同体的沦丧。⑤ 多加和佩拉西认为，"多元社会"是"在一个多民族国家中，意识到它们的党派（或宗派、制度）信仰的各个互不相关的部分和文化集体（种族社团、等级制度、宗教或语言共同体）能够共

---

① 施旭著：《文化话语研究 探索中国的理论、方法与问题》，北京：北京大学出版社，2010 年版。

② ［美］里拉、德沃金、西尔维斯编：《以赛亚·柏林的遗产》，刘擎、殷莹译，北京：新星出版社，2009 年版。

③ ［日］青木保著：《多文化世界》，北京：中国青年出版社，2008 年版，第 33 页。

④ ［日］青木保著：《多文化世界》，北京：中国青年出版社，2008 年版，第 78 页。

⑤ ［英］富尼法尔（J. S. Furnivall）：《论多元社会》，载《国外社会科学文摘》，1959 年第 10 期。

存。"这一多元社会强调的是平等的共存。有一种倾向认为，应该把多元社会和多元文化明确区分开来，因为它们处理的问题不同。多元社会强调并存，而多元文化强调共同体。但实际上二者结合得很紧密。多元社会是事实存在的，但这一事实存在并不是最终目的。多元文化如果只追求共存显然还是初级的，那么多元文化追求一种总体一致的价值认同也是不现实的。① 多元论的基本观点是文化共生融合，文化的纯粹性越来越无法保证。"多元论是今日世纪的事实"，所谓的"理想中的纯粹文化"（纯粹中国文化、纯粹美国文化等）已经不可能了。②

多元文化是一种现象，而多元文化话语是关于这种现象的研究、讨论。这里要区分"多元文化时代里的话语"和"关于多元文化时代的话语"两种用法。二者不是从属关系，而是交叉关系。实际上，所有的当代话语都是多元文化时代里的话语，但是，多元文化话语不仅在前多元文化时代里，也会延伸至后多元文化时代里去。从某种意义上说，多元文化话语既是多元文化时代发生的理论先导，也是新时代的滥觞。简言之，多元文化话语也不是泛泛地囊括多元文化时代中的各种话语现象，而是比较集中地指涉多元文化时代的话语。因此，多元文化话语不是对多元文化现象的无条件接受，而是具有一种反思的意识，是一种理论话语。这里的多元文化话语不同于多元文化主义。作为话语，它是对"多元文化现象的理论化表现方式"的研究。多元文化现象指的是社会普遍出现的各类文化（文明）之间的交往、对立等状态。多元文化现象的理论化表现方式是指对这一交往、对立状态的理论说明，其中最明显的就是"多元文化主义话语"，但不完全等同于它。如全球化话语、后殖民主义话语都有多元文化话语的研究对象。简言之，多元文化话语就是多元文化现象的话语形态。

本书不是将多元文化作为语境接受下来，而是将其作为一种话语进行正负面意义的探讨，既注意到多元文化话语本身的多方面的交错性，又认识到包括多元文化主义在内的多元文化话语的消极性，同时更强调它对中国文论发展的重要意义。因此，多元文化话语不完全对应于多元文化语境、视野、背景、氛围，而是对多元文化现象进行话语的反思与实践，或者对某一问题进行多元文化话语的解读。

根据多元文化话语的状态不同，大致有以下的类别：

---

① ［法］多加和佩拉西：《文化多元论》，载《国外社会科学文摘》，1988 年第 9 期。
② ［英］詹克斯（Charles Jencks）：《世界文化中的多元论》，载《建筑学报》，1989 年第 7 期。

一是百家争鸣式的，流派与观点众多而驳杂，在思想价值上各有特点和合理之处，思想交流方式多是对话，辅以相互攻击、反驳和辩难。

二是打倒式的、阵地式的，一种思想通对另一种思想的抨击、揭露、批判等，将其挪出历史，表现出强烈的论战色彩，敌我区分比较明显。

三是一元主导多元并存式的，一元具有无可匹敌的话语优势，但也同其他话语有存在的空间，对一元优势话语而言，一方面是发现其他话语自身的固有价值，另一方面也是通过对其他话语的借鉴吸收增进自己的思想能力，或者表现出一元本身的开放、大气、民主等。

大致来说，先秦时代的百家争鸣可以视为第一种，"五四"时期的新文化运动及后续文化运动及后续文化运动可以视为第二种，当前国际文化关系可以视为第三种。

在多元文化话语一词中，多元表达一种相互平等共存的状态，多元文化即多种或多样文化的共处，多元文化话语则指倡导多元文化并以多元文化为宗旨的思想、观念和方法，此外它还被用于指代多元文化处境中的各类话语类型。就后者而言，尽管存在一元主导的事实，但多元文化也并非销声匿迹，而是有着其自身的存在依据。多元文化不仅是一种价值的诉求，也是一种理论的方法。前者追求某一文化应有的地位和价值，后者则通过多元视角透视各类文化问题。

多元文化话语泛指一种不定于一尊的多种文化话语并存的话语局面，但是并存并不意味着共存，倒意味着激烈的竞争和冲突。它有两个方向：一个方向是一元化，即多元归于一元，积极的一元化是一元主导化，消极的一元化是一元霸权化。另一个方向是对话式的，没有强烈的舆论、意识形态、审查机制的制约和规范，积极的对话多元主义是发挥各自所长，消极的对话一元多元主义则是各自为战、相互攻击、排斥、对立等。因此，多元文化话语并不是指一种固定的状态，而是描述它的可能性。

从积极角度而言，多元文化话语研究考察多元文化的提出和思想意义；从消极角度而言，多元文化话语研究则揭示历史上广泛出现的各类话语斗争、权力争夺。多元文化话语是对一种复杂多样话语状态的概括，虽然同样是多，但其话语状态却不是一样的。

第三节 问题的提出：从多元话语讨论现代中国文论

虽然由于众多学者的努力，至今现代文论的研究已经取得了卓越的成就，但与古代文论研究、当代文论研究、文学基本理论研究、西方文论研究相比，从总体上说，数量上偏少，显得较为薄弱。在现代文论研究内部，重点性的内容已经展现出来，但具有重要理论意义的经典性内容尚待挖掘；若干理论大家被密集地研究，但视角、方法较为单一，有的则近似一种重复研究，而像经典文本研究以及其他重要文论家则关注不够，新的方法论尚未得到拓展；现代文论重要著述出版、流传很广，但缺乏深入性、系统性的专书研究，还处于阅读接受的层面；文论知识体系被充分关注，知识生产机制关注不够等，这些问题是应该引起注意的。

一、关于本书研究性质的说明

本书不是总体性的现代文论史研究，限于时间和精力，无法进行这样全方位的研究。本书研究的初衷不在于重写现代文论史，而是着重从空间化、共时化、专题化的角度重新考量现代文论的文化机制、知识体系与理论价值。在时段上以一般意义上的现代（1917—1949 年）为主，但又不局限于此。

本书也不是纯理论范畴式的研究。范畴研究的优点是深入文论知识内部，勾勒出审美、启蒙、革命等，但范畴又不能离开外部的文化机制，因此本书研究集中在文论的文化生成背景及其运行机制上。

本书也不是现代文学思潮研究，排出改良主义、新文化运动、左翼、抗战等序列。这类研究与现代文学结合紧密，与文论专业研究较远。本书也不是纯粹意义上的流派文论研究、文论家研究、经典文本研究。上述内容本身具有无可替代的研究意义，但是，如果缺乏明确的历史视野，则较难全面体现现代文论发生、发展的整体面貌和语境。尽管本书研究涉及上述内容，但两种研究的思路并不相同，一种注重内部、个案，另一种注重外部、专题，当然，二者也不应有割裂，本项研究尽量吸收上述研究成果，以作进一步的推进。

本书也不是文论教材研究，教材研究以教材为中心，对当代教材写作有着积极的意义，但文论又不仅仅表现为教材。

本书也不是一般意义上的比较诗学研究，因为现代文论发生发展除了西方语境外，还涉及社会语境、历史语境、文化语境。

本书的研究在性质上归属于话语研究，围绕文论话语，但不是以文论话语为限（如上所述），而是以文论的文化话语为重点，注重语境、机制、效果分析，并且也不是单一的文化话语，而是多元文化话语，考察不同的文化话语以及语境、机制等是如何生成、影响、改变、推动着中国文论的。在话语选择上，注重选取那些具有多元性内容、全方位影响的重大文化话语，而不纠缠于细枝末梢，冀图以此寻找并勾勒现代中国文论发生、发展、转变的基本机制。

在方法论上，学术一般有两类：一类是论从史出（以史带论），主要为学术史研究，面对具体史料进行分析；另一类是史从论出（以论带史），主要为理论研究，针对理论问题进行史料的佐证。鉴于本书理论研究的性质，选择论史从论出的模式。但这并不意味着史料只是理论的说明、注释，恰恰相反，史料是对理论的修正和完善。所以这里弃用我注六经、六经注我的说法。其实，任何理论研究都建基于史料。本书在大的框架上坚持理论性，在细部的论述上又注重史料的重要性，以此尽量保证理论的自洽、适度。

二、学术史的铺垫与推进

本书的现代文论研究是在前人、前辈学者的基础上的研究，上述有关有关论著在本论题的开启上具有重要的意义，这是不能忽略的并应致敬的。当然，从创新的角度而言，新的研究必须有所拓展，才能为学术进步贡献一份力量。本项研究就是从多元文化话语这一崭新的角度来进行现代中国文论研究的。就目前而言，将多元文化视野引入文学研究是最近十多年间的研究新趋势之一，讨论多元文化呈现出稳步增长的态势，也波及文论研究，这里做一下简要的梳理。

（1）多元文化的会议，会议表征着学术的晴雨表，呈现出时代的学术趋势。[①] 在这一趋势中，多元、多样性、对话、共生、生态等被不断强调讨论。

（2）以多元为视角考察现代中国文学。[②] 这类研究使用多元一词，但并没

[①]　以多元为论题的各类会议有 2001 年的"多元之美"——比较文学国际学术研讨会（北京大学等），2004 年的"多元对话语境中的文学理论建构"国际研讨会（中国人民大学等）、"多元文化语境中的华文文学"：第十三届世界华文文学国际学术研讨会（山东大学等），2006 年的"美学与多元文化对话"国际学术研讨会（中国社会科学等），2009 年的"多元文化中的中国美学"学术研讨会（中国社会科学院等），2010 年的"美学的多样性"——第 18 届国际美学大会（北京大学等）、"多元视野下的中国文学思想"国际学术研讨会（北京师范大学等）、"多元视域下的对话与比较"（复旦大学等），2013 年的第四届话语与多元文化国际会议（浙江大学），等等。

[②]　李城希：《多元文化影响与中国现代文学的发生》，载《江淮论坛》，2003 年第 2 期；关纪新：《各民族文学互动状态下的多元发展》，载《贵州民族报》，2009 年 7 月 30 日；洪治纲著：《多元文学的律动：1992—2009》，广州：广东教育出版社，2009 年版；王晓平著：《追寻中国的"现代"："多元变革时代"中国小说研究 1937—1949》，北京：中国社会科学出版社，2015 年版。

有对其作出详细的理论阐释和界定，大致是将其定位为时代特征、趋势、方向等，其重点是现代、当代文学研究。其中"多元共生"是一个关键词，首先由曹惠民系统阐释，试图将中国台湾、香港地区的文学以及通俗文学纳入大陆现代文学叙事，① 其后，范伯群以其最为熟稔的通俗文学为切入口讨论现代文学的"多元共生"局面，这些努力有力地改变了原有单一的中国现代文学叙事。② 此外，"多元一体"也是中国现当代文学的一个新的叙事模式。③ "多元一体"比"多元共生"要多一个维度，即少数民族文学。由于对通俗文学、台港澳地区文学、少数民族文学等的关注，这促进了中国现代文学研究多元局面的出现。

（3）以多元文化视角或者以多元为语境、氛围讨论现代文论，有的论及多元文论话语问题。

黄曼君主编《中国近百年中国文学理论批评史》④ 第三编"左翼文艺运动与多元化文学理论批评的发展"，明确提出了"多元化文学理论批评"这一术语，但没有做出详细的理论说明，可能在于涉及京派文论等，大体与多样性一词类似。在该书的简编本⑤中，这一部分被压缩掉了。相比而言，1917—1927年的中国现代文学理论更具有多元化、多样性的特征。在简编本的第四编，提出了初版没有的"开放与多元"，但仍然缺乏对多元的细致分析厘定，多是从语境、氛围来述说的。傅莹著《中国现代文学理论发生史》⑥ 的第九章"中国现当代文学理论范式的演变"，讨论了"多元化的文学理论范式"问题，强调文学理论研究应超越"本质主义"的局限，进行多样化的研究。庄锡华著《文化传统与中国文学理论的现代历程》⑦ 以"多元文化背景与自由派文论"，讨论现代文论中的所谓自由派文论。李玉平著《多元文化时代的文学经典理论》⑧，将多元文化视为时代的标志。张清民对 20 世纪 30—40 年代文学理论

① 曹惠民著：《多元共生的现代中华文学》，北京：中国华侨出版社，1997 年版。
② 范伯群著：《多元共生的中国文学的现代化历程》（上海：复旦大学出版社，2009）。以及为纪念范伯群先生 80 华诞暨学术生涯 60 周年而编的论文集《建构中国现代文学多元共生体系的新思考》（陈思和、王德威，复旦大学出版社，2012）。
③ 朱德发等著：《现代中国文学通鉴—上卷—多元一体文学结构的形成（1900—1929）》《现代中国文学通鉴—中卷—多元一体文学结构的演化（1930—1976）》《现代中国文学通鉴—下卷—多元一体文学结构的拓展（1977—2010）》（人民出版社，2012）。
④ 黄曼君主编：《中国近百年中国文学理论批评史》，武汉：湖北教育出版社，1997 年版。
⑤ 黄曼君主编：《中国 20 世纪文学理论批评史》，北京：中国文联出版社，2002 年版。
⑥ 傅莹著：《中国现代文学理论发生史》，上海：上海文艺出版社，2008 年版。
⑦ 庄锡华著：《文化传统与中国文学理论的现代历程》，上海：上海三联书店，2009 年版。
⑧ 李玉平著：《多元文化时代的文学经典理论》，天津：南开大学出版社，2010 年版。

的话语问题进行分析，体现了社会学诗学的风貌。①

在古代文论，也有学者使用多元，比如权雅宁批评中国古代文论只关注汉族文论，而对少数民族文论关注不够，因此提出中国文论的"多元一体知识形态"。② 这一观点是借鉴论费孝通的"多元一体"模式。笔者则将中国文论格局概括为"中华文论"，进一步诠释了中国文论的复杂状态。③ 在今天，从多元角度分析中国古代文论越来越多，渐成趋势。④

在当代文论，也有学者使用多元，比如陆贵山提出的"一体、多样、主导"，其中主导是最重要的，即以马克思主义文论为主导。⑤ 李衍柱强调新世纪中国文论的"多元共生"，即"建立在不同的哲学观、历史观、宗教观、价值观、美学观基础上的不同形态的文学理论"。⑥ 不过，他也强调在多元共生之后是"主导多元、综合创新"。⑦ 冯宪光则提出"建构一种多元一体的中国当代文论话语体系，其中特别需要建构一种以马克思主义基本原理及中国特色社会主义理论为指导的多元一体的主导结构，使多元而不散乱，使一体而不单调"。⑧ 这实际上仍然是一体格局（或主导格局），而非多元格局。当然，这是当代文论的一体性、主导性由中国社会主义国家性质所决定的。实际上，中国当代文论如果将视野扩大必然是多元的，即中国大陆文论、台湾地区文论、香港地区文论、海外华人中国文论、汉学家文论等。赵炎秋则提出中国当代文论发展的多元主义路向，但他的思路与前述观点不同。赵炎秋批评了 20 世纪中国文论的两大倾向即绝对主义（1949—1976 年）和相对主义（1976—2009年）的弊端，而提出"中国文论应走多元主义的道路"："多元主义反对绝对主义的单维性与绝对化，主张多种理论观点的并存，承认这些理论观点的合理性；同时，多元主义也反对相对主义的无差别、无界限、无标准论，承认事物

---

① 张清民著：《话语与秩序》，北京：中国社会科学出版社，2005 年版；张清民著：《20 世纪 30 年代的中国文学理论》，北京：中国社会科学出版社，2015 年版。

② 权雅宁：《试论中国文论的多元一体知识形态》，载《社会科学战线》，2009 年第 4 期。

③ 时胜勋：《从中国文论到中华文论：中华多民族文论发展的独特价值》，载《商丘师范学院学报》，2016 年第 11 期。

④ 比如 2009 年第 5 期《清华大学学报（哲学社会科学版）》发表了一组题为"多元语境下的中国古代文论研究"的笔谈，从多元语境角度探讨中国古代文论，展示了方法论、视野上的创新。

⑤ 陆贵山：《一体·多样·主导》，载《文艺报》，2002 年 1 月 1 日（003）版。

⑥ 李衍柱：《多元共生 和而不同——新世纪文学理论的走向》，载《文艺争鸣》，2006 年第 1 期。

⑦ 李衍柱：《主导多元 综合创新——当代中国文艺学发展的基本态势》，载《路与灯》，北京：北京大学出版社，2003 年版。

⑧ 冯宪光：《中国当代文论话语体系建构的主导结构》，载《中国文学批评》，2016 年第 4 期。

的规定性"。① 这种多元主义既是稳健的，也是可取的。以上相关文论著述虽然涉及多元，但多数不是将其作为一个问题来加以集中的研究，而是将其视为修饰语加以运用，指涉时代特征、趋势等，在理论研究上具有一定的开拓性，但全面性系统性上不太充分，因此亟待需要从总体上加以研究。

三、现代中国文论与多元文化话语

从时代性角度着眼，将多元引入现代文学、现代文论以及相关文论研究已经成为一个学术趋势，在这一趋势下，认真考察现代中国文论与多元文化话语的关系就很必要了。

多元文化话语与现代中国文论关系的研究不是将多元理解为一种对象，而是理解为一种处境、视野、机制、方法论以及价值观，以此激活现代中国文论。这一研究是对围绕现代文论各种中心叙事的尝试性克服，但这并不意味着它有意忽略中心主义的事实。本书研究坚持一种开放性的、长时段的考察，注重前因后果，甚至不惜笔墨探讨了非文论的哲学、文化等内容。本书研究认为，现代中国文论是中国文论史上不可分割的重要组成部分。就结构而言，它可能更类似于先秦儒家文论之状态，经由汉代独尊儒术，从先秦百家争鸣之一元上升为绝对的超级话语的过程。但这并不意味着其他话语就此泯灭无闻。多元文化话语的语境、结构、机制仍然植根于中国文论传统，如道家文论、禅宗文论、心学文论、民间文论等。因此，考察中国文论的多元文化话语对于理解中国文论生生不已的文论精神是有帮助的。

本书所要考察的主要内容为：何为现代中国文论的多元话语，现代中国文论有怎样的多元结构（第二章），具体说就是对西学话语（第三章）、维新话语（第四章）、传统话语（第五章）的分析，讨论它们在现代中国文论话语的兴起、发展、变化等过程中究竟具有怎样的功能和意义（第六章），通过这种追问，总结现代中国文论是如何积极应对现代外来文化的影响并创造自身文化的价值，进而重估本民族文化所受外来文化影响的正负面效应，展现现代中国文论自身独特的理论建构及对当代文化创新所具有的启示意义。

---

① 赵炎秋：《绝对、相对与多元：对建国后文论发展的反思》，载《湖南师范大学社会科学学报》，2009 年第 4 期。

第二章　现代中国文论话语
建构的多元文化场景

　　每一项研究都有一个主题话语，在本书中，这一主题话语就是现代中国文论话语。之所以在本章中集中讨论现代中国文论话语，是自觉地保持一种反思意识，因为任何主题话语都不是不言自明的。其实，主题话语并不是一开始就出现的，它更多的是后来者的建构。因此，任何研究都不能回避话语的建构史及其机制（政治、学术、学科、思想机制等）。从其发生而言，20世纪前期，并不存在所谓的"现代中国文论"。现代历史上那些文学理论家也不会自觉地将自己的研究、探讨视为现代中国文论。像王国维、鲁迅、周作人等这些所谓的文论家、文学批评家，文论对他们的意义绝非是当今学科意义上的。在他们的时代，文论的存在方式与当代迥异。在当代，中国文论主要是作为一个学科而存在的，比较实践性的文学批评也日益学院化，成为当代文学研究的主要领域。但是，在1949年之前，学科化、学院化的文论并不是占据主流的，社团、报刊及公共论域则拥有更多的主动权，现代文论更多的是思想性的，因而其主题话语的论说空间也就与今天所理解的不一致，需要扩大视野。在此背景下，本章将着重讨论的内容是现代中国文论话语如何被建构及其与多元文化论域的关系。

第一节　现代·中国·文论

一、现代及其话语谱系

　　现代中国文论这一短语并不是随随便便就可以拿来用的，对它还需要做出必要的解释和说明。现代中国文论中一个至为核心的词就是现代。

　　现代最常用来指对某一时代的性质或状态的概括和描述，因而它具有延续性、稳定性，不是转瞬即逝的。但现代又不是永恒的、固定不变的。① 现代作为社会的标准，倡导"变中求稳"，在不断的变化中否定自己、完善自己、拓展自己，因而其历史是自我超越的。而古代和传统社会则是"稳中求变"，预设一个亘古不变的准则，后世只是根据历史境况加以变通，其根基并没有变化。现代总是会有迥异的新东西加入，而古代和传统往往将外来因素加以同化，从而和谐地相容在一起。由于现代侧重变化，因而快节奏、矛盾性、多元性就非常突出，很难用一种齐一化的标准加以衡量。

现代并非一个自足的概念，它总是处在多重关系之中。最常提到的就是现代化、现代性。现代化的概念要比现代性的概念大。现代化被视为一种走向现代的过程，用以指社会、经济、政治的发展状况和趋势，比如各类的现代化指标等。而现代性则是一种特性的描述，用以指现代的基本特征，尤其是精神文化的某些特性。在中国语境中，中国现代指的就是中国所处的现代时期，而现代中国则指的是处于这一现代时期的中国。现代化中国或者中国现代化指的是朝现代迈进（或者落实现代）的中国的各种表现和趋势，而现代性中国或者中国现代性则指的是具有现代特性的中国，侧重于其基本特征的分析。因此，现代中国（中国现代）和现代性中国（中国现代性）是有差别的。无论是现代、现代性，还是现代化，它们都是活的词，仍为当代世界所使用，用以称呼自己所处的时代或者境况。

现代是一个时间概念，被用以指称某一特定的时代。这个意思的现代就是历史的现代，也就是作为性质的现代的开端或者起点。从西方而言，大致在文艺复兴之后，西方就进入现代。作为时间概念，现代有起点，但没有终点，今日的社会也被称为现代社会。这就涉及所谓的现代的自我意识。所谓现代的自我意识是说，人们自觉地将自己所处的时代视为现代。"随着启蒙运动，将现代视为此时此地的基本认同被确立起来，并且从那时起，现代社会是我们的社会，是我们所生活的社会，不管我们是 18 世纪的居民，还是 21 世纪初期的居民。"② 现代就是与我们息息相关的时代和境况。作为起点的现代和作为自我意识的现代，双方的关系不是谁决定谁的问题，而是互相交错的关系。有了现代的起点，相应的现代意识才普遍出现；有了现代的自我意识，现代才可以迅

---

① 波德莱尔曾说，"现代性就是过渡、短暂、偶然，就是艺术的一半，另一半是永恒和不变"。参见《现代生活的画家》，[法] 波德莱尔著：《波德莱尔美学论文选》，北京：人民文学出版社，1987年版，第 484 页。

② [意] 艾伯特·马蒂内利著：《全球现代化：重思现代性事业》，李国武译，北京：商务印书馆，2010 年版，第 11 页。

猛发展，并且现代意识又自觉地重构现代的起点及其历程，这也是现代意识自我深化的表现。

现代所指向的基本论域是人的理性。人的理性是挣脱了神的束缚而发展起来的。神的逻辑是非理性，也就是信仰，而人的逻辑是理性，也就是科学。一个是信仰—道德逻辑，另一个是真理—科学逻辑，二者在一定意义上可以共处，并不必然引发冲突。为此，康德还区分了物自体和现象界，给宗教、信仰、道德预留了位置。① 而维特根斯坦的分析哲学则干脆将物自体的内容清除出哲学范围了。② 由此可见，现代、现代化、现代性更多地指向世俗化、现世化、实用化，对西方尤其如此。世俗化、现世化、实用化并不就是庸俗，而是人的觉醒和崛起。尼采揭示的"上帝死了"③ 只是人类崛起的结果。④ 现代的人自信于自己的理性，经过科学、历史验证的真理自然放之四海而皆准。但是在古代，人总是有不可掌控的地方，于是"尽人力而听天命"。由于现代特别注重人的力量，所以人被积极调动起来。社会的能动性和流动性空前扩大，社会变迁的力度也随之加快。现代虽然迥异于封闭意义上的传统，是未完成的一个过程，但现代又是矛盾重重。传统社会的思想特征是对天命、皇权、历史的认可，它们既是绝对的，也是共同的，而现代由于人的觉醒而日益呈现多元化的局面。人们不再崇尚历史、自然、英雄，而开始崇尚人的理性，特别是工具理性、科学理性，注重个人的觉醒和人自身对自然的征服，对一切神秘主义加以拒斥。但是，由于现代的另一面是人的理性的极度扩张，从而导致激进主义、冒险主义、投机主义泛滥，完全不顾及当下的现实条件是否允许。理性的限度就是现代的限度，理性不能穷尽一切可能。这个限度其实就是人自身的限度。人来自世界，不可能成为世界的主宰，也不可能成为历史的主宰。在此意义上，现代恰恰就处于完成与未完成、理性与非理性、人与世界的重重矛盾中。

在现代的诸多讨论中，现代与传统、现代与西方的关系是焦点。有一种倾向是将传统、现代的关系视作二元对立的关系，为了现代就必须反传统，甚至

---

① 康德的三大批判《纯粹理性批判》《实践理性批判》《判断力批判》分别讨论认识论、伦理学和美学问题，其中伦理学和美学涉及宗教、道德、意义等问题。

② ［奥］维特根斯坦著：《哲学研究》，李步楼译，北京：商务印书馆，1996 年版。

③ ［德］尼采著：《快乐的科学》，黄明嘉译，第三卷，第 108 节，125 节，上海：华东师范大学出版社，2007 年版。

④ 上帝死了是人类谋杀的结果，一结果实际上又预示着人类悲剧命运。俞吾金认为，"尼采在自己的著作中不自觉地泄露了导致上帝死亡的真正原因，即上帝之无能、救赎之无效和人类之绝望。"参见俞吾金：《究竟如何理解尼采的话"上帝死了"》，载《哲学研究》，2006 年第 9 期。

全盘反传统。其实，传统和现代并不构成对立，传统、现代的历史变迁不是人的意志运动的结果，而是社会变迁的历史必然。中国现代历史的曲折发展不是未能彻底现代化导致的，而是中国如何将自己的传统积极融入现代社会所付出的必要代价。在经历了一次又一次的挫折和失败之后，中国才逐渐完成了从传统到现代的过程。故而，从一开始中国就不是纠缠于传统现代的二元结构之中，而是超越这个结构，进入的是实践层面，也就是如何将传统转入现代。问题不在于是否转入，而是如何转入。

现代与西方的关系也是与此类似，但却是相反的，为了现代就必须全盘西化。其实，西方和传统一样，都面临如何转入中国现代的问题，而非简单的要不要西方的问题。现代本来是西方审视自己时的一个称谓，为何会转用于非西方国家呢？根据后殖民理论和东方主义理论，西方在审视非西方时，将西方视为现代的，将东方视为传统的。二者处于不同的时间序列中，古老东方的未来正在西方。而在东方，特别是古代中国，审视自身的时候是中心边缘模式，中国高高在上，四夷环绕周围。在19世纪，这是两大世界观的直观表现。一个视对方为落后，另一个视对方为未开化，二者的碰撞必然导致冲突。在这场冲突中，中国失败了，古老的朝贡体系、天下体系崩解了，从而不得不重新审视自己和外在世界的关系，并且逐渐融入新的国际体系之中。但东方文化体系或世界观的崩解并不意味着彻底清除，而是转变了另一种模式，即积极融入现代世界，但又保持本国的政治传统。比如天下观念最近又得到新的阐释。中国对现代的思考呈现两种模式：第一是对现代的原理解，第二是现代的现实实践。原理解随着历史的变迁而不断扩大，同样地，现代的现实实践也是不断扩大的。现代在中国不可能是毕其功于一役的，以为引进西方的现代就可以一举实现中国现代，显然是对西方现代的误解。在西方，进步主义的观念根深蒂固，不可能固定于一点。所谓进步主义，始终认为未来将朝着更好的方向发展。相反，中国历史的发展都在追问着如何的问题，表明了中国自身的文化品格，它不是思辨性的，而是实践性的。实践性的未必意味着第一个层次，而是意味着它固有的价值。

在界定中国现代的时候，我们遇到的困难远不止这些，诸如技术的、意识形态的、制度的、思想的、文化等因素层出不穷。这里着重讨论的一个问题就是，反现代①的趋势是否也是现代的必要组成部分呢？

---

① ［美］艾恺著：《世界范围内的反现代化思潮——论文化守成主义》，贵阳：贵州人民出版社，1991年版。

第一个反对力量是保守主义，① 注重传统、历史和过去的文化思想遗产，反对现代的急功近利和世俗性，渴望回到古代田园牧歌的世界中去，恢复传统人性的完整和丰富。他们反对历史虚无主义、文化虚无主义，反对激进的现代化方案。不过，保守主义在现代面前似乎没有招架之力，中国的两个最著名的保守主义代表——国粹派和学衡派就先后被倡导西化的现代化派击溃，类似的文化民族主义、玄学派、新儒家，也几乎遭遇过同样的命运，而不得不有所改变，如果它们还依附于保守的政治力量的话，遭到的反抗就更强烈了。

第二个反对力量是马克思主义。当然这里的现代将被特指为资本主义的现代性，或者说共产主义、社会主义的现代性还没有最终实现。将现代等同于资本主义，这在西方是一个主流看法，如马克斯·韦伯着重讨论的资本主义与清教（新教）伦理的关系。② 在保守主义看来，现代已经是激进主义了，但是马克思主义并没有拥抱过时的保守主义。马克思主义非常巧妙地利用了资本主义，在其所勾画的历史模式中，在特定时代，资本主义（资产阶级）仍然是具有革命性的，比如反对封建主义。在此阶段，马克思主义的目标和资本主义（资产阶级）的目标并无二致，推翻封建主义对资本的束缚，但是在终极目标上马克思主义则远远超越资本主义（资产阶级），它要实现共产主义，做资产阶级的掘墓人，将权力还给人民，为此它必须牢牢掌握社会运动的领导权，并在夺取资产阶级革命胜利后继续完成自己的使命。这就是所谓的社会主义现代性的问题。社会主义的现代性导源于马克思主义，经过巴黎革命、俄国革命而不断彰显其影响力，在"五四"新文化运动前后传入中国。"五四"新文化运动本身包含多种因素和方向，比如资产阶级的思想学说，以及反帝反封建等，但中国却选择了左翼路线，这一路线恰恰是反西方主流思想的，或者说是对西

---

① 政治学意义上的保守主义是对自由的保守，宽泛而言，就是对一切正面价值（核心是自由）的保守。一般中文语境中的保守主义主要是守旧、顽固等，这里的保守主义主要是保守传统文化精神、血脉等，里面其实主要包含的是自由（人文性）。因此，本文的保守主义不纯指顽固、落后，而与政治上的保守主义有一定的联系，但又不是一个概念。参见刘军宁著：《保守主义》（第三版），北京：东方出版社，2011 年版。

② 清教（新教）伦理中很强调克制，但清教徒有很强的商业与创业精神，他们将消费性投入和支出全部用在生产性投资和扩大再生产上，反而促进了资本的积累和产业的发展，促进了资本主义的发展。此外，清教徒还有很强的道德感与社会参与意识，因而体现了比较强的宗教性。这种将资本主义与宗教融合起来的看法扭转了人们对资本家唯利是图的粗浅看法。参见［德］韦伯著：《新教伦理与资本主义精神》，于晓、陈维刚等译，北京：三联书店，1987 年版。

方现代（资本主义）的一次克服和超越。这无疑体现了某种后发优势。① 这个克服和超越是由马克思主义所奠定的并有俄国等国的革命实践所推动和证实的。不过，马克思主义并没有着重讨论现代，它主要考察的是资本主义和其反对面的社会主义、共产主义，诸如资本、异化等。资本主义对历史的划分为古代、中世纪、现代三个主要阶段，而马克思主义则侧重的是经济基础，因此其对历史的划分为原始社会、奴隶制社会、封建社会、资本主义社会和共产主义社会。原始社会、奴隶制社会、封建社会、资本主义社会都是生产资料私有制的产物，只有到了共产主义社会，公有制才确立。但是私有制并不意味着古代和落后，资本主义的生产关系就是现代的。按照马克思主义的解释，资本主义已经走到了共产主义的门口了，高度发达的资本主义必然走向共产主义。所以，如果说资本主义是现代的话，那共产主义无疑也是现代的，它绝对不会是类似封建社会的落后的时代的象征。当整个世界出现了新生的力量时，人们无疑会选择这一新生力量，或者会重视这一新生力量。况且马克思主义宣扬的劳工神圣与中国传统固有的民本思想有着很强的契合度。新文化运动时期，西方的马克思主义运动或者说共产主义运动已经如火如荼了，因此，中国选择社会主义、共产主义的路线一点都不奇怪。社会主义的现代化、现代性在中国的开展也是历史和当代事实所决定的，这一点是不可否认的。在讨论现代的时候，社会主义、马克思主义这一维度不能轻易否定掉。当苏东剧变之后，有些西方学者宣称人类的历史已经终结，资本主义将成为最终的目标，不会再有马克思主义、共产主义，那么再来讨论这个现代性问题就尤为重要了。

第三个反对力量是所谓的后现代主义（后殖民主义）。后现代在话语、思维、逻辑层面剖析人类有史以来（不止资本主义现代性）的各种弊端和惯性，也就间接证明现代并非完美无缺，甚至资本主义现代性的骨子里仍然有着历史的沉渣，如东方主义、白人中心主义、基督教中心主义、男性中心主义、人类中心主义等，并没有随着现代的发展而终结，而是变得更加隐秘。后殖民主义则是从殖民地视角反思西方现代性的不彻底性。在后殖民主义看来，西方一方面将自己的文化视为至高无上的优越的文化，但却不愿将民主、平等、博爱施加于殖民地，反而使用侵略、屠杀、压迫、同化、奴役这些野蛮的行径，或者

---

① 中国完成民族解放、国家独立如果采用典型的资产阶级方案的话，那么由于不具有西方国家的外部条件即帝国主义入侵，所以不可能缓慢形成强有力的政治集团，而马克思主义恰恰是在遭遇强大的资产阶级的时候形成的强大的组织基础——共产党，这为中国革命提供了强有力的组织基础，其超强的动员效应为中国革命的成功提供了先决条件。

种族隔离，严重违反现代性精神。这是文化双重标准的体现。但是后殖民并非一味要求西方现代性的平等性，还同时要求本地的差异性。后殖民主义对西方现代性的冲击带来了广泛的民族解放运动与文化复兴运动。在这一运动过程中形成了丰富多彩的民族文化。

反现代的努力尽管可能中断，或者遭遇误解和挫折，但却是历史前行不可缺少的力量，甚至是重要力量，并且它们自身就是现代的。保守主义如此，马克思主义如此，后现代、后殖民主义也是如此。没有反现代，现代不可能称为现代。当然，反现代也不必然拥抱传统，而是在更高的层次上反思、继承和超越传统。在本书的讨论中，现代也是处于这样的场域之中的，并没有将现代视为一个绝对的、不可置疑的大词，它不会在不加质疑的情况下使用。

二、现代中国概念与其开端的多重指涉

在中国的语境中讨论现代，必然指的是现代中国，这就将现代问题的普遍性引向了特殊性上，或者说从西方引向了中国。现代中国是现代性中国，还是现代历史上的中国？如果是现代历史上的中国，就包括清帝国（1644—1912年）、中华民国（1912—1949年）。① 这样的现代中国就是一个历史阶段，但是现代中国又并非是历史阶段，还是一种现代性的中国，它可能持续至今。因此，现代中国的重要问题不在于其结束于何时，而在于其起始于何时。

为解决这一问题，可以对照西方。西方的现代（现代西方）虽然也有各种版本，但基本可以确定其各个阶段。在历史上，西方历史一般划分为古代、中世纪、现代三大阶段，晚近以来，则呈现四分法，将现代分为早期现代也称为近世（Early modern period）和后期现代也称为近代（Late modern period）。早期现代起始于中世纪晚期至 17 世纪，包括文艺复兴、宗教改革等，后期现代指 18 世纪至"第二次世界大战"，包括启蒙运动、法国大革命、工业革命等。"第二次世界大战"之后，整个西方进入当代史，但在大时段上也属于后期现代。现代之前是前现代（pre‑modern era），对西方而言就是中世纪、古代。但这和中国对自身古代、近代、现代、当代的划分不一致。

这里面有一个历史叙事的问题。欧洲的现代史既不等于世界的现代史，也不等于中国的现代史。就中国现代史而言，有一个突出的问题，就是近代与现代之分。近代是日本创制的术语，对应的就是 Modern。也就是说在明治维新

---

① 就国家政权而言，除了清帝国、中华民国之外，还有中华苏维埃共和国（1931—1937 年），简称苏区，1935 年更名为中华苏维埃民主共和国，1937 年改制为中华民国陕甘宁边区政府。此外，还有满洲国等傀儡、汉奸政权，一般称为沦陷区。

时期，近代就是 Modern。以近世一词来汉译英语的 Early modern，始于日本的内藤湖南，即 14 世纪以后的西方历史为近世史，而将宋代界定为中国近世的起点。至今京都学派都坚持这一划分。日本历史学家引入 Modern 之后对中国、日本历史所作的划分是一种理论的建构，并不代表历史本身。

就中国而言，近代、近世是经由梁启超等人引入中国的，但在清末时期，近世和近代并没有完全定型。到了民国时期，近世与近代的意义逐渐确定下来，近世对应于 Early Modern，近代对应于 Modern。台湾地区还沿用这一称呼。在中华人民共和国成立之后，中国史学界的传统是将 Modern 译为现代（即近代），而 Early Modern 译为近代（即近世），近世一词则较少使用。这导致了近代一词的歧义。于是，本来都属于现代的近世（早期现代）、近代（后期现代），到了中国就成为两个截然不同的时代了。

因此，在确定何为现代中国的时候，问题就出现了，现代中国是一种理论建构，因为在当时人们的称呼是近代。这一点是需要说明的。就其建构而言，在历史学界，对于现代中国有两大观点：一是 1919—1949 年，强调无产阶级领导新民主主义革命的重要性；二是 1840—1949 年，强调社会性质属于半封建半殖民地（semi‑feudal and semi‑colonial society）。[①] 20 世纪 90 年代以后，后一种观点逐渐成为主流。[②] 按照这样一种观点，现代中国文论就应该称为"近代中国文论"了，相应地，"现代中国文论"就是当代中国文论了。这必然带来了一定的矛盾。因此，本书所坚持的现代既有近代（1840—1919 年）的因素，也有当代（1949 年至今）的因素，但以 1919—1949 年这一相对阶段作为中心，又不限于这个阶段。并且，这里的现代中国是就社会文化的结构而言，因而具有其合理性。

解决了这一问题，我们再来看现代中国的起点，它起于何时呢？[③] 其中最重要的是关于现代的起点问题，分别有 1949 年、1917 年、1912 年、19 世纪 90 年代、19 世纪 60 年代、19 世纪 40 年代、17 世纪等。

---

① "半封建"或"半封建社会"的术语是由马克思和恩格斯提出的，用来指称中国为半封建、半殖民地则来自列宁，而将二者合并在一起则来自蔡和森，后来成为中国共产党的主流观点。今天的争议主要在于对封建社会的理解上，有些学者认为中国古代不是西方典型意义上的封建社会，而是宗法专制社会。

② 比如 1999 年，由中国社会科学院近代史研究所所长张海鹏主编的《中国近代史》一书以 1949 年为下限。马工程《中国近代史》教材亦坚持此说。

③ 需要说明的是，现代中国并不是政权意义上的中国，尽管有重合。因此，清朝政府、中华民国、中华人民共和国都有可能分享现代中国的内涵，但未必就与现代中国完全重合。现代中国的文化思想内涵要更为丰富。

（1）1949年。这是当代的一个观点，主要是史学界的看法。中华人民共和国成立之后，中国社会的性质发生了质的变化，结束了自1840年以来的半封建半殖民地的历史。中国现代史即是从1949年开始。这也是最晚的现代起点。在此意义上，中国现代史是与原来的中国当代史重合的，也是与中华人民共和国史重合的。这一划分有利于从社会性质角度理解中国历史发展。但是，由于近代一词本就具有现代（Modern或者Early Modern）的意思，所以并不与现代完全隔绝。

（2）1917年。最常见、最通行的是以1917年为现代中国的起点，或者中国现代史的起点。这一点主要是因为1917年爆发了俄国十月革命，共产主义获得了第一个国家政权，世界历史进入资本主义与社会主义共存的状态，从而构成了世界历史的分水岭。[①] 中国主要采取这一观点，也影响到其他历史叙事。通行的中国现代文学就是从1917年开始的。但是，晚近以来中国历史学界主流看法是1949年，如上所述。不过，在文学史领域仍保留这一划分，并未受到太大影响。[②] 新文化运动很早就被认为是中国的文艺复兴。所复兴者为中国周代文化，周代文化"可与希腊罗马比拟"[③]。新文化运动在起初虽借西风，但却是复兴中国元典文明的。可以说，新文化运动并非全盘反传统，而是有着自己的历史意识的。新文化运动之所以被视为起点，乃是因为此前的运动和革命均未实现文化复兴这一任务。新文化运动之后，白话文、自由思想、人文主义等得以普遍开展。将1917年视为现代中国文学的开端是在20世纪30年代，[④] 其中比较有代表性的是《中国新文学大系（1917—1927年）》。这一框架目前仍然具有着重要的影响力。[⑤]《中国新文学大系》所着眼的是对旧文学的抨击和取代，而到了1949年之后，新文学则被命名为现代文学，以区别于新中国文学，使现代文学成为前有开端后有终端的三十年历史。[⑥] 将新文化运动作为现代中国文论的开端有其历史的依据，尽管我们不否认清末民初为新

---

① 现代的分期有不同看法，在西方一般将战后（1945年之后）视为一个分水岭，即当代，现代的历史比较长，延伸至中世纪晚期。这是和中国不同的。

② 在《授予博士、硕士学位和培养研究生的学科、专业目录》中，中国史二级学科有"中国近现代史"，而中国语言文学二级学科中有"中国现当代文学"。由此可以看出两个学科是相对独立的。

③ 蔡元培《中国新文学大系·总序》。

④ 最早明确以1917年为新文学起点的是王哲甫，参见《中国新文学运动史》，北平（北京）：杰成印书局，民国22年（1933年）版。

⑤ 如王运熙主编：《中国文论选·现代卷》，南京：江苏文艺出版社，1996年版。

⑥ 如钱理群、吴福辉、温儒敏著：《中国现代文学三十年》，北京：北京大学出版社，1998年修订版。

文化运动提供的思想氛围和历史前提。但是，研究现代中国文论的起源或者发端就不能仅仅局限于新文化运动了，而应该往前延伸，细致分析现代中国文论的核心要素是如何在历史中出现、成型并最终确立的。以1917年为开端，是现代文学最具象征意义的表现，但就中国台湾地区而言，其开端是在1923年。这是由于中国台湾地区当时是日本殖民地，新文化运动传播较晚，出现的现代文学性质的作品也靠后。[①]

（3）1912年。将1917年作为现代中国的起点侧重于文化、思想，也是以一个重要的事件为起点的，但是1917年之前和之后，中国社会本质上并没有发生大的变化（比如都处于北洋军阀统治中，新闻、教育等文化事业也未有根本性的变化），而1912年中华民国的成立，仍然是一个不可忽略的重要事件。可以说，1912年之前和之后，从政体上说可谓是两个不同的时代。故此，现代中国的开端也可以定位于1912年中华民国的建立，在这一年，一个迥异于传统王朝国家的现代国家在中国建立了。这一划分从政治角度而言是合理的。但是，民初的统治阶层主要是清末兴起的军事集团（北洋军阀），他们并无心于国家制度建设，反而出现复辟这样的闹剧。这说明在思想观念领域，单纯地同新式科技军事的结合仍然是不成功的，仍在重复历史的老路。1912年建立的中华民国只是一种形式上的现代中国，制度落实不稳固，社会基础不牢靠，思想观念也没有大范围的改观，在很多内容方面（如广大农村、基层，思想观念领域）仍然是传统的。由于中华民国历史的特殊性，在台湾地区，这种用法更具有特殊性，如上官予等著《五十年来的中国诗歌（1912—1961年）》（台北正中书局，1965）。

（4）19世纪90年代。[②] 新式观念、制度的引进当然不始于中华民国的建立，中华民国的建立是新式观念思想运作的必然结果，至少在制度层面上，传统的中国已经丧失了继续存在的合理性。这种制度性的推进可以追溯到晚清的宪政改革上，即19世纪90年代中晚期至1911年。[③] 1898年的维新运动是体制内的一种改良，即仿效日本明治维新，建立君主立宪制，限制君权，提高民

---

① 李诠林著：《台湾现代文学史稿（1923—1949年）》，福建师范大学博士论文，2005。

② 这一开端并不确指，大抵可以称为晚清十年或者光绪晚期至宣统时期等，但最早不会超过1891年，下限有的延伸至1912年，甚至有的延伸至1916年前后（如陈万雄著：《五四新文化的源流》，上海：上海三联书店，1997）。

③ 在小说研究领域，美国汉学家韩南认为，"对现代小说的诞生具有决定性意义的时间实际上是1895年"，"1895年后的几年应当被视为先于小说革命而兴起的第一波创新的浪潮"，其立论基础主要在于此时小说叙事者的显著变化。参见［美］韩南著：《中国近代小说的兴起》，徐侠译，上海教育出版社，2010年版。

权,将中国从一个封建国家转变成现代资产阶级国家,但由于政治经济基础不稳固,维新力量的冒进和顽固势力的反扑而失败,但其思想遗产为清王朝的后继者所借鉴吸收。清末兴起的预备立宪就是吸收了维新运动的思想。随着革命思潮以及各地的暴动、起义的越演越烈,此时,摇摇欲坠的清王朝无法顺利地将朝代国家(帝国)转变为国民国家,最终被革命所推翻。

(5)1860年代。晚清实行的制度推进的一个直接动因就是甲午战败,甲午战败不仅直接导致了以中国为中心的朝贡体系的最终崩溃,也改变了东亚的政治格局,中国陷入东西方列强夹击的境地。其二,洋务运动以来的科技进步毁于一旦,使得中国不得不重新审思自己的未来,一批先进思想者着眼于制度角度加以改进,遂有百日维新的出现。因此,在19世纪末期的政治运动的出现必然是前期现代化不彻底的表现,但作为开端,却是不可忽略的。尽管19世纪60年代的洋务运动只是技术性的,没有触动体制,但对中国人了解世界有重要的意义。引进西方科学技术,派遣留学生,聘请洋教官,开办新式学堂,这些无可置疑地在推动中国朝现代方向发展。有些历史学者就将这一时期视为中国现代化的"最早启动"。① 正是这一技术现代中国的发展,才促成了维新运动。

(6)19世纪40年代。现代的历史还可以往前推,比如有的论者将鸦片战争结束后的一段时期(1842—1850年)视为中国的一次现代化机遇,由于种种原因并未实现。② 有的将战前作为现代(近代)史开端。③ 有的从文化交往的关系上立论,将现代的起点划定在1850年。"世界已逐渐纳入一个全球性的多国体制,但是全球性的整合尚待完成"。④ 鸦片战争是由于经济原因而导致的中西军事冲突,后来上升为文化观念上的冲突,但这一点很快就被清王朝化解了,中西关系被纳入既有的夷夏体系之中了,二者的相安无事并没有维持多久,新的经济、外交关系已经成为这个时代的基本规则,故而鸦片战争之后的一段时间内,中国并没有自觉地进行现代化的建设,但是中国融入世界体系则是在不自觉间进行的。

(7)其他。有的将现代中国论域的开端划定在17世纪的晚明,⑤ 有的将

---

① 罗荣渠著:《现代化新论》增订本,北京:商务印书馆,2004年版,第363页。
② 袁伟时著:《中国现代思想散论》,广州:广东教育出版社,1998年版,第381页。
③ 蒋廷黻著:《中国近代史1838—1926》(1938年初版),昆明:云南人民出版社,2016年版。
④ [美]许倬云著:《许倬云观世变》,桂林:广西师范大学出版社,2008年版,第28页。
⑤ 如张显清:《晚明:中国早期近代化的开端》,载《河北学刊》,2008年第1期。

宋代视为现代中国的开端，① 还有的将清代整体视为中国向现代转变的重要对象②。这些论点多是基于思想史、文化史的考察，分析现代中国产生的若干起源线索、因素等，涉及了传统与现代这一重大问题。

从最严格到最宽泛的开端，其间跨度之大超乎人的想象，其争论也从未止息。如果从社会性质而言，现代中国最晚为 1949 年，但从现代民族国家形成的角度而言，现代中国最晚不会晚于 1917 年（或 1919 年），而最早也不会早于鸦片战争之前。也就是说，中国现代可以和中国近代（1840 年以来）重合，但却不会走到古代的世界里，比如晚明、南宋等。中国近代（即早期现代、近世）一般指的是从传统中国到现代中国的过渡阶段，是程度的不断加深的一个过程。但是现代中国又是一个没有终结的过程（在西方也是这样一个开放结构），因此现代中国有开端，但没有终点，所谓的终点也仅是从历史学的角度而言的。

从大体上来说，1949 年开启的是社会性质（社会主义）上的现代中国。新文化运动开启的主要是文化、思想、观念的现代中国，此时的中国寻找到了自己的思想路线，主要是马克思主义和自由主义（资本主义），马克思主义在 20 世纪 30—40 年代的延安有局部的实践，在 1949 年以后在中国绝大部分（除台湾、香港、澳门地区）得以贯彻和落实，而新文化运动在台湾地区也有相当的影响，其主要体现在自由主义上。

1898 年开启的主要是制度的、政治的现代中国，注重制度、体制的建设，大致经历了维新运动、清末宪政、民初共和几个阶段。制度设计是晚清的政治主题，伴随政治改革的是一系列的对政治、经济利益的重组，限制皇权、提升民权，发展工商业，这些无疑是翻天覆地的，比如新式学堂的设立与科举的废除，但制度的落实如果没有一定的经济基础、社会基础那是很难实现的，这种自上而下的改革往往会被一些偶然性的、人为性的因素所打断，而这些偶然性、人为性的因素又根植于旧的思想体系（封建专制）和经济基础（小农经济）。因此，改变旧思想旧基础必然是一个艰难的过程，但是清王朝由于其自身的种族因素和专制基因，无法迅速把握历史，而被历史所埋葬了。

1860 年代的洋务运动开启的主要是军事的、技术的、经济的现代中国，

---

① 日本东洋史京都学派持此观点，内藤湖南认为宋代是中国近世的开始（内藤湖南著《中国近世史》）。宋元为近世前期，明清为近世后期。汪晖的《现代中国思想的兴起》也是从宋代论起的。

② 如［美］史景迁的《追寻现代中国：1600—1912 年的中国历史》（上海远东出版社，2005），所论内容的主体是清代。

但事关国计民生的并不多，没有从根本上改变中国的经济模式。主要原因缺乏自主研发能力，大量进口，一旦进口不利，则必然遭遇危机。比如清末北洋海军，虽然亚洲第一，但制造能力不行。[①] 这种仅注重军事技术或者依赖进口，而在思想观念上固守传统以及政治倾轧与腐败的局面似乎并没有伴随清王朝的终结而终结，我们仍然可以看到现代以来的军阀政治，他们只在乎地盘、称号，而不在乎国计民生。当然，技术、经济对现代国家来说是不言而喻的，关键在于实行的是什么样的技术、经济观念和思想，以国民为重，注重社会生产和人民福祉才是最根本的，这一点在现代历史上并不鲜见。各种实业救国、经济救国，以及国民政府的30年代的经济建设，乃至20世纪后期的改革开放，都证明技术、经济观念和思想的重要性。技术、经济不能围绕在某个集团利益上，而必须付诸整个社会、国家，促进社会经济的扩大化和再生产，而不是一味榨取剩余利润，导致民不聊生。技术、经济中国的目标便是国富民强，而要实现这一点必须实行现代的、新的经济制度，而非某些手段，更重要的还要有自主研发创新的能力，不能一味引进和模仿。这样只能是富而不强。技术中国的失败皆在于没有自己的创新、观念体系，技术所提出的新的思想观念也没有落实在中国人精神、思想上，这种不统一、不兼容，必然导致失败，故此技术立国更在于教育、文化的立国。这也是百年树人的重要性之所在。

这些所谓的开端运动，其所实现的目标并不太一样，其结局也不太一样。洋务运动只是侧重军事技术，无法使传统中国顺利完成转向。维新运动着眼于政治、体制的改革，虽然失败了，但其民主、改良思想却为清末立宪所继承。辛亥革命的目的是建立中华民主共和国，彻底推翻了封建帝制，在政治制度上是一大进步。新文化运动是对民初共和政治失败加以反思的结果，国内一盘散沙，主权不独立，军阀统治，最终的任务乃在于彻底革新文化，进行平民化民主化的社会革命。这一点在后来的发展就是中华人民共和国的成立。

大体而言，这一时期可以称为"大过渡时期"。有学者将中国近代划定在19世纪90年代到新文化运动前夜，之前仍划归古代时期。[②] 这一种划分应该是狭义上的中国近代。还有一种划分则将19世纪90年代至新文化运动视为现代，此后为中国当代，这是就思想史、观念史的角度着眼的。[③] 这一大过渡时

---

① 甲午战争两年前，由于清政府财政困难，停止进口枪炮舰船，北洋水师弹药储备严重不足，导致北洋水师处于极为被动的局面。

② 如叶朗著《中国美学史大纲》（上海人民出版社，1985）采用此说。

③ 金观涛、刘青峰著：《观念史研究》，北京：法律出版社，2010年版。

期呈现出一种从量变到质变的变化，只是到了新文化运动才出现了巨大的变化。本书说的现代广义上包括了"大过渡时期"，同时又延伸至当代，可以视为开端之后的发展。在这一时期，政治、社会等发生了更为深刻的变化，清朝内外矛盾日益尖锐，新思潮不断兴起。

一般而言，从 1898—1917 年的 20 年间，往往又合并在一起加以论述，通称清末民初。19 世纪末期至新文化运动这一段时间是为新文学运动提供了重要的基础和条件，这一点毋庸置疑。① 当然，就现代文学而言，其最大的缺点就是缺乏大量优秀的新文学作品。这一时期也只能成为中国现代文学的"史前史"。但对文学理论而言，现代性的因素已经多有体现了。所谓的现代性因素并不是指具有现代意义的中国文论已经出现了，而是说，现代性因素已经开始浸入文学观念、文学创作之中了。

从 19、20 世纪之交开始，一直到现在都可以称为现代中国文论，它们在语境上有着某种相似性。这种相似性就是中国的现代性。中国的现代性并不是始于 1917 年，毋宁说 1917 年的中国已经很现代了。在经过了 1898 年的维新变法之后，中国已经明显地不同于古代中国了。在此意义上，晚清新政可以说是"革命性"的。② 清末民初的社会环境已经发生了较大的变化。其一是西方思潮的逐渐深入人心，社会革命、自由民主等思想也在慢慢地进入中国。其二是文化传播的日益扩大，报纸杂志不断涌现，为新文学和革命思潮的传播打开了新的局面。1897 年，中国第一份白话报纸《演义白话报》创刊，到 1917 年胡适等人提倡白话文学运动，其间亦有 20 年的历史，可以说新文学运动绝非一夜就爆发起来的。它有其自身酝酿、发展、繁盛的过程。

现代中国既然有开端，对其终端的思考也就时所难免了。大致分为以下四种话语：第一种是以 1949 年为终端，这是最通用的，在中国大陆最为盛行。第二种是以 1979 年为终端。这是近年来才逐渐出现的一个观点，比如吴中杰、许道明、洪子诚等人，都将"五四"运动至 70 年代的历史阶段视为一个相对完整的过程。第三种是以 20 世纪末为终端。这一观点也有表现，比如有些冠名现代文学的著作就延伸至 20 世纪 90 年代，如程光炜的《中国现代文学史》。但更多的是用 20 世纪来替代现代。第四种是没有明确的终端，或者说现代是未完成。这也是宽泛意义上的现代，至今像现代化、现代性、后现代性等，都是现代的不同表现，并不意味着现代已经彻底实现。

---

① 陈万雄著：《五四新文化的源流》，北京：三联书店，1997 年版。
② 任达著：《新政革命与日本》，李仲贤译，南京：江苏人民出版社，1998 年版，第 215 页。

三、现代中国的多重自我意识——以文学言说为中心

上述论及现代中国的开端主要是一种基于当代的考察，是从当代的角度来研究的，不过由于现代是一个自我意识，因此我们尤其需要考察他们是如何称呼自己所处的时代的。从文学、文学理论而言，大体有以下几种指称。

（1）"近……年"（或最近）。有"近五十年"①，有"近四十年"②，有"近三十年"③，有"近二十年"④，有"十五年"⑤，有"最近"⑥ 等。这类称法可以说是模糊或者中性称法，但表现的却是一种当代意识、当下意识，甚至是前沿的意识。⑦ 这至少表明当时有相当一部分人还无法从理论上确定这个时代是什么时代。除了像霍衣仙、李何林及王哲甫等人的著作和新文学话语重合外，其他多数著述并没有特别地将1917年作为描述最近一段文学的起点，而是将清末民初视为一个可以讨论的整体。由此可知，1917作为现代文学、文论的开端并不是绝对的。

（2）新。一般多用于新文学，⑧ 在一些通史类的《中国文学史》中，结尾部分多有新文学的内容，如贺凯《中国文学史纲要》（北平文化学社，1931年）下编"帝国主义侵入后的文学转变"，以新文学为论述内容，从清末一直

---

① 如胡适《五十年来中国之文学》（申报馆，1924年），从桐城派古文开始，即以1872年（曾国藩卒年）为起点，一直论述至文学革命前后；郭湛波《近五十年中国思想史》（人文书店，1935年），从清末维新运动开始，一直论述到30年代中期。

② 如陈柱《四十年来中国文学之略谈》（交通大学出版，1936年），论述的区间为1897—1936年，多为古文、骈文、古诗词等，对新文学所涉甚少。

③ 如陈子展（陈炳坤）《最近三十年中国文学史》（上海太平洋书店，1930年），论述区间为1894—1930年，以诗、散文、词曲、小说为基本文学样式，另有敦煌文学和民间文学，可谓独具只眼。

④ 如李振镛著《中国文学沿革概论》（上海大东书局，1924年）在清代文学之后有"二十年来文学之趋势"，李何林《近二十年中国文艺思潮论》（生活书店，1939年初版）、霍衣仙著《最近二十年中国文学史纲》（广州北新书局，1936年），从新文学运动论起。

⑤ 如王哲甫在其《新文学运动史》中有"十五年来之中国文坛"（该书第四章，时段为1917—1933年）这样的用法。

⑥ 如赵景深《中国文学小史》（上海光华书局，1928年）第三十三章为"最近的中国文学"，伪满时期田鸣岐《历代文学小史》（奉天惠迪吉书局，1943年），有"最近的我国"内容。

⑦ 不仅"最近"（"今日"）用在中国文学之叙述上，也用来描述外国文学，如赵景深著《最近的世界文学》（上海：远东图书公司，1928年）、赵家璧主编《今日欧美小说之动向》（上海：良友图书印刷公司，1935年）、黄轶球编译《最近世界文学动态》（广东国民文学出版委员会，1939年）等，赵景深还编有年度的世界文学，如《一九二九年的世界文学》《一九三〇年的世界文学》《一九三一年的世界文学》（上海神州国光社，1930、1931、1932年）。

⑧ 王哲甫以当时人的角度说，"新文学这个名词，是民国七八年文学革命运动以后，才常见于书报杂志上的，以前不多见"。这一点是有历史根据的。参见王哲甫著：《中国新文学运动史》，北平：杰成印书局，民国22年（1933年）版，第1页。

到 20 年代，尤其以"五四"及其后续发展为重点。谭丕模《中国文学史纲》（和济印书局，1933 年）是以新兴科学方法（即政治经济学的模式）来讨论中国文学史的，在封建制度之后登上历史舞台的是资产阶级，同时也意味着无产阶级劳苦大众登上了历史舞台，在其最后一章即为"劳苦大众觉醒时代的文学"，有"新兴文艺运动概况"一节，涉及新文化运动前后的文艺内容。蔡正华《中国文艺思潮》（收入《中国文学八论》一书，世界书局，1936 年）最后一章为"新文学运动"。陈子展《中国文学史讲话》（下册，上海北新书局）第八讲"从旧文学到新文学"，讨论新文学运动前夜的内容。杨荫深《中国文学史大纲》（商务印书馆，1938 年）最后的第三十章为"新文学运动的起来"，讨论诗歌、小说、戏剧、散文、整理与翻译。朱维之《中国文艺思潮史略》（合作出版社，1939 年）第十一章的最后一节为"五四以来新文学底主潮"。有的虽然使用新，但并不严格地以"五四"划界，如谭正璧《中国文学进化史》（光华书局，1929 年）结尾"新时代的文学"论及的主要是清末民初的一段时期的文学。张长弓《中国文学史新编》（开明书店，1935 年）最后一章"文学革命的前夜：新体诗与西洋文学"，新的意味也非常明显。还有的专著专门讨论新文学，如陆永恒的《中国新文学概论》（克文印务局，1932 年）、王哲甫的《中国新文学运动史》（杰成印书局，1933 年）、张若英（阿英）的《中国新文学运动史料》（光明书局，1934 年）、吴文祺的《新文学概要》（中国文化服务社，1936）、李一鸣的《中国新文学史讲话》（世界书局，1943 年）等，多从新文化运动论起。周作人的《中国新文学的源流》（人文书店，1932 年）将新文学的源头上溯至晚明，并将清代的八股文和桐城文视为新文学所要反动的文学，经由清末的新文学运动而至现代的文学革命运动。王丰园的《中国新文学运动书评》（新新学社，1935 年）将第一章给了前"五四"时代，虽位于开端，但全书内容大体上仍以"五四"文学革命运动为主体。他们比较自觉地探讨中国现代文学的起源与发展，比较明确地将现代文学和古代文学加以对比和区别，有意识地将现代文学作为一个性质迥异的论域加以讨论，较之前面的模糊称法更为明确和严谨了，尽管有时候划分在五四，有时候划分在维新，但大体上他们都将最近的时代视为新的时代。

（3）革命时代。革命是现代中国的流行词，无论是共产党和国民党都以革命为自己的具体政治实践。在学术上也有反映，如"俄国革命""太平天国革命""国民革命""中国革命"等都曾作为书名出现。与新类似，时人用它指称自己的文学时代，有革命或"革命后"。①

（4）现代。就概念的使用而言，大约同一时期的诸如"现代德国""现代日本""现代美国""现代英国""现代俄国""现代南欧""现代意大利"等，这样的用法不时出现。揣测其意，大致仍指的是当代、当下，大约相当于19世纪以来这样的历史阶段，或由于modern在西方已经是常识之故。"现代中国"的使用大约在20世纪20、30年代以后才逐渐增多，这时期新的文学实践已经取得丰硕的成果了。在一些《中国文学史》著作里出现过"现代文学"。②明确以"现代文学"作为书名的是钱基博的《现代中国文学史》（世界书局，1933年）和钱杏邨的《现代中国文学论》（上海：合众书店，1933年），后者所论内容其实为当前文学之意，即讨论所谓的"上海事变"前后的文学。不过，前者的特殊性却是将古代文学与现代文学放在一起加以讨论，故而是"现代中国文学"，而非"中国现代文学"。然而，现代文学的部分著者使用的标题竟然是"新文学"。不过这个新文学的起点却是在清末，以康有为、梁启超为代表的新民体，与上述关于新文学（即以新文化运动为起点的新文学）的著述迥然有别。在有些著述里，现代一词较为宽泛，多指"现时代"的意思，③ 这些和那种将现代视为严格的时代标准和原则的情况不尽相同。还有《现代文学》这样的刊物，为何用这个刊名，赵景深是这样说的，"无论普罗文学、新写实主义、新感觉派，……只要是'现代的'我们都想知道，甚至

---

① 如陈子展《最近三十年中国文学史》（上海太平洋书店，1930年）的结尾两章为"文学革命运动"。许啸天《中国文学史解题》（上海群学社，1932年），最近的文学时代被称为"文学革命时代"。佚名《中国文学大要》第二十七章为"'文学革命'以后"，第二十八章为"作品与作家"。陆侃如、冯沅君《中国文学史简编》（开明书店，1934年）下卷最后一讲为"文学与革命"。宋云彬《中国文学史简编》（香港文化供应社，1947年）末章为"文学革命与新文学的建设"。冯乃超编辑的瞿秋白的《论中国的文学革命》（香港海洋书屋，1949年），致力于探讨文学与时代、民众的密切关系，理论的倾向性十分突出。

② 如谭正璧《中国文学史大纲》（上海光明书局，1925年）在"明清文学"之后有第十一章"现代文学与将来的趋势"。谭正璧《（新编）中国文学史》（光明书局，1935年），第一编"现代文学"，讨论的内容依次为"文学革命运动""文学建设运动""革命文学运动"，其主线概括极为简洁明确。赵景深《中国文学史新编》（北新书局，1936年）第三编"明清文学"最后一讲为"现代文学"，从内容上说有些不伦不类，因为现代文学不可能成为明清文学的一部分，可能在于现代文学内容偏少而无法独立成编之故。赵景深的另一部著作《中国文学史纲要》（中华书局，1936年）的第十章为"现代文学"，已经和明代文学、清代文学并立了。葛遵礼《中国文学史》（上海会文堂新记书局，1939年增辑版）"清代文学"之后的末篇为"现代文学"。羊达之《中国文学史提要》（正中书局，1937年），最后一部分为"现代文学"，在"清文学"之后。另有坊间盗版书也有现代文学之称谓，如《中国文学史大纲》第五编为现代文学，独立成编。

③ 如钱杏邨的《现代中国文学论》类似，如任访秋的《中国现代文学史》（河南南阳《前锋报》社，1944年）等。

是古代的，也想知道一些"，① 并且承认这样的结果会使刊物显得有些杂。从大体上来说，赵景深所谓的"现代的"应该是不出当代、当下的范围的。相类似的还有《现代批判》（1932 年创刊）、《现代文艺》（1936 年创刊）等，多是当代之意，表明一种积极介入现实的态度。在中国语境中，将 1917 年以来的文学明确命名为"现代文学"并加以积极建构的，肇端于《中国新文学大系》，该书的广告语之一就是"现代文学运动第一个十年（1917—1927 年）的再现"。不过，在书名上，并没有使用所谓的"中国现代文学大系"，因为新文学仍是当时普遍的用语。由此可见，新文学和现代文学的关系殊为密切，虽名为新文学，实为现代文学，二者的真正合一要到 1949 年之后了。此后，讨论现代文学就不再仅仅着眼于现时代了，而是深入现代性的理论维度了。

（5）当代。当代一词也有出现。② 这个概念和现代的意思接近，指当下、最近、现时代、当时之一，并未进入比较严谨的学术探讨之中。在一些《中国文学史》著述中也出现类似的提法。③ 同样地，在一些刊物上，也使用了当代，但多指现时代、当下，和现代并没有太大的区分。④ 从大体上来说，这些著述并没有对当代做出系统而严密的说明，加之当代的流动性和多变性，用当代一词对当时的文学加以描述的学术著述亦不多见。

（6）近代。近代一词由于和 modern 有关系，也用来指称现代。今天学术界使用的近代指的是鸦片战争到中华人民共和国成立 110 年的历史（1840—1949 年），早些的时候则止于新文化运动（1840—1919 年），而在民国时期，近代主要的内涵是近世或近古之意，⑤ 指明清两代或单指清代。⑥ 当然也不能一概而论，如沈雁冰的《近代文学体系的研究》（与刘贞晦《中国文学变迁史略》合编为《中国文学变迁史》出版，中华图书集成公司，1921 年），该文被认为是首次使用近代文学的著述，这一近代文学主要是近代西方文学之谓

---

① 赵景深：《编辑后记》，载《现代文学》，1930 年第 1 卷第 1 期，创刊号，第 289—290 页。

② 如《当代白话书信选》《当代文萃》《当代中国作家论》（乐华编辑部，上海乐观图书公司，1933 年）等。

③ 如胡云翼《新著中国文学史》（北新书局，1932 年）第十编"当代文学"，讨论"最近十余年的中国文学"，大致为民初一段时期的文学。郑作民《中国文学史纲要》（上海合众书店，1934 年）的结尾第十二章为"当代文学"，论及文学革命、创造社、革命文学等。

④ 如《当代文艺》（1931 年创刊）、《当代文学》（1934 年创刊，天津）、《当代思潮》（1934 年创刊）等。

⑤ 一般在历史上，上古指夏商周，中古指秦汉隋唐，近古指宋至清中叶，而且近古的时段比近世要大。近古最早始自唐（如谢无量《中国大文学史》），最晚始自宋，结束于明或清；近世最早始自明，最晚始自清。

⑥ 如郑振铎《插图本中国文学史》"近代文学"部分，以明代后期为起点的。

也。龚启昌《中国文学史读本》（上海乐华图书公司，1936 年）末章为"近代文学及其革命"，讨论的是"五四"前后的文学。陈子展《中国近代文学之变迁》从维新前后开始，下止于 20 年代末期，叙述了清末民初 35 年（1894—1928 年）的中国文学的发展变迁史，传统的文学如宋诗、桐城文也有专章讲述，并有"翻译文学"一章。还有的刊物虽然使用近代，但明显和一般意义的近代相去甚远，而是类同于现在、现代、当代、当下之意，这里的近大体就是最近之意。① 其他资料论著还有《近代诗选》（严伟，上海医学书局，1918 年）、《近代诗抄》（陈衍，上海商务，1923 年）、《近代诗评》（钱仲联，载《学衡》第 52 期，1926 年）、《近代文学之鸟瞰》（金兆梓，1933 年）、《近代文学之特征》（钱歌川，1934 年）等。但大体上，"在本世纪五十年代之前，近代文学始终未形成一个明确的学科概念"。② 这里要说明的是，近代的使用应是受到日文用近代翻译 modern 的影响，但却没有严格定型。

（7）中华民国（民国）。中华民国是现代中国国家的国号之一，用于中国文学的自我意识同历史上朝代一致，但一般来说很少有这样的提法，只见到少部分。③ 钱基博也曾想使用"民国文学"的提法，但考虑到清代的遗老遗少对民国的不满，使用民国一词会引起误解，才将其著作称为《现代中国文学史》，这涉及国号的文化认同问题。近年来中国现代文学研究界提出"民国文学""民国机制"等概念，以回应现代文学本身的问题。④

（8）20 世纪（新世纪）。由于 20 世纪是一个长时段，往往被用于回顾性的著述。不过，在世纪之初，20 世纪则预示着某种新的方向。如《20 世纪大舞台》，1904 年创刊，作为鼓吹种族革命的刊物，对 20 世纪一词本身却没有

---

① 如《近代文献》（1938 年创刊），这里的近代即现时代，这类的文献主要指各类思想文献、资料等。

② 郭延礼：《二十世纪中国近代文学研究学术历史之回顾》，载《文学遗产》，2000 年第 3 期。

③ 如刘贞晦《中国文学变迁史略》（与沈雁冰《近代文学体系的研究》合出）末篇为"民国成立以来的文学"。凌独见著《新著国语文学史》（商务印书馆，1923 年）第六编"中华民国"。周群玉《白话文学史大纲》（上海群学社，1928 年）第四编即为"中华民国文学"。赵祖抃著《中国文学沿革一瞥》（光华书局，1928 年）在"清之文学"之后有"民国成立以来之文学"。刘宇光著《中国文学史表解》（上海光华书局，1933 年）上卷通论部分最后一章为"现代文学——自民国开创至民国十八年"，是民国话语和现代话语的重合。容肇祖《中国文学史大纲》（朴社，1935 年）第四十七章为"民国的文学及新文学运动"，将新文学运动包容在民国的文学的范围内。杨荫深《中国文学家列传》（中华书局，1939 年）以朝代划分，最后一部分为民国，"自王闿运至刘师培"，共十七人。

④ 张福贵：《"民国文学"：从意义概念返回到时间概念——关于中国现代文学的命名问题》，载《文学世纪》（香港），2003 年第 4 期。李怡：《民国机制：中国现代文学的一种阐释框架》，载《广东社会科学》，2010 年第 6 期。

做出说明，显然这仅仅是对这一词的挪用。20 世纪初李煜瀛（李石曾）、吴敬恒（吴稚晖）等人在法国巴黎创办了《新世纪》周刊（1907—1910 年），主要宣扬无政府主义、科学主义以反传统。20 世纪并不具有指称时代的优先性，因为每一个时代只是 20 世纪的一部分，所以 20 世纪只在世纪初或者世纪末才成为主题。在 20 世纪初期，在《新青年》里面，20 世纪是经常出现的，但学术研究领域却鲜有用 20 世纪的。[①] 在 20 世纪后期，对整个 20 世纪的回顾逐渐增多。比较有意识地运用 20 世纪是在 20 世纪 80 年代，如《20 世纪中国文学》一文的问世。[②] 其后"20 世纪"在中国文学研究界普遍使用，成为重要的论域，将近代、现代、当代囊括其中，但其缺点是无法延伸至 21 世纪。除此之外，还有比 20 世纪更大的称呼，如"19—20 世纪中国文学"这样的提法。[③] 新世纪的提法在抗战时期及结束后曾一度流行，此时陆续有多部以"新世纪"命名的刊物，或者积极宣传抗战精神，或者表达抗战胜利的喜悦，或者展望新世纪的未来美好场景。[④] 1943 年，《新世纪周刊》发刊词说该刊是"以'反映新世纪、批判新世纪、推动新世纪'为宗旨"，以此使人们"看见新中国、新世纪前途的光芒"。[⑤] 1945 年，《新世纪月刊》创刊号发表了徐野的一首诗，[⑥] 恰当表明了当时人民的心态。1947 年，《新世纪月刊》创刊号则认为所谓新世纪是"属于真理和人民的，是创造的和战斗的"，因而刊物积极探讨民主建国等内容。

任何整体性的称呼大概都是勉为其难和暂时性的。比如用 20 世纪一词就无法囊括中国现代文论，有的时候它过于漫长，有的时候它又过于短暂。再比如现代文论，不可能脱离古代文论，而现在又出现所谓的后现代思潮，使现代的定位也不再是铁板一块了。还有当代，任何时代都可以自称为当代，因而当代的概念也在不断滑动。中华民国、民国也成为历史。新就更是如此了，如在 30 年代，"五四"文学就面临着各种质疑，到了 50 年代的中国大陆，新文学弃之不用，而是改用了现代文学。类似的还有新时期这样的概念，都只能作为某一特定时代的称呼，而不可能是无限开放的。

---

① 有查士骥著《二十世纪的艺术家》（上海：世界书局，1929），但主要是介绍外国文学的。

② 黄子平、陈平原、钱理群：《二十世纪中国文学三人谈》，北京：人民文学出版社，1988 年版。

③ 关爱和等著：《19—20 世纪中国文学思潮史》（1—3 卷），开封：河南大学出版社，1992 年版。

④ 如《新世纪》（新世纪杂志社，1939 年创刊）、《新世纪周刊》（1943 年创刊）、《新世纪月刊》（新世纪月刊社，1945 年创刊）、《新世纪》（新世纪出版社，1946 年创刊）。

⑤ 《给新世纪的朋友们》，载《新世纪周刊》，1943 年第 1 卷第 1 期。

⑥ "背着历史的十字架，我们走向时代底一端，面迎三月的太阳，举起大家鼓舞的双手。冰冻的河流今天融解，春天在晴空里笑着，寒冷的大地也在/伸直她抽搐底胳膊。"

四、现代中国文论话语及其与现代中国的关系

现代中国文论可以分解为现代、现代中国、现代中国文论三个层次，但是现代中国文论又可以分解为文论、中国文论，因此对文论话语、中国文论话语还需作出说明。

1. 文论话语

文论话语中的文论指的是宽泛意义上的，一般并不指文学理论。论在中国古代是一种文体。何谓论？《文心雕龙·论说》："圣哲彝训曰经，述经叙理曰论。"论是对经的解释，其地位低于经，其特征是"叙理"。今天的文论主要是"诠文"，对作品的说明，"铨文，则与叙引共纪""序者次事，引者胤辞"。这大概是对文论最早的一个解释了，但文论又不限于叙、引。刘勰认为"论也者，弥纶群言，而研精一理者也"。文论作为对群言之一文学的讨论，其特征就是"研精一理"。刘勰详细解释了论的方法："原夫论之为体，所以辨正然否。穷于有数，究于无形，迹坚求通，钩深取极；乃百虑之筌蹄，万事之权衡也。故其义贵圆通，辞忌枝碎，必使心与理合，弥缝莫见其隙；辞共心密，敌人不知所乘：斯其要也。是以论如析薪，贵能破理。""辨正然否""钩深取极""义贵圆通""心与理合""辞共心密""贵能破理"等，都是很好的论的实践方式途径。因此，在古代，称得上论的必然是对某种事物的较为深入（钩深）、严谨（辞共心密）、系统（圆通）、普遍（取极）的阐述。

就今天而言，所谓文学理论（文论）是关于文学的系统性的学说。一般来说，根据知识的系统化水平，首先出现的是文学意识，其次是文学观念，再次是文学思想，最后是文学理论。文学理论也体现为学科化的文艺学。但这并不意味着文学意识、文学观念、文学思想就低于文学理论了，即便是在今天，一些新锐的文学意识、文学观念、文学思想仍然是文学理论的最主要来源，只是没有学科化而已。比如20世纪兴起的西方各类批判理论、批评理论，主要是文学思想，而非文学理论。它们蕴含着更多的文化、政治、社会等内涵，而非纯粹的学科意义上的文学理论。

在现代中国，早期文论的代表是诗文评，这是传统身份，其后是文学论辩文（争论性的论文，如胡适《文学改良刍议》等）、文学概论（主要表现为教材，如马宗霍《文学概论》）、文学评论（对文学某一问题的评说、讨论，与文学论辩文相比少了论争性，与文学理论相比少了专题性，如周作人的《人的文学》）、文学批评（对现代文学作品的批评，如李长之的《鲁迅批判》）、文学思想（主要表现为某一作家基于自己的创作而形成的文学思想，如鲁迅

的文艺思想）、文学创作论（主要表现为如何作文学等的方法、经验等，有的含有一定的理论内容，不过多数实践性、方法性较强）、文学理论（对文学某一类问题的专题研究，如朱光潜的《文艺心理学》《诗论》）等相继出现并获得拓展。上述内容大致可以分为三类：第一类如诗文评、文学思想、文学创作论、文学批评等是倾向于文学本身的文论，是以文学为轴心的；第二类如文学概论、文学理论等是倾向于理论的文论，是以理论为轴心的；第三类如文学论辩文、文学评论等则介于二者之间，在文学和理论之间各有偏重，之所以将其划为第三类是基于文学论辩文、文学评论在现代中国文论上的特殊历史地位，它们多数短小精悍、即时效应强，有的甚至富有一定的理论内涵。

2. 中国文论话语

论及中国文论话语，则包含两个方面：一是古代中国文论话语，二是现代中国文论话语。古代中国文论话语的使用主体在今日已经不存在了，因此古代中国文论主要存在于话语形式中，并且被现代所观照。一般我们说的中国文论话语主要指的是被现代所观照的古代中国文论话语，是古今视界融合的结果，即古代知识话语与现代主体意识的结合。现代主体意识试图通过自己的考察接近古代中国文论话语的本来面貌并揭示其基本规律。

中国文论话语的第二个层次是现代中国文论话语。这里需要区分两个概念：一个是现代中国文论话语，另一个是中国现代文论话语。虽然这两个概念只是现代和中国的顺序发生了变化，但意思却不太一样。[1] 大致而言，中国现代文论比较常用，指的是具有现代意义和现代性质的文论，[2] 而现代中国文论的使用较少，[3] 大抵指的是现代中国这一特定时空中所存在的文论，它本身有

---

[1] "现代中国"一语在民国时期已有使用，如钱基博的《现代中国文学史》一书。就文论而言，迄今为止所见的以"现代中国文论"为题的著作有李夫生的《现代中国文论中的马克思主义话语（1919—1949年）》（湖南人民出版社，2010年版），黄霖主编的《近现代中国文论的转型》（上海古籍出版社，2015年版），但对何使用（近）现代中国文论却没有做出详细的说明。尤其是《近现代中国文论的转型》，究竟是近代向现代转型即"近现代转型"，还是近现代这一历史阶段中国文论的现代转型，语焉不详。而且，"近现代转型"这一提法也比较少见。一般来说，中国近代文学发展不充分，更多的还是传统向现代的转向，近代是一个过渡。只讨论近现代转型，似乎意味着传统完成了向近代的转型。

[2] 这一类文论和现代文学创作、思潮密切相关，如王运熙主编的《中国文论选·现代卷》（上中下三卷），就是按照现代文学的分期来作为现代文论的分期，但对中国文学批评史、中国文学史研究者的相关文论思想很少关注。

[3] 现代文论有两种分类：一类从内容上分，以现代新文学为内容的文论，往往基于新的文学观念和定义；另一类是从方法上分，以现代科学方法为基础的文论，采用西方的科学方法，如归纳、论证、概念体系等。例如，王国维的文论，将其视为现代文论是从方法上着眼的，而非从文学内容上着眼。

可能并不具有明显或直接的现代性内涵。中国现代文论强调某种文论的现代性内容，主要表现为对现代文学的理论，而现代中国文论则将文论放置在现代中国这一语境之中。现代中国这一语境就构成了文论的基本处境，现代性文论只是其一，而非全部。这一点差别可能在某些人看来并不重要，但却是非常值得审视的话题，因为正是现代中国这一语境才为中国文论的多元讨论提供了基本的前提。现代中国并不是同质性的、平衡性的，而是多种多样、发展不平衡的，其历史轨迹也并不是清晰可见的。这种复杂性、多变性其主要原因在于现代中国自身的问题。正是在此意义上，讨论现代中国的文论就更显得必要了。

3. 现代中国文论话语

现代中国文论包括现代中国的现代文论、域外文论研究和古代文论，以及文学史研究和文学批评，在一定程度上也包括一些具有理论意义的中国文学研究。① 比如讨论中国现代小说理论，就不能不讨论鲁迅的《中国小说史略》，尽管其讨论的内容并非是现代小说（至清末）。中国现代文论的理论维度是对文学基本问题进行的研究，如大量的文学概论、文体论（诸如小说原理、诗论）等，大量借鉴外来资源，并且体系严整，逻辑严密，论证严谨。中国现代文论的实践维度是文学批评，外来词汇更是铺天盖地，这种使用对中国人来说已经极为娴熟了。中国现代文论留下了基本的经验，比如以西释中等。② 中国现代文论的名字并非始终如此，它有着复杂的轨迹，比如文学概论、文艺学等。③ 域外文论研究主要是西方文论（也有东方文论，如印度诗学等，但数量较少），是西方学问，更需要以西方的方法来研究了，更不要说相当一部分学者是在国外攻读了英语文学和比较文学博士学位的。中国古代文论在内容上虽属于传统，但方法、名称已经变了，系统的、科学的方法等开始进入研究体系，中国文学批评（史）取代了诗文评而成为中国古代文论的代称。文学批评（criticism）本就是舶来品（朱自清语），用文学批评代替诗文评，这不仅仅是称谓上的变化，也是本质上、精神气质上的变化。

中国现代文论往往将论题集中在文论领域，关注其现代性内涵，虽然也讨论与现代中国的关系，但涉及的现代中国思想、文化并不太多；而现代中国文论则将现代中国这一语境加以凸显，考察文论与现代中国的各种关联。现代中

① 许觉民、张大明主编的《中国现代文论选》（安徽教育出版社，2010 年）就打破了狭义的中国现代文论的概念，非常明确地选入了像陈钟凡、郭绍虞、罗根泽、陈寅恪、刘大杰这样的专治中国文学批评史学者的某些文论思想，这一点与本书的立论是相一致的。
② 王一川：《百年中国现代文论的反思与建构》，载《文艺理论研究》，2013 年第 1 期。
③ 张法：《中国现代文论：在与世界互动中的复杂演进》，载《文艺争鸣》，2012 年第 9 期。

国文论是进一步扩大了中国文论的外延，那种仅仅讨论中国文论现代性的中国现代文论研究仍然有可扩充的地方，比如传统、政治、立场等问题。现代中国文论指的是存在于现代中国的文论，而并非仅仅指中国现代文论。中国现代文论将这种文论定义为现代的，是一种建构性的活动；而现代中国文论强调的是在现代中国这样的文化语境中的文论形态，因而现代中国文论的内涵要大于中国现代文论，它包括各类文论形态、存在方式及其相互之间的关系，因而是一种描述性的活动。探讨古今文论转变、中西文论冲突、文论与文化之关系是现代中国文论的重要内容。现代中国文论为中国文论研究打开了一个新的问题域，注重研究在现代中国的历史进程中，各种文论形态是如何出现、发展的，它们有着怎样的复杂关系，因而具有更大的灵活性和可阐释空间。当然，现代中国文论这种扩展并不是原创性的，其实在中国当代文学的一体化解体以及现代文学的扩容，是最大的一个学术背景。虽然现代中国文论研究是一种描述性的考察，但本书无意于进行竭泽而渔的描述，并不是做一种资料长编或索引，而是想寻找一些线索用以揭示现代中国文论的基本面貌。

现代中国文论的研究思路是确定其在现代中国如何出现，文论对现代中国（人）的意义何在，文论在现代中国的存在方式是什么，有没有问题等。可以说，现代中国文论的研究是一种存在论、价值论、文化论的研究，与中国现代文论的学理式、知识式的研究并不完全相同。

与现代开端和现代中国的开端一样，现代中国文论（中国现代文论）也有一个开端问题。无疑地，现代中国文论包括中国现代文论，但中国现代文论的开端并不意味着现代中国文论的开端。如果说中国现代文论的开端是确立某种具有现代性质的文论的话，那么现代中国文论的开端则是要确立现代中国自身的现代性特征，是围绕着现代中国这一论域的，也就是说，只要是论及现代中国，其文论必然要划归到现代中国文论领域中。不过，现代中国文论和中国现代文论的开端更多的是一种重合，因为现代中国文论的开端的重要标准是看是否有中国现代文论的出现。一般来说，王国维被一致认为是中国现代文论的开端。① 除了王国维外，鲁迅的《摩罗诗力说》（1907 年）也从属于这一开端时期。这也与中国现代学术的开端有一致之处。刘梦溪认为，以严复的翻译，废科举、兴学堂，改革国家的教育等为标志，"1898 年至 1905 年前后这段时

---

① 主要有两篇（部）：一是《红楼梦评论》（1904 年），二是《人间词话》（1908 年），都是以研究古代文学为内容。从今天的角度看，《红楼梦评论》是古代文学研究，但却具有现代方法论的内涵，而《人间词话》则是传统文论的现代变体。

间，应该是中国现代学术的发端时期"。① 显然，刘梦溪着眼的并非仅仅止于学术本身，而是强调学术的外在环境，即文化语境与制度保障。

4. 现代中国文论与现代中国

现代中国文论与现代中国有着密切的关系。现代中国文论的根本点就在于，它与现代中国究竟有何关系，是现代中国为现代中国文论的出现提供了条件，还是现代中国文论对现代中国有何意义？从前者而言，现代中国文论之所以产生，是无法离开特定的现代中国历史文化语境的，即与政治中国、经济中国、文化中国等密切相关，这方面的探讨不能因为从外部入手就缺乏意义。从后者而言，涉及现代中国文论的自主性与目的性问题，它究竟是回归自身，还是回归社会，换言之，现代中国文论对现代中国有何意义。

这一问题有两个方面：一方面，对现代中国国家和现代中国社会有何意义，强调社会革命和国家建设、民族和文化的认同、文化创新与文化软实力；另一方面，对现代中国人有何意义，具体说就是对现代中国人的精神有何意义，主要强调审美趣味、人生追求和精神境界。前一个方面主要是社会文化指向，后一个方面主要是个体精神指向。任何知识都不是没有现实和价值指向的。现代中国文论不是去建立一个完美无缺的文学理论，当然建立这样一个完美无缺的理论也曾经是中国人的梦想，而是将文论的发展放置在整个中国文化发展的历史进程之中，审视它对现代文学、现代中国人的意义。现代中国文论从性质上来说主要是经验文论，是对中国文学经验的总结、提炼、概括，以此辅助推进文学对现代中国的意义。今日中国文论研究取得了举世瞩目的成就，这一点不应忽视，20 世纪所产生的文论知识作为巨大的文化遗产也不应该否定。今天强调的中国文论自身的问题在于，它对中国社会还有没有贡献，对中国人还有没有贡献，对中国人的精神还有没有贡献。文论研究不是躲在故纸堆的学问，它必有益于一定人群的知识指向。这个"益于"并不意味着"服务于"，因为很多功能是看不见的。作为一种知识，对社会、人主要是一种引导性、启发性，而不产生具体的实际性效果。可以说，"服务于"主要是实际性的，而"益于"则主要是精神性、文化性的。从立场上而言，"服务于"和"益于"并不冲突，比如文化领域的"为人民服务、为社会主义服务"，但就内容的偏重而言，"益于"更适合于文化、文学和文论，并且"益于"还表达了一种批判性的意识和自我独立的意识。简言之，"益于"就是中国文论对现

① 刘梦溪著：《中国现代学术要略》，北京：三联书店，2008 年版，第 113—114 页。

代中国意义何在的问题，这是那种直接化的服务所难以完全概括的，而且"益于"本身很可能包含着批判、质疑、警示等。

中国现代文论并不是中国现代国家（政府、执政党）的文论，① 中国现代国家的文论是存在的，它们站在国家、政府的立场来看待文学，阐发文学观念等，发扬文学的政治作用，不否认这些观念是适应于现代中国社会的，但现代中国国家的文论并不等同于现代中国社会的文论。用现代性的概念而言，在社会主义国家，制度现代性和文化现代性是一致的，社会主义革命已经使中国社会成为最先进的社会，因而其主要任务是完善这一社会，而完善的主体无疑就是国家，被完善的则是社会。这个社会处于不完善的状态。这个社会的不完善主要在于制度性的先进性是建立在物质薄弱基础上的。任何文明都是对既往文明的继承发展，由于中国建立了社会主义国家体制，但相应地产生于资产阶级社会的各类文明却没有发展起来。这些人类文明的建立并不是要重回资本主义社会，而是可以作为人类遗产加以发扬，阐释其永恒的意义。在一定意义上，社会主义将资本主义历史化了。国家文论并不能真正解决社会文论的建立，因为文论现代性是自下而上的进程，因此自下而上的社会文论发展是有利于制度现代性的发展的，同时与国家文论又构成互补关系。

在现代，文学的最重要的价值是建立民族文化认同和自豪感。现代民族国家的人都阅读着同一谱系文学史上的著名篇章或者新近出现的对当代国人精神风貌、社会现实加以描述与展现的作品，其艺术的优美与成就增进着个体对国家、历史、文化的认同和兴趣。文学理论就在于阐释这种作用。文学理论与文学是无法截然相分的。狭义的文学理论是指具有一定思想性、系统性的文学研究，而宽泛的文学理论是指对文学的一切看法、观念、思想。因此，那些除文学作品之外的一切研究都可以视为广义的文学理论。不过，这种过于宽泛的文学理论并没有过多的实际意义。严格说，文学理论就是对文学一般性的研究，不是针对某一具体作品、具体作家、具体时段的研究。从大体上而言，文学理论具有整体性、体系性、超时空性，因而具有一定的理论性、思辨性，但不意味着是所谓的本质主义的。② 这并不违反现代中国文论总体上的经验性质的结

---

① 国家文论即政府、执政党的文艺政策、法规、条文等。比如毛泽东《在延安文艺座谈会上的讲话》就属于延安革命根据地政权（陕甘宁边区政府）的文论。

② 这一点主要是为了和涉及具体文学作品的文学批评区分开来，但并不意味着走向本质主义的泥淖。其实文学理论自始至终都是开放的。既在于吸收文学批评本身所蕴藏的理论元素，也在于针对特定文学现象的理论阐发，但不会走向大杂烩的文学理论。文学理论只是一个展示的平台，而非搅拌机。在此意义上，文学理论正是文学理论史。

论。经验文论导源于对文学现实的理论总结，而哲学文论则导源于哲学思想的体系化衍生，比如新儒家的文论就是典型的哲学文论，是从属于其哲学体系的，并不考虑当下的文学现实。经验文论并不否认哲学、理论、思想的作用，只是强调必须经由文学现实，而非理论的衍生。比如马克思主义文论是经验文论，是对文学作品的具体分析，同时又是哲学文论，从唯物主义角度分析。现代中国文论总体上是经验文论，哲学文论总体上并不构成重点，且经验文论又保证了文论的丰富性、具体性。哲学文论本身如果不是被意识形态化，其自身的理论衍生也必须兼顾文学现实，否则就走向了对哲学的观点的证明。正是文论的经验性，它对现代中国文化社会的促进才是实际的，而非抽象的。比如文学理论落实为中国文学史讲义、中国文学批评以及讲话等，而非高头讲章。

现代中国文论是一个相对多元化的文论。从内容上来说，就有文学思潮、文学观念、文学知识的教学与传播、古代文学理论的研究、西方文学理论翻译与引介等。而在现代中国，"文学理论"根本就不是主流术语。当时讨论的都是文学问题，主要是文学批评、创作论、概论等，还不是 20 世纪 60 年代以来的严格的以思辨性、理论性为核心特征的文学理论，如新批评、结构主义等。因此，使用"文学理论"本身就是以今天的标准看现代。如果用一种较为贴切的提法的话，似乎"文学理论在现代中国"更合适。这个"文学理论"并非仅仅指古代的，它同时包括了各种各样的文学理论形态。当中国历史进入现代后，古典文论（如诗文评）并没有消失，如果用中国现代文论来概括这一时期的文论，还是有不周延之处。

第二节 现代中国文论话语的存在形态

现代中国文论话语不是凭空存在的，它们有着特定的载体和方式，以这些载体和方式表现出现代中国文论话语的存在形态，所谓文论存在形态指的就是文学理论的存在方式和形式。

一、现代中国文论的多重场域

一般而言，文学理论主要作为一种知识而存在，但知识也有其存在的场域。依据布迪厄的场域理论①，现代中国文论大体有四个场域：一是政治场，二是社会场，三是学术场，四是文学场。

1. 政治场之文论

所谓的政治场就是指文学理论在政治（也包括革命、军事、意识形态等）领域中的存在，属于通常所说的政治与文论的关系，但从严格意义而言，政治场中的文学理论并不能等同于政治和文学理论的关系，后者的范围要更为宽广。

政治场中的文学理论的基本特征就是文学理论依循某种政治原则，受政治情势和力量的影响，成为一种具有强烈政治倾向性的文论，它们主要是为了贯彻某一集团和阶层的意识形态思想观念，并对其他文论形式加以批判、收编、整合、改造。这样的例子在现代中国文论史上屡见不鲜，比如梁启超的改良主义，20世纪20—30年代国民党提出的"三民主义文艺"，② 20世纪30—40年代的抗战文艺，中华人民共和国成立后，共产党一度出现的政治化文论等。虽然政治可能有害于文学理论，但政治场中的文学理论自有其特殊的意义。

作为一种强大的物质力量，政治文论对灌输某种观念，形成某种政治氛围，具有超乎寻常的社会动员作用和社会效果。改良主义、国民党、共产党都不断使用，只是效果不太一样。一些开明的政治可以影响到文学理论的发展，比如清末民初对高等学校"文学概论"课程的设置。政治问题是一个重大问题，这里只是提及，更多的内容将在后文详细讨论。

2. 社会场之文论

社会场和政治场的关系很复杂，政治的力量也必须通过社会场显现出来，社会的力量也试图上升到政治的高度，不过社会场有其相对的独立性。

社会场的特点是非政治、去政治（主要是政党政治、利益政治、集团政治），倡导公共政治、社会价值，比较重视社会中人的精神状态、交往方式等内容。某些对权力政治、上层政治失望的人，或者逐渐转向了社会的改造，树立新的人际关系，发展同道关系，以此促进社会的整体变革，或者选择了逃避政治，比如隐居、寻找精神寄托等，这些均是社会现象。

---

① 参见［法］布迪厄著：《艺术的法则：文学场的生成和结构》，刘晖译，北京：中央编译出版社，2001年版。

② 1929年，国民党在全国宣传会议上提出"三民主义文艺"的口号。"三民主义文艺"强调"文艺的最高意义，就是民族主义"，推进"民族主义文艺运动"，文艺要统一于国民党的"中心意识"，即中国传统文化的"忠孝仁爱，信义和平"等观念，反对左翼的"革命文学"和"无产阶级"文学。这是一种政治性极强的文艺理论。

社会场中的文学理论主要存在于公共舆论、文化市场、各级学校、文学社团、学术机构中，因此可以分为传播场、教育场、文学场和学术场。它们并不具有很明显的政治倾向，注重的是文论知识的研究、传播、教学，或者阐发对文学的个体性理解。比如京派文学家的某些文艺思想，它们可以总称为社会文化场。

当然，社会场中的文论也会不同程度地受到政治力量的影响，有的上升到政治场层次。比如延安时期的社会就是革命化、政治化、军事化社会，受到政治、军事的影响较大，社会场并不成熟。

3. 学术场之文论

学术场是社会场中的一支，它的范围更小，准入机制更高。学术场中的文学理论主要是一种理论的探讨，尽管其政治、社会背景是无法忽略的。

学术场主要由文学理论知识生产者、学者或研究者以及现代学术机制如大学、研究机构等所构成。学者所生产的文学理论知识既可以作为大学课堂讲授的形式存在，也可以通过论文的发表、专著的出版的形式存在。因此，学术场又延伸至社会场乃至政治场，但以学术场为核心，比如新民主主义既包含政治、军事，也包含社会、学术、文化。文学理论学者之所以是超越于传播、教育等机构，就在于学者是以纯粹知识为兴趣、以学理性为根据进行知识生产。比如毛泽东的《在延安文艺座谈会上的讲话》是政治文本，也是学术文本，因为其具有学理性。而朱光潜的《诗论》主要是学术文本，因为包含纯粹知识兴趣和学理性。也就是说，学术场中的文学理论主要是以一种纯粹知识和学理性的形式存在，给一般性读者提供新的看法和观念，这种看法和观念只是对具体的文学作品和文学现象而言，而不过多涉及其他。比如延安文艺只是就根据地或者抗战实际，而非一概而论。

学术场又与学科场融入一体，主要由大学教授进行文论知识生产，其他生产（如文学家、批评家、政治家等模式）弱化，但这并不意味着后者的消失，甚至有的政治家文论成为学科场的主要文本，比如延安时期鲁迅艺术学院的文艺理论研究教学就坚持马克思主义。① 这可谓1949年以后学科文论全面意识形态化的预演。学术场构成了现代文论的重要场域，但学术场中的文学理论也不是文学理论自身领域或全部领域，文学理论自身囊括的范围更大，只是在狭义上我们可以称学术场中的文学理论是文学理论自身。

---

① 张清民：《20世纪40年代中国文学理论生产状况》，载《河南大学学报》，2004年第2期。

4. 文学场之文论

文学场（也包括批评场、艺术场）中的文学理论和学术场中的文学理论虽有交叉，但也有不同。学术场中的文学理论的性质主要针对不是所谓的当代文学，而是包括一切文学，当代文学只是其对象的一部分。而文学场中的文学主要是一种即时的文学，是一种当代文学创作，文学处于主导的地位。换句话来说，作家处于主导地位，评论家处于从属地位，作家的影响力要大于评论家和理论家，甚至文学家身兼文学家、批评家、理论家，当然是以文学家身份为主的，比如鲁迅、周作人、梁实秋等。

文学场中的文学理论需要处理其与作家的关系问题。作家本位的文论是古典模式、经验模式。但这种自下而上的文论却很有针对性。比如苏轼等人的文论。这种文学场中的文学理论主要是一种文学批评、评论、创作论，也包含一定的理论阐发，主要成为对某种文学流派创作观念的阐释和说明。这种古典模式、经验模式在当代也有其价值，对促进文学发展、形成文学流派、发挥文学的社会作用有积极的促进作用。比如与左翼、自由主义文学相伴随的文学理论。但文学场的最大问题是受到政治场、社会场的影响，而削弱了自己的自主性。当然，纯粹的文学场并不存在，它总是与社会、政治、文化有着密切的联系。因此，文学场只是相对独立的地位，而不是绝对的。文学场文论所要反对的是那种脱离文学实际，给予文学过高的政治任务的情况，这样文学场就成为政治场的附庸，那么文学理论也就成为政治场中的文学理论了。

上述四个场域并不是孤立的，对其的划分也不是绝对的。从大体上而言，政治场是一种强势的场域，各种势力之间的冲突较为激烈，阶级、权力的斗争与博弈是其核心内容，政治场中的文论是同这一核心任务密不可分的。现代中国的民初复辟（1914—1917 年）、巴黎和会（1919 年）、大革命（1924—1927 年）、抗战（1931—1945 年）、内战（1945—1949 年）等重大政治境况，都影响了文学文论。社会场是一种非政治化的场域，但与政治紧密相关，社会场中的文论，其方向非常多元，也不构成强烈的冲突，大体上是相安无事的。学术场是社会场的一支，主要进行文论知识的生产，至于生产出来的文论到底有何作用就不是学术场所能掌控的，它们有可能迅速被政治集团所运用。这里也不能否认政治场中的理论家，他们的身份比较尴尬，有的时候很难在政治与学术之间寻找到恰当的平衡点，从而成为政治的附庸或者牺牲品。政治场中的学术生产往往是很难得到保证的，尤其在比较动乱的时代，学理性往往让位于即时性。政治场中的学术生产转向学术场中的知识生产才是学术生产的本义，即不受任何现实力量的制约，有着自己的学术独立性、自主性。

文学场中的文论既和政治场相关，也和社会场、学术场相关，但主要集中围绕在文学创作上，特别是文学流派上。文学场如果和政治场呈现正相关，则是政治文学，如政治化的文学、革命文学、抗战文学、国防文学等；文学场如果偏向社会场，文学则走向了多元化、流派化或者个人化。文学场中的文论与文学创作相比，一般不具有强烈的优先性、独立性，总是以倾向性、特殊性、经验性为特征，体现作家或流派旨趣。而学术场中的文论则是不受外在当下环境和情势的影响，以纯粹的文学和知识兴趣、价值为依托，专注于文学本身，以客观、公正的态度和理性的方法，从事于对文学的价值、艺术性等基本问题的探讨。如果文学场中的文论表达了上述特征，这种文论就成为学术场中的文论了。学术场中的文论家虽然不从事具体的创作，不从属于某种文学流派，不是其理论上的代言人，但是其独立、客观、科学乃至个人化的理论思维保证了学术场中文论的思想高度。

二、现代中国文论的生产机制与文化功能

1. 个体化、集团化与社会化生产机制

文论作为一种知识有其生产机制，生产就是创造、产出、制造之意，和经济活动类似，总是创作出某种东西。文论生产的成果就是文论产品，这个产品如果带来了直接的经济利益，它就是商品。但是，文论产品并不都是带来直接的经济利益，而是更多地指向文化利益。生产机制就是说什么原因（诸如个体的、经济的、政治化、文化的原因）促使其生产，又是如何被生产出来的，前者是生产动机、动力、目的，而后者是生产方式。一般而言，生产动机决定生产方式，即有什么样的生产动机，就有相应的生产方式。

现代中国文论主要有三大生产模式：个体化、集团化、社会化。如果文论生产是指向个人的，自律的、玄思的、自娱自乐式的，就是个体化的生产方式。当然，纯粹的个人生产方式也不是同他人隔绝的。这些个体要么和他人交往，要么处在某种流派、派别、集团之中，这就超越了个体生产方式，而成为一种集团化的生产方式。集团化的生产方式是指，出谋划策和生产的都是一群人，受到一定的政治、哲学、文化理念的影响。这种集团化的生产方式也有程度上的不同，比如宽松型和严格型，即流派化的文学批评理论就是宽松型，而政党主导的文学批评理论就是严格型。文论也不局限在流派、集团内部，它有时候成为一种社会精神需要，为社会大众所消费，这个时候的文论生产就指向社会，成为一种社会化的生产方式。这个社会主要是由经济、文化力量所构

成，是社会大势。社会化的生产方式是资源的有效整合，并不封闭在某一流派之中，而是将社会上的各种可资利用的资源充分利用起来，服务于文论知识的社会化。

个体化、集团化、社会化构成了现代中国文论的主要生产方式。从其分量而言，在现代中国文论中，集团化的生产方式和社会化的生产方式是主流，而个体化的生产方式则不占主流地位。在古代，文论知识同社会的联系并不密切，它们或者成为小圈子的一种自我理论言说，或者成为政治精英的政治观念的衍生物，缺乏必要的社会性，并且古代中国的文化产业、政治氛围也不如现代中国，就连其集团化的和社会化的文论生产很难大规模得以推广。那种自娱自乐、抒发个体对文学的理解的个体生产方式才是主流，并辅以小型的讲学、圈子内的交往，由于缺乏广泛的受众和政治社会理念，无法形成集团化、社会化生产的持续性的规模效应，多数最高状态就是流派化状态，是集团化的初级层面。在现代中国文论中，个体文论生产方式也同样存在，但从大体上来说，现代中国文论的知识生产逐渐集团化、社会化了，从属于某种特定的文化团体和文化观念，在报刊、出版社、大学、研究机构、社会团体、政党以及利益集团的支持推动下，文论知识生产的兴趣被激发起来。这种生产方式就是现代知识的生产方式。现代知识兴趣既可以被外在的政治、文化所激发，也可以被纯粹知识所激发。后者的兴趣就是纯粹知识的兴趣，和传统中的知识兴趣有相关之处，都专注于某一领域而心无旁骛。这一纯粹知识兴趣在传统中一般是个体式的，但进入现代，则成为集团化的和社会化的，能够分享这种知识的群体大为扩大。无论是出于政治激情、文化情怀、学术兴趣，文论都已经不再静静地躺在历史的文字中了，而是焕发着巨大的政治、文化、社会作用。进入今日的科研体系，这种效益就更不必说了。即便在 20 世纪初期的中国，文论（文学概论）在大学课堂上、在文学流派里、在社会大众中、在政治决策上，都有着不可替代的重要意义。书斋已不再和社会绝缘，肩负文化抱负和社会理想的文论家不仅在对文化作出新的理解，还有的已经走向社会政治斗争的前台，将文论化为一种战斗的利器与武器。在古代世界里，这些都是难以想象的，最大限度不过是"文以载道"而已。

但是，集团化的、社会化的文论知识生产，并非都是主动、自愿的，很多时候也是被动、不自愿的，所以说个体的文论知识生产如果不与集团化、社会化对接，是很难生存下来的。当然，这种被动、不自愿的程度并不一样，有的较弱，有的则较强。有的出于职业选择，文论不仅是维持生计的经济来源

（稿酬、薪资、待遇等），也是确认自我的方式，如大学的文论研究。还有的为了迅速满足日益增长的社会上的对文论知识的需求，而赶写出来各类讲义、讲稿，虽然不乏新见，但很难有系统的、独到的精深研究。还有的迫于某种政治的观点而从事文论知识生产，或者改变原有的研究模式，或者中断研究。倡导主动、自愿、自由的文论生产无疑是重要的，但是社会并不总是围绕着个体、知识而运行，它总是将个体、知识纳入社会机制之中。社会对文论生产的要求和期望很高，这是因为文论不仅可以提供新鲜的、全面的知识，还可以灌输某种新的、先进的文学观念。这不仅需要文论生产主体的强烈的社会责任感、文化使命感，还需要高强度的知识生产能力。

但是，有一个问题却是值得说明的，在现代中国文论中，数以百计的文论多数陈陈相因，并没有多少是经典的，它们更多导源于日本、欧美、俄苏，从事于搬运与拷贝，只是用了现代汉语将其转述。而现代中国恰恰需要这样的文论，批量进口成为捷径。由于上述集团化、社会化的生产方式，文论一方面从事于进口、拷贝，不亦乐乎，但另一方面又很难沉淀下来，从个体角度来思考文学的精微之处。集团、社会化的生产提供的主要是受众、目标，而个体化的生产则专注于知识本身，故而才有对知识的条分缕析、层层深入，而这些往往又是无法集团化和社会化的。比如朱光潜抗战时出版的《诗论》（1942）就和抗战没有什么直接关系。即时性的往往是集团化和社会化的生产方式，而经典往往属于个体化的生产方式。我将这种现代个体化的文论生产方式称为学术化的生产方式。它与传统的个体化生产方式的不同在于，传统的个体化生产方式是非职业性的、非知识性的，文人闲暇之余的事情，主要是体悟、感受，而现代的个体化生产方式则受到现代社会分工的影响和科学思维的熏陶，生产的主体是文论家，其产出的是以逻辑性、知识性、思辨性见长的文论知识，如朱光潜《诗论》、蔡仪的《新艺术论》（1946）等。学术化的生产方式不以利益最大化或直接的现实利益为旨归，而是以学术本身为旨归，在这里它要求文论家有献身于知识的精神和从事研究的现代科学方法和思维方式。学术化的生产方式并不能独存，这个时候就需要国家的导向，尤其扶持、资助学术研究就显得非常必要了。但是，如果这种国家导向是服务性的，而非主导性的，就能产出积极的作用，否则以主导性或者规训的方式，那么对学术生产也将带来不良的影响。

2. 功能性文论与学理性文论

生产机制决定了知识的功能。有什么样的生产机制，就有相应功能的文论知识。前文提到文论的经验性与思辨性，是就文论的性质而言的。集团化、社会化的文论生产注重政治性、现实性和教育性，这可以称为功能性文论。这种文论知识以知识性、趣味性为主，侧重知识的全面性、基础性、常识性、即时性。功能性文论主要就是现代文论领域中的各种各样的争鸣论文以及文学概论教材，前者注重鼓吹一种新的文学观点，使更多的人接受，而后者则注重知识的全面性，学术创新性不是首先要强调的，尽管不乏那种学术性的教材。比如中国文学批评史的几部奠基之作之所以是学术性的而不是普及性，就在于其专业性、开创性，尽管它们也作为教材被使用。功能性文论主要针对大众而言，具体说针对文学有热烈兴趣的青年人、大中学生等，还包括一些小市民、白领等这些文学爱好者。功能性文论主要存在于学校当中，青年学生集中学习。当然由于著作的出版，文学爱好者也同样学习。个体化、学术化的文论生产注重个体性、知识性、学理性、理论性，是冥思苦想、千方论证，是对文学问题进行研究讨论的长篇专著、专篇论文、专题讨论等，具有知识的开创性、拓展性。可以说，这一类具有的学术含量最高。这一类可以称为学理性文论。

大致而言，功能性文论注重社会现实效应，强调当下、大众、普及性，而学理性文论注重知识的分疏、规律的提炼、新领域的拓展等，注重学理、知识性，一般与社会现实的关系偏远或者模糊。功能性的文论和学理性的文论并非截然相反。不过很多时候，不同的文论知识承担着不同的文论功能。有些文论知识既包含功能性又包含学理性，比如文学批评，既有严肃的文学批评，即比较严谨客观全面的批评，但也有一些评论学理性并不强，主要是一种赏析、鉴赏、杂感等，还有针对大众的导读、概说、解读、讲话。前者可以称为学理批评，而后者则可以称为功能批评。马克思主义文论的政治倾向性很强，但其对文学基本理论的探讨又属于学理性，比如蔡仪的《新艺术论》《新美学》（1947），此外，对马克思主义文论史的探讨也是学理性的。文学概论的社会效应非常明显，但是缺乏学理性的陈陈相因、东拼西凑的文论也是不受欢迎的，那种以编代著、以译代著的现象更是屡见不鲜。学理性既指的是不受外在、当下的政治因素、社会因素所干扰，又指的是知识本身的明晰性的、学术性。

功能性文学理论和学理性文学理论的分野是相对的，而不是绝对的。功能性文学理论在兴起之初就假借各类话语进行自我壮大和强化；学理性文学理论也探讨功能性文学理论发生发展的轨迹及其规律。功能性文学理论大致重"论"，产生迅疾的社会效应；学理性文学理论大致重"史"，注重梳理历史的规律与脉络及推陈出新。其实，一门严格的文学理论是以丰富详瞻的文学理论史为基础的，同时这门严格的文学理论又具有旺盛的生命力。片面发展的文学理论是流派化的文学理论，这是西方 20 世纪文学理论发展的基本特征。中国的文学理论未能形成流派化，而是走向了总体化，一种追求包括万象、掌握绝对真理的文学理论。这似乎与中国向来强调"和"的传统有关系，如"中西合璧""中体西用"等，还有今天的"综合创新"，不太强调片面的创新。这一点有其弊端，只具有文学理论商店和超市的意义，甚至大杂烩、大拼盘，而不具有文学理论的生产能力。文学理论作为一种理论生产，这种生产能力是殊为重要的。一个极端化的看法就是中国 20 世纪文学理论缺乏原创性，缺乏原创性就是缺乏生产能力。这有两个原因：一方面是国外文论产品足够丰富，日本、俄苏、欧美，不胜枚举，从成本上说，进口更方便；另一方面是中国文论现代学术生产机制不健全，传统猝然中断，无法建立现代文论完整的学术生命脉络。因此，国外文论成为商品，但我们没有生产线。古代文论成为博物馆藏品，甚至成为被批判的对象，再也没有了生命力。无论是从西方还是从传统汲取养料都无可厚非，因为任何生产都需要原料，但文学理论的生产能力不仅要看原料还要看生产的工序、工艺、水平和目标。只有学习西方文论的生产线、发挥古代文论的生命力、回应新的文学现实，才是现代文论生产机制建立的重要方式。

功能性文学理论注重社会效应，其最高的目标是社会效益的最大化。学理性文学理论的最高目标是对规律的揭示，强调批判、反思、质疑、整合、超越、建构。任何历史如果缺乏了这些特质，它就不可能成为当代的，而仅仅成为谈资而已。功能性文学理论随时代的变迁而变迁，在这一点上中西方却有很多相似之处。而学理性文学理论则需要更多的时间、精力。任何优秀的功能性文学理论也会因其独到的思想魅力而成为学理性的文学理论，成为文学理论史上举足轻重的一环，比如周作人的《人的文学》。兼顾功能性和学理性是文学理论发展的最高境界。而这种割裂在现代中国文学理论界却甚为严重。一种缺乏历史态度、历史意识、历史经验的文学概论著作既没有社会现实意义也没有学理价值，而这样的著作却充斥于大学中文系。

功能性文学理论和学理性文论理论的侧重点不同，二者相得益彰，绝不能相互割裂。一件完美无缺的学理性文学理论，如果不是被奉为神明，那么它就只能成为文学理论的展览品。任何追求完美的文学理论从一开始就犯了个错误。世界并无完美的文学理论。今日中国文学理论的建构仍然缺乏历史的线条和脉络，知识谱系混乱。强调学理性文学理论和功能性文学理论的相结合是对当下中国文学理论局面的一个反拨。那种各自为战其实是对文学理论的最大伤害。

一般我们谈到文学理论，往往指的是从功能性文论，即那种无所不包的、具有普及性的文学概论。很多研究 20 世纪文学理论的多是从此处着眼，如张法、傅莹等学者。但是，我们应该更加关注历史的进步，就当代而言，功能性文论的写作已经出现了一种学术化的转型，比较注重吸收新材料新观点，对文学新想象加以关注。不过从总体上说，功能性文论总是以一种总体性、全面性、实用性的面目出现，这种面面俱到无疑会削弱它的思想深度。从客观上来说，文学理论不能仅仅包含功能性的文学理论，还要注重个体化、学理化的文论。文论有更为多样化的内容，具有原创性的文学理论往往不是普及性、实用性的。

三、现代中国文论的话语载体与表现形态

载体形态是文论知识的最外层，似乎并没有太大的价值。其实，载体形态在一定程度上决定了文论知识的生产、消费模式。表现形态是文论知识在生产之后的物质形态。在现代中国文论中，最重要的是文章、著作与讲说。

1. 文章体系

第一个表现形式是文章。现代文论中最早的几篇都是文章形式，如王国维、鲁迅、周作人、胡适、陈独秀等人的文章，但他们的影响却不一样。在《中国新文学大系》理论卷里，发表于 1900 年的王国维、鲁迅几篇论文只字未提，《甲寅》《学衡》则作为反面素材被集中加以批评。这里有时代原因，即主要侧重于 1917—1927 年，此前的自然就不再被讨论了。但是，新文化运动之所以在当时有着广泛的影响，其根本的一个原因就是《新青年》是发行量很大的综合性的、理论性、文化性的刊物，在政治、文化、法律、教育等领域有着举足轻重的作用，其余波一直扩展到北伐革命。《新青年》的接受对象主要是新一代的知识青年，包括大中学生、学者、文化人等。而这一代人已经在中国现代历史上崭露头角了。1917 年前后，以《新青年》为核心，聚集了一大批的倡导白话文、新思想、新观念的文人志士，结为同人，大量刊发时政、文化、文学作品，给社会带来了崭新的影响。社会受众群体的扩大也随之使刊物的影响扩大了。其后的《新青年》在成为中国共产党的机关报之后，范围缩小，也就逐渐淡出文化界了。

而在 1900 年，刊发王国维等人文章的刊物《河南》《教育世界》《国粹学

报》（1905—1911）发行量较小，像《国粹学报》，"对当时诗学界的影响似乎仅限于'国粹派'的那个圈子中"。① 《国粹学报》还使用文言文，内容限于国学、国粹，这无疑会限制其传播范围。王国维的《人间词话》先期发表于《国粹学报》（第 47、49、50 期，1908—1910），单行本迟至 1926 年才问世，在此期间可以说谈论《人间词话》的并不常见。② 王国维的其他论文如《红楼梦评论》等在当时也未引起广泛影响，周作人、鲁迅的文章也有类似的命运。不可否认，以章太炎等人为代表的晚清学术的确取得了骄人成绩，但对于现代中国社会而言则其作用显然没有发挥出来。王国维、鲁迅、周作人等人的早期文论文章虽然已经具有比较浓厚的现代色彩，但限于或囿于当时的文言文、改良思想和汉族立场，它们在当时没有引起广泛的注意，其学术史意义显然大于其思想史、文化史的意义。1917 年作为现代文论的开端仍有其合法性，即文论开始具有广泛的社会和文化的影响力，但 1900 年作为现代文论的开端也有其合理性，即现代文论的学术观念、理论已经基本确立。

　　偏重于学术史和偏重于思想史，都与现代理论性、革命性刊物有着紧密的联系。但专业刊物的问世也为文论的发展提供了崭新的平台。在 1900 年年初，专业的文学刊物相对较少，③ 到了 1906 年以后，数量开始增多，出现像《月月小说》（1906—1908）、《小说林》（1907—1908）这样的期刊，但真正从事于文化建设和理论创建的刊物并不多。1902—1916 年，出现的文学期刊有 57 种，其中多数在经济中心的上海，而非政治中心的北京。这些刊物刊发的文艺作品也多是以上海的新兴市民为消费对象，文艺的消费性、娱乐性和教育性非常明显，注重经济效益和社会功效，而理论性、革命性则明显不足，只是以发刊词、序等的方式发表对小说的看法。这一类的还包括大量的小说作品的序、跋等，数量偏少，质量也不高。但有若干刊物则表现出了明显的理论倾向。历来被重视的是晚清四大小说刊物——《新小说》《绣像小说》《月月小说》《小说林》，这些刊物均以刊发小说作品为主，理论为辅。梁启超创办的《新小说》在理论上最为着力，特设"论说"栏，"大指欲为中国说部创一新境界，如论文学上小说之价值，社会上小说之势力，东西各国小说学进化之历史及小说家之功德，中国小说界革命之必要及其方法等"，④ 具有比较强烈的理

---

① 朱崇才著：《词话史》，北京：中华书局，2006 年版，第 353 页。

② 赵晶晶著：《王国维〈人间词话〉接受史》，福建师范大学硕士论文，2009。

③ 有《新小说》（1902—1905）、《绣像小说》（1903—1906）。

④ 陈平原、夏晓虹编：《二十世纪中国小说理论资料（第一卷）1897—1916》，北京：北京大学出版社，1997 年版，第 59 页。

论意识，但似乎对小说原理的探讨则并未纳入其理论视野。在晚清四大小说刊物中，《新小说》刊发的小说理论数量最多。其他三个刊物偶有论文出现，如刊于《绣像小说》中的《小说原理》《论文学上小说之位置》，刊于《月月小说》上的《论小说与改良社会之关系》《中国历代小说史论》，刊于《小说林》的《小说管窥录》等。此外，像《（中外）小说林》（1907—1908，香港）表现了独特的理论趣味。《（中外）小说林》特设有"外书"一栏，专门介绍小说理论，据统计，这样的短篇论文就有 23 篇之多。① 1910 年以后，《小说月报》等刊物相继出现，作为鸳鸯蝴蝶派的刊物，不时有论说文章的发表。1914—1915 年，两年时间内涌现了不少的文学刊物②。但是总体来说，1900—1916 年，文学理论的兴趣始终以开启民智为主，还处在社会层面，而未深及文化层面，多数以翻译介绍小说作品为主，多数都是小说评论、结社宗旨之类的，自觉的理论建构并不充分，加之文言文以及刊物存活时间过短等原因，没有形成广泛而深刻的社会和思想影响力。到了 1916 年以后，尤其是《新青年》杂志的出现，大大地改变了此前的刊物思想文化格局。白话文、理论性、阵地性、革命性、流派性等特点使现代中国文论早期具有非常强的开创性和论辩性，总是要把一个问题说清楚，加以妥善的解决。因此，刊物的寿命也逐渐增长③。期刊总是和文学社团相伴随，南社（1909—1923）、文学研究会（1921—1931）、创造社（1921—1929）、新月社（1923—1933）、语丝社（1924—1930）、浅草—沉钟社（1925—1934）等活动都在 10 年左右，于存在期间都出版过各类刊物数种甚至十余种。20 世纪 20 年代以后，文论的实践性、时效性、流派性的因素增大。诸如《小说月报》《新月》《创造周报》（创造社）、《太阳月刊》（太阳社）这些阵地刊物，发表同人刊物，吸收新人。这些已经与 1900 年大为不同了。一阵又一阵的鼓吹、讨论、论析层出不穷，以至于在理论繁荣的 20 世纪 30 年代，十几年前发生的新文化运动都已经快被遗忘了。由此可见，现代中国文论是瞬息万变的，并没有固定的经典，新文化运动时期的鼓手也在受到更多年轻的人的质疑。

2. 著作体系

第二个表现形态是著作，这和文章形成了鲜明的对比。文章的时效性很

---

① 参见缪海荣著：《〈中外小说林〉研究》，扬州大学硕士论文，2008 年。

② 如《小说丛报》《中华小界》《小说海》《小说大观》等，也有数量不等的理论文章。

③ 如《新青年》（1915—1923）有 8 年，经茅盾改版后的《小说月报》（1921—1932）有 12 年，《南社丛刻》（1910—1923）有 13 年，《学衡》（1922—1933，1927、1930 各停刊 1 年）断断续续有 11 年。

强，但是其弊端是随着时间的流逝，也逐渐被遗忘，由于不集中，所以搜集起来也更加困难。而著作则不一样，搜集内容可以相对集中，出版、检阅都甚为方便。一卷在手而全局毕现，这是著作形态的优势。著作形态分为集和著两类：集主要是文集，各类论文的集合，既可以是个人的，也可以是多数人的，往往有编者；著主要是个人的作品，并且呈现一定的体系性，不是一般的个人论文的集合。

著作的大规模出现第一个原因在于受众群体的扩大以及现代出版业的发展。如果仅仅是一两部著作则只能满足某一小群体的读者，而在 20 世纪 20 年代之后，经过新文化运动的洗礼，对文学知识的需求和摄取日益高涨，这自然需要大量的系统的、基本的文论著作来满足了。一些大型出版社的出现与发展也为著作的出版提供了便利条件，比如商务印书馆、北新书局等。这个时候，文论著作的受众群体主要集中在青少年当中，其中又以中学生和社会青年居多。[1] 当然，大学里的讲义和教材也可供社会青年学习和参考。这就涉及文论著作广泛出现的第二个原因了，即大学教育中的课程的设置。

大学是研究高深学问的地方，对学生进行系统性、多科性的教育，其中在中国文学系（门、院）中设置了"文学概论"，各个大学开设此类课程急需讲义，因此任课老师多有出版。[2] 除了文学概论的课程外，还有一门课程非常特殊，这就是"中国文学批评史"，至今对中国现代文论的描述都忽略了这一点，一般只是将其作为古代文论研究史的一部分，其实中国文学批评史是现代中国文论不可分割的重要内容。可以想见，如果现代大学没有中国文学批评史的设置，中国文学批评史的教材写作和出版将会是另一番景象。中国文学批评史的最著名的代表是郭绍虞、罗根泽和朱东润，他们的讲义分别是燕京大学、武汉大学、清华大学教授中国文学批评史的成果，其他如陈钟凡、方孝岳等人无不具有大学任教的经历。[3] 从 20 世纪 20—40 年代，中国的大学总数稳步上升，到了 1948 年已经突破 200 所。如果文科类大学均设置文学概论课程，并

---

① 如潘梓年的《文学概论》是保定育德中学的演讲记录稿，余鸣銮的《文学原理》（知用中学刊印，1924）是在广东省立第一中学的讲义，简贯三的《文学要略》（河南教育厅公报处，1925）是洛阳四师的讲义，夏丏尊的《文艺论》（世界书局，1928）则是主要针对中等学校以上的学生的。

② 如姚永朴的《文学研究法》（京华印书局，1914）是在北京大学的讲义，梅光迪的《文学概论》（1920）是在南京高等师范学校暑期学校、东南大学的讲义，姜亮夫的《文学概论讲述》（北新书局，1931）是在大学任教的讲义，张长弓的《文学新论》（世界书局，1946）是任教于燕京大学、河南大学的讲稿，老舍的《文学概论讲义》是在齐鲁大学的讲义，朱光潜的《诗论》（国民图书出版社，1943）是北京大学的讲义，等等。

③ 黄侃的《文心雕龙札记》也是大学的讲义。

编写讲义的话，必然会促进文论著作的发展。出版讲义是现代中国出版业盈利最为丰厚的一项，在《新青年》等杂志中到处都可以见到这类教材的广告。这就涉及第三个原因，即现代出版业的发达。

20世纪20年代之前，中国的现代出版业刚起步，文论著作也相对较少。到了20世纪20—30年代，上海的出版公司承担了中国绝大部分文学理论著作的出版功能，诸如大东、泰东、北新、开明、生活、世界、商务、启智、光华、文艺等，在北京、南京等地出版的文论教材屈指可数，可以说，上海在现代中国出版领域具有垄断性的地位。20世纪40年代以后，由于战争和上海的沦陷，文论教材的出版数量下降了，重庆、香港成为出版业的中心，但是到了1945年以后，上海再次成为占据出版中心的地位，这一优势延续到了20世纪50年代中期，此后北京无可替代地成为出版业的中心。在20世纪20—40年代，由于上海良好的金融中心地位、特殊的文化氛围和富有经验的资本运营及较好的流动渠道，出版社云集于此。到了20世纪50年代以后，出版社集体化和国有化，并且北京随之成立了大量的出版社，文论著作的出版机制已经不同以往了。上海时期的著作销量主要基于市场原则，大众感兴趣、需求多的往往销量很好，尤其是大量的知识青年对文学知识和理论的强烈兴趣。大家、名家的著作和综合性的著作往往销量很好，还得到不断再版的机会。像朱光潜的《诗论》版次就不下10次，还有像《新文学大系》更是被预定一空。到了北京时期，著作主要依据于政治原则，更多地依靠行政力量和大学来消化。

著作在古代中国文论中早已经存在了，《文心雕龙》《沧浪诗话》均是著作，但它们与现代出版业不可同日而语。大多数传统著作不仅缺乏系统性，而且不适于现代大学教学和社会的知识普及。文章在传统中也浩如烟海，但现代文章主要是论文，即刊发于各类期刊上的与文学相关的评论，生产机制已经不同以往。不过，著作和论文在现代中国文论里面的影响并不一致。翻看现代中国文论，在1917年之前，现代报刊业和出版业还主要着眼于经济、政治利益，而到了1917年之后，对文化的关注成为时代的潮流，谋求一种新的文化秩序之建立成为众多思想家、知识分子的主要责任，并且成为一种共识。于是，即时性的论文占据着重要的地位，其优势被充分发挥出来。20世纪20年代以后，随着现代中国社会的稳步发展和现代大学学术机制的建立，以全面性、系统性见长的文论著作（文学概论）在社会上广泛出现，最终形成了现代中国文论的"著作—论文"的二元载体形态。

3. 讲说体系

第三个表现是讲说。在"著作—论文"二元载体之外，还有一种是讲说体。讲说体就是讲课、演讲、讲话时所形成的文本，与大学、学会、社团、政党等的关系密切，这些场合都是特定的听众。它既可以表现为专著、论文，也可以表现为讲话本身。相反地，著作、论文如果进入讲说语境也要做出适当的调整，这和学术研究有所不同。当然，宣读论文除外。讲说体与著作、论文是密切相关的，有些讲说文本就是著作，比如各类讲义、各种演讲等。现代中国文论著作有些就是冠以讲话的。① 现代中国文论最为著名的两篇都是讲说体：一篇是蔡元培的《以美育代宗教说》，是 1917 年在神州学社发表的一篇讲话；另一篇是毛泽东的《在延安文艺座谈会上的讲话》，是 1942 年在延安文艺专题讨论会上的两次发言的集结。

讲说体的对象是即时性的，有听众在场。而著作、论文是没有即时性的，阅读也是非常个人化的。因此，从社会效果而言，讲说体更能产生积极的社会效应，能够即时地让现场听众了解其思想。讲说体在语言表达上更加通俗易懂，不故作高深，与现场听众的互动也比较多。从主体上而言，讲说体有三大主体：一是教师，天然地具有讲说的优势。二是社会活动家，经常参加各种会议，发表讲演。三是政治家，针对政治问题发表讲话等。比如今天的文论教学与学术讲座也是讲说体。这些讲说一般不再发表，也不再计入科研成果，但是其社会效用却是不可忽视的。假若中国文论学者都不从事文论教学，都在进行文论科研，那么中文教学的体系就崩溃了。再比如今天的政治家的文艺讲话，也是讲说体。

第三节　现代中国文论话语与多元文化思潮

现代中国文论不是凭空产生的，而是在它特定的文化时空中出现的。在特定的文化时空中，多元文化思潮与现代中国文论的产生、发展有着密切的关系。时空既是背景、语境，也是平台、处境，甚至生产地、制造厂。现代中国文论同多元文化时空的联系既包括物质性的因素，也包括文化性的因素。前者包括经济、政治、军事等，而后者则包括思想、思潮等。经济、政治、军事与文论发生着若干的关联，经济状况不一样，政治立场不同，军事阵营不同，文论的观念、倾向也不同。从大体上来说，现代文论物质性（经济基础）影响

---

① 赵景深著：《文学讲话》，亚细亚书局，1932 年版；赵景深著：《文学概论讲话》，北新书局，1933 年版；谭正璧著：《文学概论讲话》，光明书局，1936 年版。

主要是无产阶级（如太平天国、工人及先锋队共产党）、小资产阶级（如小市民、农民等）、中产阶级（如京派）、民族资产阶级（如维新派）、没落封建贵族（如遗老遗少）、地主阶级（如洋务派）、大地主大买办阶级（如北洋军阀）、大地主大资产阶级（如国民党等）等，他们之间发生着政治、军事上的冲突与选择，也波及文论。从大体上而言，无产阶级偏革命，小资产阶级、中产阶级、民族资产阶级偏改良，而没落封建贵族、地主阶级、大地主大买办阶级、大地主大资产阶级偏保守甚至反动。① 从学术价值而言，革命、改良文论更有价值。

除了物质性外，文化（思想、思潮）同样与文论发生着复杂的关系。很多时候，文论既受政治、经济、军事的影响，也受文化（思想、思潮）的影响。此处以文化为中心，兼及物质性因素。关于多元文化思潮有很多版本，比如王一川在《中国现代学引论》中将现代性思潮分为革命主义、审美主义、文化主义、先锋主义、拿来主义。② 不过，就文论而言，我认为以下六种思潮是比较切近的。

一、民族主义

民族主义（Nationalism）是一个舶来品，有关学者对其概念、起源与流变作了充分的研究。③ 这使得我们在使用民族主义一词时尤须审慎。在整个中国现代史当中，民族主义都是一个耀眼的主题。新民主主义文化的三大原则第一条就是民族的。民族主义更多地体现为政治的民族主义，与现代中国密切相关。现代中国的历史就是一场伟大的民族独立、建国运动。在不同阶段，对现代中国国家的想象也不同，但基本围绕的主题都是明确的，即对外的独立，对内的民主、平等、共和、团结、统一等。

在民族主义谱系中，一个重要的命题是"救亡压倒启蒙"。④ 显然启蒙并非归属于民族主义的话语，而是归属于现代性话语。同启蒙相比，救亡未必就一定是现代的，在古代中国，亡国亡种的情况时有发生，如何挽救失落的中国王朝和文化是救亡的主题。到了现代中国，救亡的主题无疑都是抵御外侮、获得国家的独立，比如外争国权、十四年抗战等。现代中国主要的民族主义主题

---

① 以上阶级划分并非严谨，且以阶级论为准也失之简单化，此处仅供参考。
② 王一川著：《中国现代学引论》，北京：北京大学出版社，2009 年版。
③ 参见［英］安东尼·史密斯著：《民族主义》，上海：上海人民出版社，2006 年版；［美］本尼迪克特·安德森著：《想象的共同体》，上海：上海人民出版社，2005 年版。
④ 李泽厚：《启蒙与救亡的双重变奏》，参见《中国现代思想史论》，北京：东方出版社，1987 年版。

是抗日,台湾（1895—1945）、东北（1931—1945）等都是长期沦为日本殖民地的地区,其抗日主题也更为浓厚。[①] 在某些时期这样的主题曾是中国政治生活中的核心,比如1937—1945年,也正是由于这种特殊的情况,"救亡压倒启蒙"之说也就有其合理性。[②] 在这一特殊时期,激发了民族热情,唤醒了民族斗志,高扬了民族精神,在一定程度上也弥合了意识形态与党派争论。但是,这并没有从根本上解决意识形态和党派争论,比如1949年以后中国大陆与台湾地区的文化分治状态。而要弥合这一分治状态,又需要民族主义的介入。当然,政治上的准备是不可缺少的,比如一国两制等。

民族主义是从心理、观念、意识角度着眼的价值观。这种心理的民族主义可以称为一种民族意识,它更多地体现为一种氛围和语境,促使人们去思考本民族、本国家的未来。民族主义的兴起必然是以民族意识为前提的,而在古代中国,民族意识并不突出,它更多的则是文化意识,中原文化为各族所共享,只要认同并实践这一文化,民族的差别就是其次的,比如越南、朝鲜、日本都曾以小中华自居,也就是它们认为自己传承并代表着中华文化,但是在它们那里,民族意识并不鲜明。可以说,就民族而言,在古代是求大同,而在现代是求小异,但这也不是说民族没有扩大的可能,比如清末革命派凸显汉族,其后又有五族共和,最后形成了中华民族这样的新的民族共同体,说明历史经验本身也在融合民族,而不一定必然导致民族分离主义。

现代民族意识的觉醒首先是普通人意识到国家、民族与自己息息相关,由此民族意识落实为公民意识。现代的民族是同民族国家紧密联系在一起的,国家在民,主权在民,而在古代虽有民族,但却是皇权帝国,皇权至高无上,只有民本,而无民主,或者说只有子民,其政治实施的主体是皇帝、官僚、士大夫、绅士等特权人士,其思想基础是儒家经典《十三经》,在此基础上获得和实现"治国""平天下"的政治才能和抱负,而不是局限在某一固定边界之内。而在现代,没有任何人可以凌驾于民族之上,公民是现代国家的构成主体,无论是政治家、革命家、社会活动家、思想家,还是占人口大多数的农民、工人、市民,他们都对这个国家负有责任和义务,政治既需要职业的政治家的关注,同时也需要更多公民的参与。国家不再是某些上层和特权人士的关

---

① 原来流行"八年抗战"（1937—1945年）,晚近强调"十四年抗战"（1931—1945年）,而从抗战的实际历史长度而言,应该是"五十年抗战"（1895—1945年）。

② 有时也决定了时代的文化趋势,比如从文学革命到革命文学,其转变过程并不是逻辑自身运动的结果,而是社会运动的结果。当然,纯粹追求知识自身的运动是学术自律的重要诉求,但这种诉求往往很难达到,也不符合历史本身。

注对象，而是普通人的关注对象。他们既思考国家、民族的命运，也为国家、民族的未来担心。反映在最普通人的心理上，就是渴望国家的独立、民族的强大。这种朴素的爱国心和民族意识促使普普通通的人前赴后继，将自己的所言所行视为对民族做出贡献。也正是在此意义上，公民意识或者爱国主义是民族主义的内核。在现代中国，对中国问题的思考其实都指向民族主义，中国、中华民族、中国文化是它无法割舍的。在这里我们可以将古今视为一体，并不意味着否定古代就是反民族主义的。一些最激进的全盘西化论者也从内心深处渴望中国文化的伟大复兴，而不是把自己的国家变成一个外国的殖民地。这种民族主义的感情应该被正视，只是他们的方法、道路不同而已。

在民族主义光谱里，文化民族主义有着特殊的影响力。文化民族主义往往被认为是文化保守主义的代名词，其实，文化民族主义并不等同于文化保守主义，后者着眼的主要是过去的历史、传统，而前者还延伸至对文化的创造、更新、复兴的关注。可以说，文化民族主义包括文化保守主义的基本议题，但又有所拓展。文化民族主义将千百年以来至今所形成的民族文化，如语言文字、文化文学典籍、历史记忆等，视为中国的文化身份，同时将当代文化创造视为本国文化生生不息的根本保证，也就是说，既要发掘、整理、阐释古代文化，又要重视当代文化的创造；既要重视旧学、旧经典，也要重视新学、新经典。比如新儒家代表冯友兰在《新事论》（1940）中就强调"中国底文艺"："只有从中国人的历史、中国人的生活中生出来底文艺，才是中国底，亦唯有这种文艺，对于中国人，才可以是活底。"这是旗帜鲜明地反对"欧化"。毛泽东在《新民主主义论》（1940）也强调新民主主义文化是"民族的、大众的、科学的文化"，尽管民族的还只是着眼于形式（语言）。

民族主义的一个致命弱点是执着中国而不谙于世界，民族利益是民族主义无法让渡的，这就导致世界文化只能封闭发展，也不去或无暇关心世界文化的发展，更不会积极思考包括本民族在内的整个世界文化的多样性和可能性，而这些恰恰是当代文化研究的一个重要课题。民族主义的另一个致命弱点是原教旨主义倾向，拒绝改变，对民族文化的一味认同。这并不是前文所谈的保守主义，而是国粹主义了，对本国文化顾影自怜、沾沾自喜。民族主义还有被某一陈旧势力利用的危险，比如袁世凯、张勋的复辟运动，国民政府的尊孔运动等，并无助于现代中国的发展和完善，甚至是开历史的倒车。

民族主义并不是百试不爽的灵丹妙药，它在现代中国历史上扮演的角色既是光辉灿烂的，也是灰暗消极的。关键的问题不是民族主义的各类标签，而是这些标签之下的价值指向和目的指向。

二、古典主义

现代中国的文化主题就是从传统到现代的转变。中国有着悠久的历史和灿烂的文化，想要对这一遗产视而不见根本是不可能的。问题在于我们如何面对这一遗产。当然批判是不可避免的，但根本的问题还在于寻找到它对今天的意义。这种坚持古典仍然有其意义的倾向就是古典主义（Classicism）。古典主义在现代中国也许不如民族主义、革命主义和科学主义繁荣，但它有其特殊性。在民族主义那里曾论及保守主义，主要是基于保守主义对民族的认同上，而这里的古典主义则侧重的是对古典的认同上。古典主义是民族主义的重要内容，但民族主义着眼的是当代现实，古典可以作为一定的内容，但不是绝对的内容。古典主义更多地关注思想和知识，并不太多地涉及现实的政治。古典主义也可以以民族主义为立场，但对极端西化的民族主义或者偏离古典精神的民族主义也是不认同的。古典主义的视角是以古代为参照系，整理文化遗产，阐扬古典精神，接续精神血脉，发扬文化精神。古典主义以古代为中心并不意味着将古代的东西视为古董，而是将其视为可以为当下生活提供精神养料的文化珍宝。古典主义是就价值而言的，传统的、过去的东西有其应有的价值，应该发挥出来，或者说是中国文艺复兴。古典根本上并不是否定和反对现代，有些古典的东西比现代更现代，而现代的某些东西则可能很保守。

古典主义是一个错综复杂的话语织体。有文化守成主义，守护文化精神，将古典文化内化为自己的生命，可以称为修养派，如王国维、章黄学派等；有发扬古典精神的古典派或新古典主义，主要反映在艺术创作中，可以称为艺术派，比如《论语》派等；有用现代方法阐释古典的古典阐释学或者"释古"派，可以称为学术派，中国现代史上的整理国故、古史辨等就是如此；有文化保守主义，拒绝较大程度的改变，可以称为守旧派，比如《学衡》《甲寅》及玄学派等；有新历史主义，戏说历史，断章取义，六经注我，完全将古典作为工具，可以称为后现代派；还有诸如反经典、戏仿等，更是不足为道了。以往学界往往纠缠于现代与传统、古与今，并没有古典主义独立出来，实际上这些论题都可以归入古典主义的话语内容之中。

三、人文主义

人文主义（Humanism）的本义是对中世纪神学的反拨，即消除宗教神学对人类社会的霸权地位，重新确立人的地位。这是西方人文主义的主题。那么，在中国虽然没有这种意义上的人文主义，但对人的关注历来是中国传统文化的主题。与人文主义相类似的还有人道主义、新人文主义等。把人作为主题的学问也称为人学，或者仁学。人学注重的是个体的、单个的人，而仁学则注重的是人与人之间的关系，也可以称为人伦之学。个体的人学主要是个性的解放和自由全面发展，而人伦的人学则主要追求的是平等关系。而这两点都与传统中国不同。传统中国的个体的人往往是群体中的人，群体利益大于个体利益，在人际关系上也不是平等的，是在"三纲五常"框架中的人际关系。

在现代中国，人文主义具有解放性的意义，将人从严重的集体束缚中解放出来，发挥个体的本性对社会解放无疑也具有重大意义。在现代中国，个性主义的发展一直受挫，因为个人往往受制于传统、群体、习俗，个体的天性却得不到充分的发挥，尤其表现在教育领域，培养出来的学生往往千篇一律、循规蹈矩，缺乏个性。在文学世界里，塑造有个性的人物始终是终极目标，这也是作家个体创造力的表现。这里的人文主义在一定程度上指的即是个人主义，是对个性自由的尊重。在人伦关系上，平等的目标其实很难实现，尤其是男女之间的关系就很难做到平等。如果没有平等，个体自由就不能得到保证。在中国传统中，无论孩子长多大，都被父母视为孩子，父母对子女的行为可以任意干预、干涉。这种未成年的心态显然影响了中国人的人格发展。在男女关系上，女性往往束缚于男性，而且在所谓的体力、智力等因素的制约下，女性也很难获得与男性同等的人格地位。

个性发展和人伦关系是人文主义关注中的两大重点，可以说它们都没有彻底实现。然而，人文主义又受到了另一个挑战，即人类中心主义的挑战，因为在人思考的时候，人总是将自己视为中心，自然却被忽略了，这是今日文化生态学的思考主题。今日兴起的生态主义则是就整体的人类和自然关系着眼的，也具有一定的批判和反思意义。

就比较典型的人文主义而言，在中国有两个代表，就是白璧德的新人文主义和林语堂的中国人文主义。白璧德的新人文主义抨击的是西方泛情人道主义（比如卢梭）和科学人道主义（非宗教化），批评了想象的过度放纵和道德上的不负责任，呼吁节制情感，恢复人文秩序。这一点更像是坚持道德理想主义的儒家与注重精神的道家的相混合。由此可以看出，新人文主义的基本倾向是和有着浪漫主义乃至激进主义倾向的"五四"运动背道而驰的。"五四"运动或许恰恰是新人文主义的反面，所以后者被学衡派奉为圭臬。但是，重平等、个性、自由、解放的"五四"新文化运动恰恰是中国最为需要的人文主义。

林语堂的中国人文主义则是立足于传统，强调自然、闲适的趣味，他说

"中国人明确认为：人生的真谛在于享受淳朴的生活，尤其是家庭生活的欢乐和社会诸关系的和睦""中国人就是陶醉在这样一种人生理想之中，它既不暧昧，又不玄虚，而是十分实在"。在林语堂看来，中国人文主义不仅有益于中国人的精神，还有其世界性的意义，就是着眼于"人类如何保养自己，如何最大限度地享受生活"。①

人文主义对文学理论的影响可谓深入人心，最著名的是"人的文学"，由周作人提出，并且成为20世纪文学研究的底色。② 尽管如此，但人们的理解并不一样。

四、革命主义

革命主义（Revolutionism）的前身是改良主义，革命主义既是对改良主义的继承，也是对改良主义的超越。改良主义在20世纪中国文论发展史上有着不可忽视的重要作用，可以说"五四"新文化运动便是改良主义运动的一个结果。随后，"五四"新文化运动分流，一派以自由主义为宗旨，另一派则是注重群体的社会主义路线，并经左联、延安文艺运动，最后到中华人民共和国的以马克思主义为根本的文艺学体系。"五四"新文化运动作为中国改良主义的结果只是问题的一方面，而问题的另一方面则是全球社会发展的一个必然体现，这一线索就是共产主义革命。

20世纪的中国几乎年年谈革命，每一时代都有不同的革命内容。革命就是推翻旧政权或者压迫者、侵略者的统治，实现新的社会进步。现代中国早期是共和革命，也就是百日维新运动，表达了资产阶级、中产阶级的政治愿望和利益，这一革命的目标就是走向共和。但共和革命并没有彻底实现，因为共和革命有广义和狭义之分。狭义的共和革命是追求某一阶层的政治权益的，而广义的共和革命是追求全体社会和全体人民的政治利益的，这也称为民主革命。民主革命主要是实践共和体制和主权在民的观念，反对复辟帝制、反对帝国主义、反对国内专制势力等，在经历了旧民主主义革命、新民主主义革命和社会主义革命之后，这一目标大体到1950年后才彻底实现。

以上大多是政治革命，包括现代中国文论在内的现代中国文化同政治革命有着密切的关系，可以说是伴随着政治革命之始终。相反地，任何文学的、文

---

① 林语堂《中国的人文主义》，参见《吾国与吾民》（1935年英文版），上海：世界新闻社，1938年版。
② 具体分析参见本书第四章第三节内容。

化的革命也都有其不同的政治目的。① 从一定意义上说，中国的政治主要就是革命主义的政治，也是政治的具体化形式。

革命主义的政治在当代遭遇一个问题，就是合法性质疑，这是革命主义在当代的后果问题。最有影响力的一个观点是"告别革命"②，转向经济建设，或者不再是颠覆性、激进式的革命。革命精神虽然被继承，但革命实践只能作无害化处理。这涉及一个如何评价革命的问题，即革命是否在现实和未来还具有合法性的问题。革命作为一种力度较大的社会运动，有其重大的历史意义，在现代中国，不进行疾风骤雨的暴力革命就不足以彻底改变中国封闭、落后、被动的现实处境，如武力推翻反动政权、反抗外国侵略者、打击敌人等，但革命也有其暴力、武断、盲目的地方，其日常化方式又严重干扰了社会政治秩序，并且在革命年代，革命成为一切合法性的基础，一切都围绕革命，凡是不革命或者与革命无关的均被视为不合法。告别革命的语境是基于改革开放的新时期，对革命的破坏性、日常性等加以新的思考，认为革命的颠覆性功能应该让位于渐进式的改革和建设。这一点当然毋庸置疑的是有其现实性意义的。但是革命的意义也随之发生了变化，有以下三点值得说明。

第一，革命的领域转向了更为隐秘的意识形态领域，这一点可以视为如何保持社会主义的政治制度问题，也就是如何保障革命成功的胜利果实不被窃夺，尽管社会主义的现代化建设的历史任务极为重要，但革命成果的维护也不能轻易放过。第二，革命也意味着革命主义的态度、精神及其实践。一切的革命主义都持有一种理想主义的态度，依据这个理想主义的目标，革命主义者往往不满足于现状并试图改变现状。这个现状就是革命理想和目标的未实现状态，而革命主义就是为了落实和实践革命理想和目标而同现实的各种力量做斗争。就像辛亥革命，成功了，但却积压了新的问题。因此，那种维持现状、得过且过的态度都不是革命主义式的态度，而那种纵身社会流俗的更是为他们所不齿，尽管持有这种态度的未必都是革命家、革命者。革命主义态度必然引出革命主义的实践。不满现状的可以是犬儒主义，但未必是革命主义。革命主义总是态度和实践的相结合，不能仅仅是话语的巨人、行动的矮子。第三，革命的本意在于对崭新秩序的确立，是革故鼎新、扭转乾坤的，革命性巨变就是那

---

① 晚清即有"三界革命"论，新文化运动更是积极倡导"文学革命"，到了20世纪20年代，革命成为重点，有成仿吾"革命文学"。在民国时期，探讨文学与革命的著作也并不少见，如张天化著《文学与革命》（上海：民智书局，1928）。

② 李泽厚、刘再复著：《告别革命：回望二十世纪中国》，香港：天地图书公司，1995年版。

种具有开拓性的改变，具有确立规范、树立标准的意义，那种悄无声息式的划时代的革命，比如科学革命的范式、重大的理论拓展等依然有着重要意义。虽然一呼百应的革命激情和疾风骤雨的社会革命日益淡去，但从社会斗争的意识形态转向、改变现状的革命态度和新秩序的确立而言，革命的意义并没有消失，甚至更为重要。

革命主义遭遇的另一个挑战就是其方法论问题，主要批判的对象就是革命的二元对立思维方式，即只区分革命与反革命，甚至只要是不革命的就是革命的。因此，在革命阵营内部总是处于革命领导权斗争中，谁拥有了革命的名义，对方在道义上就失败了。但这种革命与反革命的斗争如果达到你死我活的程度，则是不利于革命实践的。在现实革命领域，二元对立是非常必要的，立场的鲜明性是革命特别重视的，这是基本的政治原则。但是，革命本身是复杂的，不可能是泾渭分明的，因此强调团结、统一战线、共同体，尽可能地团结发挥最大的革命力量，这就超越了政治二元论方法。尤其在文化领域，二元论是把"双刃剑"，它很强大，但也会造成伤害。列宁曾依据层级曾划分了两种民族文化：一是资产阶级的文化，二是工人阶级的文化，或者说剥削阶级的文化和被剥削阶级的文化，二者不是同质的，它们相同的仅仅是载体而已，在内容、思想、观念、形式上都各有不同。从阶级分析上来说是有合理的地方的，但不能止于此。比如新民主主义革命就不能完全清除民族资产阶级。而在过去的封建社会，那些地主阶级创造的文学艺术也同样为今日的普通人所欣赏，而那些来自民间的文化也并非十全十美，也必须适当的改变才可以成为全民族共同的精神财富。阶级的文化也有积极、消极与进步、落后的不同层面。因此，区分不同文化是第一步，而区分同一文化的正反、新旧、左右两个方面因素是第二步。因此，文化的分析不可对立起来，而应看到不同的侧面。然而在对待文化遗产上同样会遭遇方法论问题。激进式的措施就是一刀切、一边倒，"打孔家店"，废除汉字，不读中国书，改良人种，其实这些多数停留在话语层面，都是空想，只有那些具有可行性的方案才能获得落实，比如白话文运动。科学式的措施就是整理国故、科学阐释，通过科学的方法和态度阐释和对待古代遗产，还原古代文化的真实面貌，不疑古、不迷古，而释古，这无疑是有着重要价值的。建设式的措施就是所谓的现代阐释、现代转化、古为今用，发现古代遗产的当代价值，发挥优秀传统文化的精神。激进式、科学式、建设式都可以视为革命性的，只是它们的方式和程度不同而已。激进式是思想解放，难免空疏理想；科学式的是理性研究，难免滞后迟缓；建设式的是稳步实践，难免过于实用直接，在反思其正负面效应之后，更应发扬其特有的社会价值和思想意义。

后革命氛围的来临并不意味着革命就此消失，而是人们如何对待革命这一遗产，并围绕革命、权力形成新的妥协、联盟与斗争，尽管已经不是原汁原味的革命了。[①] 任何回避和忽视革命的行为都是不足取的。革命不仅是中国古代的传统，也是中国现代的传统。对现状的改变是社会和文化运行的基本动力，追求更好、更高、更美才是革命的真谛。这就是革命的新形态——改革。改革是在革命之后的促进社会转变的过程，其剧烈程度既没有革命强，也不是推倒重来。但是，问题在于革命之后所建立的社会秩序很可能存在消极的一面，持续革命不是社会的常态，而改革则成为重要的补充。不过，在现代中国，改革并不存在空间，只是到了 20 世纪 70 年代末期才出现改革的思潮。

五、科学主义

科学主义（Scientism）在现代中国炙手可热。中国历来被认为有技术无科学，或者具体说就是没有近代科学，[②] 因为科学是原理之学、纯粹学问，而技术是应用之学、实用学问。中国传统重视实践，[③] 轻视玄思。在中国历史上，技术发明占据重要地位，如四大发明，但这些只是技术，而非科学。科学是如物理学、化学、医学这样形成系统的人类知识体系。中国尤其没有产生近代科学。有西方学者认为，从 11—14 世纪，"中国在数学、天文学和光学领域已经出现明显的滞后"，不仅落后于西方，还落后于阿拉伯。[④] 近代科学是以科学方法和科学精神为标志的，追求纯粹知识和科学的自足性，为此必然是"对既有宗教和道德权威的巨大颠覆"[⑤]。科学主义最重要的两个概念是理性（reason）和真理（truth）。理性是方法论、立场，而真理是目标、理想。理性包括逻辑、分析、归纳等方法，通过客观、全面、理智的探究，达到对某一事物、现象的真理性认识。真理性认识就是科学所提供给人们的正确、清晰、全面的知识。在中国，由于重视整体性，科学分析的方法并不发达，科学实践的主体

---

① ［美］德里克著：《后革命氛围》，王宁等译，北京：中国社会科学出版社，1999 年版。

② ［英］李约瑟著：《中国科学技术史》（英文版 15 卷），北京：科学出版社，1990—2013 年版。

③ 李泽厚在《孔子再评价》中将中国儒家思想概括为"实用理性"，参见《中国古代思想史论》，北京：人民出版社，1985 年版。

④ ［美］托比·胡弗著：《近代科学为什么诞生在西方》，周程等译，北京：北京大学出版社，2010 年版，第 230 页。

⑤ ［美］托比·胡弗著：《近代科学为什么诞生在西方》，周程等译，北京：北京大学出版社，2010 年版，第 296 页。

不独立也不纯粹。几千年来中国取得的技术进步不胜枚举，但没有形成科学的传统、科学知识体系和科学家人格，这似乎成为中国落后的一个注脚。

中国大规模引进科学的主要动因在于中国的落后，而落后的原因被认为是迷信盛行、理性思维不发达。故此，科学主义首要的任务就是对封建迷信加以拒斥。迷信是基于某种神秘主义而产生的思想观念和行为。在迷信中，只有狂热、激情、非理性，而没有冷静的分析。在迷信的钳制之下，人们安于现状，相信命运，不去反抗，宿命论主导着人生。鲁迅笔下的祥林嫂就是这种表现。① 科学主义的引入就是破除迷信之权威，树立个体理性之自觉，用自己的眼睛和思想来对待这个世界。也正是在此意义上，科学主义必然以反对那种居于至高无上之地位的经学及其附带的礼仪秩序为主要任务。

科学主义也是对宗教、唯心主义哲学等的批判反思。西方文艺复兴时期，科学就是从宗教的压制下解放出来才得以发达的，路德的宗教改革也是同样强调个体的理性自觉，不再迷信仪式和他人；强调"因信称义"，② 不假中介，直面上帝。与迷信相比，宗教是更为系统完善的信仰体系，也具有非理性的因素，建立在心灵、观念的基础之上，追求一种心灵的安顿和人生的寄托。从积极性而言，宗教是反抗社会不公的一种形式，运用得当也是社会变革的重要力量；而从消极性而言，宗教又奴役人的理性，并形成宗教的利益集团，从而也就偏离了宗教的本性。

科学主义还树立了实证学问（实验、经验科学以及唯物主义）的优先性，这个实证学问包括考据学、朴学、汉学、经古文学等，在 20 世纪一片反传统之声中，清代考据学却评价颇高，而如经今文学、宋学、心学、哲学类等思辨、内省之学在现代中国的地位却相对下降，有时被冠以唯心主义、形而上学遭受批评，但是遭遇后者的反弹。现代中国爆发的科玄大战以科学的强势胜出而暂告一段落，③ 但并不意味着玄学（人生观问题）就彻底消失了。其实，二者也可以被概括为学术与思想（哲学、玄学）。在中国，实证科学得到广泛的传播和发展，就连一贯被归入人文科学的历史学、考古学、语言文字学也具有强烈的科学实证性。而那些以思辨性、内省性见长的学科如美学、哲学、心理学等不是被方法论（如新三论、老三论等）裹挟，就是缺乏应有的重视，或

---

① 祥林嫂受封建礼教和宿命论等的多重迫害，在精神上的伤害犹大，参见鲁迅《祝福》，收入《彷徨》。

② "因信称义"意思是说信徒可以由于信仰而直接成为义人，免去了中世纪基督教的各种繁文缛节，客观上有利于理性的成长。

③ 郭湛波著：《近五十年中国思想史》，上海：上海古籍出版社，2005 年版，第 231—240 页。

者被视为不切实际、空谈而遭受轻视，无法与自然科学的辉煌成就相媲美。思辨科学绝非是胡思乱想之学，如康德的批判哲学以及现代现象学、解释学、存在主义等就是体现，即便是唯心主义也有合理内核，不可一概而论，它们都是人类对自我心智的探讨，对内在心灵的体悟，有其积极意义。

迷信、宗教、思辨哲学（唯心主义、形而上学）是科学主义着意反对或者划清界限的对象。但迷信、宗教、思辨哲学都有其存在的现实合理性。迷信是人类安全感缺失的表现，只是一个结果，而不是原因，有着强烈的实用性，并不是人生目的所在。宗教是人类心灵困顿的替代物，是意义匮乏的填充物，也同样不是原因。哲学则是对人类意义的理性思考和能动实践，只要有人活着，这样的思考就不可能终结，而思考人活着的问题又恰恰是科学主义的短处。

科学主义在中国的盛行使中国取得了科学进步的辉煌成果，但也导致出现另外一个问题，就是唯科学主义，主要是唯实证科学主义。科学主义和唯科学主义并不一致。科学主义是对科学的认同、追求，并不必然意味着唯科学主义，当然也不否认有些科学主义具有某种唯科学主义的倾向。而唯科学主义则将科学特别是实证科学视为唯一、绝对，而无视或轻视其他学科和领域，比如在科学与艺术、科学与哲学、科学与宗教、科学与道德、科学与法律等关系上，往往将科学摆在最重要的位置，而其他都是从属的。唯科学主义在中国现代思想上也留下了其特殊的影响。[①] 今天来看，科学只有和其他领域展开对话才可以发现自身的价值和局限，没有科学是万万不能的，但只有科学，也是万万不能的。

六、现实主义

现实主义（Realism）曾经在世界思想史上都起着至关重要的作用。现实主义同文学和文学理论的关系尤为密切。在整个现代中国，现实主义都具有长久的生命力。

首先是自然主义的引入，其次是批判现实主义的引入，最后是革命现实主义、社会主义现实主义的出现。这些对文学都产生了不可替代的重要影响。现实主义的核心就是以现实为中心，强调反映真实的现实生活，而不容有歪曲和美化。现实主义并不拒斥理想，现实主义的理想是基于对现实的批判和思考之

---

① ［美］郭颖颐著：《中国现代思想中的唯科学主义》，雷颐译，南京：江苏人民出版社，1998年版。

上的，在塑造人物上，既要来自现实生活，同时又高于现实生活，而最后还要回归现实生活。现实主义的理想不是漂浮在现实的表层，而是植根于现实的深处，这才是现实主义的本义。

现实主义有两个思想基础：一是实证科学，二是反映论。实证科学所使用的调查、统计、实验是现实主义的重要的方法论。一般从事文学事业的往往要经历搜集材料和体验生活的阶段，以达到对现实的真切而全面的理解和把握。如果实证科学是方法论的话，那么反映论则更近似世界观。反映论在西方也被称为模仿论，力求艺术家真实地反映现实，和现实相符合的才是真理性认识。实证科学是现实主义的第一步，而反映论则是现实主义的第二步。虽然第一步影响了第二步，但第二步并不因为有了第一步就实现了。因为反映论是世界观，必须具有这样的世界观才能自觉地运用各类实证主义的方法，否则仅仅有方法，而世界观是错误的，也同样无法达到对现实的真实反映。

现实主义的最高的成果是马克思主义的现实主义理论，吸取实证科学、批判现实主义等成果，依据辩证唯物主义和历史唯物主义，力求达到对人类社会、历史、文化和自然世界的真实理解。马克思主义的现实主义既有革命的现实主义，也有社会主义现实主义，是特定时代的理论成果。现实主义在今日主要遭遇现代主义、后现代主义、消费主义等的挑战，后者所采取的立场主要是调侃、变形、歪曲、认同，而不是现实主义的批判、分析的立场。现实主义的基础建立在真理意识之上，一旦真理意识消失，幻象则成为人们思想与活动的主导，以至于虚无主义、享乐主义、犬儒主义盛行。现实主义蜕变为实利主义、投机主义，对现实主义精神人们弃之如敝屣，唯恐避之不及。其实，现实主义仍然是有着可阐释的巨大空间。现实主义的求真意识、理想追求、批判精神，并不因时代的变迁而消失，毋宁说它们具有恒久的魅力。

其实现代中国文论的思潮不止于上述六种，比如审美主义、现代主义、形式主义等也对现代文论有影响，但这六种大体上构成现代中国文论或者文学观念的主要思想语境。

第三章　西学话语坐标
与文论的世界意识

　　多元文化话语与现代中国文论研究既然侧重于文论知识生产的社会历史语境、机制，那么对其语境、机制的考察是极为重要的。现代中国文论发生期的最重要的一个语境、机制就是"西学在中国"，或者说"西学东渐"。西学主要包括两大类：一是欧美"新学"，二是俄苏"红学"。一般来说，人们的所理解的是欧美"新学"，但实质上俄苏"红学"对现代中国文论的影响也至为深远，只是人们更喜欢用马克思主义，而非西学。因此，本章主要以欧美"新学"为主，兼顾俄苏"红学"。没有"西学在中国"，现代中国文论就不可能发生。"西学在中国"是一个极大的题目，这里无意于重复老路进行面面俱到的说明，而是以文学理论为中心，探讨西学是如何影响了现代中国文论的发展、变异的，考察其积极价值，并反思西学话语的普遍主义，进而从西学视野走向世界视野。

第一节　"西学在中国"的话语轨迹及其形态

　　西学以其重要性和数量之大、范围之广、内容之丰富，成为现代中国文论不可忽视的巨大存在。这里的西学大体包括三个阶段：第一阶段是元典西学，古希腊至中世纪的西学；第二阶段是近代西学，文艺复兴至 18 世纪的西学；第三阶段是现代西学，19、20 世纪以后的西学，也包括与西学关系密切的俄国、日本、印度等。第一阶段的西学主要表现为古希腊、古罗马学术和文化，如古希腊艺术、罗马法以及后来广泛传播的基督教等，当然有的时候中世纪也被有意地忽略掉。第二阶段的西学主要表现为人文主义、启蒙思潮、宗教改革。第三阶段的西学主要表现为成熟的现代多学科、多领域的西方学术思想。

这里着意讨论的西学并非西方的西学，而是"西学在中国"意义上的西学。在本书的特殊语境中，西学主要指的是第三阶段的各类知识、思想、观念，但其在中国的轨迹却异常复杂。

一、西学的不同阶段

熊月之曾指出，西学在中国（1811—1912）"其名称始而为'西学'，继而为'东西学'，再而为'新学'"。① "东西学"的出现是因为日本现代学术的发展和繁荣。西学进而为新学则表示对西学态度的变化，这一变化自然表现出一种西方普遍主义（Universalism）的特色。但从话语使用或者话语心态而言，西学在中国又有其复杂的一面。

1. 夷学

鸦片战争前后，西人被称为"夷人"，即所谓的"师夷长技以制夷"②"英夷""外夷""诸夷"。③ 此时，西学处于夷学（夷技）阶段，论域是政治与道德上的华夷之辨，这是在传统政治文化世界观中的定位。

夷学虽然侧重在知识、技术等领域，但文化、道德优越感还非常浓厚。这种优越感甚至还形成了排外意识，比如曾经对学习汉语的外国人加以惩戒，如1759 年的"洪任辉事件"就是如此。④ 所以，夷学始终受困于这种文化、道德优越论。在 19 世纪中期，梁廷楠认为，"驭夷之方，唯事羁縻，养欲给求，开诚相与，毋启以隙而挑以衅，是千古怀柔之善术。"这种不主动接触的安抚性政策仍然是中国中心主义的，包含着天朝上国的优越："夫西国之风气，唯利是图，君民每聚赀合财，计较锱铢之末。"⑤

不过，这种优越论在遭遇西方中心主义的强烈冲击之后发生了非常独特的话语变化，从开始的夷是普遍的对外国的政治、道德的称谓，到 1858 年《天津条约》的签订，夷逐渐被从公共话语空间清除出去。这一较量自然是中国向西方的妥协低头，但夷字的淡出并不意味着夷的内涵的消失，而是转变为鬼

---

① 熊月之主编：《晚清新学书目提要》，上海：上海书店出版社，2007 年版，"序言"，第 1 页。

② 这一看法的代表人物主要有魏源和林则徐，林则徐首先在呈给道光帝的奏折中提出这一看法，魏源《海国图志》（一书成书于 1842 年，初版于 1847 年（道光二十七年））问世，使这一观点得以公开传播。

③ 梁廷楠著：《夷氛闻记》（成书于 1853 年之前），北京：中华书局，1959 年版。

④ 洪任辉的罪状有三项：违反禁令、不适当上诉请愿和学习中文，参见［美］史景迁《追寻现代中国》第一部分第 6 节"管理异族"。

⑤ 梁廷楠著：《海国四说》（初版于 1846 年，道光二十六年），北京：中华书局，1993 年版，序，第 2 页。

子、番鬼，在民间颇为流行。① 作为汉字，夷不会消失，但它已经没有了生命力了。陈独秀曾指出国粹论中有一派人士认为"欧洲夷学，不及中国圣人之道"；并批评说，"此派人最昏聩不可以理喻"。② 此派并非无视西学的存在，而是抱残守缺，认为中国精神远远高于西方，西方只是徒具科技工商优势的野蛮之地而已。大抵仍如鸦片战争前后对待西方人的态度。

夷学是特定时代的思想意识的反映，其消亡既是中国放下文化、道德优越论的表现，同时也是西方政治与文化力量介入的结果。

2. 洋学

到了洋务运动时期，夷人转变为洋人，其学问也由夷学转变为洋学，论域是洋土之别。夷人转变为洋人，乃是称呼的使用频率和倾向性，而不是意味着洋人或洋字为后出。洋、洋人、西洋的使用在洋务运动之前并不缺乏，只是不如洋务运动之后普遍而已。洋人和夷人的区别是明显的，如上所述。

这里面还有一个重要的信息，夷学的背景是大陆与农业，而洋学的背景则是海洋与商业。洋务运动后，海上交往和海战变得日益频繁。在国防战略上，就有"疆防"（塞防）与"海防"的争论。③ 由此可见，海洋问题日益显示其重要性。19 世纪中期，在中国人眼中海洋共分为大洋海、大西洋海、印度海、北冰海和南冰海，其中大洋海即太平海，又称东洋大海。④ 东洋的名称来源于宋代的东大洋海，指的是菲律宾以南以东的海域，明初主要指南洋即东南亚一代，其坐标不是中国，而是以马六甲海道为坐标的。⑤ 日本崛起后，在中国东洋用于特指日本。西洋在明初就已使用，主要指的是印度洋。⑥ 随着欧洲势力的日益深入，西洋所指转变为欧洲（欧罗巴）、美洲。东洋和西洋属于国外，而北洋和南洋则属于中国。洋务时期，北洋一词广泛使用，指的是渤海、黄海及朝鲜半岛附近这一海洋区域，包括盛京、直隶、山东诸省。而南洋指的是江

---

① 刘禾指出夷之所以被西方人所忌讳，是因为夷与 barbarin 的相结合，使夷的内涵窄化，成为野蛮的象征，而在中国历史上夷并不仅仅指野蛮。参见［美］刘禾著：《帝国的话语政治》，北京：三联书店，2009 年版，第 98—145 页。

② 陈独秀：《学术与国粹》，原载《新青年》第 4 卷第 4 号《随感录》（一），1918 年 4 月 15 日。

③ 刘新华、秦仪：《略论晚清的海防塞防之争——以地缘政治的角度来考察》，载《福建论坛（人文社会科学版）》，2003 年第 5 期。

④ 徐继畬著：《瀛环志略》，上海：上海书店出版社，2001 年版。

⑤ 张燮著：《东西洋考》（成书于明万历四十五年，即 1617 年），上海：商务印书馆，1937 版。《西洋番国志》（成书于 1434 年）、《西洋朝贡典录》（成书于 1520 年）记载的最远的国家是天方，即阿拉伯半岛地区。

⑥ 印度洋亦称印度海，或者小西洋，以与大西洋区别。

浙以南的海洋地区，包括江苏、浙江、福建、广东等沿海省份。① 用洋来划分世界表明中国世界观的进一步发展。夷本来自古代中国，是中国对四周族群的称谓，但洋却不属于这一类族群。中国自居天朝上国，缺乏近代地理知识，称呼西方人为夷人，这是一种文化惯性。但洋、洋人的称谓之所以普遍被使用，除去帝国之间的话语较量外，洋、洋人又有其独特的优越性——海洋性视角。夷人包含着歧视，而洋人则包含着新奇的、异域性、海洋性的东西，表现出中国的开放性，尽管有时也含有猎奇和狂热的倾向。

洋，在 20 世纪前期影响很大，代表着技术和文明的优势。19 世纪中后期，在中国人眼中，欧罗巴人"性情精密，工于制器""性情缜密，善于运思，长于制器，金木之工，精巧不可思议，运用水火尤为奇妙"。② 夷学话语在进入民国之后就逐渐销声匿迹了，而洋学（西洋）话语在现代中国普遍流行，以西洋为题的图书比比皆是③，还有民国时期的各大学的"西洋文学系"等，这些均是西洋话语在现代中国流行的表现。1949 年以后，西洋一词为西方所替代，使用渐少，只是在台湾等地区仍有广泛使用。

3. 新学

新学的广泛出现和运用与甲午海战的关系极为密切。甲午战败，不仅意味着洋务运动的失败，也意味着东亚朝贡体系随之瓦解，也意味着中国的天朝上国地位顷刻崩溃，在如此严峻的时刻，救亡图存的任务就日益迫切，对新学问的引进力度更大了。当时人有这样的描述："庚子重创而后，上下震动，于是朝廷下维新之诏，以图自强，士大夫惶恐奔走，欲副朝廷需才孔亟之意，莫不曰新学、新学。"④ 新学在中国学术史上本指王莽的新学，如康有为的《新学伪经考》针对的就是王莽新学。⑤ "'新学'者，谓新莽之学。时清儒诵法许、郑者，自号曰'汉学'。有为以为此新代之学，非汉代之学，故更其名焉。"⑥ 由于清末新知识的爆炸性增长，所以新学才在清末如此流行。

---

① 洋务运动之前，南洋指的是南中国海一带，而不包括东海。1866 年和 1870 年，清王朝设立南洋通商大臣（前身为 1844 年设立的五口通商大臣）和北洋通商大臣（前身为 1861 年设立的三口通商大臣）。

② 徐继畬著：《瀛环志略》，上海：上海书店出版社，2001 年版，第 4、112 页。

③ 如吴宓编《西洋文学精要书目》，曾虚白、蒲梢编《汉译东西洋文学作品编目》等。

④ 冯自由：《政治学序言》，《政治学》前附，香港：广智书局，1902 年版。

⑤ 中国封建王朝以古文经为主，但康有为认为，古文经是西汉末年刘歆所伪造的，其目的是为了帮助王莽篡汉、建立"新"朝，所以古文经学是新莽一朝之学，只能称为"新学"，也是"伪经"。康有为的观点对打破对古文经学的崇拜、促进资产阶级革命产生了积极作用。

⑥ 梁启超著：《清代学术概论》，北京：东方出版社，1996 年版，第 70 页。

当时中国急需各类社会文化知识。这些社会文化知识来自两个方面：一来自译书，二来自中国人自著书。从时效性而言，译书当然首选，便利至极。译书多为西学自不待言，但自著书未必就是西学，如《新学书目提要》就是如此。从话语张力上说，洋学、土学没有天然的优劣，只是一个是外来的，另一个是本土的而已。但新学就完全不一样了，新学是相对于旧学（特别是中国固有的学问）而言的。西学同新学的结合度空前紧密，其论域是新旧之分。[1]新学的确立基本上已经将传统学问打入冷宫了，充其量也只是被称为"国故"而已，只能成为材料和对象，对当时中国而言，其积极的现实意义已经日益微弱了。但是，从文化情感和文化惯性上来说，旧学并不会就此成为边缘和陪衬的位置，而是不断地追求自己的当代价值。清末的改良派、改革派就是如此，他们试图将新学纳入旧学体系，或者以旧为主。但历史趋势表明，新学的产生机制与旧学迥然不同。张之洞认为："四书五经、中国史事、政书、地图为旧学，西政、西艺、西史为新学，旧学为体，新学为用，不使偏废。"[2] 人们耳熟能详的"中体西用"其另一版本竟是"旧体新用"。[3] 新学虽名为新学，但实为西学。而旧学在当时并非没有价值，因为张之洞还将旧学称为"绝学"，"存古学堂"以"存绝学息邪说起见。"[4]

新学的发达还在于现代教育在中国的确立。随着清末新式学堂的广泛建立，新学成为对西方学问普遍的通称。"你看这几年，新政新学早已闹得沸反盈天，也有办得好的，也有办不好的，也有学得成的，也有学不成的。"[5] 这种广泛展开的新学问必然导致对旧学文化体系的冲击。到了民初尤其是新文化运动时期，"旧学为体，新学为用"的改良论调、调和论调已如明日黄花，在"选学妖孽""桐城谬种""打孔家店"的挞伐下，新学获得了绝对的支配地位。当新学获得绝对的支配地位时，它也将盛极而衰，在对旧学的取代中，它必然溢出新旧话语格局。

4. 红学

红学是新学的升级版。红学是我自己造的名词。红学更多的是指《红楼

① 维新时期，广学会的口号就是"以西国之学，广中国之学，以西国之新学，广中国之旧学"。

② 张之洞著：《劝学篇》（1898），桂林：广西师范大学出版社，2008年版。

③ 1895年（光绪二十一年）4月，南溪赘叟（即沈毓桂）在《万国公报》上发表《救时策》一文，首次明确表述了"中学为体，西学为用"。

④ 张之洞：《致瑞安孙仲容主政》，《张文襄公全集》第四册，电牍七十九，北京：中国书店，1990年版，第524页。

⑤ 李伯元著：《文明小史》（1903），北京：中华书局，1959年版，"楔子"，第1页。

梦》之学，但在现代中国，红学就是红色之学、革命之学、马克思主义之学、苏维埃之学、无产阶级之学，所以也可称为"马学""苏学"等。红色既代表着浴血奋战，也代表着革命和牺牲。尽管现代中国没用使用红学一词，但实质而言它的内涵构成了现代中国文论的底蕴之一。

红学的哲学根基是马克思列宁主义，组织基础是共产国际与中国共产党，军事基础是中国工农红军，阶级基础是无产阶级工农大众，在文学上主要是日本与苏联的无产阶级文学创作。红学致力于推翻封建主义、帝国主义、大资产阶级，建立无产阶级专政的人民民主共和国。红学思想来源于德国，革命实践来源于苏联，"五四"时期输入中国，吸纳了苏联、日本的无产阶级文学实践，经过近30年的抗争，在1949年取得了胜利，其文学、文化得以在全国开展。红学（文化、文论等）获得了无可置疑的主导地位。现代中国文论也进入一元化时期。

由于红学自身的意识形态性，导致其在资本主义世界体系中遭受误解和攻击。虽然俄苏红学对现代中国文论的影响是巨大的，但其带来的问题也是突出的。如果说欧美新学在西方发展充分，红学尚有其基础，那么中国是在欧美新学发展不充分的情况下进行的政治社会文化运动，其政治化、简单化等经验教训也就令人扼腕。不过，从根本上而言，红学是为底层劳动人民谋福利的，它的价值仍将是不可忽略的，而其异化状态（教条化、精致化等）则是需要警惕的。

二、西学话语考略

夷学、洋学、新学的使用并不意味着西学就没有出现过，以上分析只是就话语的接受状态而言。西学是从清末开始逐渐流行，曾经与新学结合紧密，但新学并不等于西学，因为西学最终是在20世纪以后才确立其基本的话语结构的。

1. 中国之西学

西学之为西，首先在于地理。从地理上而言，称呼西方的有泰西、西洋、西方、欧美等语，而西学即是近代"泰西之学""西洋学说""外来之学问"等的通称。

泰西，在《二十五史》检索系统中出现33次，其中《清史稿》中出现29次，[①] 其余4次在之前，即《明史》3次、《北史》1次，不过有的仅是汉字组

---

① 晚清有宜厚撰《初使泰西记》一卷。

合之巧合而已。① 西洋，明代已有较高的使用频率，主要在于郑和下西洋，指今天的印度洋，而晚清的使用频率更高。西洋在《明史》中出现 35 篇次，在《清史稿》中出现 72 篇次。泰西即极西之意，含有交往不便的意思，多指陆路交通，而西洋一词的使用，则处于海路交通已经较为发达的近代了。从大体上而言，西洋一词在晚清较泰西常用。而西方一词最为常用，也简称为西。② 西方在古代就有极高的使用频率，从文辞上而言较为通俗，早期在政治、学术上并不常用。欧美则更为具体了，指的是欧罗巴和亚美利加诸国，也是先进科技和文化的代名词。③ 除了泰西、西洋、西方、欧美外，化整为零的称呼也较常用，如英、法、美、俄、德等，晚清时西方还可以包括日本。④ 还有各国、万国也有使用，但不局限于西方了。从大体上来说，到了清末，西方还属于域外的范围，话语结构是中外，西方和朝鲜、缅甸等处于同等的位置。这表明中国已经有比较明确的对外意识，日益扩大的对外关系使中国不得不重新思考自己的对外观念。

西学一词在中国古代教育史中有着重要位置。先秦设有太学，四周为东学、西学、南学、北学。西学即瞽宗之学、殷学、商学，以教授礼乐为主。民国修撰《清史稿》中，西学组合共 51 篇，除去 39 篇是山西学政、江西学政、广西学政之类的组合，单独出现的 12 次西学，大体指的是西方的数学、天文学等。在晚清之前，对西学往往加以鄙视，或者认为西学中源，不足为道。

2. 传统之西学

西学一词所指并非今日所谓西学。明代艾儒略撰有《西学凡》（1623年），指出西学分为六科，即文科、理科、医科、法科、教科、道科，其中所谓文科即文艺之学包括四类：古贤名训、各国史书、各种诗文、自撰文章议

---

① 泰西原与大西洋（简称大西）关系密切，《御览西方纪要》（南怀仁等编，1668）载："西洋总名为欧罗巴，在中国最西，故谓大西，以海而名，则又谓之大西洋，距中国九万里。"据史料记载，明时，利玛窦等人来华是自称"大西洋陪臣"（利玛窦《上大明皇帝贡献土物奏》，1601，参见朱维铮主编：《利玛窦中文著译集》，香港城市大学出版社，2001 年），明朝人囿于地理知识和文化偏见，以为大明和大西洋不能并列，"自称其国曰大西洋，自名其教曰天主教，夫普天之下，薄海内外，惟皇上为覆载照临之主，是以国号大明，何彼夷亦曰大西，且既称归化，岂可为两大之辞以相抗乎？（明末南京礼部侍郎沈榷《参远夷疏》，1616）于是建议"易以为泰西"，故而大西逐渐不常用，取而代之的则是泰西、西洋等。

② 郭嵩焘撰《使西纪程》一卷。

③ 晚清蔡尔康编有《李傅相历聘欧美记》（1899）。

④ 如沈敦和撰《英法德俄四国志略》四卷、缪祐孙撰《俄游汇编》十二卷、傅云龙撰《游历日本图经》三十卷。

论，文科是六科的基础。到了清代，王韬与艾约瑟译有《西学原始考》(1890)①。冯桂芬的《校邠庐抗议》（1861）中有一篇《采西学议》，认为"一切西学者皆从算学出"。②丁韪良《西学考略》（1883年）"上卷载历涉各国之见闻，下卷言各国学校之规则，其论各国源流一篇足以窥学术递变之成迹，而于测算、格致、公法、史学尤三致意焉"③"详于学校"。④丁韪良认为，"所谓西学者，虽派分多门，要皆天、算、格、化等学，其本原出于东，方西人善为推广而流传之"（《西学考略》卷下《西学源流》）。他还认为，"西学以算术为要端，而与格致诸学并进"（《西学考略》卷下《学校课程》）。艾约瑟《西学略述》（1896）"综言各学渊源"，⑤其内容"多述希腊古学"。⑥由于西学主要为教育的重要内容，故而《西学考略》和《西学略述》等都被归于书录的学校之下。西学略同自然科学总论之类，具有导读、导论、概论的功能。

　　此时的西学往往被称为格致之学，用中文的格致来指称 sciences 及 techniques。从话语使用上，在20世纪初期，格致被科学取代，但这一取代是否意味着格致一词的失效或者科学一词的巨大优越性和纯粹性，还是引起了学者们的讨论。艾尔曼强调，科学一词对格致一词的取代主要在于斩断格致与传统儒学之间的精神联系，同时也作为其反传统的一个必要内容，即只有现代科学才是科学，而格致并非科学，充其量也仅仅是有技术而已，其消极之处在于，"格致学的衰落终结了精英们对儒学价值的千年信仰，终结了包含中国传统自然研究和本土技术在内的全国范围的五百年经学正统。摧毁那种文化与教义体系以及它所支持的人类经验的核心框架，其遗风不容低估"。⑦有学者认为，"当'西学'和'西政'取代了'格致学'时，我们确实失掉了一次独一无二的机会，失掉了我们构想'非西方'科学的最后空间……其结果是，我们将话语权利、包括陈述我们自身和其他非欧美文化的历史价值的话语权利，以及陈说西方历史发展的权利，拱手让给西方中心的现代文化霸权和种族主义话

---

　　① 原题《格致新学提纲》，译书时间为1853年前后。
　　② 冯桂芬《采西学议》，见《采西学议 冯桂芬 马建忠集》，郑大华点校，沈阳：辽宁人民出版社，1994年版，第83页。
　　③ 熊月之主编：《晚清新学书目提要》，上海：上海书店出版社，2007年版，第35页。
　　④ 熊月之主编：《晚清新学书目提要》，上海：上海书店出版社，2007年版，第584页。
　　⑤ 熊月之主编：《晚清新学书目提要》，上海：上海书店出版社，2007年版，第35页。
　　⑥ 熊月之主编：《晚清新学书目提要》，上海：上海书店出版社，2007年版，第574页。
　　⑦ ［美］艾尔曼：《从前现代的格致学到现代的科学》，载《中国学术》，2000年第2期。

语，让给人人都在书写也唯一可以被书写的'第一历史'"。① 这些从话语、文化角度对科学一词的盛行之分析，是具有一定的警示意义的，使我们意识到词语背后的巨大历史悲剧。但是，回到传统和过去显然只是新的二元对立而已，不是历史发展的方向。

3. 现代之西学

晚清之后，西学已成社会发展之大势。西学也不再局限于数学、天文学领域，中国对西学的态度也发生了显著变化。西学中源之论转而成为引进西学之理由，而康有为之经今文学又成为改革之思想。关于西学之引进和倡导，这里要特别提一下郑观应的西学观。郑观应在其《盛世危言》（初版于 1894 年）中特撰《西学》一篇，大力倡导西学。他着重批评当时中国引进西学尚在皮毛的阶段，急躁粗疏，了无实绩，故此他提出西学的"本末"问题，诸如洋务（科技）为末，其本在汽、光、电、化之学。而汽、光、电、化之学又"出于我也"，故学习西学只是"礼失求诸野"而已，并无可耻之意。郑观应强调的"中学其本也，西学其末也"，并非中体西用之意，而是以中体西用之话语鼓动西学的进一步深入，这个进一步深入就是从科技、语言文字、时文进入更为基础性的西方自然科学领域（即所谓的格致、制造之学）。② 为此，他还写有专论。③ 郑观应倡导西学并非摒弃中学，如在翻译上，他就认为翻译者"尤须中西文理俱通，方能融会贯通"，④ 持论稳健。但郑观应的西学观并不止于西科领域，在其《盛世危言》全书中对西方的学习可谓是全面的。郑观应的《盛世危言》一书对维新运动以及清末新政都产生了重要的影响。⑤

中国特殊的历史时期和时贤的鼓吹运作，西学在清末成为中国社会发展不可或缺的部分。在 1890 年，出版了数套西学丛书：1889—1890 年，《西学辑存》（王韬编，长洲王韬淞隐庐）共 6 种出版。1895 年，《西学大成》（王西清、卢梯清辑，石印本，上海醉六堂，光绪二十一年）丛书出版，共 12 编 56 种。1897 年，《续西学大成》（孙家鼐编，石印本，上海飞鸿阁书林，光绪二

---

① 孟悦《什么不算现代——甲午战争前的技术与文化：以江南制造局为例》，参见《人·历史·家园 文化批评三调》，北京：人民文学出版社，2006 年版。

② 郑观应《盛世危言》卷二礼政，《西学》。

③ 郑观应《盛世危言》卷二礼政，《西学》附《中国宜求格致之学》。

④ 郑观应《盛世危言》卷二礼政，《西学》附《华人宜通西文兼行切音快字》。

⑤ 1901 年 1 月，慈禧太后以光绪帝名义颁布变法的上谕指出："至近之学西法者，语言文字、制造器械而已，此西艺之皮毛，而非西政之本源也""舍其本源而不学，学其皮毛而又不精，天下安得富强耶？"（《清德宗实录》，卷 476，中华书局 1936 年版，第 9 页）转引自陈绛：《西学传播与晚清社会的蜕变》，载《复旦学报》，1993 年第 3 期。

十三年）丛书出版，共 18 编 78 种。1898 年，《西学启蒙》（上海图书集成印书局）出版，共 16 种，全面而系统地译介西方数学、化学、物理学等自然科学知识。大量西学图书的问世也使得西学目录编撰成为必需。明确以西学作为主题的目录有梁启超的《西学书目表》（1896），其后有《东西学书录提要总序》（沈桐生著，读有用书斋，1897 年出版）、《东西学书录》（徐维则编，1899 年出版）、《西学书目答问》（赵惟熙编，1901 年出版）。

鉴于晚清社会政治改革的迫切性，西政的应用日益广泛，出现和西学并立的局面，也即西学并不能涵盖西政，也预示着西政的与日俱增的重要性。梁启超在《西学书目表》一书中将西学分西学、西政、西教三类，西教不收，改为杂类。西学在当时被称为科学，而西政则被称为"文学"。"适当欧亚交通黄白相见之际，其始也，西国之科学既稍稍输入，其继也，西国之文学更益发见。"① 还有诸如《文学兴国册》二册问世（日森有礼辑，林乐知译），不过该书"不甚切用"。② 科学侧重技术性、实践性，而文学则侧重学术性、文化性和精神性，可以说是一国文化的精髓。③ 这种对西方文化精神的领悟、学习延续至今，而这又牵涉另一个问题，即中国的文化精神在哪里，是否已经失效？

4. 中学与西学之互动

20 世纪 20 年代以后，中国在经历了新文化运动的思想洗礼之后，也日益获得了自己的思想独立性，因此外来学问不可能再具有新学的地位，学术文化主体性开始凸显，即本国学问的生产，主要是中国现代学术的创建。另外，有的西学（如西洋历法等）只是旧有的学问，只是就中国而言是新学而已，并不能一概称为新学。从新学到西学，既是西学自身的问题，也是中国对西学认识上的改变，也是中学逐渐发达所导致的。随着华夷、洋土、新旧的话语结构的淡去，中西话语结构日益凸显其价值。虽然，中西话语结构在近代就出现，但不是论题的核心，往往从属于上述华夷、洋土、新旧的话语结构，并且不具有独立性。但是，中西话语结构所要处理的问题则主要是"中国化"或者说中国性的问题，已经具有相应的学术文化自觉意识和主体意识了。面对纷至沓来的现代西学，德国、法国、英国、丹麦、日本、美国、俄国、意大利、印度

---

① 《论文学与科学不可偏废》，原载《大陆》第 3 期，1903 年 2 月 7 日，转引自左玉河著：《从四部之学到七科之学》，上海：上海书店出版社，2004 年版，第 152 页。

② 熊月之主编：《晚清新学书目提要》，上海：上海书店出版社，2007 年版，第 574 页。

③ 文学的这种用法离现代意义的文学相差可谓十万八千里。文学话语是从混沌不开到清晰严谨再到新文化运动才完成的。这一文学话语的完成也是伴随着西学话语的不断丰富和清晰而造成的。

等之学，① 虽然引进介绍仍是常态，但中国学术文化的自我创化也开始涌动了。②

西学和中学就像太极图，在 19 世纪之前，中学在中国占据绝对优势，进入 19 世纪之后，尤其是 19 世纪晚期以来，西学数量、规模呈现爆炸性增长，在社会领域一跃成为主导学问。此后，现代中国学术开始发展，从 30 年代中国学术的出现普遍繁荣，③ 到今天几十年的发展，可以说这幅太极图正在朝中学一方转向。学术不能仅仅止于引介，还要重视创造、创新。百年学术史的回顾是中国人对自我学术的回顾，但它在面对历史时，却不能忽视他者（西方）多方面的问题。

三、现代中国对西学文化精神的检视

学之为学主要是人类思维创造的产物，大体对应于精神文化，所谓西学也就是西方的精神文化，诸如宗教、语言文字、文学艺术、科学（自然、社会、人文）等。

1. 西学的表现形态

西学首先表现为一种实践形态，也就是西方人的文化活动，如政治（革命）活动、教育活动、宗教活动、学术活动、艺术活动等；其次表现为知识形态，是文化活动的成果和结晶，也即各类的学问、知识，主要是一种理性的凝聚；再次表现为艺术形态，是形象化的世界图景，如文学、艺术、神话等，主要是一种感性的凝聚；最后表现为语境形态，是西方人的生活世界，西学在一定意义上构成了西方的文化语境，并进而构成了世界的文化语境。

在实践形态、知识形态、艺术形态和语境形态上，一般较为注重知识形态。比如清末民初对西学的态度就是从知识入手的，尽管在这一层次上也分为科技工艺阶段（洋务运动）、社会科学阶段（维新运动、晚清新政）、文化科学阶段（新文化运动）。但大体上以知识为重，即注重的都是西方怎么样（what）的问题。其实，同知识形态相比，实践形态、艺术形态和语境形态也极为重要，比如俄苏红学主要表现为实践形态。如果忽略西学的实践形态，就

---

① 比如印度的泰戈尔，对现代文学的影响就非常突出，泰戈尔是 20 世纪东方文学史上少有的具有世界性影响的作家。参见张羽著：《泰戈尔与中国现代文学》，东北师范大学博士论文，2002 年。

② 20 世纪 30 年代《中国新文学大系（1917—1927）》的出版就是一个标志。

③ 一批现代中国学术经典就诞生于 20 世纪 30、40 年代，如朱光潜的《诗论》，朱东润、罗根泽、郭绍虞等人的中国文学批评史，冯友兰的哲学史研究，金岳霖的逻辑学，费孝通的社会学，李济的考古学等。

斩断了西学得以产生的内在机理；如果忽略西学艺术形态，就仅仅将西方视为理性的，而无法全面把握西学的丰富文化特性；如果忽略西学的语境形态，就不能身临其境地理解西方思想的核心。

全面地看待西学必然引向对西学文化精神的探讨。精神文化和文化精神迥然不同，前者为表现，而后者为内核、根基和精髓。作为西方精神文化的活动及其产物的西学和西学的文化精神，二者的关系也同样如此。

2. 如何看待西学：俯视、仰视与平视、内视

归结为一个问题就是如何看待中西文化之不同：是实用性的，还是学理性的？确立中西文化精神的依据是什么，如何确立，确立之后又该如何处理中西文化？这里涉及的各个不同的文化之间是否有可通约的部分，是否存在可以借鉴吸收的内容，并且这种借鉴和吸收是否可能。这是现代中国盛行的中西文化比较讨论的核心议题。

在 20 世纪之前，中国对西方的看法主要是俯视。中国采取中国中心主义看待世界。俯视是自大，但一定程度上也是自信。一般来说，俯视倾向于看到西方的问题，尽管包含着某些偏见。清末出洋考察各国政治的五大臣之一的户部左侍郎戴鸿慈就曾有奏折，分析欧美各国政治之优劣，"验其民气，俄民志伟大而少秩序，其国失之无教；法民好美术而流晏逸，其国失之过奢；德民性倔强而尚武勇，其国失之太骄；美民喜自由而多放任，其国失之复杂；义民尚功利而近贪诈，其国失之困贫；唯英人富于自治自营之精神，有独立不羁之气象，人格之高，风俗之厚，为各国所不及。此民气之不同也。"① 尽管失之粗疏，但也有一定的见解，不失为一种参考。清末中国对欧美各国宪政的态度是引进，但其过程掣肘因素过多，导致实践上的失败。到了 20 世纪之后，中国对西方的看法主要是仰视。仰视就是自卑，自我贬低。俯视是瞧不起、看不上，总是认为自己具有主动性和优越性；而仰视就是尊重、佩服乃至膜拜、崇拜，在一定程度上是爱屋及乌，不辨是非，西方一切都好，故言必称希腊或苏联。从总体上而言，无论是俯视、仰视，态度都不是准确的，因为主要问题就是以偏概全，或者说是为我所用式的对待西学。西学就如同一座大的思想宝库，大家可以各取所需，并加以自己的理解阐释，而对这座巨大的思想宝库如何出现，为何有如此多的财富，却罕有兴趣，只满足于浮光掠影的说明。

对西方文化精神的讨论乃是那个所以然的问题，是由表及里，是看到本质

---

① 《清史稿》卷四三九，列传第二二六。

和规律，而要回答这个问题首先需要的是成熟而严谨的历史学科，即对西方政治史、文化史、思想史、学术史等的综合性、整体性的探讨。① 建立在学术史基础上的西学检视才是站得住脚的。学术史要尽可能地将西方数千年文化发展成因、脉络、谱系、规律搞清楚。西学不是超市里的商品，而是一种生产线，包括原料、设计、工艺等。如果只看到商品，而没有看到生产线，那么是看不到西学的本然面貌的。这种检视就是内视，从西学内部看西学。同时，这也是平视，将西学作为平等的知识形态，客观加以分析。

3. 20 世纪中国反思西学的三个时期

在此不能仅仅注目于流行于现代中国的那些口号。如对西方文化的概括最常见的就是科学和民主，"五四"便是如此。但为何是科学和民主呢？有没有其他？或者西方只有积极的方面，没有消极的方面吗？这就需要对西学进行反思了。20 世纪中国反思西学有三个时期，其中第一个时期是晚清民国，即 1900—1940 年的四五十年，在比较中表达了对西方文化的反思。

在第一个时期中，检视西方文化精神的一批学者往往被视为保守派，主要有改良派、学衡派、自由主义派、新儒家等。有几位代表，第一位是梁启超。其一，梁启超在其著作《欧游心影录》中反思了西方科学主义、科学万能论。科学虽然在冲破宗教的束缚之后迅猛发展，但也给西方社会带来了伦理道德上的危机，崇尚科学、实利、工具，而忽视人文道德，遂导致欧洲大战的爆发。其二，梁启超看到了资本主义发展所带来的深刻的社会裂痕，即资产阶级与劳动人民的对立，这一冲突必然影响西方。这对那些一味宣扬西方资产阶级文化的人而言不啻为一剂清醒剂。其三，梁启超表达了对东方文化的信心，积极参与世界事务的信心。梁启超并没有完全拒绝西方文化，而是看到了西方文化自身的问题及其新变，并积极加以引介。② 应该说这是现代中国少有的清醒之见。但是，梁启超的看法太过乐观了，西方并没有表现出应有的善意与仁慈，遂导致中国在巴黎和会上的惨败，轰轰烈烈的"五四"运动开启了。梁启超宣扬的渐进式、调和式的方案在中国无以成行。梁启超宣扬的对东方文化的信心遭遇了强劲的反传统而悄无声息。这虽是时代的错位，但其思想的光芒则是难以掩盖的。

_____

① 当时可供中国学习的西方现代国家就有日本、德国、英国、法国、俄苏、美国等，在不同阶段的中国政治、文化、社会运动中，这些国家的影响差不多交替出现，如早期学日，继而学德、法，后学英、美，最后学苏等，而在总体上探讨世界大国崛起的问题并总结经验为我所用，则是改革开放之后才在中国兴起，最通俗的体现就是纪录片《大国崛起》（CCTV2，2006）。

② 梁启超著：《欧游心影录》（1920），北京：商务印书馆，2014 年版。

第二位是梁漱溟，他在其名著《东西文化及其哲学》中分析到，"西方化是以意欲向前要求为其根本精神的，或说西方化是由于意欲向前要求的精神产生'赛恩斯'与'德谟克拉西'两大异彩的文化"。[①] 对梁漱溟提出批评的杨明斋则认为，西洋文化是"偏于论理及干涉人的文化"。与此相对的是，中国文化是"偏于讲人情及自修的文化"。[②] 一个注重论理，另一个注重人情；一个注重干涉，另一个注重自修。杨明斋从地理的、种族的、宗教的角度对此加以解释。

20世纪20年代反思西方文化的还有学衡派。学衡派并不是直接反思西方文化，而是通过反思新文化运动来反思西方文化的。学衡派两大旗手吴宓、梅光迪都对传统文化抱有认同态度，吴宓说："今欲造成中国之新文化，自当兼取中西文明之精华，而熔铸之，贯通之。"[③] 梅光迪坚持中国文化本位，反对新文化运动照搬西方文化而不兼顾中国文化的具体实情。梅光迪还对西方汉学家对中国文化的介绍表示不满，初步批判了汉学、东方主义，这在现代中国上是少有的。尽管学衡派认识到传统文化的重要性，但其反平民、反白话的言行还是没有顺应时代，这或许也是时代的错位。[④]

20世纪30年代，林语堂坚持中国人文主义，注重休闲、中庸、克制，在"第二次世界大战"时，他对战争的文化根源作了深刻反思。因此，在其《我的民主观与独裁观》《啼笑皆非》等论著中对"第二次世界大战"所暴露的物质主义、强权政治提出批评。他还提出自然科学与人文科学应有界别，强调人文精神，不可用科学规训人文科学。比如他在《生活的艺术》一书中就反思了知识的专门化即逻辑的思想，而强调"诗意的思想"（即合理的思想）的重要性，还强调"近情精神"，认为"近情精神实是人类文化最高的、最合理的理想"。[⑤] 这一点倒是与科玄论战中的玄学派接近。林语堂对西方文化的反思可以视为现代后期的一个反思，有其独特的历史意义。[⑥] 无论中西文化比较的观点如何，西方文化都是一个与中国文化迥异的存在，然而对待这一存在，在

---

① 梁漱溟著：《东西文化及其哲学》，北京：商务印书馆，1921年初版。

② 杨明斋著：《评东西文化观》（1924）"总解释"部分，合肥：黄山书社，2008年版。

③ 吴宓：《论新文化运动》，载《学衡》，1922年第4期。

④ 沈卫威著：《回眸"学衡派"——文化保守主义的现代命运》，北京：人民文学出版社，1999年版。

⑤ 林语堂：《思想的艺术》，参见《生活的艺术》（1937年英文版），西安：陕西师范大学出版社，2006年版。

⑥ 参见陈金星：《接受、反思与融合：林语堂与西方文化》，载《世界华文文学论坛》，2016年第3期。

中国现代史上的态度却不是一帆风顺的。如何在中西文化比较中反思西方中心论，在借鉴西方优秀文化的时候兼顾中国实际特色，这本是最佳路径，但是限于浓厚的西方中心论，在具体实施上却很难有富有成效的实践。

20世纪40年代，冯友兰的反思西方文化值得关注。冯友兰是哲学家，但他也有文艺理论、美学的思想，从属于其哲学体系。他在其《新事论》（1940）一书中反思了洋务运动、新文化运动的中西观念，特别是对全盘西化论提出反思。冯友兰少有地从社会角度分析了中国应该走向的不是西方，而是"生产的社会化"（即现代化、城市化）。冯友兰认为，新文化运动将西方这一特殊上升至普遍以此作为自己的前提，因其以特殊化特殊，遂导致不能自圆其说的局面，因为中国不可能成为另一个西方，总是有自己的差异性。冯友兰还认为，应该从文化类型角度分析，而不应从中国和西方这样的地理学概念出发。文化的类型是超越中国和西方的。文化类型的核心部分是要变的，而与此无关的，可以不变。由此可见，冯友兰调和了中国文化本位论（非类的文化，即中国性）和全盘西化论（类的文化，即现代性）。

第一个时期主要反思的是欧美新学，因当时俄苏红学尚未在中国产生足够的影响，故反思俄苏红学不占主导地位，比如苏联的社会主义现实主义，在20世纪30—40年代，具有无可置疑的崇高地位，根本没有反思的余地，中国也更无从反思。[①] 但这不否认像梁实秋等人对红学（比如阶级性问题）的反思，但旋即就遭遇左翼的严厉批评。其实，梁实秋的批评对发现文学的复杂性、艺术性是有帮助的，无奈不合时宜而已。

第二个时期是中国大陆的20世纪50—70年代，主要是基于意识形态立场反思西学，是以俄苏红学批判欧美新学，还谈不上学术上的反思。这其实不是平视，而是一种共产主义对资本主义的意识形态的俯视，斥其为落后的、反动、唯心主义、形而上学的资产阶级的学问，只是相比清末的自大，这一时期有着更强的理论意识。不过，尽管这一反思增强了中国文论的独立性、纯粹性，但不期然落入红学中心主义，对西学的反思失之简单、粗暴，并没有建立起自足的西学反思机制。

第三个时期是20世纪80年代以后。随着极"左"思潮的终结和改革开放的实践，20世纪80年代以来欧美新学（现代主义、后现代主义等）大举进入中国，全面改写了中国文论风貌，这引发了民族主义和左派的反思批评。从民

---

① 周启超：《一个核心话语的反思——苏联"社会主义现实主义"话语演变记》，载《文艺理论研究》，2014年第5期。

族主义而言，中国比较文学和比较文化研究的兴起，出现了一种超越西方中心主义的学术立场，即跨文明比较、比较诗学以及中国古代文论现代转换等。这一反思超越了西方中心主义，契合多元文化，但所坚持的主要是民族主义立场，这为中国文论获得公正的地位不无益处，但一味将古代文论作为中国文论的唯一代表，可能又会落入后殖民主义陷阱。左派文论是反思西方中心主义的另一主力，包括最近出现的"强制阐释"论。① 除了反思欧美新学外，反思俄苏红学程度更为深刻，不利因素是削弱了马克思主义在文论的领导地位。其实，反思俄苏文论在 20 世纪 50、60 年代就有所体现，当时强调建立中国的马克思主义文论体系，反对一味照搬苏联，只是不彻底而已。到了 20 世纪 90 年代，反思苏联文论体系也成为文论界的一个热点问题。②

从大体上而言，在第一时期，西方（主要是欧美新学）具有主导的地位，中国则是从属地位，反思西学不成气候。在第二个时期，红学占据主导地位，新学处于被批判的地位，批判有余，反思不足。在第三个时期，虽也有西方中心主义的倾向，但经历了后现代主义、后殖民主义等的洗礼，学术自主化的趋势日益明显，反思欧美新学、俄苏红学的消极面对于提升中国学术的自主性是不无裨益的。当然，那种通过反思欧美新学、俄苏红学之后而将中国现当代文论一笔抹杀的虚无主义做法也是不恰当的。在当时的状态下，由于中国急需从落后转向发展、发达，引进西方与反思中国仍然是主要议题，这是历史事实。随着学术自主性的提升，20 世纪 80 年代对中国文化的反思、批判也是不绝如缕。虽然学界反思了新学、红学，但并不意味着国学就自动担负了现代中国的文化责任，毋宁说，反思一切学问（欧美新学、俄苏红学、传统国学）的不利因素才构成了当代中国文化文论的基本前提，而非仓促拥抱任何一种未经反思的学问。

在台湾及香港地区，反思西学主要基于民族主义立场，新儒家是主力。由于国民党在台湾的保守统治，西学一度受到压抑，在台湾地区没有反思西学的社会基础。到了 20 世纪 80 年代，不但反思西学未成气候，反倒刮起了一股反思中国大陆的风潮，这是在台湾地区社会现代化、民主化进程中所出现的。这与中国大陆反思"文革"、反思俄苏红学相映成趣。

反思西方文化不只是去探究何为西方文化精神，这是客观的科学的态度，更是思考现代中国如何看待西学，西学在中国该发生怎样的作用、如何发挥作

---

① 张江：《强制阐释论》，载《文学评论》，2014 年第 6 期。
② 钱中文：《文学理论反思与"前苏联体系"问题》，载《文学评论》，2005 年第 1 期。

用等问题。这是中国实用理性精神（实践精神）的本能。在中西文化比较的第一时期，西方普遍主义话语就已经具有不容置疑的主导地位了，反思虽有意义，但显得无足轻重；而第二个时期仍需进一步的努力。可以说，西学普遍主义（欧美新学、俄苏红学）这一文化独霸地位既给中国学术文化的生产带来了空前的解放，同时也带来空前的束缚。因此，现代中国文论自主性建设仍然任重道远。

第二节　西学普遍主义话语在现代中国的确立

一、西学东渐、西化与全盘西化

西学之于中国，有程度上的差异，西学在中国有一个从表层到深层、从局部到全局、从初级到高级的历史轨迹。总是先有若干先知先觉，然后是社会大众的参与；或者先从某些言论和思想，然后在政治、社会、文化等领域开展起来。

西学在中国的最早形态是西学东渐。[①] 西学东渐发生在明末清初，外国传教士来华进行的中西文化交流。明末清初的外国传教士来华传教就是这样的表现，他们要处理的问题是如何将西方宗教传入中国，得到官方和民间的认可，并通过传教活动改造中国人的思想，比如将一神教、不准祭祀祖先、个人利益等观念灌输给中国人，但这引起了比较强烈的冲突。[②] 传教士对中国人思想的改造受到中国当时的综合实力和文化传统的牵制较大，因此中国化的方向更为现实些。西学东渐的主体是传教士，内容是宗教学术（而非一般意义上的资产阶级学术），核心是改造中国人的心灵，因而对中国的近代化没有产生实质性的影响，也就是说此时所传之西学并没有相对于中国固有学问的优越性，而像文艺复兴以来的近代西学，正是为传教士所极力反对的。[③] 西教东渐在清末仍有发生，但日益淡出，逐渐和教育、文化等相融合，其典型的体现是教会大学。单纯的宗教传播在中国已经较为自主化和独立化了，近年来农村信仰西方

[①] 西学东渐分为两个时期：第一个时期是明朝，此时的西学东渐与西方人的传教关系密切，可以称为西教东渐；第二个时期是清朝中后期。参见杨东莼著：《中国学术史讲话》，南京：江苏教育出版社，2005 年版，第 183—188 页。

[②] 林仁川、徐晓旺著：《明末清初中西文化冲突》，上海：华东师范大学出版社，1999 年版。

[③] 何兆武著：《中西文化交流史论》，武汉：湖北人民出版社，2007 年版，第 75—86 页。

宗教的人数日益增多，已经和现代西方文化没有太大关系了。第一个阶段的西学大抵归属于文化交流，而非具有历史推动性的文化质变。

西学在中国的第二个阶段是西化，发生于清末："及至晚近，欧风东渐，竞译西书，道艺并重。"① 西化和西学东渐不一样，西学东渐一般指的是西方宗教及文化进入中国，往往有一个自我改变以适应中国的过程，即中国化、华化等。但西化就不一样了。西化是中国进一步认同西方文化的表现，不仅是接纳西方文化，更重要的是将自己改造成西方的样子（可见的）。但是在不同阶段，中国眼中的西方的样子并不一样。西化的第一波实践是洋务运动，注重西方的科技文明（自然科学）。中国传统力量中的改革派——洋务派开始在军事科技领域尝试西方化。但这种西方化有两个缺点：一是只注重科技军事，二是过分夸大西方化的实际效果。前者包含着某种"口服心不服"的情结，② 而后者则包含着"毕其功于一役"的急躁。改革派的论调早为人们所熟悉，而激进派如王韬则直接表明，"若舍西法一途，天下无足与图治者"。③ 留学生容闳也说："以西方之学术，灌输于中国，使中国日趋于文明富强之境。"④ 甲午一战之后，曾为远东第一的北洋舰队全军覆没，洋务运动宣告失败。这一结果一方面反映了"西技救国"的局限性，另一方面又使西方化急剧扩大至科技军事以外的政治、社会、文化等领域。这就是西化的第二波实践，包括维新运动、清末新政和民初共和革命等，其主体是新兴的中产阶级（乡绅）及资产阶级力量，学术形态主要是自然科学和社会科学。维新时期，西化思潮的影响日益扩大，乃至有"唯泰西者是效"⑤ "一切制度，悉从泰西"⑥ 这样的情绪化言语。但由于进步势力不够壮大、底层民众没有发动起来以及落后政权（清王朝、北洋政府）的顽固和延宕等原因，维新运动、清末新政、民初共和制尝试等政治实践相继失败，政治失败被归咎于文化西化和反传统的不彻底，文化西化和反传统是一个问题的两个方面，而且是无法截然分开的。彻底的西化必然是彻底的反传统，就如陈独秀所言的"吾人最后觉悟之最后觉悟"（伦理的觉悟）。⑦ 故而，到了 20 世纪 20 年代，全盘西方化、全盘欧化已经成为

---

① 《清史稿》卷一百二十艺文一。
② 金耀基著：《中国的现代化》，《从传统到现代》，北京：中国人民大学出版社，1999 年版。
③ 王韬：《〈易言〉跋》，夏东元编《郑观应集》上册，上海人民出版社，1982 年版，第 166 页。
④ 容闳著：《西学东渐记》，长沙：岳麓书社，1985 年版，第 62 页。
⑤ 范锥：《开诚篇三》，原载《湘报》第 24 号，1898 年 4 月 2 日。
⑥ 易鼐：《中国宜以弱为强说》，原载《湘报》第 20 号，1898 年。
⑦ 陈独秀：《吾人之最后觉悟》，原载《青年杂志》第 1 卷第 6 号，1916 年 2 月 15 日。

中国社会发展的不可逆转的思潮，这便进入西学在中国的第三个阶段全盘西化，其学术形态主要是文化科学。

全盘西化（或欧化）究竟是否存在，学术界持不同的看法。有的学者认为只存在西化思潮，而不存在全盘西化的思潮，其观点主要在于将全盘理解为百分之百、绝对之意。① 这种理解自然有其合理的地方，但不能纠缠于字面本身。这里的全盘西化指的乃是从量变到质变的全盘西化，即大规模的西化必然引起社会文化性质的变化，而不在于某些传统局部的因素被保留，也不在于某些西方局部的因素没有被引进。故此，这里的全盘西化只能从量变到质变的意义上才可以理解。全盘西化的思潮必然同全盘西化的实践密不可分。这里的全盘西化也必须从量变到质变的意义上来理解。

全盘西化还同现代化纠结在一起。对中国而言，西化不是目的，只是手段，中国社会运动的目的乃是现代化，不是成为另一个美国、德国、日本，而是中国自身的现代化，也不可能是中世纪化、古希腊化。西化是具体表现，是可见的、可参考的；而现代化则是内核，有更多的灵活性、变异性。其实，现代化在西方也是多元发展的，美国的现代性和德国的现代性并非完全一样。② 所以，西化并不能完全概括世界历史进程。全盘西化既不能从绝对意义上加以理解，也不能忽略西化和现代化的密切联系。西化的确并不都是现代化，但现代化必然主要是西化。西方作为标准、参照已经是不可或缺的了。现代性的多元化并不意味着现代化可以闭门造车，而是对现代化普世原则的灵活处理，西方现代化所体现某些普世原则是无法绕过的，但又非一成不变。现代化和西化是交叉关系，现代化是西方启动的人类历史进程，在西方有其特殊性，但也有其普遍性，即现代化是社会的全方位改变，以适应交流日益密切和剧烈变动的现代世界，而在某种意义上西化和现代化共享这一普遍性。因此，对西学普遍主义的理解也应如此。

西方文学普遍主义是西方文化普遍主义的一个表现。西方文化普遍主义的基本的内容是西方的文化、文学具有普遍性、标准性和涵括性，相比之下，中国文学和文化就是特殊的、地方的和边缘的。西方文化普遍主义并非是一个完全错误的概念。西方文化普遍主义有两种表现：第一种就是普世性的西方文化普遍主义；第二种是内涵性的西方文化普遍主义，指西方文化中的某些内涵是具有普遍意义的。前者可以称为绝对性，而后者则可以称为相对性。由于西方

---

① 郑大华著：《民国思想史论》，北京：社会科学文献出版社，2006年版，第250—284页。
② ［美］艾森斯塔特著：《反思现代性》，旷新年、王爱松译，北京：三联书店，2006年版。

文化普遍主义同时包含这两个方面，使人们在面对它的时候往往有不同的态度。西方普遍主义话语在开始时遭遇到强大中国中心主义的挑战，这个中国中心主义也是一种文化普遍主义。两种文化普遍主义的遭遇必然带来一系列的冲突和较量。从开始的中国文化普遍主义占优先地位，到清代中后期西方文化普遍主义的后来居上，传统节节败退，最终西化成为中国文化发展的主流。"西方物质文明、制度文明和精神文明"成为中国现代性的"典范的坐标"。① 于是，中国在语言、思维、社会生活、政治体制等方面，几乎完全迥异于传统中国，而与西方无异了。这一包含现代性的过程使西方在中国的问题颇为复杂。这需要我们既要认识到中国通过西学普遍主义确立了现代性、现代化的方向，又要意识到现代性、现代化的中国道路的问题。就当前而言，西方仍是世界的标准、中心，如何在以西方为主的世界体系中找到自己位置才是迫切的现实问题。

二、"最上乘"：援引西方与文学（小说）地位的独立与提升

1. 社会革命对文学的倚重

西学与西化对文学、文论的影响首先在于文学地位的独立与提升，文学对社会发展的意义越来越重要了，被越来越多的人所重视。在现代中国文论发生期，占据主流地位的是以桐城派为首的文论流派，其实质是封建保守力量文学文化上的表现。② 在西学东渐的大背景下，世界现代化大势的发展和中国国情的急剧变化给封闭保守的封建文人以极大的冲击，并反映到文学及文论领域，带动了文学观念的新变化——改良派、革命派文论相继崛起。改良派文论是现代中国文论发生期的新生力量，倡导改良、改革、革命，其实质是新兴政治力量（地方乡绅、工商资产阶级等）在文学层面的反映，其后更为激进的革命派文论登上历史舞台。改良派、革命派文论对文学地位的提升有着重要的决定性的意义。而改良派、革命派文论又同西方文学及其理论有着不可分割的关系。

朱自清说："西方文化的输入，改变了我们的'史'的意念，也改变了我们的'文学'的意念。"③ 文学意念的改变自然离不开西方文学观念、作品的输入。19 世纪末以来，西方文学持续性、大规模输入中国。最先翻译的是西

① 杨联芬著：《晚清至五四：中国文学现代性的发生》，北京：北京大学出版社，2003 年版，第 11 页。

② 舒芜编选：《近代文论选》，北京：人民文学出版社，1959 年版，"序"。

③ 朱自清：《诗言志辨》，上海：开明书店，民国三十六（1947）年版，"序"，第 iii 页。

方小说。据阿英等人考证，西洋小说在中国的译介最早是在乾隆年间，[①] 不过当时数量极少，影响不大。大规模的西方文学作品的翻译是在 19 世纪末和 20 世纪初的一段时间[②]。施蛰存说："从 1890 年到 1919 年这三十年间，是迄今为止，介绍外国文学最旺盛的时期。我们把这一现象，突出地标举为近代文学在接受外国文学方面的第一项特征。"[③] 从 1850—1899 年，中国翻译的文学书只有 3 种，同期翻译的社会科学书则有 103 种，自然科学书共 139 种，可以说，近代早期是以社会科学、自然科学为主的，但这一情况到了 1912 年以后有了大的变化。从 1912—1940 年，翻译的文学书共有 1400 种之多，同期翻译的社会科学书有 1992 种，自然科学书共 771 种。这一时期包括文学书在内的人文科学书共 1924 种，与自然科学、社会科学三分天下。20 世纪以来中国对西方的学习是全方位的，而人文科学则发挥着越来越重要的作用。[④] 对西方文学的输入，当时的中国人是有明确意识的。阿英在其《晚清小说史》有一个估计，就是翻译作品和中国创作的比例是 2∶1，也就是说："翻译书的数量，总有全数量的三分之二。"[⑤] 贺凯的《中国文学史纲要》（北平文化学社，1931 年）在讨论新文学运动的"主因"，就特用一节"西洋文学的输入"加以讨论，与"海禁开放后外来的刺激""政治革命的影响"并列为新文学运动的三大因素。张长弓《中国文学史简编》（开明书店，1935 年）最后一章为"文学革命的前夜：新体诗与西洋文学"。宋云彬《中国文学史简编》（香港文化供应社，1947 年）第十章为"西洋文学的传来"，而后为"文学革命与新文学的建设"，二者的关系不言自明。有的《中国文学史》还特有"翻译文学"章节，如胡行之《中国文学史讲话》（光华书局，1932 年）下卷第十章"民国以来的国语文学"就有"翻译文学"一节。

　　文学具有了在古代不曾有过的巨大社会和精神作用，不再局限于经学和道学的附庸地位。近代中国是思想体系大崩解的时代，定于一尊的儒家传统思想再也无法应对突如其来的巨大社会变迁，人们迫切要寻找到一整套的关于当代世界的解释体系，精神上、知识的追求空前强烈。就当时中国的具体情况看，对文学的看法主要受到西方各类文化思潮的影响，突出的就有进化论、民主

---

①　阿英著：《晚清小说史》，北京：人民文学出版社，1980 年版，第 180 页。
②　阿英认为是在 1895 年以后，参见阿英著：《晚清小说史》，北京：人民文学出版社，1980 年版，第 180 页。
③　代迅著：《西方文论在中国的命运》，北京：商务印书馆，2008 年版，第 4 页。
④　［美］钱存训：《近世译书对中国现代化的影响》，载《文献》，1986 年第 2 期。
⑤　阿英著：《晚清小说史》，北京：人民文学出版社，1980 年版，第 180 页。

论、自由论等。① 文学正是在这一时代登上其叱咤风云的历史舞台的。文学运动日益与整个社会的运动紧密结合在一起，承担着宣传、启蒙、教育、审美、娱乐等的多种功能，这完全迥异于古代的政教和文人雅玩。在中国古代，文学总是成为政教的附属物，歌功颂德而已，文学也从来不是独立的，虽为"经国之大业"，② 但仍然缺乏自己特有的价值，强调"文以载道"，其附属地位也从未改观。文学占据着如此重要的社会地位的根本原因在于文学的主体发生了本质变化，即从文人走向了知识分子、文学家。古代文人总是与政权无法分离，他们参加政治即为士大夫，但是近代以来，政治不再仅仅成为他们安身立命的唯一，更重要的在于政治氛围已不再是可以让他们建功立业的时代。具有专业素养的知识分子登上了历史舞台。政治腐败、官场黑暗已经使新知识分子不再将自己的拯救民生的希望寄托在一官半职上，而更加强调对广大民众的启蒙。如果说文人的注意力是君上，那么知识分子则更加注意平民。文人的世界是明君统治，而知识分子的世界则是人民自主。故此，文学不再仅仅服务于某个人，而应服务于广大人民、整个人类。

2. 文学地位的提升与格局升降

文学地位的变化有两种方式：第一种方式是文学地位的总体提升，第二种方式是文学内在格局的升降。

就前者而言，文学在传统知识体系中位于集部，比经史要低。集部地位的提高得益于西方知识分类体系的引进。现代知识分类法的重要代表是杜威的十进制分类法，分别是总类、哲学、宗教、社会科学、语言学、纯粹科学、技术科学、美术、文学、历史，其中美术和文学就占了两大类。杜威分类法对中国产生了深远影响，先后出现了若干仿杜式的中国图书分类法体系。在参照杜威分类法并结合中国图书分类的历史的基础上，刘国钧编订了《中国图书分类法》，成为现在"中图法"的源头。刘国钧的中国图书分类法共分为总部、哲学部、宗教部、自然科学部、应用科学部、社会科学部、史地部、语文部、美术部，其中语文部对应于杜威分类法的文学部。近现代的中国知识分类学在参照西方知识分类体系的基础上，已经比较有意识地整理四部知识体系，将传统分类体系中的文学部分集中到了文学部或者语文部，如孙宝瑄认为，"《毛诗》，美术学也"。胡朴安认为，"《诗经》一书，其自身可入之文章学类"。经

---

① 钱竞，王飙著：《20世纪中国文艺学学术史》第一卷，北京：中国社会科学出版社，2007年版，第255页。

② 曹丕《典论·论文》。

部、史部、子部也依据现代科学的性质而加以分类。

清末知识分类首先在于学科分类，因为当时新式学堂不断涌现，如何将传统知识纳入新的学科体系是当务之急。文学门首先出现在 1898 年康有为刊印的《日本书目志》中，在 15 类中，文学门、小说门独立出来，呈现出对文学和小说的异常重视。清末，新式学堂中的文学门普遍建立起来，只是这个文学门并不是严格意义上的文学概念，如在清末京师大学堂的文学科中就包括了经学、史学、理学、诸子学、掌故学、词章学、外国语言文字学，属于广义之文科。1906 年，王国维尝试文学科大学的分科，划分为经学、理学、史学、中国文学、外国文学五科。1912 年，民国《大学令》颁布，大学文科划分为哲学、文学、历史学和地理学四门，文学门已经和现代意义上的文学概念没有太大的区别了。这里文科、文学科与文学是不同的，文科、文学科属于广义，而文学则是狭义的。①

四部分类体系在学科分类上，四部分类体系则经由四部之学到七科之学；在知识分类上，经由四部分类法到十进制分类法，到最后的中图法。学科分类和知识分类不同，学科注重应用性，而知识则注重性质。学科分类注主要属于教育学，而知识分类注属于图书馆学、目录学。因此，学科分类条目繁多，而知识分类则纲举目张。从文学本身而言就可以看出二者的区别，在学科分类上，文学分为中国文学、外国文学两大类，而外国文学则以国别或者语言为划分标准。而在知识分类上，文学一般分为小说、诗歌、散文、戏剧。它们之间发生了格局上的变化。

小说在文学地位的提升上有突出的表现。虽然诗歌、戏剧也有类似表现，但都没有小说突出。在中国古代的目录中，小说最早被归于子部小说家，而非集部。小说进入文学体系经由漫长的发展过程。中国古代现存最早的文学总目为《文选》，分为赋、诗、骚、七、诏、册、令、教、文、表、上书、启、弹事、笺、奏记、书、檄、对问、设论、辞、序、颂、赞、符命、史论、史述赞、论、连珠、箴、铭、诔、哀、碑文、墓志、行状、吊文、祭文等，可谓繁文缛节，不胜其烦，赋和诗占篇幅最多，无小说。传统的集部分为楚辞、别集、总集、诗文评、词曲，无小说。诗文散布在别集和总集中，并没有单列，《诗经》是个例外，在经部。在这些文学目录中，小说、戏曲几乎不多见。

姚名达认为这在于中国传统的文学分类法"综而论之，莫不重体裁而轻

---

① 狭义的文学也是相对的，而非今日所谓审美艺术性之文学，而是包括了文字、语言、文章、文学等内容。

实用，从未有以作用之性质为类别"。文体学极为发达，但性质之论却少有深入系统的。"其唯一之特色为写实主义。凡非实写之小说故事，旧目录学家皆归之子部小说家；鬼神传记则有归之史部传记类者；戏曲则史志完全不收；要之皆不承认为文学，故未尝厕入集部焉"。在古代诗文辞赋有着极端重要的文化地位，先秦诗经外交，孔子说"不学诗无以言"，先秦两汉诗赋则"作赋以讽，咸有恻隐古诗之义"，① 都是有益于政治文教的。小说乃"街谈巷语，道听途说者之所造也"，② 在清代《四库全书总目提要》中对小说的看法并不高，如"稗官小说，累牍不休，尤诞谩不足为据"，③ "小说家无稽之语，可入诸编年之史乎？"④ "稗官小说，未可徵信"。⑤ "百家小说，淫词绮语，怪诞不经之书"⑥，等等。鬼神之类亦非为中国人所重，孔子说"怪力乱神"，像《穆天子传》《山海经》《神仙传》等都是荒诞不经的。中国对帝王将相的兴趣远远大于对普通人和虚构人物的兴趣，或者说传记都是以真实人物为依据的，而那些像贾宝玉、林黛玉这样的虚构人物就更无所谓传记了。那些在中国社会流传甚广的关公、钟馗等，则更多的还是虚构，即便如此这些书籍也很少能够进入四部分类体系。戏曲则全部不收入，古代对曲的重视只是音乐意义上，而非戏剧意义上的，是只重曲而不重剧的。姚名达认为，"此种观念，直至近年始克改变。录文学创作之目者，已闯出文集之藩篱，而招致虚无之小说词曲为一家矣"。⑦ 这个近年大抵指的乃是清末民初一段时间，小说话语的才真正崛起。

此时，小说话语具有独特的优先地位，是目录学上的一个单项，而非从属于文学。在清末，从规模和应用上而言，文学话语始终未及小说话语。1896年，在梁启超《西学书目表》中，文学、小说都还未清晰呈现。在康有为的《日本书目志》（1898）中，始单列有小说。在徐维则的《增版东西学书录》（1902）中，卷四设有杂著，有小说小类，而无文学类，文学只在附录的中国人辑著书中，但亦不独立，附在理学里面的，并且此处的文学指的乃是语言文字之类，更近似中国传统文学之观念。⑧ 在顾燮光的《译书经眼录》（1902—

---

① 《汉书·艺文志》。
② 《汉书·艺文志》。
③ 《四库全书总目提要》卷四十五史部一。
④ 《四库全书总目提要》卷四十八史部四。
⑤ 《四库全书总目提要》卷六十二史部十八。
⑥ 《四库全书总目提要》卷九十三子部三。
⑦ 姚名达著：《中国目录学史》，上海：上海古籍出版社，2005 年版。
⑧ 文学在清末民初的用法至为复杂，有广义之文学，有法政之文学，有艺术之文学等，新文化运动前后，文学成为艺术性、审美性文字的特指概念。

1904，1934 年石印）中，卷七有小说目，全书无文学目，小说已从此前目录体系中的杂著类独立出来了。《新学书目提要》（1903—1904）卷四为"文学类"，但与现代文学观念迥然不同。在赵惟熙的《西学书目答问》（1901）中，小说、文学又均不录入。由此推断，在 19、20 世纪之交，小说话语明显强于文学话语。

鉴于小说强大的教育、宣传功能，维新派、改良派人士大力鼓吹"说部"。为何提小说而不提文学？这自有西方之参照，"泰西论文学者必以小说首屈一指"，其原因在于"此种文体曲折透达，淋漓尽致，描人群之情状，批天地之窾奥，有非寻常文家所能及耶！"① 小说有此等位置，在于其繁、今、泄、俗、虚的特性，故此"伟哉小说"。② 管达如认为，小说在文学上的位置极为特殊，小说"通俗的而非文言的""事实的而非空言的""理想的而非事实的""抽象的而非具体的""复杂的而非简单的"，这便是"小说与他种文学之异点，其所以能在文学界中独树一帜者"。③ 还有论者提出，"小说者，近世的文学，而非古代的文学也"，指出了小说与现代性的关系，并且认为"今文学则小说其代表也，且其位置之全部，几为小说所独占"，原因很简单，就是白话文，"吾国向以白话著书者，小说外，殆无之。即有之，亦非美术，性质不得成为文学。"④ 考虑到当时传统文学形式的诗歌、散文创作仍多以文言为主的境况就可以知道，不谈文学可以，但不谈小说是绝不可以的。

故此，清末改良派报纸纷纷以提倡小说为要旨。《国闻报》"本馆同志，知其若此，且闻欧、美、东瀛，其开化之时，往往得小说之助。"⑤ 康有为认为，"泰西尤隆小说学哉"！⑥ 进入 20 世纪，小说话语这一强势地位仍然没有

---

① 《中国唯一之文学报〈新小说〉》，原载《新民丛报》第 14 号，1902 年，参见陈平原、夏晓虹编：《二十世纪中国小说理论资料》第一卷（简称《资料》，以下如无特别说明均见此书），北京：北京大学出版社，1989 年版，第 58 页。

② 楚卿：《论文学上小说之位置》，原载《新小说》第 7 号，1903 年，参见《资料》，第 78—81 页。

③ 管达如：《说小说》，原载《小说月报》第 3 卷第 5、第 7 至 11 号，1912 年，参见《资料》，第 405—407 页。

④ 成之：《小说丛话》，原载《中华小说界》第一年第 3 至第 8 期，1914 年，参见《资料》，第 438 页。

⑤ 《本馆附印说部缘起》，1897 年，参见《资料》，第 27 页。

⑥ 康有为：《日本书目志》，1897 年，参见《资料》，第 29 页。

改变，在涌现的众多文学刊物中，几乎全都是以"小说"命名的。① 在各种报刊的创刊词、缘起中，抬高小说的语句可谓比比皆是。② 在《新小说》创刊号上，梁启超发表了其著名的论文《论小说与群治之关系》，明确说"小说为文学之最上乘也"。③《新小说》第一号的广告也明确说，"小说为文学之最上乘"，④ 这大概是抬高小说之滥觞。《绣像小说》编印缘起认为，"欧美化民，多由小说"。⑤《小说林》发刊词将小说视为当时中国文明的代表，"则虽谓吾国今日之文明，为小说之文明可也；则虽谓吾国异日政界、学界、教育界、实业界之文明，即今日小说界之文明，亦无不可也。"⑥ 不过，该发刊词也认识到，"昔之视小说也太轻，而今之视小说又太重"，表现出比较清醒的理性意识。这一时期对小说的看法已经深入美学维度，觉我就认为，"所谓小说者，殆合理想美学、感情美学，而居其最上乘者乎？"⑦ 其所援引的对象是"美学最发达之德意志"的黑格尔氏（Hegel）、邱希孟氏（Kirchmann）等。《小说月报》亦有"吾国今日之小说，当以改良社会为宗旨，而改良社会，则其首要在启迪愚蒙"。⑧ 清末民初倡导小说的一个基本对象是大众，这是启迪民智的必然表现，"唯妇女与粗人，无书可读，欲求输入文化，除小说更无他途"。⑨ "若高等人，则彼固可求智识之方，而无俟于小说矣"。⑩ 这一点无疑又看低了小说，小说自有其启迪功能，但绝不仅仅限于大众。

　　从文学创作而言，在 1900—1910 年，小说是当时中国的重要文学形式。

---

　　① 1902—1910 年创刊的小说刊物就有《新小说》《绣像小说》《新新小说》《小说世界报》《新世界小说报》《小说七日报》《月月小说》《小说林》《小说世界》《竞立社小说月报》《新小说丛》《白话小说》《十日小说》《小说时报》《小说月报》《扬子江小说报》，不以小说命名的屈指可数，如《二十世纪大舞台》《南社》，但主要为戏曲，也与小说关系极为密切。

　　② 如《创办大声小说社缘起》"小说之力，足以左右风俗，鼓吹社会，敦进国民之品性，催促政治之改良，不仅茶余酒后供人谈笑已耳。欧美各国知其然，故奖励小说，不遗余力，而国势蒸蒸日上。"原载 1911 年大声小说社《女界风流史》，参见《资料》，第 393 页。

　　③ 梁启超：《论小说与群治之关系》，载《新小说》，1902 年第 1 期，1902 年 11 月 14 日。

　　④《〈新小说〉第一号》，原载《新民丛报》第 20 号，1902 年，参见《资料》，第 56 页。

　　⑤《本馆编印〈绣像小说〉缘起》，参见《资料》，第 68 页。

　　⑥ 摩西（黄人）：《〈小说林〉发刊词》(1907)，原载《小说》创刊号，参见《资料》，第 253 页。

　　⑦ 觉我：《〈小说林〉缘起》(1907)，原载《小说林》创刊号，参见《资料》，第 255 页。

　　⑧ 管达如：《说小说》，原载《小说月报》第 3 卷第 5、第 7 至 11 号，1912 年，参见《资料》，第 412 页。

　　⑨ 别士：《小说原理》，原载《绣像小说》，1903 年第 3 期，参见《资料》，第 78 页。

　　⑩ 管达如：《说小说》，原载《小说月报》第 3 卷第 5、第 7 至 11 号，1912 年，参见《资料》，第 412 页。

在众多小说中，"无过林琴南、李伯元、吴研人三君"。① 就作品而言，《孽海花》《文明小史》《老残游记》《恨海》曾被人称为"四大杰作"。② 其中《孽海花》销量极大，"重印之六、七版，已在二万部左右，在中国新小说中，可谓销行最多者矣"。③ 不过，小说要真正获得整个社会上的崇高地位仍然要等待新文化运动，以鲁迅小说等为代表的现代小说无论就艺术水平还是思想影响都远远超过了清末民初小说。

3. 文学话语本体论的凸显

在从小说话语到文学话语转变的过程中，王国维、陶曾佑等是为数不多专门讨论文学话语的人。王国维写有《文学小言》。陶曾佑不仅抬高小说的地位，④ 还抬高文学的地位，他在《论文学之势力及其关系》（1907）一文的开篇，就使用了惯常的中国赋的写作方法，汪洋恣肆，纵横古今中外，将文学的重要性抬得非常高，认为社会中一切事物都仰仗文学得以传播。陶文的特别之处在于引用了西人的话以佐证，陶文将文学等同于西方的形上之学。不过此处陶氏的理解较为偏颇，西方形上之学主要是哲学，而非文学，文学只是艺术之一种，更多的同技艺、审美相关。陶文引培根的话，"文学者，以三原素而成，即道理、快乐、装饰各一份是也"。培根的文学定义现在已经很少引起人们的注意了，况且这一定义也未切合文学的本质。道理同哲学、科学、伦理相关，具有思想性，快乐则与审美相关，但审美不止是快乐，还包括净化、超越、共鸣等，至于装饰则尤其无法表现文学的重要性。陶文引洛里斯的话，"文学者，世界进化之母也"。洛里斯的话的语境亦不得而知了，但将文学视为进化之母，足见对文学的重视程度。在近代，进化论是当时社会的主导思想，而文学就是这种思想之母，或者为起源，或者为其摇旗呐喊。陶文引和图和士的话，"文学者，善良清洁之一世界也"。他的话将文学与善、美的重要关系彰显出来了。这里不去追究陶文所引这些文学家、哲学家的文学观念的意义究竟怎样，这里只是需要讨论陶文所具有的中西比较的文化视野。为什么陶曾佑大张旗鼓地称赞文学的丰功伟业，还使用了中国传统的话语，"盖载道明德纪政察民，胥于此文是赖"。在此，西方话语与中国话语是并行不悖的。它们体现的主要还是文学功利主义，或者功利主义的文学观，区别只是增添了新

---

① 侗生：《小说丛话》，原载《小说月报》，第二年第3期（1911年），参见《资料》，第388页。
② 侗生：《小说丛话》，原载《小说月报》，第二年第3期（1911年），参见《资料》，第390页。
③ 狄子平：《小说新语》，原载《小说月报》，1911年第9期，参见《资料》，第391页。
④ 陶曾佑：《论小说之势力及其影响》，载《游戏世界》第10期，1907年。

的内容，如"人权""公德"。陶曾佑将质文两分，质学可以说是实用之学、实业。但"仅攻质学，亦未足为得计也"。文学的维度亦不可偏废，"如教化日隆，人权日保，公德日厚，团体日坚，则除恃文学为群治之萌芽，诚未闻别有善良之方法"。① 这种看法可以视为文学救国论、救世论。陶文对文学的讨论重点主要在于文学功能论，而非文学本体论，即什么是文学，文学的特质是什么。

文学话语明显超过小说话语发生在新文化运动时期。重要原因在于新小说总体的失败，表现在以下几个方面：一是清末四大小说刊物在 1908 年相继停刊，其他小说类刊物多短命或夭折；二是通俗休闲类小说大行其道，小说创作上的日益娱乐化、消费化和商业化，如鸳鸯蝴蝶派、礼拜六派小说，② 以及侦探类小说、黑幕类小说③等最受欢迎；三是小说倡导者自身的理论视野之局限，小说话语多有粗疏、简单的毛病，思想立场也多是折中、改良；四是文学其他样式的日益繁荣，特别是传统诗文的现代化努力，使文学总体形象逐渐成形。随着新的文化力量的崛起和时代语境的变迁，新文化运动时期便弃小说话语，而代之以文学话语。当然，文学话语之兴起仍不能脱离文学的政治社会功能，只是这一功能更多地由小说转为文学了。

到了新文化运动前夕，"文学救国"论日益汹涌。④ 黄远生说："致根本救济，远意当从提倡新文学入手。"⑤ 虽属个人意见，但可谓一针见血。李大钊说："由来新文明之诞生，必有新文艺为之先声，……而后当时有众人之沉梦，赖以惊破。"⑥ 新文明的诞生依赖于新文艺，由此可见新文艺又居于新文明之先。到了新文化运动，文学的政治使命被鲜明地提了出来。陈独秀认为，"今欲革新政治，势不得不革新盘踞此政治者精神界之文学"。⑦ 大致而言，从 1890—1919 年，文学话语大抵经由小说及戏剧（戏曲）话语再到文学话语的过程，在关键词的运用上，先是小说、戏剧、文章，其后转向了更为现代的

---

① 陶曾佑：《论文学之势力及其关系》，载《著作林》第 14 期，1907—1908 年。
② 1910 年创刊的《小说月报》及 1914 年《礼拜六》刊物创刊，都大量刊发此类小说。
③ 清末侦探类小说已经流行，阿英说，当时翻译的外国小说有一半以上是侦探类小说，其结果就导致了黑幕类小说的出现（阿英：《晚清小说史》，北京：人民文学出版社，1980 年版，第 186 页）。1915—1918 年，黑幕类小说在中国大盛，集中体现就是 1918 年《中国黑幕大观》初集续集的出版。
④ 刘纳著：《嬗变：辛亥革命时期至五四时期的中国文学》，北京大学出版社，2010 年修订版，第 13 页。
⑤ 致章士钊信，载《甲寅》第 1 卷第 10 号，1915 年 10 月。
⑥ 李大钊：《〈晨钟〉之使命》，原载《晨钟报》创刊号，1916 年 8 月 15 日。
⑦ 陈独秀：《文学革命论》，原载《新青年》第 2 卷第 6 号，1917 年 2 月。

"文学"。

清末民初抬高小说（文学）的地位，将其视为上上乘、最上乘、救国之最根本，这是很有勇气的，无形中必将扩大文学的重大的社会作用，开启了现代文学新观念。从梁启超、王国维、陶曾佑开始，鼓吹文学成为他们思想的主要表现之一。文学在社会中起如此之大的作用，是中国人参照了西方的基本情况。他们多引用西方社会的实例来论证自己鼓吹文学的正当性和权威性。文学（小说）地位的提升不仅在于社会意义，还在于文化意义。前者的代表有梁启超，后者的代表有王国维。王国维从人生的角度来阐释文学的重要性。他说："美学文学徒非慰藉人生之具，而宣布人生最深之意义之艺术也。一切学问，一切思想，皆以此为极点。"① 所谓"极点"就是最高，与"最上乘"相类似。不过，王国维的路向乃是"宣布人生最深之意义"，而非"群治"或者政治。对现代文艺产生重要影响的鲁迅也持此论。鲁迅在1906年决意弃医从文，这一弃医从文即是思想逐渐成熟的结果。文艺在鲁迅心目中越来越重要，或者说文艺对人生越来越重要了。在《摩罗诗力说》中，鲁迅倡导的便是"立意在反抗，旨归在动作"这样的文学参与人生、社会实践的观念。而上述情况又同纯文学有着复杂而微妙的关系。

小说、文学地位的提升既是话语造势的结果，也是创作实践跟进的结果。实质而言，二者不可分割。新小说、"五四"新文学都面临这样的话语与实践的分裂状态。即便到了大革命、左联、抗战，这样的分裂状态也是存在的。有些时候，理论给予了文学以过重的期许乃至压力，以至于多有夸大、理想化的倾向，而文学因其特殊的艺术性自律性特征并不能很好地承担理论的期许。相反地，那些优秀的作品比如鲁迅、郭沫若、茅盾、巴金、老舍、曹禺、沈从文等人的作品，才真正奠定了现代文学的崇高地位，否则就如近代中国文学一样，其社会性大于艺术性了。话语是重要的，但话语更需要落实为艺术实践，这是需要注意的。

三、"最纯粹"：艺术自律、文学纯化与现代文学分类法的成形

纯文学，或者美文学，是现代中国文学当中的重要概念，即便在当代文学理论界，纯文学也是一个经久不息的讨论对象。相比而言，传统被视为"杂

---

① 王国维：《教育家之希尔列尔》，原载《教育世界》总第118号，参见《王国维文集》第三卷，第369页。

文学"，① 有学者概括中国近代文学观念就是在由杂到纯的转变。② 当然，纯文学这一概念有其特定的历史发展轨迹，不能一概而论。③

1. 纯文学与艺术自律

依据艾姆拉姆斯的文学四要素说，文学的纯粹程度大致有四个层次：第一是世界维度，即模仿论、反映论，纯粹程度最低。第二是读者维度，即接受论、实用论，注重文学的教化功能。第三是作者维度，即表现论，个性开始彰显，纯粹程度较高。第四是作品维度，即客观论、本体论，纯粹程度最高。④现在说的纯文学严格意义上是第四个层次，即以文学本身为中心的文学观，这里的作品是排除了世界、作者、读者之后的作品，主要内容是探讨语言、结构、叙事、话语等。但是，这种纯文学观的出现却是很晚的，在西方也是1917 年什克洛夫斯基发表《艺术即手法》的论文以后才逐渐确立的，并在新批评、结构主义等达到顶峰。中国语境的纯文学其实指的更多还是第三个层次，表现论的纯文学，排除了世界（社会）、读者（教化）维度的。注重形而上的第一个层次（主要是模仿论、反映论）和注重作品的接受状态、教化功能的第二个层次，其纯粹程度较低。就连所谓的"为艺术而艺术"的文艺观也仅仅止于第三个层次的纯文学，而非最高层次的纯文学，故此也就提不出所谓的"文学性"的概念。当然，第四个层次的纯文学的确立又离不开第三个层次纯文学观的确立，如果文学没有从其他领域脱离出来，自然也就无法集中精力去研究它。

本章所使用的纯文学主要局限于第三个层次和第二个层次，⑤ 特别是第三个层次，其核心观点是艺术表现个性，艺术家的创造不受外在力量的干预和束

---

① 但是传统并无"杂文学"观念，"杂文学"是现代人的建构，在古代中国，比较贴近实际的文学观念应该是"文章"。

② 黄霖主编：《近现代中国文论的转型》，上海：上海古籍出版社，2015 年版。

③ 傅莹认为纯文学观念在 20 世纪中国有三次论争：一是 19 世纪末 20 世纪初，类似于文章之文学与艺术之文学之分；二是 20 世纪 80 年代，类似于艺术之文学与意识形态之文学之分；三是 21 世纪初的纯文学论争，类似于文化之文学与文学之文学之分。参见傅莹著：《中国现代文学理论发生史》，上海文艺出版社，2008 年版，第 105 页。

④ 纯粹程度的划分参阅李贵生：《纯驳互见——王国维与中国纯文学观念的开展》，载《中国文史研究集刊》（台湾）第 34 期，2009 年。

⑤ 严格意义上的纯文学，即第四个层次，是缺乏实践性的，因为它排除了作者，只有文本本身。但这并不意味着作者在创作的时候可以忽略文本，第四个层次的存在使得第三个层次具有更强的文本意识，而非只是作家个性的流露。

缚，所谓的艺术自律往往指的是艺术家的自律，或者艺术独立于其他知识的自律。① 这种艺术自律导源于康德，强调艺术的无功利性、无目的性等特征。② 在现代中国语境中，文学纯化似乎同第一点的"最上乘"是相悖的，文学地位的提高恰恰是因为文学的社会功能、作用、价值的提高和强化，而文学纯化或多或少会使其功用发生窄化或者转向。其实，这只是表面现象。实际上，文学地位的提升（功能扩大）也必然意味着文学家地位的提升，文学家不必再依附于政治了，而是现代意义上的"文章，经国之大业，不朽之盛世"（曹丕《典论·论文》），而文学家地位的提升也必然引起对文学作品的重视，受众广泛，销路好，利润高，可谓现代文化产业之雏形。③ 故此，文学地位之提升与文学纯化之实践不但并行不悖，而且是一个问题的两个方面。

2. 文学纯化的持久动力

文学纯化大体有三个方面：其一是功能转向，旨在剥离文学所不能承载的其他功能，这一方面就是文学的审美化，其内涵主要是情感、自由、平等、独立等一系列的新的感受方式。这一转向虽然相较古代变窄了，但却是变纯粹了、集中了，周作人认为，"文学者有不可或缺者三状，具神思，能感兴，有美致"。④ 在这里，传统的载道、功利观念已经很淡薄了。但更多地转向了文学创作维度。文学纯化的努力在于两个方面：一是剥离文学所受制的旧有力量，维新前后和新文化运动时期就是如此，此时新的力量开始推动文学；二是反思新的政治力量对文学干预和支配，此时对文学的思考由外向内转。在前者那里，文学的政治内涵始终如一，只是政治有新旧、进步落后之别，鉴于某些旧力量已经成为文学的形式化因素，故而对某些文学形式的贬抑或鼓吹以达到破除旧有力量对新生文学的束缚。就后者而言，文学纯化的努力是紧随文学地位提高之后而出现的，此时的情景是文学过分追求社会功能而导致的文学价值（审美价值）的衰竭，如文学革命转变为革命文学，就偏离了纯文学的初衷。最后，当文学退出社会政治场域后，文学自身的客观价值开始浮现，这便是现

---

① 这种纯文学观念在反对外在政治力量干预的同时，也有丧失政治关切、封闭自我的倾向，这一点尤其需要注意。文学纯化不应以丧失政治关切为代价。

② 康德著：《判断力批判》，北京：商务印书馆，1964 年版。

③ 保罗·贝德，阚岳南：《中国现代作家的稿费收入与畅销书》，载《世界经济与政治论坛》，1982 年第 16 期。汤耀国：《清末民国的稿费与报界薪水》，载《中华新闻报》，2006 年 2 月 8 日（F03）版。

④ 独应（周作人）：《论文章之意义暨其使命因及中国近时论文之失》（1908 年），原载《河南》第 4 期，第 110 页。

代意义的纯文学观念，即第四个层次的纯文学。其二是身份转向，强调的是文学家独立的地位和人格，这一点可以称为专业化或天职化。这一点侧重的是作家维度，主要是职业作家的出现，这个职业指的那是天职，文学成为作家投身奉献的事业。王国维说："专门之文学家，为文学而生活。"① 就是此意。其三是形式转向，所谓的形式转向对文学本身的语言、形式、美学等方面的限制，即所谓的纯文学，或者形式化的文学。这是纯文学的最为严格的一种，其实如果没有现代语言学的发展，纯文学的发展将是很困难的。

　　文学纯化的出现在于西方美学观念的引入。② 近代西方文学观念的发展轨迹基本依照模仿论（自然）、反映论（社会、种族、地理、历史等的反映）、表现论（个性、浪漫派、象征主义）、③ 形式论（语言）发展下来。在 19 世纪，表现论文学观念盛极一时。此时文学已经具有了其现代的内涵。文学进入中国除了文学这一术语外，还有美术、艺术等，对纯文学而言，它们也是重要的话语轨迹。文学首先是被纳入美术、艺术话语之中的。

　　王国维的《论哲学家及美术家之天职》④ 是一篇重要的文论文献。王国维首先将哲学和美术视为"最神圣""最尊贵"的，"夫哲学与美术之所志者，真理也。真理者，天下万世之真理，而非一时之真理也"。"呜呼，美术之无独立之价值也久矣"！乃是因为美术家往往与政治家不分，政治才是一个人的终极身份。由此可知，美术和哲学都追求普遍永恒之真理，故而与一时一地之利益无关。所谓非纯粹的美术便是和政治结合在一起的美术，而那些和政治关系较远的所谓纯文学也不为王国维所认可，因为不过"往往以惩劝为旨"。王国维所认可的是纯粹的美术，也即以追求真理与表现真理的美术，而这个真理其无疑就是人生的真理。王国维于美术之性质的讨论还较为简单，而到了鲁迅

---

① 王国维：《文学小言》，原载《教育世界》第 23 期（总第 139 号），1906 年 11 月。

② 傅莹认为中国纯文学是由"文学的定义""什么是文学"等的讨论而被"催生"的，这一看法有其合理之处，但"什么是文学"这样的讨论并不始于文学概论教材，并且纯文学在中国的发生首先在于接受西方文学观念，也并没有进行所谓的"文学是什么"的强烈追问，是纯文学之"用"，而非后期的纯文学之"论"。傅莹所论之纯文学更近似于文学本体论，而非纯文学，因为杂文学也同样涉及"何为文学"这样的问题，如章太炎的文学观。傅莹认为温彻斯特的文学四要素说（即情感、想象、思想、形式）是"近现代西方文学纯文学观念的理论自觉"，并对现代文学理论产生了重要影响。参见傅莹著：《中国现代文学理论发生史》，上海：上海文艺出版社，2008 年版。

③ 温彻斯特的《文学批评原理》认为文学的四要素是情感（emotion）、想象（imagination）、思想（thought）、形式（form），前三项均为表现，在情感、想象、思想中情感尤为重要，即文学根本上是"诉于人的情感之力"。形式只占其中之一，在引入中国后，其重要性不及情感、想象。傅莹著：《中国现代文学理论发生史》，上海：上海文艺出版社，2008 年版，第 97、111 页。

④ 王国维：《论哲学家及美术家之天职》，原载《教育世界》第 99 号，1905 年 5 月。

《拟播布美术意见书》① 则较为详细了。"美术云者，即用思理以美化天物之谓"。美术共分为"雕塑、绘画、文章、建筑、音乐"等。此处文章即文学。鲁迅提出美术的功用问题，"顾实则美术诚谛，固在发扬真美，以娱人情，比其见利致用，乃不期之成果"。也就是说美术不以实际功利为第一目的。但是文学的功用则为客观事实，又不容忽视，鲁迅认为美术有三大功能，即"表见文化""辅翼道德""救援经济"。当然，倡导文学并非因为文学有诸多功能，而在于美术自身的属性。

在王国维和鲁迅的文章里，文学或者文章是被视为美术之一的，其特征在于"发扬真美"。美术有其自身的价值，而与外在的政治、道德、经济等无涉。这个无涉是初衷、宗旨的无涉，而非指客观效应，否则便是舍本逐末了。在这些早期的纯文学倡导者那里，我们看不到对文学本身的提倡和探究，总是离不开社会、人生。这种纯文学观念自然也同西方现代纯文学观念迥异。

文学纯化往往涉及这样一对概念，即纯文学与杂文学的，或单纯的文学和驳杂的文学，或者纯文学与实用文学（社会文学），或者亚文学与俗文学。中文中的纯文学这一术语一般认为始自王国维。② 纯文学与杂文学既可以从形式上立论，也可以从内涵上立论，还可以用功能上立论。从内涵上立论更为妥当，所谓内涵即性质，什么可以归入文学，什么不可以归入文学，便是此意。这必然涉及文学的功能问题。所谓的纯文学和杂文学的区分也是文学狭义与广义之分。狭义的文学仅指美文学，包括诗文、小说、戏曲等，广义的文学则无所不包，新闻、报告、杂文、政论文都可以纳入。这主要是从功能上立论的。在清末民初，杂文学观念比较流行。至少在新文化运动之前，文学观念仍然是纯杂不分的。③ 在梁启超的行文中，文章和文学是并行的，有的也单称一个"文"字。他在《译印政治小说序》中提到，"今中国识字人寡，深通文学之人尤寡，然则小说学之在中国，殆可增七略而为八，蔚四部而为五者矣"。④ 小说通俗易懂，老少皆宜，但文学则可能是高深的。在章炳麟以及国粹学派那里，文学观念更为传统。章炳麟认为，"文学者，以有文字著于竹帛，故谓之

---

① 周树人：《拟播布美术意见书》，原载《教育部编纂处月刊》第一卷第一册，1913 年 2 月，收入《集外集拾遗》，参见《鲁迅全集》第七卷。

② 王国维：《论哲学家与美术家之天职》，原载《教育世界》第 7 期（总第 99 号），1905 年 4 月。

③ 在文学观念纯杂不分的同时，文学观念在社会上的影响也远较小说弱，可以说这一阶段的文学还是传统的混沌不开的状态。

④ 梁启超：《译印政治小说序》，原载《清议报》第一册，光绪二十四年十一月十一日（1898 年 11 月 11 日）。

文。论其法式，谓之文学"。① 在刘师培那里，文学和文章是同一概念，更多的还是指传统的诗文。② 这种文学观念更近似英文 literature 之本义，也就是说这种文学观念并非是现代文学观念之表现。

纯文学只求诸自身，这个自身既可以指作家创作之自身，也可以指作品之自身，就后者而言，又可分为作品内容之自身与作品形式之自身。从大体上说，提倡纯文学观念的，一般对社会就少有驻心，或者对文化社会化表示不满，注意力多在于个性、精神、人生等领域，而提倡杂文学观念的必然有着参与社会的热情，强调文学与新闻、政治、军事等有着密切的关系。这里要注意，纯文学于社会功力无所用心，但并不意味着它就成为无价值的文学，甚至在某些提倡纯文学的人看来，只有纯文学才是最有价值的，因为这种关注个性、精神、人生的文学才是对人有大用的，它是永恒的。文学纯化要清理的是文学社会化所带来的负面效应，而非驻心于文学自身世界之建构，不过它同时又必然推出自己的社会、政治、人生理想。文学舆论化在清末起到很大的思想宣传作用，力图清除文学与旧政治的一体化关系。在清末曾经盛行一种"无用文学论"的论调，意指那些八股之类的古文完全无关国计民生，在形式上陈陈相因，毫无作为。此处的无用文学而非文学无用。纯文学强调无用，但这个无用是强调文学的自律，不受外在力量的干扰，或者文学并无力解决世间一切问题，它只关注个性、精神、人生。杂文学观念却不这么看，反倒认为文学关乎国计民生，关乎民智的提升，关乎社会的进步，甚至文学要为社会、军事、政治摇旗呐喊。

比较明确地将文学引向自身的是王国维，其主要的理论资源是叔本华、康德哲学美学等。文艺并不是德育、智育，而是独立的美育。这种不涉及道德、知识的文学才是真正的文学，才能"使人忘一己之利害而入高尚纯洁之域，此最纯粹之快乐也"。③ 持同类观点的还有蔡元培，他最著名的一个命题就是"美育代宗教"。在破除礼教之后，如何满足中国人的精神需求问题上，蔡元培等一批人选择的正是文艺。鲁迅也将文学从芜杂的功能中解脱出来，而寻找文学最独特之功能，他说，一切美术"益智不如史乘，诚人不如格言，致富不如工商，弋功名不如卒业之券"。④ 美术文艺同知识、道德、经济、功名没

---

① 章炳麟：《国故论衡》中卷（1924 年），上海：上海古籍出版社，2006 年版。
② 刘师培：《论文章源流》，原载《国粹学报》第一年第 1 期，1904 年。
③ 王国维：《论教育之宗旨》，原载《教育世界》第 56 号，1903 年 8 月。
④ 令飞（鲁迅）：《摩罗诗力说》，原载《河南》第 2、3 期，1907 年。

有直接的关系。这种纯文学观念自然是实用论或表现论的，而非客观论的。但是，这些都很难称为严格意义上的纯文学观念，而大抵是一种文学自律观念的表现。

将"情"引入文学，这是现代中国纯文学观念的主要内容。在新文化运动时期，方孝岳曾通过比较中西文学观认为，"中国文学主知见，欧洲文学主情感""今日改良文学，首当知文学以美观为主，知见之事，不当羼入。以文学概各种学术，实为大谬""故着手改良，当定文学之界说"。① 方孝岳在中西文学观比较中认识到中国文学的混杂性，而倡导分工，并明确说明文学的主要特性在于美观（审美）。方孝岳认为"中国文学主知见"难免以偏概全，但其强调情的作用乃是坚决而明确的。中国早期的马克思主义者李大钊认为，新文学"是为文学而创作的文学，不是为文学本身以外的什么东西而创作的文学"。这一为文学而文学似乎会导向个人，但李大钊明确说，新文学"是社会写实的文学，不是为个人造名的文学"，说明李大钊对文学社会价值的自觉意识。所谓的新文学不是"光是用白话作的文章"，不是"光介绍点新学说、新事物，叙述点新人物，罗列点新名词"。真正的新文学需要"真爱真美的质素"。为了达到这样的高度，就需要"深厚的土壤培植他们"，而"宏深的思想、学理，坚信的主义，优美的文艺，博爱的精神，就是新文学运动的土壤、根基"。② 李大钊的文学观念强调，理论性、思想性、艺术性、人文性的统一才能达到"真爱真美"。尽管言说还比较抽象，缺乏实际的操作，但方向是正确无误的。实际上，很多新文学创作往往出现片面化的情况，理论的导向固然明确，但要落实到具体的文艺创作却需要高超的艺术涵养。

20世纪20年代文学纯化的努力最多的出现在散文领域，这首先在于散文在古代文学世界中的重要地位，也在于新文学如何创作出现代散文以回应古文家们对散文的诘难。新文化运动之前，提倡小说是文界共识，也是社会大势，而诗歌自来是文学一大体裁，无论文学观念如何变化，诗歌始终都在文学领域，但散文却很特殊，传统古文遭遇灭顶之灾，散文是否还可以作为文学，人们是有很大疑问的，"以新文学的趋势，没有对纯散文加以提倡"，而在创作实践上，此一时期的乏善可陈，"用白话作纯散文，不要说怎样的好，就是修辞风格上讲究一点，使人看了易于感动而不倦的，在今日的作者中，你们可以

---

① 方孝岳：《我之文学改良观》，原载《新青年》第3卷第2号，1917年。
② 李大钊：《什么是新文学》，原载成都《星期日·社会问题专号》，1919年12月8日。

找得出几个来？"① 到了 20 世纪 20 年代后期，散文已经有了很大的发展了。散文观念可能和文学纯化关系不大，但考虑到散文是被否定最厉害的一种文体这一基本语境，就可以知道，如果现代散文确立了文学品格，无疑会大大冲击传统文学观念对现代文学的偏见，即"美文不能用白话"。在散文纯化方面，周作人的贡献是无法绕过的。1921 年发表短文《美文》之后，20 世纪 20 年代的散文创作才开始有自觉的意识。② 美文是"外国文学里有一种所谓论文"的一种，偏重批评的，是学术性的、偏重记述性的、艺术性的，即美文。美文主要分为叙事与抒情两大类。"这种美文似乎在英语国民里最为发达，如中国所熟知的爱迭生、兰姆、欧文、霍桑诸人都作有很好的美文，近时高斯威西、吉欣、契斯透顿也是美文的好手"。在这里美文的参照系是在西方。周作人在散文理论方面的贡献是重要的，胡适在《五十年来中国之文学》一文中就说："这几年，散文方面最可注意的发展，乃是周作人等提倡的'小品散文'。"③其后，王统照受西方理论的影响，还倡导"纯散文"（Pure prose）概念，与美文相类似。散文纯化是文学纯化的先锋，因为在古代诗文中，文最杂，通过限制文的范围达到文学纯化，自然是重要的方向。小品文、随笔、随感的发达就是如此，完全剔除了文自身的诸多实用功能，将散文引向了个体心性。在这方面，现代散文又成为古老中国散文如公安派散文等的知音，也成为其现代的某种发展。朱自清在《论现代中国的小品散文》中说："它的历史的原因，其实更来得重要些……美文古已有之，只周先生等才提倡用白话去做罢了"。④ 散文纯化并不意味着无干社会或者与旧政治同流合污，率性自然的个体写作有时候恰是以个体的姿态向社会发言，这一点尤以鲁迅杂文为最突出。尽管关于杂文是否可以归入文学，仍有争论，但散文的独到价值却是不容忽略的。

　　20 世纪 20 年代中期以后，纯诗或者说诗歌的纯化在现代中国文学领域涌动。纯诗和现代文论中的象征主义有着密切的关系。⑤ 象征主义并非就是客观论的、排除个人的纯诗，而是强调主观、个性，其主体性意识是很强烈的，只是这个主体性意识的体现更加隐晦、曲折、含蓄、多义而已，在形式上也非对语言内在机制的探究，而是比较注重对装饰美、辞藻美的追求。故此象征主义又有唯美主义之称。纯诗运动也可以视为对"五四"新诗创作的一次补救或

① 王统照：《纯散文》，原载《晨报副刊·文学旬刊》，1923 年 6 月 21 日。
② 周作人：《美文》，原载《晨报副刊》，1921 年 6 月 8 日。
③ 胡适著：《五十年来中国之文学》，上海申报馆，1924 年。
④ 朱自清：《论现代中国的小品散文》，原载《文学周报》第三四五期，1927 年 7 月。
⑤ 高蔚著：《"纯诗"的中国化研究》，北京：中国社会科学出版社，2008 年版。

者纠偏，以白话、自由、通俗为特征的"五四"新诗在经过了一二十年的创作后，客观上到了一个建立规范的时期。闻一多的《诗的格律》提倡格律诗，虽然没有提出纯诗，但已经在进行诗歌的规范化努力了。① 提出"纯粹诗歌"的概念是穆木天，这一概念是以与散文划清界限，他还指出，中国新诗运动的"最大的罪人"是胡适，乃是因为胡适提出的"作诗须得如作文"。纯诗的方向是向内转，即"诗是得表现的"，注重语言、心灵和形式"。② 这里已经触及了诗的本体性的某些内涵。对纯诗做出重大贡献的是梁宗岱。他对纯诗有一个界定："所谓纯诗，便是摒除一切客观的写景、叙事、说理以及感伤的情调，而纯粹凭借那构成它底形体的原素——音乐和色彩——产生一种符咒似的暗示力，以唤起我们感官与想象底感应，而超度我们底灵魂到一种神游物表达光明极乐的境域。"③ 在此，诗歌与社会的广阔联系已经淡化了，而走向了纯粹的内在世界之建构了。总之，纯诗运动有传统的思想资源，但西方现代主义诗学的影响尤为明显。④ 在纯文学的四个层次上，纯诗是走得最远的，但依旧很难完全摒除主体性的倾向。

到了 20 世纪 30 年代，文学纯化的努力出现了一个标志性的事件——刘经庵《新编分类中国纯文学史大纲》的出版，⑤ 该书题目的倾向性极为鲜明，被学界认为是"明确以'纯文学'为关注焦点"，⑥ 该书非常明确地表现出文学纯杂两分的意识。⑦ 在该书中，共四章内容分别是诗歌、词、戏曲、小说，在中国古代历史中占据重要地位的文全部砍掉了。这一做法并非没有先例，在曹聚仁的《中国平民文学概论》一书中，讨论的即为诗歌、戏曲、小说，没有散文的踪迹。⑧ 非常有意思的是，这本书出版于 1933 年，此时新文化新文学运动已经蓬勃开展 15 年了，为何刘经庵对文学观念之纯杂却耿耿于怀呢？刘经

① 闻一多：《诗的格律》，原载《晨报》副刊《诗镌》第 7 号，1926 年 5 月 13 日。
② 1926 年，穆木天在《谭诗——寄沫若的一封信》（原载《创造月刊》第 1 卷第 1 期，1926 年）中提出"纯诗"这一概念，即"纯粹的诗歌"。
③ 梁宗岱著：《诗与真》二集《谈诗》，北平：商务印书馆，1936 年版。
④ 参阅吴晓东著《象征主义与中国现代文学》（合肥：安徽教育出版社，2000）、陈太胜著《象征主义与中国现代诗学》（北京大学出版社，2005）等。
⑤ 刘经庵著：《新编分类中国纯文学史大纲》，北平：著者书店，1935（民24）年版。
⑥ 陈文新，甘宏伟：《古今文学演变与中国文学史研究》，载《河北学刊》，2009 年第 2 期。
⑦ 据陈玉堂《中国文学史书目提要》，另有金受申著《中国纯文学史》一书。
⑧ 在一些新型的文学概论教材中，在文学分类上，散文也没有被列入文学，如沈天葆的《文学概论》（上海梁溪图书馆，1926）、马仲殊的《文学概论》（1930）、钱歌川的《文艺概论》（1930）、戴叔青的《文学原理简论》（1931）、夏炎德的《文学通论》（1933）、陈君治的《新文学概论讲话》（1935），都是以诗歌、小说、戏剧（戏曲）为内容，全无散文。

庵认为，在知识体系中，杂文学观念仍然占据重要地位："鉴于近今一般《中国文学史》的内容不是失于驳杂，便是失于简略"，这个驳杂明显就针对的杂文学观念，"驳杂者将文学的范畴扩大，侵入了哲学、经学和史学等的领域"。但是细致考察，这一说法并不足以将所有的文排斥掉的，那原因就何在呢？刘经庵直截了当地认为"辞赋，除了汉朝及六朝的几篇，有文学价值者很少；至于散文——所谓古文——有传统的载道的思想，多失去文学的真面目，故均略而不论"。刘经庵的立论的基点在于"文学价值""文学真面目"。这明显是受到西方以及新文化运动的影响。而自从新文化运动以来，人们对文学的认识并没有达成一致，在很多时候有意或无意地混淆文学和文章的关系。[1]

但是，纯杂不分乃是历史事实，所谓纯化毕竟是观念力量的表现。近代西方文学观念也同样是纯杂并行，只是到了 19 世纪以后才发生了变化。在 19 世纪之前，literature "意味着社会中被赋予高度价值的全部作品：既有诗，也有哲学、历史、随笔和书信"。[2] 因此可以说，文学观念的纯化是 19 世纪社会发展的必然结果。这一结果又被转化到了中国，成为反抗旧制度、旧文化的法宝。其实，就载道来说，诗歌也有载道的内容，小说也同样如此，因为诗歌、小说是文体，文体与载道并不具有必然的联系。关于刘经庵的努力，我们也可以解读为在现代中国早期文学观念呈现为纯杂并存的状态，并且纯文学派一直致力于对杂文学观念的廓清，其根本的宗旨和目的是反抗旧文学传统。当然，这一反叛并没有为后世者所全部继承，或者说纯杂文学观念的并行一直持续到现在，尤其表现在对中国文学史的叙述之中。而在文学理论中，对纯文学的要求日益严格。"中国近代对西方 Literature 的解读，厥分两涂：一种解读符合 Literature 本义，即对中文文学一词的理解大体合乎所译原词；一种解读不符 Literature 本义，即用中国古代文和文章的词义顶替文学的词义。"这一概括是比较准确的。但是，如果考虑到 literature 一词本身就有一个演化的过程的话，似乎国人对古代文学的解读更符合历史的实际。但是，论者认为"后者始终在多数中国文学史教材中根深蒂固，一误至今"。[3] 其实，这并非是错误的，而是传统自身的积极力量，因为用纯文学的观念去解读中国古代作品，多数会有偏离。

---

[1]　毛庆耆等著：《中国文艺理论百年教程》，广州：广东高等教育出版社，2004 年版，第 82 页。

[2]　［英］伊格尔顿著：《20 世纪西方文学理论》，西安：陕西师范大学出版社，1987 年版，第 19 页。

[3]　毛庆耆等著：《中国文艺理论百年教程》，广州：广东高等教育出版社，2004 年版，第 41 页。

3. 现代文学分类法的成形

文学纯化与文学分类法关系密切。在刘经庵的《中国纯文学史》里，文学是三分法，只是诗词分立而已。这一点自然不是刘经庵的原创，在1906年，王国维就提出"美术中以诗歌戏曲小说为其顶点"。[①] 虽没有明确言明文学三分法，但其意思是清楚的。这里砍掉或者略去散文，显然与传统文学观念迥异，因为传统文学观念中诗文占据主流，而在王国维的文学三分法中并无文的地位，其与西方的关系是密切的。西方现代文学观念的三分法——诗歌、戏剧、小说占据主导地位，其起源可以追溯至古希腊亚里士多德《诗学》中的叙事（史诗）、抒情、戏剧三类文学类型，后世完善了这种分类体系，至今成为欧美普遍的分类方法。西方文学三分法明显基于创作的内在机制，而不仅仅是体裁。比如诗歌本身也可以有叙事诗、抒情诗和戏剧诗。而散文并不具有独立的创作内在机制，西方的散文更多的是那些具有优美文辞的议论文、小品文、随笔，并不构成西方文学的主流，因而所谓的文学四分法（诗歌、散文、戏剧、小说）并不普遍。即便如此，王国维提出的文学三分法在现代中国也没有一统天下。

在现代中国，文学四分法——诗歌、散文、戏剧、小说同样不可忽视。现代中国文论明确的四分法其起源可以追溯至先秦孔子的"文质"二分法，后有文笔论，有韵为文，无韵为笔。在内容上，文主要指的就是诗歌，笔则主要指散文。这一传统与西方不同。西方注重文学创作的方式和方法，而中国注重的文本本身的性质、形质，注重音乐的韵味之有无。中国"文质"二分法演变至现代文学四分法，诗歌、散文、戏剧、小说已经发生了变化，因为仅仅从音韵上已经无法区分日益复杂的文学现象了，比如小说，其语言是散文，但又不能称为散文，其特质乃在于叙事。中国文学分类法中的最大的遗产就是散文，成为文学谱系中的不可忽略的存在。

现代中国文学四分法的最早提出者是新文化运动诸公，陈独秀在《文学革命论》中所提倡的正是国风、楚辞、韩柳散文、元明剧本、明清小说。胡适在《建设的文学革命论》中认为，国语的文学就是"国语的小说、诗文、戏本"，诗文即诗歌和散文，此亦是四分法之体现。刘半农分析并界定了英文literature一词的内涵。他说："欲定文学之界说，当取法于西文，分一切作物为文字 language 与文学 literature 二类。"[②] 文字只是传情达意，但文学则是

---

① 王国维：《红楼梦评论》，原载《教育世界》第8、9、10、12、13期，1904年6—8月。
② 刘半农：《我之文学改良观》，原载《新青年》第3卷第3号，1917年5月。

"the class of writings distinguished for beauty of style, as poetry, essays, history, fictions, or belles-lettres", 其中 beauty 一词极为关键, 并且指出是诗歌、散文、历史、小说或者纯文学 (法语)。除了 history 外, 文学的范围和今日没有太大的区别。刘半农认为, 可列入文学的也只有诗歌戏曲、小说杂文、历史传记, 对 essays 不置一词。虽然在当时西方 literature 也将 history 列入文学, 但刘半农并没有盲从这一观点, 而仍是认为历史传记列入文学只是"吾国及各国之惯例", 从严格意义上来说, "凡可视为文学上有永久存在之资格与价值者, 只诗歌戏曲、小说杂文二种也。"① 这和刘半农所引的 literature 的概念有一些区别, 即戏曲包含在文学之中。实际上, 西方 literature 也可以包括 drama, 不过由于西方还有一个 art 概念, 所以 drama 划分为 literature 或者划分为 art 都可以。

文学四分法在现代中国形成巨大影响尤其应归功于《中国新文学大系》之编辑,② 除第一卷建设理论集、二卷文学论争集和第十卷索引外, 主体内容分别是小说 (3 集)、散文 (2 集)、诗歌 (1 集)、戏剧 (1 集)。在排序上体现出对小说的重视。因此我们可以说, 中国现代文学四分法其起源并不在于西方, 或许只能说文学门类格局的升降受到了西方的影响。因此, 这似乎不完全是刘禾教授所说的"自我殖民化"③ 问题, 但西方的影响不应忽视。而冯宪光教授所说的, "而是中国文化主体自身在 20 世纪的新时代, 对中国文学理论优秀传统的重新体认",④ 也有不确切之处, 因为毕竟受到西方文化思潮的影响, 将戏剧、小说抬升到与诗文同等重要的地位。我认为, 冯宪光所说的"重新体认"至为重要, 既要立足于传统, 又要立足于现实, 由此才可以确立中国文化的主体精神。然而, 百多年来的中国文化进程, 在这方面可能有更多的经验教训需要汲取。

在文学分类上, 有学者强调三分法, 去掉散文。这一去掉并不意味着贬低文章, 而是抬高文章 (散文) 地位, 达到和文学形成"双峰对峙、二水分流"

---

① 刘半农:《我之文学改良观》, 原载《新青年》第 3 卷第 3 号, 1917 年 5 月。

② 当然也不能否认没有人做过这样的尝试, 如刘麟生著《中国文学 ABC》(世界书局, 1929 年) 除第一章导言外, 其后第二至六章分别为"散文与韵文""诗""词""戏曲""小说", 若合并诗词, 则为四分法无疑, 并且将散文与韵文作为首篇, 显示其特殊的意义。

③ 刘禾著:《跨语际实践——文学, 民族文化与被译介的现代性 (中国, 1900—1937)》, 北京: 三联书店, 2008 年版, 修订译本。

④ 冯宪光:《也论中国现代文学文体分类形成的原因——有感于刘禾教授的〈跨语际实践〉》, 载《江西社会科学》, 2008 年第 5 期。

的局面，而文学理论也就划分为文学理论和文章理论两个领域。[①] 这一看法是不错的，但是由于文学已经被神圣化了，是重要的文化资本，文学一词既可以指审美性文字，同时还可以指文章学问，并不能为文学所专享，否则文章在文学面前根本没有什么优越感，甚至被目为毫无文采的应用文。文章在现代并非不重要，如现代杂文、政论文等，但将文章从文学中剥离并无助于文章的凸显[②]。另外，由于将散文摒除文学领域，也不符合中国文学史的历史事实，毕竟中国有着诗文大国的悠久历史。如果不以诗歌、小说、戏剧划分的话，那只能用抒情文学、叙事文学和戏剧文学来划分，此时消失的不仅是散文，连小说、诗歌也就了无踪影了，但这又不符合现代的用语习惯。[③] 其实，现代文论也不是将所有的文章都视为文学，而是那些有着真挚情感、艺术内涵的文章才可以视为散文，或者说美文，比如《中国新文学大系（1917—1927）》所收录的散文就绝非文章所能概括。从操作层面而言，文章、文学的区分其实际意义并不明显，因为在现今大学文学系，不仅应注重文学修养，还应注重文章修养，由于大学中文系并不专职培养作家以及就业等实际问题，文学和文章不分是有一定合理性的，但这并不意味着现代文论混淆了文学和文章的关系。从总体上来说，纯文学和杂文学并不是截然相分的，不是绝对性的。

杂文学观念在中西历史上都是存在的。到了19世纪以后，随着社会文化的发展和精神分工的明晰才逐渐分化的。在不同国度，由于传统和现实的影响，其结果也不甚相同。在中国，由于受到西方现代文化氛围的影响，加之传统诗文特别是散文的力量极大，通过抬升小说和戏剧的地位进而纯化文学观念，成为中国文学现代化的必由之路，由此也意味着中国传统的以诗文为正宗的文学观念和分类体系的终结。但是，现代中国始终并没有发展出西方意义上的纯文学观念。中国所接受的主要是近代形成的审美现代性，而非晚近西方所盛行的语言论的形式主义诗学。中国文学纯化的挑战除了传统的杂文学观外，还有现代的政治化介入，使其思想性高于艺术性。这就是马克思主义文论美学所反对的概念化、席勒式。新文学初期以及左翼文学、抗战文学往往流露出这

---

① 毛庆耆等著：《中国文艺理论百年教程》，广州：广东高等教育出版社，2004年版，第83页。

② 这种理解将文章工具化，而忽视了文章本身所含纳的作家情感、思想，工具化的文章更多地被赋予实用目的，分布在新闻、政治、学术、文秘等领域，由于分散而无法成为专门的文章学，比如新闻领域有新闻写作，学术领域有学术论文写作，文秘领域有大量的应用文写作等，文章已经日趋程式化和规范化了。

③ 目前文学研究中，戏剧在文学中已经弱化了，戏剧被纳入戏曲、戏剧、影视等领域，缺乏独立性，文学所主要研究的也就只限于抒情文学和叙事文学了。

样的问题。不过，无论是反对杂文学还是政治化，中国纯文学发展并不彻底。即便在 20 世纪 80、90 年代，中国文学曾一度提倡纯文学，其论域也没有超越现代中国纯文学的范围，即反杂文学和政治化，而在我看来，语言论的形式主义理论在现代中国之所以并不流通，是因为中国的现实政治处境和传统得意忘言、目击道存传统的根深蒂固以及传统载道观念的根深蒂固。但这不意味着西方普遍主义话语就此失效，没有足够证据表明现代中国可以离开西方而建立其自己的一套原创性的现代诗学体系。

四、叙事魔咒：中国文学史起源叙述的西学模式

1. 中国文学史写作的出现

文学史写作是西学中国化的另一个方式。首部中国文学史并非中国人所著，[①] 早期中国人所著的中国文学史又参照西方或日本而成，故而西学在中国文学史写作中有着不可忽略的重要作用。文学史话语是文学理论话语的重要一支，从文学史话语中可以看出文学理论话语的某些特征。文学史的主要任务有两个：一是文学起源，文学起源于何处，哪里是中国文学史的开端；二是文学合法化和经典化，哪些可以入中国文学史的范围，哪些是典范的作品等。文学起源有两个内涵：一是哲学意义上的，强调的是形而上的维度，某种力量促使了文学的发生，现代关于文学起源的学说大致有游戏说、劳动说、宗教说等等，该力量本身并不是文学；二是文学作品意义上的，文学的最初形式是什么，那种文学形式成为后世文学的源头和范本，比如语言文字、神话、史诗等。

中国文学史著述最早可追溯至挚虞的《文章流别论》，与《文章流别集》并称，两书均佚。但《文章流别论》只是对各个文体自身历史的描述，对文学之源头和起源则着墨不多。刘勰的《文心雕龙》不是严格意义上的文学史著作，但包含大量的对文学起源的探讨。清末刘熙载的《艺概》也包含大量的文学史内容。在中国历史上，文学史和文学理论、文学批评不是截然相分的，很多时候处于未分化状态。这是第一个特点。中国文学史叙事模式特别注重形而上学的维度，刘勰、刘熙载均是如此，《文心雕龙》有原道、征圣、宗经、正纬，《艺概·叙》认为"艺者，道之形也"，在《文概》中称"《六经》，文之范围也"。天道、经典、圣人等才是后世文之起源、范围，或者合法性依据。这是第二个特点。西方与上述二点不同：其一，西方文学史起源为

---

① 俄国、日本、德国等先后有《中国文学史》的出版，可以视为汉学意义上的中国文学史。

古希腊，而古希腊文学的开端为荷马《史诗》（《伊利亚特》《奥德赛》），① 荷马《史诗》被誉为古希腊文化的"圣经"。② 其二，西方文学史也更加侧重形而下的具体作品和形象，与文学理论、文学批评的分工逐渐明确。

2. 中国文学起源的四种模式

现代的中国文学史撰述在文学起源上大致有以下四种模式。

一是经学（《诗经》学）模式。经学模式指的是文学源自某类经典，在中国，经即六经（诗、书、礼、易、乐、春秋），主要为《诗经》和《尚书》。比如刘勰、刘熙载的著作就是表现。在现代，中国人撰写的第一部中国文学史是黄人的《中国文学史》（1910年左右流传），其叙事模式是从六经开始的。③ 王梦曾编纂的《中国文学史》（1914年，商务印书馆）第一编第一章为"六经之递作"。钱基博著《中国文学史》中六经具有重要的位置："欲观二帝唐、虞三王夏商周之文，六经，其灿然者已。"袁厚之《中国文学概要》（1938年）则直接以经、史、子、集为结构，经学模式体现得更为明显，只是第一章为文字。林山腴《中国文学概要》（1944年，石室文化服务社）第一编第一章为"文学原本六经"，可谓直截了当。这一类是比较传统的文学史写作。还有一种情况是以《诗经》为中国文学的起点，是经学模式的变体，也更接近文学的本来面貌。这里的代表有胡适的《白话文学史》（1928年，新月书店），④ 该著虽则从古文之后开始讲，并且认为，"白话文学史就是中国文学史的中心部分"，⑤ 对于文学起源，胡适认为"一切新文学的来源都在民间"，故此，胡适将《诗经》中的国风，作为中国文学史的开端。⑥ 在专门讨论中国诗歌史的著述里，诗经更处于无可替代的经典位置。如李维《诗史》（1928年，北平石棱精舍）第二篇称《诗经》为"中国诗学之渊薮"。

二是小学模式。即语言学模式，主要从文字、音韵入手。林传甲的《中国文学史》就是从文字音韵入手的，其第一篇为"古文籀文小篆八分草书隶书北朝书唐以后正书"，第二篇为"古今音韵之变迁"，第三篇为"古今名义

① 周作人著：《欧洲文学史》认为古希腊文学起源于希腊神话，"颂歌皆关神话，史诗大抵取材于传说"，故此神话和史诗乃为西方文学之开端。

② ［英］尼尔·格兰特：《文学的历史》，北京：希望出版社，2004年版，第11页。

③ 黄著原无目录，王永健整理了一个目录，在第五编"文学之全盛上期（上世文学史上之上）"的第一章是"六经"，参见王永健著：《"苏州奇人"黄摩西评传》，苏州大学出版社，2000年版。

④ 胡适著：《白话文学史》，新月书店1928（民17）年版。

⑤ 胡适著：《白话文学史》，合肥：安徽教育出版社，2006年版，第2页。

⑥ 胡适著：《白话文学史》，合肥：安徽教育出版社，2006年版，"自序"，第2页。

训诂之变迁"，① 其后转入修辞等层面。到了真正的文学史层面即第七编为"群经文体"，则又进入经学模式，其后依朝代论其文体。汪剑余《本国文学史》（1925 年）是林传甲《中国文学史》的删减版，体例接近。胡毓寰《中国文学源流》（1924 年，商务印书馆）第一章为"文字之创始"。鲁迅《汉文学史纲要》（授课讲义，生前未出版，1938 年编入《鲁迅全集》），第一篇为"自文字至文章"，第二篇转入《尚书》和《诗经》，是语言学模式和经学模式的合体。从语言学角度考察中国文学史变迁的这一模式并没有消亡，因为文学乃是语言的艺术，没有对语言、文字起源的叙述自然无法明了文学之起源，并且在诗词韵律等方面（所谓的韵文、散文之别），语言学的内容亦占据重要位置，不过从总体上来看，语言文字是文学的前提条件已是文学史前提，更为详细的讨论则属于语言文字文化史的领域，而不独属于文学史领域了。

三是历史模式。主要从中国原始文明说起，尽可能地向最早的时间溯源，这已经进入所谓的中国历史的"史前时代"了，如从唐虞（曾毅《中国文学史》，1915 年，上海泰东图书局）、伏羲（张之纯《中国文学史》，1915 年，上海商务印书馆）、五帝文学（谢无量《中国大文学史》，1918 年，上海中华书局）、三代文学（葛遵礼《中国文学史》，1920 年，上海会文堂书局）等开始。这样的表述同中国悠久深厚的历史意识有若干关联，但实际上这些文学并非真正意义上的文学。从表面上来看，它们和经学模式、小学模式不同，但从具体内容上说又不脱经学、小学模式，或者并论之，还有的则是从后世传说等资料加以论说，有较大的猜测成分。②

四是理论模式。首先讨论何为文学、文学的性质、文学的界说等，一般在全书的绪论、概论部分。理论模式往往和经学模式、历史模式、小学模式相结合，先从理论上加以概说，然后进入文学史的叙述。理论模式无疑来源于西方，或者以西方为参照系，具有更强的理论意识。在传统文学史叙述中固然也有某些理论的内容，大抵仍归属于经学模式，而在现代的文学史写作中，理论的内容更多地集中在讨论文学本体论问题上。这种理论模式在当代也很常见，如游国恩主编的《中国文学史》，"文学艺术的起源"成为首先要讨论的问题，认为文学艺术起源于劳动。

这四种模式往往交错，有的结合两种、三种。经学模式是较为传统的模

---

① 林传甲著：《中国文学史》，武林谋新室，1914 年版，第六版。
② 如柳存仁《上古秦汉文学史》，第二章为"中国文学之起源"，论述语言文字及《尚书》。谢无量的《中国大文学史》论及五帝文学首先讨论的是仓颉造字。

式，以《诗经》为起点，可以视为经学模式的残留。比如当代章培恒、骆玉明著《中国文学史》开篇即为《诗经》。小学模式虽未彻底消亡，但已经没有太大的影响了。理论模式严格上应该是文学理论的问题，但在中国文学史草创之处，对文学的理解颇为复杂，故此写作者往往用一定的篇幅来讨论文学问题。历史模式由于缺乏信史的支持，很难得到确证，比如三皇五帝的文学，这些只能在后世文献中辑佚，并且并无多少文学经典，大抵可以归入文化学领域。在所有的起源模式中，经典的文学形式始终是最重要的话题。对中国文学史而言，这一起源涉及中国文学发展史和世界文学发展史（西方文学发展史）的异同。

众所周知，西方文学的起源是《荷马史诗》，记叙的是希腊神话和英雄传说，有较强的叙事性。神话是史诗即是西方文学的源头。在中国传统的文学史观念中，史诗和神话，特别是神话，从来没有进入中国人的文学史、文章史的叙述框架之中。中国传统文学史大抵遵循的是经学模式和小学模式。经学模式是轴心时代周代文化的辉煌创造，武王克商之后，夏商文化早已为以张扬德性的周代文化所取代。夏之后继为卫国、商之后继为宋国，其文化皆不具有主导性的地位。有学者称，先周文化实际上并没有在中国有流传。流传至今的多是周代文化，即轴心时代的文化。对历史的回溯需要依据当时的资料，而当时就已经在改变历史叙述了。站在3000年后的时代，再来讨论文学之起源问题就变得更加困难重重。现代的文学史研究往往以科学精神为原则力求恢复历史的原貌，深入发掘历史上被贬抑的因素。这固然可行，但文化抑扬之间无不包含着文化的价值观和倾向性，这便是历史的主流。在科学主义的推动下，疑古派出现了。

3. 西方化的中国文学史叙事模式

由于西学普遍主义话语的存在，导致西方有的，中国必须有，而西方已有的，中国也必然存在。在史诗、神话的问题上也是如此。20世纪以来，随着西学东渐思潮的深入影响，希腊、印度的史诗、神话也被广泛地引入中国，对史诗、神话的讨论也日益增多，其结果就是史诗、神话开始进入中国文学史叙述当中了。

神话。谭正璧《中国文学进化史》（1929年）始列"神话文学"，位于《诗经》《楚辞》之后。胡行之《中国文学史讲话》下卷"中国民众文学之史的发展"中列有"神话文学"，位于《诗经》之后。谭正璧编著《中国文学史》第一编周秦文学第三编小说下有神话、寓言、汉人所谓小说的内容，位于《诗经》《楚辞》一二编之后。何剑熏《中国文学史》（1948 年）在第一章"原始共产社会的文学"中，第三章为"神话"。现代中国唯一一部研究神话的专著为茅盾的《中国神话研究 ABC》（世界书局，1929 年），茅盾认为古代中国存在神话的，但由于多种原因（历史化过早及缺乏诱因"神代诗人"出现的大事件）没有保存下来，只是一些片段。在各类《中国小说史》著述中，神话是极为重要的一部分内容。① 鲁迅《中国小说史略》（北京新潮社，1923 年）第二篇为"神话与传说"，鲁迅认为，和其他民族一样，神话和传说也是中国小说的起源。鲁迅承认中国神话多散佚，但对其原因则有自己的独到见解，即"神鬼不别""人神殽杂，则原始信仰无从蜕尽；原始信仰存则类于传说之言日出不已，而旧有者于是僵死，新出者亦更无光焰也"。② 郭箴一《中国小说史》（商务印书馆，1939 年）第二章"东周以前至秦"，第一节为"中国古代神话"，第二节"中国多含神话之书"，如《山海经》《穆天子传》《楚辞》等。上述事实说明，在现代时期，神话话语已经成为中国文学史叙述的重要的起源话语之一了。

　　史诗。穆济波《中国文学史》（1930 年）始列"史诗"，位于《诗经》之后，其题为"史诗之发达"。林庚《中国文学史》（1947 年）启蒙时代列有"史诗时期"。这是承认中国古代有史诗的表现。而有的学者则并非如此。张世禄《中国文艺变迁论》（1930 年出版，商务印书馆）在讨论诗经之前，有"中国上古无史诗的原因"一章专门讨论史诗问题。张世禄对中国无史诗的看法主要在于中国地理环境（黄土）不如印度（土地肥沃、气候炎热）、希腊（交通便利、商业发达），非躬耕实践方能生存，故而思想倾向上多以实践为原则，在思想观念上持一神论（天道论），也没有成为人格神，与印度、希腊的多神论及人格神不同，加之孔子等视六经为政治道德是典范，故而史诗、神话等玄思遂湮灭不闻了。③ 在张世禄之前胡适也曾讨论史诗，胡适在《白话文学史》（新月书店，1928）中认为"故事诗在中国起来的很迟，这是世界文学史上一个很少见的现象"。这里的故事诗就是叙事诗，也可以视为史诗。胡适对中国古代没有史诗的解释和张世禄的类似，认为"古代的中国民族是一种

① 如谭正璧《中国小说发达史》（上海光明书局，1935）第一章为"古代神话"，将《山海经》视为古代神话的"大宝藏"。胡怀琛《中国小说研究》（商务印书馆，1929）第二章"中国小说实质上之分类及研究"将小说分为神话、寓言、稗史三类，神话位列第一。
② 鲁迅著：《中国小说史略》，北京新潮社，1923 年版，第 16 页。
③ 张世禄：《中国文艺变迁论》，北京：商务印书馆，1930 年版，第 19—21 页。

朴实而不富有想象力的民族"，仅有的只是"简单的祀神歌和风谣而已"。①
"故事诗的精神全在于说故事"，故事诗只能产生于爱听故事的民间，而非追求抒情的文人阶级中。中国的故事诗从汉末开始发展，到南北朝时期出现了中国最伟大的故事诗是《孔雀东南飞》。胡适将中国的叙事诗定位在汉末，都否认中国远古有史诗的存在，对此茅盾提出针对性的批评。②

　　现代中国推出小说，则小说之源头就成为必须讨论的问题，而小说的源头无疑便是叙事性的史诗和神话，正是由于中国传统诗文观念转变为现代的文学观念，使中国文学史的叙述不能单单从诗经、文字开始了，更不能从道、经、圣开始论述了，神话和史诗成为无法绕过的起始。民国时期将神话、史诗放在起始位置就不时出现了。到了当代，主流的《中国文学史》著述都将神话放置在先于《诗经》的最初而显著的位置（一般为第一章）③。当然，例外也不是没有，在当代，章培恒、骆玉明的《中国文学史》中，神话部分被压缩到了"先秦文学"的"概说"部分里，并没有特意讨论，浓墨重彩加以讨论的第一章便是《诗经》。神话、史诗等本来在古代中国文学世界里根本没有的问题，但却一跃而至《诗经》之上，并且被钩沉、探轶、搜罗以至于洋洋大观④，这种从无到有，从片段到体系，从边缘到中心，从简到繁，从不承认到大力研究，究竟意味着什么呢？

　　史诗、神话以及悲剧是困扰中国文学史界的三大难题，⑤中国无史诗、神话、悲剧，几乎成为中国文学落伍之判词。为此，中国学人不遗余力地进行解释和说明，甚至都到了难以自圆其说的地步。西方的叙事文学的发达已经成为中国文学家文论家的某种思想的阴影，因为中国没有像样的叙事文学成就。王国维就认为中国叙事文学不发达。⑥在诗学、文论领域，西方古典文论的重要

① 胡适著：《白话文学史》，合肥：安徽教育出版社，2006年版，第56页。
② 玄珠（茅盾）著：《神话研究ABC》，北京：世界书局，1929年版，第10—13页。
③ 如游国恩主编的《中国文学史》第一章"上古文学"的第二节为"上古神话"。中国社会科学院主编的《中国文学史》第一章"中国原始社会的文学"的第二节为"古代神话传说"。在袁行霈主编的《中国文学史》中，第一编先秦文学绪论之后的第一章即为"上古神话"。
④ 汉民族的神话传说就有伏羲、后羿、大禹治水等，少数民族的史诗研究如《格萨尔》《江格尔》等在当代也非常繁荣。
⑤ 悲剧的问题在于，中国注重大团圆结局，泛道德化，缺乏悲剧意识，没有典型的悲剧（戏剧）形态，而悲剧的最正统就是古希腊悲剧，个人命运、悲惨、恐惧、怜悯、净化等，是其表现。关于中国有无悲剧的讨论可谓此起彼伏。参见刘家亮：《对"中国有无悲剧"的命题辨析》，载《山东社会科学》，2005年第3期。
⑥ 王国维：《文学小言》，原载《教育世界》第23期（总第139号），1906年11月。

开篇——亚里士多德的《诗学》主要讨论的是悲剧和史诗。① 古希腊所谓的诗人一般指的就是悲剧诗人或者史诗诗人，而中国的"《诗经》学"讨论的则是风雅颂赋比兴，和叙事根本没有关系，而中国第一位伟大的诗人却是晚于荷马数百年的屈原。

学者林岗曾尖锐指出，"'西方'在现代甚至当代的学者眼里，往往不仅仅是一个地理和文化的西方，而且也代表了'世界'；西方话语也不仅仅是西方文化的一部分，而且也代表着真理、权威和话语的力量。"而其后果也是非常严重的。"是我们自己将本属'特殊性'的西方想象成'普遍性'的西方。于是，中国自动处于这个被想象出来的'世界'之外，自己的学术文化也自然而然自外于真理、权威和话语的力量。于是，才产生了'走进世界'的渴望，才产生了与'世界接轨'的焦虑，才产生了拥有西方话语也就意味着真理、权威和话语力量的主观设定。"② 在我看来，这些并非是危言耸听。学习西方文化、引进西方文化都没有问题，也必须如此，但如果在这一过程中丧失了文化主体性，那后果就将十分危险了。学术问题本身可能受制于某种既定的文化观念，这种文化观念可能将伪问题纳入学术体系之中，而众多学者却习焉不察。对伪问题不是加以回避，不是取消这个伪问题本身，而是发现伪问题为何出现，这才是根本所在。提出问题比解决问题更重要，同样我们也可以说，提出一个伪问题其危害也更大。

在某些时候，大凡讨论中国文学，多言必称西方、希腊，以西方、希腊文学为正宗、典范，削中国文学之足适西方之履。其实，中国有无史诗、神话、悲剧丝毫无损于中国文学的伟大成就，但判定中国无史诗、无悲剧的初衷在于引进西方的史诗和悲剧，或者在于通过引进而达到改良和改革中国文学精神的效果，或者在于坚守中国文学本性，只是倡导一种文化的互补性，而这种互补性往往成为以西济中。其实，无论如何解释，中国文学本身是不会改变的，只是中国文学的阐释语境发生了变化而已。这种语境化的阐释自有其优点，但也不能忽视中国文学自身的语境及其文化实践的历史深度，否则过度的西方语境化必然导致对历史的悬置，也就必然导致身份认同的危机。

五、中西比较视野、西优东劣文学观与自强意识

清末以来，中西比较视野就日益明确。中西比较视野涉及中西文化的价值

---

① ［古希腊］亚里士多德著：《诗学》，陈中梅译注，北京：商务印书馆，2009 年版。
② 林岗：《20 世纪汉语"史诗问题"探论》，参见中山大学西学东渐文献馆主编：《西学东渐研究》，第二辑，北京：商务印书馆，2009 年版，第 102—125 页。

论问题，也就是说到底是中西文化是双美的，还是有优劣、高下、先进落后之别的。而文化上的西优东劣观念直接体现就是文学上的西优东劣观念。在不同时期、不同人群当中，对它们的判断截然相反。

对传统文化有着浓厚感情和认同的而言，中西有差异，但不意味着中国文化就逊于西方文化。他们对中西文化之不同的概括多数为东西二元，如"东道西器""盖中国所尚者，道为重，而西人所精者，器为多"。[①] 近代流行的"中体西用"也可以视为一种，[②] 但还不是严格的东西文化比较，而是具体的文化实践策略。还有"西方物质，东方精神"，[③] 与"东道西器"类似。其他还有"西动东静"[④]"东方植物，西方动物"，这两种比较接近。"东方属人，西方属物"，与"东道西器"接近。[⑤] 还有一种是从思维论着眼点，认为西方的思维方法是以分析为主，中国则是以综合为主。[⑥] 上述这些概括都有合理之处，但也多是以偏概全，有的坚持中国文化的优越性、优先性，失之简单武断，因此引起了很多争议。

在文学上，坚持中优西劣文化观的人认为，文学是中国文化的骄傲，如王韬认为，"英国以天文、地理、电学、火学、气学、光学、化学、重学位实学，而弗尚诗赋词章"，言外之意就是中国的诗赋词章是独绝于世的，这无疑包含着中国文学的优越感。对诗赋词章的推崇在进入 20 世纪后发生了变化，被称赞的不再仅仅是诗赋词章了，而是小说。改良派《新小说》的《小说丛话》就登载不少这样的中西小说比较文字。曼殊（梁启勋）认为，"吾祖国政治法律，虽多不如人，至于文学与理想，吾雅不欲以彼族加吾华胄也"，其原因在于中国小说"多叙述往事"，而西方小说则"多描写今人"。曼殊对之虽未详细说明，但考虑到《三国演义》等书可知，中国小说多是历史性的小说，而西方略近现实性的小说，所以他认为，以内容论之，"《西厢》等书，最与泰西近"。[⑦] 侠人分析中西小说差别认为，中国小说的短处在于分类简单，只

---

① 薛福成《薛福成文集·文编》卷二。
② "旧学为体，西学为用"，参见张之洞：《劝学篇》二卷，江苏书局，光绪二十四年（1898）初版。
③ 梁启超《欧游心影录》（1920 年）。
④ 李大钊：《东西文明根本之异点》，原载《言治》季刊第 3 期，1918 年 7 月，参见《李大钊文集》第 2 卷，北京：人民出版社，1999 年版。
⑤ 对于上述对比的看法，陈序经均视其为"折中"论，加以批驳。陈序经著《东西方文化观》第 2 编。
⑥ 季羡林：《三十年河东，三十年河西》，北京：当代中国出版社，2006 年版。
⑦ 阿英：《晚清文学丛钞·小说戏剧研究卷》，北京：中华书局，1960 年版，第 324 页。

有英雄、儿女、鬼神三大派，而西方小说种类繁多，除此之外中国小说在书中人物、内容、结构等方面均具有特色，这是西方小说所不及的，故此其结论为"吾祖国之文学，在五洲万国中，真可以自豪也"。① 改良派的分析自有其缺陷，当然我们也意识到这一分析的语境，其抑西扬中的初衷正在于民族自尊意识，但这绝非守旧，因为抬高小说本身就是对传统的颠覆，而抬高中国小说则将改革的主动权掌握在自己的手里，并打击守旧派对小说的轻视。但是新小说对传统小说的的赞扬和推崇势必会将自己导向更为尴尬的局面：一是传统小说有自身的形式、内容、方法、思想上的诸多缺陷，不能一概而论；二是随着西方小说输入力度的加大，对西方小说的认识也愈加完备，西劣中优的文学观在事实面前捉襟见肘，西方小说的独特之处也为新小说阵营所不得不承认。同时，持论更为传统的小说家和理论家（如吴研人、天僇生、燕南生等）则谋求一种对西方小说的最后抵抗，他们或者通过对传统的深入挖掘和重新阐释，或者用传统的手法进行当代的中国小说创作，而这样的行为大抵就进入西化与民族化的悖论当中。②

20世纪初，一批较为激进的欧化论者则坚持中劣西优的观点："今试将西洋之建筑、工艺、政治、法律、图书、音乐等，所谓文明之主要者，而与吾向所有者，一一相比，何不一一彼胜于我。"③ 还有论者则将东西文明视为母子关系，他们以日文为例，认为"泰西文明为之母，而孕育泰东文明为之子"。虽然日本也有国粹主义，但中国更醉心于欧化，故而日本成为中国发展的重要参照系。西方之所以在中国人眼中有着如此之高的地位，不是没有原因的。陈独秀认为，西方之所以有科学和民主是因为"革命所赐"，即"自文艺复兴以来，政治界有革命，宗教界亦有革命，伦理道德亦有革命，文学艺术，亦莫不有革命，莫不因革命而新兴而进化。"④ 正是因为有革命，西方敢于打破旧观念，推翻旧制度，才出现了"今日庄严灿烂之欧洲"。⑤

---

① 阿英：《晚清文学丛钞·小说戏剧研究卷》，北京：中华书局，1960年版，第328—330页。
② 参阅吴泽泉：《全球视野中文学民族性的发现》，收入《中国革命与中国文学》，哈尔滨：黑龙江人民出版社，2009年版，第203—207页。
③ 孙恒：《中国与西洋文明》（1912），原载《留美学生季报》第1年第4期，参见赵立彬著：《民族立场与现代追求——20世纪20—40年代的全盘西化思潮》，北京：三联书店，2005年版，第27页。
④ 陈独秀：《文学革命论》，原载《新青年》第2卷第6号，1917年2月。
⑤ 但是具有反讽意味的是，1917年正是"第一次世界大战"正酣之时，这种"今日庄严灿烂之欧洲"与其说是实指，毋宁说是虚指，多指的近代欧洲，即"第一次世界大战"之前的欧洲，因此严格意义上并不能真的对应于"今日"。

　　如果说新小说派还侧重于传统文学与西方近代文学之比较的话，革命派则将这种比较推向了当代的现实，从而使中国文学的国际地位尴尬。陈独秀说："今日中国之文学，委琐陈腐，远不能与欧洲比肩"。他又说："吾国文学界豪杰之士，有自负为中国之雨果、左拉、歌德、霍普特曼、狄更斯、王尔德者乎？"这些明显带有情绪的说法很能激起人们的自尊心。在新文学运动的旗手们看来，如果要打到旧文学，不仅是理论上的任务，更是实践上的任务，因为如果没有一定的新文学的成果，那么理论本身并不足以使旧文学自动退出历史，而新文学出现必须有一个标准，这个标准就是西方文学经典。但是，陈独秀并没有忽视中国自身优秀的文学资源，这就是白话小说，他将马东篱、施耐庵、曹雪芹称为"盖代文豪"。不过，除此之外，多数中国文学都是以模仿、抄袭、复古为能事，因此必须打倒。

　　在现代中国之初，流行中国的文学能为革命派所推重的并无多少。胡适认为，"吾每谓今日之文学，其足以与世界'第一流'文学比较而无愧色者，独有白话小说一项（我佛山人、南亭亭长、洪都百炼生三人而已）。"胡适这种世界比较意识是服务于他对白话文学的提倡的。而将白话小说视为可以和世界、西方比肩，无形中就提升了白话小说的地位，也明确了中国文学未来发展的方向。胡适鼓吹白话文学的功绩自不可抹杀，但吴趼人（我佛山人）所写的《二十年目睹之怪现状》、李宝嘉（南亭亭长）所写的《官场现形记》、刘鹗（洪都百炼生）所写《老残游记》，都是官场小说，今日看也并不能称为最优秀的。但在1917年之前，即现代文学的前夜，中国当时的文坛可足观者也仅此而已。中国作为世界大国，却没有能立足于世界文学之林的文学实绩，这无疑会激发起人们的自尊心。而缺乏经典，仅有细流和某些因素是不足以开创某一个新时代的，由此我们也更能理解刊于《新青年》上鲁迅的《阿Q正传》的对中国现代文学史的重大意义。

　　限于当时中国文学实绩的匮乏，革命派为了鼓吹新文学大致采取了三种道路：一是大力宣传西方文学，其实践就是西方文学的翻译介绍，与改良派、改革派的措施一样；二是努力搜抉传统中适合现代文学的精华，大力发扬，其中也包括一些传统的当代写作，改良派、改革派在这方面并无太大作为，后者多对传统持褒扬态度；三是不断进行新的现代文学实践，在改革派、改良派、革命派当中，革命派在这方面用功甚多。除了对清末谴责小说加以赞扬外，胡适对元代文学的评价尤也非常高。"以今世眼光观之，则中国文学当以元代为最盛，可传世不朽之作，当以元代为最多"。① 原因就在于这一时代的文学是"通俗行远之文学"。诸如《水浒》《三国》《西游》等都可以视为"但丁、路得之伟业"，可惜阻断于明代复古思潮之中。

在当代的新文学实践上，胡适特别注重方法论的引入。胡适认为，"西洋的文学方法，比我们的文学，实在完备得多，高明得多"，因此"不可不取例"。所谓文学方法即指文学技巧、创作手法而言。在散文方面，中国没有"柏拉图的'主客体'"，没有赫胥黎的"科学文字"，没有包士威尔等人的"长篇传记"，没有米尔顿等人的"自传"，没有太恩等人的"史论"等体裁。当然，中国没有西方的这些体裁，并不能说就是中国方法发展不完备，其中文化因素的影响是存在的。在戏剧上，"二千五百年前的希腊戏曲，一切结构的工夫、描写的工夫，高出元曲何止十倍。"胡适认为的中国文学鼎盛之期的元代文学在西方文学面前也是黯然失色。西方近代戏曲又高于古代，更是中国戏曲所难望项背的。在小说领域，"那材料之精确，体裁之完备，命意之高超，描写之工切，心理解剖之细密，社会问题讨论之透彻，……真是美不胜收"。相比之下，中国的小说就相形见绌了。但这并不是自卑，而是激发学习、吸收的自信，"我们如果真要研究文学的方法，不可不赶紧翻译西洋的文学名著，做我们的模范"。② 西洋文学是中国现代文学的模范、范本、标准，这没有任何争议。中国现代文学吸收西方文学的养料也是事实。胡适这一代人表现了他们开放的胸怀和对未来充满信心，差距并不是自卑，而在于他们打倒了一个传统的旧的文学世界，他们还要建设一个新的文学世界，西洋文学并非作为一种压力存在，而是激励他们不断前进的标杆。在此意义上，身份问题并不存在于中西问题当中。因为，中国现代文学如果有身份的话也已经和传统有着不可分割的关系，毋宁说中国现代文学正是在这种无身份的情况下去建立自己的身份。这就是后来人们概括的所谓中国现代文学、文论的"新传统"。③

在20到30年代，科玄论战、东西方文化论战相继出现，虽然涉及文学的不多，但在激进派那里，对中西文学的看法是从属于对中西文化的看法的。全盘西化论者陈序经则从文化学上比较了中西文学的差距，对中国传统文学做了一段总判词。他说："至于文学也是落后得很。所谓佶屈聱牙的古籍，词不达

---

①　胡适：《文学改良刍议》，原载《新青年》第2卷第5号，1917年1月。

②　胡适：《建设的文学革命论》，原载《新青年》第4卷第4号，1918年4月。

③　温儒敏、陈晓明等著：《现代文学"新传统"及其当代阐释》，北京：北京大学出版社，2010年版；王一川：《现代文论需要新传统》，载《文学教育（上）》，2011年第5期。

意，不必提及，所谓词笔像山川那样的雄壮的太史公的《史记》，做出不少的言不符实的文章来；所谓文起八代之衰的韩文公的《原道》，老实是言不及道，文不达意。一般有了多少文学兴趣和价值的著作，又被人家目为败坏风俗，不合圣道而湮没沉沦。我们所谓文学是使人读之不容易懂的才算好的。文学读之不容易明晓，就失了文学的兴趣，就失了文学的价值，怎能叫做好文学呢？换句话说，我们只有死的文学，没有活的文学。质的方面既不及人，量的方面无论在文学哪一方面，哪一种类，也不及人。怪不得现在一般为着文学用功的人，谈论也好，翻译也好，总免不得染着西洋的色彩。"① 这一段的说明虽然简略，但基本立场很清楚，就是全盘西化。陈序经站在现代中国的立场上思考文学的价值、明晓、兴趣，并且指出当下的文学已经在走向西方化了。陈序经的论点在当时虽属激进，但却明显表明了当时的文学实际。传统文学已死，新的文学不会从已死的传统文学那里生发出来，唯一的道路就是西化。

西优中劣并没有在现代中国消失，而是成为一种潜意识。西方不仅仅是西方，而是世界的代表或者先进方向，无论是欧美，还是俄苏，无不是中国人竞相学习的榜样。在 20 世纪中叶中国确立的独立自主的国家发展方针具有特殊的重要意义，但在整个世界上仍影响较弱，这说明西优东劣并不是一无是处，西方自有其特殊的意义和价值，这一点不应否认，问题是如何区分优劣，哪些是主要的哪些是次要的，哪些是特殊的哪些是普遍的，而不能一概而论。大文化比较容易过滤掉一些有价值的因素，仅仅成为一种空洞的比较而没有任何实际的效果。当我们来比较中西方文化的时候，往往陷入非此即彼的境地。西方的就是好的，就是评判标准。或者相反地，既然我们中国没有你西方的，但中国也有你西方没有的，比如"抒情传统"，以与西方文学相抗衡，但这也有窄化中国文学传统的嫌疑，并且采取了某种东方主义的看法。② 这固然好于西优中劣，但无助于中国文学本来精神的彰显，仍然是文化不自信的表现。

学术研究不能掺杂价值判断，因为学术研究是事实分析、规律解释，不是好坏所能解决的。对中国落后不落后的问题，人们会有多种回答，并非一定要参照西方，而且所谓的落后也是相对于西方而言的，并没有绝对意义上的落后。但是，在西方这个价值参照系下，一切都发生了逆转。中国确立自身的文化现代化、文学现代化、精神现代化，必然是中国人的事业，而不可能仅仅以

① 陈序经著：《东西文化观》，北京：中国人民大学出版社，2004 年版，第 221—222 页。
② 李春青：《论"中国的抒情传统"说之得失——兼谈考量中国文学传统的标准与方法问题》，载《文学评论》，2017 年第 4 期。

西方人的口味为口味，以西方的标准为标准，当然，如果仅仅将中国视为特殊的，那中国也将永远不可能在世界上获得它应有的地位。

援西入中可能导致偏离中国文化、文学的实际。朱自清曾经就表示过："今日治中国学问皆用外国模型，此事无所谓优劣。唯如讲中国文学史，必须用中国间架，……以西方间架论之，即当抹杀矣。"① 今日看来，这并非是危言耸听。

六、西学话语对现代中国文论的导向

上述情况已经涉及现代中国文论了，但还混杂着各类文学观念等。这里讨论西学话语对现代中国文论的影响则从比较严格的文学理论角度着眼。在文学理论领域，西方普遍主义也同样存在，只是文学理论并不是一开始就占据西学的重要内容，大体而言，先是文学观念，然后是文学知识，到后来就是文学理论、文学研究方法，以至于文学研究的科学精神等。

1. 专业文论家的出现

首先影响现代中国文论的并非是西方文论，而是西方哲学、社会科学和文学。第一个大规模接触、绍介西学的是严复，他被称为西学第一人。严复翻译了西方的政治、法律、社会、思想等学说，对中国近现代思想的发展居功至伟，不过严复的翻译还不算严格意义上的文学理论，他也不是严格意义上的文学理论家。在文学翻译领域，林纾的西方小说翻译也同样引人注目。林纾的小说翻译由于其不精通外语，由人转述翻译，并且使用文言文，限制了其长久的影响力。大体而言，严译西学与林纾小说都产生了不同程度的历史影响，对文学理论的发展有一定的推进作用。这一阶段可以视为文学理论西学东渐的第一个阶段，它们构成了文学理论的社会文化背景。

到了 20 世纪初期，熟悉西方语言的中国人越来越多，他们借助外语（日语、英语等）等逐渐了解到了西学。这里面就有像梁启超、王国维、鲁迅、周作人等。在这一阶段中，文学理论得到了比较充分的展开，较严复、林纾时期是一大进步。梁启超等人的文学理论大致分为两类：一是传统派，二是现代派。传统派发掘古代的教化观念，而现代派则发挥启蒙观念，二者在性质上是不同的。后者在一定程度上对西方思想资源的倚重较多。与此同时，西方文学理论的译介也起步了，如《维朗氏诗学论》（蒋智由译，《新民丛报》第三年

---

① 朱自清：《朱自清日记》，1933 年 4 月 21 日，参见《朱自清全集》第九卷，南京：江苏教育出版社，1997 年版。

第二十二号起连载，1905 年）、《欧美小说丛谈》（孙毓修，小说月报第四卷第一号至第五号，1913—1914 年）、《新剧杂论》（黄远生，小说月报，第五卷，第一、二号，1914 年）等。① 其中《维朗氏诗学论》是一篇文学理论文章，后两篇则是文学作品、文学家的研究和评论论著。译介西方文学的文献不止这些，这里主要是从这些文献中考察文学观念的变化。这一点可以视为文学理论发展的第二个阶段。

到新文化运动之后（或后新文化运动时期，主要是 20 世纪 30 年代），现代中国文论开始蓬勃发展，其主要标志是现代学术研究机构的兴起和专业文学理论家的出现。现代大学在中国如雨后春笋般建立，专业人员迅速增加，其中涌现了像李长之、朱光潜、朱东润等专业文论家，他们的身份更为纯粹而且专业。而在前一时期，所谓文学理论家，如梁启超、王国维、蔡元培、鲁迅等都不是专业文论家，而是文学家、学者、社会活动家，是一身兼二任，或者可以称为准文学理论家。专业身份的出现并不意味着混合身份的消失，其实很多文学家仍然兼顾文学批评与理论研究，如茅盾、鲁迅等，但总体上这样的混合型文学理论家并不多。

一般的研究思路较为重视文学理论的知识体系之建立，但文学理论主体意识和身份的建立也同样不可忽视。对此，钱穆有一段话，"民国以来，中国学术界分门别类，各位专家，与中国传统通人通儒之学大相违异。循至通读古籍，格不相入。此其影响将来学术之发展实大，不可不加以讨论。"② 刘梦溪认为，"中国传统学术向现代学术的转变，有一学术理念上的分别，即传统学术重通人之学，现代学术重专家之学"。③ 现代中国文论是产生于现代中国社会的，其主体身份的变迁主要来自现实社会的文化分工，随着大学、研究机构的兴起，文学理论日益学院化。在 1928 年清华国学院成立之时，清华四大导师中的梁启超、王国维皆以历史学为主要研究对象，而于文学及文论研究并无太多注意。学院化的文学理论由更为专门的中文系来担当了。早期文史哲不分的学术形势为之一变，文学研究的日益学院化其弊端就是琐碎化、文本化、片面化，大家各自为政，鲜能打通。中国现代学术史上的一批学人之所以取得了很高的学术成就，是因为不仅得力于其治专门之学，还在于有着较强烈的融通意识，如章太炎、王国维、胡适、鲁迅等人。因此，专家之学的出现有其合理的地方，但其限度也必须加以清醒的认识。

---

① 代迅著：《西方文论在中国的命运》，北京：商务印书馆，2008 年版，第 4 页。
② 钱穆著：《现代中国学术论衡》，北京：三联书店，2001 年版。
③ 刘梦溪著：《现代学术要略》，北京：三联书店，2008 年版。

2. 西方文论对现代中国文论的导向性

西学文论对现代中国文论的导向性首先体现在文学理论思想、精神资源的西方化。从王国维开始就是如此，德国哲学、英美哲学与苏联（日本）马克思主义等相继登陆中国。哲学是文论的核心和灵魂，而中国在这方面缺乏贡献。现代中国哲学更多的是引进西方各类哲学学说、流派，另外研究最为深入还有中国哲学史，原创性的中国现代哲学如冯友兰、金岳霖等，但几乎在文论领域并无明显的影响。现代中国哲学中最具特色的是新儒家，冀图对古代哲学做出现代的阐释，但没有提供一套有效的切近中国现实的哲学思想，更难以对文学有大的影响。像唐君毅、钱穆、徐复观等人的古典诗学和文化精神研究，更多的是属于历史性的，而非现实性的。中国自身的哲学思想很少有深刻的影响和推动了中国文论发展的例子。例子不是没有，如马克思主义文论，就出现了像毛泽东《在延安文艺座谈会上的讲话》这样的哲学家兼政治家的文论文本。而同期的现代西方哲学家对文学理论的影响是有目共睹的，20世纪以来的现象学、存在主义、结构主义、后结构主义等，都产生了相应的美学和文学理论思想，并且对当代中国文论产生了举足轻重的作用，几乎没有哪个中国当代文论家没有受惠于这些西方大师的，而这也更反衬着现代中国文论原创思想资源的匮乏。

其次是西方文论对现代中国文论的直接影响。思想资源可以视为基础性的影响，还比较间接，但西方文论则更为直接和专业了。从本间久雄的《新文学概论》（1919年在日本出版，1925年中译单行本出版）、厨川白村的《苦闷的象征》（1924年中译本）、温彻斯特的《文学批评之原理》（1899年在英国首版，1923年中译本）、20世纪30年代苏联的社会主义现实主义、20世纪50年代的苏联文艺学教材如毕达可夫的《文艺学引论》（1958年）等、20世纪80年代翻译出版的韦勒克的《文学理论》（1984年中译本）以及伊格尔顿的《文学理论导论》（1986年中译本，《二十世纪西方文学理论》）等，在中国都有特殊的时代影响，有些至今仍有影响。这些专业的文学理论有的直接作为中国大学的教本，有的则成为某一时代具有象征性的典范文本与思想观念。中国的文学理论写作无法回避这些重要的文论坐标，几代文论家所著述或编著的文学理论多是吸收各类资源的结果，保持了不同程度的学术性和对新知识的吸纳，但多数教材是综合性见长，而创新性、典范性与个人风格的不太鲜明，往往很多都是似曾相似，那种令人眼前一亮的原创之作更是稀有。

最后是文学理论的形态上的变化。中国文论彻底改变了诗话的方式，而采用了专业的论著、论文，个体的体悟让位于科学、系统的分析和研究，独抒性灵之作衰微了，在语言上，白话取代文言，使得论辩性、论说性的功能大为提升，也扩大了受众的范围，但文字的冗余之物也越来越多。到了20世纪90年代以后，学术规范更为严格，这既是西方学术发展的必然结果，也是中国现代学术发展的必然结果，严格学术规范使现代中国文论日益专业化（在一定意义上也可以称为形式主义、程序主义），但同时又远离了现实，特别对人性的远离。文论研究在20世纪80年代以后同中国学术一道进入项目化之中，项目、拨款、奖项等影响了文论研究，这一方面使研究条件有了显著改善，但同时也使人文学者无暇于个体性与现实性的深切关怀。当然，这涉及的将是另外的话题，如科学主义的限度、学问的意义和价值等问题了，在此不赘述。

依据西方文论进入中国的不同程度，主要有三个层次。第一个层次是中国人直接阅读原始的西方文论，这为西方文论进入中国提供了基础条件。当然也有西方文论家直接来中国讲学的。第二个层次是中国人将西方文论翻译（或转述）成中文并在中国传播（讲授）。第一个层次是没有物化的形态，直接阅读、接受西方文论也可能仅仅留在了思想中，并没有形成笔记、札记。第二个层次就是物化形态，对西方文论的转述、翻译、评论等，但这些还要扩展传播出去，否则仅仅是个人的经验而言。这样的翻译文论在中国现代历史上还是比较普遍的。① 第三个层次是中国学者运用西方文论评析中国文学作品，即援西入中、西方方法与中国问题等，并在此基础上形成了某些具有现代意义的文论，这方面王国维具有开创性的意义。

3. 西学文论身份的彰显：译介与留学

在知识话语中人的力量更为根本，西学话语的扩张也体现在西学身份的扩张上。西方文论进入中国有两大途径：一是国内翻译，二是海外留学，但其本质是相同的，都在于将国外的思想资源传入中国。译介研究与留学身份奠定了西方文论在中国无可置疑的霸主地位。

国内翻译自不必说了，像王国维、宗白华、朱光潜等都有相应的翻译文论。海外留学则进入西方文化的生活世界之中了。海外留学只是西方文论进入中国的语境，并不一定必然但来自文论的翻译，晚清的留学其目标多是学习自然科学、社会科学，注重应用性，学习人文科学的较少。清末民初及20世纪20—30年代留学对现代文论发展至关重要，现代文论中的代表例如：留德的

① 张进等著：《中国20世纪翻译文论史纲》，兰州：兰州大学出版社，2007年版。

蔡元培、宗白华，留日的鲁迅、周作人、陈独秀、王国维、梁启超、郭沫若、郁达夫、成仿吾、周扬、胡风、蔡仪，留美的胡适、梁实秋、闻一多，留俄的瞿秋白，多国留学的如邓以蛰（留日、留美）、朱光潜（留英、留法）、林语堂（留美、留德）、徐志摩（留美、留英）等，莫不具有留学身份。我们说现代中国文论家主流为留学文论家，这一点都不过分。

在 20 世纪 80 年代以后，专业性较强的文学理论领域的留学兴盛起来，这与现代中国非专业状态是不同的。前者重视专业，而后者则注重思想，与文学创作关系密切。此外，在这个时期，海外留学还兴起了所谓的汉学文论，即中国学者进入西方，按照西方规范、从西方视角出发研究中国文论，比如像李欧梵、刘禾、张隆溪等人，这在现代中国是比较少见的。汉学文论并不都是海外华人的中国文论研究，还有大量的西方人在研究中国文论，如宇文所安。这形成了一个很奇妙的景象，中国文论界主要研究西方近现代文论，西方文论家却偏重于中国传统文论，反而对现代中国文论不重视。这导致中西文论对话始终难以建立起来。汉学文论后来也传入了中国，成为所谓的海外汉学文论，属于西方文论较边缘化的部分。于是中西文化对话就转变为中国文论家与汉学文论家对话，这已经并不构成真正的中西对话了。不过，汉学文论同中国关系的密切，也受到了国内文论界的重视，可以作为了解西方文论方法论的一个参照。

由于西学的重要性，国内知识界对文学者的留学生身份极为重视。新文化运动前后，偏左翼的留日学生（鲁迅、陈独秀）和偏自由主义的留美学生（胡适）就曾有矛盾发生，而他们一致完成的则是对旧学的取代。西方文论作为中国文论的重要语境的另一个体现是，研究西学、留学人才始终占据学界要津，如在 20 世纪 20—30 年代，中国大学与研究机构都大量延揽各类留学人才，本国中除具有进步思想的学者外，大多数已经被视为守旧派而被排斥在现代学术研究机构之外了，比如桐城派、文选派等。大多数研究中国古代文论的学者都没有留学经历，比如陈钟凡、罗根泽、郭绍虞、傅庚生等，或虽有留学经历也研究古典学问，比如黄侃到日本留学，却师从在日的章太炎。或者留学很短，并无实质影响，或所学非其专业，比如朱自清、朱东润、方孝岳。现代中国古代文论学者如此大面积非留学或受留学影响较小，这的确是一个有意思的现象。它似乎折射着古代文论的没落和不被重视。当然，留学本身不能等同于向西方文化表示认同而否弃中国文化，相当一部分有留学经历的学者对本国文化都保持一种高度的责任感和使命感，如王国维、梅光迪、陈寅恪、季羡林等人。与今日某些人到国外镀金后对国内问题指指点点不可同日而语。西方视角为中国开启了一扇窗户，但必须结合中国实际加以论说和实践，否则就是皮相之谈。

由于中国文化百年来积贫积弱，改变自身落后局面、建立适应现代中国的文化的迫切要求极为强烈，在文论领域表现为中国文论对国际化的追求不遗余力。尤其直接体现为对国外学术专家的邀请上。在20世纪，中国学术界不断邀请国外思想家、文学家、理论家来华讲学，① 促进了现代文学的发展。现代中国开创的这种国际学术交流一直成为中国学术自我提升的重要方式，使中国学术界能够近距离、面对面地接触西学的最新风貌。只是这种邀请已经发生了从学习到对话的转变。

第三节　西学普遍主义话语的限度与世界意识的引入

对于西学身份的重要性，学术界有不同的意见，客观而言，西学身份的彰显有其基础，这一点不应否认，但仅有这些还是不够的，因为这是西方单向输入，而中国被动接受，虽然在接受中有主动的因素，但西方文化、思想、文学、文论的强大力量，使很多人无法形成自己的自觉意识，20世纪中国文论的重大主题无疑是西方文论中国化，而不是所谓的中国文论原创性，更遑论其世界性了。

一、西学普遍主义的必然性

西方作为世界有其历史的根据。在近代之前，世界并不等于西方，世界是由若干相互独立的区域世界构成的。只是到了19世纪中期以后，西方才一跃成为世界的中心，在科技研发、财富积累、军事力量上都占据着世界领先地位。西方之所以取得世界性的支配地位，是因为其自身的综合实力。这种综合实力我们可以从西方文化传统中寻找到某些源头，但其发扬又主要体现在现代。

在近代世界，西方取得的成就同科学技术的迅猛发展密不可分。在自然科学上自不必说了，在中世纪，宗教成为人们的垄断性的知识，异端往往被扼杀，如从众所周知的日心说和地心说的争论就可以看出。文艺复兴对古代文化

---

① 如20世纪20年代有哲学家杜威，20世纪30年代有诗人泰戈尔，20世纪50、60年代有俄苏文论专家，20世纪80年代有西方文论大家杰姆逊，20世纪90年代有哈贝马斯、德里达，21世纪初期有米勒、德里克、齐泽克等人。

的重新发掘和对人的重新重视，以及现代大学和印刷术技术的发展，打破了宗教知识的垄断地位，新知识不断涌现。西方文艺复兴以来，社会急速变化，西方人浓郁的求知欲是有目共睹的，他们从阿拉伯人那里转译古希腊经典，不断阐释发扬，对自然科学也表现了浓厚的兴趣。在社会科学（政治、经济、法律等）上，广大市民的求知欲（或者就业）的不断增长也起到至关重要的作用，人文科学与文化艺术对现代西方人的精神世界的丰富不可或缺。13世纪后半叶，资产阶级作为一个新的阅读阶层开始崛起。"律师、宫廷的世俗顾问、国家官员，以及后来的富商和城市市民不仅需要各自专业方面的书籍，而且还需要各种通俗、休闲的文学。"[1]

近代西方文学的发达主要是在小说、戏剧方面，以满足新兴阶层的娱乐、休闲和审美需求。小说、戏曲与诗歌的最大不同就是内容非常广泛，引人入胜，反映了广阔的人情、历史、社会。同时，对于传播新思想，激励人心，有着不可或缺的作用。近代西方的小说无疑对西方社会的发展产生了重要的推动作用。反观中国，市民阶层非常不发达，因为中国是以农耕为主的社会，主要的阅读阶层是乡绅（地主、富商等）。都市在中国的政治经济中的地位主要是消费和管理的作用，城市经济极端依赖乡村。由于乡村的重要经济文化地位，任何忽略乡村的政治举动都有可能失败，如梁启超等"三界革命"倡导的开启民智运动的失败就是例子。开启民智的道路不是小说一途，还有现代新式教育（从私塾到现代新式学堂）的建立和发展，后者毋宁说起到更为重要的作用。[2] 西方文化、文学的实绩对中国近代人产生了很深刻的影响，他们看到表面的现象，从而大力引进西方文学观念。文学在知识体系中地位的抬高和小说戏剧被视为文学正宗，都迥异于中国传统文学观念。这种抬高实际上就是受众群体的扩大，而受众群体的扩大则是文化民主的表现，并非传统中精英与大众的对比。

在西方世界中，特别是文艺复兴以来，文艺所起的作用已经越来越重要，成为新思想的主要载体之一。文艺所承担的不仅是精神修养，更在于文艺具有一种塑造人性、担当启蒙的重要历史作用。新知识、新思想、新感情在文艺中不断被展现，为现代西方精神世界的成形和崛起起到重要的作用。正是在这一

---

① 项翔著：《近代西欧印刷媒介研究——从古腾堡到启蒙运动》，上海：华东师范大学出版社，2001年版，第26—27页。

② 西方大学创立于中世纪，主要以教授宗教知识为主，到了文艺复兴之后，世俗内容进入大学，大学在社会中的作用日益明显。

世界里，文学具有不可忽视的重要作用。而在中国的世界里，文学在歌功颂德、针砭时事（美刺）、陶冶性情等方面，始终无法形成自我强大的精神向心力，文学的世界始终是支离破碎的。文学所具有的批判、启蒙的重大社会作用不断地被强大的传统意识形态和政治力量所化解和弱化。近代中国在文学上倡导最为着力，其背景就是发现西方文艺在西方社会中的作用，鼓吹文艺甚至夸大文艺就成为不二选择了。

西方特有的两大文化传统对西方近代社会的影响殊为重要：一个是对知识的追求，另一个是对个体的尊重。对知识的追求既是精神修养，也是社会的需要。西方近代文明之所以取得如此长足的发展，一个不可缺少的因素就是对纯粹知识的兴趣。当然，其前提在于抬高知识在社会中的地位。西方人对真理、知识的追求是很纯粹的。从古希腊科学家阿基米德在敌人面前镇定地演算数学，到中世纪科学家布鲁诺为宣传日心说而葬身火海等，这些科学家的形象是光辉的。他们为知识而献身这一点似乎是中国人所难以理解的，中国人所注重的并不是知识，而是道，所谓"朝闻道夕死可矣"。① 这个道不是知识性，而是道德性。西方所谓的殉道者其实更多的是殉自己对知识的信仰，而不纯粹是对某种德性的坚守，尽管这种行为本身已经表现了崇高的道德品格。中国人总是将知识、修养看作是个人道德的内在依据，看重德性，政治功利。不是说西方没有，而是说双方传统中对它们的侧重不一样。《左传》说："太上有立德。"② 而亚里士多德却说："我爱吾师，但吾更爱真理。"这两种态度是非常明确的。培根所倡导的"知识就是力量"无疑洋溢着近代西方人对知识的自信。西方思想家、学者往往具有非常独立的精神传统，尽管也有依附性，但他们对知识本身的重视程度远高于其他。他们策划心探究世界真理，无论是自然的、社会的、还是精神领域的，都取得了长足的进步。这种态度就是科学的态度。与科学态度相关的还有科学方法，如达·芬奇解剖人体、法拉第的千次试验等，由此看出可验证性是科学方法的精髓。由于这种实证科学的发达导致思辨哲学出现危机，哲学为了寻回昔日的辉煌，也开始将自己科学化。20 世纪的最伟大的哲学家之一胡塞尔还将哲学视为"严格科学"。③ 所谓哲学就是科学的科学，是万学之母。科学是一整套的逻辑、知识、方法论乃至价值体系，是一切技术的基础。新文化运动引进科学也正是看到这一点。

---

① 《论语·里仁》。
② 《左传·襄公二十四年》。
③ ［德］胡塞尔著：《作为严格科学的哲学》，倪梁康译，北京：商务印书馆，1999 年版。

西方文化传统的另一基础就是自由民主制。民主注重的是个人的选择，注重对个人意见的尊重，因此也强调个性的发展。这是新文化运动所着意引进的。在新文化运动旗手看来，中国既缺乏科学，也缺乏民主，只有技术和专制。没有科学导致知识的零碎不系统，导致科学家没有追求知识的精神和态度。没有民主，也即意味着没有个性，总是被专制、礼教所束缚，个性得不到伸张。因而他们大力提倡科学和民主。

这些无疑都是西方积极的一面，对中国而言是不容忽视的。中国接受西方也是一个缓慢的自我蜕变的过程。在近代，中国文明遭遇到一个远比自己强大的文化。这个强大不仅是军事的强大，如果仅仅是军事的强大，那只能称为野蛮，但是西方还有另外的强大的一面，就是文明的强大，比如高度发展的社会文明，一整套的自然、社会学说体系，完善的法律体系、文教体系，良好的人文修养，还有对资本、财富的积极追求等。西方人不是野蛮人，不是中国古人所称谓的夷狄。西方工业文明的发达不是中国农耕文明所可以比拟的。中国在经历了两次鸦片战争之后，就迅速开始自强运动，当然由于认识的不足，没能弄清楚西方之所以崛起的根本性原因，顽固固守传统，以至于君主立宪制、共和制先后宣告失败，最终选择了俄苏的社会主义政治模式。而苏联的背信弃义又迫使中国自力更生，最终走自己的道路。从20世纪70年代以后，这种自主创新已经和西化是两条道路了。但在20世纪70年代以前，在中国视野中，西方无论是英、法、美，还是德、日、苏，总是发达、进步的代名词，而中国则是落后的代名词。中国认识到这一点显然是比较痛苦的。其原因在于中国的历史太过辉煌了。这样一个巨大的包袱很难甩开。在这样的情况下，认同西方是非常焦灼的。接受传统熏染得越多，这种情况也就越严重。而到了20世纪后半期，这种身份意识已经没有多少传统的因素了，在当代人的知识结构中，传统只占了很少的一部分。但是，紧接着的问题就是在新的历史语境中如何确立自己的位置和身份？

二、西学普遍主义的限度

在综合国力上，中国日益崛起，但在软实力方面却并非如此。中国文论就是这样的例子。西方文学文论世界的出现导致中国传统文论自立性的丧失，百废待举的现代中国文论无不参照西方文论以建立自己的新体系，因而现代中国文论与现代中国文学在总体上处于世界文学和文论的边缘地位。

钱竞先生认为，"中国现代文艺学的历史，其实就是中国人最初经由日本译作，稍后由自己动手翻译而学习和使用西方现代文艺学的历史"。① 可谓一语道破中国现代文论的谜底。此处两个词语特别关键：一个是"学习"，另一个是"使用"。学习表明了一种态度，也就是将西方文艺学视为老师，而将自己视为学生。

我的问题是，中国五千年的中国文论还算作中国现代文艺学的老师吗？对这个问题，只要想一想新文化运动健将们发出的对传统的挞伐之声，大概也可以知道答案了。唯一一个获得极高地位的是《文心雕龙》，其在现代中国文论史上的地位堪比为文论中的"圣经"，被誉为体大思精、文论巨典，它并没有因为其自古代而沦落，反而越发引起人们的兴趣，成为显赫的"龙学"。但是，中国文论的传统形式——诗话、词话等在《文心雕龙》面前已经相形见绌了。《文心雕龙》在现代中国文论中的至高地位大抵与其特有的思维模式和知识形态分不开的。《文心雕龙》被重视可以视为现代知识体系对传统知识的某种构造的结果。

中国文论学习西方是不争的事实。中国学人每每以填补空白为己任，对西方文论家的研究几乎无一遗漏。哲学家康德、黑格尔、马克思、叔本华、尼采等人在中国思想界有着广泛的影响力。文论家则多集中在 20 世纪后半叶。这种引进的确既缩短了中国文论赶超世界文论的时间，也大大拉近了同世界文论的距离。然而可悲的是，距离拉近了，我们发现自己没有有特色的文论成果。最近的一个富有争议的表达就是中国文论的"失语症"。② 这种引进不是成为生硬的模仿，仅仅成为中国历史的点缀，就是僵化的教条，而从来没有内化为对知识的纯粹兴趣，没有这种执着于知识、真理本身的态度，独创性很难出现。像朱光潜、胡适这样的学者在 1949 年之后受到批判，扣的帽子就是资产阶级唯心主义学术权威。不能说中国文论家不想追求一种原创，其实原创本身的语境可能并不是最好的。

但是，现代中国文艺学不止于学习，也不止于对日本文论和西方文论的学习。

其一，古代文论的地位、作用仍有论说的必要。钱竞先生对此并没有着意讨论，或者这是《中国现代文艺学研究》一书的题外话，并且我们也应看到钱先生在《中国 20 世纪文艺学学术史》第一部上编"乾嘉时期文艺学的格局"中对中国清代文论有精深的研究。但是，关于现代文艺学与传统文艺学

① 钱竞著：《中国现代文艺学研究》，济南：山东教育出版社，2009 年版。
② 曹顺庆：《文论失语症与文化病态》，载《文艺争鸣》，1996 年第 2 期。

的复杂关系，钱先生并没有专书加以讨论，这是比较遗憾的。在该书的下编
"19世纪文学观念的裂变"中，著者王飚更是用了"传统文学理论的自我调整
和趋于终结"这样的标题加以说明。①作为"终结"的中国传统文论，能否进入
现代，其答案也不言自明。总之，中国古代文论终结了，西方文论的时代来
临了，只是我们有时候将西方文论称为现代文论而已。

　　其二，对中国新文论也有论说的必要。学习和使用都是实用性路线，学习
强调学有所成，使用强调学有所用。学无所成，只能依样画葫芦；学有所成，
就必须拿出自己的理论成果。学有所成不是翻译，不是介绍，不是模仿，也不
是一般意义上的使用。学习不是单纯地学习知识，而是学习方法、观念和思
路。前者仅仅是知识上的西学，后者则是精神上和思想上的西学。这种西学比
贩卖名词概念要高明许多。但是，就方法论而言，中国传统方法论却被视为不
科学而被摒弃，唯一的一个例外就是清代考据学被特别地发挥出来，像先秦的
辩证法也被降级为朴素辩证法，与马克思主义辩证唯物主义不可同日而语，印
象批评、评点也被认为过于主观、不系统而遭受批评。一方面我们全盘地否定
了传统文论方法论及其知识体系，另一方面我们热情地引进和学习西方的文
论，在这样一个基础上我们很难说中国文论的创造性究竟在哪里。困扰20世
纪中国文论的一个重要话题就是这个创造性。可以说，空前绝后、开天辟地的
创造性是没有的，或者是非常少见的。就现代中国文论而言，中国文论家究竟
在方法论上能有所创新，还是在对新知识的推进上有所突破，或者提供了新的
阐释体系，这些问题恐怕很难用一两句话就回答清楚。我们看一看20世纪的
中国文学概论教材就知道，知识的普及远远大于知识创新。当然，普及本身也
有知识的增长，但不是大范围的。文学通论性的著述铺天盖地。今天我们已经
很难能够记住现代中国文论的多数著作了，除了中国文学批评史著述外，文学
概论的著述几乎绝少可堪经典。我们能够记住的大概只是朱光潜的《诗论》
一类的专论而已。

　　这里并不是对钱竞先生的研究表示怀疑，而是说明西方普遍主义话语在中
国的根深蒂固性。这既是强调西方普遍主义的特有的历史价值不容抹杀，也是
要说明西方普遍主义的盲视和限度。我们要区分的是谁学习、谁使用，学习和
使用后的结果是什么，有没有新的东西出来，这种新的东西是可以视为西方
的，还是可以视为中国的，中国和西方的关系如何，中国只有和西方发生关系

　　①　钱竞、王飚著：《中国20世纪文艺学学术史》第一部，北京：中国社会科学出版社，2007年版。

吗？在我看来，西学普遍主义的最大限度就是对世界的悬置，或者说对世界的取代。

德里达曾经认为，所谓的哲学、文学都是西方意义上，在非西方并不存在。① 这一观点似乎表示了某种差异性，但其中的傲慢也显而易见。当中国的哲学和文学研究已经开展了整整一个世纪后，我们还能回到原初的中国的哲学和文学吗？如果不能，那么是否可以说中国现代的哲学研究和文学研究是一种完全西化的研究呢？如果能，我们还能操持原有的话语、观念和思维模式吗？或者有没有另外一种思路？走回传统不可能，完全认同西方也不可能，那么是否能走向一种世界的普遍模式呢？也就是说，将东西方特殊性的问题上升到世界性的问题框架中再来审视呢？不再是以西释中，也不再是西学中源，而是发现东西方共有的问题域？我想，这些问题或许比单纯地区分中西要更具有意义。

中西问题只是特殊性对特殊性的问题，而世界问题则涉及普遍性的问题或者共识框架的问题。西方并不等同于现代、普遍，它也有古希腊、中世纪这样的前现代，但中国却不必模仿。因此，中西之争可以休矣。但是，中国人缺乏这样的共识框架，而往往不假思索地认同西方的框架。而西方则天然地自认为自己的一套标准是普遍性的，而将非西方的视为特殊的。从历史上来说，西方的框架有其合理的地方，促进了世界一体化进程，但其基本经验是来自西方世界的，很多情况下并不适应于东方。也许东方早就意识到这一点，因此要想改变自己的世界的地位就首先要融入西方世界，然后修改、完善作为整体的世界。这一良好的愿望也应当是人类的愿望，然而很多人对此往往嗤之以鼻，以为历史已经终结，西方才是世界真理。西方有的我们没有，就要百般解释为何没有，如中国悲剧、中国资本主义等都是例证。西方的共识框架只具有相对的合理性，因为归根到底它也是具有特殊性的。普遍性的规则在于能合理解释世界上所有存在的事物，既然西方无法解释中国，我们何必削足适履呢？反观20世纪中国学术，这种削足适履可谓比比皆是。因此，世界问题并非是太大了，而是太重要了。

三、重思世界的必要性

艾布拉姆斯认为文学关注的四个要素分别是世界、作品、艺术家和欣赏

① ［法］德里达著：《德里达中国讲演录》，北京：中央编译出版社，2003 年版。

者。① 文学理论自然不例外，世界观由此成为文学和文论的必要视角和主题。但这个视角不是模仿论，而是能动反映和批判反思的，因为这个世界不仅有存在的一面，也有被构造的另一面。对此，中国文论不得不察。现代中国文论和世界一开始就发生着各种各样的复杂关系，尽管这个世界可能是西方化的世界。现代中国文论的建立是参照世界而来的。这在王国维等人的眼中很明确。世界维度的重要方面，不容忽视。我们要问的是，在国际学术界，中国学术界所具有的地位是什么，它是否可以和西方学术平起平坐，甚至提出独特的观点。这是中国思想学术的原创性问题。对 20 世纪中国文论，我们一直探讨的问题就是中国文论在世界的地位。

可以说，世界对现代中国文论而言是非常特殊的，而且也是一个现代性的问题。现代世界的本质特征就是在世交往关系。中国并没有和这样的世界打过交道，或者说古代中国缺乏这样的世界，或者说是世界这一概念并不常用。世界的缺乏并不意味着没有世界观，也并不意味着和西方没有交往和交流，根本的问题在于，中国人的世界仍然是自我的世界，其他对象总是被视为这个世界的一部分，而不是中心。在前世界状态，即尚未融入以西方为主导的世界之前，中国人生活在自足的世界里。在中国古人看来，概括其生存广大时空的是天下。天下是一种世界观，但却是一个具有等级秩序的、静态的世界观，中心只有一个，就是华夏，它没有变化，只有循环。这种世界观就是同心圆的世界观，一切都围绕着华夏这个核心，其中天子更是核心中的核心。《尚书·禹贡》反映的就是这种世界观。文学艺术也必然反映着这种世界观，汉民族文化、儒家文化成为中国文论的精神和内核，外来的因素极少，当然我们也可以在《天问》《山海经》《红楼梦》等作品中看到神仙的世界以及模糊的他者世界，但都不占主流。文学世界往往就是中国世界，文学反映的是朝代兴衰，文运代变，这种一以贯之的历史主义态度就是中国诗学的底蕴。中国诗学在上是追求天道，道是人间合法性的来源。由于这个道只属于中国文化世界，所以在遭遇西方文化世界之后，这个道就丧失了合法性，西方人不讲道，他们有他们的叙事模式。这个模式就是文学起源于神话，或者起源于神和英雄。这一文学起源的问题也曾经困扰着中国学者。

中文"世界"一词来自对佛教典籍的翻译，如大千世界、小千世界等，意指宇宙。在中文中，宇宙和世界并不等同。"四方上下谓之宇"（无限空

---

① ［美］艾布拉姆斯著：《镜与灯》，北京：北京大学出版社，2004 年版。

间），"往古来今谓之宙"（无限时间）。^① 就中国古代而言，宇宙也不如太极、天道等常用。在现代的意义上，宇宙指的更多的是空间化的自然界，其时间维度已经弱化了，有时时间才代表宇宙，如霍金的《时间简史》就是宇宙简史的意思。从哲学上说宇宙即是世界。虽然世界也有宇宙的意思，但比宇宙要宽泛，可大可小，并且完全没有了时间的维度，用来指称不同的空间和领域，尽管世界一词本身包含着时间（世）和空间（界）。从总体上来说，世界一词已经从并列结构转向了偏正结构，更加侧重于空间，其时间维度更多地进入世纪、历史等词中。这里世界特指的是由西方所缔造的时空（偏于空间）体系，特别是在政治、经济、军事、文化等方面，与世界词类似的称呼还有万国、国际、全球，其使用有时代的差异性。

现代世界的出现一般认为是在 16 世纪以后，西方传教士来华，尤其是清末西方大举进入中国。于是，中国的历史道路就不可能再固守着华夏中心的天下观，而要不断地认同和走向世界了，其结果就是承认自己只是世界的一部分，当然这一部分已经不再是中心的，而是边缘的。到这一地步，世界也就不再属于中国了。世界意识在中国经历了从天下到万国，再到世界的过程。而这一过程也是华夏中心主义解体和中国民族主义崛起的双向过程。^② 世界不再独属于某一西方国家，如英国、法国、美国等，而是国际体系。国际体系的准则是各个国家的主权独立，不是依附、附庸的关系。由西方缔造的国际体系并不意味着没有依附关系，只是依附者不是西方，而是非西方而已。因此，国际体系的合理原则并不适用于整个世界，而在这一意义上，我们说世界既是不完整的，也是未完成的。现代中国所追求的正是在西方主导的国际体系中被承认、被接受、被尊重，但如果没有中国自身的强大，这一愿望是不可能实现的。在此意义上，中国与世界的关系就不单是一个主动融入的关系，而是一个主动改造的关系。世界的最核心的特征就是共属性，也就是说世界中的事物是普遍联系的，是相互可以沟通、理解的，用一句话就可以打交道。如果世界中的事物不是普遍联系的，没有发生关系或者发生的关系非常少，这就是两个世界。我们知道，西方自文艺复兴以来的近代化、现代化、殖民化历程就是在将原本各自独立的世界融入一个世界中来，当然其中西方占据着主导的地位。世界不是静态的，历史的发展也导致了文化力量对比的变化，如今后殖民、东方、第三世界也正扮演着重新塑造世界新格局的角色。在这样一个时代，各个国家共

---

① 《文子·自然》。
② 金观涛、刘青峰著：《观念史研究》，北京：法律出版社，2009 年版。

有、共享、共管这样一个世界的理念越来越强烈。这当然将有效地冲击西方中心主义的世界观和西方霸权主义的世界观。

在我看来，重思世界的必要性在于：第一，我们所常说的中西问题实际上缺乏了世界的视野，中西问题主要被归结为民族化，或者说民族主义，但中西问题又不局限于民族化、民族主义；第二，各自将自己的世界理解为唯一的、合法的世界，对共同世界缺乏兴趣，当代世界仍然处于博弈、竞争的关系中，而在协同、对话、合作等方面关注不够；第三，东方屈从于所谓的西方世界，成为西方世界的一部分，或者西方世界强行将东方纳入其世界体系，这是近代中国的历史遭际。这三种情况是相互交织的。因此，用西方或中西作为主题显然是不全面的。中国在面对世界问题的时候，西学、西方固然是一个不可绕过去的话题，但是它又不足于概括现代中国文论的历史变迁。如果用西方的话，那么和它相对的就是东方，东方和西方往往又容易走向二元对立，在东西方的对立结构中，我们是看不到世界的，因为世界是分裂的。在西方就是欧洲中心论，在中国就是中国中心论。比如有学者就认为清末中国和西方的碰撞就是帝国之间的碰撞，帝国是世俗世界的最高形态，一个概括两个帝国的世界并不存在，而只存在着某一个帝国被纳入另一个帝国体系而已。① 全盘西化论者和文化保守主义者都相互坚持自己的世界才是真正的世界，一个完整的世界似乎还没有进入他们的视野。后来西化论占上风，欧洲中心论也就长驱直入。欧洲中心论的变种是将中西两大世界的问题概括为传统与现代，即欧洲现代、中国传统。这也是不妥当的，中国有传统与现代的因素，西方同样也有，并且传统与现代和世界问题并不是一个范畴的。在后面的章节中还要专门讨论传统问题。中西框架一方面片面强调西方的强势地位，而忽视东方和中国的主动选择；另一方面，局限于中西二元关系，而缺乏世界视野，由于将西方等同于世界，在认同世界的时候，既有民族化的困惑（认同西方），也有世界化开放姿态（认同世界）。因此，世界问题的重要性在于其世界观或者世界视野，也就是说如何看待本国文化在世界中的位置，有没有一种较为清醒的世界意识。世界意识不同于竞争意识、救亡图存意识，而是一种改造世界、建设世界意识。当然，这一点也可能被认为是过于理想化了，因为中国问题尚得不到解决，如何去解决世界问题呢。实际上，世界意识并非直接去解决世界问题，而是意识到中国问题和世界问题的相关性，而非同西方的相关性。

---

① ［美］刘禾著：《帝国的话语政治》，北京：三联书店，2009 年版。

重思世界就要考虑世界对于现代中国文论究竟有何影响，现代中国文论对世界有何作为。很明显地，现代中国文论的自立离不开世界，但是世界的出现又导致了中国文论的不自立，尤其表现为思想资源的匮乏和原创成果的厄匮乏，这种局面至今仍困扰中国文论界。中国文论的不自立首先在于中国传统思想资源很难适应新的情况。中国学人一方面将中国被动挨打的局面归因于传统，另一方面又在不断地重释传统、挖掘传统，以适应新的时代。但从历史情境来说，西方世界的出现使得中国很难短时间内完成自我的更新换代，而只能借助于西方文化资源，参照西方，将传统中与现代西方接近的因素加以发扬，而在中国文化创新体系上仍然缺乏自立性。中国文化的新陈代谢当然不可能是独自完成的，但却比西方更具有其特殊性和复杂性。传统力量的消极性和积极性都不容忽视，一味保守和一味激进均难以使得中国文化完成现代化的大业，但是保守和激进并非轻易地调和，历史无疑将给它们以足够的空间和时间来展现自己的价值，既然中国文化的现代化不能毕其功于一役，那只能留待后人来完成。因此，作为后来者，重新思考现代中国文论的历史进程不仅具有重要的现实意义，更具有特殊的文化历史意义和未来意义。

四、中国文论世界在现代的变迁与赓续

这里不是泛泛讨论世界，而是集中在文论世界上。所谓的文论世界有三个层次：第一是现实的、社会的世界，物质化的世界，可以视为文论的大气层。一定的历史阶段、经济基础、社会性质都很可能影响文论的变化。第二是文化的世界，有思想、观念、学术等，对文论的影响更为直接了，如哲学思想（进化论）等，它们构成了文论的思想氛围。第三就是文论特有的世界，文学本体世界，包括语言、审美、形式等内容。这似乎可以套用韦勒克的外部研究和内部研究，不过我们都把它们视为文论世界，强调其不可分割性。总之，所谓的文论世界就是文学理论所能触及的全部世界。任何文论都有其特有的文论世界。

中国文论世界分为两个方面：一是古代中国文论世界，二是现代中国文论世界。中国文论是中国人对文艺（诗文）的体系化的看法和观念。中国文论世界就是中国文论的问题域、思想域。没有这个思想域，中国文论就没有前提。当作为世界的中国发生了天翻地覆的变化的时候，所产生的文论也不再是典型意义上的传统的古代中国文论了，而是新世界语境下的中国文论了。因此可以说，旧世界的解体必然预示着新文论的产生。那么，中国的文论世界是如何解体的，新的文论世界又是如何浮现的呢？

　　古代中国的文论世界是由不同的层次构成的，有相应的文化内容及其形式。

　　第一是华夏中心主义的世界观，以汉文化为主体，也可以称为中原世界，主要在黄河中下游区域，后来扩展至长江、珠江流域。在这一层次中，中国是自足的、独立的，文学理论按照自身的文化逻辑不断向前演进，整个中国的社会发展遵照朝代更替的规律运行。

　　第二是儒家文化的主导性地位。华夏中心主义的来源在于文化的优越感。没有文化的优越感，即便占据中国、入主中原，也不具有合法性。儒家文化产生于周初，经由孔子而发扬光大，至汉代，成为古代中国具有统治地位的意识形态，一直延续至清末民初。

　　第三是经学权威形态，主要表现为"《诗经》学"。儒家诗学的核心就是《诗经》学。但是《诗经》学后来也仅仅成为诗学的一部分，甚至连原理都不是。经学是古人将重要的典籍加以经典化的结果，文艺上就是《诗经》。这种文艺形态也就决定了中国诗学的形态，特别重视诗歌。先秦时代在诸侯国的外交礼仪中还有赋诗言志的活动。从这里也可以看出，诗歌并不是关乎个人的，而是关乎社稷江山的，关乎礼仪尊严的。

　　第四是以诗文主导的文体模式。诗文是中国文学的正统。从《诗经》、《楚辞》、汉赋、唐诗、宋词、元曲无不是以诗文为主，只有到了明清，戏剧和小说才日益发达起来。但即便如此，诗文在当时也居于绝对的主导地位。其重大的变革发生于20世纪以来，由三界革命、新文学运动等发起的一连串的文学变革运动，最终小说戏剧取代诗文而居于"文学正宗"之地位。桐城派、《文选》派等纷纷败下阵来。如今说某人是文学家主要标准在于其是否写有小说。如果单单写诗，往往被称为诗人，而并非文学家。

　　第五是以文言文依托的语言体系。文言文是中国古代官方语言，近似书面语。在古代中国文言文不一，其原因不明，大概在于中国古人好古好雅，对一般俗语不甚重视，反映了古代统治阶级的某些文化趣味。

　　这五个维度并不足以概括中国诗学的全部世界，只是就主要内容而言的。这五点是就主体而言的，因为我们还会看到这些中心之外的边缘，比如道家、佛家、集部、小说、戏曲、白话等。在李泽厚看来，中国美学就是儒道互补，[①] 当然是以儒学为主的。一个比较有意思的现象是，传统的互补因素往往

_____

①　李泽厚著：《美的历程》，北京：文物出版社，1981年版。

在新时代发挥着特殊的重要作用。如民间、大众、白话、小说、戏曲等，在新文化运动中都得到了很大的赞扬。这些在古代中国不可动摇的原则和前提，在近代中国以后都发生了变化。

其一，华夏中心主义作为世界观已经不再具有合法性，中国只是世界之一国而已。这一阶段先经由中心化的万国观，再经由去中心化的万国观，再到中国民族主义的兴起，中国的世界观逐渐退缩为民族主义的世界观。① 华夏中心主义让位于中体西用、全盘西化、现代化等。中华文学的上国地位随之成为列国（民族国家）文学的一支。② 在此意义上，中国不可能自绝于世界，否则就将落后于世界，同世界接轨、融入世界、卓然立于世界，就成为重要的问题。中国人曾经自诩是最具包容性的，但中国这个巨大的空间无法包容世界，而只能走向世界，这极具有反讽的意味。所谓的包容仍然是一种强势，如果你已经很落后，你只有学习的份儿，何谈包容呢？随着华夏中心主义的瓦解，中国诗学再也不能仅仅关注于本国了，于是引进西学就成为必然。

其二，儒家文化的全面撤退。首先是知识退却，其次是观念退却，最后是信仰退却。早期的西方算学、天文学进入中国，因为没有触及儒学核心，所以被引进，但观念和信仰依然保留。到洋务运动，观念世界开始变化，主要在于中国人日益同世界交往，必须具备一定的国际视野，但这些仅仅止于对外，对内的信仰依然根深蒂固，特别是纲常礼教的信仰。到了新文化运动及后续文化运动，儒家文化的信仰体系崩溃，尽管儒家文化仍有相当的价值，但再也不能为现代人的日常生活提供原则和规范了。

其三，随着儒家文化的衰落，经学也退出历史舞台，没有了其至高无上的地位，而仅仅成为国学的一个部分而已。西方也有经学，只不过不是儒家的经学，而是圣经和科学。一个是超越的、超验的，另一个是世俗的、现世的、经验的。超验神学和经验科学就是西方的两部经学。西方大多数人都有宗教信仰，而中国则不信神，只有祖先崇拜和敬鬼神而远之，神灵在中国人的世界里不是信仰的因素，更不会有人献身于神灵。近代以来中国对西方宗教的接受可谓极为困难，其原因似乎值得分析。另一个是科学，中国人却表现出异常的兴趣。西方的科学遵循一定的科学原理，既可以实验，也可以归纳、推理等。西方科学的最大的特色就是应用于工业革命，而大大提高了生产力。在军工领域

---

① 参阅金观涛、刘青峰著：《观念史研究》，北京：法律出版社，2009 年版。

② 吴泽泉：《全球视野中文学民族性的发现——论晚清"小说界革命"的一个重要结果》，参见《中国革命与中国文学》，哈尔滨：黑龙江人民出版社，2009 年版。

更是如此，这不仅为西方提供了强有力的军事保证，也为西方提供了经济基础。在经济利益驱动下，西方科学的发展甚为迅速，至今也是如此，各个大学和企业的研发机构往往是紧密结合的。儒家的经学是恒定不变的，两千年来增加的只是注释，但西方的经学（指经验科学）却是不断发展的，一场又一场的科学革命在上演着，一代又一代的科学家涌现出来并不断地被后世所超越。中国经学设定了一个最高，而西方经学则设定了个向前。中国的书可以读完，但西方的知识却层出不穷地涌现出来。中国无法提供更多、更新、更有效的知识，自然落后于世界了。

其四，诗文的衰落也是如此。首先是林纾小说的盛行，而后是梁启超的"三界革命"，其中最重要的是小说界革命。清末民初，小说已经成为文论家、宣传家、社会活动家的重中之重了。梁启超、王国维、周氏兄弟等没有一个人是忽略小说戏剧的，如王国维写的《宋元戏曲考》、鲁迅写的《中国小说史略》等，他们花费这么大的精力写的都是小说、戏剧研究，而不再是传统的诗文研究了。如王国维写有《人间词话》，也与传统诗话不同，尤其值得注意的是他的《红楼梦评论》。

其五，文言文退出历史舞台，白话文（现代汉语）成为中国通行的语言。客观而言，文言文代表了一种精英主义的立场，而白话文则属于大众阶层。在古代中国，文言文的崇高地位有其合理的地方，即在识字率很低的社会，文人掌握着文学的话语权。但白话文并不是为文学而存在的，毋宁说，凡是有语言的地方就有文学，没有任何一种语言先天地属于文学，而另一种则不属于。故此，争论文言文和白话文的优劣并没有意义，问题在于，什么力量将文言文和白话文推上了至高的地位。[1] 报纸的受众是大众，大众往往识字不多，如果用文言文，多数民众是很难看懂的，只有用与文言文一致的白话文，他们才会看懂，或者由别人读，自己也能听懂。据考证，裘廷梁是明确提出"崇白话而废文言"的。[2] 维新时期的白话文主要侧重于开民智，而新文化运动时期的白话文则侧重于传播新思想。这就是大众化运动，也可以说就是现代化运动。和白话文相关的还有文字，主要是拼音化，古代汉语是切音，现代汉语流行拼音化，读起来更方便简洁，只要会拼读，就能读出来。还有是书籍版式从竖排本

---

① 《演义白话报》创刊号《白话报小引》就明确说"要想看报，必须从白话起头，方才明明白白"。

② 钱竞、王飚著：《中国20世纪文艺学学术史》第一部，北京：中国社会科学出版社，2007年版。

到横排本的转向。

这些转变可以说古代中国文论世界已经瓦解，作为整体的古代中国文论世界不复存在了。古代中国文论世界的崩溃也就导致了中国古代文论丧失了其在文学世界中的主导地位。那么，中国诗学世界崩溃之后，现代中国文论要融入、认可的文论世界是什么呢？

第一，取代华夏中心主义的是国际体系，即世界。这个世界具体而言就是由主权独立的各个民族国家所构成的世界。现代世界体系有两个特点：一个特点是，由西方推动，并由西方（欧美）各国所缔造，在过去和现在乃至很长一段时间，仍然由西方所主导。另一个特点是，这一世界又是一个初级世界，现代世界问题重重，欧美称霸，地区冲突不断，联合国等国际组织倡导的多元化并没有完全实现，因而仍是一个未完成的世界。面对这一世界，中国一方面不断引进西方文学、文论以图自强、自立，另一方面也不断引进受剥削受压迫的弱小国家的文学、文论，以惊醒国人，虽然二者的方式不同，但目的都是为了中国文学、文论的强大，以此推动中国政治文化的独立。但是，这西方所主导的世界里，现代中国文学和中国文论迟迟没有在世界上获得应有的地位，一个体现就是在整个20世纪诺贝尔文学奖始终没有颁发给在世的中国作家。在文学理论方面，我们只热衷于引进西方文论，而对东方文论缺乏热情，对其他边缘文论缺乏应有的意识。自强自立的意识让位于崇洋媚外的意识。无疑，中国文论首先是要同西方世界对接，但这不是终极方向。未来的文论世界既不是单一的东方世界，也不是单一的西方世界，而是双方共同建构的世界。伽达默尔的视野融合说的是古今，也可以运用到空间上。[1] 这个正是当前多元文化话语的思考主题，它对现代中国文论的创新发展而言具有着非常重要的启示意义。

第二，取代儒家意识形态而居主流地位的意识形态是马克思主义。在现代中国文论中，马克思主义崛起于20世纪初期的新文化运动，经由30年代的左联、40年代的延安文艺运动，到1949年之后，在中国大陆居于主导地位。马克思主义并非仅仅体现为指导性，而体现的思想资源、方法论体系上。那种生硬的外在干涉自然不是现代中国国文论发展的积极因素，从客观上而言，马克思主义文论在社会动员方面具有不可替代的作用，在某些学术问题上也具有强烈的批判色彩，这一点自然不容否认。

---

① ［德］伽达默尔著：《真理与方法》，洪汉鼎译，北京：商务印书馆，2007年版。

第三，传统文论经典体系没有有效融入现代中国，现代中国文论的经典体系尚未完全建立。儒学经典体系以"《诗经》学"为主，现代中国文论的经典体系却比较难以说明。这里可以以文学概论为例，这不仅因为文学概论在现代中国文论历史上的长久生命，也在于它同传统的某些关联。但是，现代中国文论并无经典性的文学概论，并且文学概论天然地由于其知识性而很少有学术性的典范之作。这里的经典体系主要在于基本的骨架和框架，来自对某些经典之作的概括，也许它们根本就不是文学概论，也不存在于大学课堂。现代中国文论中的经典之作并非没有。① 对现代文论经典的发掘、整理、阐释、提炼，可以大致勾勒出现代中国文论经典体系构成原则。其一是现代性，这个现代性主要围绕在审美性、人文性两个方面，如王国维的《人间词话》就是这一类的开创，周氏兄弟的文论也与此大抵接近，相关的还有浪漫主义、象征主义、现代主义、后现代主义等。其二是阶级性与人民性，相对于资本主义，这是马克思主义文论的重要主题，如毛泽东的《讲话》。其三是科学性、体系性，这也被称为理性，主要表现为科学精神和方法论意识，如朱光潜的《诗论》就是这一类的表现，这一类的研究强调对文学研究应体现出科学精神，其最终一个方向是走向对文学的纯形式（语言、修辞）研究。其四是民族性，是后华夏中心主义时代的文论创作原则，主要表现在中国文学史、中国文学批评史的著述上，在晚清的文学理论创新上也有类似体现，前者为传统的再阐释，后者为当代文论创新，与世界性的关联日益密切。其五是文化性，即跨文化比较性，主要表现为比较文学、比较诗学、比较文化研究，在20世纪后期逐渐兴盛。

第四，现代中国文论的主导文学类型是叙事类文学——小说及戏剧。在20世纪前期，小说、戏剧无疑具有举足轻重的地位，被誉为现代文学六大家的鲁、郭、茅、巴、老、曹，其中有5位是以小说家及戏剧家为主要身份的，只有郭沫若一人的主要身份为诗人。到了十七年时期，小说仍具有文坛老大的地位，涌现了孙犁、周立波、曲波等小说家。在"文革"时期，戏剧（现代京剧、芭蕾舞剧）一度繁荣，但是旋即便回归常态。在20世纪80年代，小说如日中天，除去朦胧诗外，文坛上的重要问题无不是由小说表征的，伤痕小说、寻根小说、文化小说、意识流小说、改革小说、先锋小说，都在文坛引起强烈影响。但是到了20世纪90年代以后，小说的威力不再，影视文学开始发

---

① 如王国维的《人间词话》，周作人的《人的文学》，郭绍虞、朱东润、罗根泽等人的《中国文学批评史》著述，朱光潜的《诗论》，毛泽东《在延安文艺座谈会上的讲话》，宗白华的《艺境》等，但总体数量依然偏少。

达。言情剧、武侠片、四大名著改编潮、清宫戏、民国谍战剧、都市爱情剧、当代农村剧等日益取代小说成为日常生活的精神食粮和娱乐形式。电影和电视剧以及流行文艺无疑成为 20 世纪 90 年代中国文艺的主导形式，这不仅在于其受众之广，更在于其强大的资本运营机制，更在于其难以忽视的感官特色。如果说"五四"新文化运动还是在文字之内争地位的话，那么当代文艺创作则走向了"图文并用"时代，纯文字的文学作品如果没有得到影视的加盟，其社会影响力也就大打折扣。鉴于现代文论世界的巨大变化，文论界一批学者纷纷进行跨学科的研究，即文化研究，将影视、传媒等纳入文论研究的视野，从而引起了不断的争议。

第五，现代中国文论的语言形式。新文化运动推动白话文的目的就是将白话文提升到书面语的高度，尤其成为文化、艺术、教育的重要载体。由于白话文是鲜活的、通俗易懂的，具有不可替代的重要文化意义。为了解放思想，语言文字上的改革尤其重要。当然，后来白话文也存在雅化以及脱离群众的不良倾向，以及文言文伴随复古思潮的兴起，人们又提出大众语（1934 年），[1] 其目的仍然是使语言贴近现实、贴近民众，促进新思想的广泛传播和新人的出现。无论是文言文、白话文或大众语，都以汉字为载体。在汉字运用上的变化主要表现在两个方面：一是在读音上的拼音化，也即汉字拉丁化，改变了以往的注音方法（主要是反切法），拼音化并没有改变汉字，只是认读、使用汉字的方法；二是在字形上的简化，简化从汉字产生之初大抵就已经开始了，主要是为了书写的方便简洁。拼音化和简化虽有其意义，但也有其问题。拼音化（拼音输入法）导致现在中国人提笔忘字，而简化字导致中国人读古籍发生障碍。此外汉语还面临着自身的世界处境问题：其一，汉语虽然是世界上运用最广泛的，但缺乏应有的国际地位，汉语文学的国际影响不足。其二，随着国际文化交流的频繁和西方语言的影响，在语用上，土洋夹杂、中西杂糅不时出现，而翻阅任何西方的报纸杂志，很少能看到有中文夹杂其中。其三，网络语言的迅猛发展，网络新语（网络流行语）成为一支相对自足的语言形式，成为时代的晴雨表和方向标，其话题化和特异性表现了汉语在当代世界的生命活力。其四，正确对待语言的雅与俗的问题，在文言文大盛之时提出俗语无疑是解放思想的重要方式，但是，在俗语盛行之时，适当的雅化又是非常必要的，

---

① 1934 年，国民党政府推行新生活运动，倡导尊孔读经，其语言方向显然与新文化运动相反，上海一些学者针锋相对，提倡大众语运动，不过在观点上曾提出废除汉字又过于矫枉过正，在落实上亦不足。

否则过于粗俗的文学只能是速生速死。

现代中国文论世界的五个维度必然使文论的创造（文学批评、文学理论研究）发生了新的位移。虽然有些和文论关系并不直接，但却是潜在性地影响着文论的发展。在此不是进行现代文论史的重述，而是思考其基本历史进程的经验教训和可能意义，不在于考究现代中国文论是什么样的，而在于讨论现代中国文论为何如此。

现代中国文论有其发生的历史背景、轨迹和语境，如果脱离了这一历史背景、轨迹、语境，现代中国文论就很可能成为一种与世隔绝的知识，而不再具有与历史、现实相关的、活的知识再创造。现代中国文论受西学话语影响至深，但在西学镜像中，中国文论不仅应看到自己的方向，也应看到世界的方向。有时，中国的方向并不意味着世界的方向，但是一旦认识到世界的方向，那么中国问题就不再是中国问题，而是具有了世界性的意义。中国的世界观从华夏中心主义到东西文化冲突观，再到现代文化多元化观，这既是自我蜕变的过程，也是自我超越的过程。

现代中国文论不能止于引进、学习、运用西学话语，还应从西学话语中超越出来，寻找到中国问题和世界问题。对文论世界而言也是如此，文论世界不能满足于中国，也不能满足于中西，还应意识到世界这一问题，这即是整体的文论世界问题。

所谓的整体的文论世界，就是要看到包括中国文论在内的整个世界文论的状态、趋势、走向。在此，需要追问的问题是，如何重新审视我们的传统，百年来的现代化进程是否遗落了传统中的重要因子？如何重新审视西方，如何客观地评价西方，西方所构建的世界的合理性和局限性何在？我们有没有勇气和信心同西方平起平坐，或者致力于一个共识框架的构建？现代中国文论参与世界文论的构建是否可能？对此，可能有学者认为中国传统文论自身就没有世界性的影响，它只是局限于东亚而已，何必苛求现代中国文论呢。在我看来，坐视西方文论大举改写中国文论的基本特色，被动接受西方文论的残羹冷炙，这如果不是文化自卑，那也谈不上任何世界意识和反思意识。

回顾历史固然索然寡味，但是我们今天的学术研究仍然在重复历史的老路，唯西学马首是瞻，缺乏必要的反思意识。归根到底，西方世界不会重视你，除非你有着深刻的理论洞察力和卓越的贡献。在现代世界文论体系中，中国究竟贡献了什么理论，提供了什么学说，有哪些现代的概念、命题被西方文论接受和认可、研究?① 比如德国贡献了存在主义、现象学、解释学，法国贡献了结构主义、后结构主义、结构主义，美国贡献了新历史主义、后殖民主义，英国贡献了文化研究，俄罗斯贡献了形式主义和巴赫金诗学等，这些学说的某些代表人物还受到本国高度敬仰（如萨特）。除了马克思主义文论以外，能够被西方人辨识并加以研究的现代中国文论屈指可数。

这里并不是否认现代中国文论没有值得西方借鉴的理论成果，我相信等待发掘的现代文论遗产及其实践仍然为数不少，但是受制于多种原因，中国现代文论在西方得不到认可，即便得到认可也有各种非学术的因素。西方文论掌握着普遍本质和规律，它们才是真正奉行着普遍主义和本质主义，只是这个普遍、本质在西方，而不是在东方。也正是在此意义上，世界文论并没有出现，充其量也只是国际文论或者诸国文论罢了。文学理论已经实现了本地多元化，既可供选择的项目虽然越来越多，但每个国家的文论却越来越相似，然而其代价在于原创性的文论逐渐被稀释掉了。多元化的真谛固然在于互通有无，更在于为世界文论提供我们的原创产品，当我们没有东西提供以与他人互通的时候，我们只可能成为知识的搬运工，而不可能成为世界文论的主人。故此，世界问题不是太大了、太空了，而是太迫切了。

---

① 中国对世界之贡献，在文学领域，民国时期就有人提到这一问题，如陈铨《过去的评价——中国文学对于世界的贡献》（重庆：正中书局，1943），只是针对的只是中国古代的文学，集中在合理主义、返本主义和消极主义。

第四章　维新话语踪迹与文学现代性系谱

由此，我们将不得不面对中国文论的创新问题。如果说西学话语的坐标与世界意识这一问题涉及的是空间性问题的话，那么维新与现代性则更多地涉及时间性问题，也将更多地触及文论创新、文化创新的细微神经。在今天的话语中，学界似乎更喜欢用转型、转换等，这固然是一种视角，但是我觉得可能是以今律古。在历史现场，人们似乎并不使用转型、转换。所以，本书在这里使用的是一个传统的词语——维新。当然，也吸收了今天学者所使用的转型、转换的基本内涵。

第一节　维新话语的思想踪迹

对于维新，古人或者现代国人是非常熟悉的。"从 1898 的'维新'运动到梁启超的'新民'观念，再到"五四"时期新青年、新文化、新文学的一系列宣言，'新'这个词儿几乎伴随着旨在使中国摆脱以往的镣铐、成为一个'现代'的自由民族而发动的每一场社会和知识运动。"① 有学者将百年思想文化现代化的过程和特点概括为一个字——"新"，"新政、新民、新文化就代表了百年思想文化的进路"。② 当然，对新旧问题不能仅仅着眼于表面现象。周作人说："新旧这名称，本来很不妥当，其实'太阳底下何尝有新的东西?'思想道理，只有是非，并无新旧。要说是新，也单是新发现的新，不是新发明的新。"③ 这里的"思想道理，只有是非，并无新旧"，可以适应于一切文化领域，也就是说，我们应该拨开历史的迷障，探讨新旧问题背后的是非问题，进而厘定新旧问题的深层畛域。

---

① ［美］费正清主编：《剑桥中华民国史》，北京：中国社会科学出版社，1994 年版。
② 薛其林著：《融合创新的民国学术》，长沙：湖南大学出版社，2005 年版。
③ 周作人：《人的文学》，原载《新青年》，第 5 卷第 6 号，1918 年。

一、善恶二元论

维新是中国传统词汇，出自《诗经·大雅·文王》："周虽旧邦，其命维新。"其大意是说，周虽然是一个古老的邦国，但是到了周文王，它的天命得到了更新，也就是拥有了新的天命。[①] 这一天命不仅指周王朝获得了更新，还指对普天之下拥有了统治的合法性，也就是说，即便当时周的势力还很弱小，但以德治国，领受天命，故此武王伐商才具有正当性和号召力。周王朝为天命所归，自然是周人的话语建构。周人提出"天命靡常"的道德观念，一方面是灭商、安抚商人的理由，另一方面也是对自己合法性来源的述说。天命不是无端生出的。在夏是没有成熟天命观念的，王朝的更替不是因为天命转移，因为夏朝的第一位统治者禹是舜禅位而得的天子之位，无法用天命来解释。而到了商，商正是以天命的观念为自己灭夏提供合法性依据，商也用天命来约束后世帝王，天命观也走向成熟。到了周代，这种天命观日趋成熟且系统化。当然，"天命靡常"并未始终如一，世道变迁，天命并不能永久地眷佑周人。周初天命维新，将商代的人格神转化为无形的圣德，奠定了后世道德理想主义（也称道德理性主义）的政治模式，但道德理想主义必须建立在圣人垂范的基础上，无德者在位，天命自然不会长久，而有德者不出，世事便处于大变动之中。这也在一定程度上造就了周人的忧患意识，因为善恶虽是二元，但并非不可转化。有德者不可能长生不老，并且，按照儒家的看法，即便有德者也必须"三省吾身""慎独"才可以。呼唤圣人、明君、英雄成为中国政治的基本倾向，而强调道德修养（内圣）也成为政治清明的基本保证。

但是，以道德来作为评价标准有其局限性，除了由于道德约束的长期性外，还在于道德只是人类社会的一个领域，而不是全部领域，另外，整个社会的前行又不是完全基于道德的。历代帝王也都不是圣君，而道德高尚的人也未必均在位。人类历史前行不是道德理想主义所能回答的。正是基于道德，特别是圣德，普通人被排除在历史进程之外了。尽管中国有人本、民本思想，但多基于道德理想主义。古代关于人生不朽的最高境界就是"立德"，[②] 可见道德无与伦比的重要性。中国的道德理想自古以来就常常为人所称道，乃至到了近代，中国仍然以道德来对待现实。民国革命家章太炎还主张"无道德者不能

---

① 《毛诗正义》："乃新在文王也。笺云：大王聿来胥宇而国於周，王迹起矣，而未有天命。至文王而受命。言新者，美之也。"

② 《左传·襄公二十四年》："豹（叔孙豹）闻之，大上有立德，其次有立功，其次有立言，虽久不废，此之谓不朽。若夫保姓受氏，以守宗祊，世不绝祀，无国无之，禄之大者，不可谓不朽。"

革命""道德衰亡，诚亡国灭种之根基也"。但西方的行为准则虽也有道德的因素，但多数是遵从另外一套体系——法律，而契约精神又是西方文化的主流精神之一。①从一定意义上说，道德是偏重于感性的，诉诸人的内在情感，而法律是偏重理性的，或者说道德是偏重于对群体的约束，而法律偏重于对个体的约束。对个体之约束是基于个体自由的，只有自由主体才可以订立契约，并且排除了对个体做出道德的裁决。中国也有法，但法并没有凌驾于道德之上。而西方不一样，道德并不能超越法律，法律本身有诸多漏洞。到现在为止，西方也依然坚持这种程序上、形式上的正义性。可以说，一旦立法，诸如订立条约、契约等，就必须遵守，否则将受到法律的制裁。

道德感具有互通性，"人同此心，心同此理"②，而法律注重个体的平等、独立、自由，法律总是以个人为主体，并且是基于现实的。道德理想主义总是以"应然"的原则来处理问题，而法律则用"实然"的原则来处理问题，所以法律更多地体现了人与人的契约关系，法律是约束人的，法律的约束机制在于人身，而道德的约束机制在于人心。西方将人心的问题转向了宗教领域，而这一点中国却是淡薄的。由于中国强调道德理想主义，个体行为主要在家庭中养成，法多是私领域的（家法、宗法等），故而社会上的法律机制弱化，但这并不意味着没有法律，也不意味着法律优越于道德。而西方由于强调法律现实主义，故而个体得到强有力的导向和塑造，塑造了法律面前人人平等、信守承诺等观念，但不意味着西方没有道德观念，在一定意义上，西方宗教、道德对法律的形成具有重要的意义。近代以来，西方之所以对东方肆意妄为，不仅在道德的系谱上将东方视为野蛮、愚昧、落后、未开化之地，同时涉及西方法律的实用性不彻底问题，即不能将西方法律贯彻于东方，处理东方的事物不需要依据西方法律，也就是说，东方不具有法律的主体性，东方仅仅处于被裁判的地位。

在古代中国，维新的基本机制在于善恶二元论，善具有相当的合法性、合理性，并且善必然战胜恶，恶也许如日中天，但未来是属于善的，任何试图改变现实的做法都将披上道德的外衣。学术、文化、思想上也与此类似。在古代中国，学统、道统、文统有着难以撼动的重要性，与正统、政统一样，都是强

---

① ［法］卢梭著：《社会契约论》，何兆武译，北京：商务印书馆，2003 年修订版。
② 《孟子·告子上》："欲贵者，人之同心也。"宋陆九渊明确说"东海有圣人出焉，此心同也，此理同也。西海有圣人出焉，此心同也，此理同也。南海北海有圣人出焉，此心同也，此理同也。千百世之上有圣人出焉，此心同也，此理同也。"（《象山先生行状》）钱钟书曾概括："东海西海，心理攸同，南学北学，道术未裂。"（《谈艺录》序言，上海：开明书店，1948 年版）

调统的始源性、纯正性、连续性，而不容有丝毫的中断、掺杂，如果有问题就是清理门户，或以承继道统为己任，而自己的任何成就都试图在古老的统续上找到位置。如韩愈提出"文起八代之衰"，就是为了承继先秦古文传统，而这一承继也就是对现实的一种扭转和变革。中国学术、文化、思想也是在这种善恶二元论的基础上不断前行的。

二、天命论与变法论

天命论的主要内容是道德理想主义，在位者失德，天命就转移，得道者出现，天命就归位，所以天道循环，命不固定于一处，天命论由此转向了循环论，也即天命是循环、更替的。天命论成熟于周代。在周代，汤武革命所蕴含的意思是，前代王朝末代帝王（夏桀和商纣）道德失范，因此天命必然降临在德行高尚的统治集团身上。这个统治集团的合法性依据就是敬天保民，而上天和下民是紧密结合在一起的。统治者统治人民，虽然不是直接对人民负责，但却受到上天的制约，当上天出现各种异兆，必然是对统治者的警告和暗示，而补救的方法就是罪己和保民。而当统治者不再敬天和保民，人民就有义务推翻他们，因此诛杀暴君（独夫）与弑君是不可同日而语的："贼仁者，谓之贼；贼义者，谓之残。残贼之人，谓之一夫。闻诛一夫纣矣，未闻弑君也。"①任何一个朝代出现问题，取而代之的新的王朝或权力总会引用天命论来证明自己的合法性，对前代如何失天下或者进行总结，或者进行合法化论证，新莽王朝、曹魏王朝、李唐王朝等无不如此。这既是哲学上的天命论，也是政治上的正统论。天命论的根基在于道德合法性，正统论的根基在于道德优越感。天命论对应的是上天，而正统论对应的则是其他可能威胁到这个政权的各类力量，包括前朝遗民。由于其天命论和正统论的论证，现时的政权不仅成为中华帝国唯一的政权（尽管大多数表现在观念领域），也成为其最高的政权（天子、天可汗、皇帝等）。天命观往往将君主、天子的道德视为根本，这种道德合法性与优越性成为中国文化更新的内在依据和准则。

在周初成熟并经孔子等系统化的天命观（德政、仁政）极大地影响了后世。这个天命是就最高统治者而言的，如果就被统治者而言，就是大一统。②大一统就是重视一统，所有的被统治者都归附于这个一统的天命。这个一统的

---

① 《孟子·梁惠王下》。
② 《公羊传·隐公元年》："何言乎王正月？大一统也。"徐彦疏："王者受命，制正月以统天下，令万物无不一一皆奉之以为始，故言大一统也。"大一统是一个自下而上的认同机制，而非统治机制。不过，后来成为统治机制。

天命具有高高在上的合法性。从世俗而言是一统，从超越性而言是天命，二者是一而二，二而一的问题。当一个王朝的天命受到挑战，其一统性也遭遇挑战，天下大乱、群雄并起、军阀割据就不可避免。这种基于道德、德性的天命观在清末的太平天国运动中也仍有表现，清朝统治者被视为清妖，太平天国极力妖魔化清朝统治者，同时抬高自己，虽然引进了基督教，但基本上仍然是天命观的变种，视自己为上天之子，从上帝那里得到了合法性。由于军事性和外在条件的局限，太平天国这一革故鼎新的运动并没有成功，大一统也就难以实现，并且其完全反儒的立场又强化了儒学在清末的复兴。①

　　天命观是王朝更替的主要思想基础，但在同一王朝内部，天命论并不具有普遍的适用性，伴随天命论的自然生命论往往将这个政权描述为一个有数百年历史的周期，天命论虽然有循环论的内容，但却不是短时间的，天命论总是对大历史的一种观照和反映。而在同一王朝内部，由于历史的惯性和天命论的影响，传统的王朝内部一般都很强调祖制，② 在观念上不断向原初的合法性靠拢，以免失去自己的天命，但是社会发展又不是以人的意志为转移的，总会出现违反原初道德法则的各类行为，如皇帝的骄奢淫逸、官僚机构的贪污腐败。如果没有有效应对不断出现和增大的危机因素，缺乏有效的变法措施，某一王朝和政权会在耗尽自己的可能性之后退出历史舞台，新的王朝将重新崛起，以此往复无穷。历史表明，越是王朝后期，变法所面对的阻力和困难越大。③ 变法更多地涉及各类现实性的政策、方针和法律条文等问题。这种一系列的变法运动往往被称为"新政"。变法是有限度地变革，是某一王朝的自我调节机制。变法思想的基础是生命有机论周期，也即作为善的王朝有其自身的周期。当这个生命有机体出现问题的时候，天命论就转变为变法论、改良论、中兴论。它们多是局部性而非整体性，渐进性而非突变性，修复性而非更替性，尽管也蕴含革命的因素，但走的道路不是摧枯拉朽式的，因为变法改良如果触及

---

　　① 在文化观念上表现为经世致用思潮兴起，如洋务运动，在文学理论上表现为桐城派。

　　② 祖制是王朝的合法性依据之一，一般情况下当讨论到祖制问题，这个王朝就处于危机当中。但在实际历史过程中，祖制有时会被忽视、无视，并且祖制又世代递减，祖制不是解决一切现实问题的法宝，无论是回溯祖制，还是挑战组织，其成败都是以王朝自身的自我调节机能为基础的，一旦整个王朝丧失自我调节能力，只能任其崩溃掉。

　　③ 这一现象被称为"变法效果递减律"，并且还加剧了社会危机。参见金观涛、刘青峰著：《兴盛与危机 论中国社会的超稳定结构》，北京：法律出版社，2011年版，第117—124页。

某一既得利益集团的根本利益或者受制于反变法的所谓"无组织力量"①，即遭夭折。

变法体现了中国改良主义文化传统。中国强调不变，董仲舒说："道之大原出于天，天不变，道亦不变。"②天、道是不变的，也即在中国古代虽然经历天命轮换，但天、道的至高无上的地位是不变的。在这样的情况下，强调的变只能是改良主义的变，或者通变、变通。中国哲学强调的变化不是天命意义上的，而是事物的复杂性、相辅相成性、辩证性，是哲学的，而非政治学的。《周易·系辞上》说："生生之谓易，成象之谓乾，效法之谓坤，极数知来之谓占，通变之谓事，阴阳不测之谓神。"又说："广大配天地，变通配四时，阴阳之义配日月，易简之善配至德。"变通就如四时一样，顺次变化。《周易》哲学可以说将变化强调到无以复加的地步，"参伍以变，错综其数。通其变，遂成天下之文；极其数，遂定天下之象。非天下之至变，其孰能与于此。"但是这个变是哲学的、精微的，而非政治上的。当然，这也为政治上的变革提供了某种依据。《周易·系辞下》："易，穷则变，变则通，通则久。"当事物穷尽其可能性时就需要变。这个穷不仅仅是政治上的，也可以指任何事情，包括文学。因此，刘勰才说"文律运周，日新其业。变则其久，通则不乏"。③当然，在新变上，中国是强调"温故而知新"，是强调继承的，不是推翻重来，所以刘勰最终还强调"斯斟酌乎质文之间，而隐括乎雅俗之际"，"望今制奇，参古定法"。这是兼顾规律、传统（比如文体、经典）与趋势、潜能及表现这两个方面的，因而不可能是根本性的。这是中国改良主义新变观的体现。但是，即便这样，这种新变在后世也遭遇到传统惯性的强劲阻击，比如正宗、正统、师承、门户、流派等，都是阻止新变的最好理由。

维新（天命论）触及国家政权的更迭，或者王朝的兴衰，而变法触及的是某一特定时代的国家政治生活的变动，这是继任者确立自己的权威的一种方式，也是王朝的自我调节。如果说维新是革命的话，那么变法就是改良。维新（天命论）是两大统治集团的斗争，即新旧组织力量之间的斗争，而变法是统治集团内部的斗争，即组织力量（变法派）和无组织力量（恶化的力量）之间的斗争。在历史上，变法代代不穷。秦国的商鞅、宋朝的王安石、明朝的张

① 所谓无组织力量是指"某种社会结构在维系自身稳定的调节过程中所释放出来的对原有结构的瓦解作用，其本身又不代表新组织的那种力量"。参见金观涛、刘青峰著：《兴盛与危机 论中国社会的超稳定结构》，北京：法律出版社，2011年版，第89页。
② 董仲舒《举贤良对策》三。
③ 《文心雕龙·通变》。

居正、清朝的雍正、戊戌变法等。所有变法中可分为两类，一类是自上而下推进的，占了大多数。一类是自下而上的，最典型的就是维新变法。具有革新精神的中下层知识分子、士绅（即组织力量）试图扭转清朝的颓势，在政治上同守旧派等既得利益集团（无组织力量）进行斗争。他们改革的思想基础就是传统的变法观，比如梁启超著述《变法通议》，强调"法者天下之公器也，变者天下之公理也"，"振刷整顿，斟酌通变，则日趋于善"，因此"代兴者审其敝而变之，斯为新王矣。苟其子孙达于此义，自审其敝而自变之，斯号中兴矣。"谭嗣同也强调维新的道德内涵，认为"善至于日新而止"，"恶亦至于不日新而止"。也就是说，日新为善，日不新为恶。善不是别的，就是天地万物的运行规则。他说："孔曰改过，佛曰忏悔，耶曰认罪，新之谓也。孔曰不已，佛曰精进，耶曰上帝国近尔矣，新而又新之谓也。则新也者；夫亦群教之公理已。"《仁学》（十八）变法的思路是对的，其诉诸道德感，也能刺激中国，但其失败的主要原因在于局限于王朝内部（君主立宪）、无组织力量过于强大、维新派自身缺乏强有力的支撑以及毕其功于一役的急躁冒进。当然，其泛道德化也弱化了维新的政治、社会内涵。随着社会革命思潮的涌动，已经危及清朝的统治基础，清朝不得不重拾维新运动的历史任务，无组织力量转变为新的组织力量，这就是清末立宪运动，立宪运动也是一种改良主义。但立宪派在清末最终是失败的，此时清朝政府的统治机能已经积重难返，难以妥善应对时机，提不出切实可行的方案，立宪运动随着清王朝的结束而结束了。旧王朝的组织力量一部分烟消云散（主要是清朝贵族），一部分成为新国家的支配力量（主要是汉族当权派及各地军阀），[①] 一部分转变为保守派（主要是官僚机构和文人系统）。清末立宪派的目标是共和制度，达到汉族士绅与上层权贵的权力共享，但是权力共享在辛亥革命并没有实现，政权继而被军人力量（北洋军阀）所把持，士绅、革命党以及普通民众并没有享有共和制度带来的各种利益和好处。整个中国都对军人干政的政治乱象表示极度的失望和不满，不断革命成为首选。

虽然革命是现代中国的关键词，但在清末民初，并没有像样的革命，那种扭转乾坤的态势始终没有发生，更多的还是利益集团的尔虞我诈、你争我夺，都是在既有体制内的一种运作。至少在新文化运动之前，中国对共和的态度基

---

① 这一派的前身是太平天国兴起的地方团练，在王朝内部，这些势力在道德上认同中央，在王朝终结之后，迅速发展为割据军阀。这一状况也称为"权力地方化"，是现代中国政治的重要问题。

本都是在维护、完善。① 大体可以分为两类：一类是共和拥护者的不断努力，包括武力的和舆论的，但均无法撼动军人政治，另一类是共和拥有者在形式的变化，即从汉族传统中寻找合法性。但是辛亥革命胜利后，继续以复兴汉文化为基础的革命派（排满革命）由于其革命目标已经达到，汉文化本身已经无法为共和政治提供基础和参考，并且还有被某些保守势力所利用的可能，比如袁世凯、张勋作为汉族人进行的复辟活动（包括尊孔等活动），是无法得到人民的同意的。由于共和拥护者的实力所限，无法同军人政治抗衡，而共和拥有者（军阀）由于崇尚武力，而乏文治，在思想意识形态上多是以旧有的意识形态和生活方式为基础。辛亥革命之后，中国并没有形成一个崭新的统治阶层，革命派势单力薄，国家力量被传统观念极为浓厚的军阀所掌控。虽然国体是共和，但整个社会的思想仍然是传统中的专制、家长制，可见共和体制的徒有其表和虚伪性。

三、善恶二元论的失效与新旧二元论的出现

太平天国运动是基于天命论的，新的天命要取代旧的天命，但失败了。稍后的维新政治实践是基于变法论的，但清王朝的统治已经病入膏肓，已经无力回天。无论是天命论还是变法论，都期待新的天命式的历史人物能够力挽狂澜于既倒，但他们（如洪秀全、光绪、袁世凯）并没有实现新的天命。清末民初的政治实践所遗留的只有共和这个牌子，但是共和政治基础不稳，名不副实，故此变法论、改良论也就全无依傍了。由于天命论、变法论、改良论的失败，最终导致了善恶二元论和道德理性主义的失败。② 在国际上，善恶二元论也处处碰壁。在中国传统的政治秩序中，天朝高高在上，四夷拱卫，是为化外之民，虽不称其为恶，但其善不如天朝。近代以来，中国落后挨打并没有将西方视为恶的，首先视其为"夷"，而非敌，由于西方有其优点，又是应当学习、效仿的楷模，在等级秩序上，西方的善要比中国的善大且高。中国善恶二元论的崩溃在于巴黎和会，强权战胜公理，也就是恶战胜了善。在面对军阀政治、资本主义、帝国主义，中国进步力量自视为善显然根本无助于解决现实问题（尽管道德谴责仍是惯用的手段），那种"合久必分，分久必合"的天下大势观根本无法排解进步人士的精神苦闷。中国的善恶二元论在貌似共和实为军阀政治的现实面前无所作为，而这样的中国又在巴黎和会上"人为刀俎，我

---

① 由于新型士绅阶层的崛起，当时他们考虑的是如何达到共和，还无暇顾及民主问题。
② 善恶都是无须论证的实然判断，善恶自古以来就是如此，因此当需要善的时候，人们往往不去思考引进者本身是否有善的资质、能力，而只是居于善的位置上，比如西汉末年的新莽王朝。

为鱼肉"。故此，那种以为只要有了善就有了合法性、合理性的想法彻底失效了。从根本上说，专制、资本、强权是非道德的，是公理、道义所无法解决的。这无疑从根本上动摇了善恶二元论在现代中国的地位，然而必须寻找到另一根基。

这一根基就是新旧二元论。新旧二元论的一个明显的特征就是新处于强势地位，它的强势不是现实的，而是趋势的，表现了社会历史进步的趋势与规律。现今强大的并不意味着未来强大，现今柔弱的并不意味着未来柔弱。什么可以归入旧这一标准自然是新提供的，没有任何旧的东西是旧的，旧总是被新来者、后来者所评论。主要原因在于以西方为新、以现代为新，而西方、现代又是强大的，加之社会舆论的开放使得新派（西派）掌握了更多的话语资源，如新闻、大学。旧派文人在古代多依附于一定的政治、制度，而随着民主革命的发展，这一资源已经耗尽。蓬勃发展的民权、民主运动已经使得政府的可信性、权威性大打折扣。如果一个政府不提倡新的东西，那么它就是反动政府。旧的东西就是阻碍历史发展的桎梏。

新旧二元论中的新旧不只是表面现象，在其背后隐含着以下话语结构：其一是进步与落后，也就是谁代表着历史发展的方向，那些代表历史发展方向的事物无论它们是什么，都可以被归入新的范畴，而这也是新旧逻辑的核心。其二是雅与俗，或者说精英（贵族）与大众。大致而言，新文学运动多数都是以通俗、大众的姿态出现的，以反对古典的文言文化，但是其发展方向却走向了雅化或者精英化、主流化，新一轮的精英与大众再次展开拉锯战。雅俗问题放在新旧二元论之中的必要性在于文化民主，即多数人掌握着真理，代表着历史前进的方向。从历史的一般发展而言，俗无疑都是有着巨大的历史推动作用的，只是在其雅化之后而成为保守的力量了。其三是激进（变革）与保守，和新旧有一定的联系，但激进与保守又不局限于新旧，比如有新保守主义这样的提法，有的激进主义者会转向保守的立场。大体上，激进与保守都是相对而言的，激进往往向前看，保守则主张往后看。进步与落后、雅与俗、激进与保守是相互联系的文化话语。

新旧话语和进步、反动是紧密相连的，因而很容易划入善恶二元论，新的就是好的，旧的就是恶的、不好的，这是对新旧二元论的补充。但是，善恶二元论和新旧二元论的区别是根本性的。善恶二元论是循环式的、封闭式的，

"五百年必有王者兴"①，不是阶梯上升的，而是"消失—再现"模式的，圣人定立法则，然后经历生老病死，再有圣人出现，以此往复无穷。新旧二元论是阶梯进步的、累积的、线性的、开放的，旧的东西会一去不返，会被新的东西取代，而新的东西也会被更新的东西取代。善恶二元论强调人的主体性、历史性，人类可以依靠既往的经验掌控一切，因此善恶二元论总是面向过去，以过去为目标。新旧二元论强调主动性、创造性，是面向未来的，只有通过创造，人类才可以把握世界，而没有更多的经验可以依循。善恶二元论将历史的发展概括为善对恶的取代以及对善的不断回溯，具有相对的稳定性和"轴结构"，历史发展是一个"向心结构"。新旧二元论将历史的发展概括为新的东西不断涌现，而旧的东西不断消失，因而变动性强，也没有"轴结构"，历史发展是一个"离心结构"。善恶二元论同人治密切相关，圣王、明君、英雄伴随着善恶二元论的兴衰更替，是一种自上而下的改变，先有一个中心，然后人们群起响应。新旧二元论是同组织（制度）密切相关，强调的是群众性、基础性、总体性的力量变化，是一种自下而上的改变。

四、变革：从进化论到文化还原论

新旧二元论的兴起不是一朝一夕的，有多种因素促使其出现，其中进化论起到了重大的宣传前导作用。进化论也就是所谓的生物进化论、达尔文主义，用在社会领域就是社会进化论、社会达尔文主义。进化论有着强烈的生物有机主义倾向，即所谓"物竞天择，适者生存"②。进化论强调生物有机体对环境的适应力，因而能够激发起强烈的民族自尊心和动力。进化论在中国主要在于将中国视为一个老大帝国，中华民族是一个老大民族，是一个行将就木的事物，也就是说要被历史淘汰掉的事物，已经不能适应现代世界了，因而需要大刀阔斧地进行改革，以使其适应新的时代。进化论着眼于环境、时势，要求变革，这一点无疑具有着重要的合理性。但是，进化论不是善恶二元论的，而是非善恶的。社会达尔文主义给人开启的并非国内视野，而是一个国际化的视野，并且不是以反西方为目标，而是自强运动以立于弱肉强食的世界之林。清末的维新派和立宪派虽有借鉴西方的方面，但对西方乃至整个国际世界的认识

---

① 《孟子·公孙丑下》："五百年必有王者兴，其间必有名世者。由周而来，七百有余岁矣！以其数，则过矣；以其时考之，则可矣。夫天未欲平治天下也，如欲平治天下，当今之世，舍我其谁也？"

② 社会进化论是生物进化论引入社会领域的结果。生物进化论的特征是用进废退、物竞天择。进化是生物自然选择的结果，有被动的性质。但社会进化未必都是自然选择的结果，还有大量的人为因素。社会进化论将社会历史环境等视为进化的前提有其偏颇，而遗忘了历史环境的变迁还有人为因素。进化论中的突变因素也没有引进社会进化论，实际上社会突变就是社会革命。

并不清楚，以为西方仍然是可以效法的道德理想主义的楷模，对其资本主义、帝国主义的本性认识不足。但是，到了社会达尔文主义，情况就不同了。社会达尔文主义则将弱肉强食的生物学法则运用到社会上，从而凸显社会斗争的残酷性，使国人认识到在列强纷争的时代，不自强不自立必然为人宰割，从而使得道德法则不再成为时代的主导法则。新文化运动的兴起就可以视为社会达尔文主义的一个结果。社会达尔文主义为中国当时的维新、革命等提供了良好的思想氛围，亡国灭种成为当时国人最大的担忧。不愿做亡国奴这种心态使得人们不断探讨国家之强、民族之强之道。而严复的《天演论》① 在此后的十多年间版本之多为近代所罕见。这种思想的价值应该得到应有的尊重。

在社会进化论的思想支配下，过去的东西必须适应新的环境而作改变，由此旧的东西日渐消亡，而新的东西日渐崛起并取代旧的东西，成为人类历史发展的必然，于是一切被视为旧的东西就不再有存在的合法性。新被理解为有生命力，有着未来的事物，体现了生物有机主义的特点。今天我们还可以看到这样的情况，比如文学理论的"生长点"等。但是，没有旧又何来新呢？新的东西如果是突然出现，那它也不叫新。新的东西也有一个发展变化的过程，或者从小到大，或者从边缘到中心，或者从支流到主流。新文学运动、新文化运动中的新便是如此。传统中的白话文学从时间上说并不是新的，但从历史价值而言则是新的。《诗经》中的"周虽旧邦，其命维新"，说的也正是白话文获得了新的天命。白话文从原来的末流、枝节、边缘上升为主流，这是社会发展的表现和结果，而不是原因。实际上，考察文学史就会发现，一时代之文学的概括并不准确，如明清，现在的概括是明清小说，但在当时却未必，诗文仍然被视为主流，何来小说呢？这里涉及历史阐释学的问题。

受到进化论的强烈影响的新文化运动，将革命的对象深入文化领域，以为文化也如生命体一样，优胜劣汰，在做一番改造之后，自然就会使中国强大，这就是文化上的进化论，也称之为文化还原论。在具体内容上则是对旧语言、旧文化的埋葬，即反对文言文，倡导白话文，对现代性的向往，即反传统、反专制、反愚昧，倡导民主、平等、自由。文化还原论出现在军事、政治现代化的失败这一历史背景之中。文化还原论的一个基本语境是近代中国变革的三个层次，第一个层次是技术变革，第二个层次是制度变革，第三个层次是文化变革。文化被推到历史的前台了。民族革命转向、共和主义危机使得探讨清末民

---

① 严复著：《天演论》（1897 年 12 月 18 日起，《天演论》开始在《国闻报》附属的《国闻汇编》旬刊上连载），北京：商务印书馆，1981 年版。

初以来的政治失败成为思想界和文化界难以回避的问题。巴黎和会上中国外交的失败直接导致了国人对政府的不信任，同时也导致了对西方国家的失望。公理战胜强权旋即变为强权战胜公理，中国跻身国际社会的幻想瞬间化为泡影，国人意识到中国只是国际社会的羔羊而已。这种发自内心的失望无疑会触动人们的神经，寻找救国救民的激情也大为喷薄。在此氛围中，彻底反传统的"五四"运动自然就出现了。在"五四"人的眼中，清朝结束后的七八年间，国家动乱不止的原因就在于传统的惯性力量的支配，很多传统思想仍然活在人们的心中。从政治革命走向文化革命，成为"五四"人的历史选择。当时的人们已经清醒地意识到，政治者无非是党派政治而已，充满了尔虞我诈。他们迫切想从另一路径进行国家社会的变革，这一路径就是文化、精神和思想。

在新文化运动之前，文化方面的内容总是和政治在一起的，或者说总是受到政治的支配，维新也主要表现为政治维新。但到了"五四"运动之后，政治和文化逐渐脱离了，政治的优先性被文化的优先性所取代。政治问题的解决被还原到文化领域，文化领域一跃成为国人讨论的重点。文化还原论有两种表现，一是以反传统为内容的思想运动，打孔家店，打倒旧道德等，其目标就是西方的现代化。这个就是反传统与全盘西化，是一种激进的文化主义，可以视为西方主义，以现代性为主要内容，其主要参照点是西方人文主义、人道主义、自由主义的思想传统。它们最重要的发现是对人、人性、个性的发现。二是以文化保守主义、文化复古主义等为内容的思想运动，其基本立场是认为西方自身也有问题，不能一味走向西方，还应该检视自身的文化传统。这一派包括国学派、保守派、中西物质精神二元派等。虽然同时代唱反调，但也是一个不可忽视的力量，除却那种顽固的保守主义，对传统思想加以现代阐释从而发现中国文化未来可能之意义，显然也是有其价值的，像梁启超、辜鸿铭、梁漱溟等都是这方面的代表。还有一个情况值得说明，即对晚明思潮的重视。① 从内容上说，这和西方关系甚大，但从方向上来说，这又是回归传统的表现。由此可看出，反传统与回归传统往往是难以截然相分的。

但是文化还原论并没有走远，② 就被大革命失败所终结了，严格说抽象的文化讨论无法更直接地促进社会的革命和进步。这似乎是对"五四"的一种

---

① 周作人著：《中国新文学的源流》，北平：人文书店，1932年版。

② 如科玄论战，1923—1924年，张君劢主张科学于人生观无能为力，其实就是强调文化特别是精神文化的重要性，而丁文江、胡适坚持科学的方法可以解决人生观的问题等，后来马克思主义也参与其中，其结果是以科学派的暂时胜出而告一段落。实际上，双方都有合理和不合理的地方，科学和文化都不是万能的，人生观问题是一个牵涉诸多因素的复杂论域，任何简单的措施都不是根本性的。

质疑和超越。当然，这也涉及对"五四"新文学、新文化运动的评估。客观上说，新文化运动主要是一种思潮，本身的文学成就并不普遍，无外乎《中国新文学大系 1917—1927》特别侧重对理论的宣传。此外，文学的这种除旧布新的浪漫主义运动还遭遇残酷的现实，这无疑使"五四"人意识到文化并不是唯一重要的，也不仅仅在于对过去的批判上，还在于对现实当中消极性力量的顽强抗衡上，简言之，就是在于建设一个崭新的现代中国及其现代文化和现代文学。由此，中国社会的进步无可置疑地从原来的自上而下的以夺权为目的的政治革命走向了自下而上的以改造社会为目的的社会革命，其目标是通过动员大众建立一个大同社会，也就是共产主义社会。

五、线性时间观、进步主义与马克思主义

这种自下而上的革命的思想基础可以用线性时间观来概括，线性时间观也就是进步主义。虽然社会达尔文主义也是线性时间观，但主要是空间性的，也就是将时间空间化，社会达尔文主义强调的是自然选择——用进废退、优胜劣汰、物竞天择，注重的是生命本能、自然本性，不是形成和确立一种自主选择的方向，没有看到人类社会的能动性、经济基础等的因素，无法有效落实为有效的政治实践，并且对社会历史的观察采取个人性的、竞争性的、优胜劣汰式的生物学原则，自然无法合理解释人类发展的规律。进化论的失败在于它无法切实指导中国进行现代化进程。因为在进化论的影响下，中国奉行西化政策，通过引进西方试图一劳永逸地解决自己的发展问题，缺乏自己思想上的筛选和反思，故而多盲目、肤浅、急躁。真正使得进化论的失败在于新的思想学说的兴起，这一学说就是马克思主义。俄国十月革命是以反西方资本主义的姿态出现在历史舞台上的，并获得了成功，这说明西方内部已经出现崭新的力量，并且是强大的。马克思主义学说充分论证了人类历史发展的方向，不是全盘西化，而是埋葬旧制度，建设新制度，不是人类适应自然的结果，而是人类不断超越自身的结果。

线性时间观乃是西方思想的基础，从古希腊到中世纪，从文艺复兴到启蒙运动，每一时代都有着不同的思想内容，他们的每一段历史都在发展，不是复古的，而是向前的，他们总是在开拓新的思想世界，对此梁漱溟有过分析。而中国则是循环的，复古的，有着强烈的历史主义情怀，如崇拜祖先，崇尚历史。社会达尔文主义的生物原则无法概括历史，因为历史的发展不能都归因于环境、外力，而线性时间观则将这种历史发展的动力放置在某一文化的内部，随着社会生产力的逐渐发展，社会进入了新的历史阶段。这一典型体现就是马

克思描述的原始社会、奴隶社会、封建社会、资本主义社会和共产主义社会。而西方资本主义则认为资本主义才是历史的终结①，他们不认可社会主义能够取代资本主义。20 世纪初，社会主义的发展还很弱小，西方资本主义仍然是世界的主导模式，这无形中给中国以巨大的压力，不走资本主义中国便无法富强。但是，新文化运动强化的不是资本主义，而是共产主义的十月革命，巴黎和会外交失败已经让中国对西方世界失去了信心。由于社会主义是远远高于资本主义的另一个新的社会，从线性时间观而言，中国选择社会主义的革命道路无疑能够提升民族自信心和战斗力，不与西方同流合污，而是开创另一片天地。

迄今为止，这种线性时间观仍旧根深蒂固地影响着中国。当代中国依旧在追求着未来的大同世界，通过计划、蓝图规划、设想等，逐渐向未来发展，可以说"一切向前看"正是中国发展的最好概括。这是线性时间观的某种表现。当然，我们不能说传统时间观已经消退了，"温故而知新"②"前事不忘后事之师"，③ 这些表述也时常出现，但多数仅仅停留在对历史经验和教训的吸取上，并不具有根本性和方向性。一切向前看，主要在于线性时间观是不可逆的，是不会重复的。历史的重复只是表现的相似而已。线性时间观预设了一个未来的终极目的和目标，人类就在朝这个目标不懈奋斗，后退绝无可能。由于过去的不在场，或者无法被引入在场，而丧失了现实的合法性和有限性。在古代中国，通过梦境、回忆、祭祀等各种活动，过去的人、事、物会以特殊的方式影响现在，而在现代世界，影响现在的毋宁说是人们对未来的预期和设想，甚至现实也将退隐。这种心理投射主义使得人们将一切都放在了未来。西方消费主义盛行也有这样的表现，用现在的钱消费未来的东西，透支未来以满足现在，虽然是以现时为中心的，但一个基本立场是，未来是用不尽的，只是提前使用了而已。这种对未来的狂热正是西方线性时间观的恶果之一。

将马克思主义归结为线性时间观也不是完全意义上的，因为马克思主义还有更多的内容。马克思主义在考察人类历史发展时提出的社会发展观，为人类的未来描绘了图景，由此也确立了过去就是落后的，是被未来所取代的这样一种观念。不过，马克思主义更多地侧重经济基础、社会基础和人的实践，新的文化只能建立在新的社会经济基础之上，但是，过去时代的伟大经典也同样焕

---

① ［美］福山著：《历史的终结》，呼和浩特：远方出版社，1998 年版。

② 《论语·为政》。

③ 《战国策·赵策一》。

发着时代的意义，像古希腊文化等。伟大的思想文化经典并不因为处于原始社会、奴隶社会而落后，且与其匹配的伟大艺术以后可能再也无法出现，同样，未来的社会发展也不意味着人性的高尚，而没有任何曲折、倒退。即便在现代经济社会基础上，也还有种族大屠杀这类恶行。在对待文化上，马克思主义提出两条原理，一是"物质生产的发展与艺术生产的不平衡关系""它（艺术）的一定的繁盛时期绝不是同社会的一般发展成比例的"。文化的发展是建立在社会物质生产这一基础之上的，但是从文化本身着眼，文化的发展又遵循自身的规律，比如"某些有重大意义的艺术形式只有在艺术发展的不发达阶段上才是可能的"。① 二是文化异化论与文化遗产论，也就是说在剥削阶级从繁重的体力劳动中解脱出来，可以有充分的时间和资本进行文化艺术活动，而这些文化艺术成果反过来又成为人类的遗产，从而为人类所共享。由于文化发展的这种独立性，使得用线性时间观来分析文化发展就不能完全准确，而这在现代中国却比比皆是，认为现代中国应该产生足以和其相配的文化经典，而忽略了文化发展自身的特殊性。

六、科学的观念与精神

线性时间观和科学思维有着密切的联系。时间从本质上是不可逆的，但是由于人类思维在早期并不能有效把握这一现象，因而往往采取一种循环时间观，以求得内在的稳定，比如人的生死轮回等。循环时间观是人们对时间的直观看法，线性时间观，尤其是科学的线性时间观则深深含有人类的理性思维。通过人类大量的经验和观察，时间是不可逆的，那种宗教的、迷信的说法因缺乏事实的支撑而消泯了。宗教神秘主义退居到了人的心灵世界，对社会的干预已经减到最少。由于科学实践证明事物不可能重现，人类也就只能面对这样一个事实：不断向前。科学是人类理性的产物，从而使得人类获得自我独立的地位，从蛰伏于神、宗教的束缚中挣脱出来，成为世界的主宰。在科学的威力下，一切神秘之物都被祛魅，这使得西方人最终冲破了中世纪黑暗之夜，步入了光明的工业社会和现代社会。一言以蔽之，现代社会就是科学的社会。

在近代中国，如果仅仅引进进化论、马克思主义、线性时间观，是不够的。进化论强调的是适应环境而改变，有着很强的被动性和试验性，马克思主义虽然规划了宏伟的历史蓝图，但并没有提供具体的实施方案，因此在实践上

---

① 马克思：《〈政治经济学批判〉导言》，见《马克思恩格斯全集》第46卷上册，北京：人民出版社，2005年版，第47—48页。

容易流于本本主义、投机主义，表现出盲目性、急躁性。线性时间观固然将中国拉入现代性的列车，但如何解决内心情感与思想的困惑仍然不够，此时科学的出场无疑非常有效地将进化论、马克思主义、线性时间观本身的不利局面消除殆尽。科学成为无可置疑的超级话语。引进科学无疑说明的是中国没有科学。当时争论的焦点问题之一就是，西方有科学，而中国没有科学，只有技术。这方面的例子不胜枚举，在文论领域，有学者就明确提倡文学研究的"科学化"。① 朱光潜认为，"诗话大半是偶感，信手拈来，片言中肯，简练亲切，是其所长；但是它的短处在于零乱琐碎，不成系统，有时偏重主观，有时过信传统，缺乏科学的精神和方法"。② "缺乏科学的精神和方法"，大抵可以视为现代文论家对中国古代文论的基本判断。那么，什么才是科学的精神和方法呢，"谨严的分析与逻辑归纳恰是治诗学者所需要的方法"。显然，分析的、客观的、逻辑的、归纳的、辩证的、唯物的方法才是科学的方法。但是，为什么不科学的方法就不再具有合法性呢？用现代科学又如何理解中医、诗话等这些中国本国的学问呢？可以说，这背后的思想观念就是科学主义。科学主义有其合理的地方，对于破除迷信，对于知识的增长，社会运作效率的提高，等等，都具有不可忽视的作用。但是科学主义往往将自己置于一个优越的地位，无视其他边缘的合理价值，对其加以科学化的整理、解读等，往往失其本真。这就是以西释中的本质所在。

实际上，我们不能说中国古代的知识体系不是科学的，如经史子集的分类，是适合中国文化的实际的，或者说中国文化的实际决定了知识的分类体系和知识生产的方式，如注释、考证等。科学的胜利是在同神学斗争中确立的，而中国却没有这样的神学，故而与西方不同。引进西方科学的结果是将中国本来和神学不搭界的东西统统归于神秘主义，封建迷信便是现代科学的构造。我们很少听到西方迷信之说，而总是宗教狂热者之类的话。

科学主义在处理现代与传统的时候游刃有余。现代考证学派对中国古史的质疑可谓轰动一时，他们的口号就是"拿证据来"。在科学主义看来，迷信、神话、传说等都不能作为信史。如果说历史是一门实证科学，那么像文学理论这样的人文学科也应加以科学化的检验和阐释，上文提到的对诗文的批评就是一例。科学主义完成了对传统的系统整理，如整理国故，去伪存真。这种科学整理自然有着不可忽视的重要意义。但是，科学本身也不是不可置疑的。科学

---

① 徐蔚南著《文学的科学化》（上海：世界书局，1927年版）对"科学的文艺批评"做了论述。
② 朱光潜：《诗论》"抗战版序"，重庆：国民图书出版社，1943（民国32）年版。

更多地体现为一种方法论和世界观，比如逻辑、归纳、演绎、客观、全面等。但是，古代社会的运行不能说是一团乱麻。我认为古今科学的共同核心在于其合理性，能够合理地解释现实，合理地解决问题，就可以称为是科学的。像地心说和日心说都有其合理的地方，尽管一般看来后者比前者更科学。

古代合理性的地方人们不称之为科学，而宁愿称其为技术，或者将其称为实用技术。实用技术可以部分地解决实际问题，但科学是一切技术的原理和基础。科学对技术的优越性和优先性是不言自明的。技术所不能说明的，科学就可以。科学超越具体事务，而达到一般性的高度。现代科学往往都是建立在某一科学原理之上的。同样，当进行这一科学或学科研究的时候，人们也往往喜欢使用某某原理这样的字眼，如"文学原理"①"文学基本理论"等。这种一般性、本质性、基础性的探讨无疑属于科学范畴。但是，我们不能说一般性、本质性、基础性的探讨在古代就没有，比如《文心雕龙》《艺概》等。区别在于前者是科学的，概念比较清晰、体系比较合理、论证比较严谨等，而后者往往有所欠缺。今日学科的创新，这种原理化的探讨依然存在，当出现一种分支学科的时候，探讨其基本原理就成为必然。

近代以来，中国社会维新的历程大体经过了从善恶二元论到新旧二元论的转变，在善恶二元论上，则是传统天命观（太平天国）和传统变法观（晚清维新、立宪）的最后上演，均告失败。在新旧二元论内部，首先是社会达尔文主义被引入中国，西方成为中国发展的参照系，而严酷的国内、国际政治环境迫使中国左翼力量谋求自立自强的发展道路。在经历了民初共和政治的失败和抽象的文化还原论之后，中国左翼最终选择了以科学为基础的线性时间观、社会进步（发展）观和马克思主义（经由苏联）。在 20 世纪后期的中国大陆，走的就是超越西方资本主义和实现共产主义的道路，这也构成了当代中国大陆政治社会及文论、文化发展的基本前提和语境。但这并非是故事的全部，台湾地区的中国文论、文化、文学则走了另一条道路，即在传统与西方之间做出自己的选择。简言之，在整个大中华持续产生影响的主要是传统、西方、左翼，它们相互交织，分分合合，各有其合理性。因此，返本开新，以西为新，以左为新，构成了现代中国维新的三大方向。

---

① 戴叔清著：《文学原理简编》，上海：文艺书局，1931 年版。

第二节　维新话语的深层畛域与表现机制

一、合法性与合法化

上述论及善恶二元论与新旧二元论并非没有公约数。在最初的意义上，维新与天命论密切相关，而天命又被改造为圣德。故此，维新乃是圣德之体现。但是，天命、圣德并不是最根本的，用现代的话来说，天命、圣德都是合法性的表现，即德政、仁政、王道。当然，这个合法性自然是引入了法的意识的。所谓合法性指的就是正当性、合目的性。有了合法性，维新活动才可以实施，这也迫使所有进行维新的各类活动必须找到自己的合法性来源，善恶二元论如此，新旧二元论也如此。就文学上来说，合法性内容主要有个性、现实性、人民性、党性等不同表现。

但是，合法性内容来源于何处呢？维新不仅仅是一个手段，而且也是一个目的，是某一文化群体（民族）和个体的存在方式之一，它同文化、历史、传统、精神的关系殊为密切。因此，维新不是一味地维新，而是具有明显的历史关怀和价值关切，有一个理想指向。历史关怀就是时间性关怀在人类社会中的体现，时间既是流逝的，不可逆的，又是未展开的，可预见、可追求的。历史关怀既可以是怀旧的、复古的，也可以是批判的、现实的，又可以浪漫的、激进的，这一切都植根于我们对时间的态度。历史关怀可以是复古以开新，也可以是以新释古，比如现代中国的文艺复兴论。历史关切当中隐含着价值关切，价值关切即意义关切，人们总是生活在不同的意义世界之中，中国人的意义世界和西方人的意义世界迥然不同，生活在现代中国的中国人的意义世界和生活在异国的中国人的意义世界也不同。由于意义世界的不同，导致价值关切的不同。就文学而言，是载道、缘情，还是放浪形骸，投身大化，都是价值关切的体现。历史关切和意义关切正是维新的合法性来源。如果缺乏了历史关切和意义关切，维新也就失去了方向。简言之，维新的合法性来源就是某一民族的精神、文化的安顿之所、归宿之处。如果悬隔了这一安顿之所、归宿之处，维新就成为无根的、轻飘飘的，成为流俗中的标新立异、哗众取宠而已。

从天命、圣德到合法性，再从合法性到历史关切和价值关切，这是维新话语的现代意义。维新具有其特有的意向性，所谓维新的意向性，维新总是什么人的维新、关于什么的维新，是什么在维新，而非泛泛而论。也许我们还可以用其他的词语来概括，如革命、进步，但我认为，维新既然从历史深处走来，便有它特有的意义，因此也就可以焕发新的生机。维新是扭转乾坤、力挽狂澜、改天换地、革故鼎新、百废待兴，不是表面的小打小闹、缝缝补补，而是从根本上扭转世界的局面。维新总是在对社会总体与文化命运加以关切，这种总体性或者说整体性、根本性乃是维新精髓。这种维新给人一种扑面而来的清新，有着新生命的质感和活力。简言之，维新是生命活力的象征。

当然，我们也必须认识到，维新是在这一合法性之物基础上实行的。问题的关键在于，不是合法性之物的维新，而是合法性之物内部不同力量的较量，是合法性之物的既有形态已经不再与合法性之物相适应了，还是被合法性之物的新形态所取代了？比如革命指导思想是合法性之物，但各派却在争夺合法性，即合法化过程。像国民党的三民主义、共产党的新民主主义（也称新三民主义），都是革命的思想形态，但谁更新、谁更具有解释力、统合力，却需要有合法化实践，也即领导权问题。领导权就是合法化实践的结果和目的。只是领导权是形式，合法化是过程而已。

一般情况下，合法性之物意味着各方对这个合法性之物有统一的认同，由此奠定了合法化争夺。戊戌变法之时，合法性之物无疑是清廷政治体制，争论的就在于到底是既有的传统形态（君主制）具有合理性，还是现代形态（君主立宪制）具有合理性。合法性之物就是其主题和语境。维新也总是在这一共有语境中才得以出现。如果没有这一语境，合法性之物就变化了。比如民初共和制取代清廷君主制，就不再纠缠于政治体制的传统与现代了，而是纠缠于现代体制的三权分立、议会权力等，即现代政治如何组织问题。文学也同样如此，文学是合法性之物，维新运动以来，各界都给予文学以崇高地位，对其极为重视，但问题在于谁才是合法性的文学，是改良主义的文学，还是自由主义的文学，或者左翼文学等。

因此，合法性是同一领域之内，各方势力和因素在争夺最终的合法性地位。也就是说，维新总是在用自己的合法性形态（比如左翼文学）取代别人的合法性形态（比如自由主义文学），而非取代合法性之物本身（文学）。维新这种取代性、竞争性、斗争性显然贯穿在人类历史当中。如果没有可资替代、可被接受的方案（形态），维新也就不可能实现，也正是在此意义上，那些表面的、肤浅的标新立异并不是维新，因为它们并不是具有普遍性、生命力的新形态。

维新是合法性既有形态发生危机后的必然选择。合法性既有形态并不总是处于危机之中，当合法性既有形态的可能性还没有被穷尽，还可以完善，那么它就有存在的合理性和现实性。比如古代的文学概念就比较混杂，这就是合法性之物的维新，合法性之物的维新较合法化具有更深刻的转型意义。但这并不否认合法性之物之间就没有共同之处，而是意味着既有合法性之物是母体，新的合法性之物来源于此。现代文学观念来源于文章，文章包含着现代文学因素。后现代文学（意识流、荒诞派等）反对叙事、人物、情节，这给文学既有观念提出挑战，但它毕竟没有成为政治和法律文本，仍然分享了某些文学的因素。合法性之物的维新也总能找到更高层次的合法性之物，而不意味着推倒重来。

任何合法性危机都预示着合法性之物本身仍有其价值。维新发生在合法性危机之时，不是全然抛弃合法性之物这一语境另起炉灶，当然也不意味着存留合法性之物维新就会一帆风顺的，因为合法性之物的旧的支配者有着历史的惯性和现实的权力。因此，维新不是一蹴而就的。维新意味着合法性之物的新的支配者或新形态的出现和实现，有赖于人们的不断努力，其间的过程是反复的、复杂的。如果维新仅仅停留在合法性之物的新形态的论证与蓝图设计上，没有充分吸收合法性之物既有形态，没有新的实践，那么任何维新的事业都可能遭遇挫折。

新旧不是以现实为标准的，而是以其潜能（可能性）为标准的。有些东西在经过历史的筛选之后胜出，是合法性之物的当然选择，而有些东西退却了，也就不再具有合法性（形态、地位）了。现实并不是新旧的判断标准，因为现实往往是复杂的。有些现实的东西既有新的，又有旧的，如民国军阀混战，可以视为古代中国藩镇割据的再现，又可以视为现代中国军事的某种变异，具有相当的混杂性。新旧不是争论谁应该成为现实，而是争论谁应该成为（或者是）未来的、理想的，谁将成为合法性之物的当然选择。新旧虽然是一种话语建构，但又不是随意的，新不是人们说它是新，它就必然是新，旧也同样如此。新旧是人类社会和历史运行的合目的性之体现。合目的性指的就是符合人类或某一群体的总体意愿。这里要特别注意，合目的性未必就等同于合理性和必然性，有些旧的东西也具有合理性、必然性，但未必都具有合目的性。故此，新旧不应以一时论之，而应以可能性论之，也不应以局部论之，而应以整体论之。在这一点上，善恶二元论和新旧二元论将统一到合法性一元论上，也即无论是善，还是新，维新都将围绕合法性之物及其形态展开。

二、维新对现代文化的多维展现

维新对现代文化的发展至为重要。在现代中国，冠以新的名词不胜枚举，如新世纪、新青年、新文化、新文学、新道德、新中国、① 新启蒙、新生活、新民、新社会科学、新民主主义等，不一而足。大体而言，新体制、新社会、新人、新知构成了维新的四大维度。

1. 新体制：民主与共和

维新的第一方面是国家维新、体制维新、政权维新，可以概括为新体制。无论是清末自强运动，还是百日维新、立宪新政，其方向都在于国家（政体、行政体制）体制的变革，但均告失败，尤其是辛亥革命之后，民国名不副实。国家、体制、政权的自上而下的维新已经不再有可行性了，保持帝制乃至复辟却成为趋势。维新运动由于中央政权的涣散和腐败，权威与组织能力尽失，体制化的力量并没有达到新的目的，反而成为兜售陈旧意识形态的场所。其后的各类自上而下的维新多数表现出不彻底性。新体制的另一路径是自下而上，一是表现为暴力革命，比如法国大革命、辛亥革命，二是表现为社会自发变革，如明末清初的思想运动、清末的无政府主义运动、② 民初的新文化运动等。不过，前者更具有可操作性，这不排除二者的结合。

体制最外在，但也最容易失败，遭遇挫折，因为体制是骨架，一旦变化就是剧变。由体制外部而言，这种巨变包括军事战败、经济殖民、动乱内战等。由体制内部而言，这种巨变包括改革、变法、维新、改良等。这种体制变化也导致了社会的变化。由外而内的变化，如侵略，使体制不得不做出相应的调整，由于外在力量的强大，体制本身由于惯性则很难做出有效的调整。由上而下的变化，受制于社会的广大复杂，上的变化并不能直接导致下的变化，即政令不畅，主要是地方利益的做大，甚至上的变化本身可能就是有问题的，权力倾轧，受到上层保守势力的掣肘，比如王安石变法就遭遇司马光等保守势力的阻挠，尽管王安石变法也不是完美的。

2. 新社会：平等与自治

维新的第二方面就是改造社会，即新社会。社会是与体制（政治、行政、

---

① 新中国一词清末出现，但在不同时代所指不同。比如在 1946 年，新中国被表述为"民主宪政的中华民国"，到了 1949 年以后，新中国即中华人民共和国，此前的中华民国成为旧中国。不过新中国一词在今天使用有所降低，其中一个原因是"台独"势力喜欢用"新中国"，其隐含意思便是指"中华民国"已亡，为"台独"造势。

② 清末无政府主义运动如刘师培等主要是借国学以批判专制主义、反对帝国主义，虽于建设新体制并无建树，但有着浓厚的传统底蕴。而《新世纪》（1907 年创刊于法国巴黎，1910 年停刊）派则以科学反对传统，较刘师培更为激进。参（韩）曹世铉著：《清末民初无政府派的文化思想》，北京：社会科学文献出版社，2003 年版。

政权）相对的。若体制是骨架的话，社会则是血肉筋脉。新社会就是现代、文明、平等、自由、公平、互助、团结的社会，与之相对的是旧社会，就是由礼教、小农经济、地主阶级制约的旧社会，其特点是封闭、落后、分散、等级、男权中心主义、家长制等。

一般来说，中国古代是封建社会，近代中国是半封建半殖民地社会，当代中国大陆是社会主义社会。从历史发展而言，新社会就是对封建社会的超越，建立新的以人民为本的社会（资本主义与社会主义）。中华民国、中华人民共和国的国号就是体现。新社会就是人民当家作主的社会。新社会就是革命，就是推翻旧政权，推翻地主阶级，反对帝国主义压迫与侵略，确立独立自主的国家，变革旧经济基础（小农经济），打破土地私有，引入商品经济（或计划经济），铲除旧道德，批判礼教，建设新文化，展现普通人的力量的社会。这几点都是联动的。

在现代中国，致力于改造社会一直是大批仁人志士的人生追求，社会问题成为人们挥之不去的心病。有（文学）知识分子的文化救国，有科学家的科学救国，有商人、资本家的实业救国，有革命家的革命救国，既有无政府主义、新村运动，也有乡村建设运动、新生活运动、大生产运动、人民公社化运动等，不一而足。

新社会有两个方向，第一个方向是自下而上的社会运动。这一方向是自发性的社会运动，是在体制之外的一种努力，通过团体、乡村、民间等的积极活动达到新人的目的，这一思想的具体体现就是无政府主义、新村运动、乡村建设运动等，但由于缺乏更广阔的社会空间以及历史局限性而告失败。新社会的第二个方向是自上而下的社会管治、改造，比如新生活运动、大生产运动等。现代中国新社会的两个方向交织进行，大体而言，前期以自下而上为主，后期以自上而下为主。在清末民初，自下而上的社会运动大于自上而下的社会运动，促成了现代中国思想解放的时代。

社会运动始终要处理社会与政府的关系问题。社会最广大复杂，由政府、家族、乡党（乡绅）和社团等共同支配。在国家力量衰退的时候，社会不得进行自我治理。乡村自治使得文化得以保留，所以自古有"礼失求诸野"。当然，这是一种自发性（小团体、小范围、惯性）的状态，更为自觉的状态则是现代政党化组织化的社会运动。政党化组织化社会运动最终走向了国家化的社会运动，对社会的干预也就逐渐加强。而当国家力量日益强大的时候，比如国民政府，社会国家化程度加深，国家开始照顾、组织社会，比如新生活运动等，虽失之琐碎，但对于现代中国社会的塑造有一定的作用。但是也不能否认社会自身的自足性，比如社会公德、乡村、社团，这些领域并不以构建国家为主要目标，而主要营造人的生活空间。在国家遭遇侵略之时，强化国家力量、宣扬国家至上也成为一种思潮，比如战国策派。这只是战时特殊情况，并不具有普遍性。

到了 20 世纪后期的中国，新社会的主要方向是自上而下的社会改造运动，具有很强的顶层设计意味，比如社会主义三大改造、人民公社化运动、改革开放等，都是国家推动的。这种自上而下的新社会运动是双刃剑，一方面激发了社会自治运动但同时削弱了国家力量的干预，即小政府大社会模式，另一方面强化了国家力量但同时弱化了社会自治，即大政府小社会模式。[①] 小社会的全能政府具有很强的动员性，但失之平均、僵化，小政府的全能社会具有很强的灵活性，但失之分散、破碎、撕裂。较好的状态是社会自治与国家责任（管理、基建、福利等）的相辅相成，唯此才能给新社会提供持久的动力。

3. 新人：精神与价值

维新的第三个方面就是新人。社会是由人组成的，改造社会的主体是人，被改造的主体也是人。新人既是新社会的前提，也是其载体。二者的关系较为复杂。人有身体和精神两个维度，身体是劳动、实践（行），而精神则包括了知识、情感和意志。新人的目的是塑造精神而推动身体的实践，塑造精神就是新人的基本任务。新体制注重政治实践，新社会注重社会群体的人际关系、民族素质、思想意识等，主要是一种伦理、教育、文化的活动，而人最具体、最多变、最广大，也是一切问题的核心，新人也就成为维新的核心。新人主要就是新道德、新修养、新思想、新观念的人。新人的目的不是服务业特定集体、政权，而是现代社会的内在要求。康德就曾提出人是目的，但人也是最复杂的。维新运动以来，新人就成为中国现代化的核心，梁启超提出"新民为当务之急"，"苟有新民，何患无新制度，无新政府，无新国家！"（《新民说》）新人大体遵循新道德、新思想两个路向。新道德主要落实在生活上，处理人际关系。新思想主要落实在知识上，注重个体精神。

对马克思主义而言，新人注重阶级论，而避免抽象的人性论，强调树立无产阶级、共产主义价值观。新人就是做无产阶级价值观的工人、农民、知识分子。新人之间的关系是平等的，但不排除更新的人对旧人的批评、教育乃至改

---

① 政府与社会的关系分为三个层级，一是最好政府，责大于权，二是次好政府，权责一致，三是最差政府，权大于责。

造。1942 年以来，中国共产党的群众教育就是如此。马克思主义否认人的普遍性，但并不否认人的具体性，而具体性就是差异性。同样是一个阶级，其人性表现也不一样。马克思主义认为这是阶级性不纯粹的表现。但是，阶级的纯粹性是不存在的，因为人所依傍的经济、社会基础及关系都是千差万别的，不可能是纯粹的，否则那才是抽象的（阶级）人性论。

关于新人的道德修养方面，现代中国一直强调，从未放弃。一些学者和理论家也从理论层面介入社会自治，比如在维新运动时期，改良派谭嗣同《仁学》强调以资产阶级民主为道德的基础，宣扬民主、平等、博爱，在新文化运动时期，新派强调以自由主义为道德的基础，宣扬个性、自由、平等、科学，在科玄论战时期，科学派以科学作为人生观的基础，宣扬科学、理性、实证，在抗战时期，冯友兰的《新世训（又名"生活方法新论"）》（1940）就是以儒家为基调的青年修养论，宣扬中和，而刘少奇《论共产党员的修养》（1939）强调以共产主义作为修养的基础。改良主义的、自由主义的、科学的、儒家的、共产主义的道德观人生观构成现代中国新道德的主要阵营，它们之间并非是水火不容的。经由改良主义至共产主义，新人实现了对封建主义、资产阶级旧人的超越。

新人有着很强的代际性。在现代中国，新文化运动（1915—1923）的生力军主要是"90 后"（1890—1899 年出生），新文化运动鼓吹的青年也主要是"90 后"，如胡适、傅斯年、罗家伦、郭沫若、郁达夫等。"80 后"、"70 后"、"60 后"虽少，但却却是新文化运动的中坚力量、领导力量，如鲁迅、周作人（"80 后"）、陈独秀（"70 后"）、蔡元培（"60 后"）。不过，在后来的发展中，"90 后"后来居上，"80 后"、"70 后"、"60 后"逐渐远去，"90 后"在20 世纪20 ~ 30 年代占据主流。就文论而言，有朱光潜（1898 年生）、宗白华（1898 年生）、邓以蛰（1892 年生）、郭绍虞（1893 年生）等。"90 后"可以说就是五四一代。其后的"00 后"（1900—1909 年生）主要是大革命（1924—1927 年）一代，如胡风（1902 年生）、冯雪峰（1903 年生）、蔡仪（1906 年生）、周扬（1908 年生）等。"90 后"主要经历新文化运动洗礼，"00 后"主要经历大革命洗礼。这些都造成了新人的代际差异。20 世纪30 年代陈伯达（1904—1989 年）提倡的新启蒙运动，在一定意义上也可以说是"00 后"在反思超越"90 后"的故事。不过，这也不绝对，还有一个关乎新人的制约因素是留学。留学往往意味着新、洋、现代。比如像林语堂（1895 年生）是"90 后"，但却不是五四一代，他主要是留学生。像梁实秋是"00

后"（1903 年生），也不是大革命一代，因为他是留学生。在留学生中，大体上欧美派比较偏自由主义，比如蔡元培、胡适、林语堂、梁实秋、徐志摩等，留日派比较偏向左翼，比如鲁迅、陈独秀、郭沫若、周扬、胡风、成仿吾、郁达夫等，[①] 尽管这同样不绝对。代际差异与空间差异大体造就了新人的不同阵营，彼此之间也各有矛盾，比如五四一代与大革命一代的矛盾，而"西洋镀金、东洋镀银"也引发了留学生之间的矛盾。

从阶级上说，新派可以划分为资产阶级新派和无产阶级新派，或者从政治立场上说是"右派"（改良主义、自由主义、保守主义）和"左派"（革命主义）。由于中国特定的时代语境，无产阶级新派、"左派"是受到重视的，而资产阶级新派、"右派"、旧派则需要改造。不过，新人绝非就是阶级的问题，同一阶级也可能有新旧的不同。从根本而言，新人就是体现新价值、新思想的人，是适应社会发展、把握社会发展趋势的人，比如新农民、新知识分子、新商人等。这些都是相对于落后、麻木、保守、自私自利的旧人而言的。梁启超的"少年"、鲁迅的"摩罗诗人"、李大钊的"青年"、毛泽东的"八九点钟的太阳"、邓小平的"四有新人"，都是强调新人。新人构成了新社会的人力资源基础和发展方向。任何时代都需要新人，而这却是阶级、身份所不能完全包容的。

旧派（旧人）主要有两种，一是传统旧派，文化守旧主义，或者是活在现代的古代人、旧文人，遗老遗少以及观念陈旧的普通人等。他们抱残守缺，得过且过，拒绝改变。二是新旧派，文化保守主义者，主要是受到欧风美雨影响的一代人，他们仍然眷恋传统、发扬传统，以学衡派、新道家、新儒家等为代表。西方未必全部都是激进主义，这里不能不提白璧德的新人文主义，在中国的传人有梁实秋等人，相近立场的还有林语堂、冯友兰等。传统旧派是"五四"新文学运动的主要攻击对象，新旧派则是对"五四"的一种反思，是一种文化方案的补充与调节，其接续传统的价值亦不可忽视。

然而，旧派、旧人不断受到社会新情况的冲击、挑战，无可奈何花落去，他们或者成为时代的旁观者，或者成为文化的殉道者，或者成为社会斗争的牺牲品，不一而足。旧派、旧人是社会发展的沉重代价，不可只是施于道德评价，而忽视社会发展蜕变在心理、文化上的复杂性。像后来的血雨腥风式的改造旧派、旧人就矫枉过正了。给旧派、旧人以宽容，才是文化开放、包容的体现。

---

① 赵惠霞、贺辰飞：《留日学生与马克思主义文论的传播及影响——以创造社为例》，载《南京工业大学学报（社会科学版）》，2015 年第 4 期。

4. 新知：话语与实践

维新的第四个方面是新知，知识的维新。广义的知识包括语言、思想、观念、学说、意识，也即文化。新知是从新人维度分出的一支。因为新知并不能完全包括新人，而只是新人（知、情、意、行）的一部分。只是新知在现代中国扮演着很重要的作用，故而独立出来。而在很多时候，知识并不是独立存在的，而往往同意志、信念、情感紧密结合在一起的。知识，最不容易看见，也往往不被重视，尤其是那些和社会关系较远的纯粹知识。

现代知识是在启蒙运动之后涌现的。此前受到宗教知识的压制，知识不独立，而随着科技革命、大学、图书馆、期刊、《百科全书》等的文化推进，加之非拉丁文文化的兴起，挑战了宗教知识体系，催生最早现代意义的公共知识界。现代知识不是一种知识形态、结果，而是一种知识体制。现代知识的生产是古代知识生产所不能比拟的，现代知识可以用大爆炸来说明。在中国古代，书读完了，是可以理解的，但在现代中国，书是读不完的。近代西方科学大发展，自然科学、社会科学、人文科学得到长足的进步，各类思想、学说层出不穷，引进中国之后令国人应接不暇。一时，新事物、新思想、新观念竞相被国人追逐，以疗救心灵、社会和国家。但是，知识如果不生发于文化本身，形成知识体制，则很难开花结果。

简而言之，作为体制的知识就是有效知识，这个有效知识必须存在于某一场景之中，就连马克思主义的某些东西也不适应中国，需要做出适当的调整。不能削现实中国之足以适西方思想学说之履。现代中国的社会知识、实践知识、科学知识被大范围地宣传，而人文知识却很少被重视。所谓人文知识指的就是对人的精神修养有助益的知识，就是像王国维所说的"可爱者"，聊以精神慰藉的知识，满足于好奇心的知识，致力于纯粹致知兴趣的知识。

知识作为一种力量，不仅指社会的力量，还指一种精神的力量，有知识的人被认为是有修养、有风度、有雅量的人。随着社会的进步，这种人文知识修养日益显示其重要性。由于中国和西方在对待知识态度上的不同，导致了后来发展的不同。西方人比较注重追求纯粹知识，而中国人则比较强调人的修养。西方知识可以作为人的修养的一部分，这是服从于其热爱真理的意念，而中国人强调修养则出于道德之善。追求真理和追求圣德是不同的道路。前者就比较注重探求新知，注重去伪存真，而后者则比较注重经典知识，尊师重道。实际上，西方人强调在知识面前人人平等，是值得中国借鉴的。西方没有权威，谁掌握了真理谁才是权威，甚至真理只是暂时性地停留在你的身上。这种对知识的敬畏之心正是出于西方人自身的知识目的论的意识。而在中国知识的生产者和知识的使用者往往合二为一，知识者参与社会革命，最典型的概括就是"格物、致知、诚意、正心、修身、齐家、治国、平天下"。① 而在西方，以学术为业和以政治为业是分开的。② 由于中国缺乏这样一批以学术为业，心无旁骛的人，所以中国的知识体系至今仍然没有建立起来，尤其是在人文科学领域。

新知，在古代并不受重视，因为经学体系不是创新知识的体系，而是经典注释的体系，因此新学说往往依附于经学注释，而不是全方位的。现代则不然，以科学、理性、实证、逻辑等为特征的新知一跃而成主导地位，经学随之成为旧知，引经据典被参考文献所取代。新知的本质就是学术的独立性、自足性与自律性。当然，中国古代浩如烟海的知识也是具有学术性的，但是，其性质和现代迥异。现代知识是知识界的大生产的知识，知识有其独立的价值。不排除古代有一种为了纯粹知识而进行的思想活动，而现代的新知则更具有紧迫性，是为知识而知识的。如果说古代中国的知识是博学知识，那么现代中国的知识就是维新知识。现代知识维新就是将道德和真理相区分的结果。

新知造就了现代中国知识共同体，教师、作家、艺术家、医生、科学家等知识分子不断涌现。但是，新知在现代中国遭遇最大的挑战是政治对知识的干预，即知识政治化，突出表现有延安整风、反"右"、"文革"等。在一系列的运动中，知识分子的左、中、右格局被窄化为单一的左派格局。这种用政治立场来划分知识分子的最大弊端就是知识的政治化、意识形态化，于是知识的自律性、知识分子的独立人格、知识生产的良性循环机制受到了极大摧残。尽管"文革"结束后给予右派平反，但知识政治化的消极影响并没有彻底消除。这是应该吸取的经验教训。

新知还表现为知识内部的价值高下。一是新学与旧学之间的紧张关系，二是欧美新学与俄苏红学的紧张关系，三是人文科学与社会科学、自然科学的紧张关系。新旧、左右、文理之分导致了中国新知出现各自不同的路向。整个20世纪新知主要围绕传统（旧学、儒学）与现代（西学、新学、科学）、启蒙（自由、个性、自治等）与革命（左翼）、人文与科学（社会科学、自然科学）展开，反反复复。后者做大，而前者式微。关于知识之人文价值，王国维曾经忧虑，"可爱者不可信，可信者不可爱"，这就是哲学知识（"伟大之形

① 《礼记·大学》。
② ［德］韦伯著：《学术与政治》，冯克利译，北京：三联书店，1998年版。

而上学，高严之伦理学，与纯粹之美学"）与实证知识（"知识论上之实证论，伦理学上之快乐论，与美学上之经验论"及哲学史等）的差别，这迫使王国维走向了人文艺术知识，"欲于其中求直接之慰藉"。① 王国维的这一困惑在 20 年代的科学与人生观论战中也有回响，可惜历史选择了可信者。王国维曾强调"学无新旧，无中西，无有用、无用"，② 其目的是推出自己的"科学、史学、文学"三分法以超越"新旧、中西、有用无用"之三分法，而其最终目的是为复兴国学提供理论依据。因此，无新旧、无中西、无有用无用只是相对而言，并非意味着此标准就全无意义，否则何必称"国学"呢？

新知激发了现代中国的求知欲，奠定了现代中国的知识体制与话语结构，同时，这些知识本身又是复杂的，与权力、价值、精神有着复杂的联系。知识不可能是独立的，但它必须是自由的，这植根于知识的本来状态，即理性意识。尽管我们看到知识的不独立，但尤需知识去构建自己的话语实践的基本价值依据。它不能仓促落入权力的陷阱，而必须对权力有足够的自觉，在话语实践中体现知识的自由价值。

新体制、新社会、新人、新知四者的关系是相互关联的，人是核心，这一点是最为重要的。体制、社会、人、知识需要进一步的沟通，割裂任何一点都无法达到整体维新的效果。一个基本的规律是，新人的不断涌现，导致新社会的开展，最终导致新体制的产生，反过来通过体制的理想强化社会和个人的维新力度，整体上达到良性循环的目的。当社会基础不具备的时候，体制的维新往往是建筑在沙滩上的，经不起历史的考验。民初共和政治的危机就在于社会思想的前提条件并没有达到，支配社会的思想还属于传统。当时的社会精英还处于新老交替的一代。尽管如此，清末民初的思想准备已经在逐步开展着，而到了新文化运动之后，社会思想的氛围得到了较大范围的普及，社会与体制也逐渐吸纳新的思想进行维新实践，取得了一定的效果。只是随着大革命的失败，社会体制被统一到国民党三民主义意识形态上去了，维新语境进一步压缩了。

知识对体制、社会、人的影响都非常深刻，但这些知识要想真正在中国生根，必须得使中国人认可认同。这里的认可认同是就普遍性而言，而不是指某些小的团体或者个人。一个被普遍接受的知识才可以有着长久的生命力。我们还应看到，这个被普遍接受的知识不是自动的，而是经过了历史的检验，能够

---

① 王国维：《自序二》，载《教育世界》，1907 年第十期，总第 152 号。
② 王国维：《国学丛刊序》（1911），《观堂别集》卷四，《王国维遗书》第四册。

有效促进社会、人和国家的进步。很多时候，某些观念只是被部分的人所接受和认可，便被推广到社会，但是这些知识没有能够获得长久的生命力，而只是昙花一现。

从文论知识而言，现代中国文论的维新包括两个方面，一个是自身的维新，从传统文论到现代文论，另一个是现代中国文论对社会维新的积极参与。前者是其知识体系，后者是其社会价值。知识体系和社会价值并不只是维新可以包括的，比如社会价值有的时候未必是维新，还包括批判、阐释等功能。知识维新（新知）、价值维新（新人、新社会），这两点是紧密结合的，而就文论而言，新人更具有根本性，因为知识不能独立存在，而总是属人的，尽管有的时候文论创新的知识已经越来越偏离了人的本位，但我还是坚持，知识必须回归人、回归社会。

三、维新的动态模式：渐变（渐进）与突变（激进）

作为实践性的维新，其意义尤其重要。按照程度的不同，可以将维新划分为两种类型。

第一种是渐变（渐进）式维新。这表现在现有的合法性之物的可能性还没有被穷尽，还有可待完善的地方，渐变式维新就是在原有基础上的更新、改进。在中国古代，传统的政治体制的变化就是如此，虽然经历了不同的朝代，但每个朝代都有若干的变化，并且从政治体制上着眼，各个朝代的相似性（皇权专制主义）大于其差异性。在文化领域这类的话语很多，有中体西用论、东西互补论等。比如像学衡派，他们就反对激进，而是强调贯通。吴宓说："欲造成中国之新文化，自当兼取中西文明之精华，而熔铸之，贯通之。吾国古今之学术、道德、文艺、典章，皆当研究之，保存之，昌明之，发挥而广大之。而西洋古今之学术、德教、文艺、典章，亦当研究之，吸取之，译述之，了解而受用之。"① 从客观而言，这是最可取的态度。但就现实而言，却难取得效果。渐进式犹如太极图，缓慢变化，最后导致质的变化。也就是说，先有的合法性之物并非完全失效，而是有着进一步发展的可能性，或者推陈出新，或者别求新声于异邦。

第二种是突变（激进）式的维新，一般称之为革命，有时伴随暴力。渐变式维新如改良，最遭人诟病的是其守旧性和不彻底性，也就是不触动原有的思想基础，只从事于修修补补。其实，当现有的合法性之物还有发展的可能性

① 吴宓：《论新文化运动》，载《学衡》，1922 年第 4 期。

时，改良论就不是错误的。清末宪政的改革未必没有实现的可能，但清廷并没有有效地利用这一点，而是将自己的不合法性或不可能性推向了极致。当然，任何合法性之物都不可能是一成不变的，这是渐进式改良的前提，但是合法性之物的变化又是万变不离其宗的。这种变化就是循环性变化、衍生性变化，而不是蜕变。现有的合法性之物穷尽其可能性之时，无论是内在发展，还是受到外来刺激，当合法性之物无法利用其可能性有效应对新变化、新局势的时候，现有的合法性之物就面临整体的变化，这种变化就是突变式的。突变式的维新就是推翻旧制度、旧基础、旧框架，将新制度、新基础、新框架放在历史发展的轨道上。有的人以为突变式的变革就是破坏稳定，其实是不一样的。稳定更多是属于渐进式的维新，而不应在突变式的维新中讨论。突变式的维新也不意味着就不稳定，突变式的变革如果组织有效，具备操作性，也可以是稳健的。突变式的维新并不意味着冒进主义、投机主义。突变式不是就其行为方式而言的，而是就其改变的力度而言，如果这种改变没有得到有效实施，那就不是突变式的维新。当然，突变式的维新有的时候也会导致混乱，如农民起义、激进主义乃至冒进主义，缺乏必要的社会基础、组织机制，流于空想，呈现一盘散沙的局面。这是新旧合法性之物经由危机而崩溃后的动荡和混乱，是必要的，但却并不意味着激进主义就成为百试不爽的灵丹妙药，可以年年搞。像"文革"的摧毁文化传统，就是要不得的。它只会成为惨痛的经验教训，却缺乏积极的价值。

自上而下的渐进式改革的表现是稳定的，自下而上的突变式革命的表现是开天辟地的，是开创式的。突变式维新的出现并不意味着很快就能被普遍接受，因为新的合法性之物也需要一个不断壮大的过程，新旧合法性之物的此消彼长也正是维新登上历史舞台的过程。突变式的维新也可能是悄无声息的，比如相对论，从它出现到被广泛接受，经历了很长的时期。而渐进式的改革可能是声势浩大的，比如中国的改革开放。在现代中国，从文学革命到革命文学可谓声势浩大，但是真正具有文学价值的所谓革命文学的成果却是寥寥无几的，在某种意义上，我并不将其称为突变式的维新，尽管从其表面上看像是革命，走向街头、战场，而我更倾向于将五四新文化运动视为突变式的、革命式的，涌现了鲁迅《狂人日记》这样的小说。突变式的维新在于其整体性，并且这一整体性的革命也具有稳定性，任何革命如果不具有这种整体性，那么就是肤浅的。革命不是目的，而是开创一个时代，如果这个时代在开创之初就匆匆结束，那么革命也就失去了目的。突变式维新带来的是文化的大解放，而其可能性的拓展也不是很快就穷尽的。所以，那种三天五天就革命的情形不属于突变式维新，只是一种口号而已。

渐变式维新和突变式维新都有其合理性，前者注重合法性之物可能性之开掘，不是随随便便地另起炉灶，也不是非要搅个天翻地覆，后者注重总体上对已经丧失合法性的旧合法性之物的全面取代，并树立新的规范，不是满足于破坏，也不是满足于试验。无论是渐进式的维新还是突变式维新，都不是情绪化的、感情化的，都是基于理性的批判和反思。这里不是说让人们在渐变式维新和突变式维新中二选一，也不是说，当合法性之物已经穷尽其可能性的时候，还要抱残守缺，也不是说，当合法性之物获得新生之后，就迅速抛弃。维新自始至终都是历史主义的，而不是虚无主义的。

在渐变式维新和突变式维新之外，还有一种状态常被提起，这就是进步，如科技进步、社会进步。进步一词比较中性，有延伸、拓展的意思，并不仅仅指对过去的批判和改造，类似于建设、建构等。从性质而言，进步更多地归属于渐进式的维新。因此这里将进步归于渐变式维新当中加以论述。渐变式维新注重对仍有可能性的现有的合法性之物的拓展，突变式维新注重对已丧失可能性的现有合法性之物的取代。

渐变式维新是守正创新、在传统基础上的创新，突变式维新则是原创、独创。渐变式维新将自己的基础建基于过去（已有之基础）和现实（当代拓展），突变式维新将自己的基础建基于未来（理想之基础）和现实（蓝图实现）。由此可以看出，二者的结构是惊人的一致，差别也只是程度不同和频率不同罢了。"五四"时期，古代文论向现代文论的转变，可以视为突变式的维新，中流截断，而20世纪90年代讨论的"古代文论的现代转换"可以视为渐变式维新，即继续开掘古代文论对现实的可能意义，特别是对文学批评、文学研究而言。现代文论取代古代文论而成为现代文学当中的主导批评模式、话语模式，这自然是天翻地覆式的，而古代文论的现代转化则将古代文论改造成可以适应现代中国文学和文学批评的一种知识，只能是局部的、渐变式的，而不可能完成对现代文论的总体性的变革。

现代中国文论最大的成绩是实现了从传统到现代的转变，而最大的问题是突变强而渐变弱，类似于快车道急转弯，夹生饭多，导致现代文论消化不良，缺乏基本的知识积累，类似于洋务运动的武器进口，只是一种文论商品进口，而文论的生产线、工艺没有成型。中国文论的未来发展仍然是坚持渐变而至突变，而不能相反，单一的频繁的突变必然导致中国文论的支离破碎，流于表面。

四、维新对现代中国文论发展的意义及问题

维新对现代中国文论而言具有重要的意义。

其一，就知识内容而言，现代中国文论是维新的结果和体现。现代中国文论不同于古代中国的文论，并且完成了对古代中国文论的取代，成为文论领域中的现代中国新的天命。而现代文论与传统文论之间的裂痕也难以弥合，成为中国文论不得不面对的问题。

其二，就现实功能而言，现代中国文论同文化、社会、政治领域的维新运动有着密切的关系。现代中国文论在很多内容上都是以文化、社会、政治维新为旨归的，只是它们表现的程度远近不同。从距离最远的王国维、林语堂（审美性、自律性），到距离最近的鲁迅、胡风（革命性、战斗性），都是如此。

其三，就其自身体系而言，现代中国文论完成知识自律转型，尽管还受制于他律（文化、社会、政治），但自律模式逐渐成型，发扬思想的个性。当然，任何知识体系都不可能一成不变，总是有新的阐释、新的成果的不断出现，在这些阐释和成果中，哪些才是真正具有天命的呢？或者哪些才是真正有价值的呢？是需要认真分析的。

以上三点只是现代中国文论同维新的基本关系，虽然不是全部，但足以说明，维新不仅是现代中国文论的思想轨迹，还是现代中国文论的内在驱动力。维新话语是现代中国文论得以发生、发展的内源地基，它不是外在的，而是内在的。这个内源地基不仅是现代中国文论的起点，也是现代中国文论的基础。维新使现代中国文论迥异于古代，也使现代中国文论在不断的变革、变异中寻找自己的位置，维新是现代中国文论不断保持自己特色的内在驱动力量。起点是持续性的，不是一时性的，对现代中国文论的开端有着决定性的影响，在其发展的各个历程也同样如此，它真正体现了现代中国文论的现代性内涵。

维新作为现代中国文论的起点，可能会有人发出疑问，难道西方、社会、传统文论不可以作为内在动力吗？这首先要找到现代中国文论维新的价值轴心是什么。我认为，这个价值轴心就是文学价值论，就是说文学对现代中国的意义。而文学价值论则又随着现代中国的变动而变动，在不同时期价值内容也并不一致。正是在文学价值论的意义上，我们说维新是现代中国文学、现代中国文论和现代中国文化的起点。作为起点，维新总是在提供一种新的基于进步论的价值体系，这一价值体系的出现和实现不是在西方、社会、古代文论之中，

而是植根于维新机制。推动现代中国文论发展的不是某种因素，而是某种机制。西方文论虽然对现代中国文论的影响至深，但维新的动机并非走向西方文论，而是有助于实现中国的变革和完善。传统文论资源丰富，但其现实意义已经逐渐从当代文学创作和批评中脱离，而成为学术（文学史文论史研究）的一部分。社会的变化固然也影响到了文论，但社会的影响始终是间接的，作为知识，现代文论有其自身的生产机制，不是说社会有什么样的变化，文论就必然有什么样的变化，而是说文论还遵循着自己的知识轨迹，尽管不否认二者之间有着持续的矛盾、冲突。

维新，作为现代中国文论的内在动力，保证了现代中国文论自身的独立性、自足性和内在性，尽管会受到来自外在力量的影响和干预。这种维新主要是知识领域的维新，因为文学理论本身就是一种知识。无论是西方的因素，还是社会的因素，现代中国文论的发生、发展必须落实于文论知识的创新上。在古代中国，文论知识也是更新的，但自觉地进行知识的创新则是现代性的使命。现代中国文论不是古代的诠释体系，而是今日的创新体系，争相创维新说，开宗立派，可谓百家争鸣。王国维、梁启超、鲁迅、朱光潜莫不如此。对中国文论而言，没有一系列的革新、改革和变化，那么只能在古代文论的陈陈相因或者主流文论的教条中停滞不前。

这里的维新是具有现代意识的维新。传统社会和现代社会不同，传统社会是一个立足于历史、传统、超时间的社会。人们祭祀祖先，回顾历史，不时地将自己同历史对比，以此确立自己的历史身份和现实地位。大凡以传统为坐标，以元典为依据，不断回溯到过去的社会就是一个传统社会。这个传统社会并非仅仅存在于古代，在现代也有其余波。比如传统的注释体也会存在，但已经不是原汁原味的朴学、考据学了。而现代社会所依据的坐标、原则就不再是过去了，而是不断更新、完善、严谨，以至于到了今天的学术规范。当然，过去未必全部否弃，现代总是从过去的某些边缘、叛逆的地方发挥其作用，放大、强化或者发展。但总体上是以同过去相割裂的方式来确定自己的。这就是现代性的一个方面。不过，现代性自身也需做出检讨，比如科学至上主义、工具理性主义等。科学、理性本来是解放人，但也有可能成为利益或资本争夺的对象，或者成为一种统治的工具。当人文学术一律科学化、理性化，那必然是大祸临头，维新也就是丧失了原动力。

从社会变动而言，晚清可谓天翻地覆，李鸿章曾用"中国此三千余年一大变局也"① 来说明。但是，从创新而言，异族统治与高度中央集权的清代恰恰是一个缺乏创新的时代。自10世纪至17世纪，每一世纪中国技术创新的数量都保持在30项左右，而到了18世纪，中国技术创新的数量急剧跌落至7项，到了19世纪更是跌落至2项。② 而这一时期的欧洲却大踏步地向前发展。在文化领域，考据成为学问的方向，集大成、总结成为清代文论的特色。"清朝的征服，使大部分的中国人，长久屈服为奴，君臣之伦，降而为主奴！这一精神的践踏，使中国文化精英，在清朝一代，失去了创新的能力。清儒在训诂方面，贡献良多；在义理方面，则几乎空白。"③ 在这样的处境下，晚清的维新就极为坎坷，教训累累，有抱残守缺、以偏概全的洋务运动，有毕其功于一役的、激进主义的维新运动，还有一再延宕的晚清新政，均以失败告终。该激进不激进，该稳进不稳进，方向不明，方式简单，缺乏理性，这些必然导致维新的失败。从文论上说，中国文论在近代发展也极为缓慢，其变化主要来自于外部刺激，内部的运作仍然属于传统框架。龚自珍、魏源、黄遵宪可谓空谷足音。相比而言，传统文论在清末发展为桐城派，其影响一直到新文化运动。近代中国文论总体上处在一个历史上的衰退期，难以持续性地产生创新体系，如刘熙载、林纾等人的文论思想，是传统文论的最后一抹斜阳，也无法顺利地进入现代中国文论。只有到了梁启超、王国维、鲁迅、周作人那里，现代文论的曙光才展现。由此我们也可以知道，没有一代又一代的创新出新，没有一代又一代的推陈去旧，中国文论在近代不能自立，在未来也同样不能自立，故此，创新才是现代中国文论的内在动力。

作为内在动力的维新其实质所涉及的正是中国文论的创造性、创新性的问题，而所谓的创造性和创新性又深刻触及个体性、精神性、自由性。创造性需要的是先知先觉，需要个体的超强的意志、胆量、见识、冒险和突围，因为任何维新必然预示着失败的可能。现代文论收获的未必都是成果，失败的经验教训也同样可贵。在现代文论当中，如果缺乏自由的个性，那必然意味着创造性和创新性的匮乏。千篇一律的文学概论便是体现。作为理论思维，文学理论创新同个人的际遇、性格、观念等密切相关的。维新既然为生命、文化之维新，那么创造性自然更不例外。传统中国文学理论的创造性从来都是不缺乏的，无

① 李鸿章：《筹议制造轮船未可裁撤折》（1872）首次提出"此三千余年一大变局也"，见《李文忠公奏稿》（影印版）卷十九，吴汝纶编录，上海：商务印书馆，1921年版。

② ［美］戈德斯通著：《为什么是欧洲》，杭州：浙江大学出版社，2010年版，第142—143页。

③ ［美］许倬云著：《我者与他者：中国历史上的内外分际》，北京：三联书店，2010年版，第120页。

论是刘勰、严羽，都将大文化的氛围和语境含纳到个体身上，现代中国文论也应如此。如果没有对这种自由性、个体性文化精神的吸收，文论知识就是死的，就不会进入人的思想世界和精神世界。而当文论家成为既有文论世界的无反思的传播者、无批判的纳受者、无自由的传授者，他也就成为一种板结，而不再具有活力。自由、个性既来自于文化，又超越于文化，但最终又回归于文化，没有这样的激荡过程，现代中国文论的维新也就无从谈起了。

第三节 新人：国民性与启蒙话语

新人，在维新的诸种维度中最为特殊。从文学角度而言，新人指的是通过文学和文学理论塑造一代又一代的新人，这就是开民智、启蒙、改造国民性、张扬个性、建立崭新的人际关系等内容。一般而言，新人属于教化层面，如移风易俗等，人们比较有意识，历代以来都得到积极的发扬和实践，现代中国文论对人的思想意识的教化亦是如此，但更加注重了启蒙的内容，也即人文修养和现代自由人格之形成。新人的启蒙就是将人从蒙昧无知的状态转变为自觉的状态。在古代，教化也承担了新人的内容，但更多的是规范化，使很多人成为一个模式。启蒙的思想基础是自由主义和个人主义，注重个人的自觉。因为在启蒙主义者看来，规范化和一体化的倾向往往会破坏启蒙的效果。所以，历来的专制主义都反对启蒙，而是愚民。

一、"人的文学"命题的百年激荡

新人主要落实在对个体人性的张扬和完善上，因此在一定意义上体现为个人主义。文学和文学理论都承担着新人的某种作用，区别是文学更为直接，而文学理论则更为自觉。周作人的《人的文学》[1] 等是这方面的代表，影响了后世文学的发展。

周作人认为，新文学就是"人的文学"，所要反对的就是"非人的文学"。人的独立地位的凸显来源于西方对人的真理的发现，"欧洲关于这'人'的真理的发见，第一次是在 15 世纪，于是出现了宗教改革与文艺复兴两个结果。第二次成了法国大革命，第三次大概是欧战以后将来的未知事件了。"这还是主要是男人的发现，在妇女和儿童身上，周作人认为更晚，迟至 19 世纪才被

---

① 周作人：《人的文学》，原载《新青年》第 5 卷第 6 号，1918 年 12 月。

发现。由此可见，人本身就是人类的思想文化建构，那么什么是人呢？周作人有两个定义，一是"从动物"进化的，二是从动物"进化"的。前者意在说明人的动物性，特别是其自然性，后者意在说明人区别于动物的地方和特性，主要是其精神性。由于人是从动物进化的，所以"凡兽性的余留，与古代礼法可以阻碍人性向上的发展者，也都应该排斥改正"。人本身的兽性不是单纯的生物本能，而是已经文明化的本能和自然性。对待人的灵肉双重性，有的人如宗教人士鄙视肉体而专注精神，有的则倡导享乐主义，过于注重肉体快感的满足。真正的人不是灵肉冲突的，而是灵肉和谐一致的，不相贬斥。这是周作人对人的概念的基本界定。

周作人还着重讨论了另一个概念，即人道主义。人道主义"并非世间所谓'悲天悯人'或'博施济众'的慈善主义，乃是一种个人主义的人间本位主义"。前者只是一种俯视的、自上而下的关怀，而不是基于个体平等的。个人主义的人间本位主义的意思就是说，个体平等性与人间在世必须紧密结合，因而排除了宗教，也排除了那种压迫人、剥削人的各类行为。人的文学便是人道主义在文学中的体现。"用这人道主义为本，对于人生诸问题，加以记录研究的文字，便谓之人的文学。"所谓人的文学与非人的文学的区别，"便在著作的态度，是以人的生活为是呢，还是以非人的生活为是呢这一点上。"人的生活分为三类，一类是"理想的人的生活"，是人人所追求的幸福美好的生活，这种人的生活只具有可能性。另一类是"人的平常生活"，也即是现实当中的人的生活。还有一类是"非人的生活"。这里的非人的生活不是鼓励和提倡的，而是持一种严肃的、批评的态度的。那种沉浸于其中、游戏的、感到满足的文学才是真正意义上的非人的文学。持有严肃、批判和同情态度的非人的文学并不因为写了非人的生活而不再是人的文学。这种意义上的人的文学类似于美学中的丑、恶，丑、恶自然不是美的，但是对丑加以批判，同样表达了对美的追求。

以此为评判标准，周作人将以下文学视为非人的文学加以反对，（一）色情狂的淫书类、（二）迷信的鬼神书类（《封神榜》《西游记》等）、（三）神仙书类（《绿野仙踪》等）、（四）妖怪书类（《聊斋志异》《子不语》等）、（五）奴隶书类（甲种主题是皇帝状元宰相，乙种主题是神圣的父与夫）、（六）强盗书类（《水浒》《七侠五义》《施公案》等）、（七）才子佳人书类（《三笑姻缘》等）、（八）下等诙谐书类（《笑林广记》等）、（九）黑幕类。从上述九类总体归类内容上说都有相当的缺陷和不足，比如色情狂过于张扬动物的本能，迷信之类的完全忽视人自身的力量，神仙类的书和人的生活缺乏必要的联系，妖怪类的书往往走向恐怖，奴隶类的书看不到人的独立的价值，强盗类的书颂扬武力、暴力，才子佳人与普通人的关系疏远，下等谐谑类的书止于口耳之乐了无深意，黑幕类无关社会进步和人性发展，这些均存有不同程度的有"妨碍人性的生长，破坏人类的平和的东西"，但就具体的文学作品而言，却并不如此，比如《西游记》《聊斋志异》《水浒》等，也都有相当的人的文学的内涵。

周作人说，"人的文学，当以人的道德为本"。这里的道德自然不是中国古代那种三纲五常的道德，而是新道德。在两性关系上，周作人倡导男女本位的平等和恋爱的婚姻。平等是说谁都不从属于谁，人格是独立的。由于人格的独立，婚姻自主性扩大了，古代的包办婚姻也就让位于恋爱的婚姻，那种守寡、殉节已经不再具有合法性和普遍性了。这两点在现在看来似乎是不言自明的，但是在20世纪初期却是振聋发聩的，以周作人等为代表的新人学说，对当时青年男女的人格、情感、婚恋起了重要的推动作用。在亲子关系上，父为子纲也不再具有合法性了，"世间无知的父母，将子女当作所有品，牛马一般养育，以为养大以后，可以随便唤他骑他，那便是退化的谬误思想"。这类事情在中国也表现为极端的孝道，以至于有郭巨埋儿、丁兰刻木等"残忍迷信的行为"，从人的文学立场而言，"当然不应再行赞扬提倡"。

周作人还将"人的文学"提升到"人类的文学"这一高度。所谓人类的文学这一高度在于，周作人对世界性、空间性、人类性的认同，个人与个人的差别只是时代性的差异，尤其在16世纪以来的全球化历程，人类的交往日益频繁，故而人与人的差别不应局限于空间上。人与人的差别也只是人类历史序列的不同而已，而这一序列是所有民族、文明都要经历的，故而在人类、世界问题上，个人与个人、群体与群体之间是息息相关的，"因为人总与人类相关，彼此一样"，"人类的运命是同一的，所以我要顾虑我的运命，便同时须顾虑人类共同的运命。"因此中国文学的问题也和世界文学有了密切的联系，就在于对人的文学的张扬，而这也是中国现代文学区别于旧文学的标志。

与"人的文学"相关，周作人还提出了"平民文学"的概念。①"平民的文学正与贵族的文学相反。"二者的区别是"文学的精神的区别，指它普遍与否，真挚与否的区别"。由于周作人比较重视思想分析，因而对形式问题并非

---

① 周作人：《平民文学》，原载《每周评论》第 5 号，1919 年 1 月。

一味拥抱。比如白话文也有可能是贵族文学，"白话也未尝不可雕琢，造成一种部分的修饰的享乐的游戏的文学"。由于从文学的形式上，不能定出平民文学和贵族文学的区别，那么区别二者则只能从内容上说了。贵族文学在形式上"偏于部分的，修饰的，享乐的，或游戏的，这内容上的缺点，也正是如此"。平民文学则与此相反，是"内容充实"，即"普遍与真挚"。所谓普遍、普通，是从表现对象的角度着眼，"只应记载世间普通男女的悲欢成败"。普通的人才与人们息息相关，才是世人所常见的，不是虚无缥缈的。普通的人是真实的人，也是平等人，不是抽象的，因而绝对不提倡畸形的人际关系，而是倡导一种平等的人际关系。所谓真挚，就是"以真挚的文体，记真挚的思想与事实"。真挚是一种平等的立场，不是高高在上，不是趋炎附势，而是表现自己真实的情感和实现，无疑于文字行文的装饰和雕琢，只求直白易懂，率性而为。而这也是文学的真谛，文学的真谛并不以美为最高，而"只须以真为主，美即在其中"。

周作人对平民文学还有两个特别的说明，第一，"平民文学绝不单是通俗文学"。通俗不是目的，通俗也不是平民文学的评价标准，甚至有的平民文学也不是通俗。"平民文学不是专做给平民看的，乃是研究平民生活——人的生活——的文学。他的目的，并非要想将人类的思想趣味，竭力按下，同平民一样，乃是想将平民的生活提高，得到一个适当的地位。"平民文学有它的价值诉求，不是追求一种娱乐、消遣，而是追求高质量的人文境界。这就是所谓的启蒙，表现了平民文学特有的价值关切。第二，"平民文学绝不是慈善主义的文学"。慈善是一种自下而上的施舍，是"极侮辱人类的"。平民文学自然不是一种施舍，"乃是对于他自己的与共同的人类的运命"。慈善的单向性、暂时性、直接性并无助于人类精神的提升，而那些"伪善的慈善主义根本里全藏着傲慢与私利，与平民文学的精神绝对不能相容"。周作人的这两点说明切中了平民文学的思想性、理想性和人类共同性问题，为现代中国文学的发展勾画了基本蓝图，有着重要的思想意义。

周作人的"人的文学"和"平民文学"无疑有着不可替代的作用，但任何理论也都有其时代的局限性。尤其在现代中国，政治局势、社会境况瞬息万变，一种理论要具有持续性的影响，很可能是无法实现的，因为要经历无数具体的历史时段的考验。在人的文学和平民文学提出后，其遭遇的另一挑战"人民文学"这一概念。在马克思主义看来，人的文学和平民文学都过于抽象，没有认清人的阶级性。人民文学的思想代表著作是毛泽东的《在延安文艺座谈会上的讲话》。① 经过毛泽东的阐述，与人的文学、平民文学相比，人民文学具有更强烈的政治性、组织性和实践性。从思想系谱上说，毛泽东的人民文学包含着人的文学和平民文学的内核，但做了以下重大的拓展：

其一，确立了作家创作要以人民大众为立场，即为人民服务。人民是一个阶级概念，或者是阶级分析的结果，主要是"工人、农民、兵士和城市小资产阶级"，余下的就是人民的敌人。以人民为立场决定了文学必须为人民服务。在人民序列上，工人无疑是最重要的，因为他们是领导阶级，而像周作人、沈从文这样的知识分子只是革命的同盟者，在人民序列上是最低的。这一划分自然是在特定的历史条件下形成的，不能一概而论，尤其是对知识分子而言。

其二，人民文学具有更强的操作性，主要表现为人民文学所注重的创作方法，即反映论、现实主义、体验生活，注重在普及的基础上进行提高。这一系列的方法保证了人民文学在社会动员方面的巨大力量。人民文学并非止于宣传和普及，它也有提高的目标，只是在普及和提高的关系上，人民文学强调先普及后提高，循序渐进。"提高，不是从空中提高，不是关门提高，而是在普及基础上的提高。这种提高，为普及所决定，同时又给普及以指导。"这就无形中决定了人民文学的基本格局，从量上说应以普及为主，在质上可以不做过分要求；从质上说应以提高为主，在量上可以不做过分要求。

其三，阶级性分析的引入，使人民文学具有很强的政治性，从而避免了抽象的人性论。人民文学认为，抽象的人性并不存在，也不能一概提倡，而是以特定阶级为依据，不同阶级之间有着不同的人性，这就是所谓的阶级情感。在人民文学看来，那种抽象的人性论无助于充分认识人的复杂性。

其四，人民文学有着很强的统战功能，在区分敌友的同时，也尽量争取各类进步人士，将其划入人民内部，这一点使得人民文学具有很大的包容性。人民大众在于数量之广泛，历来的政治都是统治人民，而不是人民统治，"最广大的人民，占全人口百分之九十以上的人民"。

总体上说，《讲话》在人民文学这一概念上确立思想基本框架，其特有的政治性、实践性也的确有着不可替代的历史作用。但人民文学也有僵化的危险，在某些时期，文学沦落为传声筒、政治工具，热衷于高大全红光亮的文学，贬抑批判性、反思性的文学，这是中华人民共和国成立后经常出现的情

---

① 毛泽东的《在延安文艺座谈会上的讲话》（1942），1943 年 10 月 19 日发表于《解放日报》，当月解放社出版单行本。

况。1959 年，钱谷融发表《论"文学是人学"》，① 是对人的文学的进一步拓展。这篇文章发表的时代正是文学反映论占据主流的时代，现实才是文学所最应该关注的。钱谷融虽然没有反对反映论，但却没有着意讨论反映论，他依旧认为自己的论点和反映论有着密切的联系。钱谷融的最重要的一点是反对文学仅仅成为工具论，他说："对于人的描写，在文学中不仅是作为一种工具，一种手段，同时也是文学的目的所在，任务所在。"其实，这一观点就是强调文学的理想性问题。一般而言，反映论文学往往注重的是现实的人，而理想性的文学则强调对人的塑造、设想，哪怕与现实有着很大的距离，或者被认为是脱离现实的。钱谷融的某些看法有的是基于常识，但是就是这一常识却不兼容于当时的学术界，受到集中的批判。②

进入当代中国文学，人的文学的命题仍然有着深远的影响，这表现在刘再复的《论文学的主体性》③。文学主体性的提出意在反驳反映论对文学极端化影响，后者使得文学主体性缺乏应有的活力。刘再复强调应该，"把人看作人"，而不是看作物、神。文学主体性包括实践主体性和精神主体性，前者注重身、行，后者注重心、思。就文学而言，文学的主体包括作品人物主体、作家主体和读者主体。所谓人物主体指的是人物形象有其历史生成的依据，而不是来自于作家的向壁虚造。所谓作家主体，就是从事创造性的主体，需要超越庸常的生活，追求自我的实现，突破封闭的自我，进入历史、人类、世界的广阔时空。概言之，文学主体性就是文学的自由本性。刘再复的理论受到当代西方人本主义等哲学的影响，切合时代脉搏，将人受压抑的自主性、主体性和自由本性加以张扬，无疑具有时代意义。而从历史角度而言，这也是"人的文学"命题的再现。

二、"国民性"话语

如果说"人的文学"命题侧重一种建构的话，"国民性"改造的文学则是一种批判性的话语。"国民性"文学和人的文学有着密切的联系，只是人的文学具有更多的普遍性，而"国民性"文学则更多地指示着民族性文学，尤其是那些不合时宜的部分。

关于"国民性"问题，至今仍有争论，有的人认为"国民性"是一个假命题。不过，既然"国民性"在历史上出现过，自有其产生的背景和原因。

---

① 钱谷融：《论文学是人学》，原载《文艺月报》，1957 年第 5 期。
② 新文艺出版社辑：《论"文学是人学"批判集》，北京：新文艺出版社，1958 年版。
③ 刘再复：《论文学的主体性》，载《文学评论》，1986 年第 5、6 期。

今天反思"国民性"问题，就是对历史本身的一种反思。首先要知道什么是"国民性"，中国有怎样的"国民性"。

1894 年，美国传教士 A. H. 史密斯（即明恩溥）出版的《中国人的气质》（或译《中国人的性格》）一书，① 列举了中国人爱面子、勤俭、保守、孝顺、慈善等二十多种性格特点，这些描述大多属于印象和直感，但其流传甚广。除了明恩溥的著作外，罗素的《中国问题》有《论中国人的性格》，对中国人的性格也作了独到的分析。② 今天这样的研究也不时出现，如孙隆基的《中国文化的深层结构》一书，用弗洛伊德人格理论解构中国人。③ 这里的问题在于，"国民性"的发现来自他者的观察和描述，这似乎表明以前中国"国民性"的优越性开始瓦解或者受到质疑。他者的目光不再是尊敬的、认同的，而是有一定的距离的，对中国人性格中缺点和弱点的分析有时直接而犀利。罗素虽然对中国报以很大的同情，但对中国人性格的批评也很明确，他说中国人的最主要的缺点就是"贪心，懦弱，缺乏同情心"。

"国民性"大致围绕着民族精神和民族性格两个方面展开，一般情况下，民族性格属于文化心理学的范畴，故而性格也并不是绝对完美、完善的。但是民族精神却不一样，民族精神是人们将民族性格及其行为中优秀的因素提升、提炼的结果，具有积极的、正面的意义。如果说民族性格是客观性的，那么民族精神则是主观意识的自觉建构。这里的"国民性"一般指的是民族性格，但在一定意义上也包括民族精神。

国外人士对中国人性格的探讨、批判成为后来"国民性"问题的重要线索和主题。但这并不意味着近代中国人对民族性、"国民性"的思考是缺失的，或者是缺乏重要意义的。近代中国人对国民性一开始不在于客观的分析，而是从根本上强调人的重要性，特别注重建设。"国民性"的凸显在于民族国家政治在中国开展。民族国家的主体就是国民，国民乃是民族国家得以生存发展的物质基础，但是中国民族国家的发展却是步履维艰，于是，人们将这种困境归之于国民性孱弱，这与以新文化运动等为代表的文化还原论是一致的。中国国家的四分五裂、一盘散沙、不独立、落后等，都可以从文化、心理方面找到原因。于是，建立一个富强民族的现代共和国，无疑需要深入的"国民性"

---

① ［美］明恩溥著：《中国人的气质》，南京：译林出版社，2014 年版。
② ［法］罗素：《中国人的性格》，见《中国人的性格》，王正平译，北京：中国工人出版社，1993 年版。
③ ［美］孙隆基著：《中国文化的深层结构》，香港：三辉图书，1983 年版。

批判和国民性改造。改造"国民性"既成为中国文化反省的一个标志，也成为中国民族意识发生和成熟的一个标志。梁启超和鲁迅就是其中的代表。

在晚清时期，整个帝国呈现日薄西山的局面，守旧观念根深蒂固地影响着人们的言行。只有到了"甲午海战"之后，中国才开始文化精神层面的改革。一般而言，"百日维新"主要是一项政治运动，不过，我认为精神层面的意义更为重要。维新派所面对的主要是守旧派和顽固势力，在维新人士眼中，他们垂垂老矣，但却掌控着中国的未来，只有通过年轻人的自强才能改变这个国家。所以，维新派大力倡导的教育、文化等领域的革新主要在于塑造一代新人，即"开民智"，也就是所谓的启蒙主义。

1900 年，年轻的梁启超写了一篇著名的政论文《少年中国说》，在当时影响很广。① 从人生来说，少年是生命活力的体现，他们构成了新时代的主要力量，像胡适等人无不是中国少年的体现者。但是梁启超的少年之时就其精神、激情而言，中国社会的进步不能仅仅靠一时的激情，那种老成持重的中年品格也同样不可或缺。这实际上触及的是代际冲突问题。所谓的代际冲突指的是一个社会的既得利益者与新生力量的冲突，这个代际包括了年龄的代际、时代的代际和文化的代际。其中时代的代际影响最为明显。文化的代际也有影响，但在古代则不明显，因为在古代中国，文化具有高度的同质性，代际冲突往往是时代的代际。维新人士在新文化运动中就已经落伍了，到了 20 年代以后，连新文化运动的旗手也落伍了，再到中华人民共和国之后，民国时期的一些人也已经落伍了。这种时代的代际冲突非常明显。梁启超将个体性的觉醒直接推向社会性的觉醒，其实是忽略了时代的差异性问题。这种代差一直困扰着现代中国，但也一直推动着现代中国。少年注重的是个体，其实质就是新人，而新人当然就不会仅仅局限在少年身上了。新人是弥合代际冲突的一个路径，但这一路径本身可能包含着某种强制性。新人的主题之一就是"改造"。改造在现代中国主要是改造"国民性"，到了当代中国，特别是 50 至 70 年代，改造主要是改造思想。

1902 到 1906 年，梁启超陆续发表了 20 篇政论文，后结集以《新民说》出版。"新民说"是更为系统的改良主义关于现代民族国家建设的文本，其所涉及的道德、自由、权利、毅力、民气等，可以视为现代国民的人格修养，不仅仅局限于国民性上。什么是新民，梁启超有这样的说明，"新民者，非欲吾

---

① 梁启超：《少年中国说》，原载《清议报》第三十五册，1900 年 2 月 10 日。

民尽弃其旧以从人也。新之义有二：一曰淬厉其所本有而新之；二曰采补其所本无而新之"。前者取自本民族之传统，后者取自他民族之优点，并非全盘否定过去。持论是比较公允的，但操作起来却很麻烦，如哪些是本有的，本有的哪些是可以淬砺的，所占的份额是多少？在西方文化大举入侵的情况下，这一点很难得到实施。以至于出现了更大规模的反传统的新文化运动。

与梁启超的"立民"观不同，鲁迅提出的是"立人"观。受到幻灯片事件的强烈影响，鲁迅决意弃医从文，将注意力转向文化领域。1906 年，在其《文化偏至论》中，他提出"立人"的观念："是故将生存两间，角逐列国是务，其首在立人，人立而后凡事举；若其道术，乃必尊个性而张精神。"将立人放在首位，注重个性和精神，无疑有着釜底抽薪的作用。当然，这种个性、精神在反复沉疴的时代是很难出现的，鲁迅毕生所追求的就是为这种精神摇旗呐喊。1908 年，鲁迅在《摩罗诗力说》中有两处提到国民性，一处从消极而言，认为国民性"鄙陋"，另一处则用以解释拜伦性格的乃是国民性之不同。[1]鲁迅思考的"立人"和"国民性"并不完全一致，大体而言，立人重在建设、塑造，而国民性重在批判、改造。鲁迅对国民性的批判可以从《阿 Q 正传》中看出来，鲁迅所提炼的"精神胜利法"自然是中国国民性格的重要方面，[2]但也在《狂人日记》中深刻揭示了造成国民性孱弱的社会、历史、文化因素。鲁迅的批判不是单向的，而是指向一种对未来的国民性的设想和勾画。1926年，鲁迅提出"民魂"的重要性，"惟有民魂是值得宝贵的，惟有他发扬起来，中国才有真进步"。[3] 所谓民魂是与官魂、匪魂不同的，官魂是指人们的灵魂全在做官上，即所谓官气、官腔、官调，匪魂是指人们的灵魂全在做土匪上，即所谓匪气。匪魂可以提升为民魂，但也容易滑向官魂，所以以民魂的发扬很难。这无疑要从重新塑造国民性做起。1934 年，鲁迅提出了"中国的脊梁"："我们从古以来，就有埋头苦干的人，有拼命硬干的人，有为民请命的人，有舍身求法的人。"[4] 国魂和中国的脊梁是一脉相承的，都在说明中国国

---

① 鲁迅：《摩罗诗力说》，"裴伦大愤，极诋彼国民性之陋劣"，"或谓国民性之不同，当为是事之枢纽，西欧思想，绝异于俄，其去裴伦，实由天性，天性不合，则裴伦之长存自难矣"。

② 李长之注意到《阿 Q 正传》中鲁迅对国民性的攻击，但又强调鲁迅的"无限同情"，认为这才是作者所主要宣示的。见李长之：《鲁迅批判》（北新书局 1936 初版），北京：北京出版社，2011 年版，第 81 页。

③ 鲁迅：《学界的三魂》，原载《语丝》第六十四期，1926 年 1 月 26 日，后收入《华盖集续编》。

④ 鲁迅的《中国人失掉了自信力了吗》，最初发表于 1934 年 10 月 20 日《太白》半月刊第 1 卷第3 期，署名公汗。

民精神中那些经久不息、历久弥新的特质。而鲁迅一生所从事的文学实践也使其成为民族魂的代表。

梁启超和鲁迅虽然意识到"国民性"有缺点，但都将大部分的精力用在阐扬和批判"国民性"上，并且保持着积极向前的态度，这种着眼于从批判中加以建设的态度，无疑是有着启发意义的。1910年前后，"国民性"问题的讨论是一个时代话题。① 这对于回击1910年代甚嚣尘上的保守主义、复古主义不啻是一把利剑。如陈独秀认为："外人之讥评吾族，而实为吾人不能不俯首承认者，曰'好利无耻'，曰'老大病夫'，曰'不洁如豕'，曰'游民乞丐国'，曰'贿赂为华人通病'，曰'官吏国'，曰'豚尾客'，曰'黄金崇拜'，曰'工于诈伪'，曰'服权力不服公理'，曰'放纵卑劣'。凡此种种，无一而非亡国灭种之资格，又无一而为献身烈士一手一足之所可救治。"② 这可以说是对外人直斥中国的全盘接受，因此有学者指出，其根本问题在于"没有一个人对国民性理论的前提发出质疑"。③ 所谓前提者，就是在于将"国民性"问题任意夸大，而没有认识到其自身的限度，以为通过"国民性"的改造，中国自然就可以成为富强、独立、自主的国度了。"国民性"讨论本来在西方是种族优越论，而到了东方就成为种族劣根性了，这无疑是具有反讽意义的，也就是说中国的"国民性"讨论并没有按照西方的模式来走，而是将西方视为天经地义，东方则是必须改造的对象。这就是"国民性"的谜底。

可以说，改造"国民性"本身是大可怀疑的，它是典型的现代问题，在古代并不存在这样的问题。在古代中国，并没有"国民性"，而只有人性。当人性退去，"国民性"彰显的时候，中国人就不再可以担当人性的载体，而仅仅成为某一国民的特性的载体了。中国文化普遍主义的衰竭，而走向了西方文化所主导的世界秩序之中，并且中国文化和中国人的位置不仅是边缘的，而且是低下的，不完全的。

"国民性"不是一个积极的概念，而是一个消极的概念，"国民性"的核心问题就是劣根性。而新文学就是"了解国人的途径——了解他们的国民性

---

① 主要刊载在《东方杂志》上，时间大致在1905—1919年，代表文章有《论中国之国民性》(1908)、钱修智《惰性之国民》(1916)等。
② 陈独秀：《我之爱国主义》，载《新青年》第2卷第2号，1916年。
③ [美]刘禾：《跨语际实践 文学，民族文化与被译介的现代性（中国，1900—1937)》，北京：三联书店，2008年修订译本。

是什么，有哪些缺陷"，① 这里闭口不谈积极性。作为一个消极性的概念，为什么在中国却出现这样的主题呢，而西方却没有，或者不被深入地研究。实际上，西方人也有自己的"国民性"问题，当然这个论域已经不是民族性话语了，而是现代性话语了。

当时的改造"国民性"主题有一个化约主义的嫌疑，首先，断定了西方人的优越感，其次，断定中国人的卑劣，最后，以用西方作为参考对中国加以改造，而忽视了任何文化都有其劣根性或者说不完善的地方，当然这是西方"国民性"所不愿提及的，他们更多地持有一种文化的、道德的优越感。故此，不能以他人之长衡量自身之短，更不能对自身的长处熟视无睹，置若罔闻。否则，今日倡导的天人合一、己所不欲勿施于人、立己达人都将没有任何合法性了。

由于改造"国民性"是先将中国置于被批判的地位，因为无法看到或者回避看到中国人所具有的优秀特性，而这一点往往被转移到了西方人的身上。这是一种典型的东方主义态度。中国人的懒惰、不卫生、姬妾成群等被无限地夸大。中国的"国民性"理论往往跟随西方传教士，缺乏必要的反思。这些在文学世界里不断地得到了反映，这一文学批判主义、文学反省主义深刻鲜明得展现了中国旧社会的人生百态，但鲜见光明的形象。由于处在弱国状态，文化自信显然已经无法确立起来。文化自卑主义、自贬主义便成为时代的思想氛围。稍有文化自信的学者则被视为文化保守主义者或者文化复古主义者，而忽略了他们自身所具有的强烈的文化使命感和认同感。像阿Q这样到底可否代表中国人的劣根性也是大可怀疑的。只是在沈从文等人的小说里才可以隐约看到人性的清纯以及传统自身的力量。②

改造"国民性"失败的另一个原因在于，这一主题不能被概括为改造"国民性"，而应概括为现代人性的完善与发展之类。像国民政府的新生活运动就不是针对所谓的国民性，而是强调社会风气的变革，具有较为广泛的社会内涵，尽管有诸多不足，但仍不失为中国文化现代化经验之一，后来中国大陆的五讲四美等也与此相通。这都不必上升到国民性的高度。实际上，"国民性"是文化人类学的主题，是观察特定族群的产物，而观察的立场和角度又是无法回避的。可以说，文化人类学的西方中心主义（如种族优越论、东方

---

① 李欧梵语，转引自刘禾著：《跨语际实践　文学，民族文化与被译介的现代性（中国，1900—1937）》，北京：三联书店，2008年修订译本，第78页。

② 沈从文《边城》描写了一个未经现代浸染的湘西乡土世界的爱情故事。

主义等）色彩极为浓厚，他们并没有深入了解当地族群的历史、文化和精神内涵，对一些现象加以西方化的解释。其实，如果超越西方思想框架，东方的行为也许能得到更好的阐释。①

改造"国民性"失败的另一原因在于，具有新国民性的人物形象并没有出现。在现代文学当中，首先我们看到的是一群彷徨者、苦闷者，他们想冲破旧体制，但苦于没有方向。其次，我们看到了一群英雄主义者，他们为了理想在不断奋斗，这一系列的形象后来走向了高大全红光亮的路子，证明英雄主义极端化的危险，也使得小人物不再被重视。再次，我们看到了一群玩世不恭者，是后现代的产物，对父辈加以调侃，但又没有对未来重建的行动和兴趣，英雄他们已经不愿意做。最后，我们就看到一群世俗化的人，吃喝拉撒睡，懵懵懂懂，嘻嘻哈哈。从具有劣根性的阿Q，到鲁迅笔下的彷徨者，到左翼、革命和建国文学中的英雄，再到20世纪80年代先锋文学中的各类人物，最后到当今的世俗百态，能说这是改造"国民性"的辉煌成绩吗？"国民性"真的是最重要的内容吗？在某种意义上，只要人性不完善，"国民性"就永无终结。

人类视野的匮乏也是"国民性"理论失败的重要原因。改造"国民性"只是一个特定时代的问题，是救亡图存时代的策略和尝试，它必须随着时代问题的转向而发生变化。"国民性"还含有有意虚构、误用的因素，有的人将改造"国民性"这一问题不加节制地还原到文化问题，以西方中心主义为标的，使改造"国民性"成为文化批判的替代物，忽视"国民性"问题的社会学内涵，转而让传统文化承担了不应承担的重负，这无疑将深陷西方中心主义和民族主义的泥淖之中。在超越西方中心主义和狭隘民族主义的基础上，抵达人的问题才是"国民性"探讨的方向，放弃人性、人类性，而只在"国民性"上做文章，甚至在"国民劣根性"上做文章，这在视野上是狭窄的，在态度上也是不严谨的。如果说"国民性"没有失败，或者它还未完成的话，那么这个未完成就不是指向某一民族本身，而应是指向整体人类的。

---

① 有一个例子说的很清楚，日本曾引进西方的水循环系统，但经过科学鉴定，日本本身的城市水循环系统比西方的要好。还有一个例子是关于印度的，印度的水渠在英国殖民后被废弃了，西方人没有发现印度自身水渠的重要性，直到得到教训之后才重新启用。

三、启蒙话语的历史轨迹

与国民性相关的另一重要问题是启蒙。① 启蒙也是新人话语的重要内容。与国民性话语围绕民族性不同，启蒙话语主要是围绕现代性展开的。当然，二者有的时候是交叉纠结在一起的。

启蒙一词原是中文的词汇，如古代中国有《易学启蒙通释》《算学启蒙》等，其使用也很频繁，其对应的德语为 Aufklärung，英语为 Enlightenment。在梁启超看来，启蒙是思潮发展的第一个阶段，即启蒙期（用佛教的术语就是"生"），启蒙期就是反动期，"反动者，凡以求建设新思潮也。然建设必先之以破坏，故此期之重要人物，其精力皆用于破坏，而建设盖有所未遑"，"虽然，其条理为确立，其研究方法正在其间错试验中"，因而"自有一种元气淋漓之象"。梁启超所谓的启蒙期指的是明末清初的一段时期，以顾炎武等人为代表，其是对"宋明理学一大反动"②。梁启超的启蒙说和今日所言的启蒙并无根本性的联系，因为今日所谓的启蒙并非是对宋明理学之反动的启蒙，而是对包括宋明理学在内的中国传统礼教之反动。

大体而言，在 20 世纪早期，或者说在 20 世纪 30 年代之前，启蒙并没有作为一个重要的话语被使用，很少有以启蒙为题的著作，即便用也不过是初级读物。③ 仅据我所见，1930—1932 年，北平《益世报》有副刊《启蒙》，发行到第 17 期。④ 即便像《西洋史》这样的中国学者的著作，对西方启蒙运动也

---

① 当然，与国民性相关的并非启蒙，还有一个很重要的词是"唤醒"（awakening），而"在象征意义上，'唤醒'和'启蒙'几乎是等价的，都是由蒙昧、混沌向文明、有序的过渡"。1887 年曾纪泽在欧洲《亚洲季刊》上发表了一篇文章《中国先睡后醒论》。曾纪泽之所以使用唤醒，其根本原因在于当时欧洲盛行的唤醒论，先在基督教领域广泛使用，后来扩展到对东方世界（如中国、印度、日本等）的唤醒。在当时，"唤醒中国"这样的字眼并不鲜见。在唤醒的意象上主要有两类，一是龙，二是狮子，尽管睡狮是目前影响最大的，但在晚清，所唤醒的恰恰是龙，狮子主要是英国的象征物（如清末《时局图》象征英国的狮子就卧在华南地区），不会轻易地转换到中国身上。狮取代龙主要在于革命势力的高涨，龙这一陈旧形象被放弃了，而"醒狮"成为一个通行的话语，这恰当地满足了当时革命者内心的民族主义情结，即迥异于过去的新的中国形象。唤醒本质上仍然体现着萨义德所描述的东方主义话语机制，即认为，这一"唤醒论"是"整个西方对于整个东方的一种居高临下的态度，是'文明社会'对于'前文明社会'优越感的表现"。引文见施爱东：《拿破仑睡狮论：一则层累造成的民族寓言》，载《民族艺术》，2010 年第 3 期。

② 梁启超著：《清代学术概论》（1920 年初版），北京：东方出版社，1996 年版，第 2—4 页。

③ 1902 年出版有《格致启蒙》《化学启蒙》，都是入门之意，并无后世启蒙的内涵。

④ 见北京大学图书馆馆藏目录。

从来缺乏必要的关注①，倒是对文艺复兴有着强烈的兴趣。

由此，我们大概可以看到这样一种情况，今日用启蒙来描述的新文化运动，当时人却鲜有以启蒙来论述的，或者说至少在30年代之前，新文化运动和启蒙话语并没有非此不可的联系，那时使用的"革命"一词要远为普遍，②尽管清末民初中国引进启蒙运动思想就已经初具规模了③。启蒙被广泛地使用（特别指称新文化运动）与所谓的新启蒙运动密切相关，尽管并不是新启蒙首先命名的，不过，20年代中期以后，尤其到30年代，新文化运动已经被视为要超越的对象了。30年代以后，马克思主义色彩浓厚的新启蒙运动在中国的兴起，人们才广泛从启蒙话语的角度，重新审视近代中国的启蒙思想史。

新启蒙运动是发生于1930—1940年代的一股思潮。④ 其中的代表是陈伯达、何干之、艾思奇等人。问题在于，为何在30年代，新启蒙运动会兴起呢？新启蒙运动的兴起离不开马克思主义在中国的传播。大革命失败以后，国民党加快了在意识形态的统治，"左翼"一度受到压制，以往那种以城市为主的斗争路线已经不适应中国革命的现实。左翼也在探索寻找自己的新的指导思想，其后随着抗日战争的开始，如何进一步动员人民投入到革命实践和反侵略斗争实践无疑越来越严峻了，迫切的现实问题使得思想运动应运而生。这便是新启蒙运动。

新启蒙思想的提出者是陈伯达。⑤ 他在1936年发表了若干篇文章，阐述新

---

① 陈衡哲著《西洋史》下册有文艺复兴、宗教改革的论述，但对启蒙运动却语焉不详。邢鹏举著《西洋史》（师承书店，民国三十年）也是有对文艺复兴、宗教改革的专门讨论，启蒙运动不见踪迹。

② 在30年代之前，有零星的使用启蒙来描述新文化运动的，主要是左翼思想家，但评价不高，如成仿吾认为"五四新文化运动"只是一种"浅薄的启蒙"（《从文学革命到革命文学》，载《创造月刊》第1卷第9期，1928年2月）。在其他一些著述里也有类似的表述如李鼎声《中国近代史》（1933）。

③ 主要表现为严复的翻译，如赫胥黎的《天演论》、孟德斯鸠的《法意》（今即《法的精神》）、亚当·斯密的《原富》（即《国富论》）、斯宾塞的《群学肄言》、穆勒（J. S. 米尔）的《群己权界论》和《穆勒名学》，这些著作均是启蒙运动时期思想的表现。还有王国维对康德哲学的译介等。

④ 仅著作就有《近代中国启蒙运动史》（何干之，生活书店，1938）、《抗战与新启蒙运动》（陈唯实，扬子江出版社，1938）、《什么是新启蒙运动》（张申府，生活书店，1939）、《重论新启蒙运动》（时翠林府社编，1941），参阅陈亚杰著：《当代中国意识形态的起源：新启蒙运动与"马克思主义中国化"的生成语境》，北京：新星出版社，2009年版。

⑤ 1932年，中山大学文艺研究会创办《新启蒙》，因批评国民党，创刊号之后便停刊，这是笔者所知新启蒙最早的使用。

启蒙思想。① 大意有两点，一是宣传作为新哲学的马克思主义，强调和现实政治的紧密结合，在各个领域实践马克思主义（主要是唯物主义辩证法），二是划清与新文化运动的界限，提倡第二次新文化运动，在优先性上，新启蒙要高于新文化运动的旧启蒙，是对其的超越和提升。② 当然，这仅是理论上的一种宣传鼓动，要真正超越新文化运动还需要更多的实绩。陈伯达的新启蒙运动在当时引起了广泛的响应，其中何干之出版的《近代中国启蒙运动史》是较系统地叙述近代中国的启蒙运动的一部著作。

何著将近代中国启蒙运动的历史的开端定在"洋务运动"，经维新运动、新文化运动、新社会科学运动（即科玄论战），最后发展至新启蒙运动。何干之认为，由于社会基础匮乏和实施主体的局限性，洋务运动和维新运动算不得是启蒙运动。新文化运动是真正的启蒙运动，但有其不足之处，新社会科学运动完成了对新文化运动的第一次否定，抛弃了对文化的过分不自信和否定，提出了新方法论。新启蒙运动是第二次否定，抛弃了思想的狭隘性，提出了民族思想的自信心，这个自信心就是创造性、综合性和超越性。新启蒙运动之所以是新，乃在于"它是过去启蒙运动的综合，经过扬弃的作用，已把启蒙工作，提高到一个新的阶段了"。③

新启蒙运动对五四新文化的清算主要是将新文化运动定性为"资本主义的文化运动"，而新启蒙运动从性质上说也就是高于所谓资本主义文化运动的无产阶级文化运动。后者在很多时候又具有相当的现实合理性，新启蒙运动的立场无疑是马克思主义的，其任务在于动员群众力量进行抗日救亡，客观上促进了马克思主义在当时的传播。曾经历新启蒙运动的李慎之后来说，"'新启蒙运动'造成了马列主义在中国的强有力的传播"。④ 王彬彬认为，"这场运动，极大地促进了马克思主义、列宁主义和斯大林主义的中国化，更使得中国化的马克思主义、列宁主义、斯大林主义在中国迅速普及，尤其对青年知识分

---

① 陈伯达：《新哲学者的自己批判和关于新启蒙运动的建议》（载《读书生活》第 4 卷第 9 期，1936 年 9 月 10 日）、《论新启蒙运动》（载《新世纪》第 1 卷第 2 期，1936 年 10 月 1 日）、《思想的自由与自由的思想——再论新启蒙运动》（《认识月刊》1937 年 6 月创刊号）、《论五四新文化运动》（《认识月刊》1937 年 6 月创刊号）、《思想无罪——我们要为"保卫中国最好的文化传统"和"争取现代文化的中国"而奋斗》（《读书月报》第 3 号，1937 年）。

② 关于新启蒙运动对五四的评价问题，可参阅张艳：《新启蒙运动对五四新文化运动的评说》，载《史学月刊》，2009 年第 12 期。

③ 何干之著：《中国启蒙运动史》（1938 年初版），上海：生活书店，民国 36 年（1947）版，第 204 页。

④ 李慎之：《不能忘记"新启蒙"》，载《炎黄春秋》，2003 年第 3 期。

子产生广泛而深刻的影响"。启蒙也就从所谓的资本主义的启蒙进入了无产阶级的启蒙。① 从现代中国而言，新启蒙并非高潮，40 年代在延安举行的整风运动才是新启蒙的高潮。整风运动既确立了毛泽东在中国共产党的核心地位，也挣脱了苏联（共产国际）对中国共产党的支配，真正实现了马克思主义的中国化；而在文艺上的最大成果是确立了文艺为工农无产阶级政治服务的指导方针，那些来自国统区的文学知识分子无疑成为被改造的对象。不过，相比后来的反右、"文革"给人格、人身带来的巨大的摧残，整风运动还算是比较温和的。新启蒙运动、整风运动都是对五四精神的清算、批判，有利于政治动员，但从长远看是不利于文艺的正常发展，这实际上就走向了启蒙的反面。后来提到的"双百方针"则是一次有效的纠正，契合了五四精神。②

关于中国现代史主题变迁，李泽厚用"救亡压倒启蒙"来概括。③ 李泽厚所谓的启蒙是狭义的，主要是现代性、现代化问题，着眼于民族文化建设，其所理解的救亡主要是国家的独立和解放。不过，我们从新启蒙运动可以看出，其实救亡本身已经被启蒙化了，启蒙已经成为救亡的重要思想内容。这种启蒙自然是一种广义的启蒙了。除了新启蒙运动对新文化运动用启蒙加以描述外，还有一种就是将新文化运动描述为文艺复兴。④ 那么，是用文艺复兴，还是用启蒙运动，这涉及人们对新文化运动定位的问题。相对而言，同时代的人可能更倾向于革命、文艺复兴等，而后来的人可能会有自己的理解。启蒙和复兴所指涉的内容并不完全相同。启蒙重在人，而复兴则重在文化。然而，新文化运动也提倡文化，但是更多的是以文化为手段进行人的现代化，不过有的时候双方也是紧密结合在一起的。由于文艺复兴涉及传统话语，此不赘述。

所谓启蒙，根本上来自西方的启蒙运动。西方现代文化的发展是从封建中世纪的黑暗中挣脱出来的，先有文艺复兴，将古代的优秀传统重新发挥，后有启蒙主义，通过将好的思想和新的思想传播开来，影响个体和社会的发展。黑

---

① 王彬彬：《"新启蒙运动"与"左翼"思想在中国的传播》，载《河北学刊》2009 年第 4 期。

② 双百方针即"百花齐放，百家争鸣"，1956 年 4 月 25 日，中共中央主席毛泽东在中国共产党中央政治局扩大会议上发表的《论十大关系》的讲话中提出，后中宣部部长陆定一向知识分子作了题为《百花齐放，百家争鸣》的讲话进一步阐释了双百方针的内涵："提倡在文学艺术工作和科学研究工作中有独立思考的自由，有辩论的自由，有创作和批评的自由，有发表自己的意见、坚持自己的意见和保留自己的意见的自由。"但双百方针并没有在当时贯彻，直到改革开放后被强调，但贯彻情况并不乐观。

③ 李泽厚：《启蒙与救亡的双重变奏》，见《中国现代思想史论》，北京：东方出版社，1987 年版。

④ 黎君亮：《五四运动与文艺复兴》，收入《新文艺批评谈话》，北平：人文书店，1933 年版。

暗的中世纪成为西方所不得不克服的对象。但中国有这样的黑暗的中世纪吗？有将布鲁诺活活烧死的宗教力量吗？有泯灭人性的至高神性吗？有大肆敛财的西方宗教体系吗？当17世纪的西方对中国一往情深的时候，我们能说中国是一个愚昧落后的国度吗？尽管这种看法有西方的一厢情愿，但至少证明中国并非一无是处，也证明西方不是尽善尽美的。在现代文化史上，鲁迅的一句话很有名，那就是在《摩罗诗力说》中的"别求新声于异邦"。① 客观上说，这句话本身在当时的历史语境中是一个常识。但这句话并没有完全将问题概括进去。因为新声既然来自异邦，那中土的新声在哪里呢？同样，文论家钱竞也说过，中国现代文论就是学习和使用西方文论的过程。那么，我们的问题是维新对中国文论而言，究竟意味着什么？西方在17、18世纪里，完成了自我的身份定位，然而东方却在随后的时间中迷失了自己的身份，而沦为被启蒙的对象了。

启蒙是目的，但内容是新知，没有新知，启蒙就无法落实。但是，知识的维新也有一种情况是脱离了对启蒙的重视，也就是脱离了对人的精神的塑造，而走向了所谓的纯粹知识。这里的纯粹知识自身也有其价值，因为任何知识并不都是与社会文化历史等绝缘的，知识是对现实的提炼。这里所谓的纯粹知识主要指的是一种专业知识，是与社会上的普通人或者大众没有更为直接的联系。专业知识必须经过多种的渠道才可以直接成为普及民众的知识。

四、现代文论的人文意义再审视

无论是人的文学、国民性话语，还是启蒙话语，都涉及一个新人的问题，也就是如何对人的内在精神世界产生积极影响。文学和文学理论除了其知识功能外，还有其新人的功能也不容忽视，这便是文学理论的人文意义。在此意义上，现代文论就是人文学的现代文论。文学理论的文化启蒙意义主要体现在启蒙主话语和审美话语上。这是现代文论研究比较突出的共识。

学界一般将现代文论分为两个方面，一方面是功利主义，另一方面是审美主义。功利主义大体归属于现代的启蒙主义，但不限于启蒙主义，功利主义还有政治、军事、经济、社会等原因，本书对此不作过多讨论，而是集中在启蒙主义上。启蒙主义大致包括政治启蒙主义、思想（世界观）启蒙主义、文化启蒙主义、知识启蒙主义、艺术启蒙主义等，将启蒙主义理解为一种思想教化，只是局部的意义而不是整体性。将启蒙主义与功利主义放在一起讨论似乎

---

① 令飞（鲁迅）：《摩罗诗力说》，原载《河南》第二、三期，1907年。

不伦不类，在有些时候启蒙主义是排斥功利主义的（如"救亡压倒启蒙"说），认为启蒙本身并不能带来实际的利益，反倒比较认同审美主义。这里将启蒙主义和功利主义放在一起讨论乃是考虑到启蒙主义在审美主义、功利主义问题上的重要性和复杂性。此处并不把启蒙主义等同于功利主义，但认为在内容上功利主义包含着启蒙主义的部分要素。这既是强调功利主义自身的现代性内涵，也是强调启蒙主义本身的历史价值，将任何启蒙主义排斥于功利主义之外并无益于启蒙主义，而将启蒙主义等同于功利主义也是不合适的。启蒙主义有着多方面的内涵，这并不意味着走向政治一元化，也不意味着天然地与人文主义、自由主义原则相悖。启蒙主义在中国 20 世纪的线索是明显的，也是中国现代文论的最强音，其注重教化（知识）、宣传（政治）、启蒙（理性）等，使启蒙主义与文学救国、文学立人等有着密切的关系。

审美主义则可以归入现代的人文主义或者自由主义，开始注重个体心性（感性、知性、理性等）的丰富和完善。但是，审美主义又不等同于自由主义。因为文学的自由特性并非仅仅是审美的，它的人性解放、精神净化、灵魂提升等终极性内涵都不是一般意义的审美所能囊括的，尽管我们有的时候也把它们视为审美的一部分。文学的自由主义的宗旨和目的强调的是文学对人心灵安顿的重要作用，如果仅仅是审美愉悦的话，那还不是自由主义的。审美—自由主义不是一个通俗化、普及化的过程，而是一个个人化、本体化的过程。

启蒙主义和审美主义（自由主义）往往相通，虽然启蒙主义的弱形式（文化、艺术启蒙主义）和自由主义较为接近。但是启蒙主义的强形式（政治、思想、世界观等）则离自由主义较远。某一政治力量一旦形成，其将不可避免地落实贯彻自己的一整套意识形态和话语，那种普遍的自由主义话语就逐渐失效了，或者不再引起重视。启蒙主义重在社会，强调向整个社会传播，尽可能争取和动员更多的人，而自由主义则强调个人自觉的独特性、具体性，不是整齐划一、一呼百应，而是色彩纷呈、灿烂多姿。自由主义的自由、自愿、自主、个体、内在、精神等要素本也是启蒙主义所坚持的。然而启蒙必然包含着自由的因素，启蒙不可能将专制、蒙昧、落后的东西传输给接受者，而总是那些在启蒙者眼中被视为伟大、进步、积极、崇高的东西。当然，启蒙并不是自由，为自由而奋斗的英雄可以视为启蒙的内容，但自由本身是什么，这却是启蒙所难以涵盖的。并且启蒙主义往往滑向了政治主义，文学也就成为了政治的工具、装饰、附属而已，而没有了自己的独立地位，更无法切实贯彻文学本来的精神价值，成为对外在价值的一种注解和描摹。改良派、革命派迫切想实行政治上的一整套变革，从而为其思想文化的建设廓清道路，但没有深入考虑人的问题，缺乏必要的思想文化基。政治是不可能毕其功于一役，文化也更是如此。因此，在整个社会范围内进行持续的文化、艺术、人文的启蒙是非常必要的。

启蒙主义和自由主义本是并行不悖的，不能在需要在社会动员、统一行动的时候大谈、空谈个人自由和精神安顿，也不能在需要涵养心性、精神安顿的时候大谈空洞的社会政治理想，不顾个人的特殊性。启蒙主义总是在富有激情的时代被燃烧，由于方向已经被设定，留给人们的就是前赴后继，而自由主义则往往是在一个遭遇挫折（苦闷、焦虑、彷徨）的时候被唤醒，这个时候需要自己为自己选择方向。在富有激情的时代，人们的精神安顿本就在这种理想之中，但是遭遇挫折，或者这种理想实现的时候，个人的精神需求仍然没有停止，在这样的情况下，与其是知识的灌输、观念的教化，毋宁是对人性自由的开发，去丰富人性，去思考，去体验。启蒙主义和自由主义关涉文学的外在与内在是不可分割的，但都落实在个体的人身上。人总是复杂的，他的心灵安顿也不可能仅仅局限在精神、感性和个人，广阔的社会空间也不会成为个人发展的束缚。

从个体性角度而言，提倡审美、自由主义的文学学者主要是文人、知识阶层、学院派人士，其往往缺乏社会经验，或者与社会关系较远等。他们对人的内在精神思考较为缜密，注重品味、趣味、乐趣、精神价值。而那些提倡启蒙、政治的文学的学者主要是思想家、社会活动家、革命家、政治家，往往自觉、积极地参与社会历史进程，发现了文学巨大的启蒙、宣传的作用，他们的一篇很好的作品能够打开时代风气、鼓舞士气、传达意识形态、动员人力，培养一代代的新人等。应该说，这两种情况都是合理的。尤其是在中国 20 世纪，战乱频仍，几乎使人们无法平安地在小我的圈子里生活，即便是那些学者、文人、教师也经受着这样的考验，在自己的研究范围内寻找到相似的体验，从而达到一种共鸣。其中有些人则直接走向了社会前沿，如闻一多等人被认为是民主斗士。

启蒙主义和审美主义随着时代的变迁而不同。在当代中国，全民共同面临的巨大的社会变迁已经越来越少了，代之而起的是一个平稳的时代。热火朝天、全民动员已不再，人们各司其职，生活有条不紊，宣传、动员等已经体制化，人们对文学的启蒙作用的激情也随之减弱。启蒙功能的减弱是因为中国进入了一个普遍的知识时代，识字率、教育程度都远较 20 世纪前半叶有很大的改观，启蒙主体已经逐渐丧失了启蒙的合法性。整个时代进入后启蒙时代，或者后精英化启蒙时代，被启蒙者在知识、文化上越来越主动。与此相关的是审美话语的兴衰。从兴起的角度而言，启蒙话语的繁荣必然意味着审美话语的繁荣，而启蒙话语的衰微也必然意味审美话语的衰微。所谓的日常生活审美化、消费主义是不能被视为审美主义的健康发展的。自由主义的审美主义从根子上是反对资本主义，尽管资本主义给自由主义的审美主义带来了极佳的反抗封建皇权、教权的平台，但是自由主义的审美主义还有更高的价值追求，也就是艺术追求。20 世纪 90 年代以后，文学日益市场化、消费化、娱乐化，启蒙功能和审美功能都被放逐了，这反而说明了中国启蒙主义和审美主义没有获得建制，没有沉淀为传统。相反，文学理论或者寄生于固有体制讨生活，或者追逐肤浅的表层问题，或者走向了纯粹的知识化、文本化，那种承担着强烈的浓厚的批判意识、现实意识、人文意识的文学理论也渐行渐远，渐行渐少。这一点尤其值得审思和警惕。

第四节　文学现代性：时间、空间与内涵

维新与文学现代性密切相关。[①] 文学现代性大抵可以划入文化现代性的行列之中。文学现代性本身是促进文学的变革的，但是文学变革并不意味着都是文学现代性。这里并不是全面考察文学现代性，而是从维新的角度而言。现代性的发生离不开特定的时空，并且有着特定的内涵。在此我将文学现代性划分为文学现代性时间、空间和内涵三部分，以考察维新与它们的内在联系。

一、文学现代性时间

1. 文学现代性的时间变迁：事变、时变、世变

在我看来，文学现代性的首要问题是文学的自我意识，自我意识的核心在于时间性意识，也就是有限性意识。波德莱尔说过，现代性就是瞬间，是时间的一半，时间的另一半是永恒。文学现代性就是在变动不居中把握自己的永恒。由于现代性本身与时间性关系密切，这导致了现代性充满着张力、多元结构。居于主导地位的传统一元论让位于现代的二元论。这些问题归根结底在以

---

① 有关现代的内容请参阅第二章，此处主要讨论文学现代性的多重意义。文学的现代性这一提法并非始自当代，在民国时期就有这样的提法，如杨维铨《美国文学的现代性》一文，收入《文学论文集》（上海：中华书局，1935）。

下三个方面：其一，现代文学发展观与发展模式的问题，具体说就是超越传统的文学发展的循环模式，而进入了现代性的线性时间模式，注重增量变化、累积性变化与替代式变化，也即新的文学会不断出现，旧的文学则会不断退隐。其二，文学发展或者变革将是全局式、整体式的，不是局部的，这导致主体、主流、中心不断发生了位移。其三，这种变革的发生频率较高，文化的更迭、变迁日益频繁。简言之，文学现代性就是向前的、整体的和频繁的，而这也打开了现代性的多元文化空间。多元文化话语既是对现代性问题的一种审慎的反思，也是多现代性的丰富展开。

文学现代性时间主要表现为文学的现代性变迁以及这种变迁在历史中的不同地位和影响。这些现代性变迁构成了文学现代性的时间序列。那么，究竟哪些现代性变迁在文学现代性时间序列中更重要呢？这涉及我们如何评价历史问题。安娜学派在这方面的研究尤为突出。安娜学派的代表人物布罗代尔在《历史与社会科学：长时段》（1953）① 一文中，将历史时间划分为三个层次，第一个层次是事件，第二个层次是周期，第三个层次是结构，分别对应于短时段、中时段和长时段。这里对这一观点稍加改变，试从事变、时变和世变三个层次论述。

事变，即所谓突发性的事件变化。往往由具体的人物、事件、文本等引起，或者以其为中心，持续时间不长，但是具有突发性、爆发性，成为文化界、文学界的热点，可以用日、年来计量。事变多持续一段较短的时间，然后平息下去。在爆发的时候，全民为之瞩目，在平息的时候则无人问津。事件的平息主要原因在于有新的事件在不断发生。在中国现代思想史上，各类运动、事件层出不穷，就是例子。

时变，即所谓一代之潮流、趋势，具有一定的周期性。时变指的是较长时间的变化或持续，具有相对的稳定性和完整性，可以用年代来计量。在不同年代，世事都有不同的表现，20 世纪 30 年代的中国和 80 年代的中国，都从属于从传统到现代的发展阶段，但主题和表现极为不同。在古代中国，一般的时变指的社会风气的变化，比如，唐代的初、盛、中、晚等，每一个时期都持续将近百年时间。

世变，世变中的世指的是世界，变是变化。世变也可以称为势变，所谓世界大势变迁之意。世界的变化有着空间的维度，但从时间的维度上来说，世界

---

① ［法］布罗代尔著：《论历史》，刘北成、周立红译，北京：北京大学出版社，2008 年版。

的变化在于其整体性，局部的变化并不能称为世界的变化。但是，在古代，有些社会将自己理解为世界性的，这又是世变的一个变种。世变的计量单位为世纪。世变往往是几个世纪才能完成的，其深刻性和广泛性都是传统世界所不能比拟的。比如，中国古代世界（如帝制）延续了近20个世纪（秦至清），西方的中世纪延续了近10个世纪（5至15世纪）。它们的变化，可以用世变来概括，在变化之初，尤其剧烈。这尤以从传统世界向现代世界的转变为代表。这一世变至今仍没有完成。在古代中国，世变的计量单位是朝代，如唐、宋、元、明、清，一些较小的朝代如果没有特殊的重要性的话，一般都合并论述，如五代十国、南北朝等。朝代的变迁可谓改朝换代，是惊天动地的，一般伴随着社会的大动乱。中国的朝代更替有着循环史观的意味，这就是上文提及的善恶二元论与天命论。现代意义上的世变却不是循环的，而是日益扩大的，是射线性的。

如果说事变可以用当下性来表示，时变可以用时代性来表示，那么世变可以用历史性来表示。当下性可以上升为时代性，乃在于当下性本身具有时代性的力度，同样，时代性也会引起重大意义而上升为历史性的。不过一般情况下，我们接触到的更多的将是当下性和时代性的问题，历史性的问题并不多。历史性问题不在于多，而在于其重要性，它们始终引导着时代性、当下性。世变给我们的主题具有恒定性，时变则将这些恒定的主题具体化、时代化。

2. 个案分析：新文化运动与文学现代性时间

在整个现代中国文学历史中，事变、时变、世变都有着鲜明的表现。发生于1917年前后的新文化运动，就是一个理解文学现代性时间很好的例子。

从事变角度而言，新文化运动主要指的是"五四运动"，即发生在中华民国八年，1919年5月4日当天的一个事件。"五四运动"由具体的事件引发（主要是中华民国中央政府在巴黎和会上外交失败），短时间内出现、发展并结束，表现为事变，持续时间两个月。从事变角度而言，"五四运动"要远比1917年的新文化运动更为影响巨大，这主要在于"五四运动"是一个重要而耀眼的事件，是一次实践运动，包括了示威、游行、请愿、罢课、罢工、罢市等，这些对社会的影响都是可见的。当然，这样的事件也不会是日常性的，巴黎和会出卖中国利益（即原德国在山东权益让与日本），中华民国中央政府代表没有签字,① "五四运动"的直接目标已经实现,运动也就随之平息了。这就是新文化运动的事件性特征,有着明显的救亡色彩。这和现代的另一内涵——"摩登"有一定的相关性。现代有时尚、流行之意,往往稍纵即逝。事变的现代性大抵只是谈资,而只有那些重要的事件才可以被人铭记。1924年4月19日,中共中央局委员长陈独秀和秘书毛泽东联名发出《中共中央通告第十三号》,首次要求各地的中国共产党的组织展开"五一""五四""五五""五七"纪念和宣传活动,将"五四"列为重要节日。事件的五四构成了五四的重要方面,但也有可能掩盖时变的新文化运动。

从时变角度而言,新文化运动又上升为一个时代的标志,即真正意义上的新文化运动。新文化运动有事件的内容,但不止于事件,这和"五四运动"一样,在这一意义上,五四运动和新文化运动是不可分割的。时变意义上的新文化运动的时间从1915年《青年杂志》的创办算起,经由《新青年》、五四运动,一直持续到《新青年》终刊的1923年。② 1919年,新文化运动的影响并没有消失,而是持续地产生着影响。从形式上说,新文化运动提倡的白话文得到了官方的认可,北洋政府教育部于1920年1月12日正式确立白话文作为"国语",白话文随之在全国获得了合法性地位,日渐通行下去。从内容上说,科学、民主、个性等新思想在社会上被广泛传播,自然科学在20年代以后迅速发展了,新文学从点到面的蓬勃开展,文学研究会、创造社相继成立了。更重要的在于直接推动了马克思主义在中国的传播,1921年,中国共产党成立了。

新文化运动的时代影响当然不能任意夸大,随着时代的变迁,其也逐渐淡出了。新文学运动只是诸种新文学运动的序列中的一个,像清末民初的新小说运动、五四的新文学运动、20—30年代的革命文学运动、40年代的新民歌运动等、80年代的新时期文学、21世纪以后的所谓新世纪文学等,都曾产生了时代的影响。在20世纪二三十年代先后有革命文学、新启蒙运动对新文化运动加以清算并试图超越,可见时代问题变迁导致人们对历史评价的差异。

---

① 5月1日,中国谈判代表、外交总长陆征祥请示中央政府,5月2日,北京政府密电中国代表可以签约。随后便是近两个月的全国抗议,6月28日,原定签约之日,中国驻地代表团被留学生包围,代表团发表声明,拒绝在和约上签字。1922年2月4日,中国和日本还在华盛顿签订了《解决山东问题悬案条约》及其附约。条约规定,日本将德国旧租借地交还中国,中国将该地全部开为商埠;原驻青岛、胶济铁路及其支线的日军应立即撤退;青岛海关归还中国;胶济铁路及其支线归还中国等。基本上,中国通过《解决山东问题悬案条约》收回了山东半岛主权和胶济铁路权益。
② 有的则延伸至1926年北伐战争之前。

从思想观念上着眼，新文化运动反映了那一时代特有的思想模式，即进化论。胡适在《文学改良刍议》中断言："然以历史进化的眼光观之，则白话文学之为中国文学之正宗，又为将来文学必用之利器。"① 1917 年 5 月，胡适又发表了《历史的文学观念论》，更进一步申述文学进化观念。历史的文学观念的集中概括就是"一时代有一时代之文学"。"一时代有一时代之文学"是新文学发展的一面大旗。当然，"一代有一代之文学"在胡适那里并不是宽泛意义上的，而是从属于他的白话文学理论。他认为，"一代有一代之文学"最根本的体现在语言的变革上。应该说，胡适并没有认真思考"一时代有一时代之文学"的内在的复杂性。因为，用语言变革还不能完全概括文学的多种变化。将中国文学的发展划分为文言文学和白话文学，是对文学历史发展丰富性的简化。但从革命策略而言则具有积极的意义。茅盾在 1920 年认为，"新文学就是进化的文学"。② 这样的观念也反映在了文论史的论述中，如《20 世纪中国文艺学学术史》第二卷下部，有一节是"进化的文学"。③ 这一概括是极为恰当的。作者认为"变化的观念，也即进化的观念是现代性的根本内涵"。在古代中国看来，变与不变是一对辩证关系，但是在制度层面，变往往被不变所取代，成为制度的惰性。如果文学依附于某种制度或者王朝，它自身的惰性就会不断地膨胀。在古代这种文学复古主义时有出现。在进化观念的影响下，新文学取代旧文学是历史发展的必然。因为"一代有一代之文学"。这一句子曾经在"五四"前后甚为流传，每个时代都有自己的文学，因此要打倒旧的文学。但是时代之所是新的，乃是因为进化的结果。如果时代只是时间的变迁，而没有进化、发展的因素在的话，这样的文学也不会归于新文学。新文化运动还催生了另一种思想模式，即马克思主义，这是之前其他新文学运动所不具备的。但是进化论和早期的马克思主义往往流于简单、粗暴，且有二元对立的嫌疑。这种时代性印迹随着历史的不断前行而被超越了。

在文学理论上，新文化运动主要表现为对旧派的猛烈攻击。这种攻击已经有着长久的理论准备，加之突发事件的出现，使旧派逐渐丧失了话语权。他们的有些争论可以说是一时性的，其基本文献收集在《新文学大系》第一卷《建设理论集》、第二卷《文学论争集》中。这些探讨在当时产生了重要的影响，革新派可谓无所不用其极地打击旧派，甚至不惜使用双簧这种不道德的方

---

① 胡适：《文学改良刍议》，原载《新青年》第 2 卷第 5 号，1917 年 1 月。
② 茅盾：《新旧文学平议之评议》，原载《小说月报》第 11 卷第 1 号，1920 年 1 月。
③ 旷新年著：《20 世纪中国文艺学学术史》第二卷下部，上海：上海文艺出版社，2001 年版。

法。从运动策略而言，新文化运动是成功的，因为他们胜利了，但在某些理论探讨上流于情绪化、简单化，甚至有的也没有超出王国维、鲁迅等人的水平，尤其那些论辩性很强的文论，至于其文化价值则是另一个问题。①

新文化运动的时代性主要受制于其特定的语境，由于人员、时局、思潮等的变化，此前统一而集中的新文化运动随之分化了。这只是其初步的结束，再加上大革命（1926—1927）、抗日战争（1931—1945）的出现，新文化运动的时代性影响越来越弱。比如，在 40 年代，中华民国最高领袖蒋介石发表《中国之命运》，对五四学生爱国运动表示赞成，而对新文化运动则表示反对。

说新文化运动时代性影响越来越弱并不意味着新文化运动本身的历史性影响的衰弱。所谓历史性就是从世变的角度而言的。从对后世（非当时）影响上说，新文化运动具有极为重要的作用，这是毋庸置疑的。这就是新文化运动在世变层次上的重要性，也就是说新文化运动不但产生了当下性影响，也产生了时代性影响，尤其产生了历史性影响。这是超越于事件意义上的五四运动、时代意义上的新文化运动而上升到结构意义上的现代性运动，而这一现代性运动构成了中国现代性的"轴心"，表现出典范性、不可超越性的特点，在文学现代性上也同样如此。1979 年，周扬将"五四"运动与延安整风运动、70 年代末粉碎"四人帮"之后的思想解放运动称为中国现代历史上发生的三次伟大的思想解放运动。② 这使得五四运动经过六十年后焕发了新的意义。救亡、启蒙、现代性（思想解放、文化现代化）构成了新文化运动的三个面相。这使得我们在面对现代史的时候第一个需要回溯的社会运动就是新文化运动。③

新文学运动深刻改变了现代中国的文学生态，将生命力、创新性注入现代文学之中。新文学运动首先廓清了旧式文学（如鸳鸯蝴蝶派）在文坛的消极影响，将新文学视为有生命力的、活的文学，也即人的文学。白话文的兴起并不始于新文化运动，只是新文化运动使白话文获得了合法性的地位。新派人士将白话文视为有生命的、鲜活的，而文言文则被视为陈旧的、没有生命力的。在胡适等人看来，新文学就是活文学，同时也是真文学。这个真就是真正的意思，这是文学本质论维度。真文学是有价值，而假文学是徒有其表而已。所谓

---

① 陈平原从文章学、文体学等角度分析了这些政论文的特殊价值，见陈平原著：《触摸历史与进入五四》第二章，北京：北京大学出版社，2005 年版。

② 周扬：《三次伟大的思想解放运动》，载《人民日报》，1979 年 5 月 7 日。

③ 罗岗：《五四：不断重临的起点》，载《杭州师范大学学报（社会科学版）》，2009 年第 1 期。

的旧文学主要有桐城派、①《文选》派、② 江西派、梦窗派、《聊斋志异》派，等等。③ 胡适认为，白话文学也有没有价值的文学，但这绝不是向文言文妥协的理由。因为，白话文学固然有不好的文学，但是要从文言文里产生真正有价值的文学则是绝无可能的。"死文言绝不能产出活文学"这一断语正是新文学的态度的鲜明体现。活文学是生命力的文学，而在当时中国文学的"大病"却是"言之无物"，远离中国社会变迁。死文学一说可谓振聋发聩，从声势上说是先声夺人，直接抓住了问题的核心。胡适如果在于破的话，那周作人就在于立，其阐发的"人的文学"观念，将文学现代化从形式层面拉入思想层面，至今仍有着历史意义。可以说现代文学无不追溯至五四新文学，尽管有的学者将现代性往前延伸，但"五四"新文学始终是无法绕过的巨大存在，"五四"新文学不在其源，而在于其设立现代文学的典范性和导向性。

五四新文学确立了立足现实、反复古的文化立场。立足现实就是强调文学与当下现实的相关性，不是远离社会、政治、文化的，不是那种封闭、自恋式的个体把玩、消遣。反复古是立足现实的题中应有之义，反复古并不意味着反传统，传统的某些因素也为新文化运动所坚持，新文化要反的是复古主义，就是那种一味地拥抱传统的思想倾向。胡适攻击旧文学主要在于旧文学的复古、模仿，文必秦汉的作风，文学发展的标准在古代，而非当下。胡适坚持文言文学向白话文发展是历史的必然。"白话文学之趋势"就是历史的趋势。从"伏于唐人之小诗短词"，到宋代语录，再到元代之小说戏曲，以至明清小说，无不是白话文学的发展趋势之体现。胡适分析古文家的弊病在于只看到标准，而没有看到他们所尊奉的榜样在当时都是具有创造性的。汉唐文章之所以成为典范就在于它们适时革新而富有生气，后世古文家的模仿之所以不是经典就在于他们仅在于模仿，而没有吸收汉唐文章之创新精神。胡适从前提着手批判古文家不知新变可谓釜底抽薪。康有为为了改良，也搬出古代的思想资源，其思路大致一样。也就是说，变革在中国从来都是存在的，那些亘古不变的观念实际上在当时也是变化的结果。胡适等人要冲破的就是这种历史的惯性。胡适立论并非一概打倒，而是强调今人作今人文章。胡适要批判的古文家是元以后的古文家，他们"居心在于复古，居心在于过抑通俗文学而以汉魏唐宋代之。此

---

① 桐城派，清代文章派别，方苞开创，重要代表有姚鼐、刘大櫆、曾国藩等，强调义理、考据、词章等，尤其重视儒家义理，其思想基础是宋学（程朱理学），其文章风格是简易畅达。

② 《文选》派，清末民初的文章派别，清阮元、汪中等人开创，刘师培、黄侃为之倡导，强调"骈文为文章正宗"，也称骈文派、扬州学派，其思想基础是汉学，其文章风格典雅骈俪。

③ 胡适：《建设的文学革命论》，原载《新青年》第4卷第4号，1918年4月。

种乃可谓真正'古文家'"。陈独秀则提出三大主义，给旧文学以巨大冲击。

新文化运动有力地推动了文学现代化的发展，为后世奉献了不可多得的典范之作。胡适的《尝试集》固然幼稚而遭人诟病，但鲁迅的创作却无人超越。白话文学的尝试在"五四"之前主要在小说方面，但是改良派倡导的旧瓶装新酒（文言文＋新思想）已经失败了，新保守主义的新瓶装旧酒（白话文＋旧思想）也受到了攻击。就前者而言，因为旧瓶本身就是过去的精华。就后者而言，用白话文宣传传统也不合时宜。因此，对过去的否弃最直接的表现就是破除其旧形式，并建立其适应现代社会和现代文学的新形式。用古典形式作文、作诗只能受制于传统，而不是超越传统。当然，仅仅用新形式也不意味着现代文学就出现了，真正的新文学乃是新形式、新思想与新的审美相结合的。这方面的代表自然非鲁迅莫属，这已经是学界老生常谈的话题了。

事件、周期、结构表征着文学现代性时间与文学现代化进程。现代文学上的文学事件不胜枚举，但真正具有时代性影响的却不多见，那些超越时代性的具有历史性影响的则更为稀少。当然，文学现代性时间并不意味着首先要表现为事件，或者表现为时代，而有可能直接表现为结构，像王国维的《红楼梦评论》《人家词话》就是例子，它们几乎没有产生什么轰动性的效应和时代性的影响，但是在后世其重要性却日益凸现。上述论及新文化运动只是通例的一个表现，而不是意味着个例的存在。这也意味着，从事文学创作和文学理论的研究务必要超越事件、时代的局限，而进入对世变的体察之中，真正把握大历史的方向。但是，我们也要意识到，触及结构问题并不是说一定要放逐事件和时代，王国维学术理论也受到了事件和时代的重要影响，其文论思想并未贯穿始终，在这个意义上只能说是时代催生了王国维，而非王国维对结构、大历史以及在文论专业领域有了明确的意识。后来者抽离了这种语境，对其文论思想的阐发也有过度之嫌疑。

二、文学现代性空间

文学现代性时间维度表明的是文学现代性变迁的时间频率、历史效应等问题，而文学现代性空间维度则彰显了中国文学在现代世界的特定性和特殊性等问题。现代性空间是指空间发生了从低势位向高势位偏移或者高势位向低势位播撒的趋向，比如，西方文化的大举进入东方，农村的城市化等。现代性空间对文学现代性的构造是深远的，这一问题最近才被重点关注。

1. 资本主义世界体系与中国现代民族国家

现代性的讨论很多时候是围绕现代民族国家展开讨论，民族国家的立场无疑有着重要的意义，但其缺点是过于着眼内部，而没有意识到国际或者世界体系的重要性。因此，此处论述文学现代性的空间从世界开始。

世界问题曾在第三章讨论过，这里从现代性角度再加以申说。现代性空间主要指现代世界，或者具体说就是资本主义（或帝国主义、殖民主义）的现代世界。现代世界的形成可以追溯至15、16世纪。现代性的空间并不是均衡的，依照沃勒斯坦的世界体系理论（World system theory），将现代世界体系划分为三个层次，一是核心层，二是半边缘层，三是边缘层。现代世界体系包含着经济、政治、文化三个基本维度。从政治上说，核心层主要指的西方资本主义发达国家、宗主国，国家主权独立、完整，是世界事务的裁判者和主导者；半边缘层主要指的是一些半殖民地国家、中等发达国家、新兴工业国家，国家主权半独立、不完整，受到核心国家的制约，但有进入核心的趋势，如18世纪的美国、19世纪的日本、20世纪初的中国；边缘层主要指的是殖民地、落后的国家和地区等，国家主权不独立、破碎，受到核心国家的支配。中国从1840年以来就处于半边缘状态（半殖民地社会、第三世界），局部地区一度沦为边缘，如台湾、东北地区。从经济上说，核心层是资本、技术的中心，其内部是等价交换，半边缘层有一定的资本和技术，与核心层存在着不等价交换，边缘层没有资本和技术的优势，成为核心层、半边缘层商品的集散地，与前二者存在严重的不等价交换。从文化上说，核心层是文化与价值观的典范、榜样、坐标，具有普遍性，半边缘、边缘地区只能接受这种文明的改造，缺乏文明的竞争力和普遍性。①

世界体系理论是对现代化理论和依附理论的综合，它指出全世界走资本主义的道路是不可能的，任何国家都处于世界体系的特定位置上，而不可能都处于中心的位置。世界体系是从空间角度考察国际关系和国家处境，因而对传统和现代的看法不再仅仅着眼于时间，而是着眼于其处于世界边缘的位置，如果位置边缘，无论怎么告别过去、和过去决裂，都将是传统的。尽管世界体系理论有诸多缺陷，但其广阔视野以及对西方现代性的反思性态度是值得肯定的。这也使我们重新思考中国和世界的关系问题。

现代中国文学无疑受到世界体系的强烈影响，现代中国文学已经命定地处在现代性空间之中。但是，世界体系理论的出现却在20世纪后期，现代中国人也无法从这一角度来审视自己的时代和未来，这一理论直到90年代才在中

① 参阅［美］沃勒斯坦著：《现代世界体系》（三卷），北京：高等教育出版社，1998年版。

国出现。然而，这并不意味着现代中国没有人从这一角度分析，其突出代表就是冯友兰。冯友兰在《新事论》（1940）中以城市、乡村对比为例，认为西方发达国家是城里人，中国是乡下人，整个世界是以城市为中心，以乡下为边缘，因此"乡下靠城里，东方靠西方"。这是现代中国版的世界体系论。冯友兰也提出中国要成为城里人，就要进行产业革命，这一思路是非常独特的。但是，冯友兰没有意识到中国变成城里人的先决条件是获得政治独立，而后进行产业革命，否则依然无法挣脱乡下人的命运。

与世界体系理论相关的还有后殖民理论。20世纪早期的中国，别求新声于异邦，以为只要全盘西化就可以成为世界强国，或者立足民族自强自立就可以实现现代化，但是成为世界强国既取决于自身，又取决于外部的环境，如果双方都存在不利的条件，那么这种愿望就难以实现。从自身而言，不能仅仅妄自菲薄，以为本国文化毫无价值，也要意识到世界环境的险恶，从外部而言，不能心存幻想，没有任何国家的强国之路可以重复，皆在于自己的探索。中国文学无论表现了对自身文化的裂变，还是表现了对现实的关切，或者与世界潮流有相一致的表现，都可以成为中国文学，而不能从一个方面加以解释，那样无疑会损害中国文学自身的丰富性和复杂性。

中国文学自始至终都与现代民族国家息息相关。中国民族国家是独特的，从历史上说，中国是天下国家，而非民族国家。天下国家是君主制，是天下由一家（天子）统治，家天下。从天下国家而言，中国不是西方世界体系的一部分，它自身就构成了东亚的世界体系。但是，进入近代，这一天下体系则不得不融入西方的世界体系。问题是，天下国家转型为民族国家有两个问题，一是天下国家的遗留，二是民族国家的不彻底、不完善、不完全。天下国家的遗留就是如何处理中央王朝与藩属国的关系。民族国家的不彻底、不完善、不完全就是说中国不是一个单一民族国家，而是多个民族国家，这不是严格意义上的民族国家，但它的确是民族国家。这里的民族是中华民族，是近代以来形成的现代民族。当然，现代中国民族国家地位、程度都没有得到完全的保障，主权不独立，领土不完整，属于半殖民地性质。从天下国家到民族国家的转向，建构现代民族国家离不开文学，中国文学史的开设以及教材编写就是体现，①当然，不仅中国文学史，现代文学乃至当代写作也是如此，以至于有"国家

---

① 葛遵礼自述编写《中国文学史》（1920年，上海会文堂书局）的动机就是："文学日就陵夷，几有忘祖之虑。是编欲望使高小中学生粗知我国文学之源流。"另参付祥喜：《"中国文学史"：民族/国家想象——对中国文学史及其相关问题的思考》，载《理论与创作》，2010年第5期。

文学"之说。

中国现代民族国家不是独存的，它置身于世界体系之中，并与后者构成张力关系。在现代中国，主要的国际体系有三个阶段，第一个阶段是威斯特伐利亚体系（Westphalian System），签订于 17 世纪，其原则是保障欧洲列强均势格局，强调以平等、主权为基础的国际关系准则，其影响力一直持续到 20 世纪。第二阶段是凡尔赛—华盛顿体系（Versailles – Washington System），是第一次世界大战后，英国、法国、美国、日本等战胜国通过巴黎和会及华盛顿会议建立的帝国主义和平体系。① 这一体系超出了原来欧洲的维斯特伐利亚体系，包含了欧洲、美洲和亚洲，在第二次世界大战中崩溃。第三阶段是雅尔塔体系（Yalta System）。第二次世界大战爆发使凡尔赛—华盛顿体系终止，战后国际体系重组，形成了雅尔塔体系，其主要体现是美苏争霸和联合国，1991 年苏联解体，也预示着雅尔塔体系的解体。此外，由苏联主导的还有共产国际，②对中国共产党影响深远。面对国际体系的三个阶段，问题在于中国如何在这种张力关系中寻找自己的方向和道路。在三个国际体系中，中国的位置是堪忧的，没有中国的位置，或者中国的位置并不重要。从历史而言，中国走了两条道路。一是全盘西化，以西方资本主义为楷模，认同西方的价值观，以实现现代化资本主义强国为目标，然而这一道路并没有彻底走通（只在台港澳特定区域有实践）。另一条道路是走社会主义的道路，以反资本主义、反帝国主义为旗帜，在资本主义世界体系之外构架另一个世界体系，即社会主义世界体系。但是，社会主义道路与资本主义道路一样，也有一个如何适应中国现实的问题，而更严峻的在于社会主义世界体系随着苏联、东欧剧变业已崩溃了，中国无疑又处在资本主义占主导地位的世界体系之中。但这并非意味着中国所选择的社会主义道路是错误的，而只是说现代世界本身有其曲折性，并不能因此而放弃社会主义价值观，而重走全盘西化的道路。

世界体系给中国的启示在于，不能将空间性问题还原为时间性问题，二者有着不同的维度。从大历史的角度而言，中国文学触及的问题是文学现代化问

---

① 19 世纪末至 20 世纪初的帝国主义主要是新帝国主义（New Imperialism），也是列宁概括的典型的帝国主义，主要表现为对殖民地的争夺。中国作为半殖民地国家所要反对的就是帝国主义的殖民渗透与侵略。

② 第一国际（1864—1876），即"国际工人联合会"，第二国际（1889—1916），又名"社会主义国际"第三国际（1919—1943），又名共产国际，由列宁创建，第四国际（1938 至今），全称"世界社会主义革命党"，由流亡海外的苏联领袖托洛茨基创建，以与斯大林所控制的第三国际相抗衡，是当今世界社会主义革命的主要联络组织。

题，即整体世界是从传统到现代的转化，这也是西方历史所揭示的，而从世界体系而言，中国文学触及的问题是其世界地位问题，也就是在现代世界中，不屈从于被西方世界判定为落后的、非独立的位置，而是力图争取自己的独立地位和价值。这种争取本身就是世界性的。现代中国文学就是世界文学的组成部分，有其不可取代的价值，这也是文学现代性所不应忽视的问题。

2. 城市化与乡土世界

从社会角度而言，现代化又表现为城市化或者都市化，而都市化即是工业化，行业发展成熟，诸如，教育、文化传媒、工商业、金融、治安等，其对照就是乡村、农业。由于中国自然经济比重大，工业化水平低，现代中国的城市化水平大概在10%左右，① 远远低于同期的西方发达国家（50%左右）。尽管城市化水平不高，但却是社会发展趋势。在很多时候，乡村、农业都被认为是非现代性的，是需要加以现代化的。城市与乡土构成新的二元对立。城市是好的、优越的、进步的，而乡土则是不好的、被剥削的、落后的。在现代中国，城市人口多的城市如上海、香港、北京（北平）、广州等，② 无疑左右着现代文学的发展方向，③ 而像其他中小城市也在不同程度影响着现代文学的发展。

但是，中国是一个农村人口占多数的国家，城市化只是现代化的一个方面，如何认识现代化过程中的农村，尤为必要。由于西方现代性国家的发展依靠的主要是资产阶级的市民力量，由商人（资本家）、学者（知识分子）、小生产者等组成，但在中国缺乏这种力量。因此，任何城市革命的方案都无法落实在农村，试图通过城市革命达到中国革命已经证明是失败的。中国传统农村社会是地主/农民二元论，地主居于上层，在农村构成世家大族，但无法形成相对独立的市民力量。如果中国现代城市的发展无视农村、脱离农村，必然导致中国革命与建设的失败。在左翼文学特别是延安文学时代，乡土的重要性又开始凸显。

当然，这也不是贬低城市的重要功能，而是强调统筹考虑城乡二元体制问题。实际上，城市始终是现代文化的中心。随着中国现代社会的发展，由于城市交通便利、信息发达，因而能够更早地、更快地获得新的思想，这也是城市

---

① 1930年代，金陵大学卜凯教授有一个统计，得出城市人口占全国人口10%。如果以城市人口5万以上计算，则民国时期城市化更低，大约6%，参见高路：《民国以来20世纪前半叶中国城市化水平研究回顾》，载《江汉大学学报》，2014年第6期。
② 1928年，中国50万以上人口的城市有6个，100万以上人口的城市只有3个。
③ 参阅李欧梵著：《上海摩登——一种新都市文化在中国1930—1945》，毛尖译，北京：北京大学出版社，2001年版。

对农村的巨大吸引力所在。当然农村力量并没有完全从城市退出，一些富商大贾在城市和农村具有双重的影响，农村是他们重要的经济基础。城市的日益繁荣使得更多的农村人口特别是青年为了学业、生计而涌向城市。涌入城市打破了地主农民的二元支配体系，而进入资本主义的资本家—工人（无产阶级）的二元支配体系，其优点在于自由性和自足性增加了，脱离了农村大家庭的束缚，其缺点在于缺乏生活保障和安全感。农村人口在体会城市新生活、新思想的同时，也遭遇自己的文化身份问题，因为现代化的都市所注重的自由、平等、个性，与农村的礼教、尊卑等观念往往格格不入，这引发了城乡、古今的文化冲突。现代文学很多作品就深刻触及了这一问题。

西方文学现代性提倡的个人主义、个性发展和中国乡村的家长制构成冲突，比如，包办婚姻、以家族为本、不能自由发展（长子）。即便有的人生活在城市，但他们的思想观念仍然是乡村式的，比如，家长制、重男轻女等。中国城乡的思想世界依旧被传统思想所主导，虽然可以吸收西方的科学、工艺、服装、礼仪，但基本的人际关系并没有动摇。整个现代中国文学的发展也就是在同这一思想观念做斗争并与之决裂的过程。中国传统思想首先重视家庭和谐和稳定，而这个家已经是磨掉个性的场所。中国的家庭关系复杂，如同一个小社会，这就要求每一个家庭成员都要有自己的行为标准，对女孩的束缚尤大，"大门不出，二门不迈"，强调"三从"① "四德（妇德、妇言、妇容、妇功)"，② "女子无才便是德"，③ "从一而终"，④ "一女不嫁二夫"⑤ 等。在乡村青年的眼中，到城市接触新思想是人生重大转折，是脱离旧家庭束缚、获得自由、个性的重要方式。先期达到城市的青年是清末废科举、兴学堂后的一代人，如胡适等人，他们的新思想主要得力于留学，然后返回国内进行思想的启蒙。随着涌入城市的乡村青年的不断增多，新的思想主体也随之扩大，对农村

---

① 《礼记·丧服·子夏传》："未嫁从父，既嫁从夫，夫死从子。""四德"出自《周礼·天官·九嫔》，指"妇德、妇言、妇容、妇功"。

② "四德"出自《周礼·天官·九嫔》，指"妇德、妇言、妇容、妇功"。（东汉）班昭《女诫》："幽闲贞静，守节整齐，行己有耻，动静有法，是谓妇德；择辞而说，不道恶语，时然后言，不厌于人，是谓妇言；盥浣尘秽，服饰鲜洁，沐浴以时，身不垢辱，是谓妇容；专心纺织，不好戏笑，洁齐酒食，以供宾客，是谓妇功。"

③ （明）陈继儒（眉公）："女子通文识字，而能明大义者，固为贤德，然不可多得；其他便喜看曲本小说，挑动邪心，甚至舞文弄法，做出无丑事，反不如不识字，守拙安分之为愈也。女子无才便是德。可谓至言。"

④ 《易·恒》："妇人贞吉，从一而终也。"

⑤ （清）褚人获《隋唐演义》第49回："忠臣不事二君，烈女不更二夫。我为隋臣，不能匡救君恶，致被逆贼所弑，不能报仇，而事别主，何面目立于世乎？"

的影响也不可小觑。城市化进程有力地推动了倡导个性、反对旧家庭、旧礼教的文化运动。那种极度张扬的个性在郭沫若的《女神》里表现尤为鲜明。

城市化既是现代化的桥头堡，也是思想斗争的最前沿。现代化、城市化也必然带来现代文化。冯友兰在《新事论》中就认为，片面强调东方精神而不注重城市化、现代化，是不利于现代中国社会发展的。但是，像中国这样的后发国家，观念先行又不得不如此。中国是在不发达的资本主义情况下建设资本主义社会的，后来也是在不发达的社会主义情况下发展社会主义的，二者都需要解决现代化城市化问题。就第一阶段而言，现代中国的城市化发展没有一个宽松稳定的国内政治环境，内战、内乱不断，也缺乏相对独立自主的国家地位，来自日本等国的侵略更是直接摧残了中国城市的健康发展，新思想在这些城市日益衰微。新思想的火种或者转入城市的地下，或者转入广大农村。

在文学领域，农村题材、农民形象始终占据重要的地位，乡土文学也成为现代文学的重要一支。①　现代文学中的农村话语在 40 年代获得独立的地位，在 50 年代以后一度成为主流话语之一。当然这并不意味着城市话语就此消失，现代文学的早期多关注青年学生（婚恋）、知识分子以及小资产阶级等，30、40 年代有对工人、商人、资本家（《子夜》《雷雨》）的关注，进入 50 年代，城市生活也受到广泛的青睐。城市与乡村的二元状态在今天并没有彻底消除，无论是以城市为主，还是以农村为主，都无法割断二者的紧密联系，20 世纪 80 年代的寻根文学、90 年代的打工文学、20 世纪初的底层文学，都是结合二者的文学思潮。

文学是人学，生活在不同空间的人理应得到关注，不能认为城市才是文学现代性的唯一内容。就中国而言，乡村问题始终是无法忽略的问题，即便在城市化很高的情况下，城市和乡村的联系也不会隔绝。今日城市生活的高成本导致一种回到农村的思潮，如果这不是农村再次凸显的一个轮回的话，我们的确应该思考城市和农村的密切联系。如果城市化的发展没有给予人以应有的福祉，那么这种城市化的发展将是有害的。而简单回到农村也只是一种口号，也无法彻底改变农村目前的对城市的依附关系和落后现状，因为乡村有另一套运行法则。

3. 社会与自然

文学现代性的第一维度和第二维度都指向的是人类社会，而对自然缺乏必

---

① 参阅丁帆著：《中国乡土小说史论》，南京：江苏文艺出版社，1992 年版。

要的关注，自然、生态构成了文学现代性空间的第三个维度。社会维度在文学上关注较多，但主要集中在政治领域，但是很多问题又不是政治所能概括的，如妇女解放，它还是社会问题。社会问题不能和政治问题混为一谈。社会不像政治那样具有很强的组织性，而是一种自发性。社会问题的涌现是因为在大过渡时代整个社会关系发生了大的裂变，像妇女、儿童、学生、情感、城乡矛盾、土洋矛盾等都是社会问题的集中体现。民国出现的社会问题剧就是对上述问题的回应。

相比社会，自然被关注的更少。自然最突出体现在乡村，但还不是最原始的自然。当然，纯粹的和人类社会无关的空间也是没有意义的。从大处说，无论是宇宙空间还是自然都必须和人相关，只是程度不同而已。在古代中国，自然是一个重要的审美对象，这一审美对象包含两个方面，一是与自然为一体，纵身大化之中，如庄子、陶渊明、李白的作品。二是托物言志，抒发英雄气概、爱国热情，如杜甫的"国破山河在"诗句等。进入工业化社会之后，以自然为美这样的审美态度让位于征服自然的实利态度。现代社会中的自然几乎不再被称为是美的欣赏对象了，工业化的发展使得生态遭到污染，森林被砍伐，为了资源的争夺，肆意掠夺其他国家，导致山河破碎。自然在现代成为被蹂躏、榨取、掠夺的对象了，人们也就无暇在自然面前表现出美的感觉。那种托物言志的审美态度也就成为征服自然的态度，只有在那些遭受入侵的国家，才能焕发忧郁的爱国主义态度，如《在松花江上》①。在整个现代中国，整个文学的重心是启蒙，所以很难真正发现自然的价值。传统文学偏重的游山玩水则被视为远离社会斗争而遭唾弃。

自然的本质就在于其本然性、未受污染性，表现了人类原始的野性和淳朴。沈从文的《边城》以及后来汪曾祺的《受戒》等作品就表现了这一点。这种田园诗般的文学自然无法见容于现代实利性的态度，甚至被认为是落后的、野蛮的、未开化的、不文明的。自然除了那种平和、率性之外，也包含着那种巨大的魔力，这种魔力曾经一度为人类霸权专制主义所遮蔽，但是频繁出现的天灾人祸逐渐在打击着和侵蚀着人类的自信心。以往人们对辉煌人类成就、巨大的城市群落赞叹不已已经在自然的复仇面前显得苍白无力了。重新审

---

① 歌词大意：我的家在东北松花江上，那里有森林煤矿，还有那满山遍野的大豆高粱。我的家在东北松花江上，那里我有的同胞，还有那衰老的爹娘。"九一八"，"九一八"，从那个悲惨的时候，"九一八"，"九一八"，从那个悲惨的时候，脱离了我的家乡，抛弃那无尽的宝藏，流浪！流浪！整日价在关内流浪！哪年，哪月，才能够回到我那可爱的故乡？哪年，哪月，才能够收回那无尽的宝藏？娘啊，爹娘啊，什么时候，才能欢聚一堂?!

思人类社会和自然的关系就越来越迫切了。

现代文学中对自然的诉求是一条隐秘的线索，这个自然并非是纯粹的大自然，而是与人关系密切的自然。鲁迅的自然书写就表现了对童年的某种记忆，比如，《从百草园到三味书屋》《闰土》，自然就是童年的象征，是最值得回味留恋的地方。书写自然最多的大概是周作人、林语堂等，他们是闲适派的代表，自然更加亲近。周作人的《故乡的野菜》、林语堂的《秋天的况味》都是不错的名篇。现代文学对自然的观照并不独立，而总是和生命（如朱自清的《匆匆》等）、道德（如茅盾的《白杨礼赞》等）、社会（如郁达夫的《故都的秋》等）融合在一起，而不是像沈从文那样去面对原始的乡土自然，而那种原始的纯粹的自然则几乎没有在现代文学中展现过，这是甚为可惜的。林语堂的《享受大自然》① 以及巴人的小说《灾》是少有的特例。②

4. 身与心

文学现代性空间的第四维度是身体与心灵。文学现代性空间落实在身与心上，主要指的是作家、读者、人物形象在身心问题上的巨大张力。身，物质空间很小，但却最为微妙，因为身中有一颗心，而心又制造着无限的精神、心灵空间。

中国人对身的看法主要有二，一是道德化的，身既是道德的载体，比如，慎独、修身，又是道德的实现者，杀身成仁等。二是血缘化的，这个身体不是归属于自己的，而是归属于父母的，即"身体发肤，受之父母，不敢毁伤，孝之始也"。③ 这个血缘属性也是道德性的。由于中国人对身的概念是道德化的、血缘化的，因此身体的其他功能被压抑了，如性。尽管儒家说"食色性也"，④ 但因为有"民以食为天"⑤ 故而得以正名，而性却从未被正名，并且强调"万恶淫为首"。⑥ 这导致古人贪性色变，也限制了中国人对性的最自由的表白，尤其是男女之爱。中国儒家对男女之爱的论说乏善可陈，因为男女之爱被放置在夫妻关系中，而夫妻关系又是"夫为妻纲"，根本没有平等、独立

① 收入林语堂著：《生活的艺术》（1937 年英文版），西安：陕西师范大学出版社，2006 年版。
② 小说描写了黑心商人滥伐树木导致山体滑坡的故事。
③ 孔子：《孝经·开宗明义》。
④ 《礼记·礼运》记载孔子的话说："饮食男女，人之大欲存焉；死亡贫苦，人之大恶存焉。"《孟子·告子上》中记载告子的观点："食、色，性也。仁，内也，非外也。义，外也，非内也。"
⑤ 《汉书·郦生陆贾列传》："王者以民人为天，而民人以食为天。"
⑥ 《古今贤文》："万恶淫为首，百行孝当先。"淫本指过度、泛滥，如"乐而不淫"，"淫诗"是情感过度、泛滥、不节制的诗，而非淫秽之意，后来特别是现代才引申为男女关系泛滥。《礼记·礼运》："饮食男女，人之大欲存焉。"《礼记·曲礼》又强调"男女之大防"，即男女授受不亲。

的空间，两性之爱也就无从谈起了。最自由的性爱关系莫过于梁祝这些文艺作品所宣扬的，但是实际生活中往往以"淫奔"① 称之，鄙夷之情可见一斑。因此，中国古人在讨论身的时候也就不会讨论到性（欲望）的问题。

中国人对心的理解是极其广泛的，可以说感情、道德、意志、理性莫不是心，比如，仁、义、礼、智、信，② 温、良、恭、俭、让，③ 恻隐、羞恶、恭敬、是非之心④等。但总体来说，这个心是偏重于情感、道德、意志的，而非理性之心。理性之心主要是人的思辨性、逻辑性、推理性。这个理性之心是和道德、情感、意志相对而存在的，不能笼统地归到心的名义之下。由于中国古代对心的情感化、道德化、意志化的理解，理智、理性的部分也就失去了。理智、理性的最突出的体现就是制度、法律，而中国又最强调人治、人情味，所以总是人情大于法。情感化的心又不是热烈奔放的，而是被过滤、规训的心，这就是中庸、中和的观念："喜怒哀乐之未发，谓之中；发而皆中节，谓之和；中也者，天下之大本也；和也者，天下之达道也。致中和，天地位焉，万物育焉。"（《礼记·中庸》）因此，中国人的情感极度发达，是泛情感化的，但又是被组织化的。因此，中国人的心是温情脉脉的，而非热烈奔放的。那些热烈奔放的早被视为"郑卫之音""靡靡之音""乱世之音""亡国之音"⑤ 而被钉在了耻辱柱上。于是，中国人的心的艺术化表现就是不见个体的黄钟大吕，或者有限度的感伤主义，而非无限度的浪漫主义。中国人的心的最高状态是灵，也就是性灵、灵性。⑥ 这种最高状态的性灵、灵性是和众人不一样的状态，这种状态不会引起人的反感，但却并不得到人们的支持。因为人们所追求的是君子、贤人、圣人这样的心灵，而非那种自然、飘逸的性灵。这种性灵虽然于文学艺术有益，但于实际生活无益。中国人最好的文艺都是性灵文艺，但

---

① 《诗序·王风·大车》："礼义陵迟，男女淫奔。"孔颖达疏云："男女淫奔，谓男淫而女奔之也。"淫奔是不为宗法所认可的男女关系，后阿里沿用不绝。如《二刻拍案惊奇》卷二九："若私下随着郎君去了，淫奔之名，又羞耻难当。"人们对那种违反封建礼法的男女私奔也遂以淫奔称之，流露出了道德谴责之意。
② 孔子首先提出"仁、义、礼"，后来孟子扩充提出"仁、义、礼、智"，到西汉董仲舒则定型为"仁、义、礼、智、信"，后称"五常"，影响后世两千年。
③ 孔子：《论语·学而》："夫子温、良、恭、俭、让以得之。夫子之求之也，其诸异乎人之求之与？"
④ 《孟子·告子上》。
⑤ 《论语·卫灵公》中孔子说："郑声淫"。《诗大序》："治世之音安以乐，其政和；乱世之音怨以怒，其政乖；亡国之音哀以思，其民困。"《乐记》："郑卫之音，乱世之音也，比于慢矣。
⑥ 《诗大序》提出"吟咏情性"，但还笼罩在政教氛围之中，钟嵘《诗品序》："至乎吟咏情性，亦何贵于用事？"（明）袁宏道《序小修诗》："独抒性灵，不拘格套"。

这却是无奈的文艺。因为，中国人的心如果出问题的话一般都是借助于道德、人情化加以解决，"达则兼济天下，穷则独善其身"，① 或者像道家那样游山玩水、寄情于山水、"纵浪大化中"② 而已，一般不会有走向疯狂、自杀这样的举动。一言以蔽之，中国人的心是内敛的、沉静的、自然的、飘逸的。

进入现代中国，整个社会发生了大的转变，传统道德开始解体，身开始获得解放。身不再是唯一道德化的，而被赋予了更多的现代的内涵。与此同时，心也发生了大的变化，情感日益个性化、外向化。当然，由于中国传统身心观的根深蒂固，也带来不小的困惑。

从存在角度而言，身的空间指的是经济地位、职业、职责、使命，每个身都有自己的特定的社会空间，而不仅仅是道德的，但心又是自由的、不受约束的，总是对当前身境有着这样和那样的看法。在上者想保持这种位置，在下着想超越这种位置，先进者要更先进，落后者要追赶，不在一处者要在一处，在一处者又想分离，在明处者想获得自己的私利，在暗处着想弃暗投明，双重多重身份者要过平静平常的生活，身份单一的又想获得更多的身份，林林总总，不一而足。而这些无一例外都导致了身心的冲突。心有欲望，而身却不能随心而去，总是受到现实的制约。在一定意义上，安心要比安身更重要，而身不安，则心又很难安定，以至于现代人始终处于这种身心分裂的焦虑之中。

在古代中国，身心的解决途径是儒道二元化，一旦置身于可以让心灵志向大有作为的地方，就治国平天下，一旦身处险境逆境，就选择明哲保身、独善其身，以平复内心的焦虑，或者东山再起。在现代中国，缺乏这种儒道二元论，因为革命失败并没有替代品，以至于有的革命者宁愿选择殉道和献身。但是，现代中国人在遭遇身心冲突的时候大多数都是困惑的。太过执着于身体、性，只会带来更大的空虚，而回到道德化的修身也已经如明日黄花。心所遭遇的幻灭、绝望都不是很容易解决的问题，因此在现代文学当中总会出现这样的"零余者"人物形象。此外，还有一些是追求灵的层次。灵的层次比心的层次要高，心的层次是情感的，而灵的层次是灵魂的、个性，是满足于灵魂、个性自足状态的，比如京派文学就是如此。他们并不在意与整个社会的斗争，而只在乎自己心里的园地。这种追求灵的表现是建基于特定的经济基础之上的，尤其是一些高级知识分子。但就整个社会而言，这种追求灵的层次却很难实现。

---

① 《孟子·告子上》。

② （东晋）陶渊明《形影神赠答诗》："纵浪大化中，不喜亦不惧"。

一方面人们并无此要求，因为安身尚未解决，如骆驼祥子，另一方面人们的心思不在灵上，而在目的性极强的革命、斗争上，如革命文学。现代人的身心问题实际上是被掩盖了，而不是被解决了，它在未来的某个时候会再次困惑中国人。

5. 现实与虚拟

文学现代性空间的第五个维度是虚拟（信息化）空间的出现。如果说世界体系与民族国家、城市化与乡村还是基于现实的话，那么信息化空间就是虚拟的。信息化空间的本质是信息空间，指的是人们的生活内容的信息化。信息化的基础在于现代科技的发展。

在古代，信息的载体一般是物质实体，主要是纸张。日常信息传播主要是口耳相传，几天或者十几天乃至更长时间才知道，受众很小。在现代，信息的载体主要是纸张，日常信息传播主要依靠报纸，第二天人们才知道，受众限于知识阶层。但现代不止于纸张，还依靠电（电流、电子）等，如："照相机、电报、打印机、电话、留声机、电影放映机、无线电收音机、卡式录音机、电视机，还有现在的激光唱盘、VCD 和 DVD、移动电话、计算机、通信卫星和国际互联网"，信息化的出现使得人们的交流可以超越一时一地的局限，我们能够"深刻地领会到了它们的力量和影响怎样在过去的 150 年间，变得越来越大"。① 信息化使信息传达接收的时间大为降低，基本属于实时的，如广播、电视等，受众几乎全覆盖。今天我们可以说，我们正处于这样一个空间之中，现实的空间已经渗入了大量的信息化空间。

现代中国在信息化空间的发展上是跟随整个世界的步伐的。在 20 世纪前期，电报、广播（无线电）、电话系统最为常用，但除了广播有涉及外，均不是文艺传播的主要载体，甚至也不如图书、报纸、刊物便利而普遍。唯一的体现就是电影当中的对白或者电影文学，电影开始从文学中借鉴资源，电影开始有意识地介入文学。② 尽管如此，也有人意识到信息科技对文艺传播的重要性。蔡元培曾指出，"留声机传唱本国与外国的歌唱，流行甚广。无线电播音机，可以不出门而选听远处的乐歌，亦渐渐流行"。③ 无线电广播在 20 年代起步，到 1937 年，无线电广播台在很多大中城市都有设置，像上海竟然多达 29

---

① 米勒：《全球时代文学研究还会继续存在吗？》，载《文学评论》，2005 年第 1 期。

② 袁庆丰：《中国现代文学和早期中国电影的文化关联——以 1922—1936 年国产影片为例》，载《中国现代文学研究丛刊》，2010 年第 4 期。

③ 蔡元培：《二十年来中国之美育》，原载《寰球中国学生会二十五周年纪念刊》，1931 年 5 月，收入蔡元培著：《蔡元培美学文选》，北京：北京大学出版社，1983 年版。

座，江南地区更是密集，无锡（5）、杭州（4）、苏州（3）、南京（2）、嘉兴（2）、镇江（1）、常州（1）、宁波（1）、绍兴（1）。① 无线电的出现对于扩大文艺的影响有积极的作用，② 尤其是娱乐作用，③ 但其消极的作用也很明显。一是对现场文艺的生存提出挑战，如戏曲、话剧，大家倾向于听收音机，就不去现场了，这就影响了票房。二是娱乐化和噪音污染，类似今天的广场舞。④ 到了20世纪后期，随着科技的发达，计算机、网络、手机逐渐成为文学的载体，催生了网络文学、手机文学等，在20世纪、21世纪之交呈现繁荣趋势，而这也导致文学存在方式的巨大变化。更不要说当代电影、电视对文学作品的改编，或者文学家直接成为编剧，促进文学与虚拟艺术的融合。尽管口传、纸张（图书、报纸、期刊）、广播、影视、网络都可以成为文学的载体，但是影视、网络对文学的冲击最大。虽然这在现代中国不明显，但这说明新的传媒的出现必然导致依附其上的文学形态的消亡。如纸张出现之后，口传文学就消失了。

信息化空间和现实空间构成了矛盾张力关系，信息化空间的目的在本质上是服务于现实空间的，这主要是交通、传播功能（如电话、手机、广播），但信息化并不仅仅是交通、传播功能，信息化还有存储功能和生活功能。比如，收音机、电视机、手机，就是生活方式。可以说，在这方面，信息化的发展呈现出独立化的趋势，也即和现实空间并无太大的联系，人身虽在现实，但人的精神生活却徜徉于网络无限空间之中。当然，这只是表面现象，从深层而言，无论虚拟空间是如何虚拟、匪夷所思，都可以找到现实空间的影子。信息化空间的最大效应就是人的自由度获得空前的提高。在一定意义上，信息化不仅扮演着文艺的娱乐、消遣、休闲等功能，还承担着个体的自我实现的功能，比如，网络文学创作、批评等。

世界与国家、城市与乡村、社会与自然、身与心、现实与虚拟，是文学现

---

① 吴保丰：《十年来的中国广播事业（1937年6月）》，见赵玉明主编：《中国现代广播史料选编》，汕头：汕头大学出版社，2007年版，第111—117页。

② 刘斌、邹欣：《新媒体介入与传统艺术变异的"互动"——以民国时期上海广播与苏州弹词的发展为例》，载《现代传播（中国传媒大学学报）》，2016年第10期。葛涛：《电波中的唱片之声——论民国时期上海广播唱片的社会境遇》，载《史林》，2005年第5期。

③ 李志成：《民国时期无线广播对民众娱乐生活的影响述论》，载《首都师范大学学报（社会科学版）》，2010年增刊。

④ 鲁迅：《知了世界》，就描述无线广播无休止播放的噪音问题："中国的播音，竟是从早到晚，都有戏唱的。它一会儿尖，一会儿沙，只要你愿意，简直能够使你耳根没有一刻清净。"见鲁迅：《花边文学》，北京：人民文学出版社，1980年版，第94页。

代性空间的五个维度。从维新角度而言，究竟朝哪个方向维新、变化呢？抑或是双向的？文学现代性空间并不比文学现代性时间更简单，它同样包括复杂的内容，是不能轻易打发掉的。

三、文学现代性内涵

文学现代性内涵是文学现代性的另一重要问题，将其独立出来是说文学现代性的内涵并没有明确的时间和空间，或者是文学现代性时间和空间的结合，有着其相对独立的语境和场域。

1. 自律与他律

文学的自律与他律，或者自我与他者的关系，这一问题在本书前文已有涉及，这里的自律和他律与此相关，但又有着相对独立的内容。现代性是两面体，既有艺术自律的一方面，又有艺术他律的一方面。无论是自律还是他律都是文学现代性的体现，二者具有一种张力的关系，而不是相互割裂的。①

自律与他律涉及的是文学的自我意识问题。因此，这里的一个问题就是，现代文学观念如何在内与外两个方面确立自己的地位。在传统世界中，文学自我意识并不明显，乃是因为文学在知识上始终从属于经学体系，在主体身份上一直未能独立，或者偶有较为专业的文学家也往往沦落为市井文人（如柳永），不被主流所认可。

从自律（或目的性）上说，就是促进文学本身的现代化，使文学在现代世界获得独树一帜的地位。自律既有知识上的自律，即文学知识现代化，也有身份上的自律，即文学主体的现代化及经济独立，二者相辅相成。知识自律在于文学具有独立的、独特的、不可取代的地位和作用。与此相关，身份自律是说文学主体具有与文学知识一样相对独立的地位和作用。从知识上说，文学虽然从经史子集四部中独立出来，获得了相对独立的地位，但往往还受制于其他因素的困扰，比如，政治局势、社会地位、经济效益等。除去那些极端化的文学自律（它们很可能成为颓废、唯美、装饰、把玩的文学），都不可避免地会触及社会、政治、经济问题，即便文学自律也要表现其特有的政治立场，不是对外在的问题视若无睹。而这一点又自然引申到了文论家的身份自律上面。

身份自律和自足是说文学的主体——文学家（包括诗人、小说家等）拥

---

① 钱中文等著：《自律与他律——中国现当代文学论争中的一些理论问题》，北京：北京大学出版社，2005年版。

有自己相对独立的政治、经济地位，而不是绝对意义上将文学视为为稻粱谋的职业。身份自律毋宁说是以文学为业。这一点尤其重要。在古代中国，文学家是从属于政治的，或者说文学家的身份总是和政治紧密地结合在一起，这种状况只有到了近代才开始分化，并最终形成了自足的文学家群体。这个文学家群体是社会分化的产物，但不意味着和政治没有关系，只是他们和政治的关系不再是成为政治家，而是成为人民的代言者。

清末一批思想家还处于传统士大夫向现代知识分子转变的过程中，他们的传统思想还比较浓厚。传统士大夫总是和君主体制密切联系在一起的，其思想基础也是以儒家思想为主的，总是追求一种自上而下的改革，寄希望于上层特别是君王。中国资产阶级改良派之所以失败就在于他们仍有传统士大夫的精神底色，使他们不可能完全抛弃君主政体。君主立宪的失败直接导致了或者说大大推进了革命思潮的兴起。使大批知识分子或者不屑于与旧有体制为伍，或者被旧有体制驱逐并被边缘化。由此以来，自下而上的社会革命道路就成为首选。当然，启迪民智也是维新派所坚持的，但是他们只是将启迪民智视为政治改良的对象。在革命派看来，启迪民智毋宁说是一种进程，随着底层人民思想的自觉和成熟，必然导致上层意识形态的瓦解。于是，在清末民初，文学这一独特的力量被挖掘了出来。也就说，从一开始，文学就和现代性的革新力量有着密切的联系。当然，文学的自足性地位不是马上就建立起来的。在身份上的独立主要依靠的是现代稿费制度，文学家可以通过文学作品获得收入，维持生计。还有一些学者型的文学家还通过高等教育获得自己的身份独立，如在大学任教的鲁迅。

从他律上说，文学现代性的表现在于促进社会的现代化。启迪民智、传播新知、促进社会进步以及革命、独立、救亡等，从维新运动开始就广泛引起重视，非但如此，文学的教化功能也是传统中国的一个重要特色。相比外部而言，内部问题却非常棘手。这个内部问题主要指的是个人的觉醒，精神的独立。文学的内部价值就是让人意识到自己的力量、自由、价值的重要性。这是西方文艺复兴以来的重大问题。个人自决是现代性的重要方面。

在西方语境中，随着个人自决的日益成熟，西方现代性才逐渐建立起来，这是一个长期摸索并达成共识的过程。虽然西方盛行着各种各样的个人主义，对个人也极为尊重，但个人间的共识（自由、平等、独立、个性、法的精神等）却是整个社会的基础，每一个倡导个人主义的人都意识到他人不可侵犯，不能因个人利益而损害他人利益。这一基本原则当然也是西方资本主义自由竞争的产物，但这毕竟是有着社会的基础的。在既有体制之内，文学起着移风易俗的作用，促进社会进步和改良，但是在既有体制之外，文学又起着重建社会价值体系、维护社会精神联系的重要作用。维新运动虽然失败了，但其部分思想仍然为后来者所认可和继承，并且在教育、文化等领域多有继承和发展。

清末维新运动的失败，主要在于其过于注重上层力量，而忽视了对下层的重视。随着清王朝的灭亡，强大的上层统治力量也不复存在，出现的是军阀割据、内战的局面。中央权威的没落和衰落迫使广大知识分子从民间入手进行思想的启蒙，后来借助于现代政党，将这种启蒙进一步引向深入，但往往受到外在政治、政局的影响，启蒙不断偏离。当然，除了启蒙，具体的政治、政局也是文学现代性的组成部分，如左翼、抗战、建国等。二者并无性质上的区分，只是在优先程度上的区分。相对而言，政治、政局更为现实和迫切，而启蒙则是更为基础和深远。这就是文学现代性的另一维度了。

2. 制度现代性与文化现代性

制度现代性大抵指的是国家—社会层面，文化现代性主要指的是文化—精神层面。这在一定程度上同自律与他律内容重合，但又不尽然。自律与他律的主要内容是强调文学与外在的关系，自我意识非常明确，或者以自我为立场，是以文学来思考问题的。而制度现代性和文化现代性则使自律和他律问题上升到现代性问题，因为自律和他律并不是仅仅在现代才出现。而制度现代性和文化现代性却是现代的。文化现代性扮演着双重角色，既强调与制度现代性的同步性，又强调对制度现代性的反思性。当然无论是制度现代性和文化现代性都是在一定社会基础上形成的现代性，是不能脱离这一基础的。随着社会基础的变化，现代性的内涵也随之变化。

从中国的制度现代性而言，清末改良运动的目标是建立君主立宪制的国家，这一目标只有在清王朝结束之前瞬间出现过，但随着辛亥革命的爆发，中国建立了军事力量、社会乡绅与资产阶级混合型的共和制国家即北洋军阀政府，社会各种力量共同参与了国家的治理和统治，但各政治力量的融合并不充分。资产阶级在共和政治中不是主要力量，共和政治为北洋军阀（皖系、直系、奉系等）所把持，已经是有名无实了。可以说在制度现代性上，民初共和徒有其表，其文化现代性仍然发展不充分。按照金观涛和刘青峰的观点，清末民初的意识形态是中西二元论，即社会层面的西方一元论，家庭伦理层面的中学一元论，二者互不隶属、互不干涉。① 中西二元论在历史进程中的确起到了重要作用，但随着历史的发展其弊端也越来越明显。家庭伦理个人等层面的问题在国家、民权、独立等面前固然显得微不足道，但是一个现代国家的建立不可能依靠一群具有传统思想的人士。传统思想的积极面，爱国主义得到了扩展和张扬，但是其家长制仍然根深蒂固地存在于现代中国社会之中。可以想见，新文化运动所关注的更多的是个人、家庭和伦理等维度，而并非是国家制度、人权等社会政治等问题，尽管它们很重要。正是由于晚清以来现代伦理观念的不彻底，最终导致了新文化运动的出现。其实，中国现代化的三个阶段即器物、制度、文化，没有一个成功的。当领悟了要从文化入手后，器物、制度上也缺乏跟进。新文化运动所瞩目的目标不是制度现代性，而是文化现代性，主要原因在于，制度现代性虽然是外在，实行起来比较快捷，如已经有一个民国的体制了。但是如果没有文化现代性作为基础，制度现代性难免走样、变形，如民国的空架子，以至于对纯粹的制度现代性持不信任的态度，而专注于文化现代性的建设。

制度现代性在中国的主要表现不是在国内，而是在民族国家的主权独立问题上。西方现代国家的发展是以各个国家平等交往和均衡相处为前提的，英国、法国、德国等虽然几经战争，但他们都是有着国家独立的地位的。但这样一个外在条件在中国却是不具备的。因为当时的国际是帝国主义，是剥削、压榨亚非拉的。各国列强对外的渗透、掠夺、瓜分从未断绝。而获得制度现代性的对外独立，又必须以内部的团结为基础，而民国时期的中央政权往往是四分五裂的，无法有效保证国家的政治独立和社会稳定，制度现代性和文化现代性也就无从实施了。外部的帝国主义与内部的松散导致中国根本无法建立起制度现代性。制度现代性的建立必须保证有一个不受影响的外部条件和一个相对稳定的内部条件，否则任何制度性建设都将是徒劳的。

在中国的制度现代性没有充分建立的时候，个体成长缺乏必要的制度保障。在这样一个制度现代性框架和氛围都不成熟的情况下，就需要国家或者政党力量将个人团结和凝聚起来，从事制度现代性的建设，同时进行相应的文化现代性建设。无论是国民党还是共产党，都是强调文化对于制度现代性的作用。这是由中国特定的历史处境所决定的。似乎唯一的例外是北洋政府，它不

---

① 参见金观涛、刘青峰著：《观念史研究中国现代重要政治术语的形成》，北京：法律出版社，2010年版。

是不想强调文化对于制度现代性的建立，而是因为北洋政府是军人政府，向来没有文化的意识，加之从清末以来政府就没有充分控制过文化（除了传统的儒家思想），文化领导权主要在资产阶级手中，所以是一个例外。这一例外反而促进了文化现代性的发展。因此，北洋政府时期也是现代中国文化相对最为宽松的时期，甚至被认为是继春秋"百家争鸣"之后又一次思想文化解放运动。①

3. 分裂的文化现代性，或后现代性

当然，我们也应清醒地意识到制度现代性和文化现代性本身的张力结构。20世纪以来兴起的现代主义、先锋派、后现代主义、女权主义等艺术、文学、文化思潮，无不对西方文明大加挞伐，然而并没有遭遇到人身的伤害和攻击，这主要在于西方成熟的制度现代性，而这种制度现代性有着严格程序现代性，即对法律的忠诚和遵守，而不是流于形式。

文化现代性表现的叛逆性并非与制度现代性不相容。西方文化现代性的批判性运动并没有走向实际的斗争，而仅仅处于话语层面，因为与制度现代性并无根本上的冲突。同时，制度现代性容许文化现代性的叛逆性和批判性，甚至吸收多元文化，都在标榜着资本主义制度现代性的开放性、包容性，尽管这种开放性、包容性仍然是以西方价值观为基准的。这种分裂的现代性也构成现代性大厦的一部分。

不过，这也不是说文化现代性对制度现代性的叛逆性和批判性无助于制度现代性的转变（事实上这样的转变也时有发生，如游行、示威等，但都缺乏长久的目标），而是说，在新的社会基础没有出现、成型、成熟之前，任何文化现代性的努力都没有物质力量可以凭借，因而缺乏自己的独立性，在制度现代性掌控社会基础的情况下，文化现代性只是与制度现代性达成谅解而已，而无法从根本上触动西方现代文明的地基。

在同时代的西方，分裂的现代性或者后现代性的发展是持续的。艺术上的印象派、现代主义等，就是如此，它们反叛的就是现实主义等既有的传统。这给现代中国文艺带来不小的疑惑，如果以进化论为标准，那么印象派、现代主义才是最先进的，像倪贻德、徐志摩、决澜社等就是持这种看法。② 但是，以

---

① 黄庆林：《北洋政府时期文化发展原因探析》，载《船山学刊》，2003年第2期。
② 胡荣著：《从新青年到决澜社——中国现代先锋文艺研究（1919—1935）》，上海：复旦大学出版社，2012年版。

社会价值而言，现实主义才是最好的，灾难深重的中国最终选择了后者。这也导致整个 20 世纪，现代主义文艺运动的发展一直滞后。在西方，除了印象派，还有 1917 年杜尚的装置艺术《泉》以及达达主义等，都是现代主义艺术运动的表现。原来的与制度现代性一体的文化现代性发生了新的转型，走向了更为先锋、前卫的地步。原来的以浪漫主义、批判现实主义为标志的一体性的文化现代性让位于现代主义、后现代主义的分裂性的文化现代性，后者不再承担更重的社会道德政治使命，而是以艺术的方式曲折表现这个商业化、资本化的时代。这构成了整个世界的新的趋势。

尽管现代中国没有给分裂的文化现代性或者后现代性以足够的时间、空间，但它毕竟短时间、局部地存在过。而当整个社会制度建设逐渐到位之后，根据文化发展的规律，分裂的文化现代性、后现代性也就不可避免地要提到议事日程上来。这是当代中国所不得不面临的问题。

第五章 传统话语隐显与多元历史叙述

　　传统问题在前面的内容中已经不时出现了，这意味着传统是一个极为重要的主题。尽管传统问题与前两章有重复，但前两章并不能完全概括这一主题。世界的维度（西学、中国与世界）主要是空间（视野、视域）性的，而维新主要表现一种强烈的未来意识和实践意识，而传统维度则将问题延伸至历史意识的深处。本章则集中讨论传统话语在现代中国文论中的隐退与彰显的历史状态，并由此揭示文论历史叙述的多元性成因。

第一节 传统话语的序列

　　那么，什么是传统呢？如何定位传统呢？传统似乎是一个不言自明概念，其实不然。传的意思是传承、传递，统就是事物的连续性，血统、道统、正统等。在中文里，传统的意思是帝业、学说的世代相传，这个传统是具体实指的。如《后汉书·东夷传·倭》："自武帝灭朝鲜，使驿通于汉者三十许国，国皆称王，世世传统。""世世传统"即每世每代都传承其统绪。沈约在《立太子恩诏》中说："咸以为树元立嫡，有邦所先，守器传统，於斯为重。"这里的意思是指皇位继承问题。就学说而言，明代胡应麟在《少室山房笔丛·九流绪论上》中说："儒主传统翼教，而硕士名贤之训附之。杂主饰治救偏，而傍蹊末学之谈附之。"儒为正统，杂学为偏统。后来传统成为某种流传至今的社会的某种观念、信仰、风俗、习惯、态度、行为方式等。

　　在英语世界，英语单词"传统"（tradition）来自拉丁语的 traditio，动词形式为 tradere，意思是传送和交给保管，有比较强的法律性，即合法转让和继承。今天西方使用的传统是被现代话语建构的传统，指的是启蒙运动时期和现代性相反的一些价值。这是传统的基本意思，但是要比较全面地理解传统，就需要将传统放置在一定的话语序列当中才可以。

一、时间序列中的传统：过去、现在、未来

过去（Past）和现在（Present）、未来（Future）组成了一个时间序列。这一时间序列如果仅仅从物理的角度而言，并无特别的含义，时间总是朝前而去。但是，这一序列如果从社会、文化角度而言，就显著不同了。很显然，人们总是把传统看成过去，或者过去就是传统，传统是"过去已经存在的东西"，这种看法是将传统当成一种"'已经定型的东西'，当成一种绝对的、固定化了的东西"。① 大家寻找传统的时候，自然会转向过去，不转向过去就无法寻找到传统。由于这种观点，过程成为衡量一切的标准，而一切都会成为过去，于是，现在、未来都被纳入这一"过去式"的思维视域之中了，其结果必然导致不现实的空想主义。但是，这种看法是将过去视为与现实没有关系的，也就斩断了传统与现实、未来的联系。实际上，任何传统都被视为有价值、有意义的，当传统与过去相关的时候，过去也就禀有了这种价值和意义，更无所谓封闭、落后之说，毋宁说过去有着丰富的历史空间。从一定意义上说，过去和未来一样都是不可穷尽的，历史是无法真实地被完全再现的，留下的只是人们的无尽的阐释而已。

有论者试图超越这种将传统和过去划等号的看法，尽管其本身对过去的理解也是偏颇的。他们认为，传统是流动于过去、现在、未来这整个时间性中的一种过程，传统的"真正落脚点是在'未来'"。传统乃是"尚未被规定的东西"，"它永远处在制作之中，创造之中，永远向'未来'敞开着无穷的可能性或说'可能世界'"，传统首先意味着"未来可能出现的东西"。② 按照这种看法，传统并不固定在过去，而是一种创造性的过程。现在的创造也成为了传统的一部分，并不意味着和传统的偏离。传统是时代的精神产物，只要时代在变，传统也就在变。这种看法主要来源于德国的文化解释学与哲学解释学。③ 其实，克罗齐也说过，一切历史都是当代史。所强调的都是一种现在意识。但这一思想的极端就是反传统，"继承发扬'传统'的最强劲手段恰恰就是'反传统'"！④ 这种提倡传统又反传统着实令人费解，其实这揭示了一个问题，即传统有两个，一是所谓过去的、封闭的、固定的传统，二是所谓未来的、开放的、变动的传统。但我的问题是，未来的、开放的、变动的传统还是传统吗？

① 甘阳著：《古今中西之争》，北京：三联书店，2006年版，第48页。
② 甘阳著：《古今中西之争》，北京：三联书店，2006年版，第53页。
③ ［德］伽达默尔著：《哲学解释学》，上海：译文出版社，2004年版。
④ 甘阳著：《古今中西之争》，北京：三联书店，2006年版，第65页。

这种传统话语无疑在取消传统的本意。

在文学和文学理论领域，如"过去文学""过去文论"的提法很少使用。因为在流俗的看法中，过去一词本身就意味着没有价值，是已经死了的东西。这要比固定的东西更为严重。这时的过去就与"旧"相近了。但是过去和旧又不尽相同，这也涉及对旧的不同的情感价值判断。旧有两种意味，一是情感之旧，如旧人、旧友等，张之洞所谓的旧学大抵如此。二是破旧、陈旧之意，这种旧的如果没有附加情感因素的话，往往会被视为没有价值之物、过时之物，如旧学说、旧思想、旧文学，等等，于是也就有所谓的"旧传统"。

由于过去往往与现在、未来组成一个时间序列，传统从根本上是不可能被定位在过去的，因为一切的现在和未来都无可避免地走向过去，而过去本身具有开放性和变动性。以过去为传统的看法大抵多受制于现实和未来。

二、历史序列中的传统：古代

过去、现在、未来还是日常用语，所附内涵只具有引发性，而不具有深刻的思想性。这一时间序列的最大的困境就是过去、现在、未来的无限循环性，以至于我们在这一时间序列中很难准确定位传统，于是就出现刚才那一幕，未来也属于传统了。如果说过去一词是一个不固定的概念，它随着时间的流逝会包括现在和未来，那么古代（ancient）一词则指涉及有具体边界的一个时间范围。过去是一个日常化的词，而古代则是学理化的词，尤其和历史学相关。

传统不等于历史，如有古代史，也有现代史，也有当代史。从外延上说，历史的范围要大于传统，不过两个词并不是相互隶属的关系，传统中的某些因素并不能划到历史中去。和过去的消极性不同，古代更多的是一个中性的概念甚至是一个饱含感情的词，指时间的久远、悠久，和对这种久远的认同。这个久远和悠久按照时间程度的远近而又被划分为远古、中古、近古等，在考古学、历史学等领域最为常用。在文学及文学理论发展史上也使用这样的划分，如刘师培的《中古文学史论》，不过多数依据朝代和时期分类，如先秦两汉文学史、明清文学史等。西方文学史则划分为古希腊、古罗马、中世纪、文艺复兴等等几个阶段。古代是对过去（主要是久远过去）的客观化的说明和描述，一般问题并不大，只是涉及历史的分期和性质的定位。

古代的应用比过去广泛，过去可以包括昨天，也可以包括千百年之前，外延过大也就削弱了它的意义了。今日的古代文学、古代文论仍然是最通行的用法。这种用法才真正指的是定型的、固定的事物，而且蕴藏着人类历史的思想结晶，用雅斯贝尔斯的话来说，古代是轴心时代。现代虽然可以成为过去，但绝对不会成为古代史。从性质上来说，古代和现代都有其独立的自洽性。但是，疑问在于古代是否可以走向现代呢？从时代的性质着眼，这显然是不可能的。古代的严格定义其实就是指前现代，或者说前工业社会。这样的时代和社会已经终结了。所谓的古代走向现代包含着一种社会发展的内涵。今日中国非常热衷于讨论这样的命题，即中国文化是否可以"自发展"到现代。所谓的自发展，就是中国文化自身当中推动中国文化向现代发展的某些要素，当然不是指整体意义上的。其实，所谓的古代自然而然地发展到现代，只在西方有其例子，因为西方的古代历史非常特殊，它的终结在中世纪，文艺复兴已降，现代就在西方发展着，至今已经有5个世纪之久了。在这样一个漫长的历史转变中，西方才从古代过渡到现代的，所以，从整体上进展到现代必然意味着一个漫长的过程，也就是一个从量变到质变的过程，所谓整体性的一次性的转化显然是不切实际的。再看中国，从古代朝现代的转变发生在19世纪晚期，至今也不过一百多年的历史，在如此短的时间内完成西方数百年的历史转变，显然就更加困难了，必然要省略很多东西。同时，我们也认为，中国百年历史的现代转换并不一定能够为世界提供多少原创性的价值。数百年的西方现代的历史积淀远较中国深厚，如果说中国有益世界的话，乃是在于中国自身完成现代转换后的历史再创造，包括对传统的重新理解，对现代的重新思考等方面。古代世界的终结并不意味着古代思想的终结，今日我们仍要回溯到过去，去看那些先贤是如何思考自身、世界、自然的问题的。但是，我们不能期望于过去能够提供现在和未来的答案，答案正在我们的解读和思考中。如果说古代是药方，那么现代就是病症，药方只具有参考价值，对症下药才是追溯古代的真正原则，不是把原汁原味的传统拿来，而是找到现代问题自身的病症在何处，并加以诊治。这就涉及一个人的主体性的问题。

生活在古代的人没有人会意识到自己是在古代的。古代也是现代人的命名。过去则不同，成为过去是一般人的看法，这就如同死亡是必然来临的一样，古人和今人都有类似的过去经验。人们对过去有意识，因为自身无可怀疑地会成为过去，但人们对古代并没有明确的意识。生活在古代的人只会思考前人（过于意义上），而不是古代（历史分期意义上）自身。而生活在现代的人，古代已经和自己没有直接的关系了，过去只限于日常化的理解，现代人已经不是生活在古代的世界里了。现代人很清楚自己生活在现代。这种自觉意识造就了现代，反过来，现代的时代氛围也强化了这种现代意识。现代意识就是没有未来、没有过去的意识，而只有现代的意识。这和古代世界里的意识非常不同，古代世界的人有着非常浓厚的历史、过去的意识，比如，历史主义、祖先崇拜等，人们总是以过去为标准来衡量现在。这样的社会就是传统社会，或者说是古代社会。由于古代是现代人命名，实际上现代已经从现实中被抽离出来了。尽管现代也有自己的历史，不过一现代史只是现代人自身的历史而已，与古代史有着质的差异。对现代而言，过去和现在、未来呈现一种序列关系，而其核心正在现在，过去和未来都是服务于现在的。从优先性而言，未来最优先，因为未来正是对过去、现在的否定，其次是现在，现在是未来得以实现的地方，最后是过去。未来的优先性并不意味着从未来来看现在，毋宁说是在现在过未来的生活。如今的超前消费便是如此，有未来，但无法实现，只能透支。过去只是成为一个可以进行任一裁剪的对象，即古为今用。

可以说，古代、现代是两种世界模式，有着质的差别。广义上它们可以划入过去、现在、未来的时间序列，但它们只是这一时间序列中的极为独特的阶段。

三、传统的核心话语：传统与正统

如果说过去过于宽泛，古代过于封闭，那么传统（tradition）则是传统话语最核心的一个词。界定传统总是离不开过去、古代，但传统一词又有着自己的内涵。按照普遍的理解，传统的本意就是"世代相传的、具有特点的社会因素，如文化、道德、思想、制度等"。汉语传统一词在古代分为传和统，传的意思为延续、传授，统则指的根本、正统、原则等。传统也就是传递正统之意。

正统，就是嫡派，正宗嫡传，名门正派，而非旁门斜道。在中国古代政治中，正统是一个极其重要的概念，以哪个政权为正统意味着本朝的合法性依据。这就是中国古代的"名正言顺"，反过来说就是"名不正则言不顺"。于是，正名、正统成为历史的某种冲动对象，都在寻求正统、正名的来源与依据。如西晋陈寿《三国志》以曹魏为正统，因为是曹魏将皇位禅让给西晋，到了东晋（如习凿齿《汉晋春秋》）则以蜀汉为正统，因为蜀汉偏安，东晋亦偏安，再以曹魏为正统就不合适了。同样，北宋以曹魏为正统（司马光《资治通鉴》），而偏安的南宋（如朱熹）又以蜀汉为正统的局面。这也影响了元末明初的罗贯中，其《三国演义》以蜀汉为正统。可见传统是传其正统。[①] 正统与中国的血缘伦理关系密切。中国强调血统纯正，立储一般都立嫡长子，就是皇后的长子，这就是正统观念。后世家庭观念也强调长房、长子、长孙的继承性。这无疑影响了中国政治秩序。在中国传统政治架构和认同上强调一统，即"大一统"，就是"定于一"，就是中央、天子、皇帝拥有绝对权威。在历史著述上，强调正史（官方著述），以帝王为纲（纪传体），反对野史（个人著述），混乱正统，道听途说。在选官上强调"九品中正制""科第"，注重出身正统、正派，否则即受轻视。[②] 在文化上强调道统，反对偏统。[③] 在学术上重视"三教九流"，小说家无奈不入流，只能属于"十家"。因此，中国的传统观念中最重要的是正统观念，其后才是各类思想、道德、文化、学派等。正统是强调稳定性、纯粹性，它其实是拒绝变化的。变化的主要是与正统较远的一些内容。

张立文对传统有深入的研究，据他的分析，传统放置在一起，就是"取'传'的相传继续和'统'的世代相承某种根本性的东西之意"，是指"历代沿传下来的，具有根本性模型、模式、准则的总和"。[④] 他还提出传统的若干特性，强调传统的无限性、有机性、多样性，因而传统并不是一个"封闭的体系"。不过，尽管如此，在特定历史阶段，"封闭的体系"可能是个常态。

就其传递性而言，传统并不局限于古代，因为"世代"一词指的是一种活的生命力，有传承才可以成为传统。传统总是超越于历史的具体时段而具有长久的生命力。如儒家传统，从其诞生开始，历经各个朝代而没有灭亡，这就是传统，同时也是正统，主要以孔孟为尊，荀学则不被重视。但是，传统虽然有着无限性、有机性的特点，但不能将传统绝对化。如果从量变和质变的关系

的角度而言，每一时代都在对传统做增删损益，从而达到质变，如宋明理学就不是原汁原味的儒学。所以不能就某一事物本身而言，而应将传统放置在更加广大的文化语境之中。而这就涉及传统要传承什么，所要传承之物是否具有原初性，或者是历史的新事物。在一般意义上我们说的传统，更多地指的是原初意义上的事物，在宽泛的意义上也指历史中不断创造出的新事物。

原初事物和新事物并不绝对构成对立关系，新事物可以是对原初事物的发展、推进。但是这种发展和推进如果从原初事物本身而言，则并不意味着与原始事物的脱离，我所关注的是，原初事物在后世的发展、推进中，在特定的历史时代的位置问题，如儒家传统（孔孟之道）一直传承到现在，并无断绝，但儒家传统在现代的所谓传统谱系中是否还占据重要地位呢？儒家传统在现代、当代仍有传承，只是不再是全方位的传承了，如儒家美德、儒家伦理、儒家思想，都有不同程度的继承。这个非全方位性：一方面指传统自身的增删损益，另一方面指它在特定时代的位置不再是全方位的，有的则成为边缘。有些人试图整体地恢复传统，但相反的意见是，整体恢复传统必然导致传统中糟粕的复活。我认为这些看法都是曲解了传统的本意。传统首先是一个传承机制，然后才有传承何物、如何传承的问题。传承机制古今中外概无例外，问题在于传承何物、如何传承。传承何物意味着我们将什么事物作为有价值的事物加以传承，如何传承在于我们将根据特定历史的要求选择适当的方式方法。并没有那种铁板一块的传统，传统总是如水一般无孔不入。如果说传承机制是一种人类的共通性机制的话，那么，对不同的时代、民族、文明体而言，传承什么、如何传承构成了特定的民族意识和民族理性。传统总是具有着悠久历史的血脉和精神，如果脱离这一血脉和精神，囿于只言片语，那么传统的僵化要比传统的碎片化更为可怕。

传统自身有它的惯性，也有它的自我更新的功能。原来不重视的，后来重视了。原来不构成中心的，后来构成中心了。如《大学》《中庸》原来只是《礼记》中的两篇，后来上升为《四书》之二。这就是传统的更新。这才是传统的本意，才是整体性理解传统的本意。增删损益在历史上就不断地发生着。正是在此意义上，中国文化的传统至今仍可以说没有中断，它只是增加了新的内容，并且这些内容也已经发生了改变。也正是在此意义上，我们说中国的文明并没有中断过，中国的语言文字、历史、文化都还保留下来了。那些消亡、丢失的传统会成为文化的遗迹，如玛雅文明，他们的文明没有被传承下来，只有若干的片段和遗存。中国文化的传统有些已经不再被传承了，这就是"五四"所抨击的旧礼教等传统，但旧礼教的出现也是适应于中国历史的某一历史阶段的，现代人对它的破除并没有违反传统的本意。可以说，被人们所放弃的传统自然就不再是传统了，而人们的这种放弃和重新选择也正是传统包容性的体现。传统如果不包容这些就会逐渐丧失其合法性，从"十三经"的形成就可以看出。先是有五经，后来《论语》《孟子》等也收入了。传统日益扩大其空间，适应了历史的发展。对传统的反叛往往在一开始的时候，被视为离经叛道、欺师灭祖，被驱逐家门、师门，等等。在中国历史上，三国魏晋的人就对传统纲常表示了极大的质疑和反对，在晚明的时候也兴起了性灵派、公安派这样倡导个性的流派，这些后来则慢慢成为传统的一部分，而被有些人所认可、所追慕。实际上，传统从其诞生就有着反传统的倾向。孔子在将儒学体系化之后，在其身后却"一分为八"，虽然不能说是反传统，但都包含着对创始的引申和发展，而不复孔子儒学了。在此意义上，提出"开放的传统""扩大的传统""包容的传统""增加的传统"更具有现实意义。

传统的基本特点是同化。同化有两个方向，一是排他，将不能和自己相容的东西排斥其外，强调内部的同质化；二是同化，和排他正相反，吸收外在性的内容，扩大传统的内涵，但同时又在传统的限度之内。排他的传统可以视为狭义的传统，一般意义上，这种传统遭受的攻击也最多。同化的传统则可称为开放的传统、包容的传统。先秦以降的各类思想，无论多么对立，总是会被中国人认可的，成为传统的一部分。对于进入中国的外来者，往往被加以传统化的理解，如佛教东传，虽然极大丰富了中国文化，但总体上只是构成了传统的一部分，而没有成为传统的相异者。在历史的漫长消化过程中，相异者也在中国生根了。很多外来的事物都是如此。但是，基督教却相反，它至今都被视为一个外来者。一方面在于其植根中国未久，另一方面在于其教义自身还未完成中国化的改变。

传统作为历史筛选的产物有着其巨大的惯性，这种合法性来源于天命，是对既成事实的理性认定，一旦事实得以改变或者有改变的可能性，传统也就随之改变。问题在于，天命论是拒绝改变的，包含着浓厚的非理性的色彩。传统的改变往往需要外力的推动，如革命、起义等。

传统往往又被称为常识、俗见、流行之见，大家如此所以如此，而不思考为何如此。传统在其发展的过程中，由于政治、经济利益问题，僵化的因素也在日益增长，为了维护既得利益，传统往往成为抱残守缺、因循守旧，纯而不杂，正而不斜，不希望改革、变革，不希望增加任何新的东西。到了现代，社会基础发生了巨大变化，传统的基础在逐渐丧失，而传统合法性来源即传统的思想学说也就面临着合法性危机，无法适应新的环境，甚至也无法作出重大的改变，其结局只能通过引进外来资源进行社会文化建设。在中国，最终导致了传统在西学和现实面前的全面崩溃。传统的全面崩溃并不意味着传统的彻底消失，而是标志着中国进入一个后传统的时代。

传统总是对当代人产生着不可或缺的意义。传统构成了人类的前理解、前语境，① 传统的力量之所以强大，乃是由于其积淀的力量，尤其对有着浓厚历史主义的民族，历史、祖先、师道（师承）、道统、谱系，等等，无疑构成了当代人的巨大思想文化世界。到了今日西方自身也出问题的时候，曾经被遮蔽的传统又重新焕发了生机，这个传统当然不仅仅是西方的传统了，② 还包括中国的传统。

四、传统的载体：经典

一般来说，过去、古代、传统都是比较笼统的，过去和古代都是一个宽泛的范围，传统则是某种传承性的表现，都不是指具体的某个事物。如《文心雕龙》《红楼梦》只能说是属于过去的和古代的，但不能代表过去和古代本身，它们是传统的一部分，但不代表传统本身。它们是传统的一部分指的是它们包含了某些传统的因素，如诗词、医药、思想等。而经典（classics）就不一样了，它更多地落实在某个具体的事物身上。可以说，经典的范围比过去、古代、传统都要小。因此，经典是传统的核心，但传统未必都是经典。经典构成了传统，经典是传统的骨架。但经典却不是纯粹的，而是复杂的，经典本身包含着缺憾和不足，那种纯而又纯的经典并不存在。像《红楼梦》的残缺，还有它自身思想的局限，这些就是经典的特征。在此意义上，经典也是开放的，不仅是一个可以顶礼膜拜的对象，还是一个引发人们继续思考的对象。

现代的反传统主要反的是纲常、礼教，而像《四书》《五经》等这些经典形态的文本并没有被反掉，而是被纳入了中国哲学史这样的现代学科领域了，在今天仍然被研究、被阅读。在经历了传统的崩溃，经典仍然有着巨大的生命力。

结合经典，这里要区分一下过去文论、古代文论、传统文论和经典文论的关系。过去文论比较容易理解，大凡过去的都是视为过去文论，这也包括了今

---

① ［德］伽达默尔：《真理与方法》，洪汉鼎译，北京：商务印书馆，2007 年版。
② 回归古希腊的思潮，如海德格尔对前苏格拉底哲学的阐释。

日以往的文论，比如现代文论的一部分等。古代文论比较严格地划定在某一时代之前（1840 年、19 世纪晚期或者 1917 年），尽管有时被称为近代文论。传统文论有些歧义，如前面所说的，传统有两个意思，一个是过去一直传承下来的传统，一个是新的传统。就前者而言，大体可以和古代重合，就后者而言，则走向现代文论，与前者的关系不明显了。但双方都共用一个"传统结构"，或者说"传承机制"，也即是共同面对一个历史遗产的问题。这里还有一个概念值得说明，就是文论传统。传统文论、文论传统和传统文化、文化传统有相似的地方，前者的载体是文论、文化，后者指的文论、文化的某种精神、气质、思维方式等，比较抽象化一些。经典文论也不仅仅局限在过去、古代和传统中，不过别的提法还有文论经典，比如《文心雕龙》。一些 20 世纪的文论也被称为经典，[1] 这只是经典的引申义了。由此可知，严格区分古今在中国学术界并不是常态，有些词语在古今学术领域是共通的。

其实在西方也是如此。比如德国古典哲学，指的是 18 世纪末至 19 世纪上半叶的德国资产阶级哲学，而不是所谓的古代的哲学。还有古典主义音乐，指的是 1750—1820 年这一段时间的欧洲主流音乐，也称为维也纳古典乐派。还有流行于 17、18 世纪西方的崇尚古希腊、古罗马的古典主义、新古典主义等。这些所谓的古典，都不属于古代的范畴。西方语境中的经典、古典，原初的意思指的就是古希腊古罗马文化、语言文学等，后来发生了某些引申。这个原初的经典可以称为元典、原典。在中国就是先秦学术、思想、文学。不过元典也不仅指最原始的经典，它还包括最重要的经典，即"经典中的经典"。大体而言，经典、元典都指的是最初的文化遗产。那种经典中的经典往往有人为构造的成分，并且经典往往也会走向所谓的文本化，脱离了经典得以产生的具体历史语境，这一点是要特别注意的。

五、传统的文化身份：国学

国学一词原指的本国学问，就中国而言就是中国学，Chineseness，但中国学明显是一个现代学问，在古代，一般是国朝、皇朝，指某一时代的学问，如清代的《皇朝经世文编》。当时的视域还局限在朝代国家之中。现代视域中的中国学还被称为汉学，Sinology，带有比较强烈的殖民或东方主义色彩，不过现在该此仍有着广泛的应用，如国际汉学。

---

① 童庆炳主编：《20 世纪中国文论经典》，北京：北京师范大学出版社，2004 年版。

　　国学是一个贯穿整个现代中国的概念，① 它涉及民族文化身份认同问题，所以至今仍然有着影响力。国学的出现导源于国粹，这一现象在日本已先中国而出现，是与欧化思潮相对立的。在中国，国学话语主要有国粹、国故、国学和古典学等构成。国粹有着强烈的价值含量，顾名思义国粹就是国之精粹，但是什么可以列为国粹却争议很多，比如裹脚，以至于国粹这个词后来被放弃了。代之而起的是国故，因"五四运动"之后的整理国故而影响广泛。按照胡适的意见，国学是国故学的简称，即用科学的方法整理国故。新文化运动之前国故也有使用，如章太炎的《国故论衡》。国故意思较为中性，只是表达了本国历史上存在之文献典籍之义。

　　国学和传统的关系有些复杂。传统可以无所不包，从民间到朝堂，从最小的工艺，到哲学思想，都可以称为传统，但国学则是一个更为狭窄的概念，主要指的是思想、学说、哲学等。然而，在国学话语内部，国学又是一个比较宽泛的概念，它既可以特指国故学之简称，也可以指本国特有之学问。就其范围而言主要还是国故，但有些人也将现代的中国学术思想称为新国学，或者现代"国学"，是在"五四"前后"形成自己的传统及其基本观念的"。这无疑拓展了原有的国学观念。② 国学一词本身无可避免地包含着浓厚的民族主义和西方中心主义的色彩，反对者多采取批判质疑的立场，而其基本背景则是西方文化，赞成者或者成为民族主义者，或者成为文化保守主义者。由此可见，围绕国学的各种力量并不是铁板一块的，甚至在各个时期也是多样化的。

　　在现代中国国学主要是旧学，这与国故学本意是一致的。这是在新学语境中不得不如此的称呼。但旧学未必就意味着落后，它只是意味着旧，或者历史悠久。在中国这样一个崇尚历史的国度，称为旧学并不是特别的贬抑。不过，时光转移，国学的最近一个变体是古典学，这和经典一词基本一致了。古典学将国字弱化了，彰显了知识、学科和文化的兴趣，同时也预示着地位的提升，这些是该词的重要特点。刘小枫认为，应建立"中国的古典学"，其宗旨和目

---

　　① 1902 年，梁启超计划创办《国学报》，同年，章太炎发起成立国学讲习所，1904 年，邓实发起"国学保存会"，1905 年创办《国粹学报》，1908 年成立"神州国学社"，1911 年，罗振玉等创办《国学丛刊》，1915 年，倪羲抱等人创办《国学杂志》，1922 年，北京大学设立国学门，此后各个大学相继成立了类似的机构，如清华国学研究院，1923 年，北京大学出版《国立北京大学国学季刊》。20 年代末期以后，国学运动衰微，其原因大抵有三，一是国学大师相继去世及各国学研究机构的解散，二是国学运动出现了民族主义的情绪，三是新式学科体系的建立使国学的应用空间大为缩减。见马克锋：《国学与现代学术·序》，《国学与现代学术》，桂林：广西师范大学出版社，2010 年版，第 9—10 页。

　　② 王富仁：《新国学论纲》，载《社会科学战线》，2005 年第 1、2、3 期。

的在于"立足本土培养'兼通中西之学，于古今沿革、中外得失皆了然于胸中'（皮锡瑞语）的新时代栋梁之才"。① 此时的古典学已经是中西会通之意的古典学了。原初意义上的古典学就是对旧学的研究、传承，与所谓的西方、今天并无直接的联系。不过，在当代现代西学占据世界主流之际，倡导以继续传统文化精神为目标辅以当代意义的古典学，显然是具有相当的文化意义的。我们亦乐观其成。

过去、古代、传统、经典、国学，其内涵是不一样的。过去、古代是一个客观的时间划分，只是一个开放、日常，一个封闭、严谨，传统和经典都不局限在古代，传统是经典的核心，经典是传统的具体表现，国学则更具有民族特色。这些不同话语不同话语使得传统充满了复杂性，也意味着新的可能性。

第二节　异端、反传统与文化实践

近年来关于反传统的讨论非常多，大致构成了对反传统的再反思这一思潮。反传统渊源有自，在整个 20 世纪，反思中国传统文化，批评中国传统文化，就是一条经久不息的主线。1900 年，中国被称为"老大帝国"，在民国初年，李宗吾将中国文化概括为"厚黑"，② 在五四新文化运动时期，鲁迅将中国文化概括为"吃人"，③ 在 20 世纪 20 年代科玄论战时期，科学主义要打倒"玄学鬼"，到了文革，"破四旧"，④ 到了 80 年代改革开放的时候，反传统没有止步。在 20 世纪 80 年代，包括大陆、台湾、香港在内的整个华人社会都弥漫着反思中国文化、批判中国文化的思潮。1981 年，台湾地区的学者柏杨在美国发表了一篇演讲名为《酱缸文化》，将中国文化概括为"酱缸文化"，许多污秽肮脏的东西变成一个酱缸，发酸发臭，抑制了文化的更新。这一观点在后来出版的《丑陋的中国人》中有更集中的表现。⑤ 1984 年，另一位台湾地区

① 刘小枫著：《重启古典诗学》，北京：华夏出版社，2010 年版，第 7 页。
② 李宗吾：《厚黑学》发表于 1912 年的《公论日报》，后相关文章汇集为《厚黑学》于 1934 年由立派社出版，所谓厚黑即"面厚心黑"，厚黑学在后来影响甚大。
③ 鲁迅：《狂人日记》，原载《新青年》第 4 卷第 5 号，1918 年 5 月。
④ 1966 年 6 月 1 日，人民日报社论《横扫一切牛鬼蛇神》："破除几千年来一切剥削阶级所造成的毒害人民的旧思想、旧文化、旧风俗、旧习惯"，对中国文化的损害可谓达到高潮。
⑤ 柏杨著：《丑陋的中国人》，台北：林白出版社有限公司，1985 年版。

的学者龙应台发表了一篇文章《中国人，你为什么不生气》，[①] 将中国人的自私、隐忍、老好人刻画得淋漓尽致。整个 20 世纪的反传统最后也沉淀为一种反传统之传统。

反传统的一个基本立场就是传统应该为今天中国的落后负责，其论题域就是现代中国。反传统的另一伙伴是全盘西化，可以说反传统和全盘西化就是硬币的两个面，虽然二者有差异，但其之间的关联无疑是本体性的。或许有人会质疑，反传统自身就有一个传统，在中国古代，比如在魏晋时期，那种反对流行观念的人也未必就是西化，因为当时根本就无所谓的西化。其实，这里讨论的反传统主要是现代反传统，是在中西方文化碰撞这一历史语境中展开的。在西方并没有所谓的反传统，因为它们有一个更核心的词叫现代。而中国因为现代发展不充分，只能依靠反传统来实现现代。

如若宽泛而言，反传统就是反对一切传统，那么，在古代也有这样的实践。有意思的情况是，传统势力也将现代的反传统纳入古代的反传统之中。这些反传统可以称为"异端""邪说"。在中国历史上早就有传统了，并非是 20世纪的发明。传统内部的反传统在总体上都是次要的，并不构成对传统的颠覆性影响。但是，从传统角度来看反传统有助于我们理解传统的复杂性。

一、异端、邪说、僭越

传统中也有反传统，但却是不被认可的。传统中的反传统主要有异端、邪说、僭越等情况。异端争议较大。孔子说："攻乎异端，斯害也已，"[②] 大体采取的是对异端加以研究，以破除异端赖以生存的土壤。[③] 孔子是行正道的，所以"子不语'怪、力、乱、神'"，[④]"子曰：'素隐行怪，后世有述焉，吾弗为之矣，"[⑤] 先秦的时候儒家就对道家、墨家、杨朱等进行了批评。到了朱熹，则更是以儒家为正统，反对非儒家之学说，"而异端之说，日新月盛，以至于老佛之徒出，则弥近理而大乱真矣。"[⑥] 异端的内容非常广泛，据有的学者总结，特别是在宋代以后，"异端"被众多学者赋予了他技、小道、诸子百家、

---

① 龙应台：《中国人，你为什么不生气》，原载《中国时报·人间》1984 年 12 月 6 日，后收入《野火集》，台北：圆神出版社，1985 年版，在台湾地区迅速引起轰动。

② 《论语·为政》。

③ 有的学者认为"攻乎异端"就是打击异端，参高迎泽、张瑾：《"攻乎异端"解》，载《齐齐哈尔大学学报（哲学社会科学版）》，2013 年第 5 期。

④ 《论语·述而》。

⑤ 《礼记·中庸》，据《汉书·艺文志》素当为索。

⑥ 朱熹：《中庸章句序》。

佛老、异己者、两端等内涵，其疆界逐渐扩展，直至于"异端"就是反对儒家的一切思想学术形态。[①] 不仅儒家如此，佛家也是如此。[②] 当然，这并不是说排斥异端就完全没有好的结果，比如清代的"辟异端"，虽然排斥佛老，但对于清代朴学之形成是有积极意义的。[③] 但是，总体来说，"攻乎异端"的存在，限制了多元思想的发展。

与异端接近的还有邪说。如果说异端的发明者是孔子，那么邪说的发明者就是孟子。孟子说："我亦欲正人心，息邪说，距诐行，放淫辞，以承三圣者"，"头先圣之道，距杨、墨，放淫辞邪说者不得作。"[④] 孟子的第一个打击对象就是杨、墨，称之为"淫辞邪说"。淫，是过度的意思。儒家向来强调中庸、中和、节制，提倡"无邪"，因而对不节制的淫大加挞伐，认为这些淫辞蛊惑人心、危言耸听。异端最后也就和淫辞邪说合流了。[⑤]

上面说的异端邪说都还是言辞上的，而如果反映在政治上就成为谋逆、造反了，这就不是边缘化的问题了，而必须处之而后快。如果异端邪说被上升到政治上的谋逆、造反，其命运就可想而知了。在现代中国还有一个词是用来指称异端邪说但不限于思想观念层面的，它就是"洪水猛兽"。[⑥] 洪水猛兽是传统词，是对人类社会极度危害之词，后来也引申为一切危害社会的思想观念。现代中国，洪水猛兽往往用来形容反传统者、革命者。比如"五四新文化运动"时，守旧派就将新文化运动视为洪水猛兽、异端邪说，后来也成为一般人的常识、偏见。[⑦]

异端邪说的发生多在于传统自身已经出了问题，不能包容这些观念。如门第观念的盛行本来也基于一定的经济基础，但男女自由相悦也是人性使然，在传统家庭观念中，门当户对被首先认可，而自由恋爱如果不被视为离经叛道的话，也将是棒打鸳鸯。更不要说对性爱极端追求的某些明代小说（如《金瓶梅》）了。离经叛道、造反、谋逆、反了天等，这些都是有文化秩序所不能忍

---

① 肖永明、张建坤：《〈论语〉诠释与儒学演进——以"攻乎异端"章的诠释史为例》，载《湖南大学学报（社会科学版）》，2017年第1期。

② 《南传律藏》："彼有邪说法之诸外道。"

③ 孔定芳、王新杰：《"辟异端"：清代学术演进的一个重要取径》，载《东方论坛》，2017年第5期。

④ 《孟子·滕文公下》。

⑤ （明）方孝孺《梁武帝》："异端邪说者，道之疫疠也。"

⑥ 《孟子·滕文公下》："昔者禹抑洪水而天下平，周公兼夷狄、驱猛兽而百姓宁。"

⑦ 叶圣陶小说《丁祭》："当初革命军来了，以为全是洪水猛兽一般的家伙，原来倒不少我辈中人。"

受的思想观念及言行。中国传统思想是强调"中"和"忠"的，中就是中庸、中和、节制，忠就是忠诚，不能违反。这个中、忠在进入现代社会之后遭遇全面的危机。

僭越比异端、邪说更严重，如果说异端、邪说还是话语层面，而僭越可能已进入政治伦理实践层面。中国传统强调各安其位，不得僭越。僭越就是超出自身阶级阶层等级所规定的言行。比如孔子批判谓季氏"八佾舞于庭，是可忍也，孰不可忍也。"就是这个意思，季氏以正卿却实行天子才能实行的八佾，就是僭越。比如"后宫干政"也是一种僭越。当然，最严厉的僭越就是颠覆正统，谋取帝位如袁术，或者不尊天子如曹操。僭越虽比异端、邪说严重，但却不是普遍性的，多数都是一些利欲熏心之人所为。相反，异端、邪说则更贴近社会底层。

可以说，在传统社会中到处都有程度不同的异端（包括邪说、僭越），然而这些异端都无法构成对传统的整体性危害。一个原因在于异端是传统的异端，是产生于传统本身的，具有先天的依附性，另一个原因是异端本身力量的软弱，主要是其思想资源的单薄和单一，无法在思想观念上超越传统，更不能提供一个崭新的思想体系。异端只是成为中国社会周期性变化的一个催化剂，或者社会有效补充成分，并不能真正获得其独立地位。即便像晚明的个性思潮也必须经过现代思想观念的激活才可以展现其特殊的意义，而在当时或者流于纵欲，或者流于空想，皆不可在整个社会中实行。只有到了现代，借助于军队、民众、知识分子、政党的合力，才完成了对传统价值体系的颠覆。异端也最终成为正统。

二、反传统的前提与含义

反传统的兴起有两个前提。一个前提是传统自身的僵化，无法为这个社会提供保护和有效解释，出现了人人自危的局面，概言之就是传统自身出现了危机。另一个前提是，新思想资源的出现，成为传统的替代方案。

就第一个前提而言，在现代之前，传统对社会的保护和解释功能虽然遭受过挫折，但总体上是有效的，而到了近代，西方力量的全面进入，传统无法提供有效的解释模式和安全保障，反传统思潮开始抬头。新的替代思想资源的出现未必都是西方的，但是西方自身的强大又使得传统首先向这个敌人学习、借鉴，并最终确立了西方化的发展道路。这是后发国家的最主要的模式。但是，中国有其特殊性，就是"五四"反传统思潮。"五四"反传统就是由新知识分子发动的，而像日本这样的反传统则是自上而下的，传统并不是被动的。"五四"反传统发生于中国正处于内忧外患之时，而日本明治维新时期，日本上层统治阶层相对稳定，且西方入侵相对较浅，而中国是在遭受亡国灭种的毁灭性打击的时候才真正开始反传统的，传统无疑将遭遇更多的指责和挑战。

五四反传统兴起之时，西方正是群雄逐鹿，这就面临第二个前提，新思想资源究竟在哪里？人们很容易看到就是西方，但是这里有一个微妙的变化，就是新文化运动之后思想界分化为两种途径，一是走苏联的社会主义革命道路，二是走欧美的自由民主制度道路。这两条道路对传统的理解并不相同。应该说他们共同的敌人都是传统（封建主义、专制主义），但是，信奉苏联人的路线显然走得更远。苏联人路线的贡献主要将中国最广大的群体（工农无产阶级、普罗大众）推向了历史前台，而英美自由主义路线则走向了精英主义（大资产阶级、中产阶级等）。无疑，前者对传统的反对更为彻底，而后者则对传统有着某种程度的向往，因为后者有一种新贵族的心理基因。传统所维护的正是既定的秩序，这个秩序并非基于普遍主义，而是基于特权主义。传统格局中所追求的不是平等，而是秩序，上下尊卑长幼等。在这个格局中，文学、文化、文人相对被认为是高尚的，一般被称为师（"天地君亲师"）。而现代知识分子大多也处于这样的地位，其身份多是大学教师、作家、文化人等。他们所认同的主要是由上而下的启蒙、教育，民众对他们而言只是一个被动的对象而已。这种高高在上的优越感其实是忽略了农村、农民、工人等底层基础的具体性的。中国革命的失败，主要在于理论应用于实践的失败，顽固势力过于强大，改革派过于弱小，改良主义就是一例。理论的失败不是因为理论自身的问题，而是理论无法适应中国的现实，理论的力量虽然很强大、光鲜、诱人，但无法根本性地促使这个社会的变化，因为路向有着巨大的差异，有着各种难以预测的情况。

由于现代知识分子多从事文化工作，故而反传统多侧重于思想观念，同社会实践关系接触不多。所以新文化运动之后热衷于抽象的文化讨论已经越来越不合时宜了。中国社会的变迁更多地将进行实践的变革。这实际上触及的问题就是反传统的落实主体问题。没有落实主体，任何反传统的言论都可能是蹈空的。我们经常会遇到这样的景象，一些在政治立场趋于保守的知识分子，而在文化领域却可以是一个激进主义者。比如刘师培、王国维都是这样的典型。此外，很多反传统的斗士一旦自己遇到传统的难题时，往往很难做出决断，比如像鲁迅对封建婚姻的态度，就是矛盾的、回避的。这涉及的不是传统的好坏问题，而是传统遗留问题，波及更多的现实、心理等因素。故而反传统不能仅仅成为一个思潮，而必须处理大量诸如此类的具体问题，这种制度的安排尤为重要。比如，中华人民共和国成立的时候，妓女被取缔，但必须对她们做好安置（比如改造、回归社会等），而非驱散了她们。

在这个时候，我们就看到另一种反传统，这种反传统是自下而上的反传统，即着眼于具体问题、实际问题，而不是纠缠于抽象的文化讨论。这样的反传统触及更多的将是建设问题。反传统并不意味着一个社会的土崩瓦解，而是意味着对一个社会的重新整合。一些受过西方教育的人士，他们保持着对传统的影响力，通过自己的努力改变当地社会的面貌，比如像孔祥熙在山西老家创办铭贤学校的办学经验等。这些属于开明绅士一类。还有一种是基层组织的建立，主要是工会、农会、妇女组织等，这些对争取自身合法权益有着强大的制度保障。设想如果反传统都基于个人主义或者无政府主义，而没有群体、组织、体制、制度的保障，那无疑还是会被旧的体制所吞没。现代反传统的成功恰恰不是理论上的，而是实践上的。

在此意义上，反传统本身并不可怕，问题是反传统可能将传统妖魔化了。反传统人士似乎没有意识到传统本身所具有的包容性和开放性及其自身调节机制。彻底的反传统则将传统连根拔去，传统自身的特性也随之丧失了。最典型的就是现代城市"中心主义"取代了"乡土（乡绅）社会"。反传统对传统的妖魔化，比如鲁迅提炼的"吃人"。因为吃人不仅是在古代有，在现代也有，奥斯维辛就是例子。传统不能简单地归结为野蛮主义和蒙昧主义，野蛮和蒙昧更多的是人性本身。如果五四斗士们看到文革，看到现代大屠杀，又不知作何感想了。

由于责任伦理的存在，中国社会崩溃的罪魁祸首被推到了传统身上，必须彻底斩断传统才可以改变中国落后挨打的局面，但反传统的同时可能忽略了中国文明的发展也是传统的贡献。这一消极、一积极明显证明了传统的复杂性。但是受制于西方进化论时间观念，连中国古代也被视为不完全的，"停滞的帝国"成为中国的一个能指。① 西方从古希腊以来到现代成为一部人类高歌猛进的伟大史诗，而中国自先秦以来几乎成为一代不如一代的堕落史，不废除汉字实行拉丁文，不改良种族，不全盘西化，中国就要亡国灭种，这类言辞恐怕只能成为情绪化的表现，而不应该得到落实。

责任伦理不是将责任归咎于传统，而是应该自身承担起改造这个社会的重

---

① ［法］佩雷菲特著：《停滞的帝国：两个世界的撞击》，王国卿等译，北京：三联书店，1993年版。

任。因此抽象的、宏观的文化讨论必须落实在具体的文化实践上来。

反传统有两个含义，一是反对传统，二是反思传统。反对传统也是基于反思传统的，只是对这个基础，虽然有像新文化运动这么激烈地反传统，但对传统也不是一棍子打死的。那种情绪化、简单化的反传统是没有多大意义的。因此我们至今仍能从五四新文化运动中汲取养料。

反传统的动因很清楚，现实的败坏必须由传统负责。这就是所谓的"审父"。审父和所谓的敬父都是历史主义的表现，只是前者反对、后者认同而已。所以，我们说文化激进主义和文化保守主义其实都是对传统不同看法的产物，并不意味着传统已经变得无足轻重，毋宁说传统是一个巨大的绕不开的存在。

由此我们就需要考察反传统究竟反的是那般传统。余英时对中国传统有一个区分，一个是"小传统"，一个是"大传统"。[①] "大传统"也可以称为正统，居于主导地位，如儒家、朝堂、官方、雅文学、中原、华夏、汉族、中央王朝等。"小传统"也可以称为偏统，居于边缘地位，比如道家、佛家、民间、乡土、江湖、通俗、边疆、少数民族等。余英时的概念是受到美国人类学家罗伯特·纳德菲尔德提出的"大传统和小传统"的影响。[②] 这一结构在中国历史表现为"上智下愚"（《论语·阳货》）。与余英时等人不同，叶舒宪的用法不一样。他将"有汉字编码的文化传统叫做小传统，将前文字时代的文化传统视为大传统"。[③] 叶舒宪所言的小传统主要是文献学意义上的，而大传统则是神话、传说等史前文明。就此而言，这个大传统似乎更应该是"前传统"，进入文明时代，则泛化到大小传统之中，尤其体现在小传统中。从根本上并没有否定大小传统这一结构。无疑，在对待历史问题上，"大传统"必然承担更多的责任，因而也必然承担着更多的指责。五四反传统反的就是这个"大传统"，而"小传统"则被打捞，受到重视。之前我们曾说到，传统具有一种累积性，也即历史惯性。传统之所以称为传统，不仅在于其流传性，更在于传统在流传过程中的变异性。就儒学而言，孔子儒学和后世儒学也不尽相同，甚至其间的差异也相当大，比如程朱理学和孔子的思想就有很大差异。因此，反传统必然有一个重点，而不是将这个一以贯之的传统连根拔除。

---

① ［美］余英时：《中国文化的大传统与小传统》，见《士与中国文化》，上海：上海人民出版社，2003 年版。

② ［美］罗伯特·纳德菲尔德（Robert Redfield）著：《农民社会与文化》（1956），王莹译，北京：中国社会科学出版社，2013 年版。

③ 叶舒宪：《中国文化的大传统与小传统》，载《光明日报》，2012 年 8 月 30 日第 15 版。

三、反传统的文化实践

概言之，以维新派、革命派、新文化运动等为代表的反传统主要反对的就是宋明理学，也即封建后期（明清）的统治意识形态。宋明理学的核心就是"存天理，灭人欲"①。当然，反宋明理学并不意味着对之前的儒学思想意识形态的接受，实际上宋明理学是强化了已有的儒学形态，可以说宋明理学更加集中地适应了封建后期的政治社会现实。

1. 反礼教、倡自由与个人主义的兴起

礼教是中国传统社会的文化人伦秩序，因重等级、名分、名位，又称为名教。反对礼教②对人性的束缚，主要是对"三纲"③的彻底破除。三纲是传统社会运作的基石。早在维新运动时期，反礼教就出现了。谭嗣同反对"名教"，认为"俗学陋儒，动言名教，敬若天命而不敢谕，畏若国宪而不敢议。嗟呼，以名为教，则其教已为实之宾，而决非实也。又况名者，由人创造，上以制其下，而不能不奉之，则数千年来，三纲五常之惨祸烈毒，由是酷焉矣"。（《仁学》八）以谭嗣同为代表的反传统就是反对等级秩序，他认为传统人伦关系中只有朋友关系最具平等内涵，而"余皆为三纲所蒙蔀，如地狱矣"。（《仁学》三十八）自维新运动以来，反礼教就一发不可收拾。④ 无政府主义者李石曾发表《三纲革命》，倡导平等，可谓振聋发聩。⑤ 对"君为臣纲"的破除直接的结果就是现代共和国家的建立，人民政治取得了合法性地位。袁世凯复辟之时，君主制甚嚣尘上，新文化运动给予了全面抨击。曾在一定程度上具有历史合法性的君主立宪制（帝制）也烟消云散。对"夫为妻纲"的破除却是一个持续性的任务，它包括了平等、自由等内涵。胡适反对单方面的贞操，认为"贞操是男女双方交互的道德"。⑥ 鲁迅发表呼吁"救救孩子"，倡导

---

① 朱熹在《四书章句集注》阐释大学三纲时说，"盖必其有以尽夫天理之极，而无一毫人欲之私也"。天理者，公心也，人欲者，私心也。人欲并非指肉体欲望，而是私欲。二程说："人心私欲，故危殆。道心天理，故精微。灭私欲则天理明矣。"

② 王元化认为，"五四没有全盘性的反传统问题，而主要的是反儒家的'吃人礼教'"。见王元化著：《传统与反传统》，上海：上海文艺出版社，1990 年版，第 20 页。

③ （汉）班固撰《白虎通义》："三纲者何谓也？谓君臣、父子、夫妇也。……故《含文嘉》曰：'君为臣纲，父为子纲，夫为妻纲。'"见（清）陈立撰《白虎通疏证》卷八《三纲六纪》，北京：中华书局，1994 年版，第 373—374 页。

④ 陈万雄考证，在辛亥革命时期，反传统就暗流涌动，异见叠出，构成了新文化运动的重要基础。参陈万雄著：《五四新文化的源流》，北京：三联书店 1997 年版。

⑤ 李石曾：《三纲革命》，载《新世纪》第 11 期，1907 年 8 月 31 日。

⑥ 胡适：《贞操问题》，载《新青年》第 5 卷第 1 号，1918 年 7 月 15 日。

青年男女的爱情独立。①《新青年》发表《中华女界联合会改造宣言》强调女性独立。② 首先破除的是一夫多妻制，这在民国就确立了，尽管仍有部分的遗留。但"夫为妻纲"的传统观念却很难一时破除，很多时候女性还是处于男性的压迫之下。大体而言，改嫁、自由恋爱这些新的现象已经日益增多了，尤其在城市。"父为子纲"的破除不如前二者，在现代中国，父亲的权威依然很大。这似乎与中国固有的孝顺观念有很大关系。

在政治上，反礼教的集中体现就是反孔（教）、反读经、反帝制。这是礼教的主要思想基础。像无政府派对于孔教、孔子的批判是激烈的，远远超出改良派、国粹派、共和派，甚至直呼孔子为"孔丘"，可谓前所未有。③ 到了1912 年，中华民国成立，政府即颁布了禁止缠足、废除读经及跪拜礼等政令，教育系统开始"去孔化"。这些措施马上引起了保守派的反击。1912 年 10 月，上海孔教会成立，康有为为会长。保守派提出要在宪法上"明定孔教为国教""内定孔教为国教"，试图确立孔教为中华民国的指导思想。甚至地方大员张勋等十三省督军还致电黎元洪，明确要求尊孔复古，并纷纷成立了尊孔会。在此背景下，中华民国大总统袁世凯在《天坛宪法草案》第 19 条中规定："国民教育，以孔子之道为修身大本"，由此确定"尊孔复古"为中华民国的指导思想，为复辟帝制造势。1915 年，尊孔复古进入高潮阶段。杨度、刘师培积极倡导恢复帝制。也正是在这一年，以提倡民主科学为宗旨的《青年杂志》创刊。吴虞疾呼："儒教不革命、儒学不转轮，吾国遂无新思想、新学说，何以造新国民？悠悠万事，唯此为大已吁！"④ 陈独秀认为："如今要巩固共和，非先将国民脑子里所有反对共和的旧思想，一一洗刷干净不可。因为民主共和的国家组织、社会制度、伦理观念，和君主专制的国家组织、社会制度、伦理观念全然相反。"⑤

对礼教的拆解必然引进西方的自由观念。在《警告青年》中，陈独秀给青年提出六点建议，即"自主的而非奴隶的""进步的而非保守的""进取的而非退隐的""世界的而非锁国的""实利的而非虚文的""科学的而非想象的"。其中第一点也是最重要的一点。自由是与奴隶相对的。"奴隶云者，古之昏弱对于强暴之横夺，而失其自由权利者之称也"。自由就是破除奴隶状

① 鲁迅：《随感录四十》，载《新青年》第 6 卷第 1 号，1919 年 1 月 15 日。
② 《中华女界联合会改造宣言》，载《新青年》，第 9 卷第 5 号，1921 年 9 月。
③ 《此之谓中国圣人》，载《新世纪》创刊号，1907 年 6 月 22 日。
④ 吴虞：《儒家主张阶级制度之害》，载《新青年》第 3 卷第 4 号，1917 年。
⑤ 陈独秀：《旧思想与国体问题》，载《新青年》第 3 卷第 3 号，1917 年。

态，"解放云者，脱离夫奴隶之羁绊，以完其自主自由之人格之谓也"。陈独秀的自由思想主要来自于洛克、尼采等人。陈独秀认为，获得真正的自由就要破除君权、教权、产权、男权对人的束缚，强调"个人独立平等之人格"。① 陈独秀在《一九一六年》中强调"尊重个人独立自主之人格"，"丧其自由自尊之人格，立沦于被征服之女子、奴隶、捕虏、家畜之地位"。② 这些观点今天读来也依然振聋发聩。

反礼教涉及家庭、家族，因为礼教的实施场所就在家庭、家族里面。有数据表明，到 20 世纪上叶，对旧的家族体制都有着决定性的影响。一个明显的例子就是袁世凯葬母纠纷。1902 年，身为直隶总督兼北洋大臣、太子少保的袁世凯，他的母亲去世了，袁世凯想使其与父亲合葬，但其兄长袁世敦即袁氏家族的族长认为袁世凯为庶出，而妾是不能进祖坟的，因此极力反对合葬，以至于袁世凯不得不将母亲葬于他处，并断绝了和老袁家的往来。不是说直隶总督兼北洋大臣、太子少保的权威不够，而是说明传统的家族体制是超越世俗权力的天理。由此可见反礼教之难。③

反礼教落实在农村青年身上。他们纷纷走出家族，拒绝旧式婚姻，追求自由恋爱等，这无疑遭到传统家族的顽强抵抗。现代文学家多有这样的经历，面临现代婚姻观念与传统婚姻观念的矛盾与冲突。④ 故而，家庭问题在现代文学史上占据极为特殊的重要地位。家庭成为走向社会的绊脚石，必然在反抗之列。但是反礼教不是反对具体的个人，而是反对礼教观念，也不是对传统孝道的一概否定。父爱、母爱、兄弟姐妹之爱等这些血缘之爱也得保留。实际上，反礼教主要针对的是等级性的人际关系，而情感关系则被强化了。冲破旧家族之后形成的就是单一家庭。单一家庭的关系简单化了，但仍有传统的遗留，其中最重要的就是男权中心主义，女子依附于男性，孩子依附于父母，传统的"夫为妻纲""父为子纲"虽有弱化，但并没有得到改观。胡适虽然倡导易卜生主义，强调妇女解放，但没有经济基础的独立也带来相应的问题。鲁迅发出的"娜拉走后怎样"⑤ 的疑问，就是具有清醒的意识的。

个人主义在新文化运动以后逐步兴起，这对中国社会的改变是潜移默化

---

① 陈独秀：《敬告青年》，载《青年杂志》第 1 卷第 1 号，1915 年。
② 陈独秀：《一九一六年》，载《青年杂志》第 1 卷第 5 号，1916 年。
③ 这里不排除袁世凯与兄长袁世敦本有矛盾，使得合葬更为困难。
④ 如郁达夫、郭沫若、鲁迅等人。
⑤ 鲁迅：《娜拉走后怎样》，收入《坟》，见《鲁迅全集》第一卷，北京：人民文学出版社，1981 年版，第 159 页。

的。但是，一个不可忽视的方面在于中国有着强大的集体主义传统。新文化运动以来的个人主义在大革命失败后就遭遇困境。一个人不可能引发整个社会的变革，而必须团结起来。这样"五四"时期的个人主义就走向了革命主义。此外，另一派则坚持个人主义，但却是精致的、中庸的、恬静的个人主义，类似于道家、佛家，清心寡欲，闲适自在。这样的个人主义在前面已有论述。然而，走向集体主义的个人是暂时搁置了个人，内敛的个人主义也是云端的个人主义，它不接地气。历史的发展是对二者的克服，个人自由不可无限放大，也不可无限内收，而必须兼顾社会性（集体规范）与理想性（个体自由），可是，在整个现代中国，这两个方面都没有处理好。我们看到的却是，社会性对理想性的压迫，理想性对社会性的逃避。

在文学上，现代中国文学特别是新文学运动的重要主题就是反封建主义、反礼教、反宗法，彰显自由与个人的价值，从而促进人性与社会的解放。这是继晚明之后中国历史上的又一次个性解放思潮。这种个性解放是现代文学的底色。但是，束缚个性的未必只有礼教，还有各种政治、伦理、经济的束缚，个性解放从未终结，后来像80年代的文学仍然是对这一主题的接续。

2. 反贵族、倡民众与民主观念的盛行

在古代，文学要么是国家政治的附属，所起的主要是文以载道、体察民情、移风易俗之类的自上而下的作用，国家居于主导的地位；要么是个人（文人）修养的园地，同社会关系并不大。前者的载体是君王、士大夫，后者的载体是文人等。前者是政治贵族，后者是精神贵族，或者说精英。无论是政治贵族还是精神贵族，都同普通大众没有密切的关系。贵族之所以是贵族，其根本在于贵族掌控着这个社会的重要思想和文化资源，即文字。贵族就是识字阶层。因为在古代，具有阅读能力的人不占人口大多数，故而像口头文学、通俗文学往往不被主流文学观念所接受。

陈独秀明确提出"推倒雕琢的阿谀的贵族文学，建设平易的抒情的国民文学"。[①] 反贵族的主要内容是对通俗文学的强调，通俗文学主要载体是白话文，主要形式是小说和戏曲。白话文运用的是俗字，是日常语言，普通大众容易看明白、听明白，并且白话小说和戏曲由于其程式化的因素，比如才子佳人、大团圆等，而为人们所喜闻乐见。白话文运动即国语运动，是配合新文化运动的语言学运动。胡适还将文学革命的目标归结为"国语的文学，文学的

---

① 陈独秀：《文学革命论》，载《新青年》第2卷第6号，1917年。

国语"。可以说，没有国语运动，新文化运动也就难以取得成功。但是新文化运动提倡的通俗文学却不是那种仅仅止于娱乐化的通俗文学，而是具有严肃思考和批判的社会文学。在很多时候，通俗文学往往仍然同趣味低下相关联，没有负载重要的文化生活理想。这其实也是一种新贵族文学的建构，比如革命文学在价值尺度上就远高于像鸳鸯蝴蝶派的文学。一个悖论就是在反贵族的同时也形成了所谓的革命贵族，他们以革命自居，自认为自己掌握着未来，对娱乐化的文学嗤之以鼻。很多反贵族也不期然地走向了这一道路。

反传统彰显得是普通人的价值，这个普通人就是庶民、劳动人民。李大钊在《庶民的胜利》一文中强调，"民主主义战胜，就是庶民的胜利。社会的结果，是资本主义失败，劳工主义战胜"。"劳工主义的战胜，也是庶民的胜利"。[1] 在《Bolshevism 的胜利》呐喊"由今以后，到处所见的，都是 Bolshevism 战胜的旗。到处所闻的，都是 Bolshevism 的凯歌的声。人道的警钟响了！自由的曙光现了！试看将来的环球，必是赤旗的世界"！[2] 新文化运动彰显了劳动阶级的意义，这是空前的，这将比自由主义走得更远。左翼文学、文论就是彰显普通人的价值，反对资本家（强盗）的奴役与剥削。在左派文论当中，却一直保持着对贵族、资产阶级的批判意识，时刻以劳苦大众为核心，不否认娱乐化，但更强调寓教于乐、移风易俗。真正彻底的反贵族必须是置身于人民大众之中，而不是相反。一部分作家出身农民，始终与农民同命运共呼吸，这样的作家才真正是反贵族的。

当然，我们也不是一般意义上地反对贵族、精英，对那些具有高尚风格的人，如岳飞、文天祥等，我们是不会吝惜我们的赞赏的，而对些种孤芳自赏的贵族只能加以反对。就现代中国而言，道德风格意义上的精神贵族太少了，而那种假贵族则太多了。

民主观念是伴随着反贵族、倡民众而来的，但却充满问题。民主是一个传统的概念，在中国就是为民做主，在西方就是自由民选举君主。到了现代中国民主被强化为当家作主，其选举性已经弱化。然而，中国政治历来是贤能政治，选贤与能。民主观念在中国的盛行主要是口号、趋势上的，在实际上很难落实。一方面是军阀割据，另一方面是国民党政府推行的专制统治，军阀与专制都不利于民主。中国共产党则是通过自下而上的革命来实现民主的，革命主题大于民主主题。民主主题在现代中国最兴盛的时代是在 1945 年以后。最终

---

① 李大钊：《庶民的胜利》，载《新青年》第 5 卷第 5 号，1918 年。
② 李大钊：《Bolshevism 的胜利》，载《新青年》第 5 卷第 5 号，1918 年。

由于国共谈判破裂，中国共产党获得了全国政权，自上而下的土地改革、资本主义工商业的社会主义改造，以及全国人民代表大会等制度的实现，才真正使得劳动人民当家作主。

这是政治上的民主，但就文化而言，民主也是不可或缺。文化民主就是发挥文化创造者的个人的天性、自由，并非是将艺术降低到普通人的欣赏层次。但是，不可避免的是，反对贵族、倡导民主必然引起文学艺术上的变化，就是对提高的忽视。比如，以人们喜闻乐见来作为艺术高下的标准，就是不妥当的。因为有些艺术品在刚出现的时候并不被人理解，但却有着恒久的魅力。文化艺术往往是整个社会的引领者，而非简单的反映者、见证者。因此，民主观念的盛行有利于发挥其社会作用，但就文化艺术而言，更应该强调艺术家的自主性与审美的自主性，才这是文化艺术民主的本义。

在文学上，反贵族、倡民众促进了平民文学、民间文学、劳动文学、无产阶级文学、大众文学、工农兵文学、人民文学的兴起。这一点在一定程度是与个性主义思潮有张力的。前者看到的是群体，后者看到的是个体。就文学总体成就而言，以个性为主的文学要高于以群体为主的文学。中国有着悠久的精英主义（士大夫、乡绅）文学传统，加之现代中国群众素质不高、群众社会不发达，导致了人民文学普通人的形象不充分，不是对阿Q、孔乙己这样的落后者加以批判，就是对先进分子、革命者、英雄等的展现，而像沈从文的《边城》中的翠翠、赵树理的《李有才板话》中的李有才才是难得的普通人的形象。对于后者，周扬还称赞："反映农村斗争的最杰出的作品，也是解放区文艺的代表之作。"① 不过，李有才也有先进分子的成分，他并不普通。相对而言，翠翠可能更普通更常见。由于对典型的过分推崇，总是要将很多人浓缩到一个人身上，难免理想化甚至拔高，但并不能真正揭示普通人的内心世界。真正的人民文学是揭示普通人民的内心感受、价值诉求，而并非一味理想化。

3. 反正统、推新统与西化论的兴起

反礼教就是反正统的表现，但反正统则更为突出。反礼教虽然动摇了正统的力量，但并不彻底，有些正统得到了保留。反正统主要就是反儒学、反儒教、反宗法，是总体性地反对传统、反中国传统文化。正统表达的是一个连续性概念，表现了浓厚的历史主义态度。中国历史上争论的大一统问题就是很好的证明。

---

① 周扬：《新的人民的文艺》，载《人民文学》，1949 年第 1 期。

那么究竟什么促使现代反正统的出现呢？其基础并不复杂，主要在于进化观念、线性时间观。虽然过去已经崩溃，但不可能再走到过去了，现实虽然多有败坏，但还有未来在。这种乐观主义主导了现代中国。革命主义持续高涨就是证明。所以中国人敢于破坏，勇于破坏，全因为这种乐观主义。而恰恰是持有悲观主义的人往往将视角投向过去，反正统对他们而言无疑是天塌地裂了。在乐观主义者那里，是没有所谓的正统、偶像的，一切都可以加以质疑和破坏。这就是民族虚无主义。民族虚无主义者当然不是认为生活没有意义，而是说意义在别处，这个别处就是西方。如果不将民族的东西虚无掉，新的东西就无法引进，尽管有的时候虚无主义只是一种策略。

近代以来，中国所遭遇到的数千年未有的巨变，在现代中国可谓深入人心。但是应对策略却迟迟拿不出来。其中最著名的一个例子就是"体用"观念。中学为体、旧学为体曾经引起了很多人的共鸣。客观而言，这有利于引进外来文化，但这仅仅是一个权宜之计，不能从根本上适应现代社会的巨大变革。

其实反正统最后并没有本反掉，只是位置发生了变化而已。反正统推出的是西方（欧美、苏俄）和小传统。西方自不待言，就小传统而言，李泽厚有一个典型的概括就是儒道互补，但"五四"旗手并没有一味地抬高道学，因为老庄之学的反社会倾向比较严重。同时也没有一味抬高佛学，因为佛学是专注内心也不利于社会进步，可以说道和佛都有其各自的适用范围。

随着反正统、推新统的深入，西化论（全盘西化、崇洋媚外）成为主流。因为新统主要来自于欧美、日本、苏俄。西化大体包含科技器物、典章制度、文化观念三大层次。洋务运动着眼于科技器物，维新派改良派（包括君主立宪）着眼于典章制度，资产阶级革命派和马克思主义强调文化观念。现代中国的思想论争其实就是古今之争和西西之争，并没有真正意义上的中西之争。古今之争就是中国为古、西方为今之争，西西之争就是资本主义（欧美）与马克思主义（苏俄）之争。但无论如何，西化论对中国最大的伤害就是抛弃传统。然而，吊诡的是，西方却保留了古希腊古罗马中世纪（基督教）文化，是地道的传统论者，同时又反对马克思主义（无产阶级革命），这使得中国坚持反传统的西化论处境尴尬，不能从西学自身寻找合法性。因此遭到传统派的批评。梅光迪指出："吾国近年以来，崇拜欧化，智识精神上，已唯欧西马首是瞻，甘愿处于被征服地位。欧化之威权魔力，已深印入国人脑中。故凡为'西洋货'，不问其良否，即可'畅销'……对于本国一切，顿生轻忽厌恶之心，故诋毁吾国固有一切，乃时髦举动，为戈名邀利之捷径。"① 从政治角度上说，国民党对新文化运动、左翼、马克思主义就持异议乃至反对。1943 年，蒋介石在《中国之命运》中强调回归传统，严厉批判了自由主义与共产主义，认为自由主义与共产主义均破坏中国传统文化："近百年来，中国的文化，竟发生了绝大的弊窦，就是因为在不平等条约的压迫之下，中国国民对于西洋的文化，由恐怕而屈服，对于固有文化由自大而自卑，屈服转为笃信，极其所至，自认为某一外国学说的信徒，自卑转为自艾，极其所至，忍心侮蔑我们中国固有文化的遗产。"这看似不错，实际上没有强大的现代文化，退回过去只意味着落后。而蒋介石全书所宣扬的却是一个主义（三民主义）、一个政党（国民党）："抗战的最高指挥原则，唯有三民主义。抗战的最高指导组织，唯有中国国民党。我们可以说：没有三民主义，就没有抗战；没有中国国民党，就没有革命。即任何党派、任何力量，离开了三民主义与中国国民党，决不能有助于抗战、有利于民族的复兴事业。这一点显明的事实，是应该为全国国民，尤其是知识分子所彻底认识的。"而马克思主义则予以针锋相对的批驳，重申共产主义的意义，最著名的莫过于陈伯达的《评〈中国之命运〉》一文了。② 国共两党为争夺文化领导权展开了你死我活的斗争。③ 在文化上，一批认可西方自由主义价值的传统派则对马克思主义文化给予批评，特别是 1949 年以后。④败退台湾的国民党当局则以中华正统自居，回应大陆的去传统化浪潮。

严格而言，欧美新学并不是以反传统而出现的，恰恰是以文艺复兴的姿态出现的，其底色是理性主义，这必然对狂热的反传统有所抑制，比如尼采在西方就只是哲学流派之一，但在中国却成为冲破旧思想的重要精神支撑。这其实并不利于理性主义传统的复兴与建立。因此，西化论是服务中国反传统之需要的，反封建主义，自由主义与马克思主义可以同盟，反资产阶级，则马克思主义就与自由主义就分手了。但是，马克思主义又不是建立的空白之上的，封建主义、资本主义也同样是人类遗产，并非一反了之。中国立足自身的传统更新

---

① 梅光迪：《评今人提倡学术之方法》，载《学衡》，1922 年第 2 期。
② 陈伯达：《评〈中国之命运〉》，载《解放日报》，1943 年 7 月 21 日。
③ 针对蒋介石的一个政党，1943 年 8 月 25 日《解放日报》发表了社论《没有共产党，就没有中国》，提出"如果今日的中国没有中国共产党，那就是没有了中国"。歌曲《没有共产党就没有中国》（曹火星）也正是此时创作。1950 年，毛泽东将歌词、歌名中的中国改为"新中国"。
④ 1958 年元旦，由唐君毅、牟宗三、徐复观、张君劢四人联名的《为中国文化敬告世界人士宣言》发表，其中对马克思主义的阶级论、一党专政等进行批评。

比任何西化论都要重要，因此马克思主义的中国化、中国特色社会主义也就顺势而出。

在文学上，反对文言文学倡导白话文学，就是使用了正统观念，打倒旧的正统，将白话文学（平民文学）推为正统、正宗。[①] 其实这就是传统观念作祟。现代文学左翼与自由主义的争论也涉及正统争论，即到底谁是"五四"文学的真正继承者。在左翼内部也涉及的是以国统区左翼为正统，还是以延安为正统的争论，到了1949年之后，这种正统之争并没有结束，纠结于谁才是真正的马克思主义，反而带给了文学以冲击，不利于文学的发展。虽然正统争论有利于反对传统，但不利于建立真正的文学新秩序。就像白话文学运动最开始是反对旧的雅文学的，但不期然走向了新的雅化，新文学成为正统，光环加身，以至于现代通俗文学反而不获重视。因此，如果不能真正建立文学的多元秩序，任何正统的确立都将是危险的。

4. 反迷信、崇科学与科学主义的兴起

中国古代不可谓科学不发达，李约瑟所著的《中国科技史》[②] 就是证明，但为何现代对传统的定位却是迷信盛行呢？中国的科学究竟在中国古代社会中处于何种位置呢？迷信是非理性的体现，它不是一套解释体系，而是一套信仰体系。信则有，不信则无。科学是理性的，它是一套解释体系。信仰体系供奉的是神，解释体系呈现的是真理。迷信只是大众的浅层次的信仰，更高级的信仰是宗教。中国因为宗教不发达，而迷信却极为发达，佛教世俗化了，成为麻痹、奴役、统治人精神的方式。比如鲁迅的《祝福》就指出了两点迷信，一是改嫁的女子死后要被砍成两半，这里隐含的道德律令就是守寡。二是改嫁使得祥林嫂成为异类，从而没有资格参加祭祀，也就不能碰祭品。当然，替代方案是捐门槛，但是，只有祥林嫂相信，统治阶层是不会相信的。所以，迷信最终葬送了祥林嫂。作为与迷信相对的科学则是经验的、解释的，是要探求真理的，也是发现自我的过程。

中国的迷信主要受到以下几个方面的制约，一是崇古，古代的圣人、英雄往往被神化。二是祖先崇拜，将家族、王朝的开创者加以神化，比如刘邦的斩蛇起义。三是礼教统治，故意虚构不存在的东西和情况，比如寡妇改嫁死后被砍两半、作恶被打入十八层地狱等，因果报应随之兴盛。四是政治介入，谶纬

---

① 胡适明确说"白话文学之为中国文学之正宗"（《文学改良刍议》，载《新青年》第2卷第5号，1917年1月）。

② ［英］李约瑟著：《中国科技史》，北京：科学出版社，1975—1976年版。

之学兴起，服务于粉饰太平或者改朝换代。五是禁忌，一些话不能随便说，广泛涉及政治、宗教、伦理等，比如皇帝的名字不能随便叫，宗教上有些行为不能做，死亡一般说老，而不直接称死。六是风水观念与卜著传统，寄希望于自然、天相等。七是天命、命运、命数观念，用于指个体、家族或政权的兴衰更替，但人们又无法解释，而只能归于天命观念。迷信是科学不发达的产物，也是人的贪欲作祟以及人的没有安全感的体现。比如在香港这样发达的地区，迷信依然深厚。因此，迷信并不应为社会的落后负全责。从严重程度上说，迷信对中国社会的消极影响不如礼教。甚至，迷信还是一种缓解礼教压迫的鸦片，是劳苦大众的精神慰藉。反迷信应该从经济、伦理、政治上着眼。

迷信是与科学相对的，但科学又不能全部解决迷信的现象。迷信中有一些是科学尚无法解决的。现代中国可能抱持着一种科学主义的乐观态度，以为科学一来，中国就繁荣富强了。这种态度一方面是破除传统，另一方面是盲目相信科学，是一种现代迷信。在破除传统方面，中国古代有两个观念很盛行，一个是重文轻武，另一个是重农抑商，这两点都对科学有所限制，理应纠正。对文的重视就是对德性、经典、文化、文字的重视，对武的轻视包括了对体力、技术的轻视。农业的发展也要求技术，但自然经济并不能大规模带来利润，而商业的被抑制就导致了对工具理性的忽视。中国传统对武和商的抑制是自觉行为，乃是基于中国文化的德性主义，儒家文化虽然不排斥财富，但更多的是将人的德性作为最高目标，经济本身不是目标，多追求一种自给自足的状态，很少有外在的扩张和扩大化。由于其天然的自足性，使得任何扩张性计划都难以实施。中国古代知识的增加往往来自于经验、感性，而中国文化的经验自古就没有太大的变化，导源于实验的西方科学主义则对自然采取的是观察的方法，试图探究其真理。西方追求自然之真，而中国则追求自然之善。真的标准是客观的，而善则更多地依据具体的环境，呈现较多的灵活性。而科学的精髓就是客观普遍性。凡是不能归于客观普遍性的往往被称为非科学。

中国的科学知识主要集中在格物致知上，但格物致知不是最终目的，再往上是诚意正心修身齐家。纯粹知识的东西不具有自足性。中国的文自然也不是自足的，而是导向于道。中国的技术、技巧并不少，但强调技进乎道，总之，形式的、技术的、实践的东西并不是最根本的，最根本的是那个不可言说不可捉摸的道。这种注重体悟感受的思维方式是中国传统典型思维方式。但不能称之为模糊、神秘，因为它有自身的自治性。在中国语境中是可以理解各种概念的。比如文论中的"味""趣""韵"等，都是基于中国文化传统和语境的，脱离了这一语境和传统自然会被视为神秘、模糊、不科学了。中国文化对语言、形式、表现往往持一种怀疑的态度，而对其背后的道则保持着坚定的信心。这与其说是非科学的，毋宁说是哲学的。科学追求的客观性、明晰性、逻辑性在此均无法体现，因为这是另一套文化体系。

实际上科学主义的盛行也是在近代以来，在此之前一切知识都被称为哲学，但是随着工业革命的发展，以实验、实证为特征的自然科学高度发展，其严谨、体系性、客观、可证明等特点无疑对其他学科和知识构成了巨大压力。现代科学的高度发展是适应于现代社会的，追求最大的效率，节约成本，这些无疑需要更多的工具理性的支撑，但总有计算所无法触及的东西，比如哲学、心理、意识等。科学主义的极端就是逻辑实证主义，纠缠于语言本身，放逐了思想和意识。

现代中国科学主义的盛行主要基于科学救国。西方先进发达的科学技术无疑对中国人产生了巨大的影响，不引进科学技术中国就无法富强起来。但技术背后更多的是科学的理念，是一整套的价值观和世界观。技术必须落实到具有科学精神的人身上，也就是具有现代科学方法和观念的人身上。否则飞机火箭也只能成为传统的法器，而不可能产生巨大的社会效应。然而，我们也应该看到现代拜物教的盛行，只是这个物转变成了现代的科学技术。对物的崇拜必然意味着对精神的忽视，或者正是由于精神萎缩的证明。有足够的事实证明，古代人的心灵要比现代人的心灵更健康更自然，虽然他们并没有多少科学知识，经济条件也不好。科学知识的确使这个世界发生了天翻地覆的变化，但是科学知识也使这个世界去魅化了，一切都不再神圣不再神秘了，应有的敬畏之心也没有了，于是肆无忌惮变本加厉。最早一波科学主义论出现在洋务派，但只有科技，没有科学。其后是无政府主义，再其后就是著名的新文化运动。陈独秀强调科学是与想象（即迷信）相对的："想象者何？既超脱客观之现象，复抛弃主观之理性，凭空构造，有假定而无实证，不可以人间已有之智灵，明其理由，道其法则者也。"科学是"诉之主观之理性"，"事事求诸证实"，因此"一遵理性，而迷信斩焉，而无知妄作之风息焉"。正是由于对科学的强调，对想象的抑制，中国文化落入了去魅化陷阱。陈独秀认为"其想象之最神奇者，莫如'气'之一说，其说且通于力士羽流之术，试遍索宇宙间，诚不知此'气'之果为何物也！"① 这直接阉割了中国哲学、美学的文化精神，比如

---

① 陈独秀：《敬告青年》，载《青年杂志》第1卷第1号，1915年。

像气韵生动，如此高妙，却被斥为不科学。去魅化最突出的体现就是疑古思潮，凡是没有证据的都存疑。其实，没有证据的历史未必不存在，即便是神话也多少保留了古史因素，加之中国考古学尚未成熟，也难以招架疑古思潮的冲击。而西方恰恰是因为中国没有证据则直接怀疑中国三皇五帝的存在，这也感染了现代中国。① 于是，中国五千年的历史被压缩到了三千年。神圣感的缺失很快被科学主义、爱国主义等所填补，但这无法彻底解决人类的终极性问题。神圣感的缺失就是意义的缺失，而意义很难被普遍化，科学在解决人生观方面有其长处，但在解决个人意义的归宿方面相对就相形见绌了。新文化运动之后，无政府主义旗手吴稚晖又参与科学玄学大战，而最终科学获得胜利。因为那时人们还没有强烈地感受到科学所带来的危机，科学成为现代中国的基本准则，它光荣、伟大、正确，无可置疑。实际上科学和玄学本就不是一个领域，但在中国却发生了变异，不能用人生观问题来作为拒绝科学的理由，也不能以科学来解决一切问题。可以说，科学主义总是与广泛迷信化、怀疑主义乃至虚无主义相伴相生的。

文学和文学理论也遭受了这样的质疑。一些玄乎其玄的神怪小说也被认为是没有多大社会意义的作品，比如周作人的《人的文学》就不看好《西游记》《聊斋志异》，那些有着积极的社会意义的小说则被提倡。文学当中的因果报应、封建迷信等也被视为糟粕。这一点无可厚非，毕竟是这些产生于传统语境。文学理论的载道说被视为政治话语或者神秘主义，诗话的感性片段也被视为不科学不系统等。等待文学和文学理论的是科学主义的改造。于是，文学开始注重典型，文论开始注重哲学反映论，忽视论中国固有文论的精神，这是始料不及的。

四、新传统：反传统之传统

新传统是传统，但却不是既往的、过去的传统，而是反传统之传统。当然，反传统一般是不会将自己称之为传统或新传统的，这只是后人的一种概括。②但是，无论当时的人们是否意识到这一点，或者执意不使用传统，他们

---

① 1895 年，法国著名汉学家沙畹所译《史记》第一卷出版，在序论中，他明确指出尧舜禹等圣王的传说，大都属于后人所伪造的。1908 年，夏德（F. Hirth）所著《中国古代史》出版，对于尧舜等的传说也表示怀疑。1909 年，日本东洋史界泰斗白鸟库吉（1865—1942）提出"尧舜禹抹杀论"，宣称尧、舜、禹是春秋战国以后创造出来的，在日本史学界"掀起轩然大波"，揭开日本疑古的帷幕，并影响了中国史学家如胡适。

② 温儒敏、陈晓明等著：《现代文学"新传统"及其当代阐释》，北京：北京大学出版社，2010年版；王一川：《现代文论需要新传统》，载《文学教育（上）》，2011 年第 5 期。

已经置身于传统的结构当中了。中国现代文论自身是有其传统性内涵的，比如王一川认为中国现代文论体现为"总体上的现代性与深层次上的古典传统性"。据此，那种将现代与传统完全割裂的做法其实是不符合实际的。① 这里讨论的不是现代中的传统，而是现代的传统，或者反传统的传统。

1. 现代传统

现代传统，这是一个绝妙的组合。现代的传统是如何确立的呢？在前文我们曾系统讨论现代话语，其实在当时很少使用现代，而是用了新（新文学）。所以，现代传统实际上就是新传统（新文学传统）。这个新传统就与维新有了密切的联系。现代、维新、传统不期然走到了一起。现代发起对传统的挑战包含三个类型，一是修补型，二是改良型，三是革命型，也形成了相应的传统。

修补型是局部的，改良型是全局的，但却是渐进的，革命型是全局的，又是突变的。现代中国文论修补型主要是桐城派（林纾、吴汝纶等）、朴学派（章太炎）、《文选》派（刘师培、黄侃）。桐城派囿于古文与儒家义理，死抱文言文，虽有改进，如吴汝纶批评义理考据有碍文章，但无奈传统气息太浓厚，最终被时代所抛弃。朴学派坚持朴学立场，对文学的理解极为宽泛，注重实证，不重情感，反对龚自珍、魏源，对桐城派则冲突不大。《文选》派反对桐城派的死守义理，讲究声韵辞藻，推崇文学的形式美，虽然与文学自律有联系，但却与崇尚白话文、小说戏曲和提倡社会革命的时代不合拍，最终沉寂，其最大的成果就是对《文心雕龙》学的推进。尽管作为修补型的反传统没有承担时代重任，但却表明了传统自身的自我调解机制，是值得审视的。比如朴学派的章太炎、《文选》派的刘师培就被认为是现代中国文论转向的两种路向，即人文、修辞。② 只是，这两种路向都是传统的修补型变革。

改良型文论是服务于改良主义的，主要有清末梁启超等人的改良主义运动。改良主义运动是全局的，但却是渐进的，不是推翻整个传统世界，而是在传统世界中对文学这一全局进行改良。当然，从传统视野来看，改良主义已经是激进的了，否则维新运动也不会失败。改良型就是在既有传统世界内部进行大刀阔斧的改革，而不是推翻这个传统世界。就全局性而言是激进的，而就文学之外，则是渐进的，没有诉诸于更广泛的社会政治运动。改良型最为有名的就是三界革命——诗界革命、文界革命、小说界革命以及戏曲改良运动，要求在文学各个领域进行全方位的变革。在诗歌领域，改良派提出要有意境。1868

① 王一川著：《中国现代学引论》，北京：北京大学出版社，2009 年版。
② 贺昌盛：《现代中国文论转型的四种路向》，载《中州学刊》，2017 年第 8 期。

年，黄遵宪《杂感》一诗提出"我手写我口"，1891 年，《人境庐诗草序》中主张表现"古人未有之物，未辟之境，耳目所历，皆笔而书之"，洋溢着现实主义的革新精神。在文章领域，文界革命要求从桐城派解放出来，强调创造一种"新文体"，思想新颖，文白夹杂，平易畅达，笔锋饱含感情，具有很强的鼓动力的文体，比如梁启超的《少年中国说》《过渡时代论》《自由书》《新民说》《少年中国说》等，脍炙一时。[①] 郑振铎评价其"不再受已僵死的散文套式与格调的拘束"，是"五四"时期"文体改革的先导"。[②] 小说界革命则抬高小说价值，发扬小说积极的社会作用。戏曲改良运动要求戏曲从才子佳作的创作中解放出来，去面对时代的剧变，表现新人物、英雄人物，鼓舞斗志，比如描写革命者徐锡麟的《苍鹰击》、秋瑾的《六月霜》）等，比如揭示国家民族沦亡的危机，如《警黄钟》《后南柯》等。因紧接现实，产生了积极的社会作用。郑振铎指出这些新剧作"皆激昂慷慨，血泪交流，为民族文学之伟著，亦政治剧曲之丰碑"。[③] 在形式上，为了适应时代的变化，做了很多变化，比如说旁白增多，曲文、演唱减少，服饰、道具与动作等也更为写实。改良主义运动已经具有了现代性内涵，只因限于历史，它还不是彻底的，但其功绩不可埋没。[④]

革命型是全局而剧烈的，不仅在文学上，还要求在文化上、社会上、制度上进行变革。比如王国维的《红楼梦评论》，就通过《红楼梦》反思了中国文化的劣根性——缺乏悲剧意识。当然，革命型的现代文论主要就是以新文化运动为代表的文学革命及其后续实践。革命型在文学上是彻底的，尽管他们还使用《文学改良刍议》这样的提法，但实际上是革命式的，就是推翻旧文学所植根的旧道德、旧思想、旧社会。陈独秀的《文学革命论》就是如此。非但如此，到了 30 年代，比"五四新文化运动"更为革命的新启蒙运动、左联则进一步将革命和文学革命进行到底。不过，抗战的爆发则使左翼有所缓和，需要同时"发扬苏维埃的工农大众文艺，发扬民族革命战争的抗日文艺"，[⑤] 最后形成了文艺界抗日民族统一战线，如"中华全国文艺界抗敌协会"（1938）成立。到了 20 世纪后期的"文革"，更是变本加厉，已经走向了革命的反面。

---

① 严复："任公文笔原自畅达，其自甲午以后，于报章文学，成绩为多，一纸风行，海内视听为之一耸。"《与熊纯如书札节钞》（二十六），载《学衡》，1922 年第 10 期。
② 郑振铎：《梁任公先生传》，见《郑振铎文集》第六卷，1988 年版。
③ 郑振铎：《晚清戏曲小说目·叙》，上海：上海文艺联合出版社，1954 年版。
④ 孔范今：《梁启超与中国文学的现代转型》，载《文史哲》，2000 年第 2 期。
⑤ 毛泽东：《在中国文艺协会成立大会上的讲话》，载《红色中华》，1936 年 11 月 30 日。

于是才有了 80 年代的"告别革命",这是后话了。就革命所带来的效应而言,革命是全局的、激进的,因此革命型的文艺就不仅仅是美学上、艺术上的了,也是思想上、社会上、政治上的。那些表现旧道德、旧思想、旧社会之糟粕、危害,同时倡导新道德、新思想、新社会之优点、美好的文学就是革命的文学。这就是现代文学观念的革命传统。

问题是,相对于旧思想、旧道德、旧社会的文学究竟是什么呢?是不是一切新的都可以相安无事呢?显然没有。这需要对现代传统做出细致的分析。作为反传统的现代,大致有三条线索,一个是左翼传统,一个是自由主义传统,一个是市场传统。

2. 左翼传统

在政治中,"左翼",又称"左派"。左翼最早使用是在法国大革命时期,左翼是指在议会中坐在左侧,反对君主体制,支持激进改革的人。因此,左翼的最基本的意思就是支持激进改革或者一般性地支持改革的群体或者思想观念。所以,左翼既可以是资产阶级的,也是可以无产阶级的。与左翼相对的就是右翼。右翼就是维护现有秩序,不强调改革的群体或思想观念。如何划分左翼和右翼,其最根本的地方在于是否顾及时代性和人民性,也就是与时俱进的、照顾人民性的,就是左翼,否则就是右翼。现代中国文论中最为主要的一个倾向就是左翼,其阶级基础就是无产阶级。当然,无产阶级这个概念是来自于西方的,在中国主要指工人以及农民。以工人以及农民主要利益诉求的文学就是左翼文学,其理论观念即左翼文论,以集体主义、爱国主义、现实主义等为特征。左翼传统受到 20 世纪初期俄苏、日本左翼思潮的深刻影响,① 但最终确立了本土的左翼传统。

在中国,特定的历史时期,左翼文学被严格限定在与上海"左翼作家联盟"存在的年代及前后。② 而从广义来说,左翼文学又弥漫于现代中国。③ 左翼传统有很强的组织、政党、政权上的保障。在组织上,有文学研究会、左翼作家联盟(左联)、左翼戏剧家联盟(剧联)、左翼美术家联盟(美联)等组织,以及中国左翼文化界总同盟(文总)、中国文艺协会(文协)。在传媒上,有《新青年》《新潮》《语丝》《萌芽月刊》《巴尔底山》《世界文化》《北斗》

---

① 20 世纪二三十年代,随着日本迅速跻身资本主义强国,工人文学逐渐发展成熟。日本无产阶级文学出现于一战后,对华侵略战争中日趋衰落。日本无产阶级文学非常注重文学理论建设,如平林初之辅、藏原惟人、青野季吉等人,深刻影响了留日中国文论家,如周扬、胡风等。

② 曹清华著:《中国左翼文学史稿》,北京:中国社会科学出版社,2008 年版。

③ 林伟民著:《中国左翼文学思潮》,上海:华东师范大学出版社,2005 年版。

《十字街头》《文学》《文艺群众》《文学月报》《文学新地》等期刊、杂志社等。在政党上，有中国共产党。在政权上，有中国共产党领导的延安根据地政权（中华苏维埃民主共和国、中华民国陕甘宁边区政府等）。在核心人物上，主要有鲁迅、毛泽东等。中国左翼力量的壮大离不开组织、政党、政权上的保障。与此相反的是右翼，右翼文学有往回走的倾向，就退回到传统社会当中，向往闲适、自然、田园，还有就是对无产阶级报以很大的偏见，斥责为暴民。右翼传统当中有一些关注个人个性，反封建主义，但并没有走向对无产阶级的强调上，这些被称为自由主义传统。

左翼传统是反传统的深化。反专制主义的力量有资产阶级，也有无产阶级，它们都是反封建的，但是左翼反封建还要为工农大众谋取福利，这就与资产阶级运动产生了矛盾。面对这一混合型的现代传统，既有反专制主义的封建主义革命，也有反资本主义的共产主义（无产阶级）革命，现代中国文论的分道扬镳也就不可避免。

由于现代中国特定的社会历史环境，所以左翼传统形成了独有的特色。其一是不具有全局性，只具有区域性，也就是在特定区域有比较彻底的左翼文学，比如在延安，左翼传统贯彻就比较彻底。其二是混合杂处斗争型，就是左翼文学与右翼文学混合生存，主要是在非左翼政权统治区，这就是所谓的斗争。鲁迅的杂文就是体现。混合杂居斗争型一是唤醒工农独立意识，二是尽量团结工农力量及同情者，三是揭露、打击右翼文学的保守、落后、个人主义。民国时期左右翼的几次文学论战，也都是在混合杂处状态下发生的。其三是外部因素对左翼文学的影响。一是苏俄，为中国左翼文学源源不断地提供了理论支撑。[①] 可以说，没有苏俄的影响，左翼文学将是另外一番场景。二是帝国主义，帝国主义的侵略使得左翼文学的使命中反帝主题加重了，突出体现就抗战文学。反专制主义使得无产阶级和资产阶级联合，但二者旋即又分裂了，在遭遇帝国主义侵略的时候，二者又联合起来，甚至还联合了地主阶级。面对帝国主义，左翼文学又不得不做出调整，比如反专制主义、反资产阶级就弱化，而反帝国主义就成为主题。在抗战时期，因为日本帝国主义的侵略，文艺界抗日民族统一战线成立，左联也就自行解散。

由上可知，整个现代中国文论中的左翼传统并非是线性的，而是空间分布的。只有在无产阶级政权下，左翼才具有最纯正的特色，而在广大国统区，左

---

① 艾晓明著：《中国左翼文学思潮探源》，长沙：湖南文艺出版社，1991 年版。

翼和右翼是混合交错的。在抗战特定时代，左翼主题弱化，反帝救亡主题凸显。左翼传统的非时间性能使我们看到历史的复杂性、偶然性，这也意味着左翼传统自身在根据历史环境方面做出调整，而不存在一个一以贯之的左翼传统。

左翼传统在促进社会革命、传播新思想、动员工农群众上是发挥了重要作用的。没有左翼文学的配套实践，左翼革命也就大打折扣了。但是，左翼文学自身也表露出其时代局限性。对这一传统的副产品，我们应该有自觉。比如"左联"，这一在现代中国中最强大的左翼组织，其不足也是明显的，比如政治功利性（宣传性、阶级性）太强，激进、盲动、简单化，理论上的不成熟，盲目崇拜俄苏经验，导致教条主义，比如社会主义现实主义，在当时的中国就没有充分的发展条件。还有一些就是宗派主义，不同观点没有形成良好的互动，比如"国防文学"（周扬）与"民族革命战争的大众文学"（鲁迅、胡风）两个口号之争，掺杂了个人恩怨，削弱了组织的包容性、开放性。在思想立场上，左联的一些作家没有关注普通民众，仍然以小资产阶级或者非工农的观点来看待，不能表现工农的心声。价值理论的匮乏、经验的不足，也使得创作表现出空洞化的毛病。当然，左翼传统的最大问题就是政治化，政治化就是过分功利化，而忽视了作品本身的美学与艺术成就。

今天我们检视中国左翼文学，就会发现，剥离了时代性，而能够不断被阅读、涵咏的多是艺术成就较好的。因此，左翼传统的优点是传统，左翼传统的缺点不是传统，比如政治化、公式化等，而应该加以反思。

3. 自由主义传统

比起浓墨重彩的左翼传统，自由主义传统却没有得到应有的重视，甚至还被有意忽视。这里的自由主义并非政治上的自由主义，崇尚民主、三权分立、法治精神、多党制等，而是文化和艺术上的自由主义，表现自由的价值。自由是现代性的核心，自由主义就是关于自由的一系列观念的集合。自由主义的核心就是主张个性自由而全面的发展，崇尚理性，社会发展应以促进人的自由而全面的发展为旨归。这是典型的现代性价值观。与中国相反，中国是强调社会的、集体价值的、人情化的。但是，凡事都有一个度，如果过分强调社会、集体、人情价值，就有损害个性自由而全面的发展的可能。

在资产阶级推动的社会运动中，自由是一个重要的价值，就是发现个人、个性，尊重人，发扬理性精神、自觉意识。国家应该维护个人自由，反对一切对个人自由的限制。对于有着两千多年的集体主义价值观的中国，倡导自由无疑就是离经叛道了。比如本来婚姻是父母之命媒妁之言，但是非得自由恋爱，这就是不允许的。因此，自由主义和左翼并不冲突。左翼只是更加注重群体上、社会上的变革，而自由主义始终将自己的视角触及一个又一个鲜活的人。如果说左翼是只见森林，那么自由主义是只见树木。真正的现代性是既见森林又见树木，将左翼传统与自由主义传统结合起来。从经济基础而言，左翼是无产阶级的，而自由主义是中产阶级、小资产阶级的。随着经济基础的提升，自由主义的价值也会称为社会的共同价值。

在中国现代文学，自由主义是一个很大的思潮，主要有语丝—论语派、①现代评论派、②新月派、③京派、④第三种人⑤等。它们处于左翼（共产党）与右翼（国民党）之间，他们的主要观点是崇尚个性和自由，强调思想和艺术上的多元化。自由主义者有着较好的经济基础，收入颇丰，无衣食之忧。因此，自由主义文学多表现自我的、个性的、自由的价值，往往与时代不合拍，但在艺术上比较自律，⑥比如新月派对新诗格律的推进。有的学者认为中国的自由主义不是典型意义上的西方自由主义，而是类似于社群主义，比较强调社会、国家、民族的自由。⑦这一观点似乎并不能概括中国现代自由主义的全部。本书所理解的自由主义仍然是比较典型的以个人、个性为本位的自由主义。正是因为坚持个人、个性，在特定历史阶段，自由主义往往与时代有疏离，比如30年代，就遭受左翼文学的批判。其实，中国的自由主义也表现了"遮于时""不知天"的毛病。中国当时整体上是贫穷、落后的，一些先发阶级不能只关注自我，而不关注全体中国人。因此，我认为应该从更为宽阔的视野看自由主义，同时自由主义也应该从更为广阔的视野看问题，是看到全部人

---

① 语丝派早期强调文化批评，大革命后分化为左翼和自由主义两派，自由主义以周作人、林语堂为代表，以闲适、性灵、中庸为风格。林语堂后来创办《论语》，继续保持这一风格。

② 《现代评论》是20年代中期的一份综合性刊物，徐志摩、丁西林、凌叔华、闻一多、沈从文、胡也频等人的文学创作在该刊发表，其立场主要是自由主义的，后来他们归属于新月派。

③ 1923年，胡适、徐志摩、闻一多、梁实秋、陈源等人创建文学团体新月社，1928年，徐志摩、罗隆基、胡适、梁实秋等创立《新月》月刊。新月派提倡现代诗歌格律化。1931年，徐志摩遇难后，新月派风流云散。

④ 京派是30年代的一个文学流派，代表人物有周作人、废名、沈从文、李健吾、朱光潜等，主要活动于北京和天津。其文学趣味主要是非政治化，倡导写人生，风格散淡，富有浪漫主义气息和个人趣味。

⑤ 第三种人30年代初的一个文学流派，代表人物有胡秋原，苏汶，宣扬超阶级的文艺观，受到左翼作家的批判。

⑥ 胡梅仙著：《中国现代自由主义文学话语之建构（1898—1937）》，北京：中国社会科学出版社，2009年版。

⑦ 高玉：《中国现代"自由"话语与文学的自由主题》，载《文学评论》，2005年第1期。

性，而非自由主义者本身的人性。因此，这里并非重复自由主义文学，而是做了现代的解读。

在写作对象上，左翼文学关注的多是工农兵，工农兵成为主角，而其他人物关注不过。其实，在工农兵文艺中，工农兵的形象也是严重类型化、模式化的，而不是反映工农兵自身的个性问题。比如现代文学比较成功的工人形象几乎没有，[①] 军人形象直到30年代都没有太大起色。[②] 但这不排除有些作品能够表现出工农兵的个性来。比如发表中华人民共和国成立后1958年茹志娟发表的《百合花》描写的解放战争时期一位战士形象，就颇有个性，腼腆，羞涩，又不失军人的本色，最终牺牲了。虽然是蜻蜓点水，但却很真实。战争文学的高峰主要是中华人民共和国成立后迎来的，比如《林海雪原》等。由于工农兵文艺还有很多优秀作品，此处讨论一些不常被涉及的作品，来展现自由主义传统。

一是女性、儿童文学。女性、儿童文学彰显得是女性的价值、儿童的价值。这种价值是其本身的价值，就是女性、儿童自身的价值。比如女性的细腻、含蓄、热情、奔放等。表现女性价值可以放置在社会斗争当中，但不是仓促将女性价值提升到革命价值。儿童价值也是类似，表现儿童的天真无邪、自然等，文学创作也适应儿童的兴趣、个性，不过于生硬、刻板和成人化。比如民国时期的小学国语教材就是一个很好的例子。"五四"时期，发现人的价值就是发现普通人的价值，特别是以往不被重视的女性、儿童的价值。在古代，"唯女子与小人难养也"深入骨髓，女性、儿童也不被视为人，因此，发现女性、儿童的价值就是自由主义的最好体现。像冰心的《繁星》《寄小读者》、萧红的《生死场》《小城三月》、庐隐的《海滨故人》等作品就充分显示了这一点。

二是知识分子文学，表现知识分子、科学家的精神状态，肯定知识的价值。现代社会建设的主要任务之一是文化建设，知识分子如果出问题，这个国家就出问题。现代中国文学在表现知识分子方面有两个倾向，一是批判，批判分为两类，一类是现代知识分子，比如鲁迅的小说《孤独者》《在酒楼上》《伤逝》、郁达夫的《沉沦》、沈从文的《八骏图》、钱钟书的《围城》，对现代知识分子的彷徨、屈服、自私自利乃至堕落做了深度的刻画。另一类是落伍

---

① 吕锦绣：《二十世纪三十年代左翼小说中的工人形象研究》，浙江大学硕士论文，2012年。
② 黄万华：《战时军营文学：中国现代军人形象的启端》，载《中国海洋大学学报（社会科学版）》，2005年第5期。

的、保守的、反动的知识分子、封建旧文人，比如鲁迅的《四铭》《孔乙己》。还有一些则是正面的表现，比如彻底的反叛姿态的《狂人日记》，比如巴金的《家》中的知识青年高觉慧，还有李叔同的《送别》所表现的知识分子的离愁别绪，"知交半零落"尤其能使我们感受到知识分子内心的苦闷与孤独。《送别》显然不是工农兵式的，它只能知识分子式的，大概类似王勃的《送杜少府之任蜀州》。总体来说，由于处在现代中国大变革时代，知识分子往往受到各方面的挑战而出现各类精神上的问题，但是，现代知识分子本身所坚持的科学价值、知识价值才是知识分子最重要的价值，不过，这一点在现代中国表现并不充分。作家们更善于从道德、政治上来解读知识分子。

三是关于负面及反面人物的文学，表现人性的复杂性，比如小市民、守旧派、资本家、敌人等。从社会作用而言，现代文学总是倾向于塑造一个代表历史发展方向的人物，然后与其相对的是落后、保守的人物，然而在塑造的时候，往往是落后人物个性更为鲜明、更为真实，而正面人物反而过于理性化、概念化。因此，在自由主义看来，反面、负面人物更能表现出人性的复杂性。比如曹禺的《雷雨》中的周朴园，就很复杂。周朴园留学海外，接触新思想，但却又退回到封建传统当中，他不是那种大奸大恶的坏人，而是一种伪善的人，这恰恰是容易迷惑人的地方。在《雷雨》中其正面人物比如鲁大海并不构成主角，但这丝毫不影响《雷雨》的艺术成就。《雷雨》在刻画周朴园的时候就没有程式化，而是深刻揭露周朴园的典型性格，这种性格的形成尤其真实的社会基础，或许就是生活中经常见到的。当然，这不是说要把坏人表现到极致，而是表现其真实性。

四是表现娱乐、休闲价值的文学。在现代文学的叙事中，救亡与启蒙是两大核心，但是现代性还有一个要素就是休闲，救亡、启蒙都是宏大叙事，都是生活的正面形象，但是人们还要生活，还要娱乐，还要休闲，这些也是不可让渡的重要的现代价值。连孔子都说"游于艺"，[①] 闲暇时休息是从事艺术。在现代性看来，艺术本来就是自律的，无功利的，但确实对人的精神愉悦有着不可或缺的重要意义。政治、经济、宗教这些价值可以给艺术带来愉悦，但未必就是艺术自身价值的体现，艺术自身价值的体现就是艺术所给予人的纯粹的心灵感受，而非导向于社会。比如齐白石的虾、徐悲鸿的马，其本身就给我们精神上的享受，未必都要导向道德、伦理、政治。鲁迅的百草园，林语堂强调的

---

① 《论语·述而》。

闲适，周作人耕种自己的园地，梁实秋经营的雅舍，等等，都是休闲的，它能够给我们带来艺术本身的享受。当然，有些作品因与当时环境严重隔阂，也引发了很大的争议。

总之，自由主义传统就是发现个体本身的价值，彰显个体本身的个性、复杂性，自由主义使我们能够更为细微地观察人心、人性，而不是相反。在整个现代中国表现人物形象比较成功的文学主要是（广义）自由主义的。这一点如果不考虑时代背景，是有积极的价值的。不过，正如前述要强调的，自由主义不是无条件的，它必须就特定的现实去发现人性，而非抽离时代，躲进小楼成一统。自由主义需要担负责任，需要了解时代性，右翼也需要宽容，需要理解个性的不同极其复杂。像工农兵形象至今都没有得到自由主义文学的充分展现。因此，就现代中国文学发展而言，仅有自由主义是不行的，仅有左翼也是不行的。因此，今天重新审视现代传统的时候，不仅左翼是传统，自由主义也是传统。

4. 市场传统

相比自由主义，市场更是被忽略的对象。现代文学总是和革命、个性、自由联系在一起，和市场有何关系呢？其实不然，现代性就是资本主义、市场经济，现代文学就是市场化的文学。没有市场化机制，现代性无以开展。因此，文学与市场、经济无法脱开关系。尽管有些学者注意到通俗文学与市场的关系，但是与市场相关的未必只有通俗文学，也包括精英文学。① 当然，文学的市场性并非没有源头，在传统社会也有一些线索。

传统的写作模式有三大类，一是体制内写作，受到宗教（佛教）、政治的资助，比如阎立本，就是唐代的御用艺术家。这些艺术创作受到官方、宗教势力的大力资助。二是贵族的个体性写作不产生任何经济效益，比如李白、杜甫等。贵族有经济基础，不愁衣食住行。贵族的个体性写作可能是自娱自乐式的，比如李白，也可以是苦大仇深式的，比如杜甫，但这些都不产生经济作用。个体性的写作不产生经济作用并不意味着没有社会作用，比如《红楼梦》，就是曹雪芹发愤著书的结果，但它因违禁，而没有产生经济作用，但却产生了巨大的社会作用。三是市场写作，就是自己的写作可以产生报酬，获得稿费。这种写作就是市场化写作。市场写作可能与体制内写作有关系，但主要的差别是市场化写作是不依附于政治的。古代是存在市场写作的，或者文艺市

---

① 比如黄霖主编的《近现代中国文论的转型》（上海古籍出版社，2015）在讨论通俗文学的时候触及通俗文学的生产和传播。

场的。比如到了宋元至明清，以牟取商业利润为目的的艺术市场日益成熟。①
比如宋代柳永，曾长期混迹于词坛，一无政治背景，又无家庭经济基础，主要
是通过填词来获得自己的生计。② 市场化写作是脱离政治、贵族的，彰显得就
是个体的创造性的价值。这个价值就是精神的价值。现代社会就是强化的市场
价值，即艺术家的劳动可以获得报酬，而且不受政治的影响。

　　正是因为现代市场制度的完善，才使得艺术家能够脱离封建政治、宗教势
力的束缚，开始全面转向自我的创作。当然，在现代中国并非所有的文学家都
依靠市场，一些大学教授就并不依赖市场，他们有薪金，稿酬只是辅助。不
过，依靠市场的艺术家就没这么幸运了。然而，市场化转向只是提供了基本的
条件，也同时带来了问题。就是市场给予艺术家以生活基础，但市场也会约束
艺术家。这就是市场的二律背反，既给艺术家以创作的自由，又限制你创作的
自由。面对这一二律背反有两种态度，一是全面导向市场，市场需要什么就创
作什么，比如现代中国 20—30 年代的都市通俗文艺就是体现，小市民乐于接
受。但这也无形中削弱了作者的个性和创造性，艺术创作的程式化、套路化、
娱乐化明显。二是通过自己的个性、创造性提升读者的眼界，从而使读者期待
作者创造更好的作品。这里也不排除一些有个性的作家照顾到小众读者，既能
照顾到自己的个性，又兼顾小众个性，比如校园文艺，作者有校园经验，读者
也是学生，比如农民艺术家，自己出身农民，有充分的农村生活经验，受众也
是农民，二者有较好的融合度。还有一种就是专业的艺术家，他的创作不完全
是自己的经验，而是不断开拓新的题材，丰富读者的阅读经验，比如鲁迅，除
了小说，还有《野草》以及各类杂文。这种创作就是市场所赋予的作者的发
展空间，既能照顾到自己的个性，又能照顾到读者的需求，还能兼顾社会的发
展。这样的文学就是最有生机的文学。

　　满足于短期的市场效应的文学创作最后也随着时代的远去也消失了，比如
鸳鸯蝴蝶派，今天已经没人再读了。那些照顾到自己个性又兼顾读者兴趣的作
品，倒是有这较好的接受。比如沈从文的创作，有着江南水乡的梦幻，也颇能
使一些读者暂时脱离世俗羁绊，达到精神的某种宽慰。今天销量最好的是那种
兼顾自己个性、读者兴趣与社会价值的作品，这就是现代文学经典。沈从文的
作品没有所谓的社会价值，它只是自己个性与读者兴趣的结合，亦非社会发展

---

　　① 成乔明、李向民：《中国古代艺术市场探幽》，载《民族艺术》，2007 年第 3 期。
　　② 宋罗烨《醉翁谈录》丙集卷二记载柳永"所至，妓者爱其有词名，能移宫换羽，一经品题，
声价十倍，妓者多以金物资给之。"

的某种趋向性的说明或者阐释。在沈从文那里并没有这个意识。但这并不意味着沈从文的作品没有价值，只是相比市场化效应的第三种则是另一种类型。

市场效应三个要素，即作者、读者、社会是缺一不可的。一个良好的市场需要社会的支持，如果没有这一支持，很可能就受到政治的干预，比如查禁图书，封闭报馆，文学也就不再进入市场流通。良好的市场恰恰是需要政治的维护的，比如新闻出版言论自由等。当然，政治化在市场上也可有自己的体现，比如机关报等。现代社会要求作者的创作不再沉浸于自我的世界，而是要产生积极的社会效应，比如雨果、巴尔扎克，莫不如此。书商有钱赚，作家有生活保障，读者有好书读。这反过来又提升了作家的经济、社会地位，不再是御用文人，仰仗别人鼻息。比如 30 年代，像鲁迅、茅盾、巴金、郁达夫等著名作家，稿酬每月达 400 元以上。[①] 因此，市场对于形成作者完整人格、职业尊严、思想倾向是至关重要的。读者对现代作家而言也同样不可或缺。以前的作者并没有强烈的读者意识，或者自娱自乐，或者满足于资助者的要求，很少考虑广大社会的需要。有些作者表现的民生作品，并非是社会效应，而是政治效应。比如蒋兆和的《流民图》，就是让各方势力明白日本侵略造成的深重灾难。当然，《流民图》是借助于现代展览体制实现的，而非古代的只给皇帝一人看。因此，《流民图》是市场社会下的作品，但却产生了巨大的政治效应。

市场传统对现代中国文学、文论的意义不容低估，但是在很多的论著里这一维度却很少有人触及，反而总是被视为资产阶级、资本主义而划入被批判的领域。实际上，市场对于形成作家个性、确立作家地位、维护艺术自律、发挥社会效应等都产生了不可估量的作用。在很多时候，政治通过市场发挥作用要远远好于政治本身。比如政治家要求作家创作某些作品，但问题是如果作家没有形成相应的政治意识，他创作出来的作品也必然是形式化、应景式的，反而得不偿失。相反，一些真正具有政治意识的作家却能创作出政治性、艺术性、市场性兼顾的艺术，这才是现代艺术的最佳状态。

第三节　后传统：文学传统在现代的遗响

在过去、古代、传统、经典、国学系列中，传统这一术语的生命力最强，

① 陈明远：《30 年代中国文化人的经济生活》，载《纵横》，2000 年第 2 期。亦可参见张清民：《20 世纪 30 年代的文人处境与文学理论生产》，载《商丘师范学院学报》，2011 年第 7 期。

其广泛的应用性就是证明。前面论及何谓传统，我认为，传统的根本特性就是长久的传承性。那么，在考察传统的时候，就要分析传统究竟是在哪些方面得以传承，又是如何传承的。这涉及我们面对传统的态度问题。

一、传统的态度及后传统

大体而言，激进主义的态度是打倒，比如废除汉字，改良主义的是修补，维护儒家传统，保守主义坚持不变，儒家政教文化全部保留。激进主义方向可取，提倡现代化、大众化，方法不可取，太激进、武断。改良主义方法可取，形式、局部的创新，方向不可取，维护儒家和资产阶级利益。保守主义是方向、方法都不可取。实际上，面对传统最好的态度就是科学的态度，不要盲目、狂热，而是要理性地"取其精华、去其糟粕"，并且"古为今用"，不泥古、不复古，如整理国故运动等。有时很奇怪，你要打倒传统的时候，却不期然进入了传统的怪圈，比如这种打倒就不是现代的态度，而可能是传统的"造反"。传统有可能以变形的、歪曲的形式进入现代，这是需要警惕的。

传统的层级、程度、状态是不一样的，这里大致可以将传统划分为三个领域，作为制度的传统、生活方式的传统和作为经典的传统，当然三者是密不可分的。制度的传统最稳固，比如君主专制主义、大一统政治、儒家意识形态（科举）等，也称之为硬传统。制度的传统就如一艘航空母舰，在历史上一旦形成就很少有变化，变化的只是这个制度内权力分配重组的模式变化而已，如王朝更替等。但是体制传统一旦破坏就是彻底性的，很难得到保留甚至恢复，比如中国帝制的终结，其一整套的体制，就完全失效了，尽管部分可以融入现代社会。随之建立的现代体制也同样遵循体制的规则，即稳定性。任何一种力量都试图建立一种长治久安的政治体制，这一点古今中外概无例外。因此这里体制和传统往往是交互的，传统体制终结之后，新的传统体制就建立了。仅就古代传统而言，它的传统体制已经不再具有现实意义了，只具有历史的参考意义。

生活方式的传统是人民的观念、态度、行为等，依附于政治、社会、经济，主要是礼教、宗法、男权、家长制、小农生活、礼仪规范等。改变它，除了政治之外，还需要在经济上、社会上的变革，比如虽然皇帝没了，但是传统小农经济还在，没有经过土改，人身依附关系不可能得到改变，人们的生活方式也必将是农业的、传统的。中国传统生活方式最重要的改变就是城市化、商品经济化。君主、贵族、精英、政教的文学也就让位于民主、大众、通俗、商业之文学。与生活方式相适应，附着于经济、社会之上的文学传统观念也随之崩溃，但它并没有死去，而是"存活"于现代，[1] 但却不是原汁原味的状态了。

经典传统随着体制、生活方式传统的崩溃也发生崩溃，比如十三经、四书五经早已经不再成为人人诵读、考试的对象。整个传统的知识结构和体系发生了天翻地覆的变化。经典一方面被去魅，另一方面被削平，它不再是神圣的、高高在上的、超越其他知识的，而是成为现代知识的一部分，文学、哲学、历史学等。神圣知识不再。这就是科学化、学术化、学科化进程。中国文论经典在现代主要是学术化、学科化存在。

传统社会崩溃之后，所有的传统并没有彻底消亡，至少那些"软传统"如此。这被后来学者概括为"传统的创造性转化"[2] "转换性的创造"。[3] 发现现代中的传统因素，发现传统的现代因素，这是自 80 年代以来比较突出的学术经验，打破了那种传统、现代截然相分、二元对立的简单化做法。这里讨论的主要是崩溃后的传统及其遗存，这里用后传统来概括。所谓后传统就是现代社会中的传统，而不是独立存在的传统。按照吉登斯的解释，传统从未消失，只是在现代社会它发生了新的转变，继续发挥自己的影响，而后传统社会也成为反思现代性的一个视角。[4]

二、文学体制传统

上面划分了三种传统，就文学、文论而言，一个是依附于政治体制的传统，这可以称为文学体制传统，这一传统同体制有着密切的联系，或者说有着高度的政治认同性，比如"文以载道"等。

文学体制传统基本上随着旧有体制的崩溃而消散了。古代政制主要合法性资源来自于"天道观"，这一天道是政治和文化的共同根源，即在中国古代，文化与政治是一体性的，文人与政治家并不是截然分开的。这一点从儒家的"三纲八目"就可以看出来。而西方现代性世俗国家则是政治和价值相分离的，这个价值主要体现在宗教、文化领域，国家更多地包含着法律上的意义。

---

① 比如古风提出传统文论话语存活论，即那些仍然有生机的传统文论话语。古风著：《中国传统文论话语存活论》，北京：社会科学文献出版社，2013 年版。

② 林毓生著：《中国意识的危机》，穆善培，贵阳：贵州人民出版社，1986 年版。

③ 李泽厚：《启蒙与救亡的双重变奏》，载《走向未来》1986 年创刊号。

④ ［英］安东尼·吉登斯：《现代性与后传统》，载《南京大学学报（哲学·人文科学·社会科学）》，1999 年第 3 期，［英］吉登斯：《生活在后传统社会中》，收入［德］乌尔里希·贝克、［英］安东尼·吉登斯、斯科特·拉什著：《自反性现代化：现代社会秩序中的政治、传统与美学》，赵文书译，北京：商务印书馆，2014 年版。

尽管文化可以同政治相关，但却是一个独立的领域，如教育、传播、宗教、文化等。不过，现代政制又无法同文化完全相分离，新体制的建立仍然需要文化和文学，这一点同中国古代社会没有太大的区别，只是文化更具有了主动性。不过在中国现代政治中却有其特殊性，这一点有某种传统回归的意味。中国现代政治通过文化的宣传和教化确立自己的稳固地位，我们在国民党统治时期和新中国成立后都可以看到对文学、文化的治理，文学和文化领域并不是完全独立的。虽然有新闻自由、教授治校等现象，但权力机构的介入却是从未止息的。这种治理不能一概而论，有的时候文学文化治理起到了积极的动员作用，而有的时候则妨害了文学和文化的正常发展。从现代政治而言，文化的独立性是一个趋势。

大体而言一个集权化的体制（即所谓的大政府小社会模式）越是稳定，其对文学的治理就是越是系统化和规范化，相反，当一个体制刚刚建立或者并不稳定的时候，它的文学治理就很弱。在其他西方国家则实行的是小政府大社会的模式，文学文化的发展空间相对而言就比较大些。这是中外文化治理的区别。

20 世纪的中国文学同政治体制的关系颇为复杂，受制于国家体制的文学往往缺乏历史的生命力。不是说国家体制不可以治理文学，但是国家作为一种暴力自身并不具有先天的正义性和合法性。国家所提倡的爱国主义、民族主义固然也有合理之处，但文学除了时代性之外，所表达的往往是超国家、超政治的某种人类性的普遍内容。相比民族文学和国家文学，世界文学和人类文学更应该得到鼓励和提倡。尽管阶级的文学观也有合理之处，但在讨论文学价值的时候，并不是以阶级作为最后标准的。依附于国家体制的文学主要侧重于思想、宣传、教化，而不是注重其审美艺术性、人文修养性。很多体制化（政治化、功利化等）的文学往往夹杂大段议论，或者图解政策，艺术性大打折扣了。

文学体制传统在古代受制于皇权专制主义，明清兴起的文字狱直接影响了世人心态。比较自由的文学创作往往会受到压制。皇权专制主义主要是为了维护自己的统治，其特点就是维持正统、经典的地位。汉赋的铺张，明代文学复古主义，清代朴学就是表现。而一些比较清新的文学和文化只能在远离权力的民间才可以大放异彩，比如晚明性灵文艺。这就是文学史上提到的"国家不幸诗家幸"①，国家不幸激发了诗人的爱国主义，但同时也意味着国家权力对文学束缚的弱化。而在歌舞升平的时代，文学要么是粉饰太平的装点，要么是醉生梦死的享乐，那种针砭时事之作往往被视为杞人忧天，甚至对时代的亵渎。

文学体制传统的存在也为文学的反体制的出现提供了前提条件。文学的反体制质疑的不是体制本身，而是对旧体制的质疑。改良主义如此，革命主义也是如此。这涉及政治立场问题。概言之，文学体制传统只对具体的政治负责，但它无法对文学长远发展做出担保，毕竟文学有其自身相对独立的发展过程，当然这是同更强大复杂的社会、经济、历史因素相关的。

三、文学生活传统

存在于生活世界的文学传统，包括各类与生活、人性、人生等相关的文学观念，如"诗言志""诗缘情"。古人视文学为生活方式，颐养性情，有着很强的主体意识。当然，这个主体意识往上走就是政教文学，往下走就是道家、禅宗、性灵文学。与现代社会普遍要求的自由、解放、个性并无深刻联系。这种变化就是文学生活的现代转型。

文学生活传统随着社会生活条件和模式的变化也发生了改变。在古代社会中，除去政治功能之外，文学主要在于修养性情、德性（就知识阶层而言）或者娱乐性（就普通大众而言）。但是现代社会对文学的要求集中在了新知和启蒙。前者主善（德、教化），后者主智（知、启迪民智）。传统文学的养性（情）观念是基于古代的德性主义，道德、人文、精神的修养极为重要。这种内修往往并不诉诸于社会，这是中国传统知识分子的精神底色。他们抒发政治抱负，排解心灵的苦闷，寄托精神，文学都是重要的选择。这种文学主要起着个体化的作用。而现代生活却不满足于此。社会对文学家的期望非常之高，文学家被视为这个国家的灵魂。这些功能大部分专向了体制化、社会化的方面。但问题在于，这种自娱自乐自为的内修式的文学是否也随着历史而消失呢？显然不是的。古人强调的有感而发，真情流露，发愤著书，仍然是颠扑不破的道理。这一点在现代中国历史上也一个颇有争议的问题，就像前文讨论的审美主义和功利主义一样，并非是现代的产物。

现代社会的审美现代性往往包含着一个悖论，对制度现代性的支撑和对制

---

① （清）赵翼《题遗山诗》："身阅兴亡浩劫空，两朝文献一衰翁。无官未害餐周粟，有史深愁失楚弓。行殿幽兰悲夜火，故都乔木泣秋风。国家不幸诗家幸，赋到沧桑句便工。"

度现代性的叛逆，但无论如何都是以文学艺术的自足性为前提的，这种非依附性正是现代专业化运作的产物。古代社会的文学因为并不是独立的，主要原因在于没有独立的身份，所谓的文人、诗人等从事文学创作的同时（首先）也是政治家。现代文学艺术的独立性的核心就是专业化、商品化、商业化，艺术的消费性、娱乐性要更突出，自己的（专业）文学创作可以为自己带来收入（工资、稿费、版税等）。正是由于现代文学家获得了经济与社会地位的独立（当然首先在于现代文化传媒领域的相对独立地位），才使得文学可以独立于政治之外，不再将文学作为业余。文学对政治体制的关切一方面是出于经济生活同政治生活的一致性，另一方面则是基于现代文学家作为社会知识分子的良心。对政治的关切，既可以由衷赞美这一体制，也可以无情批判这一体制，无论是赞美和批判都是基于自己独立的政治判断。

　　由于在传统中，文学总是非独立、非专业的，所以它只能成为精神生活的内容，被纳入到道德、政教、个人修养的范围，或者教化、观民风的领域，而在现代社会中，文学的社会化程度很高，而人自身的精神生活也不断地丰富，文学的作用也发生了变化。当然，任何现代独立的文学家都不可避免地受制于自己的经济地位，也不可避免地面临自己的政治选择问题，这一点无可置疑。问题在于，任何一种选择必须出于自愿并为此负责。

　　文学在传统中被视为内在的价值（政教），而在现代社会则被视为外在的价值（功利性），且负有强大的社会政治功能（文化现代性），这一点其实并不能和古代的"文以载道"相对接。现代的文学价值论是从属于社会现代性的，不是为了某一亘古不变的传统（道统），而是为了一个具体的政治目标。文学在现代社会所起的作用，就在于大批以创作为生的作家的出现，其基本的经济基础是现代传媒的发达，报纸、期刊、出版等系统逐渐发展，文化传播的力度也日益强大。以创作为生并不指靠创作生活，而是指创作是意义的归宿、价值的源泉，是献身于创作。当然，给创作本身也会带来利润、社会地位。而在古代，靠卖字画卖文为生，往往是生活破落所致，也是不被认为光彩的。这一点往往也被人指斥为贵族的文学。大量的引车卖浆之流的生活世界和精神世界不被反映，乃是基于文学并不是反映论的。而随着现代文化传播业、产业的发展，任何人的文字只要发表，就可以有相当的报酬，这无疑直接刺激了文学创作的发展。但这种文学的发展主要不是基于修养的，而是基于社会的，对认识社会有益处。文学表现生活，或者表现广阔的社会现实，才是当代文学创作的基本观念。因此，现代文学才是人的文学、平民文学。文学家也被视为这个社会的代言人，最近曾讨论的底层文学就是一类。

由于文学在现代社会的独立化，进入文学领域往往需要各类的资格认证，最主要的就是能够公开发表自己的作品。这无疑加强了文学的规范性也保证了文学的高度，但有的时候往往会对某些弱势的、底层的创作有所忽略。由此就交给了专业作家，由他们来反映，其主要的方式之一就是体验生活、深入生活。而生活在生活本身的人却可能受到文学技巧、语言功底的限制而无法表达自己。

可以说，随着旧的政治体制的崩溃，赖以存身的经学知识体系也发生大规模的重组，文学的社会地位得到了提升，文人雅士的精神修养的高雅文学让位于以社会为导向的大众通俗社会文学。娱乐化的文学日益占据了这个时代精神修养的空间。比如现代文学发轫于"五四"运动，但是在20世纪20—30年代，主要的文学样式却是通俗文学，是鸳鸯蝴蝶派，因为这个时候的主要受众是有一定识字率的闲暇的小市民。现代文学成为主流是在左翼运动之后特别是抗战之后，全民的阅读兴趣转为抗战、救国。当然，从统治角度而言，娱乐化恰恰是现有体制所愿意看到的，娱乐化排解了群众的反抗情绪，缓解了由于社会压力而带来的精神苦闷，弱化了文学的批判意识，最终使丰富的人性简单化和贫血化，不再拥有高雅的人文修养，独善其身让位于相互调侃，或者附庸风雅。在20–30年代，统治阶层宁可要鸳鸯蝴蝶派，也不会要"五四"新文学。在这样的氛围中，不计名利、专注内心的文学创作已经渐行渐远，或者成为一种乌托邦。娱乐化、消费化、市场化的创作必须找准读者，而迷失了自我，作家越来越围绕着他人转。这其实是不利于文学创作的，今日的文学为他人写作的太多，而为自己写作的太少。在现代文学史上，为人生（主要是个人心性和精神安顿）和为社会（主要是政治理想和抱负）的争论此起彼伏，而现在人生和社会均告破产，一切的文学写作都不再附带价值，而仅仅为了吸引眼球，为了销量，为了利润。

文学生活传统的重要方面是生活方式的传统。为了方便讨论两种截然相反的传统，我们把前一个传统称为古代传统，把后一个传统称为现代传统。要说明的是，无论是古代传统还是现代传统，都不是单一的，内部的复杂性是广泛存在的。

中国古代的生活方式有一个特点，就是以乡村为中心，也即以农业为主。农业乡村的生活观念主要是宗法制和家长制，以此维系一个大家族。这种观念尤其体现在天下一家的统治秩序之中。分家或者离家都是被视为叛逆的。除非天灾人祸而不得不背井离乡之外，安土重迁都是首要考虑的，这种与生俱来的稳定性、乡土性深深影响着中国人的精神。中国也有发达的城市生活，但城市只是一个放大的家庭而已，城市对乡村有着很大的依赖性。很多富家往往有良田千顷，依靠着赋税供给整个城市生活的繁华，这一点在《红楼梦》中关于贾府的描写上就有鲜明的体现。在城市里，还有大量的手工业者，与乡村的手工制作没有实质的区别，这种城乡一体化就是古代中国的经济景象。传统的生活方式给人的是稳定性、程式化、自然性和循环重复性，同时配以传统的祭祀、娱乐、庙会等。人被固定的秩序作安排，典型的表现就是儒家的修、齐、治、平，个人性的东西没有得到有效的彰显，或者只能是私人的表达。农业劳动者的日出而作日落而息，在经济上自给自足，国家在经济繁荣的时候充满自信，而经济疲软的时候表现保守，人们靠天吃饭，满足于现状，文艺只是用来缓解劳动的辛苦等。这种生活方式已经越来越无法适应新的现代生活了。

城市工业化的发展摧毁了手工业体系，经济中心由农业专向了工业，也就专向了城市。20世纪的中国发展就是一个城市化的发展。中国革命的成功主要在于中国农业体系的庞大，以农村包围城市，就目前而言，农业也仍然起着不可忽视的重要作用。但基本上农业已经不再可能是传统的自然经济了，仅仅依靠农业已经无法维持这个国家的生存和发展了。传统的以农业的、自然的、稳定的生活方式也就发生了改变。在传统社会，乡村也保持自己独特的经济文化地位，通过科举制度逐渐向国家输送人才，并且反向维持乡村社会的正常运作和发展，比如乡绅社会。但是，在现代社会，乡村缺乏吸引力，城市的工业、商业与服务业的发达，使大批乡村青年转向了城市，城市的便利、高效、集中、繁华、多样，都是乡村所不能比拟的，乡村的经济文化地位迅速衰竭，城乡二元化或者城市化就成为现代社会的经济景象。如果我们再回到农村，就可以发现土地的作用已经有原来的生产粮食转变为生产利润，比如出租、房地产等。农村的文化除了学校之外几乎已经没有任何遗存，原来的私塾、书院体系已经消失，传统农村所讲习的儒家文化已经被现代中小学所取代，传统的修身齐家治国平天下的学问被数理化的知识教学所取代。国家文化中心被各类大学、研究机构所构建，传统乡学消亡，农村在国家文化的位置中仅仅处于边缘。剧院、歌厅、电影院等日益发达，娱乐文化也由城市所提供。通过现代交通、通信技术，农村享受着城市生活，而自身的生活无法被城市所吸引，或者仅仅成为城市人缓解精神压力的度假、休闲之地而已，乡村仅仅是现代生活的一种补充、调节而已，它被观赏化了，而不是被生活化了。

四、文学与文论经典传统

经典传统是传统的主干。文学经典传统主要是《诗经》传统。文论经典传统主要是诗教传统、《诗经》学传统、儒家诗学传统，主要落实为基本的文献文本。文论经典传统是文学体制传统和文学生活传统的比较系统化和理论化的概括和提炼。前两个传统同文学都有着密切的联系，都直接诉诸文学创作，而文论经典传统则是指对文学观念的系统阐述，因此它主要不是文学经典，而是文论经典。但是文学经典与文论经典又有着密切的关系。这里稍作说明。

古代并没有纯粹的文学经典。儒家经典主要是十三经、四书五经，与文学相关的主要是《诗经》。即便如此，《诗经》也主要不被认为是文学，而是直接将其放置在经的崇高地位上。因此，严格意义上的文学性的经典并不存在。只有到了现代，独立于政治的艺术性文字才被视为文学，由此也出现了所谓的文学经典。《诗经》走下神坛，而进入中国文学史谱系。可以说，文学经典是现代性重构。但文学经典又有着历史的依据，这主要在于历代对前代文学的阐释，这种阐释是随着历史兴趣的变化而变化的。突出的例子就有陶渊明、杜甫等。陶渊明到了宋代才被视为经典，杜甫诗歌也是在宋代才被推崇的，而在当时，他们并没有被视为经典。近代所言的"一代有一代之文学"，实际上在当时都不甚准确，比如诗歌就贯穿了整个中国文学史，但只有唐诗被视为一代之文学，但唐代散文的成就也很高，但在描述一代文学的代表的时候，唐诗则被强化了。"一代有一代之文学"当然有其历史的局限性：第一就是以偏概全，无法客观地看到文学的复杂性和多样性；第二就是形式主义，忽略具体的作品内容；第三就是缺乏具体文学发展史的视野。

现代文论对文学经典的塑造其一是厘定文学和非文学的界限，前面提到的纯文学诉求就是一例，主要是确定了以诗歌、散文和小说、戏曲为内容的文学观念，一般的应用性文章被排除在外了。其二是厘定了好文学和坏文学，同样是小说，趣味低级的白话文小说（如《肉蒲团》等）也遭到学者的批判，而只有像《红楼梦》《儒林外史》这样的小说才被视为好文学。其三是在好文学里面确立经典文学，这个例子可以用《红楼梦》来说明。《红楼梦》是中国古代文学的高峰，是经典中的经典，前面的都是铺垫，都是在为《红楼梦》做准备。确立了文学经典，对文学史的叙述就有章法，从古代神话史诗，诸子散文、《诗经》《楚辞》一直到明清小说，可以说"一代有一代之文学"就是"一代有一代之经典"。

讨论文学接受的复杂历史不是本书的主要任务，这里主要讨论的是文论经典。所谓的文论经典主要是由像《文心雕龙》《诗品》《沧浪诗话》等构成的。当然，一个首先要解决的问题是，文论经典难道不也有一个经典化的过程吗？文学经典的确立有文学理论的因素，但也有文化、风气等因素，文论经典也与此类似。确立文学经典在中国历史上有像《文章流别论》《文选》等，这构成了今日所谓的中国文学史。另一点是文论经典，确立文论经典传统的主要依据是四部集部诗文评。诗文评是中国文学批评史的重要源头和线索乃是不争的事实，没有诗文评这一传统，中国文学批评史的现代学科是很难凭空建立起来的。当然，诗文评只是选辑，历史的线索仍然匮乏，不过其勾勒了重要的典籍文献，这一点为后来者提供了坐标。

文论经典的崩溃并不明显，如果文学体制传统和文学生活传统遭遇到现代的巨大冲击而发生了根本性的变化，而文论经典传统却得到了学科化的重建，并没有减弱其在知识史上的影响。在古代，文论经典对历史的影响不是一时一地的，因此，虽然中国文学文化遭遇空间之变革，但对文论知识的重新估定和阐释并未断绝。20世纪初期在北京大学，黄侃就开设《文心雕龙》的课程，其后中国文学批评史学科的建立更是明证了。但其代价却是丧失了对现实的言说能力，因为文论经典赖以生存的文学体制、文学生活等环境已告终结。这种知识化、学科化当然也是现代专业分工的结果。文学、文论对社会、政治的直接影响已经被弱化了。文学带动整个时代的思想变迁，这样的事情很难再出现了。20世纪90年代讨论的文论失语论，不仅是指文论对国际和西方文论的失语，也是指对（文学）现实的失语。这种情况不能简单归咎于传统，还应反思现代知识体系问题。

作为经典的传统很难在历史中消失。体制传统是传统文化观念中的政治安排，生活传统是传统文化观念中的生活安排，而经典则是所有这些安排的原则和依据。这种经典最核心的就是儒家经典。本书不是讨论哲学问题，而是集中讨论文学理论。文论经典是儒家经典的衍生物。文论经典体现着儒家的哲学基础、思想倾向、精神气质、审美趣味。中国古代文论经典的最早体现就是《诗经》学。《诗经》是文学经典，而围绕这一经典所形成的各类学问就成为《诗经》学。虽然它并不是严格意义的文论经典，但对文论传统和文论经典的形成有着重要的影响。

文论自身并不直接构成体制传统，但却会成为传统体制的必要组成部分，比如体察民情的采风说。

文论对生活方式的影响主要涉及文学在生活中的地位。"五四"批判最厉害的就是文学成为帮闲的和贵族的，辞藻华美却华而不实，不接触普通人。汉赋在后来的发展就是这类表现。还有八股文这样的应试文，也是弊端很多。文学在生活中的地位最著名的一个表达就是"立言不朽"之说，尽管不是指文学而言，曹丕又有"文章者经国之大业，不朽之盛事"。但是，尽管如此，在整个知识文化体系中，文并不是最优先要考虑的，最优先要考虑的是经，其后才是史和子，最后才是个人的文集。在集的最后才是诗文评。从极为繁盛的集部可以看出，中国对文的重视非同一般，社会各色人等都可以著书立说。文并非是生活的点缀，而是生活的内容之一。在古代诗学中，"文以载道"具有无可争议的地位，但一般的文人并没有严格贯彻这一点，而是强调自娱自乐。"文以载道"是由道学家和政治家所提倡的，其基本的目标在于拯救世道人心，维系道统。但是，"文以载道"并不能概括全部文学经验，因为还有"诗言志"。由诗和文构成的文学世界本身就是多维度的。服务于政治的文最被革新者所反对，"五四"新文学运动对桐城派的挑战就是如此。但是对诗歌而言，争论的焦点则是形式问题，因为散文本身就是无韵之文，在形式上不如诗歌严谨。诗歌的旧体和新体的争论非常尖锐。无论是对文还是对诗，诗文都在古代生活世界中有着重要的地位，否则像杂技之类也不会被重点提倡的。

由于日常传统生活方式的改变，诗文的地位也发生了改变。第一是诗文的概念日益狭窄，这就是现代的文学观念，文学虽然获得了其独立的地位，不再纠缠于政治、经济、军事了，但其社会影响也弱化了。第二是诗文的专业化和职业化，古代的诗文创作多是业余的，虽然有以诗文为生的，但总体上诗文只是生活的修养而不是谋生的手段，诗文创作者赖以生存的是政治俸禄、土地收入等。而现代的诗文或者文学创作则专业化和职业化了，业余的文学创作是不会被承认的。专业作家的大规模出现是迥异于传统的现代现象。古代无人不通的诗文（指统治阶层内部）现在成为一群人的专利，而大部分的人成为文学的接受者，对文学创作不再构成直接的影响。

围绕文学在生活中的地位所形成的一系列关于文学的看法，就是文学的观念化传统，这一点成为中国文学史和中国文学批评史的内容，而其中最重要的则是文论经典。

虽然"五四"反传统思潮甚为激烈，但文论的传统没有被拦腰斩断，而是得到了全面的阐扬和发挥，其中最重要的表现就是中国文学批评史学科的建立和发展。中国文学批评史也称为古代文论，是中国古典学问之一。对中国古典学问，现代的称法是国故学或者国学。中国文学批评史学科，肇端于"诗文评"，寄生于"文学概论"，后独立为中国文学批评史，为陈钟凡、郭绍虞、朱东润、罗根泽等人所奠定，在20世纪后期成为重要的文学理论知识领域。

除此之外，现代中国文论在当代中国也进入经典化进程。梁启超、王国维、鲁迅、宗白华、朱光潜、毛泽东等人的文艺论著莫不成为经典，其中最重要的文本就是《人间词话》《在延安文艺座谈会上的讲话》等，标注着现代性、革命性、审美性、艺术性、人民性等特征，这是后话，此处主要讨论中国古代文论的经典化进程。

第四节　整理国故、学科建制与中国文学批评史话语的建立

中国古代文论在现代中国的遭遇比较复杂。原来纯治古代文论的学者因其价值观之保守而与现代知识体制格格不入，因而逐渐被历史所淹没，比如桐城派的姚永朴等。那些比较偏重革新且能够与现代知识体制相结合的则走了两条道路：一是释古派，比如章黄学派、学衡派等，对古代学术抱持一种认同，力争恢复其精神。二是整理国故运动，这是由西入中的学科转换，坚持以科学性为原则，重新整理古代文论，其主要体现了对中国文学批评史的撰写上。释古派因坚持固有文化之本来面目，在历史叙述方面并不突出，比如黄侃《文心雕龙札记》这样的著作。故此，本节主要探讨第二条道路，兼及第一条道路。

一、整理国故与科学主义

整理国故是一个宽泛的概念，属于广义国学的一部分，从上可追溯至晚清时期的国粹派，他们在政治上主张反帝制和反清革命；在文化上以复兴汉民族固有文化为宗旨，不一味排斥西学，但认为国学、国粹优先于西学；在方法论上强调系统的整理和阐释，对后世有积极的影响。据郭绍虞的回忆，刘师培、王国维等人发表在《国粹学报》上的文章给他新的启示，他说："当时人的治学态度，大都受到西学影响，懂得一些科学方法，能把旧学讲得系统化，这对我治学就有很多帮助。"① 科学是20世纪初期主要的话语。梁启超、王国维、胡适等人无不是科学主义的主要鼓手。国粹派主旨是保存国粹，有保守主义和复古主义的色彩，而整理国故则是现代意义的，其原因在于整理国故运动是属

---

① 郭绍虞：《我怎样研究中国文学批评史》，载《书林》，1980年第1期。

于新文化运动的一部分的，是新文化运动朝学术方面发展的一个结果。①

早在 1917 年，胡适就关注古代中国文化的整理问题，受到日本学者桑原骘藏《中国学研究者之任务》②的启发。胡适极为认同作者提出的科学方法，并且将整理一词对应于英文的 systematize，其本义就是"系统化"，这一点被视为整理国故之端倪。③1919 年，胡适明确提出整理国故："研究问题，输入学理，整理国故，再造文明"。④这里的学理，即西学，具体说就是科学。其后，他在《国学季刊》发刊词提出了整理国故的三大方法：第一是"用历史的眼光来扩大国学研究的范围"，第二是"用系统的整理来部勒国学研究的资料"，第三是"用比较的研究来帮助国学材料的整理与解释"。前两点属于资料、材料、实证上的工夫，在这方面，整理国故运动用功最勤，而第三点提出解释，最为关键，解释的方法论是比较，这个比较的实质主要是中西比较。但是，胡适在这里的比较有一种以西释中的倾向，也就是说，只有通过参照西方标准，才可以理解中国自身的问题，因此，在方法上，"我们此时应该虚心采用他们的科学的方法，补救我们没有条理系统的习惯"。无疑，科学方法的引入是具有重要意义的，像整理、系统、科学等也成为现代学术的流行语。这恰和清代朴学有着密切的联系，以至于古史辨诸人将自己的社名取名朴社，因而有人将现代学术概括为"新朴学"，⑤也就不足为奇了。但是，理解中国是只凭借西方现成的科学方法，还是要结合中国文化、历史实际的方法呢？这是值得探讨的。实际上，科学方法不是一刀切地应用于一切对象，并且也不是一成不变的。在这方面，整理国故运动、古史辨都表现出一种科学主义的倾向。

从大体上而言，正如有学者所指出的那样，"'整理国故'运动与中国古代文论研究的现代转型，甚至与此后中国古代文论研究的兴盛的关系都更为密切"。⑥这是有事实根据的。

---

① 从大体上而言，新文化运动有两个阶段：第一个阶段是 1915—1923 年，偏重于思想；第二个阶段是，1923—1927 年，则偏重于学术，其中最具代表的是整理国故运动和古史辨运动，不过它们并不局限于新文化运动，而是还延续到 20 世纪 40 年代，不过由于其自身的特殊性，它们又不能涵盖其后的学术。

② （日）桑原骘藏：《中国学研究者之任务》，载《新青年》第 3 卷第 3 号，1917 年。桑原骘藏（1870—1931）为京都学派重要代表，素以提倡实证、考据研究闻名，但对中国充满歧视，缺乏好感。

③ 徐雁平著：《胡适与国故论衡考论》，合肥：安徽教育出版社，2003 年，第 42 页。

④ 胡适：《新思潮的意义》，原载《新青年》第 7 卷第 1 号，1919 年 12 月。

⑤ 徐雁平著：《胡适与国故论衡考论》，合肥：安徽教育出版社，2003 年版，引言，第 4 页。

⑥ 蒋述卓等著：《二十世纪中国古代文论学术研究史》，北京：北京大学出版社，2005 年版，第 11 页。

首先，整理国故运动本身就是新文化运动、新文学运动的一个分支，或者说整理国故运动是新文化运动、新文学运动馆的进一步落实和拓展。① 所谓的文学研究，其实更多的就是整理文学，特别是整理旧文学。②

郑振铎就明确说："我主张在新文学运动的热潮里，应有整理国故的一种举动。"③ 其理由在于：一是批判传统旧观念必须知道它们的弊病在哪里，也就是不能空洞地加以批判，而必须实事求是地分析，旧不得破，新也就无以立；二是"重新估定或发现中国文学的价值"。郑振铎的立论显然是基于这样一个考虑，有些新文化、新文学运动参与者可能会不认可整理国故，对此顾颉刚有明确的批评，他说："他们不知道新文学与国故并不是冤仇对垒的两处军队，乃是一种学问上的两个阶段""国故里的文学一部分整理了出来，可以使得研究文学的人明了从前人的文学价值的程度更增进，知道现在人所以应做新文学的缘故更清楚。"④ 王哲甫还别开生面地在其《新文学运动史》中特设一章讨论整理国故问题，内容有旧文学之整理、民间文学之整理两部分，独具只眼。⑤ 显然，郑振铎、顾颉刚以及王哲甫等对整理国故在新文化、新文学运动中的重要性和特殊性的说明与重视，表征了时代的学术氛围。整理国故成为学界的重要语境和研究思路，被认为具有"新纪元"⑥ 的意义，由此可见，古代中国文化思想的研究遂逐渐蔚然大观。

这一时期的中国古代文论研究也逐渐走向科学、现代的轨道，先后出现了杨鸿烈的《中国诗学大纲》（1933，商务印书馆）、刘永济的《文学论》（1922，长沙湘鄂印刷公司）、张陈卿的《钟嵘诗品之研究》（1932，北平文化学社）等论著。我们可以从《中国诗学大纲》的宗旨看出科学和西方的重要性："把中国各时代所有论诗的文章，用严密的科学方法归纳排比起来，并援引欧美诗学家研究所得的一般诗学原理来解决中国诗里的许多困难问题。"⑦

---

① 关于整理国故运动和新文化运动的关系，长期以来的看法是整理国故运动是对新文化运动的反动，或者和新文化运动立场、性质不同，晚近学界才关注这一点。

② 胡梦华、吴淑贞著《表现的鉴赏》（上海：现代书局，1928），就有《整理旧文学与新文学运动》的内容。

③ 郑振铎：《新文学之建设与国故之新研究》，原载《小说月报》，第14卷第1号，1923年1月。

④ 顾颉刚：《我们对于国故应取的态度》，原载张若英《中国新文学运动资料》，光明书局，1934年版。

⑤ 王哲甫著：《新文学运动史》，北平（北京）：杰成印书局，民国22年（1933年）版，第281—288页。

⑥ 林语堂：《科学与经书》，原载《晨报五周年纪年增刊》1923年12月1日。

⑦ 杨鸿烈著：《中国诗学大纲》，上海：商务印书馆，1928年版，"自序"。

《钟嵘诗品之研究》提出的"纯粹用客观的眼光，分析的方法"，[1] 也是科学主义的表现。"中国各时代所有论诗的文章"，这一点追求的是全面性，表现出科学主义的雄心和自信，其态度是客观的，其方法主要是归纳、排比、分析，更有意味的是杨鸿烈所言的"欧美一般诗学原理"，这似乎昭示了西方出理论、中国出材料（或者现代出方法、传统出材料）的历史宿命。中国、传统无法言说自己，只能通过西方、现代来言说。这种现代、西方的优先性是扑面而来的。整理国故运动的宗旨就是国故祛魅化，就是要证明，国故也"不过如此"（胡适）。文以载道、神气说被斥为"乌烟瘴气""玄之又玄"，对它们在中国文学批评史上的影响表示了极大的质疑。整理国故运动不是一次对国故的认同，而是对国故的重新评估，国故已经被科学主义拉下了神坛。这种质疑、重估的确对破除对传统的迷恋、迷信起到了积极的作用，但同时也造成了对传统认同疏离，对西方的盲目跟从，对科学主义的严重依赖。

根据历史资料，中国文学批评史学科的奠基人陈钟凡、郭绍虞、罗根泽等人都与 20 世纪初期的整理国故运动有着极为密切的关联。陈钟凡在其《中国文学批评史》的自序中说，他不满于复古主义浓厚的学衡派的主张，"乃编国文丛刊，主张用科学的方法整理国故"，还发表过《十五年来我国之国故整理》，对哲学、文学、史学方面的情况作了介绍，[2] 可以说是积极投身国故整理运动的。罗根泽和古史辨运动关系殊为密切，是古史辨的中坚之一，曾编《古史辨》第 4 册和第 6 册。郭绍虞与顾颉刚关系密切，都曾在燕京大学国学研究所任职并共事。朱东润在武汉大学开设中国文学批评史受文学院院长闻一多委托，而闻一多在国学研究方面也有自己的深刻见解，早在 1916 年就发表《论振兴国学》[3] 的文章。

由此可见，中国文学批评史之创立正是得利于新文化运动。在此意义上可以说，整理国故运动（或者说新文化运动、古史辨运动等）正是现代中国文学批评史学科得以确立的基本语境。这些前期的思想文化氛围自然影响到了后来的中国文学批评史研究。

二、中国文学批评史的学科建制

中国文学批评史著述多是讲义，是讲课的教材。那么我们是否可以说，中

---

① 张陈卿著：《钟嵘诗品之研究》，北平：文化学社，1926 年版，小序。

② 陈钟凡：《十五年来我国之国故整理》，收入《私立无锡国学专修学校十五周年纪念册》，无锡：民生印书馆，1936 年版，第 1—26 页。

③ 闻一多：《论振兴国学》，原载《清华周刊》，1916 年 5 月 17 日。

国文学批评史这门学科的建立才促使了中国文学批评史著述的出现呢？在大学里，为何要设置中国文学批评史学科呢？如果我们观察中国文学史的写作也有这样的情况，大学先设置中国文学门，但没有相应的教材，人们或者自编或者干脆引用日本或西方人的著作。这一点体现了一种自上而下的特点，假如大学等现代学术机构没有设置中国文学批评史学科，那么中国文学批评史的著述自然也很难顺利地得到展开。

从大体上而言，中国文学批评史的基本概念来自西方，文学观念、文学批评的观念等均是如此。由于现代教育主要引进西方，故而在学科设置上必然有文学批评。问题是中国语言文学系和西方语言文学系的文学批评是两个概念，后者主要练习如何进行文学批评，前者主要是作为一种历史知识（文学批评史），与当时的文学实践关系不大。中国文学批评史是作为古典学问而被设置的，其地位不如中国文学史，其内容也不如中国文学史广泛。在郭著中，中国文学批评史只是有助于理解中国文学史的视角，并且中国文学史的范围也较中国文学批评史广大得多。

这种生存环境和著述的材料有何关系呢？实际上，至今为止中国文学批评史都在处理资料与理论的问题。这是中国文学批评史开创以来的重要问题。文学批评史不同于诗文评，其主要原因在于文学批评采取的是纯文学的标准，这一点和诗文评是有交叉的。这就涉及材料的选取问题。相伴随于对材料的倚重，还有一个方面是对材料的选取、判断。由于文学批评的新标准，在面对另一系统的时候，无疑要重新加以整理以使其"再系统化"。以西释中、以今释古已经是不可忽视的方法论基础了。

在 20 世纪 20—40 年代，中国文学批评史研究逐渐繁荣，从事该领域研究讲授的学者为数不少，并且都有重要的著作问世或产生。[①] 另外，此一时期，日本学者的有关中国文论史的著作也被翻译到中国，产生了一定的影响。[②] 中国文学批评史学科的确立并非单一的事件，而是大历史背景下之必然产物。中国文学批评史学科的正式创立是以陈钟凡的《中国文学批评史》为

---

① 如朱自清有《中国文学批评研究讲义》（天津古籍出版社，2004，朱自清生前未出版），陈钟凡有《中国文学批评史》（中华书局，1927），郭绍虞有《中国文学批评史》（商务印书馆，1934、1947），罗根泽有《中国文学批评史》（北平人文书店，1934），朱东润有《中国文学批评史大纲》（开明书店，1944），方孝岳有《中国文学批评》（世界书局，1934），傅庚生有《中国文学批评通论》（商务印书馆，1946）等。

② 有铃木虎雄《中国古代文艺论史》（北新书局，1928），日文原题《支那诗论史》（东京弘文堂，1925），青木正儿《中国古代文艺思潮论》（北平人文书店，1933），《中国文学思想史纲》（商务印书馆，1936），竹田复《中国文艺思想》（贵阳文通书局，1944）等。

标志的。① 这是中国文学批评史研究破天荒的第一部同名著作。当然，有的学者认为中国文学批评史的学科创立是以黄侃在北京大学讲授《文心雕龙》为起点，甚至有的认为桐城派姚永朴在北京大学讲授古代文学就涉及古代文论。黄侃、姚永朴固然涉及中国文学批评史的课程、材料，但并没有表现出明确的文学批评史学科意识，故此还属于前学科状态。不得不提的是，1927 年，陈钟凡《中国文学批评史》与黄侃《文心雕龙札记》同时出版，而后者的学术地位更高。这意味着《文心雕龙札记》虽非学科开创，但其学术质量也足以成为中国文学批评史学科的奠基之作。

学术话语的确立在于首先在于对学科领域、范围的划分。虽然中国是一个非常重视历史的国度，但现代意义上的各类学科却并没有普遍建立起来。陈钟凡就说："文学评论，远西自希腊学者亚里士多德以来，迄于今日，已成独立之学科矣。"而中国则没有这样的学科，并且"历代诗话、词话，及诸家曲话，率零星破碎，概无系统可寻"。② 在此情况下，草创性是很明显的。既然是草创，为这个学科提供大纲、框架，其方式也必须是通史的。学科草创性必然面对着学科范围的划分、研究对象的确定，这种背景下的中国文学批评史必然是总体性的。学科创建与学科成熟并不等同，就如同胡适"但开风气不为师"，学科开创就是"但开风气"。其后郭绍虞、罗根泽、朱东润等人的中国文学批评史著述则意味着中国文学批评史学科的成熟。

这些开创性的著作大多具有通史的性质，在内容上包罗万象，不是侧重于一般的诗论、词论，而是要对整体的文学批评理论加以全面的梳理和阐释。中国自古就有很强烈的历史意识，从二十四史的编撰就可以看出来。中国文学批评史自然也是史的一种。陈钟凡、郭绍虞、罗根泽、朱东润所著《中国文学批评史》均有意识地贯通整个历史，或者至少是一个大时段的历史。

三、中国文学批评史的学术话语

1. 科学方法论

这种宏观的、大尺度的研究需要高超的驾驭能力，或者具体说需要严谨、求实、客观、全面的科学精神和方法。这得力于新文化运动和整理国故运动对科学的传播。在中国文学批评史著述中，科学方法论多有体现。

---

① 彭玉平：《陈钟凡和中国的文学批评史学科之创立》，收入《中国文学史学科百年学术研讨会》，2009 年，北京。
② 陈钟凡著：《中国文学批评史》，南京：江苏文艺出版社，2008 年版，第 8 页。

陈钟凡认为，一切批评之基础是"归纳、推理、判断"。① 这种科学方法论是古代诗文评、诗话所没有的，更不要说是研究了。就研究而言，则是"历史的批评"。

郭绍虞强调，"我总想极力避免主观的成分，减少武断的论调。"并且严格区分了文学批评史和文学批评，所谓的文学批评史写作所达到的目标就是"在古人的理论中间，保存古人的面目。"② 这种客观化的努力在郭著中多有体现。

但是，对这种客观化，朱东润却有自己的理解，"一切史的叙述里，纵使我们尽力排除主观的判断，事实上还是不能排除净尽"。③ 在追求客观化的历史语境中，朱东润所持的"文学批评史的本质，不免带着一些批评的气息"，④显然与郭著不同。

历史研究总是以理解历史为前提，如果不能全面客观地理解历史，也就不能称为历史的态度。因此，臧否人物的价值判断是不能出现在文学批评史的写作之中的。尽管当时人们对国故也是不过如此的态度，但其来龙去脉、内容特色、意义影响则必须加以客观的说明。但是，任何客观化的努力也是相对的，朱东润所说的也是基本事实，只是在史论上存在不同程度的侧重而已。

在清代之前，有较多的文学史的著述，比如《文章流别论》等，但文学批评、文学理论则极为鲜见。文论探求的多是文学的一般原理，或者说是理论批评，而中国文学批评多依傍于具体的文学，在刘熙载的《艺概》里也是如此。比较集中的文论是诗文评，但清代之前也未见有人写作关于诗文评研究之类的著述，它只存在于四部目录中。中国文学批评史不是目录学，它必须对重要的概念、理论、代表人物做出详细的说明。而随着这门学科的建立，一些断代史、专论才逐渐取代了上述通史，成为学科发展的重要方式。

2. 现代文学观念遭遇文学批评史

现代文学观念和文学批评观念在中国文学批评史学科当中居于主导地位。这个主导地位是说，虽然中国的文学观念有自身的发展规律，但必须比照现代文学观念。

由于现代文学观念主要是一种纯文学，而在古代则更多地同政治、经济、

---

① 陈钟凡著：《中国文学批评史》，南京：江苏文艺出版社，2008 年版，第 7 页。
② 郭绍虞著：《中国文学批评史》，天津：百花文艺出版社，1999 年版，自序，第 2 页。
③ 朱东润著：《中国文学批评史大纲》，武汉：武汉大学出版社，2009 年版，自序，第 4 页。
④ 朱东润著：《中国文学批评史大纲》，武汉：武汉大学出版社，2009 年版，自序，第 5 页。

文化等相关，因而是一种杂文学。那么在处理这些文学作品的时候，就不能仅仅局限于纯文学的诗歌小说戏曲，大量的散文特别是文章也被纳入其中了。尤其值得注意的是，西方诗学从亚里士多德开始就已经专门化，而中国则直到魏晋才有较大的发展，在此情况下，学者们并没有囿于这种专门化，而是从文化思想背景着眼，将文学批评史的源头定在儒家那里，具体说就是孔子。郭绍虞就强调，"在周、秦诸子的学说中本无所谓文学批评，但因其学术思想在后世颇有权威，故其及于文学批评者，也未尝不有相当的影响；——尤其以素以尚文之儒家为尤甚。"① 实际上西方的诗学也受制于其哲学思想，西方诗学的核心概念之一的模仿论就是来自西方哲学。这说明文学批评同某一文化的哲学、思想、观念有着密切的联系。这种文学观、文学批评观显然是不同于一般的西方文学批评的，或者说有更多的中国文化特色。

罗根泽在其著作中别开生面地使用了"为艺术的艺术""为人生的艺术"的提法，诸如文学工具论，文学的艺术价值等，比比皆是，这自然得力于对西方现代文学观念的熟悉。

虽然文学观念在现代进一步纯化，但在中国文学批评史领域则很难彻底化，尽管在中国文学史当中这种努力是有成效的，但对中国文学批评史而言，过分的以纯文学批评理论为核心势必使中国文学批评史的丰富性大为削减。实际上，中国文学批评史并非仅仅是杂文学理论，还包括很多艺术的、形而上的内容，这自然不是杂文学理论就可以轻易打发掉的。有些学者坚持理解中国文学不能不考虑文化，如刘永济说："文学者，民族精神之所表现，文化之总相也，故尝因文化之特性而异。今欲研究我国文学，不可不知我国文学之特性，故文化之研究至为重要。"②

3. 叙述体例：纵向与横向

中国文学批评史属于广义的历史学科，中国古代在这方面有优良的传统，大体有编年体、纪传体、纪事本末体等，中国文学批评史也有类似的表现，但都不局限于某一种。

陈著（1927）在第一级的体例上，即大的历史分期上主要依据朝代，划分为八期：周秦、两汉、魏晋、宋齐梁陈、北朝、隋唐、两宋、元明、清代。这一分期还尚显简略，也没有说明为何分为八期。在时代分期的基础上，有第二级的体例，先秦至南北朝，主要以文论家和文论文本为体例，隋唐至清代则

---

① 郭绍虞著：《中国文学批评史》，天津：百花文艺出版社，1999年版，第13页。
② 刘永济著：《文学论·默识录》，北京：中华书局，2010年版，第97页。

以文体论为体例：文评（隋唐）、诗评、词评、骈散文评、古文评、词曲评、曲评，共计7类，宋以后文体评日益繁多。为何如此，其原因陈钟凡是这样分析的，"文体至两宋而日繁，评文之风，亦至宋世而丕著。当时韵文、诗歌以外，更有词曲；无韵之文，骈散两体外，更有评话、语录等之语体，章回小说，亦应运而生焉。文章体制，既日益增多，批评之风，遂分途并进，不复如前世徒为概括、抽象之辞。"① 由于文体的滋繁，评论开始主要依据具体的问题展开，故而将所有文体加以抽象概括显然就有些出入隔膜了。这种根据具体情况而做出调整的文学批评史写作体现了作者本身的灵活性，也不拘泥既定的设计。这一点在后世的文学批评史著述中却不多见，当然具体的文体评仍然是离不开文论家的，只是文体评更为集中一些。后世更为成熟是《词话史》《诗话史》等。

罗著（1934）是一部没有写完的著作，止于晚唐五代。在体例上，罗根泽明确提出"综合体"，大体分为三个层级：第一级是编年体，"先依编年体的方法，分全部中国文学批评史为若干时期"；第二级是纪事本末体，"再依纪事本末体的方法，就各期中之文学批评，照事实的随文体而异，及随文学上的各种问题而异，分为若干章"；第三级是纪传体，"然后再依纪传体的方法，将各期中随人而异的伟大批评家的批评，各设专章叙述"。② 这一说明显然有着理论的自觉性的，当然罗根泽也认为这种方法只是"庶几近之"，不能绝对化。

郭著（1934）在体例上也有一个说明，"本书编例，各时期中不相一致，有的以家分，有的以人分，有的以时代分，有的以文体分，更有的的以问题分"。③ 检视郭著，也大体如此，时代、文论家、流派、文本等均有表现。在第一级体例上，郭著共分为八个阶段：周秦、两汉、魏晋南北朝、隋唐五代、北宋、南宋金元、明代、清代（上、下）。这一划分法与陈著不同的有好几个地方。郭著将陈著的魏晋、宋齐梁陈、北朝合为一个阶段，在隋唐一段又补列五代，将两宋分立，北宋单立，南宋则与金元合一，比陈著多出金代，明代独立为一个阶段，清代还划分为两编，内容极为丰富。从内容上说，郭著更为全面了。

朱著（1934）只有第一级体例，但这个第一级体例不是大历史的划分，而

① 陈钟凡著《中国文学批评史》，南京：江苏文艺出版社，2008年版，第96页。
② 罗根泽著：《中国文学批评史》，上海：上海书店出版社，2003年版，第31—32页。
③ 郭绍虞著：《中国文学批评史》，天津：百花文艺出版社，1999年版，自序，第2页。

是直接凸显了文论家个体。对此，朱著也有明确的意识，"本书的章目里只见到无数的个人，没有指出这是怎样的一个时代，或者这是怎样的一个流派"①。关于文论家个人和时代、流派的关系，朱东润认为，"伟大的批评家不一定属于任何的时代和宗派。他们受时代的支配，同时他们也超越时代"②。这样的考虑在于突出文论家个体的独创性的贡献，或者说是求异的一种研究，是颇有见地的。

方著（1934）在体例上与朱著一样，只有第一级的体例，但不同的在于，方著更近似于专题的论文。这样安排也是有作者的考虑的，作者说全书"大致是以史的线索为经，以横推各家义蕴为纬"③，不过从总体上来看，史的线索并不明显，倒是作者后面的一句话说得更准确些，"本书的目的，是要从批评学方面，讨论各家的批评原理"④。在这个意义上可以说，方孝岳的《中国文学批评》更近似于中国文学理论。

傅著（1946）最近才引起人们的注意，其特点是继续朝方著的方向前移，史的线索几乎完全退隐，只有上编第四章"中国文学批评史略"作了简要的说明，大量的篇幅用在了对文学理论基本问题的讨论上，主要集中在感情、想象、思想等方面。这样的编写被认为是"以探讨中国古代基本的文学理论为宗旨的著作"，但也隐藏着这样的危险，"具有时代特征和文化内涵的文学理论范畴被分割、套用到某一框架中，使中国古代文论的一些概念失去了真实的、生气贯注的具体语境和整体意脉"⑤。这样的担忧不是没有道理的。实际上，理论问题如果缺乏具体的历史语境梳理，往往是一种断章取义而流于支流破碎。

朱自清曾经开设过中国文学批评课程，也有相关的论述，其中最重要的是《诗言志辨》，属于中国文学批评史的专论。《诗言志辨》对"诗言志"这以古典诗学命题从诗言志、比兴、诗教、正变四个角度进行了理论的阐述和分析。在《中国文评流别述略》一文中，朱自清明确表明了自己的学术旨趣，即相比于郭绍虞等人的"纵剖的叙述"，自己要"横剖的看"⑥，主要从类型学的角度对中国文学批评史加以梳理。朱自清分为论比兴、论教化、论兴趣（情

① 朱东润著：《中国文学批评史大纲》，武汉：武汉大学出版社，2009年版，第2页。
② 朱东润著：《中国文学批评史大纲》，武汉：武汉大学出版社，2009年版，第3页。
③ 方孝岳著：《中国文学批评史》，上海：世界书局，1934年版，"导言"，第8页。
④ 方孝岳著：《中国文学批评史》，上海：世界书局，1934年版，第292—293页。
⑤ 蒋述卓等著：《二十世纪中国古代文论学术研究史》，北京：北京大学出版社，2005年版，第61、62页。
⑥ 朱自清著：《朱自清古典文学论集》，上海：上海古籍出版社，1981年版，第17页。

感）、论渊源、论体性、论字句六类，但过于简略了。最近有当年学生依据课堂笔记整理出《朱自清中国文学批评研究讲义》一书①，该书第一章讨论言志和缘情两大诗学命题，"偏于内容方面"；第二章讨论模拟，主要涉及作家论、文体论、文学史论等，"偏于形式"；第三章讨论文笔，讨论文体及其来源和"文学意念之变迁发展"，即文学观；第四章讨论品目，属于文学批评鉴赏论及作品风格论等。由于并非朱自清本人著作，加之课堂记录，有些文字过于简略，部分内容则未及深入，在理论体系上还不够完善。不过，其结构新颖、不拘一格，可以窥见朱自清在中国文学批评史研究方面的独特贡献。

中国文学批评史是一门历史学科，通史的全面性必然意味着对材料的倚重，其最重要的特色是资料翔实、旁征博引。资料是历史著述的首要原则。郭绍虞著中国文学批评史上卷仅资料的搜集和整理就"费了好几年的时间"。这样的情况在其他作者中也同样出现。罗著"历来以资料丰富著称，即以晚唐五代之诗格、诗句图为例，罗著涉及诗格20余种，辨其真伪，并有简单之介绍。罗著对于资料的整理，已下了切实的功夫。"② 就以极为简略的陈著而言，所参考书目也有百余种。但中国文学批评史并非仅仅一种写作方式，像朱自清、方孝岳、傅庚生等所走的以命题、概念、论题等为主的道路也不应忽视。还有像刘永济的《文学论》是将中国文学史与中国文学批评史结合起来，书后的"古今论文名著选"以及用中国文学批评史相关观念解读中国文学，可谓独具只眼。这种结构性的方向长期被忽略，而在西方汉学界所流行的中国文学批评史研究路子却是文学理论的路子，而非史的路子，其中最著名的就是刘若愚的《中国文学理论》③。近年来，中国文学批评史研究也开始这一理论转向，如《中国文学理论体系》范畴论、原人论、方法论④等。由此可见，开发中国文学批评史的多重写作空间对于呈现和理解中国文学批评史全貌是有助益的。

① 朱自清著：《朱自清中国文学批评研究讲义》，天津：天津古籍出版社，2004 年版。

② 罗宗强、邓国光：《近百年中国古代文论之研究》，载《文学评论》，1997 年第 2 期。

③ ［美］刘若愚著：《中国文学理论》（英文版 1975 年），杜国清译，南京：江苏教育出版社，2006 年版。

④ 王运熙、黄霖主编：《中国古代文学理论体系》，上海：复旦大学出版社，1999 年版。

第五节　中国文论史观与多元历史叙述的可能

所谓文论史观就是文论发展有历史规律吗，如何看待文论史，对文论史采取何种态度等问题。就文论史观而言，有不同的表现。

一、经验史观与思辨史观

经验史观或者说具象史观，是将历史上所有存在的文学理论加以说明，强调的是历史本身是什么样的。这种经验史观并非拒绝历史的深度，而是强调历史的平等性、具体性，也就是尽可能地还原历史本身，而不是抽象地将某一段历史放置在某种大的历史框架之中，并给予高低优劣之评价，特别注重对经验的呈现和描述，对经验的理论提炼比较审慎。在文论领域，具象史观的最突出的表现是资料长编以及各类文章选集，以其具体性呈现历史的丰富性。其优点能够展现历史的细部，当然，其缺点在于，由于过分注重资料和文献，虽然不同历史阶段的丰富场景得以呈现，但整体性不足，理论深度不够。

所谓思辨史观就是对历史具象的理论提炼和概括。从性质上说是理性的、思辨的，当然也依据大量的历史经验，而不可能是凭空产生的。即便像纯粹的思辨性的历史哲学，也是依据一定的历史经验的，只是思辨史观的目的不在于描述历史的本来面目，而是要呈现历史发展的目的和规律。这种思辨史观往往就是一种具有目的论的史观，这和经验史观有不同之处。

从大体上而言，经验史观则近似于微观史学，对具体而微的历史事实加以呈现，主要依据文本、资料来呈现，而思辨史观则近似于宏观史学，往往以大历史、宽尺度、长时段为框架组织历史事实。宏观史学总是不止于具体的表象，而是试图通过对历史表象的穿透达到对历史整体性的、本质性的了解，这种史观可以成为本质史观。

按照经验史观与思辨史观的价值取向，历史被描述为多种样态。

二、进化史观

所谓进化史观就是发展史观，强调历史的文学理论总是遵循着从小到大、由低级到高级、由简到繁、由杂到纯这样的发展道路，未来是开放的、更高级的。一般的文学批评史总是将先秦的文学批评视为不独立、未分化的状态，将魏晋时期的文学批评视为中国文学批评确立之时。

在进化史观中有两种现象：一是根据时代精神，二是根据经济、阶级。前者可以称为文化的进化史观，而后者可以称为阶级的进化史观，主要依据是马克思主义的唯物史观（历史唯物主义，Historical Materialism）。唯物史观在中华人民共和国成立后比较普遍，比如周勋初的《中国文学批评小史》① 等，这也不是否定这种方法就完全没有价值。

进化史观是对朝代史观的超越。依照历史划分而进行文学的叙述，如唐代文学、宋代文学等，至今仍根深蒂固地影响着文学史的叙述，这样的文学其实并未非真正意义上的文学史，以朝代划分的文学史大体只能称为"历代文学史"或"历朝文学史"。真正的文学史必然包含着明确的分期意识、发展意识，尽管出现了相当数量的试图超越朝代的文学史叙述，但总体上并没有实现这一任务，朝代仍然是历史叙述难以忽视的重要标准。

因此，符合文学实际的文学史尤为困难。实际上，文学观念并不是一成不变的。郭绍虞的中国文学批评史里就表明了文学观念的发展阶段。

周秦至汉魏六朝，文学观念处于演进期，也就是自身的分化，用郭绍虞的话说就是"近于纯文学"。但隋唐北宋以的文学观念又开始复古，而"与周、秦时代没有多大分别"。② 由此可以看出，中国文学观念的真正确立并不是在近代，而是在魏晋六朝时期，这一时期"文学方面亦尽可不为传统的卫道观念所支配，而纯文学的进行遂得以绝无阻碍，文学观念亦得离开传统思想而趋于正确。"③ 文学观念的变化必然导致文学批评观念的变化。这一时期就发生在魏晋六朝。在郭绍虞看来，刘勰的《文心雕龙》"实是文学观念渐趋于正确后的时代的产物"，由此"文学批评的基础也自是成立"。④ 虽然纯文学观念在魏晋就得以确立，但主要讨论的内容是形式（"外形"），文笔、骈散等，而复古期也不意味着没有价值，在这一时期文学的内容（"内质"）得到更多的讨论。然而不知何故，郭绍虞却对刘勰的《文心雕龙》所谈甚少，并且还将刘勰的文学批评视为复古的文学思想，因为刘勰的文学观又向传统的儒家文学观回归了。

郭绍虞就是通过"演进—复古"学说来构架自己的中国文学批评史的，但在复古之后又列"完成期"，"南宋、金、元以后直至现代，庶几成为文学批评之完成期"。⑤ 这一点在当时就受到胡适的批评，因为按照进化论的思想，

---

① 周勋初著：《中国文学批评小史》，武汉：长江文艺出版社，1981 年版。
② 郭绍虞著：《中国文学批评史》，天津：百花文艺出版社，1999 年版，第 5 页。
③ 郭绍虞著：《中国文学批评史》，天津：百花文艺出版社，1999 年版，第 9 页。
④ 郭绍虞著：《中国文学批评史》，天津：百花文艺出版社，1999 年版，第 11 页。
⑤ 郭绍虞著：《中国文学批评史》，天津：百花文艺出版社，1999 年版，第 3 页。

历史不可能有"完成"之说的。而郭绍虞对于完成期的理论说明则甚为简略。郭著结束于清代常州词派，对其后的文论发展未作任何说明。

文学观念与文学批评观念的演进对后世产生了重要影响。虽然演进一词本身有着进化论的嫌疑，但文学观念的历史变化的确是存在的，对其概括必然涉及进化、进步、发展等词汇。

出版于 20 世纪 90 年代的一些批评史著作也有类似的划分。如张少康的著作，"按照以文学理论批评发展的特点和规律为中心，结合历史发展阶段特征和文学创作发展状况的原则，分为五个时期：一、先秦——萌芽产生期；二、汉魏六朝——发展成熟期；三、唐宋金元——深入扩展期；四、明清——繁荣鼎盛期；五、近代——中西结合期"。① 在最后一个时期，出现了"传统文学思想的总结和革新"。这明确将中国古代文学批评视为一个由萌芽到总结的发展过程。这一点与郭著有相似之处。但其问题在于，所谓的近代中西结合期明显和前四个时期不是同一个划分标准。这大概是因为该书原主要写的是古代，而没有涉及近代，而近代的中国文学批评史已经不能简单地纳入了自足性发展的线路上去了。这也导致了张著在总体上无法用同一标准（自足性）来贯通中国文学批评史的分期。

在《中国 20 世纪文艺学学术史》第一部的下编第七章，讨论的是"传统文学理论的自我调整和趋于终结"，特别是刘熙载的《艺概》被视为"古典艺文学的概论与终篇"。② 再往后就是新文学观念和新文学理论的出场和发展了。

在众多中国文学批评史著作中，陈著对历史的文学观念的发展没有太多的说明，而朱著主要讨论具体的文论家，宏观的历史发展线索也没有做出详细的勾勒。

我们知道，历史研究最重要的大体有两个要素：一是史观，二是史识。史观侧重的是对历史整体的看法，比如进步观、循环观等。史识侧重的是历史的敏感性和胆识，是对历史的筛选和判断，涉及具体的人物和事件。史观和史识往往是紧密相连的，合理的史观需要高超的史识。在中国文学批评史的写作中，这两点均有体现。

三、循环史观

所谓循环史观是指相同的现象会不断地重复、循环，历史往往经历由弱而

---

① 张少康著：《中国文学批评史教程》，北京：北京大学出版社，1999 年版，前言，第 1 页。
② 钱竞、王飚著：《中国 20 世纪文艺学学术史》第一部，北京：中国社会科学出版社，2007 年版，第 238 页。

强，由盛而衰，如此往复无穷，比如中国的八卦、五行、太极、阴阳等。循环史观在一定程度上包含着进化史观，但进化史观却无法包容循环史观。进化史观是线性的、不可逆的，而循环史观则是回环的、可重复的。

就文论而言，由于多种原因，某一文论会在不同时期得到相应和阐释。其实我们深入考察中国古代文论的话就会发现循环史观影响的深远，虽然历史上的文论五花八门，但其主体仍然是儒家诗学，后世只是在先秦诗学的基础上根据时代的新变化而做了增删损益而已。循环史观近乎静止的史观，没有发展只有循环。中国思想在先秦就已经完成，只是后世所注重的方面不同而已。这一点和西方的轴心说有相似之处，都极端重视最初的元典。

循环史观分为单循环史观和双循环史观。单循环史观指的是某一重要思想不断左右着时代，而其他时代则是黑暗的时代，不承认其他思想的合法性。或者说，在某一时代有其特有的主导思想。就前者而言，单循环史观必然意味着历史的断裂，因为它不承认其他历史阶段的合法性和合理性，如韩愈的"文起八代之衰"就是一个例证。在中国文化里，单循环史观主要表现在对儒家汉文化的持续认同上，也就是说，只有儒家文化或者汉族文化占据主体的历史，才是历史的延续，否则便是断裂。就后者而言，任何时代都有其意义，也就是说历史具有更替性、取代性，新的事物不断涌现，当然它们有可能是某种核心思想和文化的时代变体，并非毫无继承可言。在这方面最具代表的是王国维提出的"一代有一代之文学"的观念，也就是说，任何时代都有主导性的文学形式，这种主导性的文学形式是时代创新发展而趋于繁荣的结果，并成为该时代的象征。比如词在晚唐就出现了，但不会成为唐代文艺的代表，而只能成为五代两宋的文艺代表。

双循环史观或者多循环史观强调各个思潮的合法性，只是在历史有此消彼长的情况。典型的体现就是唯心主义与唯物主义的斗争这一理论，还有诸如现实主义与浪漫主义，儒家与法家，进步阶级与反动阶级等。中华人民共和国成立后曾有一段时期学术受到政治和意识形态的严重干扰，强调所谓的儒法斗争，① 这种著述将历史的丰富性简化掉了，同时突出了思想意识而忽略了文论自身的特殊性，因此没有太大的学术意义。

当然，具有一定学术意义的是那种符合文学、文论实际的双循环观。在这

---

① 儒法斗争是 20 世纪 70 年代中期的一股思潮，主要意思是儒家代表落后奴隶主贵族，法家代表新兴地主阶级，二者在封建社会呈现拉锯战，故称为儒法斗争。儒法斗争是与当时的批林批孔运动结合在一起的。

里特别要说一下罗根泽提出的中国文学史或者文学批评史上的载道、缘情二元循环模式。罗根泽的原意是强调对待历史应该有一种超然的态度，不应该厚此薄彼。不过，他对载道、缘情的事实并没有否定，也就是说，罗根泽认可两种不同的文学观念，而不是区分优劣高下。在这样的超然的历史态度下，载道盛行于周、秦、汉、唐、宋、元、明、清，缘情盛行于六朝、五代、晚明、五四。不过从分量上说，缘情不占优势，其历史也不过几百年而已，或者说，古代中国文学或者中国文学批评是以载道为主的，辅以缘情。与载道、缘情相关的还有尚用、尚文，也呈现循环模式。

四、退化史观

退化史观似乎并不引人注目，但却经常主导着人们对历史的看法。比如厚古薄今，就是退化史观的表现。退化史观，或者说复古主义，对历史所持的态度是一代不如一代，最初出现的是最好的，以后的皆不如过去。现在和未来要做的就是复兴辉煌灿烂的过去。

退化史观分为相对的退化史观和绝对的退化史观两类。相对的退化史观认为历史的退化是暂时的。在循环史观里，这种退化史观也有体现，如事物发展阶段由盛而衰，只是这个退化是循环的一个阶段而已。

绝对的退化史观或者说彻底的退化史观，往往从根本上是否定历史的，对未来采取虚无主义的、无作为的态度。就人类本性而言，这种彻底的退化史观往往会导向两个方向：一是走向神学世界，由世俗而神圣；二是走向循环史观，从新开始。这种退化史观也体现在文论史中。在历史上，退化史观并不鲜见，这是新一代革新者对待历史的态度，他们苦于找不到新的历史突破口，只能对过去大加挞伐，但是过去并不是铁板一块，最初的那个源头却被不断强调和复兴，现实之所以败坏如此，皆在于后代没有贯彻那一最初的方案。其实，所谓的最初方案并不存在，一切的退化论也总是指向现实和未来的。

五、中国文论的多元化叙述

这里的史观似乎同中国文学批评史的一般研究没有太大的关系，但是我认为其关系甚为重大。因为这直接涉及中国传统的现实命运问题，或者说中国文学批评史是否可以一以贯之的问题。如果仅仅划分为古代、现代、当代，而缺乏对历史总体发展的认识，仍然可以说是有缺憾的，因为现代较之古代有何突破和创新，当代又如何等，这些问题并非轻易可以打发。经验史观似乎不注重于价值上的判断，比较客观中立，而思辨史观、进化史观、循环史观、退化史观却对历史有着它们自己的价值判断。

其实任何史观，也无法回避古今问题。任何历史的发展都必须落实在主体性上，而主体性又是能动性的，它必须担负起应有的历史意识。在这里，历史的连续性和非连续性应该引起人们的重视。历史的连续性强调的历史自身的内在脉络，不因外在的各种因素而断绝，而历史的非连续并非否认历史连续性本身，而是强调后世对历史的重新体认的时候，注重对某些历史的强化。前者属于历史本身，后者属于历史的效应。因为，在保证历史连续性的同时，注重历史非连续性，必然扩大我们对历史的理解。而实际上，历史的连续性并非一途。今日中国文论史的描述中，无不追求这种连续性为宗旨，这种历史主义固然展现了历史运行的基本轨迹，但我们如何看待这一历史，却尚未引起注意。不能说每一时代都是完美无缺的，不能说我们整盘地认同历史。很多人都在历史深处找到自己的归宿，这就是历史的非连续性在当代的表现，而历史的非连续性的价值诉求的根本目的就是将历史当代化。

今日中国文论大致有以下几种不连续性的历史观。

第一是回到"五四"，回到整理国故，重新审视"五四"所开启的文论新思路，这个新思路当中最重要的就是科学与民主，倡导迥异于传统的新文化，但由于"五四"过于抑中扬西，而被视为反传统之渊薮，也遭到一些人的质疑。而实际上，"五四"所开创的科学不仅接续了乾嘉朴学传统，还积极吸收现代西方科学方法论，无疑对现代中国文学、中国文学批评史的研究有着重要的不可取代的意义。因此，回到"五四"就是对过分民族主义的反拨。

第二是回到晚清，回到近代，这是目前学界的又一思潮，由于还原论和历史主义的影响，使得"五四"先导的晚清被日益发掘出来，晚清近代研究在文学界水涨船高，也就是回到章太炎，回到王国维，回到鲁迅等，他们被视为是融贯中西的代表，尽管他们在西学方面有所欠缺，至少在中的方面，至少在视野方面，为后人所不及。而正是这两点，恰好与当代的国学研究密切相关，章太炎、王国维等无不被冠以国学大师，但他们又不止于国学，像王国维，在文学、哲学、历史学、文字学等方面所取得的成就，有一部分至今也无人可以超越。而今日的文论已经不知传统为何物了，还如何谈学贯中西呢？即便不是学贯中西，能够将传统做出新的阐释，也已经是难能可贵了。

第三是回到传统，回到先秦，也就是注重中国文论史一以贯之的文化精神，这是比回到晚清近代更为彻底的一种表现。进一步压缩西学的文化空间，标举文论的民族性、文化性乃至异质性大旗，强调中国文论的原汁原味，注重对中国传统诗学如儒家诗学、道家诗学等加以重新的发挥，也是目前倡导古代文论现代转换学者的努力方向。但是，当代人不可能完全进入古代，而总是带着自己的视角和立场，因而回到传统的根本目标也就是再造当代文论的新身份，当然，再造文论的新身份也并非回到传统一途。

第四是回到左翼，回到马克思主义，强调的是文学理论的政治主义传统和批判主义传统，在肃清和反思"文革"文论一体化之弊端之后，再来审视文论的政治主义和批判主义传统，无疑也有着积极的意义，因为在当代文论中，西方中心主义、后现代消费文化已经使文论政治批判功能日益衰微。政治批判功能强调是文论独立的价值判断的知识分子操守和"为生民立命"的传统文化精神。现代的知识分子人格和传统的士大夫精神并不冲突。在经历审美主义的政治批判主义之后，中国文论不应在唯审美主义的道路上一去不复返，因为政治批判总是有着新的现实的目标，而非抱残守缺。这一点恰恰是学科话语所无法涵盖的。

回到"五四"使我们意识到现代性的不彻底，回到晚清使我们意识到中西贯通的不彻底，回到传统使我们意识到我们的文化根基在不断丧失，回到左翼使我们意识到不能在拒绝政治之后成为它们的殉葬品。同时我们也应警惕的是，回到"五四"有可能陷入现代性悖论之中，回到晚清有可能陷入一厢情愿的历史想象之中，回到传统有可能陷入原教旨主义的民族情绪之中，回到左翼有可能陷入话语权的重新争夺之中。在回到与反思之际，历史非连续性的真正价值才得以呈现，它们不是在描述历史，而毋宁说它们构成了创造历史的一部分。

因此，今天在论述现代中国文论史的时候，多元的叙述才日益显示其意义。但是，多元并非没有冲突、没有矛盾，不容置疑，上述历史的非连续性就呈现张力结构，只是它们的意义又不是完全对立的，也不是绝对自足的。也正是在这种复杂多变的情况下，我们才能真正开启中国文论历史运行的多元化方向。

第六章　多元文化话语对
中国文论研究有何意义

通过以上对现代话语、西学话语、维新话语、传统话语的梳理，我们大致可以推论出多元文化话语对现代中国文论研究的一些启示了。当然，现代话语、西学话语、维新话语、传统话语本身并不是那种严格意义上的多元文化话语，如多元主义、多元文化主义等。固然后者有其理论价值，但并不能照搬用来研究现代中国文论。现代中国文论实际上并不存在成熟的多元主义文论。因此，这里的多元文化话语是从较为宽泛的角度来界定的，即只要某一话语本身蕴含着多元性、多样性、异质性的矛盾张力结构，进而将这种多元方法论贯穿始终，它就可以是多元话语。

多元话语并不否认一体性、整体性的话语，比如抗日统一战线等，它所要反对的是单一性、绝对性的话语，以及外部力量的直接干预。当社会同质化时，多元话语也就不复存在。现代中国文论存在状态整体上是多元的，但又表现出现代的整体性特征，即面对现代中国文学贡献了不同答案。多元话语的出现一方面是由经济不均衡导致的，比如发达地区与发展中地区、封建主义社会与资本主义社会等。另一方面是由其文化多样性构成的，比如同是发达地区，京派文论和海派文论不一样，或同是无产阶级，俄苏文论与左翼文论也不一样。现代中国文论多元性主要是由经济因素与文化因素两个方面导致的。就第一种情况而言，只有发展先后及角色问题，并非不能共存、承接。就第二种情况而言，更能体现多元的本质。就像左翼文论内部，根据不同个性、基础、前提，本然是多样性的，它不是颠覆了左翼文论，而是丰富了左翼文论。从整个20世纪而言，中国文论绝非是一种单一、绝对的话语，尽管它一再表现出这种冲动。现代中国文论也不可能是同质化、均质化、单一化的，因为现代中国社会文化过于复杂。

多元话语的另一层意思是，现代、西学、维新、传统多元话语共同构成了文论话语的多元结构，由此引发关于现代性、文化身份、创新体系等的讨论。多元话语结构就是透视话语的多元生成，而不是就文论谈文论。因此，本书涉及的不仅有文论，还有文学史、文学批评、文学观念、传播、政治、价值观等因素。多元文化话语与现代中国文论的研究，其根本的目的在于将多元视为方法论，开启现代中国文论研究的新论域，因此其意义也不容忽视。

第一节　厘定中国文论研究多元文化关系

所谓多元文化关系，指的不是单一的、单项的、绝对的关系，而是双向的、复杂的关系，围绕现代中国文论，其他相关文论、文化等与其构成多元文化关系。单纯地讨论现代中国文论话语并无太大意义。现代中国文论与其他相关文论、文化所构成的多元文化关系大体上可以分为主从关系、主客关系、平等关系三类。这对中国文论研究有积极的启示。

一、主从关系

主从关系也称整体与局部的关系。局部问题从属于整体问题，局部不具有独立性，是在整体的基础上存在的，所有的"从"（局部）共同构成了这个"主"（整体）。整体和局部并不在同一层级上，整体具有基础、前提的意味。因此，那种使局部服从局部的做法是不恰当的。

就现代中国文论而言，主从关系的表现为以下两个方面：一是现代中国同现代中国文论之间的关系。也就是说，现代中国是"主"，现代中国文论是"从"，现代中国文论离不开现代中国，而现代中国文论又折射着现代中国的复杂。二是世界文论（全球文论）和中国文论之间的关系。中国文论构成了世界文论，是世界文论的一支。假设没有欧美、日本、苏联文论，现代中国文论也无以开展。现代中国与现代中国文论之间的关系是共同属于现代中国这一论域，而现代中国文论与世界文论则共同属于现代文学理论这一领域，只是二者的参考点不同而已。就此而言，现代中国文论是现代文论与现代中国交错的产物。

在现代中国文论内部不存在主从关系。包括左翼文论、自由主义文论、消费主义文论等，都是各自有其相对独立的空间、规律、轨迹，不可生硬纳入同一体制，否则将有碍于文论的发展。它们可能因特定的情况而发生位移，但不会相互取代。左翼文论不是现代中国文论的唯一传统。

二、主客关系

与主从关系不同，主客是同一层级的，不是包括与被包括的关系。比较极端的主客关系也称为我敌关系、主仆关系、主奴关系。就现代中国文论而言，主客关系表现为以下三个方面：一是中国文论和西方文论的关系，二是古代文论与现代文论的关系，三是左翼文论与非左翼文论。

主客关系在文化上表现为中体西用、全盘西化、西体中用、古为今用等。主客关系是说在对待同一事物的时候，对它们的价值、作用和意义的看法不同。将西方文论视为主，就是将西方文论视为比中国文论更重要；将现代文论视为主，就是将现代文论视为比古代文论更重要；将左翼文论视为主，就是将左翼文论视为比非左翼文论更重要。

这种主客关系可以上升为主从关系，即从文论整体的视角入手，将世界文论作为整体，西方文论和中国文论都从属于这个领域：将中国文论视为整体，古代中国文论和现代中国文论都从属于这个领域。但是，在专业化的背景下和受制于民族国家以及意识形态的语境，整体的文论是很难得到开展的，于是主客关系中主的一方面占据更大的话语权。尽管如此，这种主客关系是通向整体文论的必要阶段。

三、平等关系

主从关系处理的主要是整体与局部的关系，二者不是平等、不平等的关系，而是包含、从属的关系。主客关系主要处理的是主体与客体的关系，也不是平等的关系。真正的平等关系是局部之间或者相互主体化、客体化的关系。这需要某种超越性的分析框架。比如朝鲜文论与日本文论的关系，我作为中国文论学者，就需要从平等关系来加以分析，而不是以朝鲜为主或者以日本为主，或者上升到一个抽象的东亚文论、世界文论的层面。

平等关系包含着二元关系，但并不意味着二元对立，比如东西方，其历史、文化都同样悠久灿烂。二元关系只是就其数量而言，有两种事物具有相似的作用和价值，但不意味着是相互对立的。平等关系处理的多是同一层级的问题，而不涉及主从关系。平等关系与主客关系不同，主客关系往往有将对方他者化、主体化的倾向，而平等关系则一视同仁，注重每一元固有的价值，倡导多元之间的平等沟通和对话。

在现代中国文论当中，可以将很多问题概括为主从、主客、平等的三大关系。讨论最多的中西文论问题主要属于主客关系。而中国文论与世界文论的问题则属于主从关系，中国文论不能逾越其他文论而成为世界文论，西方文论也同样不能。就目前而言，世界文论问题仍然没有得到解决，很多时候中国文论纠缠于中西、古今的主客关系中，而无法上升到主从关系中，即谋求世界文论体系下中西文论的平等关系。

传统与现代的讨论也主要属于主客关系。传统与现代，主要问题是如何解决传统和现代的关系问题。新文化运动确立了以现代为方向的道路，同时也开启了马克思主义在中国的历程。现代性、马克思主义成为主客关系中主的一方面。主客关系的另一表现就是资本主义与社会主义，主要是意识形态冲突问题。这一冲突往往表现为敌我矛盾，权力的斗争是主要方式。这个问题始于新文化运动，可上溯至法国巴黎公社革命。这一问题随着1949年中华人民共和国的成立而得到解决。

由此可知，多元文化话语中的主客关系讨论最多，其根本原因在于中国现代这一巨大的现实存在，使西方、传统在现代面前都丧失了其主动性，也正是在此意义上，中西之争、古今之争都是现代中国内部不同文化立场之争，更多地局限于现代中国内部，而那种超越于现代中国的、注重整体性的、平等性的主从关系与平等关系则相对较少地被讨论，真正的世界文论以及多元文论对话、建设也仍然偏少。

在本书中，我有意识地从主从关系、平等关系方面来讨论问题，并不特别在意现代中国文论自身特性，而是强调现代中国文论作为从、作为客、作为平等关系中一员的方面，更加平和、宽容。当然，放置在这一位置的还包括西方文论。通过对主从、平等关系的考察，将会进一步拓展现代中国文论在纠缠不清的主客关系上有积极的作为，同时能够与文论的单一化、绝对化倾向保持必要的距离，确立中国文论自主性空间。

第二节 开启中国文论研究的多元文化视野

多元文化也是一种视野，它使我们能够超越单一、绝对的视野，从而看到更为复杂、多样的方面。多元文化的眼光要灵活、宽广，不可固守一隅、故步自封。

一、反思西方中心主义

现代中国文论既得利于西方中心主义（其实质是欧洲中心主义），也受到西方中心主义的危害。反思西方中心主义就是立足中国本土现实与经验的文论知识生产。就今日世界而言，西方中心主义仍然是根深蒂固。

一方面，多元文化的兴起对西方中心主义构成一种质疑和挑战，因为西方并不完全认可多元文化的价值，西方文化的基本盘仍然是西方中心主义的，对于多元文化和非西方，西方仅仅将它们视为边缘、陪衬、摆设、点缀，多元文化并没有在西方国家内部获得足够多的应有的权利。多元文化对西方中心主义的挑战具有历史的合理性，像族群文化、女性文化、亚文化、同性恋文化等，这些都在争取自己的权利。其他非西方的文论也自然不甘于仰仗西方鼻息生活。

另一方面，多元文化也有可能受制于某些因素而与西方中心主义媾和，成为西方中心主义的内在需要。西方总是倡导自由民主，总是鼓吹自由民主的普遍性和绝对性，从客观上而言，弱者、少数、边缘群体的文化诉求也同时被激发起来了。但是，西方的文化民主的基本前提是西方、资本主义、基督教、白人、英语中心主义。他们或许不占人数的主流，但却掌控着意识形态（价值观）机制，使很多人认同这样的机制，从而从根基上削弱多元文化。

参与文化民主的多元文化或者被改造成顺应主流文化的、可以被主流文化所认可的模式，不构成对主流文化的挑战，作为附件、附属而存在，陪衬西方文化的优越感，呈现了西方文化的自由和开放，或者认同主流文化的模式，从而消失了自己本来的特色。基于真正的文化民主，西方不会走向文化专制主义与种族主义，[①] 但会压制多元文化做大。尽管在少数服从多数的政治制度框架下，多元文化不可能一夜之间取代中心文化，但是多元文化的蓬勃发展必然会使民主的主体发生变化，从少数转变为多数也未始没有可能。西方无法在这一状况面前安枕无忧。当然，多元文化也不应因此而乐观起来，虽然人口有着重要的意义，但它不是决定性的意义。迅猛发展的多元文化考验着民族国家，考验着国家的开放水平、包容程度以及执政智慧。可以说，即便随着国际人员的交往、少数族群人口的增长，多元文化的文化民主化诉求究竟能走多远还是值得追问的。

二、多元文化的人类视野

多元文化不应成为兜售某种小集团文化的借口，也不能成为文化保守主义、文化复古主义、文化原教旨主义的殉葬品。多元文化不应只将自己的视野

---

① 德国纳粹的种族主义也是通过文化民主而获得合法性的，但是这种文化民主是以褫夺少数族群的权利为前提的，其文化民主本身就是种族主义，与真正的文化民主不可同日而语。

放在自身，在保证自己权益的同时又不顾其他方面而一味扩大自己的利益，而应放在多元文化之上那一更大的人类文化空间。因为，像西方文化成为世界性的、普遍的、中心的文化，其主要原因在于政治、经济、军事、科技、宗教等的力量。多元文化不能对此视而不见。多元文化所应努力的方向不是简单数量上多个，而是强调为更多数的人所接受，是基于内涵的，它不是故步自封，成为关起门来的顾影自怜。就像中国文化，它虽然人口多，但却并不意味着一定具有很强的世界性。而像韩国文化，虽然人口几千万，但却在世界上有其地位。

　　一种文化被接受，主要是基于一种综合性的力量。文化既有数量，也有质量。二者不可分割，如果一种文化具有亘古长青的魅力，但却只有少数人受益，那将是难以想象的。即便像中国文化这样在世界文化格局中不占主流的文化，仍然在当代惠及10数亿的人。文化的数量很容易看到，但文化的质量却不容易发现。这里所说的文化的质量指的是经历时间考验的人类精神财富，可以被不断传承、发扬的文化精神。有些文化可以被广大人所接受，但不会积淀为精神，更不会被后代所承续。比如今日的欧美文化、麦当劳文化、大片文化、时尚文化正铺天盖地地涌来，但这绝不意味着这些文化就永葆生命力。

　　一种文化只有经历了历史的汰变才能成为人类文化的一员。西方文化如此，多元文化也如此。多元文化所争取的权利不应仅仅局限于自身，而是要为整体人类的福祉提供自己的方案和选择，尽管这样的诉求可能是多元文化所不能承受之重。因为很多多元文化不仅仍被忽略、贬低，甚至在不断地消失，所以让它们成为人类文化方案，显然过重了。其实，某一文化成为人类文化方案选择之一并不是让所有文化都成为太阳，即便是一颗星星，也同样有自己的价值。这就在于它丰富了这个世界，以它的微弱不息证明了人类的价值。太阳的光辉即便再亮，也无法否定星星的价值。西方文化、东方文化本就是多元文化中的一支，只是发挥着更重要的作用而已，在这一点上，世界上各大文化和其他多元文化、边缘文化并不是对立的关系，而是互补的关系。

　　随着后殖民与全球化的到来，西方文化独霸全球的时代即将走向终结。这个走向终结并不意味人类末世的来临，也不意味西方人从此堕入地狱，而是意味着全球文化将不再单一，而呈现出多姿多彩的样态。

　　然而，西方文化在全球的扩张似乎还看不到国际多元文化的发展。这就是多元文化的现实困境，未来是光明的，道路是曲折的：目前，最大的留学输入地是欧美，互联网上英文的网页在全部语言网页中具有绝对性的优势，世界学术的评价标准在欧美，世界文化艺术的评价标准也在欧美，以致倡导多元文化的联合国教科文组织仍然步履维艰，更遑论其他更弱小的文化群体了。在此背景下，多元文化话语的拓展和研究仍然任重而道远。

三、知识话语权与霸权问题

多元话语视野还需要处理知识话语权（Discourse power）与霸权（或领导权，Hegemony）问题。现代中国文论的根本任务就是争取对中国文学的领导权与解释权。也就是说，谁能真正有效解释中国文学，促进中国文学与中国社会文化的发展。因此，多元话语并非就是相安无事的。作为纯粹的知识形态，它可以是自洽的，但是作为立足于现代中国的知识话语，它又是实践形态的，需要扩展自己的话语解释权。

这里需要区分的问题是，知识话语权和霸权问题。霸权或领导权具有某种强制性，比如拥有更过的话语平台、资源、基础等。而话语权则不具有这种强制性，而是就其解释的有效性、合理性而言。在现代中国文论中，左翼文论与自由主义文论都有自己的话语权，都可以解释文学，双方辩论的核心是领导权。在各自可解释的限度内，它们的话语权都是必要的。比如自由主义有其话语权，也能表达自己的声音，也能解释一定的文学，其存在也就是合理的。可问题在于，领导权是扩张结构，它不仅具有解释性，还具有引导性。左翼争取领导权就是占领阵地，引领文学发展方向，促进社会运动。这是领导权的谜底。

现代中国文论的基本经验就是政治性的领导权争夺掩盖了学术性、思想性的话语权建设，或者以领导权代替话语权。话语权建设是自主性的建设，是立足于文论、文学现实的，是自洽的，而不是依靠其他力量的。其实，自由主义文论并没有拥抱政府，而只是一种自发的话语权建设，只是很多文学超出了它的解释范围。而左翼的文论话语却是服务于革命与社会运动的，它不允许有杂音乃至反对声音，这其实是将政治凌驾于知识之上，从学理性角度而言是不利于知识界自主生产的。

多元文化视野的开启注重话语权建设，注重话语的自洽性、自律性，能够切实有效解释文学，而不是成为某种政治观点、路线的注释和说明。对于知识霸权，如果能够给予其他文论话语以生存空间，有利于社会进步，也并无不可。主流文论自然有着更大的话语权、领导权乃至霸权，但不能因此遏制其他文论的存在。当代中国文论强调的一体多元，实际上就是将领导权和话语权结合起来。领导权是马克思主义文论，其他文论则各有自己的话语权。这对文论发展亦是必要的。但是，如果上升到全球文论，这种一体多元就没有可能了，中国文论最为紧迫的当下任务是建设中国文论面对世界文论的话语权，而非领导权。全球文论并没有领导权的问题，而只有话语权的问题。这与其说是领导权，毋宁说是一种平等、对话的共识结构。

第三节　确立中国文论研究的多元文化态度

多元文化话语研究强调多元文化态度，以并存、共处、贯通把握现代文论的发展轨迹与发展方向。

一、并存：主流与非主流

现代中国文论的出现离不开多元文化，其中最重要的是东西方二元文化观念的形成和确立。从多元文论的第一个层次而言，中国文论曾一度作为主流文论而存在，而西方文论则是非主流，但在经过历史转换之后，西方文论又成为主流，中国文论则成为非主流。但是中西文论之称仍不能表现文论的多元复杂性，如中国文论当中的主流和非主流却没有得到彰显。其实像戏曲、小说等都是非主流的，还有道家的一些文论也都是非主流的。但进入中国的西方文论也并非都是小说理论和戏曲理论，尽管以它们为主。因此，这里与其使用中西的比较视野其实并不很奏效，毋宁使用主流的诗文理论和非主流的小说戏曲理论为好。主流有主流的价值，非主流也有非主流的价值，使用中西往往大而化之。

在古代中国，文论形态是以儒家诗学为基础，其间也掺有某些非主流因素，如宋明理学家文论、禅宗文论、少数民族文论等，就宽泛而言，这种文论形态也可以称为多元化的。事实上，一种整体、绝对、单一的文论形态并不存在。就整个古代中国文论而言，它的历史变迁、思想流派、观念构成等都是复杂多变的。从多元文化话语的角度来考察古代中国文论，也是一项有意义的课题。古代中国文论自身包含着主流与非主流，也为它向现代文论过渡提供了资源和条件。当自足的、独立的古代中国文论在近代遭遇强劲的西方文化思潮冲击的时候，其主流地位受到质疑，问题不在于它内部的主流的变迁，而在于它对西方文论而言是否具有主流的地位。然而，这个古代中国文论并不是铁板一块，其内部的非主流一方率先在新的历史时期获得了认可，并与西方文论构成联盟，获得了主流文论的地位。获得主流文论的地位的不能简单地说是西方文论，而只能说是小说理论。因此，这里不是特别在意使用中国与西方、传统与现代这些大词，而是立足文论的具体情况，细致考察中国文论的多元化状态。

其实，主流与非主流的并存是文化的本然状态，不是你吃掉我、我吃掉你的问题。中国文化并不意味着燕赵、巴蜀文化就没有存在必要了。更不要说在古代，中国文论与西方文论二水分流，是主流与主流，更是并存了。而中国也非常注重并存态度，正所谓"道并行而不相悖"。

二、共处：多元格局

多元文化提示我们，在面对主流文化的时候，边缘的、非主流的文化应自觉地认识到自己的位置和价值，并为获得自己平等的地位而进行不懈努力。

在现代中国文论论域中，主流文论就不是一成不变的。在新文化运动之前，主流的文论是传统的以儒家经学为主导的文论，其代表是桐城派、《文选》派等；而非主流的文论是资产阶级所提倡的新文论，如梁启超、王国维的文论等。在新文化运动之后，带有资产阶级倾向（现代倾向）的文论逐渐成为主流，比如英美、德国文论等，到了 20 世纪 30 年代以后特别是毛泽东的《讲话》发表以后，马克思主义文论逐渐成为主流文论。主流与非主流就是一个多元文化的命题。主流与非主流这一区分并不能用现代与传统来化约。因为，即便传统文论也具有现代性的内容，而新的主流都有形成传统的可能。使用主流与非主流则强调其本身所具有的力量，而不绝对地将其视为落伍的。

在一个主流文论相对稳定、强势的情况下，非主流文论有两种存在方式：一是作为有效的补充，得到相应的尊重，这是多元文化的本意，边缘既承认主流的地位，主流又认可边缘的存在合法性；二就是被主流文论视为异端。

在这里特别要注意文论主体性的问题。文论主体性并不是抽象的，它总是同文论家的角色身份、社会地位、思想意识等密不可分。所谓主流文论的崩溃不是主流文论知识体系的崩溃，而在于主流文论的载体人文论家不再产生新的知识，也不再具有举足轻重的作用，从而退出历史的舞台。作为知识，主流文论永远都是不可磨灭的，只是再也发挥不了其原有的作用而已。

在主流与非主流之外，还有一种多元文化状态，这是比较接近多元文化本义的。从多元文化话语着眼，没有绝对化的主流，而总是呈现一种多极化、多元化的状态，或者成为多元化格局。放在现代中国文论领域，是否存在一种没有主流的多元文论呢？它们各自都有着较强的力量，双方或者多方都无法压制对方？一般而言，在现代中国文论中并不存在这样的多元文论。不过，我认为还是有一种情况是应该引起重视的，就是文论自身的多元化，即西方文论、古代文论和文学概论，这三方内容迥异（当然也可以简化为中国和西方），而且谁也无法包容对方。它们不是相互取代的关系，而是共存的关系。

如果说主流与非主流是从历史的角度着眼的话，那么文论自身的多元格局则是从知识空间着眼的。尽管在多元格局中，有一方可能会暂时受到忽略，但各方都不会消失。当然，我们也应该意识到这样一种情况，即主导多元格局的各方的思想意识究竟是什么？比如，在一段时期，马克思主义是基本的方法论和思想立场，但并不意味着其他文论各方都绝对地贯彻这一点，毕竟在内容、对象上有其特殊性，比如道家文论等。我认为这种具体特殊性恰恰是多元文论格局存在的基本依据，也正是因其个性，文论才充满了魅力。

三、贯通：知识体系

在主流与非主流、多元格局的基础上，还有一种多元文论是需要特别引起注意的，这就是综合吸收各方所长，立足文学文化实践，进而创立一种崭新的文论形态或者文论共识体系。这种多元文化观同时吸收主流与非主流及多元格局中各方所长，不是仅仅立足于某一方。比如悲剧观念，如果执着于西方固有的观念，固然会认为中国没有悲剧，但是考虑到真正的悲剧观念应该考察不同文化的悲剧经验，从而上升到新的悲剧理论。那么，知识的贯通就尤为必要了。

在现代中国，知识贯通往往得不到重视。一般情况就是用西方来解释中国，中国是用来佐证西方理论的。以西释中固然是现代方法论，但并不是最完美的。那种操持西方理论解释中国问题往往带来问题。从政治上而言，左倾就是偏重城市，而忽略了乡村。因为俄罗斯的国情与中国的国情不同，俄国革命的成功并不能照搬到中国。从文化上而言，全盘西化也不适合中国。贯通既需要看到西方理论的有效性，又需要看到中国问题的复杂性，由此才能产生新的理论。这种理论就是贯通式的知识。中国现代文学也不是西方文论所能解释了的，比如农村问题就是西方现代文论所较少触及的。西方现代文论只有有关知识分子、工人的方面，而农民这方面就比较欠缺。对中国这样的以农立国的国家，现代文论如果不触及农村、农民、农业、土地问题，几乎不可能是完整的现代文论。

主流与非主流、多元文论格局与文论共识体系对应着不同的多元文化态度，第一层注重的是并存，第二层注重的是共处，第三层注重的是贯通。我认为并存、共处、贯通是真正的多元文化态度。所谓并存就是各方都有存在的合法性和可能性。所谓共处就是不但各方都是并存的，而且它们之间的关系也是相互认可的，而不是相互取代。所谓贯通，不仅指并存、共处的，还指对它们的综合提炼吸收，共同面对新问题。它们也就成为多元文化话语与现代中国文论的三个重要的主题。并存有主次之分，甚至也有取代的可能；共处没有主次之分，但没有取代的可能；贯通则超越主次、取代，而成为一种新的理论形态，它激发了理论的原创性。一线单传不可能产生优秀的理论成果，没有异质文化的补充，新的文化也就无法灿烂辉煌。

第四节　拓展中国文论研究的多元文化方法论

一、反思二元对立

尽管本书使用多元，但不意味着抛弃二元，而是对其加以审慎的反思。实际上，至今为止，二元论仍根深蒂固地左右着人们的思想。人们喜欢用中—西、古—今、现代—传统等来概括中国现代的文化变迁和争论，从大致上而言是没有什么问题，相当一部分的研究仍然使用这样的话语。① 从客观上来说，这抓了主要问题或者说核心问题，但细致分析起来则有些不周全。

其实，西和古的问题都是不存在的，因为缺乏主体，西方人和古人不可能以真实的个体参与中国现代进程。问题只有中和今，也就是说中国现代人的问题。一方面在于，中国现代人如何处理外来资源、传统资源与当下问题才是中国现代的核心问题。另一方面在于，用中西古今只能是初步概括，而不是最终概括。因为传统资源未必就是单一的，西方资源也是多样的，中国现实的变化更是纷繁复杂。而更危险的则在于这种明显的二元对立思维模式，缺乏对具体问题的考察。如果这种二元对立思维缺乏了多元思维的补充就很可能走向极端。二元思维并没有错误，关键是要对二元做出恰如其分的评价和选择。

在当前的语境中，多元化的实质就是一元化与多元化的关系，多元化也只是一元化内部的多元。如何紧紧抓住一元化与多元化的关系是理解多元文化话语重要依据。我不主张将多元化作很宽泛的理解，彻底的多元主义必然走向个人主义，甚至个人自身也将瓦解。所以，多元必须有自己的限度。这个限度之一就是重新考察二元的关系。

反思二元对立的关系，但并不意味着直接放弃了二元关系。对此有学者已

---

① 如甘阳著：《古今中西之争》，北京：三联书店，2006 年版。

经提出"二元对等"的观念，①　或者如庞朴提出的"一分为三"。②　房龙、亨廷顿等人曾提出世界文明的若干格局，不过究其实质而言，也还是东方和西方两大文明。尽管东方和西方内部都有巨大的差异，但这种二元划分仍基于一定的事实关系。具有势均力敌的真正的多元化实际上尚不具备。尤其是在文化领域，从文化政治学的角度而言，自我和他者（区分敌友）的模式决定了二元划分的根深蒂固。

反思二元对立最好的体现就是统一战线和圆桌对话模式。统一战线就是强调每一种力量都可以为整体做出贡献，将左、中、右等不同立场的阵营团结起来，服务于抗战、建国等。而圆桌对话则不设某种两元结构，而是任何一个人都可能发挥其作用，且依靠对话的、平等的、和平的方式进行。如果现代中国文论采取统一战线和圆桌对话的模式，其发展也就更为顺畅。

二、彰显文化差异

真正的多元化如果实现的话那只能是一种世界主义，即超越民族国家的构想。在今天民族国家如林的世界里，这种构想的意义是非同一般的，但现实的制约因素有很多。在文化霸权面前，文化共识迟迟未能建立。文化共识意味着有一个共同遵守的文化秩序，而不是被某一文化所主导。被西方文化所主导的世界文化秩序，其他非西方文化或者是点缀，或者是研究对象，而不具有和他们对话的关系。多元文化话语研究的宗旨是追求一种文化之间平等对话的关系，其必要途径是对那种非对话关系（如同质化、展览化、他者化等）的揭示和批判。在此意义上，二元关系仍然具有其现实意义，比如团结东方世界，加强东方世界的联系和沟通，进而以整体的力量向西方文化世界传达自己的文化价值诉求。

二元关系有其现实意义，但也有其局限。使用多元文化话语是检讨二元文化世界观的历史经验和教训，同时也为全球文化的发展提供一种思路。从客观上而言，东西方二元文化世界观的出现有其历史的依据。中国作为一个巨大的文化世界，无可置疑地它不可能是边缘的文化（尽管被边缘化了），虽然它不是最大的中心，但的确是中心之一。今天使用东西方、中西这样的概念仍然是具有一定的意义的，就是中国文化依然要对自己的文化充满信心。但仅有这些也是不够的，还只漂浮在表层而已。多元文化话语就是在反思二元对立之后，

---

①　吴炫著：《穿越中国当代思想》，南京：江苏教育出版社，2007 年版。
②　根据"一分为三"理论，中西问题就必须有一个中介因素，比如翻译、语境等，而非直接的中西关系。

进入文化世界观的内层。

多元文化话语分析充分考虑到中国的复杂性和世界的复杂性。人们往往是专用东西方、中西方这样整体性的词，而东方和西方本身都是多种多样的，它们的差异未必就比它们的一致少。

文化差异、文化多样是与文化多元密不可分的。就东方而言，较大的文化就有日本、印度、伊斯兰、非洲、拉美，不过非洲和拉美一般又被称为南方。就中国而言，除了汉族文化外，还有各个少数民族的文化，各地域文化，以及由于经济发展不平衡导致的沿海、内陆、都市、农村文化等。就西方而言，主导是欧美文化，具体说就是美国文化，但仍然有俄罗斯、法国、德国等重要的文化世界的存在。因此，任何一种文化世界都不是铁板一块的，而是充满着复杂性、变动性和多样性。

三、厘定主题话语

探讨多元文化话语，其前提首先是要找到涵括多元文化话语的主题话语是什么，也就是多元文化话语是对谁而言的，其所存身的基本语境、场域是什么。没有这个前提，多元文化话语研究就会走入歧途，而呈现一种漫无边际的局面。

就多元文化话语与现代中国文论而言，这个基本的基本语境就是现代中国文论，也就是说多元文化话语是以现代中国文论为核心的。这一点可以视为一元。其次是要找到在这一基本语境下的多种文化话语，它们同主导文化的关系如何，它们之间的关系如何。相对前者的一元，这一点可以视为多元。

这些所谓的多元话语可以分为三种：一是二级话语。二级文化话语的从属于主题话语，只是层级的不同。二是主导话语，在二级话语格局中具有重要的支配性地位。三是边缘话语。边缘话语并不是就层级而言，虽然在层级上它们可以成为二级话语，所谓边缘话语指的是那些对主题话语影响较弱的话语类型，甚至有些还不属于二级话语，比如反主题话语。不过，边缘话语只是一个静态的表述，而不是对动态的考察。边缘话语也有成为主导话语的可能，也就是在二级话语格局中占据核心地位。多元文化话语研究充分考虑到上述多元文化话语之间的复杂关系，力图通过具体的分析来解释它们之间的紧张、对话等关系。

多元文化是经历了一元文化、二元文化而达到的多元文化，而这个多元文化也不是终结，而是走向新的一元文化，这个最终的一元文化来自多元文化的融合和发展。这个最终的一元文化大致可以称为共识性或者共同体意识，不仅包括人类文化的共识性，也包括现代中国文论的共识性，还有世界文论的共识性。

第五节 推进中国文论研究的共同体意识提升

多元文化话语对于发现现代中国文论话语自身的复杂性是有帮助的，但这并不意味着现代中国文论话语是一盘散沙的，而是通过多元文化话语的分析试图勾勒现代中国文论共同体的某种潜能。现代中国文论是在现代、西学、维新、传统多元话语的反复实践中出现、发展并走向成熟的。话语之间特别是中西古今话语之间不是谁吃掉谁的问题。

至少在19—21世纪这三百年，西学具有不可忽视的重要作用。大力引进西方文论对于现代中国文论的形成具有不可忽视的重要作用。这就是中国文化的开放性、中国学术的开放性。现代中国文论不是西方文论的翻版和模仿，因为西学只是现代文论的一个方面，如果将西学普遍主义扩大化、绝对化，也就没有必要再讨论中国文论了。面对西学文论，要反对的是两种不良倾向：一种是全盘西化，另一种是保守主义。引进西学文论是给中国文论的发展提供更多的素材、养料，但并不意味着取代中国文论。在现代中国，西学文论的引进不是数量的问题，而是本质的文论，或者价值观的问题，即西方的审美观、文学观、价值观深刻地影响了中国。这对中国固有的审美观、文学观、价值观是一个巨大的冲击，这非但没有给中国文论提供更好的发展空间，反而造成了中国文论的长久断裂。中国传统文化长达百年没有获得正面的、积极的、客观的、公允的评价和对待。西学的独大必然意味着传统的式微。但是西学的独大乃是因为西学自身所依靠的文化、制度、军事、经济等力量的独大，并非单一的学术因素。中国学术思想急需一个现代转型，这种撕扯纠缠是其他国家所没有的。其最大的代价就是传统的式微与身份的缺失以及中国文论原创性程度的降低。这导致了现代中国文论自身处于一种过渡性阶段。人们不能苛求历史，但必须从历史中发现经验。就是说，在多元、现代、西学、维新、传统多元话语中实现某种动态的平衡。这种动态的平衡就是文论的共同体意识。

一、文论共同体

什么是文论的共同体意识？它与多元文化话语有何关系呢？文论的共同体意识分为两个层次：一是文论自身的共同体意识，二是在文论共同体意识之上的文学共同体意识、文化共同体意识。在现代学科分化的背景下，文论的专业化明显，文论的细化也更为严重。这必然导致了文论共同体意识的欠缺。这种欠缺在今天尤其严峻。

实际上，现代文论之初已经表现出这种迹象。比如中国古代文论的学科化是得力于西学力量，是借助现代学科体制完成了知识转型，但不期然丧失了对现实文学的影响力。尽管中国文论与西方文论建立起密切的价值观联系，但这种建立又是以西学为核心的，将文学的纯粹化概念加诸中国古代文学身上，这必然导致了中国古代文论的学科问题。再如西方文论，大范围引进中国，产生了积极的现实作用，西方文论就是中国现代文学的指导思想，但却以牺牲古代文学理论价值为代价。这又是一重断裂。这使现代中国文论在多元性上体现充分，在共同体意识上体现不充分。西方文论的价值高高在上，传统文论的价值节节败退，如何形成文论的共同体意识呢？显然很困难。

这说明没有更好的文论自觉性，是很难形成共同体意识的。其实在西方，并没有中国这样反传统，近代以来柏拉图、亚里士多德的论著依然是重点，古希腊构成了西方学术的最主要的源泉。相反地，中国却将儒家传统连根斩断，这无疑是重大的文化失误。文论共同体意识的形成就在于找到西方文论、中国文论的联结处，而非谁取代谁。古代文论完成话语转型，西方文论尊重古代文论长期以来形成的价值传统，这就是共同体的初级状态。实际上周作人讨论的"人的文学"，中国古代文学和文论中何尝没有呢？不能言必称西方，而忽视了中国自身固有的价值。不能将其与封建主义等意识形态的因素联系在一起就全盘打倒，这不是理性的态度。

二、文学共同体

文论共同体意识的确立需要西学文论与现代文论达成某种和解，即西方文论要适应中国，中国文论要适应现代，二者都不可能原汁原味地存在于现代中国。全盘西方文论化和全盘清除中国文论传统都是错误的。这个现代中国是什么呢？就是文学的现代中国、文化的现代中国，是高于文论共同体意识的文学共同体意识、文化共同体意识。

文论有其相对的独立性，但文论归根到底是总结文学经验、发现文学规律、提炼文学价值、促进文学发展、参与社会文化进程的。它的独立性是相对的，而不是绝对的。文论的繁荣未必就意味着文学的繁荣。比如刘勰的《文心雕龙》是中国古代文论的高峰，但齐梁的文学却不是中国古代文学的高峰。同样地，文学的繁荣也并不意味着文论的繁荣，比如盛唐文学就没有与之匹配的文论成果。二者并不是绝对一致的关系。但是尽管如此，文论始终将文学作为自己的主要对象，这是千古不易的。那么，到了现代中国，文论难道不是要系统总结中国文学经验吗？层出不穷的《中国文学史》就是体现，但是我们对此没有做出系统的梳理。或者这些著作因拷贝西方观念而未能发现中国文学经验的独特之处。促进中国现代文学的发展，西方文论近水楼台先得月，因为西方文论就是与西方文学一致的，而西方文学又被大规模引入中国来，比如小说就是如此。但是中国古代文论却地位尴尬，文言文论的局限使其很难产生实际的影响，但是文论又不是语言，这一点中国文论步履蹒跚，未能发现语言之后的审美、价值、精神的影响力，丧失了介入文学共同体、文化共同体的机会。因此，对中国文学经验的梳理、对中国新文学可能性的探讨是现代中国文论的主要共同体意识。文论应该投身于此。其实中国文学批评史、中国文学史的写作就是如此，虽然它们不是典型的现代文论，但却属于现代中国的文学共同体。只是中国文学经验的主体性未被重视，出现了以西释中的阐释模式，过滤了中国文学经验的精微之处。

文学共同体意识的薄弱还在于参与文学的功利化，受制于特定的功利性、利益性，忽视了文学本身的美学建设，没能兼顾社会性与艺术性。总的来说，兼顾现代性与中国性、艺术性与社会性对文学共同体意识的形成是至关重要的。

三、文化共同体

在文学共同体意识之上是文化共同体意识。现代中国文论益于文学，进而益于文化，特别是对现代中国文化精神的确立尤为不可或缺。现代中国文化精神是什么精神呢？我认为最重要的就是理性意识与人文意识。这是文化的逻辑，与政治、经济、军事的逻辑不同。理性意识就是我们对待外来文化、古代文化的正确态度，是科学的、理性的、冷静的、反思的、自我超越的，而非迷信的、狂热的、霸权的、单向的、自我满足的。很多时候人们更多地倾向于后者，而非前者，这是理性的惰性、异化。文学理论难道不需要对西方、传统、现实做出细致的分析吗？这种理性意识可能在历史上的一段时间遭遇挫折，但却是最根本的。理性意识不是西方的特权，在中国古代就有很悠久的理性传统。"实事求是"就是如此。① 什么时候我们做到了理性意识，文论的发展就

---

① 如《汉书·河间献王刘德传》："修学好古，实事求是。"还如《孟子·尽心章句下》："尽信书，则不如无书。"

是可以期待的。除了理性意识以外，还有一个是人文意识。人文意识就是发现人的生命、人的价值、人的尊严、人的潜力与复杂性。人文意识就是尊重人、发展人。文学是人学，文论是人文学，强调人的价值应该是文论的核心信念。但是，现代中国人的意识却总是被长官意识、师长意识、权力意识、礼教意识所束缚，而无法彰显人的自由、个性及其魅力。人的衰弱、颓败必然意味着文学的反弹。比如明代盛行程朱理学，礼教横行，禁欲主义成为主流，就出现了《金瓶梅》这样的作品，这是明代衰弱、颓败的社会风气的必然产物。当然，我们也能听到李贽的《童心说》的呐喊。这些都说明，对人的压抑必然引起人的反弹。《金瓶梅》彰显了人的动物性，有力地反抗了礼教的虚妄，但它太过了。李贽彰显了童心，但他又太抽象、太乌托邦了。这多种因素的合力促进了明末性灵文学的出现，在一定程度上体现了文学的人文意识。因此，人文意识并非一味的鲜亮、光辉，它要表现出对人多重需要的尊重与满足，对人性的复杂性、反复性有高超的理解和分析。人文意识的深刻、浓厚使文化更加精微、精妙、深邃并充满魅力。如果说理性意识能够使我们鞭辟入里，那么人文意识则能够使我们细致入微。理性意识使我们高瞻远瞩，人文意识则使我们一往情深。秉有理性意识、人文意识的文论对于中国文化、文学的发展而言是极为重要的。

进而，在更高层次上是世界性的、人类性、全球性的文学共同体意识、文化共同体意识。当然，并不意味着现代中国文论从一开始就要形成这种世界性、人类性、全球性，这并不必要，也不可能。当孔子确立儒学的时候，也不具有任何世界性的自觉。但是，我认为只要保持了理性的自觉、人文的自觉，就必然是世界性、人类性、全球性的。人类共同体意识的出现是价值观意义上的，不是空洞的世界性所能包括的。如果现代中国文论、文学、文化能够以理性的自觉、人文的自觉参与到现代中国社会文化文学的实践中，那么它必然包含了世界性、人类性、全球性的内涵。当然，今天如果能够在关注现代中国的同时去关注世界性、人类性、全球性的问题，那更好不过了。但是无论范围如何，其基本的价值观是一致的。否则，像女权主义那样以西方高高在上的态度来为第三世界女性发布命令，也同样不可能是世界性、人类性、全球性的。因为这缺乏了理性的自觉与人文的自觉。中国强调的"施诸己而不愿，亦勿施于人"就体现出这种内涵。世界性、人类性、全球性因自身之价值而扩充之，而非扩充之之谓也。

现代中国文论的多元文化话语经验并没有使现代中国文论走向离散，而是要在这种多元话语的纠缠、撕扯、碰撞中砥砺出新的共同体意识。这种立足于对话、交往、融合的多元意识使我们能够走向一种新的境界，这就是文论共同体、文学共同体、文化共同体以及世界性、人类性、全球性高度。这是中国传统文化精神所彰显的"和而不同"理念的体现。西学、维新、传统就是"不同"，而共同体就是"和"。"和而不同"既保证了各自的优势，又保证了整体的意识，而不是相互内耗、倾轧。共同体意识是多元文化话语追求的更高的境界，是多元文化话语的自我超越。

多元文化话语与现代中国文论之研究，是通过多元文化话语这一新的理论视角来审视现代中国文论与多元文化话语的关系，是一种立足现实的历史性与反思性的研究，其宗旨就是通过考察现代中国文论发展的多元文化关联，为当代西方文论的中国化、中国文论的文化创新与现代化提供一定的参考。

对于多元文化话语与现代中国文论的研究，需要遵循多元文化主义所树立的开放精神与自由包容意识，"要求我们所有人具有对差异的接受能力、对变革的开放心态、追求平等的激情和在其他人的生疏感面前承认熟悉的自我的能力"。① 开放、平等、自由、自信、自主成为多元文化的基本精神。因此，无论是面对外来文化，还是面对本国古代文化，都不应丧失当代文化主体性地位，一味接受或者拥抱，而是承认当下（现当代）文化创造的独特性价值，立足于现代中国社会文化的整体发展与创新，以平等、对话、理性的姿态进入知识共享、体系创造与共同体营建之中，而非在他者（西方与世界）、过去（古代）、现实（中国文化现代化）面前丧失自我。

在此，植根于多元文化精神，中国文论将开启新的未来。

---

① ［英］沃特森著：《多元文化主义》，叶兴艺译，长春：吉林人民出版社，2005 年版，第 119 页。

参考文献

A

[1] 阿英编：《晚清文学丛钞·小说戏剧研究卷》，北京：中华书局，1960 年版。

[2] 阿英著：《晚清小说史》，北京：人民文学出版社，1980 年版。

[3] 艾晓明著：《中国左翼文学思潮探源》，北京：北京大学出版社，2007 年版。

[4] 安平秋、[美] 安乐哲编：《北美汉学家辞典》，北京：人民文学出版社，2001 年版。

[5] [英] 阿伦·布洛克著：《西方人文主义传统》，董乐山译，北京：生活·读书·新知三联书店，2003 年版。

[6] [意] 艾伯特·马蒂内利著：《全球现代化：重思现代性事业》，李国武译，北京：商务印书馆，2010 年版。

[7] [美] 艾布拉姆斯著：《镜与灯　浪漫主义文论及批评传统》，北京：北京大学出版社，2004 年版。

[8] [美] 爱德华·萨义德著：《东方学》，王宇根译，北京：生活·读书·新知三联书店，1999 年版。

[9] [美] 艾恺著：《世界范围内的反现代化思潮——论文化守成主义》，贵阳：贵州人民出版社，1991 年版。

[10] [美] 艾森斯塔特著：《反思现代性》，旷新年、王爱松译，北京：三联书店，2006 年版。

[11] [英] 安东尼·史密斯著：《民族主义 理论，意识形态，历史》，上海：上海人民出版社，2006 年版。

B

[12] 北京图书馆编：《民国时期总书目 1911—1949 文学理论、世界文

学、中国文学》，北京：书目文献出版社，1992 年版。

[13]［法］波德莱尔著：《波德莱尔美学论文选》，北京：人民文学出版社，1987 年版。

[14]［美］彼得·威德森著：《现代西方文学观念简史》，北京：北京大学出版社，2006 年版。

[15]［美］本尼迪克特·安德森著：《想象的共同体　民族主义的起源与散步》，吴叡人译，上海：上海人民出版社，2005 年版。

[16]［法］布罗代尔著：《论历史》，刘北成、周立红译，北京：北京大学出版社，2008 年版。

C

[17] 蔡元培著：《中国现代美学名家文丛 蔡元培卷》，聂振斌编，杭州：浙江大学出版社，2009 年版。

[18] 曹顺庆著：《中西比较诗学》，北京：北京出版社，1988 年版。

[19] 陈厚诚、王宁编：《西方当代文学批评在中国》，天津：百花文艺出版社，2000 年版。

[20] 陈剑晖等主编：《20 世纪中国文学批评史》，海口：海南出版社，2003 年版。

[21] 陈来著：《现代中国哲学的追寻》，北京：生活·读书·新知三联书店，2010 年版。

[22] 陈平原著：《二十世纪中国小说史》第一卷，北京：北京大学出版社，1989 年版。

[23] 陈平原著：《现代学术之建立》，北京：北京大学出版社，1998 年版。

[24] 陈平原著：《触摸历史与进入五四》，北京：北京大学出版社，2005 年版。

[25] 陈平原、夏晓虹编：《二十世纪中国小说理论资料（第一卷）1897—1916》，北京：北京大学出版社，1997 年版。

[26] 陈平原、夏晓虹编：《触摸历史 五四人物与现代中国》，北京：北京大学出版社，2009 年版。

[27] 陈其泰主编：《20 世纪中国历史考证学研究》，北京：北京师范大学出版社，2005 年版。

［28］陈思和、王德威著：《建构中国现代文学多元共生体系的新思考》，上海：复旦大学出版社，2012 年版。

［29］陈廷湘、周鼎著：《天下·世界·国家 近代中国对外观念演变史论》，上海：上海三联书店，2008 年版。

［30］陈万雄著：《五四新文化的源流》，北京：生活·读书·新知三联书店，1997 年版。

［31］陈序经著：《东西文化观》，北京：中国人民大学出版社，2004 年版。

［32］陈雪虎主编：《中国现代文论新编》，北京：北京师范大学出版社，2010 年版。

［33］陈雪虎：《试论中国现代文论的逻辑与脉络》，收入《文化与诗学》，2012 年第 2 期。

［34］陈玉堂著：《中国文学史书目提要》，合肥：黄山书社，1986 年版。

［35］陈以爱著：《中国现代学术研究机构的兴起——以北大研究所国学门为中心的探讨》，南昌：江西教育出版社，2002 年版。

［36］陈钟凡著：《中国文学批评史》，南京：江苏文艺出版社，2008 年版。

［37］成海鹰、成芳著：《唯意志论哲学在中国》，北京：首都师范大学出版社，2002 年版。

［38］程正民、程凯著：《中国现代文学理论知识体系的建构 文学理论教材与教学的历史沿革》，北京：北京大学出版社，2005 年版。

［39］［英］C. P. 斯诺著：《两种文化》，陈克艰、秦小虎译，上海：上海科学技术出版社，2003 年版。

［40］［韩］曹世铉著：《清末民初无政府派的文化思想》，北京：社会科学文献出版社，2003 年版。

D

［41］党圣元著：《在传统与现代之间》，济南：山东教育出版社，2009 年版。

［42］代迅著：《西方文论在中国的命运》，北京：商务印书馆，2008 年版。

［43］杜书瀛、钱竞主编：《中国 20 世纪文艺学学术史》，北京：中国社

会科学出版社，2007 年版。

　　［44］［美］杜维明主编：《东亚价值与多元现代性》，北京：中国社会科学出版社，2001 年版。

　　［45］［法］德里达著：《德里达中国讲演录》，北京：中央编译出版社，2003 年版。

　　［46］［加］D. 保罗·谢弗著：《文化引导未来》，北京：社会科学文献出版社，2008 年版。

F

　　［47］方孝岳著：《中国文学批评》，上海：世界书局，1934 年版。

　　［48］冯桂芬、马建忠著：《采西学议 冯桂芬 马建忠集》，郑大华点校，沈阳：辽宁人民出版社，1994 年版。

　　［49］冯友兰著：《贞元六书》，上海：华东师范大学出版社，1996 年版。

　　［50］傅庚生著：《中国文学批评通论》，上海：商务印书馆，1947 年版。

　　［51］傅莹著：《中国现代文学理论发生史》，上海：上海文艺出版社，2008 年版。

　　［52］［美］福山著：《历史的终结》，呼和浩特：远方出版社，1998 年版。

　　［53］［英］弗雷德·英格利斯著：《文化》，韩启群等译，南京：南京大学出版社，2008 年版。

　　［54］［美］费正清主编：《剑桥中华民国史》，北京：中国社会科学出版社，1994 年版。

　　［55］［美］费正清编：《中国的世界秩序 传统中国的对外关系》，杜继东译，北京：中国社会科学出版社，2010 年版。

　　［56］［美］佛克马、易布思著：《二十世纪文学理论》，林书武等译，北京：生活·读书·新知三联书店，1988 年版。

G

　　［57］甘阳著：《古今中西之争》，北京：生活·读书·新知三联书店，2006 年版。

　　［58］高鉴国《试论美国民族多样性和文化多元主义》，载《世界历史》，1994 年第 4 期。

　　［59］高蔚著：《"纯诗"的中国化研究》，北京：中国社会科学出版社，2008 年版。

［60］古风著：《中国传统文论话语存活论》，北京：社会科学文献出版社，2013 年版。

［61］关爱和等著：《19—20 世纪中国文学思潮史》（1—3 卷），开封：河南大学出版社，1992 年版。

［62］龚翰熊著：《西方文学研究》，福州：福建人民出版社，2004 年版。

［63］郭湛波著：《近五十年中国思想史》，上海：上海古籍出版社，2005 年版。

［64］郭绍虞著：《中国文学批评史》，天津：百花文艺出版社，1999 年版。

［65］［德］伽达默尔著：《诠释学：真理与方法》，洪汉鼎译，北京：商务印书馆，2007 年版。

［66］［美］戈德斯通著：《为什么是欧洲》，杭州：浙江大学出版社，2010 年版。

［67］［美］郭颖颐著：《中国现代思想中的唯科学主义》，雷颐译，南京：江苏人民出版社，1998 年版。

［68］［斯洛伐克］玛利安 · 高利克著：《中国现代文学批评发生史：1917—1930》，陈圣生等译，北京：社会科学文献出版社，1997 年版。

H

［69］韩经太著：《中国诗学与传统文化精神》，成都：四川人民出版社，1990 年版。

［70］韩经太著：《中国文学批评史研究》，福州：福建人民出版社，2006 年版。

［71］贺昌盛：《现代中国文论转型的四种路向》，载《中州学刊》，2017 年第 8 期。

［72］何芳川著：《古今东西之间：何芳川讲中外文化》，桂林：广西师范大学出版社，2008 年版。

［73］何干之著：《中国启蒙运动史》（1938 年初版），上海：生活书店，民国 36（1947）。

［74］何兆武著：《文化漫谈 思想的近代化及其他》，北京：中国人民大学出版社，2004 年版。

［75］何兆武著：《中西文化交流史论》，武汉：湖北人民出版社，2007

年版。

[76] 洪子诚编：《二十世纪中国小说理论资料（第五卷）1949—1976》，北京：北京大学出版社，1997 年版。

[77] 洪子诚编：《中国当代文学史史料选：1945—1999》，武汉：长江文艺出版社，2002 年版。

[78] 胡疆锋《学术交流和生产场域：大众传媒与中国现代文论的构型》，载《文艺理论研究》，2014 年第 4 期。

[79] 胡荣著：《从新青年到决澜社——中国现代先锋文艺研究（1919—1935）》，上海：复旦大学出版社，2012 年版。

[80] 胡适著：《白话文学史》，合肥：安徽教育出版社，2006 年版。

[81] 胡伟希著：《中国本土文化视野下的西方哲学》，北京：首都师范大学出版社，2002 年版。

[82] 黄见德著：《20 世纪西方哲学东渐史导论》，北京：首都师范大学出版社，2002 年版。

[83] 黄霖、韩同文选注：《中国历史小说论著选》（上下），南昌：江西人民出版社，2000 年版。

[84] 黄霖主编：《近现代中国文论的转型》，上海：上海古籍出版社，2015 年版。

[85] 黄曼君主编：《中国近百年文学理论批评史 1895—1990》，武汉：湖北教育出版社，1997 年版。

[86] 黄念然著：《20 世纪中国古代文学研究史　文论卷》，北京：东方出版中心，2006 年版。

[87] 黄子平、陈平原、钱理群著：《二十世纪中国文学三人谈》，北京：人民文学出版社，1988 年版。

[88] ［美］亨廷顿著：《文明的冲突与世界秩序的重建》，北京：新华出版社，2002 年版。

[89] ［德］胡塞尔著：《作为严格科学的哲学》，倪梁康译，北京：商务印书馆，1999 年版。

J

[90] 季羡林著：《三十年河东，三十年河西》，北京：当代中国出版社，2006 年版。

[91] 蒋述卓等著：《二十世纪中国古代文论学术研究史》，北京：北京大学出版社，2005年版。

[92] 金观涛、刘青峰著：《观念史研究》，北京：法律出版社，2010年版。

[93] 金观涛、刘青峰著：《兴盛与危机 论中国社会超稳定结构》，北京：法律出版社，2011年版。

[94] 金耀基著：《从传统到现代》，北京：法律出版社，2010年版。

[95] 靳明全著：《日本文论史要 古代中世、近世、近代部分》，北京：中国社会科学出版社，2010年版。

L

[96] 赖干坚著：《中国现当代文论与外国诗学》，厦门：厦门大学出版社，2003年版。

[97] 李大钊著：《李大钊文集》，北京：人民出版社，1999年版。

[98] 李长之著：《李长之文集》（1—5卷），石家庄：河北教育出版社，2006年版。

[99] 李凤亮等著：《移动的诗学：中国古典文论现代观照的海外视野》，广州：暨南大学出版社，2012年版。

[100] 李夫生著：《现代中国文论文论中的马克思主义话语（1919—1949)》，长沙：湖南人民出版社，2010年版。

[101] 李贵生：《纯驳互见——王国维与中国纯文学观念的开展》，载《中国文史研究集刊》（台湾），第34期，2009。

[102] 李健：《外国文论如何参与中国现代文论的话语建构》，载《学习与探索》，2013年第9期。

[103] 李钧：《中西思想交汇中的现代中国文论"境界"说》，载《中外文化与文论》，2015年第2期。

[104] 李春青、赵勇主编：《文化与诗学 中国文论话语的现代生成》，上海：华东师范大学出版社，2017年版。

[105] 李焱胜著：《中国报刊图史》，武汉：湖北人民出版社，2005年版。

[106] 李泽厚著：《中国近代思想史论》，北京：人民出版社，1979年版。

[107] 李泽厚著：《美的历程》，北京：文物出版社，1981年版。

[108] 李泽厚著：《中国现代思想史论》，北京：东方出版社，1987年版。

［109］梁漱溟著：《东西文化及其哲学》，北京：商务印书馆，1921 年版。

［110］（清）梁廷楠著：《夷氛闻记》，北京：中华书局，1959 年版。

［111］梁启超著：《新民说》，郑州：中州古籍出版社，1998 年版。

［112］梁启超著：《清代学术概论》，上海：上海古籍出版社，1998 年版。

［113］梁启超著：《梁启超经典文存》，洪治纲编，上海：上海大学出版社，2003 年版。

［114］梁启超著：《欧游心影录》（1920 年），北京：东方出版社，2006 年版。

［115］梁启超著：《中国近三百年学术史》，北京：东方出版社，2004 年版。

［116］梁宗岱著：《诗与真》二集，北京：商务印书馆，1936 年版。

［117］林岗：《20 世纪汉语"史诗问题"探论》，见中山大学西学东渐文献馆主编：《西学东渐研究》，第二辑，北京：商务印书馆，2009 年版。

［118］林仁川、徐晓旺著：《明末清初中西文化冲突》，上海：华东师范大学出版社，1999 年版。

［119］林语堂著：《吾国与吾民》（1935），上海：世界新闻社，1938 年版。

［120］林语堂著：《生活的艺术》（1937），西安：陕西师范大学出版社，2006 年版。

［121］刘锋杰：《百年现代文论对于"文以载道"的批判》，收入《古代文学理论研究（第三十九辑）》，上海：华东师范大学出版社，2014 年版。

［122］刘军宁著：《保守主义》，天津：天津人民出版社，2007 年版。

［123］刘纳著：《嬗变：辛亥革命时期至五四时期的中国文学》，北京：北京大学出版社，2010 年版。

［124］刘梦溪著：《传统的误读》，石家庄：河北教育出版社，1996 年版。

［125］刘梦溪著：《现代学术要略》，北京：生活·读书·新知三联书店，2008 年版。

［126］刘小枫著：《重启古典诗学》，北京：华夏出版社，2010 年版。

［127］（清）刘熙载著：《刘熙载文集》，南京：江苏古籍出版社，2001 年版。

［128］刘再复：《论文学的主体性》，载《文学评论》，1986 年第 5、6 期。

参考文献

[129] 鲁迅著：《鲁迅全集》，第 1 卷、第 9 卷，北京：人民文学出版社，1981 年版。

[130] 鲁迅等著：《1917—1927 中国新文学大系导言集》，刘运峰编，天津：天津人民出版社，2009 年版。

[131] 栾梅健著：《二十世纪中国文学发生论》，桂林：广西师范大学出版社，2006 年版。

[132] 罗成琰等著：《二十世纪中国文学的古今之争》，南昌：百花洲文艺出版社，2008 年版。

[133] 罗钢著：《历史汇流中的抉择 中国现代文艺思想家与西方文学理论》，北京：中国社会科学出版社，1993 年版。

[134] 罗岗著：《现代国家想象与 20 世纪中国文学》，上海：上海人民出版社，2014 年版。

[135] 罗根泽著：《中国文学批评史》，上海：上海书店出版社，2003 年版。

[136] 罗荣渠著：《现代化新论》增订本，北京：商务印书馆，2004 年版。

[137] 罗志田著：《激变时代的文化与政治 从新文化运动到北伐》，北京：北京大学出版社，2006 年版。

[138] 罗宗强著：《隋唐五代文学思想史》，上海：上海古籍出版社，1986 年版。

[139] 罗宗强主编：《古代文学理论研究》，武汉：湖北教育出版社，2002 年版。

[140]〔美〕里拉、德沃金、西尔维斯编：《以赛亚·柏林的遗产》，刘擎、殷莹译，北京：新星出版社，2009 年版。

[141] 联合国教科文组织：《世界文化报告 2000——文化的多样性、冲突与多元共存》，北京：北京大学出版社，2002 年版。

[142] 联合国教科文组织：《联合国教科文组织关于保护语言与文化多样性文件汇编》，范俊军编译，北京：民族出版社，2006 年版。

[143] 联合国教科文组织等：《文化多样性与人类全面发展——世界文化与发展委员会报告》，广州：广东人民出版社，2006 年版。

[144]〔美〕勒内·韦勒克、奥斯汀·沃伦著：《文学理论》，修订版，刘象愚等译，南京：江苏教育出版社，2005 年版。

333

［145］［美］刘禾著：《跨语际实践 文学，民族文化与被译介的现代性（中国，1900—1937）》，北京：生活·读书·新知三联书店，2008 年版。

［146］［美］刘禾著：《帝国的话语政治》，北京：生活·读书·新知三联书店，2009 年版。

［147］［美］刘康著：《文化·传媒·全球化》，南京：南京大学出版社，2006 年版。

［148］［美］刘若愚著：《中国文学理论》，杜国清译，南京：江苏教育出版社，2006 年版。

［149］［法］卢梭著：《社会契约论》，何兆武译，北京：商务印书馆，2003 年版。

［150］［英］罗素著：《中国人的性格》，王正平译，北京：中国工人出版社，1993 年版。

M

［151］马克锋编：《国学与现代学术》，桂林：广西师范大学出版社，2010 年版。

［152］毛庆耆、董学文、杨福生著：《中国文艺理论百年教程》，广州：广东高等教育出版社，2004 年版。

［153］毛泽东著：《毛泽东论文艺》，增订本，北京：人民文学出版社，1992 年版。

［154］［德］马克思、恩格斯、（苏）列宁、斯大林著：《马克思恩格斯列宁斯大林论文艺批评》，杨铿编，北京：文化艺术出版社，1983 年版。

［155］［德］马克斯·韦伯著：《学术与政治》，冯克利译，北京：生活·读书·新知三联书店，2005 年版。

［156］［美］明恩溥著：《中国人的气质》，南京：译林出版社，2014 年版。

N

［157］倪士毅著：《中国古代目录学史》，杭州：杭州大学出版社，1998 年版。

［158］［英］尼尔·格兰特著：《文学的历史》，太原：希望出版社，2004 年版。

P

［159］潘懋元、刘海峰编：《中国近代教育史资料汇编 高等教育》，上海：上海教育出版社，1993 年版。

［160］彭修银著：《东方美学》，北京：人民出版社，2008 年版。

［161］彭玉平著：《诗文评的特性》，北京：北京大学出版社，2012 年版。

［162］［法］佩雷菲特著：《停滞的帝国 两个世界的撞击》，王国卿等译，北京：生活·读书·新知三联书店，1993 年版。

［163］［法］皮埃尔·布迪厄著：《艺术的法则：文学场的生成和结构》，刘晖译，北京：中央编译出版社，2001 年版。

Q

［164］钱谷融著：《论"文学是人学"》，北京：人民文学出版社，1981 年版。

［165］钱基博著：《现代中国文学史》，上海：世界书局，1933 年版。

［166］钱竞著：《中国现代文艺学研究》，济南：山东教育出版社，2009 年版。

［167］钱理群、吴福辉、温儒敏著：《中国现代文学三十年》，北京：北京大学出版社，1998 年版。

［168］钱理群编：《二十世纪中国小说理论资料（第四卷）1938—1949》，北京：北京大学出版社，1997 年版。

［169］钱穆著：《现代中国学术论衡》，北京：生活·读书·新知三联书店，2001 年版。

［170］钱穆著：《中国文学论丛》，北京：生活·读书·新知三联书店，2002 年版。

［171］钱中文等主编：《中国古代文论的现代转换》，西安：陕西师范大学出版社，1997 年版。

［172］钱中文等著：《自律与他律 中国现当代文学论争中的一些理论问题》，北京：北京大学出版社，2005 年版。

［173］乔默主编：《中国二十世纪文学研究论著提要》，北京：北京大学出版社，1994 年版。

［174］邱运华著：《俄苏文论十八题》，合肥：安徽教育出版社，2009 年版。

［175］［美］钱存训：《近世译书对中国现代化的影响》（1954），载《文献》，1986 年第 2 期。

［176］［日］青木保著：《多文化世界》，北京：中国青年出版社，2008 年版。

R

［177］容闳著：《西学东渐记》，长沙：岳麓书社，1985 年版。

［178］［美］任达著：《新政革命与日本：中国，1898—1912》，李仲贤译，南京：江苏人民出版社，1998 年版。

S

［179］沈卫威著：《回眸"学衡派"——文化保守主义的现代命运》，北京：人民文学出版社，1999 年版。

［180］施旭著：《文化话语研究 探索中国的理论、方法与问题》，北京：北京大学出版社，2010 年版。

［181］施旭著：《什么是话语研究》，上海：上海外语教育出版社，2017 年版。

［182］舒芜等编选：《近代文论选》，北京：人民文学出版社，1959 年版。

［183］舒新城编：《中国近代教育史资料》，北京：人民教育出版社，1981 年版。

［184］宋应离主编：《中国期刊发展史》，开封：河南大学出版社，2000 年版。

［185］孙玉石著：《中国现代解诗学的理论与实践》，北京：北京大学出版社，2010 年版。

［186］［美］史景迁著：《追寻现代中国：1600—1912 年的中国历史》，黄纯艳译，上海：上海远东出版社，2005 年版。

T

［187］谭桂林等著：《二十世纪中国文学的中西之争》，南昌：百花洲文艺出版社，2006 年版。

［188］陶东风编：《中国革命与中国文学》，哈尔滨：黑龙江人民出版社，2009 年版。

［189］童庆炳等主编：《新中国文学理论 50 年》，合肥：安徽大学出版社，2000 年版。

［190］童庆炳著：《中国古代文论的现代意义》，北京：北京师范大学出版社，2001 年版。

［191］童庆炳等著：《现代学术视野中的中华古代文论》，北京：北京出版社，2002 年版。

［192］童庆炳主编：《二十世纪中国文论经典》，北京：北京师范大学出版社，2004 年版。

［193］童世骏主编：《西学在中国 五四运动 90 周年的思考》，北京：生活·读书·新知三联书店，2010 年版。

［194］［美］泰勒·考恩著：《创造性破坏 全球化与文化多样性》，王志毅译，上海：上海人民出版社，2007 年版。

［195］［美］陶涵著：《蒋介石与现代中国》，北京：中信出版社，2012 年版。

［196］［英］特雷·伊格尔顿著：《二十世纪西方文学理论》，伍晓明译，北京：北京大学出版社，2007 年版。

［197］［英］特里·伊格尔顿著：《理论之后》，商正译，北京：商务印书馆，2009 年版。

［198］［美］托比·胡弗著：《近代科学为什么诞生在西方》，周程等译，北京：北京大学出版社，2010 年版。

W

［199］王本朝：《中国现代文论的重估与民族话语重建》，载《中国现代文学研究丛刊》，2010 年第 1 期。

［200］汪晖著：《现代中国思想的兴起》，北京：生活·读书·新知三联书店，2004 年版。

［201］王国维著：《王国维论学集》，北京：中国社会科学出版社，1997 年版。

［202］王国维著：《人间词话》，上海：上海古籍出版社，1998 年版。

［203］王锦厚著：《五四新文学与外国文学》，成都：四川大学出版社，1989 年版。

［204］王俊芳著：《多元文化研究：以加拿大为例》，北京：中国书籍出版社，2013 年版。

［205］王俊芳著：《加拿大多元文化主义政策》，北京：中国社会科学出

版社，2013年版。

［206］王泉根评选：《中国现代儿童文学文论选》，南宁：广西人民出版社，1989年版。

［207］王泉根编著：《民国儿童文学文论辑评》，太原：希望出版社，2016年版。

［208］王希：《多元文化主义的起源、实践与局限性》，载《美国研究》，2000年第2期。

［209］王先明著：《近代新学 中国传统学术文化的嬗变与重构》，北京：商务印书馆，2000年版。

［210］王晓路著：《西方汉学界的中国文论研究》，成都：巴蜀书社，2003年版。

［211］王晓路著：《中西诗学对话 英语世界的中国古代文论研究》，成都：巴蜀书社，2000年版。

［212］王晓平著：《追寻中国的"现代"："多元变革时代"中国小说研究1937—1949》，北京：中国社会科学出版社，2015年版。

［213］王一川著：《中国现代学引论》，北京：北京大学出版社，2009年版。

［214］王一川：《百年中国现代文论的反思与建构》，载《文艺理论研究》，2013年第1期。

［215］王一川：《现代文论需要新传统》，载《文学教育（上）》，2011年第5期。

［216］王元化著：《传统与反传统》，上海：上海文艺出版社，1990年版。

［217］王岳川著：《后现代主义文化研究》，北京：北京大学出版社，1992年版。

［218］王运熙、顾易生编选：《清代文论选》，北京：人民文学出版社，1999年版。

［219］王运熙主编：《中国文论选（现代卷）》（上、中、下），南京：江苏文艺出版社，1996年版。

［220］王哲甫著：《新文学运动史》，北平（北京）：杰成印书局，民国22（1933）。

［221］王中江著：《进化主义在中国》，北京：首都师范大出版社，2002年版。

［222］王中江著：《进化主义在中国的兴起 一个新的全能式世界观（增补版）》，北京：中国人民大学出版社，2010 年版。

［223］温如敏著：《中国现代文学批评史》，北京：北京大学出版社，1993 年版。

［224］温儒敏、陈晓明等著：《现代文学"新传统"及其当代阐释》，北京：北京大学出版社，2010 年版。

［225］（清）魏源著：《海国图志》（1847），郑州：中州古籍出版社，1999 年版。

［226］吴福辉编：《二十世纪中国小说理论资料（第三卷）1928—1937》，北京：北京大学出版社，1997 年版。

［227］吴中杰著：《中国现代文艺思潮史》，上海：复旦大学出版社，1996 年版。

［228］［美］魏斐德著：《中华帝制的衰落》，邓军译，合肥：黄山书社，2010 年版。

［229］［德］乌尔里希·贝克、［英］安东尼·吉登斯、斯科特·拉什著：《自反性现代化：现代社会秩序中的政治、传统与美学》，赵文书译，北京：商务印书馆，2014 年版。

［230］［美］沃勒斯坦著：《现代世界体系》（三卷），北京：高等教育出版社，1998 年版。

［231］［英］沃特森著：《多元文化主义》，叶兴艺译，长春：吉林人民出版社，2005 年版。

X

［232］夏中义著：《新潮学案——新时期文论重估》，上海：上海三联书店，1996 年版。

［233］项翔著：《近代西欧印刷媒介研究——从古腾堡到启蒙运动》，上海：华东师范大学出版社，2001 年版。

［234］谢泳著：《书生的困境 中国现代知识分子问题简论》，桂林：广西师范大学出版社，2009 年版。

［235］谢泳著：《厦门集》，北京：中国大百科全书出版社，2010 年版。

［236］熊月之主编：《晚清新学书目提要》，上海：上海书店出版社，2007 年版。

［237］许宝强、袁伟选编：《语言与翻译的政治》，北京：中央编译出版社，2001 年版。

［238］许道明著：《中国现代文学批评史新编》，上海：复旦大学出版社，2002 年版。

［239］许纪霖主编：《现代性的多元反思》，南京：江苏人民出版社，2008 年版。

［240］许纪霖著：《启蒙如何起死回生 现代中国知识分子的思想困境》，北京：北京大学出版社，2011 年版。

［241］（清）徐继畬著：《瀛环志略》，上海：上海书店出版社，2001 年版。

［242］许觉民、张大明主编：《中国现代文论》上下卷，合肥：安徽教育出版社，2010 年版。

［243］徐雁平著：《胡适与国故论衡考论》，合肥：安徽教育出版社，2003 年版。

［244］薛其林著：《融合创新的民国学术》，长沙：湖南大学出版社，2005 年版。

［245］《新青年》第 1—7 卷，第 1 卷刊名为《青年杂志》，1915—1923。

［246］［美］许倬云著：《中国文化与世界文化》，贵阳：贵州人民出版社，1991 年版。

［247］［美］许倬云著：《许倬云观世变》，桂林：广西师范大学出版社，2008 年版。

［248］［美］许倬云著：《我者与他者：中国历史上的内外分际》，北京：生活·读书·新知三联书店，2010 年版。

Y

［249］阎嘉著：《多元文化与汉语文学批评新传统》，成都：巴蜀书社，2005 年版。

［250］严家炎编：《二十世纪中国小说理论资料（第二卷）1917—1927》，北京：北京大学出版社，1997 年版。

［251］杨春时著：《现代性与中国文学思潮》，北京：生活·读书·新知三联书店，2009 年版。

［252］杨东莼著：《中国学术史讲话》，南京：江苏教育出版社，2005

年版。

[253] 杨晦著：《杨晦文学论集》，北京：北京大学出版社，1985 年版。

[254] 杨联芬著：《晚清至五四：中国文学现代性的发生》，北京：北京大学出版社，2003 年版。

[255] 杨念群著：《"五四"九十周年祭 一个"问题史"的回溯与反思》，北京：世界图书出版公司，2009 年版。

[256] 杨念群著：《何处是"江南"：清朝正统观的确立与士林精神世界的变异》，北京：生活·读书·新知三联书店，2010 年版。

[257] 姚名达著：《中国目录学史》，上海：上海古籍出版社，2005 年版。

[258] 叶朗著：《中国美学史大纲》，上海：上海人民出版社，1985 年版。

[259] 叶瑞昕著：《危机中的文化抉择 辛亥革命时期国人的中西文化观》，北京：商务印书馆，2007 年版。

[260] 袁伟时著：《中国现代思想散论》，广州：广东教育出版社，1998 年版。

[261] [古希腊] 亚里士多德著：《诗学》，陈中梅译注，北京：商务印书馆，1996 年版。

[262] [法] 雅克·布罗斯著：《发现中国》，耿昇译，济南：山东画报出版社，2002 年版。

[263] [美] 余英时著：《中国思想传统的现代阐释》，南京：江苏人民出版社，2003 年版。

[264] [美] 宇文所安著：《中国文论 英译与评论》，王柏华、陶庆梅译，上海：上海社会科学院出版社，2003 年版。

Z

[265] 章炳麟著：《国故论衡》，上海：上海古籍出版社，2006 年版。

[266] 张法著：《走向全球化时代的文艺理论》，合肥：安徽教育出版社，2005 年版。

[267] 张法等著：《世界语境中的中国文学理论》，合肥：安徽教育出版社，2010 年版。

[268] 张法：《中国现代文论：在与世界互动中的复杂演进》，载《文艺争鸣》，2012 年第 9 期。

[269] 张海明著：《回顾与反思：古代文论研究七十年》，北京：北京师

范大学出版社，1997 年版。

［270］张进等著：《中国 20 世纪翻译文论史纲》，兰州：兰州大学出版社，2007 年版。

［271］张立文著：《传统学引论 中国传统文化的多维反思》，北京：中国人民大学出版社，1989 年版。

［272］张鸣著：《北洋裂变 军阀与五四》，桂林：广西师范大学出版社，2010 年版。

［273］张倩仪著：《大留学潮》，北京：后浪出版公司，2016 年版。

［274］张清民著：《话语与秩序》，北京：中国社会科学出版社，2005 年版。

［275］张清民著：《20 世纪 30 年代的中国文学理论》，北京：中国社会科学出版社，2015 年版。

［276］张少康等著：《文心雕龙研究史》，北京：北京大学出版社，2001 年版。

［277］张少康著：《中国文学理论批评史》，北京：北京大学出版社，2005 年版。

［278］（明）张燮著：《东西洋考》，北京：商务印书馆，1937 年版。

［279］（清）章学诚撰：《文史通义》，上海：上海古籍出版社，2008 年版。

［280］张英进著：《审视中国——从学科史的角度考察中国电影与文学研究》，南京：南京大学出版社，2006 年版。

［281］（清）张之洞著：《劝学篇》（1898），郑州：中州古籍出版社，1998 年版。

［282］赵尔巽等撰：《清史稿》，北京：中华书局，1976 年版。

［283］赵德宇等著：《日本近现代文化史》，北京：世界知识出版社，2010 年版。

［284］赵家璧主编：《中国新文学大系 1917—1927》，第一卷、第二卷，上海良友图书公司，1935，上海：上海文艺出版社，影印版，1981。

［285］赵立彬著：《民族立场与现代追求——20 世纪 20—40 年代的全盘西化思潮》，北京：生活·读书·新知三联书店，2005 年版。

［286］赵汀阳著：《没有世界观的世界》，北京：中国人民大学出版社，2003 年版。

［287］郑大华著：《民国思想史论》，北京：社会科学文献出版社，2006年版。

［288］（清）郑观应著：《郑观应集》，夏东元编，上海：上海人民出版社，1982年版。

［289］周海波著：《中国现代文学批评史论》，上海：上海人民出版社，2002年版。

［290］周宁著：《天朝遥远 西方的中国形象研究》，北京：北京大学出版社，2006年版。

［291］周小仪著：《从形式回到历史——20世纪西方文论与学科体制探讨》，北京：北京大学出版社，2010年版。

［292］周勋初著：《中国文学批评小史》，上海：复旦大学出版社，2007年版。

［293］周作人著：《中国新文学的源流》，北平：人文书店，1932年版。

［294］庄锡华著：《二十世纪的中国文艺理论》，上海：上海三联书店，2000年版。

［295］朱崇才著：《词话史》，北京：中华书局，2006年版。

［296］朱德发等著：《现代中国文学通鉴—上卷—多元一体文学结构的形成（1900—1929）》，北京：人民出版社，2012年版。

［297］朱德发等著：《现代中国文学通鉴—中卷—多元一体文学结构的演化（1930—1976）》，北京：人民出版社，2012年版。

［298］朱德发等著：《现代中国文学通鉴—下卷—多元一体文学结构的拓展（1977—2010）》，北京：人民出版社，2012年版。

［299］朱东润著：《中国文学批评史大纲》，武汉：武汉大学出版社，2009年版。

［300］朱光潜著：《诗论》，上海：上海古籍出版社，2001年版。

［301］（宋）朱熹：《四书章句集注》，北京：中华书局，1981年版。

［302］朱自清著：《诗言志辨》，开明书店，民国36（1947）。

［303］朱自清著：《朱自清古典文学论文集》，上海：上海古籍出版社，1981年版。

［304］朱自清著：《朱自清中国文学批评研究讲义》，天津：天津古籍出版社，2004年版。

［305］宗白华著：《宗白华全集》，北京：北京大学出版社，1987年版。

［306］左玉河著：《从四部之学到七科之学》，上海：上海书店出版社，2004 年版。

［307］［爱沙尼亚］扎娜·明茨、伊·切尔诺夫编：《俄国形式主义文论选》，王薇升编译，郑州：郑州大学出版社，2005 年版。

［308］［美］詹明信著：《晚期资本主义的文化逻辑》，张旭东编、陈清侨等译，北京：生活·读书·新知三联书店，1997 年版。

［309］［美］张隆溪著：《道与逻各斯 东西方文学阐释学》，冯川译，成都：四川人民出版社，1998 年版。

［310］［美］张隆溪著：《走出文化的封闭圈》，北京：三联书店，2004 年版。

［311］［美］张旭东著：《全球化时代的文化认同 西方普遍主义话语的历史批判》，北京：北京大学出版社，2006 年版。

［312］［美］周策纵著：《五四运动 现代中国的思想革命》，周子平等译，南京：江苏人民出版社，1999 年版。

后 记

　　追溯起源是学术的内在机制。这种冲动既是现象学强调的"面向事情本身"，也是中国文化强调的"原道"。

　　2009 年从北京大学中文系博士毕业后，我就开始思考中国文论身份的现代性问题。博士论文的论题大体限定在当代中国文论领域，对现代中国文论虽有涉及，但不是重点。在进入清华大学中文系做博士后研究之后，根据自己的研究思路，我将中国文论身份拓展至现代中国文论领域，触及现代中国文论领域的诸多问题，而这些问题恰恰是一般的现代文论研究未能深入讨论的，这也是文论身份问题显示出立体场景，以此确立我的博士后研究报告的主题。

　　当然，这样的选题也面临着新的学术挑战。现代中国文论研究在 20 世纪八九十年代之后便蓬勃开展起来，那么，如何呈现自己的研究特色就尤为迫切了。在经过细致的现代文论学术史梳理之后，我选择了用多元文化话语这样的视角来重新分析现代文论的言说空间。因此，本书并非常见的现代文论历史的书写，也不是对文论家或者文论概念的梳理，更不是探讨现代中国文论的理论体系，而是将现代中国文论话语得以出现并发展的文化语境加以观照，从文化史、思想史的线索出发，紧紧围绕现代中国文论话语这一核心，细致描述多元、现代、西学、维新、传统等话语在现代中国文论场域中的特殊作用，强调现代中国文论的话语运行与时代、文化、历史的密切联系。在此意义上，现代文论与当代文论之间的密切联系就逐渐浮现出来，故此本书并没有拘泥于现代文论的固有分期，而是不时呼应当代文论、世界文论的若干问题，以此展现现代中国文论作为当代文论的思想文化基础之地位。

　　我最初的设想是，这样的一个视角或许至少保证了书稿的自洽性，可能它不会因时间的迁移而完全丧失其意义。只是这样一个课题并不因有了上述设想就可以很好地落实。就目前的写作而言，现代文论的文化动因也不止于多元、现代、西学、维新、传统等话语，由于时间和能力的问题，而未能进一步的拓展。至今想来，如果从文论角度而言，或许这些话语仍然是最为重要的话语。尽管像政治话语，也被认为是重要的，但毕竟与文化关系较远，况且在维新话语中也有不少体现。还有像文论家身份话语，也是一个很有趣的课题，我对此也做过一些探讨，比如留学生、中产阶级、专业化等特征，因其并不构成独立结构，故此只在相关话语中加以呈现。另外，对学科话语的探讨曾经在《中国文论身份研究》中有专门的内容，主要集中在文学概论这一领域，不过，在现代中国文论当中，学科话语显然不如在当代文论那里明显。产生重要影响的主要不是学科文论，而是思想文论、政治文论。学科文论最突出的成就是中国文学批评史学科。实际上，现代文论广泛参与到思想、文化、社会等领域，后者又反过来影响现代文论，因而单独讨论学科话语对现代文论的基本历史状况而言并非首要。我固执地认为，现代文论绝非学科所能囊括，甚至并非最重要的文论形态，尽管学科文论是现代文论的方向。

本书研究所要抵达的目标就是呈现现代中国文论的多元化的生成机制、语境、结构，并展望现代中国文论的自律化、自主化、自治化的知识运动。但是，这一目标又太过遥远。除此之外，可设想的问题还有很多，但任何一部书都不是万能的、事无巨细的，作为一个阶段性、专题性的研读，写作任务只能告一段落，新的研究只能留待来日了。书稿曾于 2011 年在河南人民出版社出版，至今已五六年矣。本次借修订机会对全书做了全面的修订，加大篇幅，补充了大量的相关内容，并吸收了近年来最新研究成果，以期能够发挥一定的学术意义。

感谢我的合作导师罗钢教授。罗老师不仅热情接纳我到清华大学做博士后，对我的学习、生活关怀备至，而且最重要的在于，罗老师对学术的要求是很严谨的，他总是能够从非常细微的地方看到问题，每当我阅读罗老师关于王国维的文字，就能感受到这一点。罗老师所彰显的这种新的学术研究风格使我受益良多。

感谢刘石教授、张海明教授、王中忱教授、格非教授，在博士后各个阶段上给予的大力支持和热情鼓励；感谢张海明教授和格非教授提出的宝贵修改意见，使我受益良多，也使本书的修改有了新的方向。

感谢恩师王岳川教授在我学术与人生道路上的悉心指导和深切期望。先生对学术所保持的纯粹态度以及严格要求激励我不断前行。十多年来，先生的关心仍然一如既往，亲切厚重，在经历各种风风雨雨之后，这份润物无声的关怀更显得宝贵万分，得遇这样的老师，吾心足矣。

　　感谢我的家人对我巨大的包容和无私的支持。在我探讨学术的路程上，有父母、妻子和女儿的关注与陪伴，有时即便远远地看着他们，哪怕在脑海中闪现他们的身影，也给我带来无限的慰藉和动力。我应该感谢他们，不仅因为他们支撑了这个家，更支撑了我的幸福和我的事业。在生命最困苦时刻，我真切体会到家的含义。如今身在海外，我更能体会到这一点。

　　感谢北大中文系、北京人文在线、韩国高丽大学 BK 事业团给本书出版提供的资助。感谢光明日报出版社给予的大力支持，使书稿有问世的机会。感谢范继义兄为本书出版付出甚多，他对书稿提出的意见和批评，使书稿面貌有了新的提升。

　　最后，限于时间、精力，书中错漏在所难免，敬请各位专家不吝批评指正。

时胜勋

2017 年 12 月于韩国高丽大学

贵州学者文丛

[第二辑]

「贵州学者文丛」编辑出版委员会

徐新建　文选

黔中论道

徐新建／著

贵州出版集团
贵州人民出版社

图书在版编目（ＣＩＰ）数据

黔中论道：徐新建文选／徐新建著．－－贵阳：贵州人民出版社，2020.1
（贵州学者文丛）
ISBN 978-7-221-15842-0

Ⅰ．①黔… Ⅱ．①徐… Ⅲ．①文化史－贵州－文集Ⅳ．① K297.3-53

中国版本图书馆 CIP 数据核字 (2019) 第 292505 号

贵州学者文丛　第二辑

黔中论道　**徐新建　文选**

徐新建／著

责任编辑：戴　俊　谢亚鹏　张烨铃
装帧设计：刘　津　陈　电
文丛名题写：戴明贤
文丛名治印：喻民康
出版发行：贵州出版集团　贵州人民出版社
地　　址：贵阳市观山湖区会展东路 SOHO 办公区 A 座
邮　　编：550081
印　　刷：深圳市新联美术印刷有限公司
开　　本：889 毫米 x1194 毫米 1/32
印　　张：20.25
字　　数：435 千字
版　　次：2020 年 1 月第 1 版
印　　次：2020 年 1 月第 1 次印刷
书　　号：ISBN 978-7-221-15842-0
定　　价：60.00 元

徐新建

　　文学博士，黔籍学者，四川大学文学与新闻学院教授、博士生导师，现为文学与人类学研究所所长、中国多民族文化凝聚与国家认同协同创新中心常务副主任、四川省学术带头人、四川省文史馆特聘馆员、中国作协会员、中国音协会员和中国剧协会员，兼任中国多民族文学研究会会长、中国文学人类学研究会会长、中国比较文学学会常务理事及四川省比较文学学会会长。

　　出版学术著作《西南研究论》《民歌与国学》《苗疆考察记》及《横断走廊：高原山地的生态和族群》等多部，获得过庄重文文学奖（1994）、全国少数民族文学"骏马奖"（1997）、教育部人文社科优秀成果奖（2009）、中国出版政府奖提名奖（2011）、国家级教学成果二等奖（2009）及四川省哲学社会科学优秀成果一等奖（2017）。

总　序

　　习近平总书记在党的十九大报告中指出："没有高度的文化自信，没有文化的繁荣兴盛，就没有中华民族伟大复兴。" 文化自信是一个国家、一个民族发展中基本的、深沉的和持久的力量。贵州地处祖国西南腹地，历史悠久，文化多彩。当中国进入进一步深入推进改革开放，尤其是进入实现中华民族伟大复兴的崭新历史阶段，人们从对贵州的"传统"识读转变为对贵州的"现代"惊喜。在创造新时代美好生活的火热实践中，贵州经济社会发展日新月异，百姓富、生态美的景象犹如灿烂的画卷徐徐展开。而这一变化，很大程度缘于贵州人对脚下这片土地的热爱，缘于贵州人在发展的过程中获得巨大的文化力量支撑，缘于对文脉的持续夯实和丰富延展。

在浩荡的历史长河中，智慧扮演着引领社会进步的角色，而作为智慧的载体——人，或以细微力量奉献于故土，或以毕生所有倾力于建设，或以所拥学识聚焦于文明。贵州大地曾经出现的"六千举人、七百进士"的人文景象，一直激励着后人励精图治，奋发赶超。在各个历史阶段，贵州涌现出一批批执着于家园建设的热血男儿、巾帼英豪。特别是改革开放四十年来，贵州学术繁荣发展，人才辈出，新作迭现，在省内外乃至海外成长起一批成果丰硕、有学术影响力的专家、学者。山川风物的每一点变化，人文气韵的每一点累积，无不昭示"贵州精神""贵州智慧"的现实呈现，折射出时代潮涌背景之下贵州人的专注与努力。

以此为情感触发点，中共贵州省委宣传部精心策划指导"贵州学者文丛"（以下简称"文丛"）编辑出版，旨在树立和刻画让人敬仰的人文景象。"文丛"邀请了在当代学术界有影响力的贵州籍或者非贵州籍但对贵州有研究的学者，整理他们的学术成果，承前启后，激励后人，放眼贵州，观照世界，让贵州的形象闪亮，让贵州的声音响亮，让贵州的智慧铮亮。"文丛"的作者既包括如乐黛云、陈祖武、刘纲纪、涂纪亮、曹顺庆、刘扬忠、刘扬烈、何光沪、张朋园等贵州籍的著名学者，又包括非贵州籍但在贵州生活过的专家学者，如钱理群、吴雁南、彭兆荣等，博采众家之长，集中展示贵州文化之风貌。"文丛"在内容上，以文史哲为主，同时又兼采风物；形式上，在保证萃选诸学者的学术精华内容外，兼顾通俗性，以扩大"文丛"的读者覆盖面。